LA ISLA DEL PARAÍSO

RBA
EDITORES

VICTORIA HOLT es el seudónimo de Eleanor Alice Burford Hibbert, escritora británica nacida en 1906. Publicó su primera novela, *Daughter of Anna*, en 1941. Considerada la gran dama de la novela romántica contemporánea, ha cultivado también el relato policíaco y de misterio y la novela histórica. Entre su abundante producción cabe destacar *La herencia Landower*, *El secreto del ruiseñor*, *La máscara de la hechicera*, *El orgullo del pavo real* y *El señor de Far Island*.

LA ISLA DEL PARAÍSO

Victoria Holt

RBA
EDITORES

Título original: *The Road to Paradise Island*
Traducción: Esther Donato
Traducido de la edición de
William Collins Sons & Co. Ltd., Londres, 1985

Pérez Galdós, 36 bis, 08012 Barcelona

Proyecto gráfico y diseño de la cubierta: Hans Romberg

ISBN: 84-473-0511-2
Depósito Legal: B. 18.801-1994
Impresión y encuadernación:
CAYFOSA. Ctra. de Caldes, km. 3,
Sta. Perpètua de Mogoda (Barcelona)

Impreso en España - Printed in Spain

La noche de la tormenta

La noche de la gran tormenta, nuestra casa, como otras muchas del pueblo, sufrió daños; y esta es la causa de que se hiciese el descubrimiento. Yo tenía por entonces dieciocho años, y mi hermano Philip, veintitrés. En los años siguientes, me he asombrado muchas veces de las cosas que ocurrieron, y he pensado cuán diferente habría sido todo de no ser por aquella tormenta.

Ésa se produjo después de una de las olas de calor más intensas que se recordaba; la temperatura ascendió muy por encima de los treinta grados, y apenas había conversación que no girase en torno al tiempo. Murieron, debido al calor, dos ancianos y un bebé; en las iglesias se hicieron rogativas pidiendo lluvia; la anciana señora Terry que tenía noventa años y que, después de una frívola juventud y una poco virtuosa madurez, se había entregado a la religión en la séptima década de su vida, declaró que Dios castigaba a Inglaterra en general y a Little y Great Stanton en particular dejando morir de hambre al ganado, secando los arroyos y negando la humedad necesaria a los sembrados. Afirmó, asimismo, que se acercaba el Día del Juicio, y, la noche de la tormenta, hasta los más escépticos pensamos que podía tener un poco de razón.

Yo había vivido siempre en la casa solariega del pueblo, un edificio de estilo Tudor en el que reinaba la abuela Mallory, nuestra abuela paterna. La abuela Mallory había mantenido una guerra con la abuela Cresset a raíz de la muerte de mi madre, provocada por mi nacimiento.

Según me había explicado Philip cuando yo tenía cuatro años y él era un experimentado muchacho de nueve, a la muerte de mamá ambas abuelas querían que fuésemos a vivir con ellas.

Philip me explicó que la abuela Cresset había propuesto que uno de nosotros fuese a vivir con ella y el otro, con la abuela Mallory, dividiéndonos así como si fuésemos dos franjas de tierra por las que luchasen dos generales. Durante años esta revelación me hizo sentir cierta aversión por la abuela Cresset, pues Philip era la persona a la que yo quería más en el mundo. Philip había vivido siempre conmigo; era mi hermano mayor, mi protector, el que lo sabía todo debido a los cinco magníficos años de experiencia que me llevaba. Nos peleábamos algunas veces, pero esto sólo servía para hacerme más consciente de lo importante que era él para mí, pues los días en que no nos dirigíamos la palabra yo me sentía profundamente desgraciada.

Por fortuna, aquella sugerencia de separarnos había despertado la indignación de la abuela Mallory.

«¿Separarlos? ¡Nunca!», había sido su grito de batalla; y había declarado con gran énfasis que ella, como abuela paterna, era quien más derecho tenía sobre nosotros. La abuela Cresset, resultó vencida, y se vio obligada a aceptar un compromiso que incluía unas breves vacaciones estivales una vez al año en su casa de Cheshire, algunas visitas, regalos de vestidos para mí y de trajes de marinero para Philip, calcetines y mitones para los dos y regalos en Navidad y en los cumpleaños.

Cuando yo tenía diez años, la abuela Cresset sufrió una hemorragia cerebral y murió.

—Vaya un problema nos habría creado si hubiese tenido a los niños —le dijo la abuela Mallory a Benjamin Darkin.

El viejo Benjamin era una de las pocas personas que le había hecho frente a la abuela Mallory, pero podía permitírselo, pues estaba en el «taller» desde que tenía doce años y sabía más del arte de hacer mapas que nadie en el mundo, según reconocía la misma abuela.

—No se puede hacer responsable a esa señora de las decisiones que toma Dios, señora Mallory —le replicó Benjamin en leve tono de reproche.

Y, por ser Benjamin quien era, la abuela aceptó sus palabras.

Cuando estaba en Little Stanton, la abuela Mallory se comportaba como la señora del pueblo; y, cuando iba a Great Stanton, como lo hacía todos los días por aquella época, iba en su coche con John Barton, el cochero, y con el joven Tom Terry, descendiente de aquella Casandra, de la ahora virtuosa nonagenaria, la señora Terry.

Un día, cuando Philip tenía dieciocho años y era para mí el hombre más sabio del mundo, me dijo que, muchas veces, personas que heredaban propiedades se dedicaban más a ellas que las personas que poseían propiedades por derecho de nacimiento. Lo que quería decir es que la abuela Mallory no pertenecía por nacimiento a la clase de los terratenientes, sino que había ingresado en ella por su matrimonio con el abuelo, y así había pasado a formar parte de una familia que había vivido en la mansión desde 1573, fecha en que había sido construida. Esto lo sabíamos porque la cifra estaba grabada en la sillería de la fachada. Y nadie habría llevado el nombre de Mallory con más orgullo que la abuela.

Yo no había conocido al abuelo Mallory, pues ése había muerto antes de que empezase la guerra de las abuelas.

La abuela Mallory dirigía el pueblo de un modo tan eficaz y autocrático como dirigía la casa. Presidía las fiestas populares y las tómbolas benéficas, y tenía dominados a nuestro bondadoso vicario y a su «distraída» esposa. Se aseguraba de que todo el mundo asistiese a los servicios religiosos de la mañana y de la tarde, y todos los criados debían ocupar su lugar en la iglesia cada domingo; si alguna obligación importante les impedía hacerlo un domingo, debían asistir sin falta el domingo siguiente. Ni que decir tiene que Philip y yo estábamos siempre presentes; cruzábamos el prado, muy formalitos —como debía ser los domingos—, uno a cada lado de la abuela, y nos sentábamos en el banco de los Mallory, al lado del cual estaba el ventanal que mostraba a Cristo en Getsemaní, regalado por un antepasado nuestro en 1632.

Pero el principal objeto de la devoción de la abuela era, quizá, «el taller». No era frecuente que una familia de terratenientes estuviese relacionada con el comercio y tuviese en tanta estima un taller. Pero aquél no era un taller corriente.

Era, en realidad, un altar dedicado a la gloria de los antepasados Mallory, que habían sido grandes circunnavegantes del globo. Habían servido bien a su país desde los días de la reina Elizabeth, y la abuela estaba convencida de que el país debía a los Mallory buena parte de su supremacía en los mares.

Un Mallory había navegado con Drake. Además, en el siglo dieciocho, se habían dedicado también a sus propios intereses: más que capturar los barcos de sus enemigos los españoles y los holandeses, experimentaban el deseo de explorar la tierra y de reflejarlo en sus mapas.

Aquellos hombres, según explicaba la abuela, habían grabado su nombre en la historia del mundo, y no sólo en la de Inglaterra; habían hecho más fácil la navegación para centenares —no, para miles— de grandes aventureros de todo el mundo. Era inestimable cuánto debían a los mapas de los Mallory aquellos intrépidos navegantes, y no sólo éstos, sino los exploradores de las tierras de Oriente.

El «taller» estaba en la calle Mayor de Great Stanton. Era un antiguo edificio de tres pisos con dos miradores en la planta baja, uno a cada lado de la escalera de piedra de la puerta principal.

Detrás del taller, y separado de éste por un patio, había otro edificio, en el que había tres máquinas de vapor. Aquel era un territorio prohibido para nosotros, a menos que nos acompañase un adulto. A mí no me interesaban demasiado las máquinas, pero a Philip le atraían mucho.

En uno de los miradores había un gran globo terráqueo pintado con los más bellos azules, rosados y verdes, que me había fascinado cuando era niña. En aquellos días, cuando visitaba la tienda en compañía de la abuela Mallory, Benjamin Darkin me enseñaba un globo parecido que tenían sobre el mostrador; lo hacía girar una y otra vez y me enseñaba los grandes océanos azules, los continentes y sus fronteras, y nunca se olvidaba de señalar las zonas rosadas: las colonias británicas. Colonias que habían llegado a serlo, imaginaba yo, gracias a los ilustres Mallory que habían hecho los mapas para mostrar el camino a los exploradores.

A Philip también le ilusionaban mucho las visitas al taller, y me hablaba de ellas. En la sala de clase teníamos mapas y, cuando la abuela Mallory nos visitaba en ella, nos hacía preguntas sobre el atlas. La geografía era un tema que tenía preferencia sobre todos los demás, y a la abuela le encantaba ver el interés que experimentábamos por ella.

En el otro mirador de la tienda había un enorme mapamundi. Se extendía, imponente, ante nuestros ojos, con el continente africano a un lado y las Américas al otro. El mar era de color azul brillante, y la tierra, casi toda marrón oscuro y verde. A la izquierda del extraño tigre que era Escandinavia estaban nuestras islas, que parecían insignificantes. Y lo más imponente de todo era el nombre de nuestro antepasado, escrito en letras de oro en el ángulo de la derecha: JETHRO MALLORY, 1698.

—Cuando sea mayor —decía Philip—, tendré un barco y me iré a recorrer los mares Mi nombre también figurará en letras doradas al pie de un mapa.

Cuando la abuela Mallory le oyó decir esto, se le iluminó la cara con una sonrisa de felicidad, pues aquello era precisamente lo que deseaba para Philip; y adiviné que se felicitaba de haber rescatado a su nieto de las garras de la abuela Cresset, que quizá habría intentado hacer de él un arquitecto o incluso un político, pues en su familia había habido miembros de esas dos profesiones.

Con los años, había aprendido yo algo de la historia de la familia, y sabía que la abuela Mallory nunca había aprobado por completo el matrimonio de su hijo con Flora Cresset. Ésta, a juzgar por el retrato que había en la galería, había sido muy bonita, pero era asimismo una joven de salud delicada, por lo cual murió cuando yo nací. Pero muchas mujeres morían de parto, y muchos niños morían también al nacer, de modo que sobrevivir era, en cierto modo, un triunfo. Un día, le dije a Philip que el hecho de que la raza humana continuase era una muestra de la tenacidad de las mujeres, a lo cual él replicó: «A veces dices tonterías...».

Philip era más práctico que yo. Yo era una soñadora; vivía de ilusiones. A él le interesaban los aspectos concretos de la cartografía, los cálculos y las medidas, los compases y los demás instrumentos. Para mí, la cosa era muy diferente. Yo me preguntaba quién viviría en aquellos lugares remotos, y cómo vivirían. Cuando miraba aquellas islas situadas en medio de los azules mares tropicales, imaginaba toda clase de historias en torno a mis viajes por ellas y mi relación con sus habitantes.

Philip y yo veíamos las cosas de modo muy diferente. Quizás esta era la razón de que nos llevásemos tan bien. Cada uno tenía algo que al otro le faltaba. Sin duda por ser huérfanos de madre —y en cierto modo de padre también, aunque éste no había muerto—, nos apoyábamos mucho el uno en el otro.

Cuando mi padre trajo a su esposa a la mansión, trabajaba en el negocio familiar. Naturalmente, había sido educado para él, como lo era ahora Philip. Quizá si mi madre no hubiese muerto mi padre viviría aún en la casa familiar, haciendo más o menos lo que deseaba la abuela Mallory. Pero, a la muerte de mi madre, no había podido seguir viviendo en la casa. Debía de haber allí demasiados recuerdos. Y también es posible que sintiese aversión por la criatura que había ocupado su lugar en el mundo a expensas de la mujer que amaba. El caso es que decidió marcharse una temporada, trabajar en Holanda con otra casa dedicada a la cartografía, sólo unos meses, para recobrarse de la pérdida de su esposa. Holanda era un país que había visto nacer a algunos de los mejores cartógrafos del mundo. En aquel momento, a la abuela Mallory le pareció bien la idea: pensaba que aquel viaje le serviría a mi padre para superar su dolor y para adquirir experiencia en su profesión.

Pero mi padre se quedó en Holanda y no mostró deseos de volver. Al cabo de cierto tiempo se casó con una joven holandesa, Margareta, cuyo padre era un acaudalado exportador. Y, para disgusto de la abuela Mallory, mi padre se unió a él en el negocio, abandonando así lo gloriosa profesión de la cartografía por otra que la abuela llamaba desdeñosamente «comercio». De modo que yo tenía unos hermanastros y una hermanastra a los que no conocía.

Se habló de que Philip fuese a vivir con su padre, pero la abuela Mallory se negó siempre a ello. Creo que temía que mi hermano pudiese sentirse atraído por el negocio de la exportación. Así pues, mi padre se quedó en Holanda con su nueva familia, y pareció conformarse con dejar a sus primeros hijos al cuidado de la abuela.

El día en que cumplí los dieciocho años, en mayo y unos tres meses antes de la gran tormenta, se marchó la institutriz que había estado siete años conmigo, y me enteré de que la abuela empezaba a pensar en encontrarme un marido. Hasta el momento, no me atraía ninguno de los jóvenes que eran invitados a casa. Uno de ellos era Gerald Galton, de Great Stanton. Los Galton era muy ricos y tenían negocios en Londres, que estaba a unos treinta kilómetros de Great Stanton: no tan lejos como para separar de su familia al señor Galton padre. Gerald acompañaba a su padre en sus viajes a la capital, donde a menudo pasaban varias semanas, y sus visitas a la casa de campo eran bastante breves. Aunque se casase, Gerald no estaría mucho en casa, y, cuando me di cuenta de que esto era un punto a su favor, vi que no era él el hombre de mis sueños.

Estaba también Charles Fenton, el hijo del propietario de Marlington, un joven deportista y amante de la caza. Era un muchacho alegre, que se reía de casi todo, de modo que en su compañía se deseaba casi algo de tristeza. Me sentía bien al lado de aquellos dos jóvenes, pero la idea de pasar mi vida con uno de ellos no me atraía en absoluto.

La abuela Mallory me dijo un día:

—Tienes que pensar en casarte, hija mía. Una joven tiene que elegir tarde o temprano, y tiene que elegir entre los partidos que se le presentan. Las que tardan mucho en decidirse se encuentran a veces con que no tienen donde elegir.

Terrible advertencia, que cayó en saco roto, dados mis dieciocho años. No tenía prisa en casarme; estaba satisfecha con la vida que llevaba.

A la abuela le preocupaba más quién iba a ser la esposa de Philip. La mujer de mi hermano vendría a vivir a la mansión, y sería una Mallory, mientras que yo, al casarme, perdería aquel ilustre nombre. Sin duda, la abuela había visto con reservas la llegada de Flora Cresset a la mansión. Era cierto que esa joven le había dado dos nietos, pero su debilidad física le había costado a la abuela su hijo, que ahora, según ella lo expresaba, estaba «dominado por esa holandesa».

Después del segundo matrimonio de mi padre, la abuela ya no tuvo una palabra amable para los holandeses.

—Pero, abuela —le dije un día—, usted decía siempre que algunos de los mejores cartógrafos del mundo han sido holandeses. Y también algunos de los primeros exploradores. El mismo Mercator era flamenco. Recuerde cuánto le debemos.

La abuela se vio dividida entre la satisfacción que sentía siempre que yo mostraba interés por la cartografía y el desagrado que le causaba el que se la contradijese.

—De todo esto hace mucho tiempo —replicó—. Pero también fue un holandés el primero que compró mapas antiguos en blanco y negro y los coloreó, para venderlos luego a un precio muy alto.

—Cosa que hicieron también los que vinieron después —le recordé.

—¡Qué mala eres! —exclamó.

Pero no estaba enfadada, e hizo lo que hacía siempre que no estaba segura de ganar la discusión: cambió de tema.

A la abuela la encantaba que yo considerase una fiesta cada visita al taller, y algunas tardes, por supuesto después de mis clases, la institutriz y yo íbamos a Great Stanton, y yo pasaba unas horas muy agradables en el taller.

Siempre me interesaba hablar con Benjamin. Su vida eran los mapas. A veces, nos llevaba a Philip y a mí al edificio donde los imprimía, y nos hablaba largamente de las técnicas modernas y de cómo antaño se habían usado bloques de madera y a eso se le denominaba impresión en relieve, porque se entintaba parte de la madera y ésta era trasladada al papel de modo que destacaba en relieve.

—Y ahora usamos cobre —explicó con orgullo.

A mí me aburrían bastante aquellas cuestiones técnicas, pero Philip le hacía innumerables preguntas sobre varios procesos. Yo apenas les escuchaba; prefería contemplar los mapas colgados de las paredes. La mayoría eran copias de los que se habían realizado en los siglos catorce, quince y dieciséis, y me hacían pensar en los intrépidos exploradores que descubrieron aquellas tierras.

Philip pasaba mucho tiempo en el taller, y, cuando cumplió los ventiún años y hubo terminado sus estudios, pasó allí todo el día; trabajaba con Benjamin y aprendía el negocio. La abuela estaba encantada con él.

A mí me molestaba quedarme al margen, y Benjamin se percataba de ello. Él, al igual que Philip, parecía compadecerme por haber nacido mujer, lo que me impedía tomar un puesto de responsabilidad en aquella fascinante profesión.

Un día en que Benjamin hablaba de la técnica de colorear los mapas, expresó su opinión de que muy pronto se produciría un gran avance, y de que no tardaríamos en poner en el mercado litografías en color.

Me enseñó un grabado, no un mapa, sino una representación, bastante sentimental de una escena familiar, en colores.

—Lo ha hecho un impresor llamado George Baxter —me explicó Benjamin—. Mire qué colores. Si pudiésemos conseguirlos en nuestros mapas...

—¿Por qué no pueden? —pregunté.

—Baxter mantiene su método en gran secreto. Pero tengo cierta idea de cómo lo hace. Creo que usa una serie de bloques de diferentes colores, pero debe de tener el registro adecuado. Con los mapas tiene que ser más difícil. En ellos no se puede rebasar las líneas ni un milímetro; eso sería hacer un país más grande o más pequeño de lo que es en realidad. Es un problema muy grande.

—Así pues, ¿seguirá usted coloreando a mano?

—Por el momento, sí. Hasta que se encuentre un método mejor.

—Yo podría colorear mapas, Benjamin.

—¿Usted, señorita Annalice? Es una tarea difícil...

—¿Cree que podría hacerlo, aunque sea difícil?

—Bueno, usted es una señorita...

—No todas las señoritas son tontas, señor Darkin.

—Yo no he dicho eso, señorita Annalice.

—Muy bien, pues déjeme intentarlo.

Benjamin me permitió hacer una prueba. La hice bien, y al cabo de unos días me dio un mapa de verdad para que lo colorease. ¡Cómo me gustaba aquella actividad! Había aquel mar tan azul, de un azul que me encantaba. Mientras trabajaba, me parecía oír el ruido de las olas en las playas de coral. Veía a las muchachas de piel oscura que llevaban flores en el cuello y en los tobillos; veía a los niños morenos que corrían desnudos hacia el mar, y las largas canoas que cortaban las olas. Era como si estuviese allí.

Aquéllas eran tardes de aventura. Subía a montañas y cruzaba ríos; y pensaba sin cesar en qué nuevas tierras quedaban por descubrir.

Benjamin Darkin creía que yo me cansaría de aquel trabajo, pero se equivocaba. Cuanto más hacía, más me entusiasmaba. Por otra parte, lo hacía bien. No podíamos permitirnos estropear aquellos mapas con un coloreado imperfecto. Los míos eran examinados personalmente por Benjamin, que los encontraba perfectos.

Empecé a aprender cosas sobre el arte de la cartografía. Estudiaba los mapas antiguos y me interesaba por los hombres que los habían hecho. Benjamin me enseñó una copia del mapamundi de Ptolomeo, que había sido hecho alrededor del año ciento cincuenta de nuestra era, y me explicó cómo hasta el gran Ptolomeo había aprendido de Hiparco, que había vivido unos trescientos años antes. Mi interés aumentaba, y pasaba tardes mágicas soñando con países lejanos y con los hombres que habían estado allí años atrás y que habían confeccionado unos mapas para que otros pudiesen encontrar el camino con facilidad.

La abuela venía a veces a verme trabajar. Se sentaba a mi lado y me miraba con expresión especulativa. Estaba satisfecha de sus dos nietos, que estaban inmersos en el fascinante mundo de los mapas. No habría podido desear nada mejor. Era una mujer dominante por naturaleza, y nada le agradaba más que dirigir las vidas de los demás, pues siempre estaba segura de que podía hacerlo mucho mejor que ellos mismos.

Por entonces, la abuela Mallory había decidido que Philip debía casarse con una joven sensata que vendría a la mansión y tendría hijos que continuarían el apellido y el negocio de los mapas. En cuanto a mí, la abuela empezaba a comprender que ni Gerald Galton ni Charles Fenton eran el hombre adecuado para mí. Y había decidido esperar a que apareciese otro que a ella le pareciese más idóneo.

Esto suponía un respiro para mí. Podía seguir con mis aventuras imaginarias en la tienda, y disfrutar de mi vida tranquila en la mansión.

La casa Mallory era un lugar lleno de interés, cosa que yo olvidaba a veces por haber pasado mi vida en ella. Por una parte, se decía que estaba encantada. En el segundo piso había un rincón oscuro, en un lugar en el que la estructura parecía bastante inhabitual. La esquina en cuestión estaba al final de un corredor que parecía acabar bruscamente, casi como si el constructor se hubiese cansado de él y lo hubiese cortado en seco.

A los sirvientes no les gustaba recorrer aquel pasillo después del anochecer. No sabían decir exactamente por qué; experimentaban una sensación de temor sin causa aparente. Se rumoreaba que, muchos años atrás, alguien había sido emparedado en la casa.

Cuando le pregunté sobre esto a la abuela Mallory, ésta me contestó:

—Eso no es verdad. Ningún Mallory habría sido tan estúpido. Eso habría sido muy insano.

—A veces, en aquellos tiempos, se emparedaba a una monja —recordé.

—Los Mallory nunca han tenido que ver con monjas.

—Pero de eso hace muchísimo tiempo.

—Annalice, hija mía, te repito que eso es falso. Mira, ahora quiero que vayas a ver a la señora Gow y que le lleves un poco de gelatina de ternera. Vuelve a encontrarse mal.

La señora Gow había sido nuestra ama de llaves durante muchos años, y ahora vivía con su hijo, que era maestro de obras, en una casa situada entre Little y Great Stanton.

Yo no podía por menos que admirar a la abuela Mallory, que se libraba de los antepasados emparedados con tanta decisión como se había librado de la abuela Cresset.

Pero no dejé de pensar en aquel lugar del pasillo. Subía allí después del anochecer, y estaba segura de sentir un estremecimiento, algo... Una vez, imaginé que alguien me tocaba levemente el hombro y oí un susurro sibilante.

Intentaba crear algo a partir de un antiguo rumor, del mismo modo que soñaba con aquellas playas de coral cuando coloreaba los mapas.

Tenía la costumbre de visitar la tumba de mi madre, y de asegurarme de que los arbustos que había allí estuviesen bien cuidados. A menudo pensaba en ella. Me había formado una imagen suya a partir de lo que me había contado la abuela Cresset, que siempre lloraba un poco cuando hablaba de su Flora. Según ella, Flora era hermosa, y demasiado buena para este mundo; era bondadosa y afectuosa. Se había casado a los deciséis años y Philip había nacido un año después, de modo que sólo contaba veintidós cuando murió.

Yo había podido decirle a la abuela Cresset cuánto me entristecía pensar que mi madre había muerto por mi causa. Era algo que nunca le habría podido decir a la abuela Mallory, quien habría replicado inmediatamente: «Eso es una tontería. Tú no sabías nada, y nada podías decidir. Lo que ocurrió es algo que ocurre a menudo, y Flora era una muchacha débil».

La abuela Cresset era más sentimental; había dicho que mi madre habría dado gustosamente su vida por mí. Pero esto aún me preocupaba más. No hay nada que le haga a uno sentirse peor que saber que otro hace grandes sacrificios por él.

Por esto no había hablado de mi madre con la abuela Cresset tanto como habría querido.

A pesar de todo, visitaba su tumba. Había plantado junto a ella un rosal y una mata de romero. Acudía al lugar en secreto, pues no quería que nadie conociese mi remordimiento por haber causado su muerte, ni siquiera Philip. A veces, le hablaba a mamá en voz alta, y le decía que esperaba que fuese feliz allí donde estaba, y que sentía mucho que hubiese muerto al traerme al mundo.

Un día, estando allí, fui a buscar agua para las plantas. Cerca había una vieja bomba de agua, una regadera y varias jarras. Cuando me alejaba de la tumba de mi madre, me caí de bruces, pues había tropezado con una piedra. Vi que me había arañado un poco las rodillas, pero nada más. Cuando me disponía a levantarme, miré la piedra que había causado mi caída, y vi que formaba parte de un bordillo.

Aparté las hierbas y comprobé que aquel bordillo rodeaba una pequeña parte de terreno que debía de ser una tumba. Me pregunté de quién sería; siempre había creído que en aquel lugar no había nada. Pero, fuese lo que fuese, estaba entre las tumbas de los Mallory.

Arranqué parte de las hierbas que allí crecían, enmarañadas, y vi que se trataba, en efecto, de una tumba. No tenía lápida, que habría delatado su presencia. Sólo había una placa de metal, muy sucia y con las letras casi borradas.

Fui hasta la bomba y traje agua. Llevaba un trapo, con el que me secaba las manos després de regar las plantas, y lo usé para limpiar la placa.

Consternada, me eché atrás, mientras un escalofrío me recorría la espalda. El nombre que figuraba en la placa habría podido ser el mío.

ANN ALICE MALLORY
Fallecida el 6 de febrero de 1793
A los dieciocho años

Yo me llamaba Annalice, y en la placa, ambos nombres estaban separados. Pero, así y todo, el parecido me impresionó.

Por un instante, experimenté la extraña sensación de estar viendo mi propia tumba.

Permanecí unos momentos mirando la placa. ¿Quién sería aquella joven que yacía allí, silenciosa para siempre, entre los Mallory muertos?

Volví a la mansión, y me tranquilicé. ¿Por qué no había de llevar una antepasada un nombre parecido al mío? Los nombres de pila se repetían en las familias. Ann Alice y Annalice. Dieciocho años. Había muerto cuando tenía mi edad.

Aquella noche, mientras cenábamos, le dije a la abuela:

—Hoy, en el cementerio, he visto una tumba en la que no había reparado nunca.

Como mis palabras no le habían interesado mucho, seguí hablando, dirigiéndome a Philip, esta vez.

—Es la tumba de una joven que llevaba mi mismo nombre, o casi.

—Vaya —dijo Philip—. Yo creía que tú eras la única Annalice.

—Esa joven se llamaba Ann Alice Mallory. ¿Usted sabe quién era, abuela?

—Ann es un nombre que se ha usado mucho en la familia. Y Alice también.

—¿Por qué me pusieron Annalice?

—Lo elegí yo —respondió la abuela, como si ello representase que se había hecho la mejor elección posible y no hubiese más que hablar—. Había muchas Anns y muchas Alices en la familia. Ambos nombres me parecían un poco demasiado corrientes, pero, como eras una Mallory, combiné los dos, y el resultado fue un nombre indudablemente original.

—Lo que yo digo: la única Annalice —intervino Philip.

—Esa tumba estaba abandonada —dije.

—Las tumbas quedan abandonadas cuando su ocupante lleva mucho tiempo muerto.

—Hace casi cien años que enterraron a esa joven.

—Es mucho tiempo para que alguien la recuerde —dijo Philip.

—Me ha causado una impresión muy extraña encontrar su nombre debajo de las hierbas y de la suciedad..., y ver que su nombre era casi idéntico al mío.

—Tengo que ir a ver si hay algún Philip por allí —dijo mi hermano.

—Hay varios Philip.

—Ya sé que tienes el morboso capricho de leer las inscripciones —dijo Philip.

—Me gusta pensar en ellos, en todos los Mallory... En las personas que han vivido en esta casa antes que nosotros... Que guardan una relación con nosotros... La larga línea de nuestros antepasados.

—Es agradable ver que tienes tanto sentido familiar —dijo la abuela vivamente, dando por terminada la conversación.

Pero yo no podía apartar el pensamiento de Ann Alice Mallory. Supongo que ello se debía a que tenía más o menos mi edad cuando murió, y a que llevaba casi mi mismo nombre.

Cuando volví al cementerio, arranqué todas las hierbas que cubrían la tumba de Ann Alice, y le pedí a un jardinero que me diese un rosal para plantarlo allí. El hombre se rascó la cabeza y dijo que no era tiempo de plantar nada, pero me dio el rosal. Le pedí que me diese asimismo una mata de romero.

—Esa planta no agarrará —aseguró, de mal humor.

«Si no agarra, plantaré otras matas», pensé. Planté los arbustos y limpié la placa de metal. La tumba presentaba ahora un aspecto diferente; parecía que alguien quisiese aún a Ann Alice Mallory.

A menudo pensaba en ella. Probablemente, había nacido en la mansión; sin duda había vivido en ella durante dieciocho años; y llevaba mi nombre. Habríamos podido ser una misma persona.

Ann Alice no dejaba de aparecer en mis pensamientos. Era muy extraño.

Había muerto en 1793. Aún no hacía cien años de ello. ¿Cómo habría sido entonces la vida en el pueblo? Muy parecida a la de ahora, seguramente. La vida de los pueblos no había cambiado mucho. En el mundo exterior tendrían lugar grandes acontecimientos. Estaría en curso la Revolución francesa, y el mismo año de la muerte de Ann Alice serían ejecutados los reyes de Francia.

Ya no debía de quedar nadie que hubiese conocido a Ann Alice. Ni la señora Terry había nacido cuando ella murió, aunque vino al mundo pocos años después. La señora Gow tenía setenta y nueve años; quizás había oído a sus padres contar algo de ella. Quizás ellos la habían conocido.

Cuando visité a la señora Gow, decidí mencionar el tema. La anciana había sido nuestra ama de llaves durante cuarenta años. Había enviudado a los veintiocho, y había pasado entonces a trabajar en nuestra casa.

Los Gow estaban por encima de la comunidad trabajadora en la que vivían. Lo habían estado desde hacía muchos años, merced a su negocio de construcción y carpintería, que cubría no sólo las necesidades de Little y Great Stanton, sino las de toda la vecindad.

La señora Gow había mostrado siempre un aire de superioridad, al igual que los demás miembros de la familia. Era como si tuviesen que recordar constantemente a todo el mundo que estaban hechos de un barro más fino.

Yo recordaba a la señora Gow tal como la veía en mi infancia: una figura imponente, digna, vestida de fustán negro, a la que Philip y yo mirábamos con cierto temor.

Una vez le pregunté a la abuela Mallory por qué incluso ella trataba a la señora Gow con tanto respeto.

—¿Qué tiene de especial la señora Gow? —inquirí—. ¿Por qué hemos de tratarla con tanta cortesía?

—Es una buena ama de llaves.

—Pero a veces se comporta como si fuese la dueña de la casa.

—Esto es algo que suelen hacer los buenos sirvientes, movidos por la fidelidad.

La abuela se quedó pensativa unos momentos, y después, como si ella también se interrogase sobre el asunto, dijo:

—Los Gow han sido siempre respetados en esta casa. Tienen dinero... Tenemos suerte de tener a una persona como la señora Gow. Debemos recordar que no necesita trabajar para vivir, como es el caso de tantas personas.

Era evidente que los Gow tenían algo especial. La abuela le hacía pequeños regalos a la señora Gow. Ésta no habría aceptado los regalos corrientes que se hacían a los pobres que lo merecían: mantas y carbón para Navidad, y cosas por el estilo. La señora Gow recibía faisanes, gelatina de ternera..., los regalos que se hacían a una amiga, o casi. No pertenecía a la clase de los señores, pero tampoco a la de los sirvientes; se movía, satisfecha, entre ambas. Su suegro y su esposo habían sido maestros artesanos. Y ahora era William, su único hijo, quien llevaba el floreciente negocio.

Decidí visitar a la señora Gow para intentar averiguar algo sobre Ann Alice.

Después de entregarle las pastas de mazapán cuya confección había obtenido de nuestra cocinera, y que sabía que gustaban especialmente a la señora Gow, me senté en una silla cerca del sofá en el que ella se había reclinado, a la manera de madame Récamier, y comencé mi interrogatorio.

—Hace unos días estuve en el cementerio —expliqué—, visitando la tumba de mi madre.

—Una señora muy dulce, querida por todos —comentó la señora Gow—. Nunca olvidaré el día en que nos dejó. ¿Cuánto tiempo hace de ello?

—Dieciocho años —respondí.

—Yo siempre dije que no lo resistiría. Era demasiado débil. Era una muchacha preciosa. El señor la adoraba.

—Se refiere a mi padre, claro. Usted debe de recordar muchas cosas, señora Gow.

—Siempre he tenido buena memoria.

—El otro día, encontré una tumba en el cementerio. Estaba muy abandonada. La limpié un poco y vi que en ella descansaba una joven que llevaba casi mi nombre: Ann Alice Mallory. Murió en 1793, a los dieciocho años.

—De eso hace mucho tiempo.

—Casi cien años. ¿Ha oído usted hablar de ella?

—Todavía no tengo cien años, señorita Annalice.

—Pero tiene usted muy buena memoria, señora Gow, y quizá recuerde algo que le contaron de ella.

—Es que yo no vine a vivir aquí hasta que me casé con Tom Gow.

—Yo pensaba que quizá le había contado a usted algo la familia del señor Gow.

—Tom era mayor que yo, pero nació en mil ochocientos diez, es decir, mucho tiempo después de que muriese esa joven. Es curioso que haya mencionado usted ese año. He oído hablar de él muchas veces.

—¿Ese año?

—¿Cuándo ha dicho usted que murió esa muchacha? ¿En mil setecientos noventa y tres? Pues bien, en ese año comenzó nuestra familia el negocio. Está inscrito en la puerta. Dice «Fundado en 1793». Es el mismo año.

Me sentí decepcionada. A la señora Gow le interesaba más recordar los logros de Gow, Constructores y Carpinteros, que evocar lo que pudiese saber de Ann Alice Mallory. Se puso a hablar extensamente del mucho trabajo que tenía su hijo William, y de cómo pensaba pasar parte del negocio a su hijo Jack.

—«Hay que darles responsabilidad», dice William. Esto es una prueba de lo que se puede conseguir trabajando bien. Todo el mundo sabe que Gow es el mejor constructor y carpintero, y desafío a quien sea a que diga lo contrario.

Me di cuenta de que era improbable que la señora Gow me revelase algo, y decidí que valía la pena intentarlo con la señora Terry.

Fui a su casa, y la encontré en cama.

—Ah, es usted —me dijo, mirando ávidamente mi cesto, para ver lo que le traía.

—Sigue sin llover —dijo, meneando la cabeza—. Ah, éste es un castigo que la gente se ha buscado. ¿Sabe usted que el sábado pasado organizaron un baile en el granero y siguieron bailando después de medianoche, unas horas del domingo? ¿De qué se quejan, pues? Y me preguntan a mí: «¿Por qué tenemos sequía? ¿Por qué se muere el ganado? ¿Por qué se seca la hierba?».

—¿Por qué se lo preguntan a usted, señora Terry?

—Eso digo yo. Lo que deberían hacer es examinar su propia conciencia; esto es lo que deberían hacer. Lo que está pasando es un castigo, y si no se enmiendan vendrán castigos peores. «Arrepentíos, les digo, mientras estéis a tiempo.»

—¿Ha oído usted hablar de Ann Alice Mallory?

—¿Cómo dice? Esa es usted, ¿no?

—No. Yo me llamo Annalice. Le pregunto por Ann Alice, los dos nombres separados.

—Siempre he pensado que ese nombre que le impusieron a usted es una extravagancia. ¿Por qué no podían llamarla Ann, sencillamente, o Alice, como sus antepasadas? ¿Para qué quisieron darle dos nombres en uno? Ann y Alice eran nombres frecuentes en su familia.

—Yo le pregunto por una muchacha que llevaba los dos: Ann Alice.

—No, ese creo que no lo he oído nunca.

—Usted tiene noventa años, señora Terry. Es magnífico haber alcanzado esta edad.

—Eso se debe a mi vida virtuosa.

La señora Terry tuvo el detalle de bajar los ojos al decir esas palabras. En efecto, su virtud se remontaba sólo a los últimos veinte años. Y, según yo había oído decir, la señora Terry, después de la muerte de su esposo —e incluso en vida suya, durante sus ausencias—, no se había negado a lo que en el pueblo se denominaba «un poco de lo mejor» algún sábado por la noche, detrás de unos arbustos o incluso en su casa.

—Eso debe de ser —dije con expresión inocente, como si no tuviese noticia alguna de aquellas actividades clandestinas, pues no quería indisponerme con ella—. Bien, el caso es que encontré una tumba en el cementerio, la tumba de Ann Alice Mallory. Ese nombre es casi igual al mío, y me impresionó pensar que, cuando yo muera, mi lápida se parecerá bastante a aquella.

—Procure no morir en pecado; esto es lo principal.

—No había pensado en ello.

—Esto es lo malo de hoy en día. Los jóvenes no piensan en las cosas. Yo le he hecho prometer a Daisy que, cuando me vea a punto de morir, avise al párroco para que me ayude, aunque en rigor no lo necesitaré, naturalmente.

—Naturalmente. Usted estará segura de tener un lugar en el cielo. Yo creo que le enviarán una compañía de ángeles para escoltarla hasta allí.

La anciana asintió, con los ojos cerrados.

Yo estaba muy decepcionada. Parecía que nadie sabía nada de Ann Alice. Y la señora Terry debía de haber nacido poco después de su muerte. Había nacido en el pueblo y había vivido en él toda su vida. Tenía que haber oído hablar de mi joven antepasada. Yo no había conocido aún a ningún nativo del pueblo a quien no le interesase lo que ocurría en la mansión.

—Señora Terry —dije—, esa joven dama debió de morir poco antes de que naciese usted. ¿Nunca oyó contar nada de ella?

—No. No se hablaba nunca de ella.

—¿Que no se hablaba de ella? ¿Quiere decir que era un tema prohibido?

—Ah, eso no lo sé.

—¿Recuerda usted de qué se hablaba en el pueblo cuando usted era niña?

—Pues se hablaba mucho de los Gow. De cuán engreídos eran, de cómo habían llegado a tener su propio negocio. Mi madre decía: «Mira a la señora Gow, con su sombrero morado, entrando en la iglesia con aires de señora. Nadie diría que hace unos años era una campesina como nosotras».

—Sí, sí —dije con cierta impaciencia—. Ya sabemos cómo han prosperado los Gow.

—Pero antes eran pobres..., o así lo tengo entendido.

—Hace muchos años que son independientes. Desde mil setecientos noventa y tres, como dice en la entrada de uno de sus cobertizos. Lo vi el otro día. Ése fue el año en que murió esa antepasada mía.

—Hay gentes que ganan dinero y que creen ser más que los demás...

—¿Así que no se acuerda usted...?

—Algo se comentó... —dijo la señora Terry—. No, no me acuerdo. Algo se dijo de una señorita de la mansión. De una señorita que murió muy joven.

—Sí, señora Terry, tiene que ser ella.

Mi interlocutora se encogió de hombros, indicando que no recordaba nada más.

—Usted tiene que haber oído hablar de algo —insistí.

—No, no recuerdo. Todo el mundo se muere. Lo que es de desear es que hayan tenido tiempo de arrepentirse.

Suspiró y volvió a hablar de los Gow.

—No estaba bien lo que hacían. Daban mucho que hablar. Pero ellos no podían hacer nada mal. Me acuerdo de una vez..., yo debía de ser una chiquilla... Un Gow fue atrapado cazando furtivamente. ¿Cómo se llamaba? Mecachis, no me acuerdo. Ah, sí, Tom. Tom Gow. Le pillaron con las manos en la masa, con el faisán escondido en la chaqueta. Le llevaron delante del juez, pero ¿qué pasó? Los Gow fueron a ver al señor, y en un decir Jesús quedó Gow libre, y se paseó por la calle más orgulloso que un pavo. Su falta quedó impune. ¿Qué le parece? Vaya favoritismo... Como es natural, esto molestaba a la gente. Parecía que el señor estuviera dispuesto a hacer cualquier cosa por esos Gow.

—De eso debe de hacer mucho tiempo —comenté con impaciencia, pues no me interesaban las andanzas de los Gow.

—Sí, hace mucho tiempo —prosiguió la señora Terry—. Ya le he dicho que por entonces yo era una chiquilla. Pero ha sido siempre así. Los Gow siempre han tenido el apoyo de los señores. Esto es lo que dice la gente.

—Han prosperado mucho. Supongo que hay que admirarles por ello.

—Se dice que han recibido buenas ayudas.

—También se dice que Dios ayuda a los que se ayudan. Usted debe de saberlo, señora Terry, pues está en mejor relación con el Todopoderoso que nosotros.

Pero mi interlocutora no captó la ironía. Asintió juiciosamente y dijo:

—Sí, así es.

Me despedí de ella, dándome cuenta de que no me diría nada de Ann Alice Mallory.

Le confié a Philip mi deseo de saber algo de aquella joven.

—¿Por qué te interesa? —me preguntó—. ¿Sólo porque se llamaba como tú?

—Tengo un presentimiento.

Philip no tomaba en serio mis presentimientos. Se rió de mí.

—¿Salimos a cabalgar un rato? —me preguntó.

Me encantaba cabalgar con él, y acepté gustosa la invitación. Pero no pude quitarme a Ann Alice de la cabeza. No dejaba de pensar en la misteriosa joven que yacía en la tumba abandonada.

El calor se hizo más intenso. El aire tenía una angustiosa inmovilidad.

Todo el mundo decía: «Con este calor no se puede trabajar, no se puede pasear, no se puede casi respirar».

«Pronto lloverá —decían también—. Ya no podemos resistir esta sequía.»

Yo estaba molesta porque mis esfuerzos por descubrir algo sobre la mujer que me intrigaba habían resultado tan infructuosos. La señora Gow era demasiado joven para recordarla, y la señora Terry estaba tan obsesionada por su envidia de los Gow que no podía concentrarse en el tema. ¿A quién más podía preguntar?

¿Por qué me interesaba tanto aquella muchacha? ¿Por qué me parecía tan importante sólo porque había encontrado su tumba, porque su nombre era similar al mío y porque al morir tenía mi misma edad? ¿Por qué no podía borrarla nunca de mi pensamiento? Era casi como si fuese una presencia viva. Según dijo Philip, era muy propio de mí preocuparme por una cosa como aquella. ¿Qué importaba ya lo que le hubiera ocurrido a aquella joven? Había muerto.

Tenía la sensación de que Ann Alice era desgraciada. Era algo que había percibido junto a su tumba y también en la mansión.

¿Por qué estaba su tumba abandonada? Las demás no lo estaban. Era como si alguien la hubiese enterrado y desease olvidarla.

Aquella tarde hacía demasiado calor para salir a pasear o a cabalgar. Me instalé en el jardín, a la sombra, en un sillón, y me puse a escuchar el zumbido de las abejas. Ya casi no quedaban flores en las matas de espliego; habían sido recogidas y metidas en saquitos para perfumar cajones y armarios. Las abejas se dedicaban, pues, a las flores moradas. Observé el revoloteo de una libélula por encima del estanque, en cuyo centro había una estatuilla de Hermes, que parecía huir. Los peces dorados nadaban en el agua. Reinaba una gran quietud por doquier, como si toda la naturaleza estuviese en tensión..., como si esperase algo. Es la calma que precede a la tempestad, pensé.

El calor se mantuvo durante toda la tarde. Después de cenar nos sentamos un rato en el jardín, sin ganas de hacer nada. La abuela explicó que había tenido demasiado calor para ir a Great Stanton, y le dije que la comprendía.

Nos retiramos pronto. Dormí mal, a causa del calor. Eran las dos de la madrugada, aproximadamente, cuando estalló la tormenta. Yo estaba sólo medio dormida, y me desperté en el acto cuando sonó el primer trueno, que fue un ruido violentísimo que se produjo, según me pareció, encima de mi cabeza. Me incorporé en la cama. Ya había llegado la tormenta que se anunciaba desde hacía tanto tiempo.

Un relámpago iluminó la habitación, e inmediatamente le siguió otro trueno.

Parecía que el cielo estuviese en llamas. Nunca había visto unos relámpagos tan intensos. Oí movimiento en la casa, y supuse que algunos criados se habían levantado.

Las tronadas no eran muy frecuentes en el lugar, y, cuando se producían, solían ser breves. Aquella tormenta estaba encima mismo de nuestras cabezas, y los truenos se sucedían rápidamente.

Me levanté, me puse la bata y las zapatillas, y, mientras lo hacía, oí el trueno más violento de todos. Me quedé inmóvil, con el corazón desbocado.

El siguiente trueno pareció producirse encima de la casa. Oí que algo se derrumbaba.

Salí al pasillo, a toda prisa. Allí estaba Philip.

—Ha caído un rayo por aquí —me dijo.

—¿Quieres decir en la casa?

—No lo sé.

Sonó otro trueno, y otro, y otro.

Apareció la abuela.

—¿Qué pasa? —preguntó, enérgica.

—Aún no lo sabemos —le contestó Philip—. Me ha parecido que caía un rayo en la casa.

—Pues vamos a verlo.

Habían llegado algunos criados.

—El señor Philip cree que puede haber caído un rayo en la casa —les explicó la abuela—. Pero no se asusten. No puede ser gran cosa. Si fuese grave, lo sabríamos en seguida. ¡Oh!

Había sonado otro trueno, asimismo encima de la casa.

—Philip... y usted, Jennings —dijo la abuela, dirigiéndose al mayordomo, que acababa de llegar—. Vayan a mirar qué ha pasado. ¿Dónde creen que ha podido ser?

—Yo creo que ha caído en el tejado, señora Mallory —respondió Jennings.

—Si es así, debe de estar entrando la lluvia —dijo Philip—. Vamos a verlo ahora mismo.

Oí que la lluvia azotaba fuertemente las ventanas. Philip, Jennings y otros sirvientes echaron a correr escaleras arriba. La abuela y yo fuimos en pos de ellos.

Oí un grito. Era Philip.

—¡Ha caído en el tejado! —gritó.

Olí a quemado, pero no vi fuego. De haberlo habido, la lluvia lo habría apagado rápidamente. El suelo del pasillo estaba inundado.

Sin perder la calma, la abuela se hizo cargo de la situación. Los criados trajeron recipientes de todas clases para recoger el agua de la lluvia. Con la conmoción nos olvidamos de la tormenta. Los truenos continuaban sonando.

Una de las doncellas se puso a chillar como una histérica.

—Cada vez que truena le pasa lo mismo, señorita —me explicó otra doncella—. Es porque su tía la encerró en un armario cuando tenía cinco años, un día que tronaba, y le dijo que Dios estaba enfadado y quería castigar al mundo...

Dos de las muchachas acudieron a tranquilizar a su compañera.

Jennings estaba tan sereno como la abuela. Examinó los daños que había sufrido el tejado, y declaró:

—No se puede hacer nada hasta mañana, señora Mallory. Y tendremos que llamar a Gow.

La tormenta continuó durante una hora, y pasamos aquel rato vaciando cubos de agua y haciendo cuanto podíamos por evitar más daños en la casa. Sentimos un gran alivio cuando dejó de llover, y el diluvio que caía en los recipientes quedó reducido a unas gotas.

—¡Qué noche! —exclamó John Barton, que había venido a ayudarnos desde la vivienda que ocupaba, situada encima de las cuadras.

—No se preocupe, señora Mallory —dijo Jennings—. Los

daños no son tan graves como me ha parecido antes. Iré a buscar a Gow tan pronto como abran.

Ahora —dijo la abuela—, creo que nos conviene a todos tomar algo bien caliente. Un ponche, quizá. ¿Quiere ocuparse de ello, Jennings? En mi saloncito para la familia, y que lo sirvan también en la cocina.

Nos sentamos, en el saloncito de la abuela, oyendo retumbar los truenos en la lejanía, bebiendo ponche caliente, y comentando que no olvidaríamos nunca aquella noche.

Por la mañana, vino William Gow a examinar los daños. Nos dijo que en otra casa del prado también había caído un rayo. La gente opinaba que era la peor tormenta que había caído en cien años.

William Gow pasó un rato subido al tejado, y, cuando bajó, estaba muy serio.

—Es peor de lo que pensaba —dijo—. Habrá que trabajar mucho..., aparte de la reparación del techo, y usted ya sabe, señora Mallory, lo difícil que es encontrar las tejas adecuadas para estas casas antiguas. Han de ser de la época y, al mismo tiempo, sólidas. Y no es sólo esto. Ha sido dañada parte de la estructura de madera. Habrá que sustituirla.

—Muy bien, señor Gow —dijo la abuela—. Se hará cuanto sea necesario.

—Ahora, quisiera mirar los paneles de ese lugar. Habrá que reparar algunos, para que no se pudran y se partan.

—Mírelo todo a fondo —dijo la anciana, y después hablaremos.

—El señor Gow se paso toda la mañana en el piso alto, dando golpecitos y mirando por todas partes.

Yo salí a dar un paseo por el pueblo. Muchos arbustos estaban doblados contra el suelo, pero había un frescor agradable en el aire. Por doquier había charcos, y me pareció que todos los habitantes del pueblo estaban en las calles, decididos a oír las últimas noticias.

No pude resistir la tentación de visitar a la señora Terry. La encontré sentada en la cama, con un aire de profetisa antigua.

—¡Qué tormenta hemos tenido! Yo me senté en la cama y recé con estas palabras: «Castígales con severidad, Señor. Es la única manera de que escarmienten esos pecadores».

Me acordé de la doncella a la que habían encerrado en un armario, a los cinco años, y a la que le habían dicho que la tormenta se debía a la cólera de Dios, y pensé que las personas virtuosas podían hacer mucho daño en el mundo.

—Estoy segura de que el Todopoderoso le agradeció el consejo —le dije fríamente, sin poder contenerme.

—Dicen que ha caído un rayo en la mansión —prosiguió la señora Terry, haciendo caso omiso de mis palabras—. Ha hecho un agujero en el tejado, ¿verdad?

Me pareció percibir una decepción en el tono de su voz porque los desperfectos no habían sido mayores.

—También a los Carter les ha caído un rayo en casa —añadió—. Les gusta mucho callejear. ¿Y sabía usted que le compraron a Amelia un medallón y una cadena de oro? ¡A su edad!

—¿Y el daño que ha sufrido su casa es el castigo que sufren por callejear y por comprar un medallón de oro?

—No lo sé. Pero las personas reciben lo que merecen. Lo dice la Biblia.

—¿Lo dice la Biblia? ¿Dónde?

—No importa donde. El caso es que lo dice.

—Bueno, me alegro de que usted haya sobrevivido, señora Terry.

—Oh, yo ya sabía que a mí no me ocurriría nada.

—Tiene protección especial del Cielo. Pero los justos no se libran siempre. Piense en los santos y en los mártires.

Mas la señora Terry no pensaba dejarse llevar a una controversia teológica. Se limitó a murmurar:

—Espero que esto les sirva de lección. Veremos...

Cuando volví a casa, subí al piso alto, para ver qué hacían William Gow y su ayudante.

Me encontré con el señor Gow en el pasillo que yo denominaba el «pasillo encantado». El constructor me dijo:

—He estado examinando esta pared, señorita Annalice.

Ha entrado humedad por aquí. Mire, la pared ha quedado insegura —explicó, apoyando la mano en ella.

—¿Qué le parece a usted que hay que hacer?

—Creo que deberíamos echarla abajo. Además, no entiendo lo que hace aquí. Los paneles no son de la misma calidad que los del resto del corredor.

—Sin duda, mi abuela estará de acuerdo en que haga usted lo que considere mejor.

El señor Gow dio unos golpes en la pared y meneó la cabeza.

—Es extraño —dijo—. Hablaré con la señora Mallory.

Se habló mucho de la restauración que sería necesario hacer después de la tormenta. Los daños no habían sido muy graves, pero, como ocurre siempre en estos casos, iba a ser necesario más trabajo del que parecía al principio. William Gow y sus operarios se ocuparon primero del tejado, que era lo más urgente, y luego se dedicaron al interior de la casa.

A mí me interesaba aquella pared que había de ser derribada, pues estaba en aquel pasillo del que algunos criados decían que estaba encantado, y en el que yo misma pensaba que había algo extraño; y me las arreglé para estar en casa el día que se pusieron a trabajar en él.

Subí a ver lo que hacían, y así fue como logré ser la primera en pisar aquella habitación, la que apareció detrás de la pared.

Ninguno de los presentes dábamos crédito a nuestros ojos. El derribo de la pared había levantado una nube de polvo y de yeso, pero allí había una habitación, sin duda, y parecía que alguien acabase de salir de ella y esperase volver en cualquier momento.

—¡Esto es lo más extraño que he visto en mi vida! —dijo William Gow.

—¡Válgame Dios! —exclamó su ayudante.

Yo miraba sin decir nada, y me invadió una gran excitación.

—¡Era verdad que había una habitación tapiada! —exclamé—. ¡Qué cosa tan extraordinaria! ¿Por qué lo harían?

Di un paso, disponiéndome a entrar.

—Tenga cuidado —me aconsejó William Gow—. Este lugar lleva muchos años cerrado. El aire debe de estar enrarecido. Es mejor que espere un poco, señorita Annalice.

—¡Qué raro! —exclamé—. Parece como si alguien acabase de salir de aquí.

—Apártese de todo este polvo, señorita Annalice. Podría hacerle daño. Espere un rato antes de entrar. Deje que penetre el aire. Bill, vamos a tirar toda la pared. Esto es la cosa más extraña que he visto nunca.

Yo sentí una gran impaciencia por entrar en aquella habitación, pero hube de contenerme durante media hora. Me quedé junto a la pared, esperando, preguntando de vez en cuando si podía entrar. Por fin, William Gow dijo que ya se había posado el polvo y que había entrado un poco de aire fresco en la estancia, y ambos entramos en ella.

La habitación no era grande; por esta razón, supuse, había sido fácil ocultarla. Había en ella una cama con cortinas de terciopelo azul, o que al menos parecían de terciopelo azul debajo del polvo que las cubría. La alfombra era azul oscuro. Había una pequeña cómoda, dos sillas y un tocador. En una de las sillas había una pañoleta de encaje y un par de guantes. Me quedé mirando aquellas prendas con gran interés. Experimentaba la impresión de que una mujer había ocupado aquel dormitorio hasta el mismo instante en que se decidió tapiarlo; aquella mujer no había tenido tiempo de guardar la pañoleta o de ponerse los guantes. Era evidente que era una mujer, suponiendo que aquellas prendas le perteneciesen. Y se veía que la habitación había sido de una mujer. La decoración tenía cierto aire de feminidad. El tocador estaba adornado con unos volantes, y en él había un espejo de mano.

William Gow estaba a mi lado.

—Allí había una ventana —dijo.

—Claro. Tenía que haber una ventana.

—La cegaron. Da la impresión de que hicieron todo el trabajo a gran velocidad.

Me volví para mirarle.

—Qué descubrimiento tan extraño —dije—. ¿A quién se le podía ocurrir tapiar así una habitación?

Él se encogió de hombros; no era un hombre de mucha imaginación.

—Lo lógico habría sido que quitasen los muebles antes —dije.

El señor Gow no respondió. Sus ojos habían descubierto algo en la madera que acababa de arrancar.

—¿Qué es eso? —le pregunté.

—Es nuestra marca.

—¿Cómo?

—La marca de los Gow.

—¿Dónde?

Me la enseñó. Era una pequeña talla, una ardilla sentada sosteniendo una nuez, con la gruesa cola levantada.

Miré al señor Gow con expresión interrogante, y él explicó:

—Esto quiere decir que fue un Gow quien colocó el panel que cerraba la habitación. Debió de ser mi abuelo. Él tallaba siempre esa figura en las cosas que hacía. Mi padre también lo hacía, y ahora lo hago yo.

Así pues, debió de ser su abuelo. Durante varias generaciones, su familia ha hecho trabajos de carpintería en esta casa.

—Me produce una extraña impresión —comentó William Gow.

Yo pensé que aquella era una manera suave de expresarlo, pero aquella marca no me interesaba. Estaba absorta en la aventura del descubrimiento de aquel dormitorio, en las especulaciones sobre quién había sido su ocupante, sobre la razón por la cual alguien la había tapiado. No es fácil hacer desaparecer una habitación. Sólo había una forma de hacerlo: tapiarla, hacer como si no hubiese existido nunca.

Cuando la abuela se enteró de lo que había ocurrido, se quedó asombrada. Subí con ella y con William Gow para examinar otra vez la habitación. Lo que a la abuela le pareció más extraño era que no hubiesen retirado los muebles.

—¿Y, por qué no se limitaban a cerrarla con llave —me dijo—, si no querían usarla más? A veces, los Mallory hacen cosas muy raras.

Estas palabras representaban una pequeña crítica a la familia, cosa que la abuela se permitía en raras ocasiones.

—Tuvo que existir una razón —dije.

—Nunca la sabremos —replicó ella—. Bueno, ¿qué vamos a hacer con este cuarto? Creo que lo primero es examinar los muebles. ¿Dice usted que allí había una ventana, señor Gow? Pues bien, antes que nada se debería volver a abrir. Y estos muebles..., no me extrañaría que se hubiesen estropeado con semejante encierro. ¿Cuántos años hace que se hizo esto? Quién sabe... Yo, desde luego, nunca he visto esta habitación. Ordenaré que la arreglen ahora mismo.

—Con su permiso, señora Mallory —dijo William Gow—, les aconsejo que no toquen nada hasta dentro de un par de días. Dejen que se ventile. Podría ser perjudicial que entrasen ahora.

—Muy bien. Dejaremos que entre el aire. Diré a todos que no entren hasta que yo les dé permiso. Supongo que esta habitación despertará mucha curiosidad.

—Hágalo así, señora Mallory. Y que tenga un poco de cuidado quien entre aquí. No sé cómo estarán las maderas y el suelo después de tantos años.

—Siendo así, no tocaremos nada hasta que usted nos autorice a hacerlo.

—Sí, señora Mallory, me gustaría examinar la habitación a fondo. Quisiera asegurarme de que no hay peligro antes de que ustedes se pongan a arreglarla.

—Así se hará.

La abuela y yo bajamos. Nos encontramos con Philip, que fue inmediatamente a ver la habitación. Aquella noche casi no hablamos de otra cosa.

Estaba en la cama y no podía dormir. El descubrimiento me había impresionado más que a los demás. ¿Por qué?, me repetía una y otra vez. ¿Por qué tomarse tantas molestias para cerrar una habitación? ¡Qué cosa tan extraña! Como había dicho la abuela, ¿por qué no se habían limitado a echar la llave?

No podía apartar la habitación de mi mente. Cada detalle

parecía grabado en mi memoria. La cama, con sus cortinas de terciopelo... grises por el polvo de muchos años. Recordaba que del techo colgaban telarañas. Veía una y otra vez el tocador con su espejo, la silla, la pañoleta y los guantes. ¿Acababa ella de quitarse aquellas prendas o se disponía a ponérselas? Y la cómoda... ¿Qué contendrían aquellos cajones?

Daba vueltas en la cama. Decidí que a la mañana siguiente iría a echar una mirada. ¿Qué mal podía haber en ello? Tendría cuidado. ¿Qué había insinuado William Gow? ¿Que el suelo podía ceder bajo los pies de quien entrase? ¿Que el aire enrarecido le intoxicaría?

De pronto, me obsesionó el deseo de ir a echar una mirada en aquel mismo instante. ¿Por qué no? Miré al techo... Sólo tenía que subir la escalera..., recorrer el pasillo.

Me empezó a latir el corazón muy aprisa, y un leve escalofrío me recorrió la espalda. Yo ya creía, a medias, las habladurías de los criados en el sentido de que aquel lugar estaba encantado, y ahora que se había descubierto la habitación ello aún me parecía más probable.

«Espera a mañana», me decía mi parte cobarde.

Pero aquello me parecía un desafío. Además, ¿cómo podría dormir si no dejaba de pensar en aquel asunto, si no dejaba de preguntarme, ¿por qué? ¿Por qué?

Me levanté, me calcé las zapatillas y me puse la bata. Cuando encendí la vela, me temblaban un poco los dedos.

Abrí la puerta y escuché. La casa estaba en total silencio.

Empecé a subir la escalera, deteniéndome en cada escalón, alegrándome de conocer la casa tan bien que sabía exactamente cuáles eran las tablas que crujían.

Ya estaba en el pasillo. Vi que en la habitación había aún una leve nube de polvo. Y de la estancia emanaba un olor especial, diferente a todos los que yo conocía..., un olor a viejo, a humedad, a algo que no pertenecía del todo a este mundo.

Pasé por encima de una madera rota y me encontré en la habitación.

Levanté la vela hacia las paredes y el techo. A aquella luz, las manchas se veían más que durante el día. Antes, habíamos visto la habitación a la luz del día que entraba por una ventana del pasillo. ¿Qué eran aquellas manchas de la pared, al lado mismo de la cama..., y también en la otra pared, y en el techo?

Estuve a punto de dar media vuelta y echar a correr.

Sentí que aquel dormitorio encerraba un terrible secreto. Aunque tenía miedo, el deseo de quedarme donde estaba fue más fuerte que el miedo.

Quizás imaginé esto después, pero me parecía que algo..., o alguien..., me había llamado allí aquella noche, me rogaba que me quedase. Me parecía que tenía que ser yo la que descubriese.

Pasé varios minutos —o quizá fueron segundos— mirándolo todo, y mis ojos volvían una y otra vez a las manchas de las paredes y del techo.

—¿Qué significa esto? —susurré.

Guardé silencio y escuché, como si esperase una respuesta.

Con cuidado, di un paso adelante. Mi atención se centraba en la cómoda.

Obedeciendo a un impulso, me acerqué a ella. Dejé la vela encima e intenté abrir el cajón de arriba. Estaba atascado, pero tiré con fuerza y conseguí abrirlo.

Había algo en su interior. Me incliné para verlo. Un sombrerito de gasa gris con una pluma en la parte delantera, sujeta con un alfiler rematado por una piedra; y otro sombrero, adornado con margaritas.

Cerré el cajón. Me parecía estar espiando, y me parecía que en algún lugar de aquella misteriosa habitación, en plena noche, unos ojos me vigilaban. Y experimentaba la extraña sensación de que aquellos ojos querían que siguiese buscando.

Cerré el cajón, y entonces me percaté de que un objeto sobresalía un poco del segundo cajón, como si alguien lo hubiese cerrado apresuradamente. Intenté abrirlo, y, después de algún esfuerzo, lo conseguí. En su interior había medias, guantes y chales. Introduje la mano y los toqué. Estaban muy fríos y húmedos. Sentí cierta repulsión. «Vuelve a tu cuarto —me apremiaba el sentido común—. ¿Qué haces aquí a estas horas de la noche? Espera un poco y ven aquí mañana, con Philip y con la abuela. ¿Qué diría ella si se enterase de que ya has estado aquí? Te echaría en cara que la hayas desobedecido. El señor Gow ha dicho que no era prudente entrar en esta habitación, que el suelo podía ceder en cualquier momento.»

Había sacado algunas cosas del cajón, y, cuando volvía a guardarlas, mis dedos dieron con algo. Era un pergamino enrollado. Lo desenrollé. Era un mapa. Le eché una rápida ojeada. Parecía representar un archipiélago en una vasta extensión de mar.

Volví a arrollarlo, y, cuando lo guardaba, mi mano tropezó con otro objeto.

Mi corazón se puso a latir más aprisa que nunca. Era un cuaderno grande, encuadernado en piel, y en la tapa estaba repujada la palabra «Diario».

Lo dejé encima de la cómoda y lo abrí. Las palabras que leí en la guarda me hicieron proferir una exclamación: «Para Ann Alice Mallory en su decimosexto cumpleaños. Mayo de 1790».

Me apoyé en el lado de la cómoda, pues aquel descubrimiento me había causado vértigo.

¡Aquel diario había pertenecido a la joven que reposaba en la tumba abandonada!

No sé cuánto rato permanecí mirando aquellas palabras. Me sentía abrumada. Me parecía que me guiaba una fuerza sobrenatural. Primero se me había hecho descubrir la tumba, y ahora aquel diario.

Con dedos temblorosos me puse a volver las páginas. Estaban llenas de una escritura pequeña, pero legible.

Entonces me pareció que tenía en las manos la clave del misterio. Aquella era la muchacha que había sido enterrada y olvidada, la propietaria de los vistosos sombreros del cajón, de la mantoleta, de los guantes. Era Ann Alice Mallory, mi tocaya.

Todo aquello encerraba algún significado. Alguien me había llevado a hacer aquel descubrimiento. Tenía la sensación de que aquella joven me miraba desde su tumba, de que quería que conociese la historia de su vida.

Tomé el diario y me volví para abandonar la habitación.

Después recordé el mapa, que había vuelto a guardar en el cajón, y lo tomé también en mi mano. Agarré la vela y salí de la estancia, con cuidado.

Al llegar a mi cuarto, me vi reflejada en el espejo del tocador. Estaba muy pálida y tenía los ojos brillantes. Aún temblaba un poco, pero me sentí presa de una gran agitación.

Miré el diario, que había dejado en el tocador. Desenrollé el mapa, que representaba una gran extensión de mar, un grupo de islas en la parte norte, y, a cierta distancia, otra isla. Junto a ella había unas letras. Me fijé en ellas. Eran pequeñas y poco legibles. Conseguí leer las palabras ISLA DEL PARAÍSO.

Me pregunté dónde estaría aquella isla. Decidí preguntárselo a Philip y a Benjamin Darkin. Ellos lo sabrían.

Pero era el diario lo que me inspiraba mayor interés.

En algún lugar de la casa, un reloj dio la una. Yo estaba segura de que aquella noche no dormiría. No podría descansar hasta que conociese el contenido de aquel diario.

Encendí otra vela, me quité la bata y las zapatillas, y me metí en la cama. Levanté las almohadas para apoyar la espalda en ellas, abrí el diario y empecé a leer.

El diario de Ann Alice

30 de mayo de 1790. El día de mi cumpleaños —cumplía dieciséis— me regalaron, entre otras cosas, este diario. Yo no había pensado nunca en llevar un diario, y, cuando se me ocurrió la idea, la rechacé. Sabía que no tendría la constancia necesaria. Escribiría con entusiasmo durante una semana, y después me olvidaría de él por completo. Pensé que ésta no era manera de llevar un diario. Pero, ¿por qué no? Podría escribir en él sólo las cosas importantes. Eso sería lo mejor. ¿Para qué recordar que un día ha hecho buen tiempo, o que he llevado mi vestido azul? Estas trivialidades no tenían importancia ni siquiera en el momento en que ocurrían.

Pues bien, me he prometido a mí misma que escribiré en este diario cada vez que me apetezca hacerlo, o cuando me ocurra algo tan importante que necesite describirlo tal como ha sido, de modo que, si más adelante quiero recordarlo, sepa exactamente cómo fue, pues he notado que los acontecimientos cambian en la mente de las personas, y que, cuando echan la mirada atrás, creen que ocurrió lo que ellos habrían querido que ocurriera. Yo no quiero que me suceda esto. A mi me interesa la verdad.

En la mansión, todos los días se parecen mucho. A veces pienso que siempre será así. ¿Qué voy a contar, pues, en estas páginas? Esta mañana, como de costumbre, he estado con la señorita Bray, mi institutriz. Es bonita y agradable, y tiene poco más de veinte años. Lleva conmigo seis años, y yo estoy encantada con ella. Es hija de un vicario, y al principio mi padre pensó que era demasiado joven para el puesto, pero yo me alegro de que le permitiese ocuparlo a pesar de su edad, pues ambas hemos mantenido excelentes relaciones.

Cuando miro la fecha en que estamos, recuerdo que hace dos años que murió mi madre. No quiero escribir nada sobre esto, pues es demasiado doloroso para mí, y fue un suceso que cambió mi vida. Recuerdo los días en que me sentaba a su lado y le leía en voz alta. Éste era uno de los momentos más felices del día. Ahora que ella ha muerto, me vuelvo hacia la señorita Bray en busca de consuelo. Leemos libros juntas, aunque no es lo mismo.

Yo soy mucho menor que mi hermano Charles. Quisiera que no fuese así, pues me siento muy sola. Sólo soy «la pequeña», y, ahora que mi madre ha muerto, creo que no soy importante para nadie. Papá no se interesa mucho por mí. Cumple con su deber, por supuesto, cosa que para él significa delegar mi cuidado en otras personas.

Doy paseos y salgo a montar de vez en cuando. Visito a los pobres y les llevo limosnas de la mansión. Así es mi vida. ¿Para qué tengo yo que llevar un diario?

20 de junio. Es curioso que haya decidido llevar este diario. Por fin, ha pasado una cosa. Hace casi un mes que escribí la primera entrada, y creía que nunca volvería a escribir nada. Y ahora me ha ocurrido esto, y me parece que, cuando se está triste, es un consuelo escribir lo que se siente.

Se trata de mi querida señorita Bray. Esta mañana, cuando nos hemos encontrado, estaba más guapa que nunca. Yo tendría que ser feliz, pues está claro que ella lo es. Resulta irónico que la misma cosa tenga efectos tan diferentes en dos personas que se quieren.

Mientras luchábamos contra un ampuloso párrafo de la novela que estamos leyendo, me ha dicho:

—Tengo una noticia, Ann Alice. Y quiero que seas tú la primera en saberla.

Yo he aprovechado encantada la ocasión de dejar de leer y charlar un rato.

—James me ha pedido que me case con él.

James Eggerton, el hijo del vicario, está en el pueblo, en una de sus visitas periódicas a su padre. Es párroco de un pueblo situado a unos setenta kilómetros; se gana la vida y está en situación de casarse.

—¡Esto quiere decir que se irá de aquí, señorita Bray!

—Me temo que sí —me ha dicho, con una sonrisa que formaba hoyuelos en sus mejillas—. Pero no te preocupes. Tendrás otra institutriz más culta que yo, y eso te gustará, ya lo verás.

—No, no me gustará.

He notado que se reflejaba en mi cara el temor que sentía. La señorita Bray me ha rodeado con los brazos y me ha consolado cariñosamente.

—He pensado durante algún tiempo que James iba a declarárseme —ha explicado—, y, al ver que no lo hacía, creí estar equivocada. Y lo que ocurría era que el pobre estaba haciendo acopio de valor.

—¿Se irá usted en seguida?

—Sí, Ann Alice. Pero le preguntaré a tu papá si puedes venir a visitarnos de vez en cuando, y quedarte con nosotros un par de días.

—No será lo mismo...

—Cuando hay cambios, nada es lo mismo que antes. Sería muy aburrido que todo fuera siempre de la misma manera, ¿no te parece?

—No. Yo no me aburro con usted. No quiero que se vaya.

—Vamos, querida, no te pongas triste. Piensa que lo que ha ocurrido es algo que me hace muy feliz.

La he mirado a la cara y he visto su expresión de felicidad. Y me he dado cuenta de lo egoísta que era al no compartir su alegría.

4 de julio. ¡Cómo vuelan los días! He intentado estar contenta, pues es indudable que la señorita Bray es feliz, y James Eggerton pone cara de creer que la vida es maravillosa, y que él vive en el séptimo cielo.

Esta mañana me he encontrado con papá en la escalera.

Me ha acariciado el pelo a su manera, con cierta torpeza, y me ha dicho:

—Tendremos que encontrar a otra señorita Bray, ¿verdad, Ann Alice?

—Papá —le dije yo—, ya tengo dieciséis años. Quizá...

Él negó con la cabeza.

—Oh, no... Necesitas una institutriz durante un año más, como mínimo. Encontraremos a otra persona tan agradable como la señorita Bray. No te preocupes.

La señorita Bray se halla ocupada con el ajuar. Está un poco distraída. A veces me parece que no me ve cuando estoy con ella, porque está pensando en su maravilloso futuro con el reverendo James Eggerton.

Me siento un poco perdida y solitaria. Doy muchos paseos sola, pero, cuando salgo a caballo, no se me permite ir sola, y tengo que ir con uno de los mozos en lugar de con la señorita Bray.

1 de agosto. La señorita Bray se va a finales de mes. Se va a su casa, los Midlands, y saldrá de allí para casarse. Ahora pienso un poco menos en ella, pues estoy preocupada por mi propio futuro. La nueva institutriz llegará mañana. Papá me ha llamado a su estudio para hablarme de ella. Ya la conoce, pues fue a Londres con este fin. Yo estaba un poco resentida, pues pensaba que habría debido llevarme con él. Al fin y al cabo, soy yo quien ha de pasar muchas horas con ella. No espero que me caiga del cielo otra señorita Bray, pero me gustaría que se le pareciese.

—La señorita Lois Gilmour llegará mañana —me anunció papá—. Llegará antes de que se marche la señorita Bray, para que ésta pueda explicarle sus obligaciones. Estoy seguro de que simpatizarás con ella. Parece una joven muy eficiente.

Yo no quiero a una joven eficiente. Yo quiero a la señorita Bray o a otra exactamente igual a ella; y no creo que a la señorita Bray se la pueda llamar eficiente. Siempre ha sido un poco distraída, y ahora lo es más aún; y me ha enseñado mejor unas materias que otras. Se ha inclinado más por las lecturas, la música, por las bellas artes en general, cosa que a mí ya me parecía bien; en cambio, sabe muy poco de matemáticas.

Esa señorita Gilmour me da un poco de miedo.

Estoy muy intranquila.

2 de agosto. Hoy ha sido un gran día. Hoy ha llegado a casa la señorita Lois Gilmour.

Cuando ha llegado, yo estaba mirando desde una ventana del primer piso. La señorita Bray se hallaba conmigo. Del carruaje ha bajado una joven alta y esbelta, vestida con discreción, pero con mucha elegancia.

—No tiene mucho aspecto de institutriz —dije.

Cuando hube pronunciado estas palabras, me pregunté si habría ofendido a la señorita Bray, la cual, con toda su belleza, no se podía considerar elegante, pues era algo bajita y regordeta. Es una persona afectuosa, dulce y femenina, pero no elegante.

Al poco rato, papá me mandó llamar. Se hallaban en el salón.

Acudí, nerviosa. Allí estaba papá con la elegante joven que había visto bajar del coche.

—Le presento a Ann Alice —dijo papá.

—Encantada de conocerte, Ann Alice.

Cuando me dio la mano la miré a los ojos, que eran grandes y de color azul oscuro. Se la podía considerar hermosa. Sus facciones eran correctas, de tipo clásico; tenía la nariz bastante larga, pero muy recta, y los labios más bien gruesos. Labios sensuales y ojos fríos, pensé.

Pero estoy predispuesta contra ella por la absurda razón de que no es la señorita Bray.

—Ann Alice, te presento a la señorita Gilmour, que está deseosa de encargarse de tu educación.

—No me cabe duda de que nos llevaremos muy bien —dijo la señorita Gilmour.

Yo no estoy tan segura.

—Como usted sabe, la señorita Bray ha estado con Ann Alice durante..., durante... —empezó a decir papá.

—Seis años —dije yo.

—Y ahora deja el puesto para contraer matrimonio.

La señorita Gilmour sonrió.

—Podrías acompañar a la señorita Gilmour a su habitación, Ann Alice —dijo mi padre—. Y, dentro de un rato, quizá querrá usted tomar el té con mi hija y conmigo, señorita Gilmour. Y, después, Ann Alice puede presentarle a la señorita Bray.

—Me parece muy bien —dijo la señorita Gilmour.

Ha sido una tarde muy extraña. Le he enseñado su habitación. Me ha parecido que lo examinaba todo, la casa, los muebles, yo misma. Se ha mostrado muy amistosa, pero demasiado pronto, diría yo. Ha dicho más de una vez que está segura de que nos llevaremos muy bien.

Me ha producido la impresión de que se sentía más a gusto tomando el té con mi padre que a solas conmigo. Quisiera librarme de esta desagradable sensación. Estoy segura de que todo irá bien, pues ella parece deseosa de que así sea. Y si yo también pongo algo de mi parte, ¿por qué no hemos de entendernos bien?

La señorita Gilmour ha hablado mucho mientras tomábamos el té, y yo he estado pensando en lo extraño que es que mi padre, que casi nunca se halla en casa a esa hora, se haya tomado la molestia no sólo de estar aquí para recibirla sino de tomar el té con ella. Y en cierto modo, parecía que ambos hacían caso omiso de mí. Cualquiera habría pensado que ella iba a trabajar con mi padre y no conmigo, como le he indicado después a la señorita Bray.

La señorita Gilmour ha hablado mucho de sí misma. Procede de Devonshire, donde su padre tenía una pequeña propiedad. El señor Gilmour fue despojado de sus posesiones por un apoderado sin escrúpulos; no se recuperó del gran disgusto, y murió de un ataque de apoplejía. La señorita Gilmour quedó casi sin recursos y se vio obligada a ganarse la vida, y debía hacerlo con el único trabajo que se consideraba respetable en el caso de una joven de buena familia y poseedora de cierta cultura.

Mi padre ha mostrado gran interés por la triste historia.

—Pero no quiero abrumarles con mis problemas —dijo

ella—. Además, creo que ya han tocado a su fin. Me parece que voy a ser feliz en esta casa, con Ann Alice.

—Haremos cuanto podamos porque así sea —dijo mi padre, como si la joven fuese una invitada de honor y no una empleada suya.

Quizá la señorita Gilmour no sea exactamente hermosa, pero es atractiva, y mi padre parece haberse dado cuenta de ello.

La he presentado a la señorita Bray, según lo acordado. Ansiaba saber lo que pensaría ella de la señorita Gilmour. Pero mi querida institutriz vive ya en el futuro, y me he percatado de que está dispuesta a aceptar a la señorita Gilmour tal como ella se presenta a sí misma..., al igual que mi padre.

Quisiera no haber experimentado esa inquietud, y me alegro de haber empezado a escribir regularmente este diario, pues así puedo describir lo que siento en el momento en que lo siento. Quizá dentro de poco me reiré de mi misma por haber sido una tonta. Ojalá. Pero quiero dejar aquí constancia escrita de lo que he pensado.

10 de octubre. Hace tiempo que no escribo nada en este diario. No he tenido ganas de hacerlo. Estoy muy triste desde que se casó la señorita Bray. ¿Por qué no valoramos a las personas hasta que las perdemos? Asistí a su boda. Fue un día lleno de alegría, y todo el mundo —excepto yo— considera que es un acontecimiento feliz. Quizá lo sea para la señorita Bray y su reverendo, pero no puedo decir que lo haya sido para mí.

Desde luego, ésta es una opinión completamente egoísta, y sé que debería sentirme feliz por la señorita Bray, ahora señora Eggerton. Pero es difícil alegrarse de la felicidad de los demás cuando esta felicidad significa la propia desdicha. Bueno, quizá desdicha sea una palabra demasiado fuerte. Escribo cosas muy extrañas en este diario. Es como si hablase conmigo misma. Quizás éste sea sea el objeto de los diarios. Ésta es la razón de que sean tan privados, y también tan útiles, para registrar la vida tal como es de verdad, y no bañada en una luz rosa, o envuelta en sombras.

¿Y la señorita Gilmour? No lo sé. No me hace trabajar demasiado. Es inteligente, culta e interesante. Pero no parece una institutriz.

Lo que me hace sentir bastante triste es que no puedo hablar con nadie. Mi hermano Charles estaba siempre en lo que ellos llaman «el taller», en Great Stanton. Y después, hace unos meses, se marchó en una expedición a lugares poco conocidos de la Tierra. A veces, desearía haber nacido chico, para poder participar en aventuras como ésta.

Pero quiero pensar en la señorita Gilmour, de modo que voy a escribir sobre ella. Quiero saber más cosas de ella, y ahora que vuelvo a escribir en este diario me parece que voy sabiendo más cosas de mí misma, y también de los demás. Siempre me han interesado las personas; siempre he querido saber cosas de ellas. En general, la gente me cuenta cosas de sí misma; creo que no les cuesta sincerarse conmigo. Pero éste no es el caso de la señorita Gilmour. Siempre me parece que tiene secretos. Me parece ver secretos en sus ojos. Tiene unos ojos extraños. Brillan mucho. Son de color azul oscuro, y las pestañas y cejas son muy negras, al igual que su pelo. Me parece que se pinta de negro las cejas y las pestañas, porque unas veces las veo más negras que otras.

Ayer, mi padre le pidió que tomase una copa de jerez con él.

—Quiere que le hable de tus progresos —me dijo ella—. ¿Qué crees que debo decirle?

Me miró como queriendo insinuar algo. Sentí una de aquellas extrañas punzadas de inquietud.

—Dígale lo que piensa —respondí.

—Le diré que eres una excelente alumna, que haces mi tarea fácil, y que estoy muy contenta contigo. ¿Qué te parece?

—Que no es verdad.

—Pero yo quiero que él y tú estéis contentos. No querrás que le diga que eres una perezosa, ¿verdad?

—No, porque eso no sería cierto. Pero no creo en absoluto que me considere usted una excelente alumna.

—Es cierto que eres una muchacha muy inteligente —replicó—. Esto es indiscutible.

Su expresión se había endurecido. Siempre se enfada un poco cuando yo no respondo a sus ofertas de amistad.

14 de octubre. Hoy quiero escribir una cosa que ha pasado esta tarde.

Papá quiere que me lleve a alguien conmigo cuando salgo a cabalgar, pero es una norma de la que hago cada vez menos caso. Tengo dieciséis años, y voy a cumplir los diecisiete, es decir, los cumpliré dentro de unos siete meses, y creo que una muchacha de mi edad debe tener un poco de libertad.

Los mozos de la cuadra no me delatan nunca cuando salgo sola, y siempre ensillo yo misma el caballo, para que ellos no se vean implicados si hay algún problema.

La señorita Gilmour me acompaña de vez en cuando, pero no es de esas personas que cabalgan por placer. Cuando lo hace, es para ir a alguna parte. Nunca se fija en el paisaje, como lo hacía la señorita Bray. Y ésta me contaba divertidas historias sobre animales, plantas y personas. La señorita Gilmour no me cuenta historias. A ella no le interesa el viaje, sino sólo el hecho de llegar. No es divertido estar con ella.

Esta tarde he salido a caballo sola, y he ido bastante más lejos de lo habitual, y, al pasar por delante del Royal Oak, vi uno de nuestros caballos —el que suele montar la señorita Gilmour— delante de la posada. Y junto a él había otro caballo.

Me he preguntado si me equivocaba. He sentido una gran curiosidad, y el deseo de averiguar si tenía razón o no.

Bajé del caballo, lo até junto a los demás y entré en la posada.

No, no me equivocaba. Allí estaba la señorita Gilmour, sentada a una mesa, ante una jarra de cerveza, hablando con un hombre. El hombre era bastante apuesto, y sus ojos oscuros resaltaban mucho debido a la peluca blanca que llevaba, una peluca bien empolvada, de moda. Su larga chaqueta de faldones y su ancho sombrero eran igualmente elegantes.

La señorita Gilmour estaba muy hermosa. Llevaba un vestido que resultaba adecuado tanto para montar como para pasear. La falda era muy ancha, y el cuerpo, ajustado, sin adornos; una corbata de encaje blanco le rodeaba el cuello. Llevaba un sombrero de copa negro con una copa del mismo tono azul oscuro que el vestido. Nunca había visto yo a nadie que se pareciese menos a una institutriz. Tampoco había visto a nadie tan sorprendido como ella cuando levantó la mirada y me vio. Estoy segura de que experimentaba una fuerte impresión.

Se levantó a medias del asiento, y exclamó, con una voz que yo no le conocía.

—¡Ann Alice!

—Buenas tardes —dije—. Pasaba por aquí, y he visto su caballo fuera. Me ha parecido reconocerle, y he entrado para ver si me equivocaba.

La señorita Gilmour se tranquilizó rápidamente.

—¡Vaya, qué sorpresa tan agradable! —dijo—. He entrado a tomar un refresco, y me he encontrado con un antiguo amigo de la familia.

El caballero se puso en pie. Tenía, aproximadamente, la misma edad que la señorita Gilmour, entre los veinte y los treinta años. Me hizo una reverencia.

—¡Oh! —exclamó mi institutriz—. Estoy olvidando mis modales. Te presento al señor Desmond Featherstone. Señor Featherstone, le presento a la señorita Ann Alice Mallory, mi querida pupila. Por cierto, Ann Alice, ¿has venido sola?

—Sí —respondí, había cierto desafío en mi voz—. No he visto razón por la que no pudiese...

—No, no, claro —dijo la señorita Gilmour, en un tono muy impropio de una institutriz.

Era como si los tres fuésemos conspiradores.

—Quizá la señorita Mallory desee tomar algún refresco —sugirió el señor Featherstone.

—¿Quieres tomar algo, Ann Alice?

—Sí, me tomaría un vaso de sidra.

El señor Featherstone llamó a una de las muchachas que servían, una joven bastante bonita que llevaba una blusa con encajes y una cofia blanca.

—Una sidra para la señorita, hágame el favor —le pidió el señor Featherstone.

La joven le sonrió de un modo especial, como si estuviese

encantada de servirle. Yo empezaba a notar aquellas pequeñas señales que intercambiaban los miembros de uno y otro sexo.

El señor Featherstone dirigió su atención hacia mí. Sus ojos oscuros y brillantes parecían querer adivinar mis pensamientos.

La señorita Gilmour había recuperado su aplomo. Volvió a decir:

—¡Cuántas sorpresas! Primero el señor Featherstone, y ahora Ann Alice...

Insistía tanto en que había encontrado al señor Featherstone por casualidad que yo me preguntaba si ello sería falso, y si no se habrían citado en aquel lugar. Mi institutriz cometía el error que cometen tantas personas: me consideraba una niña cuando lo cierto era que yo crecía deprisa y que muchas veces pensaba como una adulta. Y algo me decía que aquella atracción que yo había observado a veces entre hombres y mujeres existía entre el señor Featherstone y la señorita Gilmour.

Me trajeron la sidra.

—Espero que le guste, señorita Mallory —dijo el señor Featherstone.

—Está muy buena —observé—. Tenía sed.

—Me alegra que haya decidido entrar aquí —me dijo él, inclinándose hacia mí—. Habría sentido muchísimo que no lo hiciese.

—Si no hubiese entrado, usted no habría sabido que existía la posibilidad de que entrase. Y, en ese caso, ¿cómo habría podido sentirlo?

La señorita Gilmour se echó a reír.

—Mi pupila no es una muchacha corriente —dijo—. Sus razonamientos son impecables. Recuerde que la estoy enseñando yo.

—Lo recordaré —dijo él, con fingida seriedad.

Me preguntó por el taller de mapas. Le expliqué que un antepasado mío había navegado con Drake, y que ya en aquellos tiempos mi familia se interesaba por los mapas.

—La cartografía no es sólo una actividad interesante, sino también provechosa —añadió la señorita Gilmour.

El señor Featherstone me preguntó cosas de la vecindad

y de la mansión que había sido siempre mi hogar. Le dije que mi madre había muerto, y que aún la echaba de menos.

Él me dio unas palmaditas en una mano, para mostrarme su comprensión.

—Pero tiene usted a su padre —dijo—. Estoy seguro de que es usted la niña de sus ojos.

—Mi padre apenas se da cuenta de que existo.

—¡Vamos, Ann Alice! —exclamó la señorita Gilmour—. El señor Mallory es el mejor padre del mundo. Me habla mucho de ti.

—A la señorita Bray no le hablaba mucho de mí.

La señorita Gilmour sonrió secretamente.

—Yo creo que se preocupa mucho por tu bienestar —dijo.

El señor Featherstone había acercado su silla a la mía. De vez en cuando alargaba una mano y me tocaba un brazo, como para recalcar lo que decía. Aquello me molestaba; habría preferido que no lo hiciese. A la señorita Gilmour tampoco parecía agradarle.

—¿Se hospeda usted en la vecindad, señor Featherstone? —le pregunté.

Sus ojos me sonrieron; intentó retener mi mirada, pero yo la aparté.

—Me agradaría creer que eso le interesa, señorita Ann Alice —me respondió.

—Sólo espero que tenga usted un buen alojamiento.

—Y yo espero fervientemente volver a encontrarla cuando dé usted otro de sus paseos por el campo.

—Ann Alice infringe constantemente las reglas —dijo la señorita Gilmour—. No se le permite cabalgar sola. Me alegro de que nos hayamos encontrado. Así podremos volver juntas, y todos creerán que hemos salido juntas, también.

—¿Infringe usted a menudo las reglas, señorita Ann Alice? —me preguntó el señor Featherstone.

—Hay reglas que están hechas para ser infringidas —respondí—. Las que no tienen mucho sentido. Pronto cumpliré los diecisiete años; ya tengo edad para salir a caballo sola.

—Desde luego. ¡Diecisiete años! Una edad maravillosa. Me parece que es usted un poco rebelde.

—Y a mí me parece que debemos volver a casa, Ann Alice —dijo la señorita Gilmour.

Me puse en pie. Deseaba alejarme de ambos. Deseaba estar en mi cuarto y escribir en este diario todos los detalles de este encuentro, antes de que se me olvidasen.

Salimos de la posada y montamos en nuestros caballos. El señor Featherstone nos acompañó un trecho, y después, con una de sus exageradas reverencias, se despidió de nosotras.

—¡Qué casualidad tan grande! —exclamó la señorita Gilmour—. Encontrarme así con un antiguo amigo de la familia.

«Sí, señorita Gilmour —pensé—. Ha insistido mucho en eso de la casualidad.»

No me fiaba de ella.

He subido directamente a mi cuarto para escribirlo todo.

1 de enero de 1791. Hoy es el día de Año Nuevo.

¡Cuánto tiempo he pasado sin escribir en el diario! No sentía ningún deseo de continuarlo. Sólo he pensado en él porque hoy es el primer día del año, y por papá, por supuesto.

El diario estaba en el fondo del cajón, donde lo guardo para que no lo vea nadie. No me gustaría que nadie se enterase de mis pensamientos más íntimos, que es como me gusta denominar las cosas que escribo en él.

He visto una o dos veces al señor Featherstone. Parece que ha tomado la costumbre el venir por aquí. «He venido por negocios», dice. No sé qué negocios serán esos, ni dónde tendrán lugar exactamente. Si es en Londres, como imagino, está bastante lejos. Claro que se puede ir de aquí a Londres en poco tiempo, pero, ¿por qué no se aloja allí?

A veces me pregunto si le hace la corte a la señorita Gilmour. Ella es de ese tipo de mujeres de las que los hombres parecen enamorarse fácilmente.

Ojalá fuese así. Quizá se casaría con ella y se la llevaría de aquí, como hizo el reverendo James Eggerton con la señorita Bray. Así me vería yo libre de ambos, y seguramente mi padre diría que ya no es necesario buscar otra institutriz para una joven tan madura como yo.

La actitud del señor Featherstone hacia mí me parece molesta. Siempre intenta acercárseme, y tiene las manos largas. Es la única expresión que se me ocurre. Gesticula mucho mientras habla, y sus manos van a posarse en mi hombro, en mi brazo, y a veces en mi cabello. Sus ojos brillantes se fijan en mí hasta hacerme sentir incómoda.

Le encuentro algo siniestro.

Pero supongo que, como amigo de la familia de la señorita Gilmour, es lógico que quiera verla de vez en cuando. No tiene nada de extraño. Supongo que tengo demasiada imaginación, como decía la señorita Bray.

Esta Navidad ha sido diferente de la anterior... y de cualquier otra. Hemos tenido unos cuantos huéspedes, como siempre, y mi padre sugirió que la señorita Gilmour se uniese a nosotros.

—La Navidad es la Navidad —me dijo, más afable de lo que es habitual en él—. Y la señorita Gilmour vive con nosotros. No podemos excluirla. Quizá deberías decirle tú que se una a nosotros como un familiar más. Viniendo de ti, eso sería una muestra de delicadeza y consideración.

Tiempo atrás, la señorita Gilmour había empezado a acompañarnos en las comidas. Papá había dicho que ya era hora de que yo dejase de comer en mis habitaciones, puesto que iba a cumplir los diecisiete años. Y había decidido que le acompañase en el comedor, junto con la señorita Gilmour. Ésta declaró que la idea le parecía excelente, pues, en su opinión, los jóvenes no debían estar confinados en sus habitaciones infantiles.

Así pues, ahora nos sentamos a la mesa los tres juntos. Mi padre ha cambiado mucho debido a la presencia de la señorita Gilmour. Ésta se muestra brillante y animada, y él celebra con risas todo cuanto dice. Mi institutriz despliega una mezcla bastante asombrosa de decoro y de sofisticación. Es modesta, pero audaz. ¿Cómo definir su modo de ser? No se me ocurre ninguna palabra; sólo puedo decir que ella es así, y que los hombres la encuentran muy atractiva.

La señorita Gilmour pareció confusa cuando se suscitó la cuestión de la Navidad. Se mostró indecisa cuando le pedí que se uniese a nosotros, y no insistí. A la hora de la cena, ella sacó el tema a relucir.

—Me ha conmovido mucho su invitación, señor Mallory —dijo—. Pero creo que es mejor que no la acepte. Ustedes van a recibir a sus familiares, a sus amigos íntimos.

—Pero a Anna Alice le agradaría mucho que se uniese usted a nosotros. ¿No es así, hija mía?

¿Por qué, cuando una persona quiere una cosa, obliga a otros a fingir que son ellos los que la desean?

Vacilé un momento y, cuando vi que en el rostro de mi padre empezaba a asomar una expresión de horror, dije:

—Sí, naturalmente...

Y me desprecié por haber mentido. ¿Por qué no había dicho la verdad? ¿Por qué no había dicho: «No, no quiero que la señorita Gilmour pase la Navidad con nosotros. Con ella, todo será muy diferente»?

Y así fue. La presencia de la señorita Gilmour lo cambió todo.

Además, un día le dijo a mi padre:

—Tengo un amigo..., un amigo de mi familia. Ese caballero se aloja en una posada, y no puede volver a su casa para Navidad. Me duele pensar que estará solo en una fecha como esa.

Inmediatamente, mi padre le pidió que le invitase a nuestra casa.

El amigo en cuestión resultó ser el señor Featherstone, lo que no me sorprendió mucho.

Así que ese hombre también estuvo presente y, de no haber estropeado ella nuestra Navidad, lo habría hecho él.

Bailó conmigo. Aquellas manos, aquellas manos largas... ¡Cómo las aborrecía! Se acercaban a mí en vagos sueños de los que me despertaba siempre llena de temor, sin saber con certeza el porqué.

3 de enero. Hoy me resulta muy difícil escribir, porque no puedo acabar de creerme lo que ha pasado. Quisiera escribir sobre otras cosas porque sé que, cuando vea escrito en el diario lo que ha ocurrido hoy, tendré que aceptarlas. Pero, ¿de qué sirve engañarse?

Mi padre me ha llamado a su estudio, y me ha dicho:

—Hija mía, quiero que seas la primera en saberlo.

Debí de adivinarlo en seguida, pues sentí el impulso de gritar: «¡No! ¡No lo digas! ¡No es posible!».

Pero me he quedado mirándole sin decir nada, y él no ha adivinado cuánto deseaba oírle decir otra cosa.

—Ann Alice, ya hace mucho tiempo que murió tu madre. Un hombre viudo se siente muy solo. ¿Lo comprendes?

—Claro que lo comprendo —respondí—. Ignoro por qué todo el mundo cree que no entiendo las cosas.

Mi padre pareció sorprendido ante mi irritación, pero siguió hablando.

—He decidido casarme otra vez. Lois y yo hemos pensado decírtelo en seguida, antes de anunciarlo oficialmente.

—¿Lois? Ah, quieres decir la señorita Gilmour...

—Me siento muy feliz de que haya aceptado. Temía que no lo hiciese. Es mucho más joven que yo, y muy atractiva.

Yo le miraba consternada. Quería pedirle que me dijese que se trataba de una broma.

—Dime, ¿no te parece solución feliz para todos?

—No..., no lo sé —balbucí.

—Comprendo que estés sorprendida. Pero recuerda que, desde el día en que Lois llegó aquí para ser tu institutriz, la casa ha cambiado.

«Sí, y también ha cambiado para mí», pensé.

—Hay más alegría en la casa —insistió papá—, como la había cuando...

—¿Cuando vivía mamá, quieres decir?

—Ann Alice, estas desgracias ocurren porque Dios así lo dispone. Debemos resignarnos. No debemos fomentar nuestro dolor. Esto no es lo que Dios quiere. Hemos de superarlo, e intentar buscar la felicidad.

Asentí, en silencio.

—Me alegro de que lo comprendas —dijo papá—. Lo que voy a hacer lo hago también por ti.

Habría deseado gritarle: «¡No pienses en mí! ¡No es eso lo que yo quiero! ¡Lo que querría es que se marchase en el acto y que se llevase con ella al señor Featherstone!».

—Daremos una cena la noche de Reyes —continuó él—, y lo anunciaremos a todos.

Yo no podía decir una sola palabra sin revelar mis sentimientos. Me limité a asentir, y abandoné el estudio.

Y ahora estoy aquí sentada, mirando lo que acabo de escribir. Mi padre va a casarse con la señorita Gilmour.

Ahora me doy cuenta de que esto es lo que yo temía desde hace tiempo.

1 de marzo. Se han casado hoy. En estos instantes, la casa está tranquila. Se me ocurre que está como un tigre dormido. Pero el tigre se despertará y saltará. Destruirá todo lo que existía, y convertirá esta casa en otra casa.

Me gusta mi pequeño dormitorio. Puedo meterme en la cama, correr las cortinas que tiene, y sentirme encerrada, protegida, como en un santuario. En este cuarto puedo estar sola, tranquila.

Esta tarde han emprendido el viaje de novios. Van a Italia.

—Siempre he deseado conocer Italia —ha dicho la señorita Gilmour.

Harán un largo recorrido. No pueden pasar por Francia debido a los trastornos que se están produciendo allí. Están ocurriendo cosas terribles en ese país. Se dice que el Rey y la Reina corren gran peligro. Dice papá que ninguna persona que estuviera en sus cabales iría a Francia en estos momentos. Así pues, irán a Italia, donde hay lagos, montañas y los más bellos tesoros artísticos del mundo. A papá le interesan mucho las obras de arte, y a la señorita Gilmour (que ya no es la señorita Gilmour, sino mi madrastra) le interesa todo lo que le interesa a papá.

Es la compañera perfecta.

No hace tanto tiempo que le dije adiós a mi querida señorita Bray. Oh, ¿por qué tuvo que marcharse? Ahora espera un niño, y me escribe que es la mujer más feliz del mundo. Sé que es egoísmo por mi parte desear que no se hubiese casado con el reverendo James. Pero no puedo evitarlo.

No puedo dejar de pensar que, si la señorita Bray no se

hubiese ido, yo no tendría ahora una madrastra. La vida seguiría como antes. Aburrida, quizá, pero agradable.

Todo me parece diferente. Me parece que una atmósfera nueva ha invadido la casa. Me pregunto si los demás lo notan tanto como yo. Me parece que no; quizá sea mi imaginación.

Es como si hubiese entrado en la casa algo maligno..., algo que acecha, que se dispone a saltar.

2 de marzo. Hoy he salido sola a dar un paseo a caballo, y al poco rato me he encontrado con el señor Featherstone.

Me ha impresionado mucho verle. Cuando se me acercaba, he sentido un escalofrío. Estábamos cerca del bosque, en un lugar bastante solitario. No puedo evitar preguntarme si me habría seguido y habría esperado aquel momento para salirme al paso.

—¡Qué deliciosa sorpresa! —exclamó.

—Oh..., buenas tardes, señor Featherstone.

—Voy a tener la audacia de acompañarla.

—Espero que sus negocios vayan bien.

—No pueden ir mejor.

—Debe de encontrar usted fastidioso vivir en una posada. Estará usted deseando acabar sus gestiones y regresar a su casa.

—La vida aquí me parece muy agradable. Y he hecho unas amistades encantadoras.

Aproximó su caballo al mío, y me volví para observarle. Él me miraba fijamente, dando a entender que, por supuesto, yo me contaba entre aquellas encantadoras amistades. Me alegré de que nos separase cierta distancia, pues, de haber sido posible, ya estaría su mano en mi brazo o en mi hombro.

—Siempre me gusta galopar cuando llego aquí —dije.

Y puse el caballo al galope. Pero él, naturalmente, hizo lo mismo.

Cuando llegamos cerca de la carretera, hube de frenar un poco el caballo.

—Debe de sentirse usted muy sola en la mansión, ahora que su papá está de viaje con su reciente esposa —me dijo.

—No. Más bien me siento tranquila.

—¿De verdad no se siente usted sola?
—En absoluto.
—Tendrá usted muchos amigos, sin duda.
—Los suficientes para estar ocupada.
—Ahora que ha perdido usted una institutriz para ganar una madrastra, no tendrá usted más clases.
—Ya soy un poco mayor para dar clases.
—Es usted una verdadera señorita. Eso salta a la vista.
—Aquí es donde yo doy la vuelta, señor Faetherstone.
—Yo también llevo este camino.
—Es que vuelvo a casa.
—Qué paseo tan corto...
No respondí. Resistí el impulso de decirle que volvía a casa para eludirle a él.
—Ahora que está usted... sola, quizá podríamos encontrarnos un día.
—Oh, tengo mucho que hacer.
—¿Está demasiado ocupada para ver a sus amigos?
—No; para mis amigos siempre tengo tiempo.
—Oh, señorita Ann Alice, yo esperaba que me contase usted entre ellos.
—Usted es amigo de la señorita Gilmour.
—¿La señorita Gilmour? Ah, claro, la señora Mallory. Su padre de usted fue muy amable al invitarme a pasar las Navidades con ustedes. Ahora que mi amiga se ha convertido en la señora de la casa, espero recibir más invitaciones.
—Supongo que la esposa de mi padre decidirá a quién se invita a partir de ahora.
—Siendo así, tendré asegurada la bienvenida.
Habíamos llegado al prado, al sur del cual se hallaba nuestra casa. Me molestaba haber tenido que interrumpir mi paseo, pero estaba decidida a alejarme de él.
—Adiós, señor Featherstone.
Empecé a guiar el caballo por el prado, pero el señor Featherstone siguió a mi lado.
—¿No va a invitarme a entrar? —preguntó.
—No..., ahora mismo no puede ser.
Pareció afligirse.

—Cuánto lo siento —dijo—. Ya volveré a visitarla cuando tenga más tiempo.

Se quitó el sombrero y me dedicó una de aquellas reverencias tan ridículamente exageradas que debía de haber aprendido con la camarilla del príncipe de Gales, de la que insinuaba que formaba parte.

Pensé que ojalá se volviese a Londres, a Brighton o dondequiera que estuviese aquella gente, y practicase con ellos sus extravagantes modales.

Entré en casa, sofocada y molesta.

La señorita Gilmour —me niego a llamarla de otra manera— ha estropeado mi agradable existencia, en todos los sentidos.

6 de marzo. ¿Es que no hay forma de escapar de ese hombre? Ayer vino a verme a casa. Yo estaba fuera, y, cuando volví, le encontré en el vestíbulo. Si yo hubiese estado en casa, habría podido enviar a la doncella a decirle que no estaba. Pero, como venía de fuera, me vi atrapada.

El señor Featherstone declaró tener sed mientras la doncella estaba aún con nosotros. La muchacha me miró interrogadoramente, y no me quedó más remedio que ofrecerle una copa de vino al visitante. Y naturalmente, hube de beber con él.

Le hice pasar a la salita contigua al vestíbulo, donde recibimos a las visitas de poco cumplido. Y me puse a pensar cuánto tardaría en marcharse.

—Cuánto me alegro de verla...

Callé, pues no podía decirle que a mí también me agradaba verle.

—Me alegro mucho de haber venido a esta vecindad —continuó—. Es una comarca muy agradable, y es fácil desplazarse a Londres.

—¿No le sería más cómodo estar más cerca de Londres?

—Quizá, pero me sería menos agradable. No sabe usted cuánto celebro haber encontrado a su madrastra de usted, y que ella me presentase a su familia.

Otra vez guardé silencio. Era una anfitriona muy poco

amable, pero también es verdad que el visitante se me había impuesto.

—¿Cuándo espera usted que vuelva la feliz pareja? —me preguntó.

—Creo que estarán ausentes un mes. No vale la pena ir tan lejos para una estancia más corta.

—¡Ah, la luna de miel! —exclamó.

Sus ojos oscuros se fijaron en los míos, intentando retener mi mirada, y, cosa extraña, a mí me resultó difícil apartarla. Aquel hombre me causaba cierta impresión. Yo no deseaba sino mostrarme indiferente, pero él ejercía una especie de horrible fascinación sobre mí. Supongo que es así como se siente un conejo cuando se ve ante una comadreja.

—¿Se imagina usted? —prosiguió diciendo él—. Florencia... Venecia... Roma... Supongo que visitarán esas ciudades. ¿Qué le parecería a usted un viaje así, señorita Ann Alice?

—No me cabe la menor duda de que lo encontraría muy interesante.

—Claro que, en buena medida, eso dependería de la compañía.

—Naturalmente —le dije con cierto sarcasmo—. Eso ocurre siempre, ya se viaje a Venecia o a Venezuela.

—¿Cómo lo sabe? —exclamó él, riendo—. ¿Ha estado usted en Venezuela?

—No. Y en Venecia tampoco.

—Pero irá algún día, y, cuando lo haga, espero que será en la mejor compañía. Debo confesar que yo tampoco he estado en Venezuela, pero sí conozco Venecia. Es una ciudad muy hermosa. Me gustaría enseñársela. Le gustaría navegar lentamente por los canales, en una góndola... Y en Florencia, le encantaría ir de compras por el Ponte Vecchio.

—Supongo que todos soñamos con ver el mundo.

—Lo importante es hacer realidad esos sueños, ¿no le parece?

—Permítame que le sirva un poco más de vino.

En seguida lamenté haber pronunciado aquellas palabras, pues significaba que debía acercarme a él. Cuando le di la copa, sus dedos rozaron los míos.

—Esta mañana estoy muy contento —dijo.

Yo no hice ningún comentario, y él siguió hablando.

—¿Querría usted acompañarme mañana en un paseo a caballo? Conozco una posada muy agradable no lejos de aquí. Hacen un rosbif delicioso.

—No puede ser —respondí—. Mañana tengo varios compromisos.

—¿Y pasado mañana?

—También estoy ocupada.

—¡Vaya, qué atareada está usted! Pero estoy decidido a encontrar algún rato que tenga libre. Me gustaría visitar ese establecimiento del que tanto he oído hablar.

—Ah. ¿Le interesan los mapas?

—Me fascinan. Tengo miles de cosas que preguntar.

—Entonces se ha equivocado usted de persona —repliqué, triunfante—. Yo sé poco de mapas. Tendrá que ir al taller y preguntar a los que trabajan allí. Si mi hermano estuviese aquí, él le explicaría todo cuanto quiere saber.

—Ah... ¿Tiene usted un hermano?

¿Fue mi imaginación o se quedó un poco consternado?

—Sí. Ahora está en el extranjero, en una expedición. Explorando territorios nuevos. Esa es una parte esencial de la cartografía.

—Comprendo.

—Él habría podido explicarle todo lo que quiere saber. Es un tema que le entusiasma.

—Su hermano debe de ser mayor que usted.

—Sí, y nunca ha tenido mucho tiempo para mí.

—¡Pobrecilla! Debe de sentirse muy sola.

—No, en absoluto. Me intereso por muchas cosas. En realidad, no necesito a nadie.

—¿Se basta a sí misma? Eso es bueno.

—Sí.

—Bien, ¿qué me dice de nuestra salida?

Se mostraba tan insistente que era difícil darle una negativa clara sin decirle la verdad, sin decirle que no me agradaba su compañía, que me inspiraba cierto temor, sin que yo supiese exactamente por qué. Tuve que seguir mintiendo.

—Esta semana es imposible —dije—. Quizá la siguiente.

Él comprendió, por supuesto. Me miró con expresión burlona.

—Estoy decidido a atraparla un día —dijo.

Y sus palabras sonaron amenazadoras.

Qué tranquila me quedé cuando se marchó.

10 de marzo. El señor Featherstone ha demostrado tener razón. Me ha atrapado por fin. Quisiera tener el valor necesario para decirle que me deje en paz. Se nos ha educado en un respeto tal por los buenos modales que nunca podemos ser absolutamente sinceros.

He seguido, pues, esquivándole, huyéndole, tan diplomáticamente como he podido. Creo que es el tipo de hombre a quien le atraen los desafíos: cuanto más decidida estoy a rehuirle, más decidido se muestra él a atraparme.

Ayer hizo un día precioso. Los setos estaban dorados de prímulas, y empezaban a echar brotes los sicomoros y los castaños de Indias.

Soplama un vientecillo fresco, y flotaba en el aire ese olor delicioso que anuncia la primavera. Me encanta esa época del año en que los pájaros parecen volverse locos de alegría, y en que se oye, de vez en cuando, cantar a pleno pulmón al mirlo y al zorzal.

¡Hermosa primavera! Es agradable galopar por los prados y luego pasear tranquilamente por los senderos, contemplando las flores silvestres de los setos y de los bancales, e intentando recordar los nombres que tenía para todas ellas la señorita Bray.

Hoy hace diez días que mi padre y su nueva esposa salieron para Italia. Volverán el uno de abril. Entonces, todo será diferente. Me da miedo su regreso. A veces, pienso que debería trazar planes. ¿Cómo será todo cuando ellos vuelvan? Debería estar preparada, ¿qué puedo hacer? No tengo a nadie a quien pedir consejo. A no ser que fuese a ver a la señorita Bray..., es decir, a la señora Eggerton. Pero se hallará enfrascada en los preparativos de la llegada del pequeño, y será incapaz de pensar en nada más. No, no quiero turbar su tranquilidad. Debo esperar, ver lo que ocurre. Quizá la situación no será tan desagradable como creo. Quizás exagero. Al fin y al cabo, ¿qué daño me ha hecho la señorita Gilmour? Siempre ha sido muy complaciente conmigo. Nunca me ha obligado a estudiar mucho. Se ha mostrado amable. ¿Qué me ocurre? ¿Por qué siento este temor? Lo mismo me ocurre con el señor Featherstone.

Hoy paseaba yo a caballo, y, cuando estaba cerca de la posada en la que le había conocido, me he encontrado con él.

—¡Hola! —me ha dicho—. ¡Qué inesperado placer!

—Ya regresaba a casa...

—Siempre regresa usted a casa cuando nos encontramos. Pero al menos no tiene usted prisa, ¿verdad?

—No quiero llegar tarde.

—Ya sé que tiene usted muchos compromisos, pero por una vez concédame un poco de tiempo... Podríamos tomar un pequeño refrigerio. Fue precisamente en esta posada donde nos conocimos. ¿No querrá acompañarme un rato, para celebrarlo?

Vacilé. Pensé que quizá estaba comportándome como una tonta. Había sido muy brusca con él. ¿Qué mal podía haber en tomar un vaso de sidra con el señor Featherstone? Quizá podría darle a entender sutilmente que prefería cabalgar sola.

Asentí, pues. Desmontamos y nos dirigimos a la posada. Nos sentamos a la mesa en la que habíamos estado con la señorita Gilmour.

—Nuestros recién casados no tardarán en volver —dijo el señor Featherstone, cuando nos hubieron traído la sidra—. A su salud, señorita Ann Alice. Por su felicidad.

—Igualmente, señor Featherstone.

—Me alegro de sus buenos deseos, pues creo que mi felicidad, en el futuro, dependerá de usted.

—Sus palabras me sorprenden.

—Se sorprende usted sólo porque es tan adorablemente inocente. Está usted en el umbral de la vida.

—Me molesta que se hable de mi juventud. Tampoco soy tan joven.

—No. Sé que está a punto de cumplir los diecisiete. ¿Cuándo los cumple? ¿El veintiuno de mayo?

—¿Cómo lo sabe?

—Me lo ha dicho un pajarito.

—Tiene que haber sido la señorita Gilmour.

—Que ya no es la señorita Gilmour, sino la feliz señora Mallory. Y no debería molestarle que se mencione su juventud. Es el don más precioso que conceden los dioses. Por desgracia, no es duradero. Qué lástima, ¿verdad?

—A mí no me importaría ser un poco mayor, se lo aseguro.

—Todos queremos ser mayores cuando somos jóvenes, y jóvenes cuando somos mayores. Es la perversidad de la naturaleza humana. Pero, ¿por qué generalizar? Es de usted de quien quiero hablar.

—No es un tema muy interesante.

—Oh, sí. Es un tema fascinante. Dígame, ¿qué piensa de mí?

Aquella pregunta me sorprendió. Me ruboricé. No podía decirle lo que verdaderamente pensaba de él. Busqué las palabras adecuadas.

—Pienso que es usted muy... perspicaz.

—Oh, gracias. ¿Qué más?

—Pues, supongo que es un hombre de mundo.

—Un perspicaz hombre de mundo. No está mal para empezar. ¿Algo más?

—No entiendo por qué se molesta en perseguirme.

Se echó a reír.

—¿Quiere que le diga lo que pienso de usted? —me preguntó.

—No. No me interesa.

—Usted es casi una adulta, y no dice siempre la verdad. Todo el mundo quiere saber lo que piensan de él los demás. Voy a decírselo de todos modos. Es usted adorable.

Me puse como la grana.

—Y yo sí estoy diciendo la verdad —añadió.

Procuré serenarme.

—Yo también voy a decirle una verdad —le dije—. Estoy

segura de que encuentra usted... adorables a muchas personas de mi sexo.

—Ah, qué lista es usted. Es cierto, no voy a negarlo.

—Sería inútil que lo hiciera.

—Y estaría fuera de lugar, ya que estamos intercambiando verdades. Pero creo que es usted la más adorable de todas.

Le miré cínicamente.

—Bien —dije—, la sidra estaba muy buena. Gracias. Ahora sí tengo que marcharme.

—Si acabamos de llegar...

—No se tarda mucho en beber un vaso de sidra.

—Pero yo no he terminado la mía.

—Quédese y termínela.

—No puedo permitir que vuelva usted sola.

—He venido sola.

—No sé qué dirá su papá, cuando regrese, de esos paseos solitarios.

—Estará demasiado ocupado con su nueva esposa para pensar mucho en mí.

El señor Featherstone extendió una mano por encima de la mesa, y yo no tuve tiempo de eludirla. Me aferró una mano y me la acarició.

—¿Así que está usted un poco... celosa?

—No, en absoluto.

—Se dice que es imposible aceptar a una madrastra.

—No puedo juzgar todavía. Sólo hace diez días que la tengo, y ha estado ausente.

—Dicen que el matrimonio es contagioso...

Me encogí de hombros y conseguí liberar la mano. Me puse en pie.

—¿Se empeña usted en marcharse? —me preguntó él.

—Sí.

—Precisamente cuando la conversación se ponía interesante.

—¿Se lo parece tanto?

—Enormemente. Le estaba diciendo cuánto la admiro. Usted es más que bonita. Es bella.

Le miré con desdén.

—Tengo un excelente espejo, señor Featherstone —le dije—. No me dice lo que quisiera saber, pero me dice la verdad.

Recordé lo que me decía para consolarme mi querida señorita Bray: «No eres exactamente bonita, Ann Alice, pero tienes un rostro interesante. Creo que te convertirás en una muchacha atractiva».

¡Y ahora, aquel hombre me aseguraba que era hermosa!

—Su cabello es de un hermoso tono castaño, y sus ojos... son de varios colores. ¿De qué color son? ¿Castaños? ¿Verdes? ¿Grises?

—Son simplemente castaños —respondí—, y su color es de lo más corriente.

—Tiene una boca muy bonita.

—Gracias. Y aquí podemos terminar esta valoración de mi físico.

—Yo podría hablar durante muchas horas de él.

—Si lo hiciese, tendría que dejarle que hablase solo. Ese tema me parece muy aburrido.

El señor Featherstone vació su vaso.

—¿Está decidida a interrumpir este agradable *tête-à-tête*?

Estaba de pie a mi lado. Me tomó por un brazo y lo sujetó con firmeza. Su cara estaba muy cerca de la mía, y, por un momento, creí que iba a besarme. Horrorizada, retrocedí.

—¿No le agrado a usted en absoluto? —me preguntó, casi lastimosamente.

Me libré de su mano y eché a andar hacia la puerta.

—Apenas le conozco, señor Featherstone —le dije, por encima del hombro—. Nunca juzgo a las personas con precipitación.

—Creo que, si accediese usted a conocerme, llegaría a apreciarme.

Se empeñó en ayudarme a montar.

—Gracias —le dije.

Se quedó un momento mirándome. Después me tomó la mano y me la besó. Sentí como si me hubiera tocado una serpiente.

Me miró, suplicante.

—Tómese la molestia de conocerme, Ann Alice.

Sin responderle, hice dar la vuelta al caballo. ¿Era mi imaginación o había percibido en sus ojos un chispazo de cólera? No estaba segura, pero sentí un leve escalofrío de alarma.

Me dirigí a casa, y él vino tras de mí. Ninguno de los dos pronunció una palabra.

Cada vez estoy más intranquila.

23 de marzo. Volverán dentro de una semana. Casi deseo que ya estuviesen aquí. Este mes ha sido muy extraño para mí; me he sentido casi perseguida por el señor Featherstone.

No he salido mucho a pasear a caballo, porque estaba segura de que vendría a mi encuentro. Siempre intenta decirme que está enamorado de mí.

No le creo en absoluto. A veces, incluso me parece que me tiene antipatía. A veces, pasa por su rostro una expresión de verdadera ira. Creo que ello se debe a que en el pasado ha hecho muchas conquistas fáciles, y mi frialdad le contraría mucho.

Hubo instantes en que creí que estaba enamorado de la señorita Gilmour. ¡Oh, cómo me gustaría que hubiese sido así, y que se hubiesen marchado juntos!

¡Qué diferente habría sido todo!

Si la señorita Bray no fuese a tener un hijo, iría a verla. Pero no podría explicarle lo que siento. He decidido no hacer nada, y seguir con el juego del gato y el ratón, que el señor Featherstone parece decidido a jugar. No dejo de pensar en esta analogía. ¿Qué hace el gato cuando atrapa al ratón? Le engaña, fingiendo que va a dejarle escapar, y le atrapa antes de que pueda hacerlo, le observa, le tortura..., hasta que al final le mata.

Cada vez me asusta más ese hombre.

A veces me despierto en plena noche, aterrorizada, porque creo que está en la casa. He llegado a levantarme de la cama, a abrir la puerta del cuarto y a mirar al pasillo, esperando verle allí, acechando. Otras veces me pongo a mirar por la ventana, que está en la parte trasera de la casa y no da al prado, sino a los campos y bosques, y busco una figura escondida detras de un árbol.

Después me río de mí misma. «Sueños tontos, figuraciones absurdas», me digo.

Pero lo que da lugar a esas ideas es el miedo que experimento.

¿Por qué me inspira tanto temor ese hombre? Es casi como si tuviera una premonición, un aviso.

Me repito, una y otra vez, que cuando ellos vuelvan me sentiré mejor.

Sólo falta una semana.

3 de mayo. Hoy me he acordado del diario. Al principio no lo encontraba, y he tenido un miedo horrible de haberlo perdido. He intentado recordar lo que habría escrito en él, pensando lo que diría mi madrastra si caía en sus manos. Estaba segura de haber escrito cosas poco halagadoras para ella.

Quizá debería tener cuidado con lo que escribo. Pero, ¿de qué sirve tener un diario si no se registra en él exactamente lo que se piensa?

Por fin, lo he encontrado. ¡Qué alivio! Estaba donde yo misma lo había colocado, en el fondo del cajón, bien escondido detrás de los guantes y los chales. Éste me parece un lugar adecuado.

Hace ya algún tiempo que volvieron. Yo estaba aquí cuando llegaron. Observé cuidadosamente a papá. Parecía muy feliz. La señorita Gilmour —debo acordarme de llamarla mi madrastra— estaba radiante. Llevaba ropa nueva, muy elegante, «ropa del Continente, con ese toque francés», según comentaron en la cocina. Aunque no habían estado en Francia, naturalmente.

He empezado a pensar que quizás estaba equivocada con respecto a mi madrastra. Todo el mundo dice que hacen una excelente pareja, y todo el mundo está encantado de que papá «haya vuelto a encontrar la felicidad». Todos están de acuerdo en que había permanecido viudo demasiado tiempo, y en que no hay que dejarse dominar por el dolor.

Suenan una y otra vez los mismos clichés, y yo pienso que

la gente tiene suerte de que existan, pues se dicen con gran facilidad y la gente se queda siempre convencida de haber pronunciado las palabras adecuadas.

Mi madrastra ha empezado a hacer cambios en la casa. Ha hecho colocar muebles nuevos en varias estancias. No se mete demasiado en el trabajo de los criados, y esto hace que simpaticen con ella, aunque algunos consideran que no es del todo correcto que una joven que fue más o menos una sirviente de la casa se vea ahora elevada al puesto de señora.

Pero parece que esto se está olvidando, y es evidente que a mi madrastra le agrada su nueva posición.

Se decidió que yo podía prescindir perfectamente de una nueva institutriz, aunque mi madrastra me aconsejó que leyese un par de horas todos los días, bajo su supervisión. Mi padre se mostró de acuerdo en todo esto, y debo reconocer que cumple ahora mejor su misión de padre que en los años que siguieron a la muerte de mamá.

Por otra parte, mi madrastra se ocupa cada vez menos de supervisar lo que leo, y creo que algún día dejará de hacerlo. Esto me alegra.

Un día discutimos cómo debería yo llamarla. En una o dos ocasiones, por estar yo distraída, se me ha escapado llamarla señorita Gilmour. Esto no le ha gustado, y tampoco a mi padre.

Es sorprendente cuánto tiempo se puede pasar tratando con una persona sin darle ningún nombre, y esto es lo que yo hacía. Pero, un día, cuando salíamos del comedor, me rodeó la cintura con un brazo y me preguntó, con la vocecita afectuosa que ponía de vez en cuando:

—¿No sería bonito que me llamases madre..., o mamá..., o algo por el estilo?

—Oh, no. No podría... —dije, sin pensar.

—¿Por qué no? —preguntó ella vivamente, mientras yo veía la expresión apenada de mi padre.

—Es que yo... me acuerdo mucho de mi madre —balbucí—. No podría llamar a nadie...

Mi padre parecía impaciente, pero dijo, en tono conciliador:

—Claro, claro... Bueno, podrías llamarla sencillamente Lois. ¿Qué te parece?

—Bien, papá.

Así pues, tengo que llamarla Lois.

Pero sé que durante mucho tiempo me las arreglaré para no llamarla nada en absoluto.

1 de junio. El señor Featherstone sigue aquí. Me acecha, como antes, y yo le evito siempre que puedo. He decidido dejar de ser cortés con él; entre nosotros se producen ciertas batallas verbales que me parecen más fáciles de manejar que la forzada cortesía de antes.

Un día, me dijo:

—Esperaba usted librarse de mí, ¿verdad?

Y yo le respondí con franqueza:

—Sí, así es.

—¿Por qué? —preguntó.

—Porque quiero estar sola.

—¡Ah, he aquí un problema insoluble! Yo quiero estar con usted.

—No veo por qué.

—La encuentro hermosa e interesante. ¿Cómo me encuentra usted a mí?

—Ni hermoso ni interesante.

—Este castigo me lo he buscado yo mismo, ¿verdad?

—Desde luego.

—¡Qué sincera es usted!

—Intento serlo.

—Y qué cruel.

—No estoy de acuerdo.

—Me hiere usted en lo más vivo.

—No debería usted exponerse a ser herido.

—¿Qué puede hacer un hombre herido de amor?

—Dirigirse a otra mujer.

—Pero, ¿dónde encontraré una belleza y un ingenio semejantes?

—En cualquier lugar.

—Oh, no. Es aquí, y sólo aquí, donde está mi corazón.

Ahora era capaz de reírme de él. Le estaba perdiendo el miedo. Todo parecía un poco mejor desde que habían vuelto mi padre y su esposa. Y el señor Featherstone no me perseguía ya de un modo tan agobiante. Algunos días, hasta podía salir a caballo sin encontrarme con él.

A veces, pensaba en mi futuro. Ya había cumplido los diecisiete años. Mi madrastra decía que deberíamos recibir más.

—No olvides que tienes una hija casadera —le dijo un día a mi padre.

—Hasta que tú llegaste, querida, me descuidé en el cumplimiento de mis deberes de padre.

—Pues hemos de pensar en Ann Alice —insistió ella—. Invitaremos a gente.

Esta noche ha venido Desmond Featherstone a cenar. He pasado toda la tarde muerta de miedo. No soporto la idea de su presencia en la casa. Éste es un sentimiento extraño que me asalta a veces; extraño e infundado, pues, ¿qué daño podría hacer ese hombre en nuestra casa? He pensado si podría pretextar un dolor de cabeza y no bajar a cenar, pero me ha parecido que se notaría mucho. Además he pensado que, estando presentes mi padre y mi madrastra, no se mostraría tan pesado conmigo.

Así ha sido. Cuando me ha mirado, desde el otro lado de la mesa, me he percatado de que su actitud era distinta. Se mostraba indulgente conmigo, como lo habría hecho con una niña. Se cuidaba mucho de llamarme «señorita Anne Alice», y lo decía como si se dirigiese a una colegiala. Apenas podía yo creer que aquel hombre era el mismo que había intentado convencerme de que estaba enamorado de mí. En aquellos momentos, no me habría sorprendido saber que su persecución había sido un juego.

He tenido el presentimiento de que esa actitud tan diferente tenía algo que ver con mi madrastra, y, por un extraño capricho del destino, lo he visto confirmado.

Después de cenar, cuando han pasado a la sala, he anunciado que subía a acostarme. Es una cosa que hago muchas veces, pues ellos beben oporto y suelen quedarse levantados hasta muy tarde, y, aunque yo ceno con ellos como una persona mayor, esa parte de la velada se considera algo impropio de mi edad.

Me he alegrado mucho de escapar, y he subido a mi cuarto para escribir en el diario y para pensar en la extraña conducta de Desmond Featherstone, de lo diferente que se mostraba según las ocasiones.

Cuando ya me había sentado a escribir, he oído unos ruidos abajo, fuera de la casa. Eran las pisadas de un caballo que salía de las cuadras.

Me he puesto en pie y he ido a asomarme a la ventana. Era Desmond Featherstone quien salía de las cuadras, a caballo, disponiéndose a regresar a su posada. Me he apartado de la ventana, para que no pudiera verme.

Entonces he oído la voz de mi madrastra, que le hablaba con dureza, con voz muy clara.

—Ese juego ha de terminar —le decía—. No pienso tolerarlo.

—Como tú dices, es sólo un juego... —ha replicado él.

—Repito que no pienso tolerarlo. Debes regresar inmediatamente.

—Y yo te repito que se trata de un juego. Sólo es una niña...

—Una niña más lista de lo que parece. Sea como sea, debe terminar.

—¿Celosa?

—Más te valdrá no olvidar...

Sus voces se alejaron. Volví a mirar por la ventana. Desmond montó en el caballo y se fue, y mi madrastra se le quedó mirando. Él se volvió hacia ella y agitó la mano, y ella le respondió de igual manera.

¿Qué significaban aquellas palabras? Sabía que habían estado hablando de mí. Ella se había dado cuenta de sus intentos de iniciar un coqueteo conmigo, y los desaprobaba. Y le había exigido que me dejase en paz.

Parecía muy enojada.

A mí me ha alegrado esto.

Pero me parece muy extraño que mi madrastra se haya enterado del asunto, y que le interese tanto.

De ahora en adelante, cuando acabe de escribir en el diario, lo guardaré con mucho cuidado. Me alegro de tenerlo. Es muy interesante volver la vista atrás y recordar el pasado.

5 de junio. Hoy me he puesto a escribir en el diario porque ha ocurrido algo extraordinario. Desmond Featherstone se ha marchado. Se ha marchado sin despedirse. Es muy extraño.

Sólo le había visto una vez desde aquella noche en que escuché la conversación entre mi madrastra y él, y le encontré más prudente. Creo que debió de hacer caso de la exigencia de ella.

Últimamente he estado pensando que quizá la he juzgado mal. Quizá le tomé antipatía sin motivo. Siempre se debería tener una razón para justificar las antipatías y las simpatías. Ahora miro hacia atrás y me pregunto si he sentido aversión por Lois Gilmour sólo porque no era la señorita Bray, a la que me había acostumbrado. Las personas hacemos estas cosas ilógicas, irracionales.

Mi madrastra siempre ha sido muy amable conmigo, amable y afectuosa. Y ahora parece sinceramente interesada en invitar a casa a jóvenes de buena posición para encontrar entre ellos un buen marido para mí. Mi padre se muestra encantado de su segundo matrimonio, y suponga que tendrá sus razones para ello.

Por cierto, hace unos días papá se encontró mal. Yo no me enteré hasta la tarde, pues normalmente le veo poco. No siempre baja a desayunar. Además, cada uno bajamos a una hora diferente, y siempre nos servimos de los calentadores del aparador, de modo que la ausencia de uno puede fácilmente pasar desapercibida.

Pero, a la hora del almuerzo, mi madrastra me dijo que papá pasaría el día en cama. Explicó que ella se lo había rogado porque estaba algo enfermo, pero que no era nada de cuidado. Añadió que debíamos recordar que mi padre no era tan joven como se sentía a veces.

Le cuidó solícitamente. Cuando fui a verle, por la tarde, estaba junto a él preguntándole, muy preocupada, si sentía corriente de aire de la ventana abierta y si quería que le echase la bata por los hombros.

—Me cuidas demasiado, cariño. Me echarás a perder.

—Nada de eso. Hago lo necesario.

—Te preocupas demasiado por mí.

—No estoy de acuerdo.

Les miré. Parecían felices.

Sí, quizá la he juzgado mal.

Intentaré quererla. Me lo he prometido a mí misma. He sido tonta al sentir antipatía hacia ella sólo porque estaba disgustada por haber perdido a la señorita Bray, y después porque ella ocupó el lugar de mi madre.

Debo ser sensata. Además, ella ha hecho muy feliz a mi padre, y todo el mundo dice que este matrimonio ha sido la solución perfecta para él.

2 de septiembre. Estoy avergonzada, porque he abandonado el diario durante mucho tiempo. Había llegado a olvidarlo. Hace un momento, estaba buscando un par de guantes grises que hiciesen juego con mi vestido nuevo. Sabía que tenía un par, y no los encontraba. Resulta que estaban atrapados en la parte de atrás del cajón, y, cuando intentaba sacarlos, he encontrado el diario. Me he sentido avergonzada, pues me había propuesto escribir en él de una forma más o menos regular. Pero creo que esto les ocurre a muchas personas que llevan un diario: hacen buenos propósitos y luego los olvidan.

Éste es un buen momento para seguir escribiendo. He leído todo cuanto tenía escrito. ¡Cómo se despiertan los recuerdos! ¡Y qué joven era yo cuando escribí algunas de esas cosas!

He conseguido vivir tranquilamente bajo la dirección de mi madrastra. Además, he intentado con todas mis fuerzas simpatizar con ella, pero en vano, aunque a menudo pienso que es una injusticia por mi parte. Ella es buena y amable con mi padre. Le ha cuidado bien cuando ha estado enfermo. Lo ha estado tres veces en los últimos tiempos, y Lois le ha atendido en todo momento, hasta el punto de que papá dice que a ella le parecen más graves sus achaques de lo que realmente son.

He oído hablar a los criados de los hombres que se casan con mujeres mucho más jovenes que ellos. Susurran entre ellos, con aire misterioso:

—Es demasiado para ellos. No pueden con ellas...

Mi madrastra se empeñó en llamar al doctor Browless, pero éste no le encontró nada grave a papá. Sólo le dijo que debía de tomar las cosas con más tranquilidad. Siguiendo su consejo, papá ha dejado de ir a Great Stanton todos los días, como solía hacer. A mi madrastra no le interesa demasiado el taller, como le llamamos. Creo que se trata de un negocio muy rentable y muy acreditado en todo el país. Muchas personas relacionadas con la cartografía vienen a Great Stanton a ver a mi padre y a su ayudante. A menudo, papá invita a esas personas a nuestra casa, y mi madrastra demuestra ser una excelente anfitriona.

Una vez oí que papá le decía:

—El día que llegaste aquí para hacerte cargo de Ann Alice fue el más afortunado de mi vida.

—Y de la mía también —le dijo ella con fervor.

Así que los tres vivimos armoniosamente, y estoy segura de que papá está encantado de permanecer más en casa, pues así pasa más tiempo con mi madrastra. En cualquier caso, tiene en el taller a un ayudante muy capaz que puede ocuparse de todo.

Hemos pasado el verano en Bath. Mi madrastra consideró que los baños podían sentarle bien a papá, y él accedió a tomarlos para complacerla.

Mi madrastra insinuó que, entre las personas con las que trataríamos, podría haber algún joven que fuese un marido adecuado para mí. Parecía muy improbable que encontrase yo a alguien entre aquellos ancianos gotosos, que en su mayoría iban acompañados de sus charlatanas esposas; en cuanto a aquellos exquisitos jóvenes, los petimetres de Bath, no se podía esperar de ellos que se fijaran en mí. Más de una vez les oí comentar, en voz muy alta, que encontraban aquella localidad espantosamente aburrida y que tenían ganas de abandonarla y de reunirse sin más tardanza con Su Alteza Real. Estaban, asimismo, los cazadores de dotes, que examinaban a las jóvenes a través de sus monóculos, comparando sin duda sus encantos con su fortuna; las jóvenes ingenuas y las damas no tan jóvenes que buscaban marido.

Yo echaba bastante de menos mis campos y mis prados, y mi vida de libertad. Me aburría el trato social, del que no había modo de escapar, y me sentía ridícula con mi chaqueta y mi falda, y mi feo sombrero.

¡Qué largos se me hacían los días! Bebíamos el agua, nos bañábamos, asistíamos a los servicios religiosos de la abadía, asistíamos a todos los conciertos y a algún baile en las Salas de Asambleas.

Mi madrastra encajaba perfectamente en aquella vida. Casi todo el mundo la encontraba encantadora. Observé que varios jóvenes elegantes la contemplaban con admiración, pero, aunque evidentemente ella se daba cuenta, y me parecía detectar una secreta satisfacción, nunca se apartó del lado de mi padre.

Parecía interesada por ayudarme a encontrar un novio, pero yo me preguntaba a veces si lo estaba de verdad. Esto es lo que sentía siempre hacia ella: nunca estaba segura del todo.

Di algunos paseos a caballo, pero siempre en compañía de mi padre y de mi madrastra, y, como a ella no le gustaba mucho aquel deporte, no lo practicábamos a menudo. Lo que hacía todas las mañanas era dar un paseo a pie por el prado. Allí había más gente, de modo que podía ir sola. Y fue allí donde me encontré con Desmond Featherstone. El hecho me tomó completamente por sorpresa, pues hacía mucho tiempo que no le veía.

Me hizo aquella exagerada reverencia que siempre me irritaba.

—¡La señorita Ann Alice en persona! —exclamó—. ¿Quién habría pensado en encontrarla a usted aquí? ¡Y sola! ¡Qué maravilla! Me sorprende que la dejen salir sola...

—Es de mañana, y soy un poco mayor que la última vez que nos vimos.

—Y está tan bella como siempre.

—¿Se aloja usted en Bath, señor Featherstone?

—¡Oh, qué convencional está usted! Esperaba que me llamase Desmond. Sí, estoy pasando unos días aquí. ¿Qué le parece a usted Bath?

—Es muy hermoso. Me gustan las colinas con sus bosques, y la arquitectura es de una gran elegancia.

—¿Y le gusta alternar con el *beau monde*?

—No demasiado.

—Yo quisiera verla a usted a solas, señorita Ann Alice. Tengo mucho de qué hablarle.

—Nada le impide decírmelo ahora.

—Muchas cosas me lo impiden. Usted entre ellas.

—Le he pedido que hablase.

—¡Si me mirase usted con un poco de afecto!

—¿Qué tiene que ver mi falta de afecto con su elocuencia?

—Qué graciosa es usted...

—Creo que, si se aloja usted aquí, no tardará en encontrarse con mi familia. En este sitio, la gente se conoce pronto, y muchos ya se conocen antes de llegar.

—Ann Alice...

Se había acercado a mí y me aferraba por un brazo. Me aparté de su contacto, como lo hago siempre.

—Le ruego que no le diga usted a su madrastra que nos hemos encontrado a solas.

—¿Por qué?

—Porque..., ejem... quizá no le parecería bien.

—No necesito su permiso para hablar con una persona.

—Ya lo supongo, pero, de todos modos..., no se lo diga usted.

—No lo habría hecho. Seguramente, cuando la vea a ella ya me habré olvidado de que he hablado con usted.

Me miró con expresión de reproche, y después se echó a reír.

—No creo que me olvide tan fácilmente como pretende —dijo.

Me ruboricé, pues mi interlocutor tenía razón. Aún ahora tengo esos extraños sueños en los que aparece él, y que me llenan de inquietud. E incluso ahora, en pleno día, era capaz de hacerme sentir incómoda.

—Tengo que irme —le dije—. Buenos días.

—Buenos días. Desearía...

Pero no le di tiempo de decirme lo que deseaba, pues me alejé a toda prisa.

Pienso mucho en él. Estaba muy serio cuando me pidió que no le dijese a mi madrastra que nos habíamos encontrado.

Entonces pensé: «Lois no quiere que él me moleste. Quiere protegerme».

Ésta era otra razón por la que habría debido quererla.

Me alegré cuando acabó nuestra estancia en Bath.

Casi inmediatamente después de nuestro regreso, mi padre tuvo otro de sus ataques, algo más grave que los anteriores. Mi madrastra quería llamar al médico, pero papá dijo que no era necesario. Afirmó que el doctor ya le había dicho que sus malestares se debían a que hacía esfuerzos excesivos, y que estaba claro que la visita a Bath le había resultado demasiado fatigosa.

A pesar de todo, mi madrastra llamó al doctor, pero esto fue cuando ya mi padre se había recuperado un poco. Dijo que estaba preocupada y que quería que el doctor le examinase a fondo. Para complacerla, él accedió.

Aparte del veraneo en Bath y de mi encuentro con el señor Featherstone, creo que no me ha sucedido nada digno de recordarse, y supongo que ésta es la razón por la que no me he acordado del diario hasta hoy.

Así pues, ahora estoy aquí sentada, mordiendo la pluma y pensando en estos últimos meses. ¿Me he dejado algo importante? Habría debido escribir las cosas inmediatamente después de que ocurrieran. Es la única manera de captar la verdad. Y me parece que no me ha pasado nada más que valga la pena recordar.

1 de febrero de 1792. Otra larga interrupción en mi diario. Es evidente que no es ésta la forma literaria más adecuada para mí. Además, me ocurren tan pocas cosas que sólo me acuerdo de este diario cuando me pasa algo fuera de lo común.

Hoy ha pasado una cosa. Mi madrastra nos ha hablado de Freddy.

Yo había observado que estaba preocupada. Mi padre lo notó también, porque un día me preguntó:

—¿Crees que Lois se encuentra bien?

Tenía una expresión de ansiedad.

—¿Por qué me lo preguntas? —le dije.

—La encuentro... un poco preocupada.

Yo reconocí haberlo observado también.

—Le he preguntado si le ocurría algo —añadió mi padre—, y me ha contestado que no.

Nos habremos equivocado.

Pero no era así, pues hoy hemos sabido lo que le ocurría. Estaba tomando el té con ellos, cosa que a mi padre le agrada que haga. Necesita la constante confirmación de que quiero a mi madrastra. Le he oído decir a la gente que Lois y yo nos entendemos de maravilla.

—Este matrimonio ha sido una bendición para Anna Alice, y no sólo para mí —dice.

Se engaña a sí mismo. Y, como no quiero desilusionarle cuando dice esto en mi presencia, me limito a sonreír en silencio.

No sé por qué decidió hablar del asunto delante de mí. Después de tanto tiempo, todavía desconfío de ella, y a veces busco en ella secretas intenciones que no existen.

Pues bien, hoy, después de servirnos el té a papá y a mí, ha anunciado:

—Tengo que deciros una cosa.

—Ah —ha dicho mi padre—, así que había algo.

—Es algo que me preocupa... desde hace algún tiempo.

—Querida, habrías debido decírmelo.

—No quería molestarte con mis problemas.

—¡Lois! ¿Cómo puedes hablar así? Deberías saber que me tienes a mí para compartir tus problemas. Cuando pienso en cómo me has cuidado cuando he estado enfermo...

—Oh, pero eso era diferente —ha replicado ella—. Cuidarte era mi obligación, y mi mayor deseo.

Papá no ha dicho nada. Mi madrastra se ha mordido el labio inferior y ha dicho:

—Se trata de mi cuñada. Ha muerto... hace un mes.

—¿Tu cuñada? No me habías dicho..., no sabía que tuvieses familiares.

—Murió inesperadamente. No me enteré hasta después del entierro.

—Oh, querida, lo siento muchísimo...

Lois ha permanecido en silencio unos momentos, con el ceño fruncido. Mi padre la miraba con ternura, y le daba tiempo para que se explicase.

—Mi hermano se peleó con mi padre —ha dicho ella—, y se marchó de casa. No volvió, y hasta que murió no nos enteramos de que se había casado. Ahora ha muerto ella, dejando un hijo pequeño.

—Todo eso es muy triste —ha dicho papá.

—Así pues, ese niño ha quedado huérfano, y... bueno, es mi sobrino.

—¿Piensas ir a verle?

—Esto es lo que quería deciros. Tendré que ir a Escocia a verle. Tengo que hacer algo por él. No puedo abandonarle a su suerte. Sabe Dios lo que podría ocurrirle.

Mi padre parecía sentir alivio. Tal vez había imaginado algo muy grave.

—¿Por qué no vamos los dos? —le ha preguntado a Lois.

—No, creo que debo ir sola.

—Muy bien, querida. Lo que tú prefieras.

—He de encontrar alguna solución para ese niño —ha seguido explicando con la cabeza baja, mientras desmigajaba el pastel que tenía en el plato—. Hace días que quería hablarte de este asunto... y no me decidía a hacerlo. Estaba muy preocupada.

—Ya sabía yo que te pasaba algo —ha dicho mi padre—. Vamos, cariño, explícamelo todo. Ya sabes que yo haré cuanto pueda por ayudarte.

—Pues bien, yo..., yo quisiera traer al niño aquí. No tiene a donde ir. Si yo no me hago cargo de él, puede ir a parar a un orfanato, y yo no quiero ni oír hablar de eso. Se trata de mi sobrino.

—Mi querida Lois, ¿era esto lo que no te atrevías a decirme? Has hecho mal en esperar tanto. Ésta es tu casa, y tu sobrino será bienvenido en ella.

Lois se ha acercado a papá y se ha arrodillado a su lado; le ha tomado las manos y se las ha besado.

Él estaba muy conmovido; he visto lágrimas en sus ojos. Supongo que yo habría debido emocionarme también. Era una escena muy conmovedora. Pero me parecía estar asistiendo a una representación teatral.

1 de marzo. Hace una semana que llegó el pequeño Freddy Gilmour. Es un niño delgadito y pálido, y bastante nervioso. Parece sentir un gran respeto hacia mi madrastra. La mira con una especie de asombro, como si fuese una diosa o algo parecido. Ahora, ella tiene dos adoradores en la casa.

Yo simpaticé con Freddy desde el primer momento. Tiene ocho años, pero parece más pequeño. Me ofrecí a encargarme de su educación, cosa que complació mucho a Lois, quien se muestra muy afectuosa conmigo.

Me parece tener otro hermano, aunque Freddy sea tan pequeño. Charles nunca ha sido un verdadero hermano para mí. Siempre me ha despreciado por ser mucho más joven que él. Yo no siento ningún desprecio de esa clase hacia Freddy. Empiezo a quererle, a pesar del poco tiempo que lleva aquí.

Él se muestra muy contento de estar en nuestra casa, por lo que deduzco que su vida no era muy agradable donde estaba antes. Cuando le hablo de su madre, casi no me contesta, y es evidente que no quiere hablar del pasado. Tal vez lo hace porque ella ha muerto hace tan poco tiempo. Pero, cuando habla de la tía Lois, lo hace con verdadera reverencia.

Por las mañanas, cuando me despierto, pienso en lo que voy a enseñarle a Freddy, y eso le da un interés al día. El niño es muy inteligente, pero me doy cuenta de que se han hecho pocos intentos para educarle; tiene ganas de aprender y no para de hacer preguntas.

Mi padre está absolutamente encantado conmigo y con Freddy, y está enamoradísimo de mi madrastra.

Se alegra de la llegada de Freddy por la tranquilidad que ello ha representado para Lois.

Parece que somos una familia feliz.

3 de abril. He estado demasiado ocupada para pensar en el diario. Ahora que ha pasado algo importante de verdad, vuelvo a acordarme de él.

Es lo más importante que me ha ocurrido nunca.

He conocido a Magnus Perrensen.

Ha ocurrido de la manera más casual. Hace unos días, papá anunció, mientras cenábamos, que un cartógrafo escandinavo le había escrito hablándole de su hijo.

—Es un joven muy entusiasta, según su padre —dijo papá—. Acaba de regresar de una expedición al Pacífico. Parece que le interesa el lado práctico de la cartografía.

—Yo he pensado siempre que ésa tiene que ser la parte más interesante —dije—. Descubrir lugares nuevos, y calcular las distancias entre este punto y aquél.

—Tú lo ves desde el punto de vista romántico, querida —me hizo observar papá.

Y, volviéndose hacia Lois, le dijo:

—Tendremos que invitarle. Me imagino que se sentirá un poco solo. Masters puede encontrarle un buen alojamiento en Great Stanton, pues su padre quiere que se quede algún tiempo para estudiar nuestros métodos. Ya he hablado con Masters, y me ha dicho que tiene una habitación libre en su casa, y que cree que a la señora Masters podría venirle bien el dinero; de ser así, podría hospedarse allí. Puede que pase bastante tiempo entre nosotros.

Masters era el encargado del taller. Era un hombre muy eficiente, que siempre parecía pensar que no había en el mundo nada tan importante como la cartografía.

—Masters está muy contento ante la llegada de ese muchacho —prosiguió mi padre—. Los Perrensen son cartógrafos famosos. Se han especializado en mapas del mar. Masters está deseando conocer al joven Perrensen, sobre todo ahora que ha vuelto de ese viaje. Le daremos oportunidad de estudiar todo cuanto hacemos aquí, y sin duda él nos informará de los progresos que han tenido lugar en su país.

—Esto es lo que me gusta de los cartógrafos —dije—. Que se ayudan mutuamente. Entre ellos no parece haber la rivalidad que existe en otras profesiones.

Mi padre se rió.

—Me gustaría que tu hermano estuviese aquí —dijo.

Asentí. Hacía mucho tiempo que Charles se había marchado. Sabíamos, naturalmente, que los viajes de descubrimiento como el que había emprendido él podían durar varios años. Pero aún así nos parecía que hacía mucho tiempo que faltaba de casa.

—El día menos pensado aparecerá por aquí —dijo mi madrastra—. No sé qué dirá cuando me encuentre instalada aquí.

—Estará encantado, sin duda —le aseguró mi padre—. Es un muchacho muy sensato.

—Espero que descubra muchas cosas nuevas —dije—. Lugares desconocidos..., grandes extensiones de tierra en las que nadie ha puesto el pie.

—Ann Alice es muy romántica —dijo mi padre, mirándome y mirando después a mi madrastra—. Esperemos que Charles esté pronto con nosotros.

—Sí, esperémoslo —dije—. A Freddy le interesan enormemente los mapas. Ayer, cuando fuimos a Great Stanton, le llevé a ver el taller. Masters se quedó muy impresionado con él. No dejaba de decir: «Buen chico... Buen chico...». Y a Freddy nunca le había visto yo tan animado.

Mi padre parecía sentirse feliz.

—Freddy es muy inteligente —murmuró mi madrastra con orgullo.

—Sí que lo es —corroboré yo.

—Ann Alice se siente feliz porque tiene un hermanito —dijo mi padre.

Levanté la vista. Lois me estaba mirando. Tenía los ojos muy brillantes. ¿Había lágrimas en ellos? No puedo asegurarlo.

Algo confusa, me apresuré a decir:

—Bueno, ahora tenemos que pensar en ese joven..., ¿cómo se llama? Magnus...

—Magnus Perrensen. Sí, debemos recibirle lo mejor que podamos.

Por haber conocido a Magnus he sentido la necesidad de escribir otra vez en este diario. Quiero recordar el momento en que me ha tomado la mano y se ha inclinado convencionalmente ante mí, el momento en que sus brillantes ojos azules se han fijado en los míos. Me ha asaltado una intensa emoción, emoción que no se ha desvanecido.

No puedo creer que le he conocido esta noche. Me parece conocerle desde hace mucho tiempo. Habría deseado saber más de mapas, para participar más en la conversación. Pero no importa; he decidido aprender mientras él está aquí, pues es evidente que le apasiona la cartografía. Nos ha hablado de su expedición al Pacífico, y yo he sentido grandes deseos de conocer aquellos lugares.

Magnus tiene fuerza, vitalidad; estoy segura de que tendrá éxito en todo lo que se proponga.

Es muy alto, y viste con sencillez comparado con nosotros. Pero hay que recordar que los ingleses nos hemos vuelto casi demasiado elegantes debido a la influencia del príncipe de Gales y sus amigos, los cuales, según tengo entendido, discuten horas el corte de sus casacas y el modo en que debe llevarse la corbata.

Magnus Perrensen vestía sobriamente de gris; su casaca era ligeramente más clara que el pantalón; sus medias eran del mismo gris que la casaca, y las hebillas de sus zapatos negros no eran muy recargadas. Llevaba peluca, como la llevan todos los hombres, pero era una peluca sencilla y recogida en la nuca por una estrecha cinta negra.

Mas, aunque hubiese vestido de otro modo, ello habría carecido de importancia, pues lo que llama la atención en él es su vibrante personalidad.

Habla inglés con fluidez, pero con un leve acento que me ha parecido de lo más atractivo.

Mi padre le ha hecho muchas preguntas sobre la expedición, y él nos ha contado que una vez naufragó, y que pensó que no volvería a ver su patria.

—¡Qué emocionante! —exclamé—. ¿Estuvo usted en peligro de ahogarse?

—Sí, señorita Ann Alice —respondió—. Estuve muchas horas en una balsa, temiendo que me descubriesen los tiburones y preguntándome cuánto tiempo me quedaba de vida.

—¿Y qué pasó?

—Que vi tierra y conseguí llegar a una isla.

No sé si ha sido mi imaginación, pero me ha parecido que había emoción en su voz cuando ha mencionado la isla. Como si aquella isla significase algo para él.

—¿Una isla? —le he preguntado—. ¿Qué isla era ésa? La buscaré en el mapa.

—Algún día le contaré cosas de ella —me ha dicho.

Yo me he alegrado, pues con eso Magnus daba a entender que pasaríamos tiempo juntos.

—¿Y por fin le recogieron y pudo usted regresar?

—Exactamente.

—Debió de perder usted sus mapas cuando naufragó —ha dicho mi padre—. Qué golpe tan terrible...

—Sí. Pero volveré allí.

—Hay tantos peligros... —ha comentado mi padre tristemente, y he adivinado que pensaba en Charles.

Después ha añadido:

—Espero que estará usted a gusto en casa de los Masters.

—Estoy seguro de ello. El señor Masters sabe muchísimo. Es un placer y un honor hablar con él.

—Sin duda descubrirán que tienen muchas cosas en común.

—Y la señora Masters es encantadora. Me ha dicho que estoy muy delgado, y me ha amenazado con «alimentarme bien».

—Es una buena mujer —ha dicho mi padre—. Creo que su marido la exaspera a veces, pues se interesa más por los mapas que por sus guisos.

—Es una excelente cocinera.

—Y esperamos verle por aquí... a menudo.

Magnus me ha sonreído desde el otro lado de la mesa.

—Estaré encantado de aceptar su invitación —ha dicho.

Cuando se ha ido, yo estaba muy emocionada. He subido en seguida aquí para escribirlo todo en el diario. Escribirlo es como vivirlo otra vez, y creo que esta noche ha sido importante para mí. Creo que en el futuro desearé recordarla muchas veces.

3 de mayo. He pasado un mes maravilloso. He pasado mucho tiempo en compañía de Magnus Perrensen. Él está todo el día en el taller, pero muchos días, acompañada por Freddy, he tomado el cochecillo y he ido a Great Stanton a visitarle. Otras veces me llevo de casa una cesta con el almuerzo y nos vamos los tres a comer al campo. Algunos días nos quedamos los dos en el taller y charlamos, mientras comemos unos bocadillos y bebemos sidra. Ésta es mi contribución para que Magnus Perrensen se sienta a gusto entre nosotros.

Es un conversador fascinante, y Freddy y yo le escuchamos extasiados. Toma uno de nuestros mapas, señala en él un lugar exótico y empieza a hablar de él. Conoce bien los continentes, pero lo que le atrae más es el mar.

Hace unos días le pedí que nos enseñase la isla en la que naufragó.

Él permaneció un momento callado, y después me tomó una mano entre las suyas.

—Otro día —me dijo—. Otro día le hablaré de esa isla.

También aquella vez pareció emocionarse al recordar la isla. Estaba segura de que aquel lugar tenía algo especial, y de que Magnus quería hablarme de él a solas.

Aquel día estábamos con Freddy y con Masters. El niño y el encargado se hallaban en una esquina de la habitación, y Masters le enseñaba al pequeño una de sus herramientas. Oí que le explicaba:

—Esto es un buril. Mira qué hoja tan afilada. Es de acero. Es para cortar. Mira el mango. ¿Qué te recuerda? ¿Una seta? Sí, una seta. Toma, sostenlo en la mano, apretando los dedos en la seta. Ahora aprieta la hoja contra el cobre. Así, haciendo una presión regular.

—Está iniciando a Freddy en los misterios de la cartografía —dije—, sonriendo.

—Es un buen alumno.

Me percaté, instintivamente, de que en aquel momento, le resultaba imposible hablarme de la isla. Quería que estuviésemos solos. Cosa extraña, aunque nos veíamos a menudo, nunca estábamos completamente solos. Si nos veíamos en el taller, había otras personas. Si íbamos al campo, nos acompañaba Freddy. Y, cuando él nos visitaba en nuestra casa, mi familia se hallaba presente.

La llegada de Magnus ha cambiado mi vida. Me levanto todas las mañanas con la ilusión de verle. Pienso mucho en él. Me gustan sus cejas, que ascienden en los extremos. Tiene un leve aspecto extranjero que me parece extraordinariamente atractivo. Me gusta su ligero acento, su sintaxis un poco especial.

El hecho es que estoy enamorada de Magnus Perrensen.

Pero, ¿qué siente él por mí?

Él está interesado, muy interesado, por mi persona. Me parece que le molesta tanto como a mí esta imposibilidad de estar solos. Pero algún día lo conseguiremos.

Hace unos días, mi madrastra me dijo:

—No hemos de olvidar tu cumpleaños. Creo que esta vez deberíamos celebrarlo de un modo especial, ya que vas a cumplir dieciocho años. Se lo recordaré a tu padre.

—Pero papá sabe, sin duda, que voy a cumplir dieciocho años...

—Es un poco distraído para estas cosas. A partir de ahora, debemos ofrecer más cenas y fiestas.

Me encogí de hombros. Aquellas cenas y fiestas tendrían por objeto encontrarme un marido. Y yo no quería buscar marido. Tal cosa me habría parecido muy poco digna. Además, acabo de conocer al único hombre al que puedo querer, y tengo razones para creer que no le soy indiferente.

Pero la fiesta que se prepara ahora es la de mi cumpleaños. Mi madrastra está haciendo una lista de invitados, y mantiene conversaciones con la cocinera.

—Es bonito que tu cumpleaños sea en mayo —me dijo—. ¡Es un mes precioso! Si hace buen tiempo, podemos celebrar la fiesta en el jardín. Una especie de *fête champêtre*.

—Lo pasarás bien organizándolo todo, cariño —le dijo mi padre, indulgente—. Cuánto me alegro de que estés aquí cuidando de Ann Alice.

Me están haciendo un vestido especialmente para la fiesta. Mi madrastra ha hecho venir a la costurera del pueblo, y ha mirado modelos. Nos hemos decidido por uno de seda de color de rosa, que ella dice que es el que me sienta mejor. Es de manga corta, y las mangas llevan volantes rizados rematados con encaje. Tiene un ancho cuello de encaje. El cuerpo es muy ajustado, y la falda, muy ancha, asimismo con volantes rematados de encaje. Es bastante recargado; un vestido de señorita. Estoy encantada con él, porque, cuando me lo pruebo y me quedo muy quieta mientras la costurera se arrodilla a mis pies y trabaja con sus alfileres y su hilo de hilvanar, me imagino que estoy delante de Magnus. Creo que él me encontrará hermosa con este vestido.

Le estoy agradecida a mi madrastra, que ha hecho cuanto ha podido para que el vestido quede bien. Creo que me está agradecida por el interés que me he tomado por Freddy.

¿Le estoy tomando afecto? No tengo la completa seguridad de ello. Cuando se está enamorado, el mundo entero parece diferente, y tal vez uno se siente inclinado a querer a todo el mundo.

No, a todo el mundo no...

Hoy he sufrido una impresión, y supongo que es eso lo que me ha movido a ponerme a escribir.

Esta tarde me hallaba en el jardín. La casa estaba silenciosa. Mi padre descansaba, como suele hacer por las tardes desde que su salud empezó a debilitarse. Yo sé que no se encuentra bien del todo, aunque él afirma que sí.

Mi madrastra ha ido a Great Stanton en el cochecillo, de compras, según ha dicho, y se ha llevado a Freddy con ella. Pensaba comprarle ropa, de la que andaba muy escaso cuando llegó aquí.

Me gusta mucho sentarme en el jardín. La parte delantera de nuestra casa da al prado. Es una vista agradable: el prado, la antigua iglesia con su aguja que apunta al cielo, y las seis casas de campo antiguas situadas en hilera. En el centro del prado estaba el estanque, con los patos y con el banco de madera. Pero yo prefiero la vista de la parte trasera. Me gusta nuestro césped, más allá del cual se halla el bosquecillo de abetos. Cuando bajo al jardín, suelo instalarme en la pequeña rosaleda cerrada, y me siento en uno de los sillones de mimbre.

Allí estaba yo, pues, esta tarde, fingiendo leer y pensando

en cuándo vería a Magnus Perrensen a solas. Esta noche tenía que venir a cenar, y ello me hacía muy feliz. Esperaba siempre que se nos presentaría la oportunidad de hablar de cosas importantes.

—Señorita Ann Alice... —me ha llamado una doncella—. Ha venido un señor.

Me he levantado de un salto.

Estaba pensando en Magnus, y he creído, como una tonta, que el visitante era él, por lo que no le he preguntado el nombre a la doncella. Y me he llevado un susto cuando he entrado en el vestíbulo y he visto a Desmond Featherstone.

He experimentado aquel súbito estremecimiento de aprensión que tan a menudo me inspiró aquel hombre en el pasado.

—Señorita Ann Alice... Qué gran placer...

—Oh..., señor Featherstone... Cuánto tiempo sin verle a usted por aquí.

—He echado de menos estos lugares, se lo aseguro.

—Así que ha vuelto usted.

—Para una visita muy breve, desgraciadamente.

—Pase usted a la sala, por favor. ¿Desea tomar algo?

—He venido a verla. Es lo único que deseo.

—Pase.

Le he hecho entrar en la salita contigua al vestíbulo.

—Siéntese, por favor.

Ha dejado el sombrero en la mesa.

—Voy a pedir que nos traigan algo. ¿Le apetece un té?

—Muchísimo.

—Voy a pedirlo.

—Pero... —ha protestado.

Sin duda se preguntaba por qué no me limitaba yo a hacer sonar la campanilla para que acudiese una doncella. Pero yo tenía una buena razón para no hacerlo, y salí de la estancia tan aprisa como pude.

Corrí al dormitorio de mi padre. Por suerte, no estaba acostado; sólo dormitaba en un sillón.

—Papá —le dije—, tenemos visita. Es ese señor amigo de Lois. Creo que debería usted bajar.

—Oh, sí, desde luego. ¿Quién es?

—El señor Featherstone.

—Ah, sí, claro.

—Está en la salita. Reúnase con él, y yo voy a pedir que nos traigan té.

Me siguió escaleras abajo y entró en la salita. Cuando volví, les encontré charlando.

Me pareció que el señor Featherstone me dirigía una mirada de reproche.

Nos han traído el té. Ellos han hablado del tiempo, y el señor Featherstone se ha interesado solícitamente por la salud de papá, el cual ha contestado que nunca se había encontrado mejor. Yo creo que esto no es verdad, pero, desde que se ha casado, mi padre asegura encontrarse muy bien.

—Hace bastante tiempo que no les veía a ustedes. Estoy seguro de que la señorita Ann Alice está más alta.

—Es que va a cumplir dieciocho años, ¿sabe usted?

—¿De veras? ¡Qué ocasión para celebrar una fiesta!

Me sentí irritada. No soportaba que hablasen de mí como si no estuviese presente, como si fuese una criatura cuyo crecimiento es objeto de comentarios.

—Vamos a dar una fiesta, naturalmente —dijo mi padre—. Mi esposa está tan ilusionada como si fuese su propio cumpleaños.

—¿Y cuándo es el gran día?

—El veintiuno. Ya no sé cuántas personas van a venir. La lista crece sin cesar.

—Señor Mallory, ¿le parecería una gran audacia por mi parte que le rogase que me invitara? Como antiguo amigo de la familia de su esposa...

—Cualquier amigo de mi esposa será bienvenido. ¿No es verdad, Ann Alice?

Me ha alegrado ver que papá no esperaba mi respuesta, aunque Desmond Featherstone me la suplicaba con la mirada.

—Esperamos que los dioses sean generosos —siguió diciendo papá— y nos conceden un día templado. Me temo que no cabremos en la casa, si nos vemos obligados a permanecer en ella.

—Estoy seguro de que los dioses serán bondadosos en tan señalada ocasión —dijo Desmond Featherstone.

Yo callaba, exasperada. Aquel hombre se había invitado a mi fiesta. Tenía la desagradable sensación de que me la iba a estropear.

Hacía tiempo que ni siquiera pensaba en él, y ahora ha vuelto.

Cuando mi madrastra ha regresado, me he percatado de que la sorprendía tanto ver a Desmond como me ha sorprendido a mí, y me ha parecido que le saludaba con mucha frialdad.

—Vuelvo a hospedarme en la vecindad —explicó el visitante—, y sabía que usted no me perdonaría nunca que no hubiese pasado a saludarles.

—¿Cuánto tiempo se va a quedar? —le preguntó mi madrastra, con una falta de tacto que no era propia en ella.

—Depende de mis negocios.

—El señor Featherstone nos ha prometido asistir a la fiesta —ha dicho papá.

—Muy bien —ha respondido ella brevemente.

Me he alegrado cuando Desmond se ha ido, pero no me he quedado tranquila.

21 de mayo. Hoy ha sido mi cumpleaños, y también el día más feliz de mi vida. ¡Es maravilloso que ambas cosas hayan sido el mismo día!

Esta mañana el cielo estaba nuboso, y todos estábamos preocupados por si llovía. Los criados corrían, una y otra vez, a mirar el cielo.

He abierto el armario veinte veces, por lo menos, para contemplar mi vestido. Es el más bonito que he tenido nunca. Le he rogado a mi madrastra que dejase a Freddy quedarse levantado una hora más, y ella ha accedido, fingiendo hacerlo de mala gana. Quiere mucho a Freddy, y el afecto que las dos sentimos por él representa un vínculo entre nosotras, a pesar de mi resistencia.

Por la tarde el cielo se ha despejado, y todos han comentado que, finalmente, iba a hacer buen tiempo. Ha cesado el viento y hemos visto que, si no llovía, íbamos a tener un tiempo ideal para celebrar nuestra fiesta al aire libre.

Mi madrastra estaba en su elemento, organizándolo todo. Mi padre la miraba, sonriente y divertido. ¡Cómo ha cambiado desde que se casó con ella! Se puede decir que Lois le ha hecho feliz. Estoy segura de no haberle visto nunca tan contento, ni siquiera en vida de mi madre.

Han llegado los invitados, y les hemos recibido los cuatro, mi padre, mi madrastra, Freddy y yo. Era como si Freddy fuese el hijo pequeño de la familia.

¡Y qué alegría cuando ha llegado Magnus, acompañado de los Masters! Le he encontrado muy elegante. Prefiero, con mucho, para un hombre, la ropa sencilla a todas las afectaciones introducidas por nuestros petimetres.

El tiempo ha sido perfecto. Hasta ha salido la luna, para dar un toque de magia al ambiente, y los invitados se han dispersado por el jardín. La cena fría se ha servido en el vestíbulo y en el comedor, y los invitados podían llevársela al jardín, si lo deseaban.

Sólo había una cosa desagradable, la presencia de Desmond Featherstone, el cual, además, parecía decidido a perseguirme.

Por suerte, Magnus estaba igualmente decidido a permanecer a mi lado, y, con mi gustosa colaboración, hemos logrado frustrar los intentos del señor Featherstone y permanecer juntos.

Freddy ha subido a acostarse cuando mi madrastra se lo ha mandado. Es un niño muy dócil; se ve que está acostumbrado a obedecer sin rechistar. Se muestra agradecido hacia nosotros, cosa que me da un poco de pena. A veces me pregunto qué clase de vida habrá llevado con la cuñada de mi madrastra. No se lo he preguntado nunca, porque he observado en él cierta tristeza cuando he hecho alguna alusión a su vida pasada, y me ha parecido que quería olvidarla.

Como es natural, por ser mi cumpleaños, tenía ciertas obligaciones hacia los demás invitados. He tenido que bailar con determinados amigos de papá. Algunos de los invitados eran cartógrafos famosos que han venido de otros lugares del país para asistir a la fiesta.

Gracias a Magnus, he podido hablar con ellos de mapas con más conocimiento del tema del que tenía antes.

Quizás he estado un poco distraída mientras me hallaba con ellos, pues no dejaba de pensar en cómo podía escaparme para volver al lado de Magnus. Y, cuando lo conseguía, allí estaba él esperándome, tan impaciente por estar conmigo como lo estaba yo por estar con él.

Después, han llegado esos instantes mágicos en la rosaleda. El aroma que exhalaban las rosas era exquisito. Recordaré siempre aquel jardín cerrado tal como era la noche del veintiuno de mayo de mil setecientos noventa y dos, pues fue una noche mágica. La recordaré toda mi vida.

Permanecíamos sentados, uno al lado del otro, en dos sillones de mimbre adosados al muro, mirando a las puertas de hierro forjado por las que se entraba en el jardín, para poder ver en seguida a cualquier intruso.

Oíamos, en la distancia, el sonido de los violines que salía de la casa, y de vez en cuando nos llegaba también el sonido de unas risas. El aire era cálido y perfumado.

Magnus me tomó las manos y me las besó.

—Lo supe tan pronto como te vi —me dijo.

—Yo también.

—Fue como si entre nosotros se estableciese una comunicación, ¿verdad? Supimos que íbamos a querernos.

—Eso fue exactamente.

—¡Qué hermosa es la vida! No es frecuente que exista semejante armonía entre dos personas.

—No, no es frecuente. Es algo muy precioso.

—Algo que conservaremos siempre.

—Magnus, ¿qué vamos a hacer? Tú no eres de aquí.

—No. Sólo voy a pasar un año aquí..., o quizás algo más. Luego volveré a mi país.

—¡Un año! —exclamé—. Disponemos de un año para estar juntos.

—Y después vendrás conmigo y nos casaremos.

—Y viviremos felices... Es como un cuento de hadas.

—Tendremos muchos hijos. Trabajarán con nosotros, y explorarán el mundo. Será una vida agradable.

—Soy feliz —dije—. Éste es el mejor regalo de cumpleaños que una joven haya recibido nunca.

Magnus guardó silencio unos momentos, y por fin dijo:

—Iremos juntos a buscar mi isla.

—Ah, sí, la isla. Muchas veces he pensado que ibas a hablarme de ella.

—Voy a contártelo todo ahora. Este hermoso jardín es el lugar adecuado para hacerlo. Hace tiempo que quiero contártelo. A veces pienso que fue un sueño, un producto de mi imaginación.

—Sí, cuéntamelo. No quiero esperar más.

Tras alguna vacilación, Magnus comenzó su relato.

—Como sabes, yo formaba parte de una expedición al Pacífico. Estábamos seguros de que había, en aquella zona, muchas más islas que las ya conocidas, y queríamos encontrarlas. Yo creo haber encontrado una. Estoy seguro de ello. Pero te lo voy a contar ordenadamente. Navegábamos por el Pacífico, en torno a las islas Sandwich, donde los nativos habían dado muerte al capitán Cook diez años atrás. No sé cómo explicarte lo que es surcar unas aguas por las que, tal vez, nadie ha navegado antes que uno. Pero el capitán Cook había descubierto tantas islas que yo temía a veces que no quedase ninguna para mí.

—Háblame de la isla que descubriste.

—Sí, quiero hablarte de ella. Quiero que vayamos ambos a buscarla. No estaré completamente satisfecho hasta que la haya vuelto a encontrar, y, cuando la encuentre, quiero que estés conmigo.

Extendí una mano para acariciarle la mejilla; él la tomó y la besó una y otra vez.

—Sentirás lo mismo que yo —continuó—. Sentirás la llamada del mar. El mar está esperando que el hombre lo explore, lo dome, lo utilice. Tenemos suerte de haber nacido en la Tierra. Pero voy a contarte cómo encontré la isla.

—Sí, por favor. A veces pienso que no quieres hacerlo. Dices que vas a hablarme de ella y después vacilas. ¿Qué misterio es ese?

Magnus calló unos momentos, y después habló.

—El mar estaba en calma, tanto que apenas se habría dicho que el barco se movía. Y entonces, de pronto, estalló la tormenta... En el Pacífico hay tormentas como tú no puedes ni suponer, Ann Alice. No puedes imaginar la furia de un huracán. El viento es como mil demonios desatados, chillando, y azota las olas de modo que el mar parece una caldera hirviente. La lluvia, agitada por el viento, cae horizontalmente. Parece que la tormenta esté decidida a destruir cuanto encuentra a su paso. ¿Qué esperanza tiene un barco en un océano, en medio de una tormenta semejante? Yo sabía lo que iba a ocurrir. Rezamos para que se produjese un milagro, pero ninguno de nosotros lo esperaba. Sabíamos que el barco no podría resistir aquella furia, y no la resistió. Creí que había llegado mi último momento. Cosa extraña, me sentí tranquilo; lo que más lamentaba era que no iba a descubrir nunca aquellas tierras que aún eran desconocidas. Mi nombre moriría conmigo. Mi vida no habría servido para nada. Yo había tenido sueños grandiosos. Magallanes, Enrique el Navegante, Drake, Cook, Ptolomeo, Mercator, Hondius... Había soñado con que me contaría entre ellos. Pero un hombre necesita tiempo para demostrar su valía. Después de aquel día, he pensadc muchas veces en los hombres que han muerto jóvenes y que no han tenido la oportunidad de hacer lo que soñaban. Y aquel día creí que yo iba a ser uno de ellos.

»Las olas levantaban el barco como si fuese una caja de cartón, y nos arrojaban a nosotros de un lado para otro. El viento chillaba como un demonio que se riese de nuestra desgracia, y se añadían a todo lo demás la lluvia, los relámpagos y los truenos. En aquel mar violento se hundió el barco. La cubierta se sumergió bajo nuestros pies. Partes del barco fueron arrojadas al mar, como desechos. Perdimos toda esperanza. Habíamos naufragado.

»Me encontré aferrado a un madero, supongo que parte de la cubierta. Me sentía medio muerto, y creía que mi fin estaba próximo. Nadie podía sobrevivir en un mar como aquel.

»Yo sabía, más o menos, dónde estábamos antes de la tormenta, pero no podía calcular dónde me encontraba ahora. No podía pensar en nada más que en aferrarme a mi madero, que el mar arrojaba de aquí para allá. Me hundía y volvía a salir a flote. Cerraba los ojos y esperaba la muerte.

»Dicen que, cuando una persona se está ahogando, ve toda su vida. Dicen que recuerda la infancia, la escuela... Yo creo que estaba demasiado aturdido para eso. No sé cómo podía aferrarme a mi balsa. Pero sé que lo hice, y que no recordé nada del pasado. Para mí, sólo existía la necesidad de abrazarme a aquel madero que era la única ayuda que tenía contra la furia del mar. Estaba agotado por los golpes que recibía, y caí en la inconsciencia.

»Cuando abrí los ojos, todo había cambiado. Oía que unas olas rompían suavemente en la arena. Soplaba una brisa perfumada. Abrí los ojos, y vi un brillante cielo azul y un mar tranquilo como un lago, de un azul transparente. Más adelante descubriría que también podía ser de un verde diáfano. Era un mar que parecía diferente de todos los que había conocido. Pero estaba en mi isla, y en ella todo es distinto.

—¿Es así como llegaste a la isla?

—Sí. Cuando abrí los ojos, lo primero que vi fueron unas personas. Estaban en cuclillas, a cierta distancia de mí. Eran hombres y mujeres muy altos, y unos niños desnudos, que me miraban, asombrados, con sus ojazos oscuros. Tenían la piel morena, y el cabello, negro y abundante. Observé que todos llevaban unos adornos que parecían ser de oro, y que las mujeres llevaban flores en el cuello y en los tobillos.

»El más robusto de los hombres, el que me pareció que era el jefe, se me acercó y me dijo unas palabras que no comprendí. Intenté contarle algo, pero no eran necesarias muchas explicaciones. Mi estado y el madero que me había traído a aquella playa eran lo bastante elocuentes.

»Durante todo el tiempo que permanecí allí nos comunicamos sobre todo por señas y gestos. Dos hombres trajeron unas parihuelas hechas de madera y de fibras y me colocaron en ellas, pues yo estaba demasiado agotado para caminar. Me llevaron a una de las cabañas; más adelante supe que era la del jefe. Era una cabaña redonda que tenía el techo de paja; el suelo era de tierra, y los asientos eran rústicos bancos. Me depositaron en el suelo, con cuidado, y vinieron varias personas a atenderme. Me trajeron comida, unas frutas que yo no había probado nunca, mangos y papayas, plátanos y nueces. Me dieron una bebida muy caliente que hizo que me diese vueltas la cabeza; cuando la rechacé, me trajeron agua de coco.

»Me preguntaba qué pensarían hacer conmigo. Había oído hablar de la fiereza de los indígenas de algunos países lejanos. El capitán Cook había sido apaleado hasta la muerte cuando fue a las islas Sandwich a recuperar un bote robado. Yo habría podido temer que aquellas gentes me tuviesen dispuesta una muerte espantosa, pero no fue así, pues percibí su bondad. Eran altos y fuertes; habrían podido ser violentos, pero no lo eran. A pesar de mi indefensión, no tuve miedo.

»Estaba completamente agotado, y dormí muchas horas. Cada vez que me despertaba, había al menos un par de ojos negros observándome atentamente. Me traían comida: leche y frutas, entre ellas una que no había probado nunca y que viene del llamado árbol del pan.

»Creo que tardé cuatro días con sus cuatro noches en estar del todo consciente.

»Cuando logré ponerme en pie, dieron palmadas de alegría. Se pusieron a gritar, y uno de los hombres salió corriendo de la cabaña y se puso a tocar un tambor, con las manos; más adelante, me enteré de que era así como se convocaba a todo el pueblo. Nunca olvidaré la hora que siguió a aquella llamada. Vinieron todos a mirarme. Daban vueltas a mi alrededor y me tocaban, maravillados, según creo, al ver mi piel blanca. También miraban con asombro mis ojos claros, pero lo que les inspiraba más curiosidad era mi cabello rubio.

»Yo no les tenía ningún miedo. Esto es lo que me pareció prodigioso más adelante. Aquellos hombres y mujeres altos me rodeaban, con sus relucientes joyas de oro y sus flores. Habrían podido torturarme, matarme de la forma más horrible, y eso no se me ocurrió siquiera. No pensé en ello hasta que hube abandonado la isla.

»Aquellos indígenas eran gente feliz. Se reían sin cesar. Se me acercaban, se ponían en cuclillas, tocaban una y otra vez mi cabello, me ofrecían frutas y agua de coco...

»El jefe me hizo sentarme a su lado. Supe que era el jefe

porque llevaba más adornos de oro que los demás y, asimismo, porque tenía aire de autoridad... Ésta es mi isla, Ann Alice.

—¿Cuánto tiempo pasaste allí?

—No lo sé. Perdí la noción del tiempo. Fue todo muy extraño... Tengo que encontrar esa isla. A veces creo que no existe, que la inventé.

—¿Cómo habrías podido inventarla?

—No, no... Estuve allí.

—Cuéntame más cosas. Cuéntamelo todo. Quiero compartir todas tus aventuras.

—Hablaba con ellos por señas. Aprendí algunas de sus palabras. «Ir», «venir», cosas así. Era una comunidad próspera, pues en la isla tenían todo cuanto necesitaban. Tenían pescado y fruta en abundancia. También cultivaban verduras que yo no había visto nunca. Cocinaban en hornos de tierra, con cacharros de oro que enterraban y dejaban calentar al sol. Vivían sobre todo de pescado, que era abundante y podía ser atrapado con poco esfuerzo. La ropa que llevaban era de un tejido de hojas y fibras vegetales. Vivían con sencillez, y nunca he conocido una armonía semejante a la que reinaba en aquella isla. Tenían una fe sencilla en la bondad..., trabajaban todos juntos..., uno para todos y todos para uno... Era, sencillamente, el paraíso.

»En la isla había oro. El metal que nosotros denominamos precioso abundaba tanto como el pescado en el mar y la fruta en los árboles. Se lo podía ver en los ríos, en la superficie de la tierra. Se tomaba un puñado de tierra y allí había oro. Habían aprendido a hacer con él collares y ajorcas. Lo pulían y lo miraban al sol. Creo que pensaban que el oro había captado alguna cualidad del mismo sol, y que por eso lo utilizaban tanto. Adoraban el sol, fuente de vida. Lo miraban salir cada mañana, y lo recibían con alegría, y se ponían siempre muy serios cuando lo veían desaparecer por la noche. Recuerdo cuando estaba en la playa con ellos mirando cómo el gran balón rojo desaparecía tras el horizonte. Parecía desaparecer de súbito. En aquellas regiones no hay crepúsculo, la puesta del sol es distinta de la nuestra. Cuesta creer que se trata del mismo sol. Podría hablar eternamente de mi isla.

—Me encanta oírte.

—Ignoro cuánto tiempo viví con los nativos. No lo recuerdo. Me convertí casi en uno de ellos.

—¿No querías volver a tu país, con tu familia?

—Es extraño, pero no pensaba en ellos. Me parecía vivir en otro mundo. Había olvidado mi ambición de navegar y descubrir nuevas tierras. Aquella vida me satisfacía plenamente. Pescaba con ellos; con su ayuda, me construí una choza. Vivía como los nativos, y experimenté una gran paz. Es difícil de explicar. Creo que se debía en parte a la bondad natural de aquella gente. Yo no habría creído que pudiera existir en el mundo un lugar como aquel.

—¿Por qué te marchaste, y cómo?

—A veces pienso que mi experiencia en la isla tuvo algo de místico. Por esto no suelo hablar de ella. Pues bien, me marché en contra de mi voluntad. Ya te he dicho que los nativos de la isla vivían sobre todo de pescado, que abundaba en aquellas aguas. Pasábamos buena parte del día en las barcas. Eran unas embarcaciones primitivas, parecidas a las canoas. Recuerdo bien aquel día. En las canoas cabían dos personas, y solíamos pescar de dos en dos. Yo salía a menudo con un hombre cuyo nombre sonaba algo así como Wambum. Éramos amigos. Él me había enseñado algunas palabras de su idioma, con las que ya conseguía hacerme entender de vez en cuando. Y yo también le había enseñado unas palabras de noruego.

»Pues bien, Wamgum y yo salimos de pesca. El sol estaba alto en el cielo, y el calor era intenso. Llevábamos un toldo de paja para protegernos. No empezamos a pescar en seguida, sino que remamos tranquilamente y después dejamos que la barca navegase a la deriva. Recuerdo haber mirado la isla, que parecía rebosante de vegetación, hermosa. Canté una canción de mi país que siempre les gustaba. Wamgum cerró los ojos y me escuchó. Después de cantar, me quedé dormido.

»Cuando desperté, unas nubes oscuras ocultaban el sol. Casi parecía que hubiese anochecido. Alarmado, desperté a Wamgum. Él miró a su alrededor, consternado. Ya no se veía la isla. De pronto, una ráfaga de viento sacudió la barca.

»En los mares del trópico, las tormentas estallan bruscamente. Empezó a caer una densa lluvia y se levantó un viento rugiente. Me ocurría otra vez lo mismo, y aquella vez me hallaba en una frágil barquilla. No pudimos luchar con los elementos. Caímos al agua, y nos aferramos a la barca. De pronto vi que Wamgum había desaparecido. Una gran ola partió la barca en dos. Me encontré aferrado a un pedazo de madera. Era como la otra vez. Me rondaba la muerte. "Esto es el fin", pensé. Seguía aferrándome a la madera. Pude subirme un poco a ella, a fin de mantener la cabeza por encima del agua. Las olas me golpeaban y me zarandeaban, y parecía un milagro que no me hiciesen soltar la madera.

»Pensé que aquella vez no me salvaría, que no podía repetirse el mismo milagro. Aquella vez tenía que ser mi final.

»No sé cuánto tiempo permanecí de aquel modo. Volví a sentir aquel aturdimiento..., de nuevo me pareció perder el conocimiento... de nuevo esperé que el mar me tragase. Perdí la noción del tiempo. No sabía si era de día o de noche. Sólo podía aferrarme a mi madero y pensar dónde me llevaría la siguiente ola.

»De pronto, el viento amainó. El mar seguía agitado, pero mi pedazo de madera se mantenía por encima de las olas. El cielo estaba despejado; el sol era tan implacable que casi me hizo desear que volviesen las nubes. Agotado, seguí flotando en aquellas aguas tranquilas, durante no sé cuánto tiempo.

»Me recogió un barco que pasaba, pero para entonces yo ya no sabía dónde estaba, ni casi quién era. Recuerdo estar echado en la oscuridad del barco, mientras alguien me daba bebidas frías. Creo que deliraba. Hablé de la isla.

»Me fui reponiendo. Vino a verme el médico del barco. Me dijo que se dirigían a Rotterdam, y me aseguró que mi recuperación había sido algo casi milagroso, que era muy difícil que una persona se acercase tanto a la muerte y después volviese a la vida. Yo sufría una grave insolación, desnutrición y agotamiento. Pero era joven y fuerte, y llegué a restablecerme por completo antes de llegar a nuestro destino.

—Qué aventura tan extraordinaria... Supongo que, si las cosas no hubiesen sucedido de este modo, ahora no estarías aquí.

Magnus me vió tan afligida que se echó a reír.

—Pero entonces no me habrías conocido —dijo—, y no me echarías en falta.

—Nunca te dejaré hacer un viaje sin mí.

—Los haremos juntos.

—¿Aún tienes ganar de viajar, después de todo lo que has pasado?

—Necesito viajar, Ann Alice. Los viajes son mi vida. Necesito ir en busca de nuevas tierras. Además, he de volver a la isla.

—¿Podrás encontrarla?

—No me será fácil. Les hablé de ella a los marineros, pero creyeron que deliraba. Una isla cuyos habitantes son bondadosos, en la que reinan el amor y la amistad, en la que el pescado y la fruta cubren todas las necesidades, en la que recogen el oro con las manos y lo emplean para hacer cacharros... No me extraña que pensasen que deliraba. Hasta yo, en algunos momentos, he llegado a pensar que ocurrió así, que la isla es el producto de mi imaginación. Yo había naufragado, de eso no cabe duda. El barco me recogió, y volví a mi país. ¿Viví, quizás, en aquella isla fantástica mientras estaba en la balsa, medio inconsciente? ¿Existe la isla fuera de mi imaginación?

—Pero no puedes haber pasado todo aquel tiempo en una balsa...

—Sólo fueron unos días. Creo que no pasé más de una semana en la isla. Después, mirando atrás, aquella semana me pareció más tiempo. Quizá porque los días eran largos, no lo sé. Por esto necesito volver allí y encontrar la isla.

—Pues yo iré contigo.

—Oh, Ann Alice, sabía que me dirías esto. Lo sé desde el instante en que nos conocimos..., aquel primer día. Tengo un mapa de aquella zona; te lo enseñaré. He representado la isla en el lugar donde creo que está. Sé de donde salimos, y puedo calcular, aproximadamente, dónde estábamos cuando estalló la tormenta. Así pues, no puedo equivocarme en mucho.

—Oh, sí, enséñame ese mapa.

—Lo haré.

Me rodeó con un brazo y me apretó contra él. Luego me

tomó la cara entre las manos y me besó. Permanecimos así unos minutos, con los brazos enlazados.

Después, lejos, oí vagamente unas pisadas, pero no quise pensar en nada más que en Magnus.

Una voz rompió el silencio.

—No te comprendo. ¿Por qué no lo haces? Es fácil. ¿Qué te ha pasado? Has cambiado. Te has acostumbrado a la vida fácil, ¿verdad? No quieres cumplir el trato.

Era la voz de Desmond Featherstone. Parecía encolerizado. Nunca le había oído hablar en aquel tono. Me pregunté con quién estaría hablando. Sólo podía estar haciéndolo con mi madrastra. Pero no, yo no podía imaginar que nadie le hablase a Lois en aquel tono.

—¿Qué ocurre? —preguntó Magnus.

—Me ha parecido que venía alguien. Escucha.

Las pisadas se alejaron y dejaron de oírse.

—Han cambiado de idea —dijo Magnus—. Nos han dejado solos en este jardín tan hermoso.

—Creo que deberíamos volver con los demás. Me echarán en falta —dije, en contra de mi deseo—. Aunque me gustaría quedarme aquí siempre.

Nos besamos otra vez.

—Haremos planes —dijo Magnus—. Mañana te enseñaré el mapa de la isla.

Volvimos juntos a la casa.

Y ahora estoy aquí, en mi dormitorio, escribiendo. Me alegro de haber empezado este diario. He intentado recoger los hermosos momentos de esta noche, para conservarlos siempre. Ha sido la noche más feliz de mi vida.

Pero, mientras pienso en todo lo que me ha sucedido, oigo de vez en cuando la voz de Desmond Featherstone. Esa voz estropea la perfección de la noche. No sé que habrá querido decir con esas palabras. Esa voz está ahí, desconcertándome, metiéndose a la fuerza en mi felicidad..., empañando un poco la perfección.

30 de junio. Esta tarde ha venido a casa el señor James Cardew. Parece que sólo me acuerdo de mi diario cuando me ocurre algo maravilloso, o una desgracia. Quizá es mejor que sea así. Si escribiese las cosas de todos los días, este relato sería decididamente aburrido. Así, en cambio, cuando lo lea podré revivir los momentos culminantes, buenos o malos.

Hace más de un mes que Magnus y yo nos confesamos nuestro amor. ¡Qué días tan felices hemos pasado! ¡Cuánto hemos hablado! Hemos trazado muchos planes. Su familia había decidido que él pasase un año en Inglaterra para estudiar los métodos que se utilizaban aquí. Pensaron que, a cambio, a mi hermano podría interesarle entrar en el negocio de los Perrensen para estudiar sus métodos. Y esto le habría parecido bien a Charles, probablemente, de haber estado aquí. Mi padre había dicho lo mismo.

Magnus tiene que pasar aquí el tiempo que le falta. Él quiere hacerlo. Por más que desee casarse conmigo, le interesa extraordinariamente la cartografía, y quiere conocer nuestros métodos. Y yo no le diría nada en contra de esto, pues he decidido no inmiscuirme nunca en su trabajo.

Así pues, hicimos planes. Nos casaremos a principios del año que viene, y nos iremos a Noruega.

Magnus me habló mucho de su patria, de sus hermosos fiordos y montañas. Me enseñó mapas de su país, y me indicó el lugar donde sus padres tienen una casa de campo. Yo era inmensamente feliz; vivía ya en el futuro. Veía ante mí una vida idílica. Vería el sol de medianoche. Iría en barca por los fiordos, pescaría y nadaría con él. Pasearíamos a caballo por los bosques. Y después saldríamos en busca de su isla, juntos..., siempre juntos.

Me enseñó el mapa. Allí estaba la isla. La había llamado Isla del Paraíso.

—Tiene que estar aquí —me dijo, señalándola—. He visto varios mapas de la zona, pero no aparece mi isla. Aquí, al norte, están las Sandwich, y aquí, al sur, Tahití y las islas de la Sociedad. La isla puede estar a algunas millas al sur o al norte, no lo sé. Pero está allí, en algún lugar. Por supuesto, el descubrimiento de estas islas es tan reciente que de muchos de estos mares no existen mapas. Qué interesante, ¿verdad? Piensa en lo mucho que queda por hacer, en los descubrimientos que haremos nosotros. Voy a hacer otro mapa de la isla, y te lo daré. Así lo tendremos los dos. No habrá otro mapa igual en el mundo..., por el momento. Guarda el tuyo con cuidado, Ann Alice. Guárdalo en lugar seguro.

Todavía no tengo el mapa, pero estoy segura de que cuando lo tenga lo guardaré en un lugar secreto. Lo esconderé en el cajón donde guardo el diario. Magnus no quiere que lo vea nadie. Creo que tiene miedo de que alguien encuentre la isla antes que él.

Mi padre y mi madrastra saben lo que hay entre Magnus y yo, aunque no creo que perciban la seriedad de nuestras intenciones. Creo que piensan que es un idilio de adolescencia. Parece que se olvidan de que yo ya tengo dieciocho años, y Magnus, veintiuno. Ya no somos niños. Pero supongo que a los padres les cuesta aceptar que sus hijos se han hecho mayores. Es curioso: hace poco tiempo, mi madrastra hablaba de dar fiestas en casa para que yo conociese a algún joven que me interesase como marido. Supongo que sólo considerarían serio un compromiso concertado por ellos.

Últimamente, la salud de mi padre ha empeorado. A veces se le ve muy cansado. Mi madrastra le cuida mucho. Siempre está pendiente de él: corre a buscar una manta para sus rodillas si él está sentado en el jardín y se levanta un viento frío, o se asegura de que apoya la cabeza en una almohada cuando se queda dormido. Él la reprende sin cesar y la acusa de tratarle como a un inválido, pero en el fondo está encantado.

Desmond Featherstone desapareció poco después de mi cumpleaños, lo que me alegró. Yo temía que se quedase por aquí, y que me acechase cuando salía. Cuando me enteré de que se había marchado, experimenté un gran alivio.

Estoy escribiendo todo esto para retrasar el momento en que deberé escribir la terrible noticia que nos ha llegado.

Freddy y yo habíamos ido a Great Stanton en el cochecillo. Habíamos pasado una tarde muy agradable visitando la tienda y hablando con Magnus. Mientras conducía el cochecillo hacia nuestra casa me sentía como envuelta en una nube de felicidad. Cuando salíamos de la cochera, se ha acercado a nosotros un jinete.

El joven ha detenido el caballo y nos ha saludado con una inclinación de cabeza.

—¿Es usted la señorita Mallory? —me ha preguntado.

Yo estaba sorprendida. Le conocía vagamente, pero no recordaba quién era.

—Sí, soy yo —he contestado.

—Me ha parecido reconocerla. Cuando nos conocimos era usted mucho más joven.

—Ahora le recuerdo. Usted es amigo de mi hermano.

Me ha asaltado un terrible presentimiento.

—Tengo que hablar con ustedes. ¿Puedo dejar el caballo en sus cuadras y pasar a la casa?

—¿Qué ha pasado? —grité—. Dígamelo ya. ¿Se trata de mi hermano?

Él asintió, con expresión grave.

—Estábamos muy preocupados —dije—. ¿Ha..., ha muerto?

—Nuestro barco se perdió cerca de la costa australiana. Yo soy uno de los pocos supervivientes.

He sentido que la cabeza me daba vueltas, y me he aferrado a la mano de Freddy.

—Freddy —le he dicho—, vete a buscar a tía Lois. Dile... que tenemos visita.

He acompañado a James Cardew a la cuadra, y hemos permanecido en silencio mientras el mozo venía a ocuparse del caballo.

Lentamente, hemos ido a la casa.

—No sabe usted cuánto lamento ser el portador de semejante noticia —ha dicho el señor Cardew—. Pero no podía dejar de venir a verles.

—Es un gesto de consideración por su parte —le he dicho—. Mi padre no se encuentra muy bien últimamente. Permítame que le dé yo la noticia.

Mi padre estaba en el jardín, dormitando. Me he acercado a él y le he dicho:

—Papá, tenemos visita. Es el señor Cardew. ¿Te acuerdas de él? Venía a ver a Charles... poco antes de que embarcase. Oh, papá, nos trae una mala noticia. Charles...

Nunca olvidaré la cara de mi padre en ese instante. Ha quedado destrozado.

Mi madrastra ha bajado, se ha sentado junto a él y le ha sostenido la mano. James Cardew nos ha hablado de la travesía, de la terrible noche del naufragio. Me ha parecido que éste es el destino de cuantos desafían al mar. Magnus me había hablado mucho de los peligros de la navegación, de sus dos naufragios, y ahora me tocaba escuchar otra vez la trágica historia. Sólo que en esta ocasión terminaba mal.

James Cardew no se ha quedado mucho rato. Creo que ha pensado que el tenerle con nosotros no haría sino aumentar nuestro dolor.

Esta noche, nuestra casa está de luto.

1 de agosto. Continúa la tristeza. Nos resistimos a creer que nunca volveremos a ver a Charles.

Mi madrastra ha hecho cuanto ha podido por animar a mi padre. Éste volvió a sentirse mal al día siguiente de la visita de James Cardew. Mi madrastra insistió en que viniese el doctor. Éste dijo que lo ocurrido no era de extrañar, dada la impresión que había sufrido mi padre.

Esta vez, papá se encontró muy mal. Pasó una semana en cama. Mi madrastra le leía en voz alta pasajes de la Biblia, lo que parecía consolarle mucho.

Unas semanas después, mi padre pareció sentirse algo más fuerte, y fue a Great Stanton a ver a sus abogados.

Después me habló de ello.

—¿Sabes? Ann Alice, lo ocurrido cambia mucho las cosas. Significa el final de nuestro apellido. Durante siglos ha habido un Mallory en esta casa. Ahora la cadena se ha roto.

—¿Importan tanto los nombres? —pregunté.

—Importan las familias. Todo el mundo da gran importancia a la familia. Yo tengo que pensar en esta casa, y en todo. Si tú te casas y te marchas de Inglaterra, ¿qué ocurrirá? La familia se habrá dispersado, y se habrá perdido el nombre. Era Charles quien tenía que continuar el apellido.

—Sí, lo comprendo —dije—. Pero, en el fondo, ¿será eso tan grave? Las personas han de ser felices. Han de encontrar la felicidad con otras personas, no en las casas y en los nombres.

—Hablas como una joven enamorada. Se trata de Magnus, ¿verdad?

—Sí, papá. Se trata de él.

—Es un muchacho inteligente. Ha viajado mucho. Está enamorado de la cartografía, mucho más de lo que lo he estado yo nunca. También Masters es así. Nuestro trabajo es fascinante para algunos de los que se dedican a él. Masters dice que Magnus tiene un talento especial, y que además es un aventurero nato. Tu hermano Charles también era así.

Calló un momento, y después añadió:

—Tengo que ver al viejo Grampton.

Grampton Hijos y Henderson son nuestros abogados.

—He estado pensando en la casa. La casa ha de pasar a tus manos. ¿Qué harás con ella? Espero que no la venderás nunca.

—No, papá. No lo haré.

—Deseo que tu madrastra tenga un hogar aquí mientras viva. Le dejo lo suficiente para que viva con holgura. Desde luego, está tu primo John. Hace tiempo que no sé nada de él. Pero es un Mallory... Así que supongo que la casa debería pasar a él si... si por alguna razón tú decides no vivir en ella. Eso no sería mientras viviese tu madrastra, naturalmente.

—Hablas como si fueses a morirte, papá.

—No quiero morirme aún, Ann Alice; quiero vivir muchos años. Pero quiero asegurarme de que todo está en orden. Y, en vista de lo que le ha ocurrido a Charles...

Le falló la voz.

Le tomé una mano entre las mías. Casi nunca nos mostrábamos con gestos nuestro mutuo cariño.

No me gustan estas conversaciones. Parece casi que papá fuese a morir.

Ha sido un mes extraño. La casa está invadida por una gran tristeza, de la que sólo me libro un poco cuando estoy con Magnus.

El ser tan feliz y el saber, al mismo tiempo, que la tragedia nos acecha siempre es algo que me da qué pensar. Y, cuando me siento así, me refugio en el diario.

3 de septiembre. Otra vez estamos de luto.

Anoche murió papá. Fue mi madrastra quien lo descubrió. Vino a mi cuarto, muy pálida, agrandados sus ojos azules, temblorosos los labios.

—Ann Alice, ven conmigo... Ven a ver a tu padre.

Él yacía en la cama, de espaldas, con el rostro blanco e inmóvil. Le toqué la mejilla. Estaba muy fría.

Miré a mi madrastra y le dije:

—Está..., está muerto.

—No puede ser —dijo Lois, como rogándome que me mostrara de acuerdo—. Ha tenido otros ataques como éste.

—Como éste no ha tenido ninguno —repliqué—. Hemos de mandar llamar al doctor.

Se dejó caer en un sillón y se cubrió la cara con las manos.

—¡Oh, Ann Alice, no puede ser! ¡No puede ser!

Yo me sentía asombrosamente serena. Era casi como si estuviese preparada para lo que había sucedido.

—Voy a enviar a un criado a buscar al doctor —dije.

Salí, y la dejé con mi padre.

El ama de llaves volvió conmigo. Cuando vio a papá, se echó a llorar. Mi madrastra seguía sentada en el sillón, inmóvil, tapándose la cara con las manos.

Fui hacia ella y le pasé un brazo por los hombros.

—Tienes que serenarte —le dije—. Papá ha muerto.

Lois me miró lastimeramente.

—Era tan bueno conmigo... —me dijo con voz temblorosa—. Él... ya ha tenido ataques como éste. Quizá...

Negué con la cabeza. De pronto, no pude soportar permanecer en aquella habitación. Salí de ella, dejando sola a mi madrastra. Bajé a la puerta principal y me quedé allí, mirando al prado, esperando al médico.

Me pareció que tardaba horas en llegar.

—¿Qué ha pasado, señorita Mallory? —me preguntó.

—Mi padre ha muerto mientras dormía, doctor.

Le acompañé al dormitorio. El médico examinó a mi padre, pero casi no habló.

Cuando salimos de la habitación, me dijo:

—No se ha recuperado del dolor que le ha causado la muerte de su hijo.

Aquí estoy, pues, escribiendo en este diario los sucesos de esta triste jornada.

No dejo de pensar en mi padre, en cómo cambió cuando se casó con mi madrastra. Gracias a ella, habíamos vivido como una verdadera familia, mucho más que antes.

Los últimos años de papá habían sido felices. Ella le había hecho feliz. Yo debería estarle agradecida. Ojalá pudiese.

Y ahora, papá ha muerto. Nunca volveré a verle dormitando en su sillón, presidiendo la mesa, satisfecho con su familia.

La casa está de luto. Y tendremos que afrontar el entierro. Nos vestiremos de luto riguroso; iremos al cementerio, escucharemos las palabras del pastor, veremos cómo unos hombres bajan el ataúd a la fosa, y oiremos doblar las campanas.

Después volveremos a casa, pero ya será una casa diferente. ¿Cómo podría ser la misma sin él?

¿Cómo será nuestra casa a partir de ahora? Me cuesta imaginármelo.

Estarán allí mi madrastra y Freddy. Pero he perdido a mi padre y a mi hermano.

Mas en Great Stanton, en casa de los Masters, tiene Magnus su pequeña habitación. Magnus debe de estar pensando en mí, como yo pienso en él. No debo temer nada, pues le tengo a él.

¿Debería temer algo si no tuviese a Magnus?

Me detengo a pensar en esto. Sí, creo que sí. Pero, ¿de qué debería tener miedo? ¿De mi casa vacía de mis verdaderos familiares? ¿De mi vida sin mi padre?

¿Por qué siento tanta angustia?

Pero no tengo nada que temer. Magnus está cerca de mí, esperando el día que estaremos juntos.

10 de septiembre. Hoy han enterrado a mi padre. Tengo la impresión de que ha pasado mucho tiempo desde que murió, y sólo hace una semana.

Inmediatamente después de la muerte de mi padre, mi madrastra se sumió en el dolor. Se puso enferma. Yo nunca la había visto llorar hasta entonces. Debía de quererle de verdad. Es cierto que siempre se ha comportado como si le amase, pero yo no lo creía. Cuando llegó aquí, le tomé tanta ojeriza que no daba valor a nada que viniese de ella.

Yo creía que Lois se sentiría demasiado mal para asistir al entierro, pero ha sacado fuerzas de flaqueza y se ha vestido sus crespones de viuda. No le sentaban bien; es una mujer que necesita color.

El fúnebre tañido de la campana parecía no querer cesar. Todo hablaba de la gran pérdida que hemos sufrido: el carruaje, los penachos negros de los caballos, los enterradores con los sombreros de copa y las levitas negras, el cortejo...

¿Por qué se exalta así la muerte? ¿No habría sido mejor que le enterrásemos sencillamente?

Freddy y yo estábamos a ambos lados de mi madrastra, dándole la mano. Ella se apoyaba un poco en mí, y de vez en cuando se llevaba una mano a los ojos.

Cuando salíamos del cementerio, un grupo de gente del pueblo se ha congregado para mirarnos. He oído una voz que decía:

—Pobre mujer... Era tan feliz con él... Daba gusto verlos juntos. Y ahora él se ha ido para siempre.

Mi madrastra también lo ha oído, y la he visto esforzarse por dominar su emoción.

La ceremonia de la iglesia ha sido breve, por lo cual he dado gracias al cielo. Hemos salido de la iglesia siguiendo el féretro. Después he oído caer las paladas de tierra sobre el ataúd. Mi madrastra ha echado en la sepultura un ramo de ásters. Me ha tomado de una mano y la ha apretado con fuerza.

En ese momento he levantado la vista y he visto a Desmond Featherstone, que estaba algo alejado de nuestro grupo.

Me ha empezado a latir muy aprisa el corazón. He experimentado miedo. Sus ojos estaban fijos en mi madrastra.

Cuando empezábamos a alejarnos de la tumba, el señor Featherstone se ha unido a nosotras.

—Estimada señora..., señorita Ann Alice —ha dicho—.

Me he enterado de la desgracia. He venido a ofrecerles mis condolencias... a las dos.

No respondí nada. Y tampoco lo hizo mi madrastra.

Lois había apretado el paso, y me pareció que quería dejarle atrás.

Pero él no se separó de nosotras hasta que llegamos junto al carruaje que había de llevarnos a casa. Nos ayudó a subir y retrocedió unos pasos, muy serio. Pero, cuando se inclinaba para saludarnos, vi que le brillaban los ojos.

Ya ha pasado este tristísimo día, pero no puedo olvidarme de la figura de Desmond Featherstone cerca de la tumba de mi padre. No sé por qué, pero este recuerdo me produce escalofríos.

1 de noviembre. ¡Cómo ha cambiado todo...! Sabía que cambiaría, pero no creía que fuese tanto. De no ser por Magnus, tendría miedo.

Él es mi cabo salvavidas. Él me devuelve el ánimo, me hace feliz, me hace olvidar mis temores. Voy a verle todos los días. Trazamos planes. Él dice que ya no falta mucho para nuestra boda, y que entonces nos marcharemos juntos.

A veces tengo la extraña sensación de que hay unas fuerzas que actúan para destruir la felicidad que experimento al lado de Magnus, y de que se prepara para mí otra cosa..., algo horrible.

Cuando se leyó el testamento de mi padre, descubrí que había sido un hombre relativamente acomodado. El negocio de los mapas es floreciente. Según el testamento, pueden seguir llevándolo Masters y sus oficiales. Debe continuar en la familia, y pasa a mi posesión. Yo no necesito ocuparme de él si no lo deseo, pero mi padre expresa el deseo de que siga en marcha. En caso de que yo no aceptase esta propiedad, o de que me casase, pasaría a manos de un primo lejano, John Mallory, a quien pasará asimismo la mansión cuando yo muera.

Todo es muy complicado. Mi madrastra recibirá, mientras viva, una renta considerable, pero la mayor parte de la fortuna la constituyen el negocio, la casa y las tierras, y todo esto es mío.

La cláusula que más me costó aceptar es aquella en la que mi padre concede mi tutela a mi madrastra. Afirma que confía absolutamente en el buen juicio de su esposa, por lo cual le encomienda el cuidado de su hija hasta que ésta cumpla los veintiún años o contraiga matrimonio. Declara que esto le parece lo mejor dadas las circunstancias. Explica que a su hija le faltó la orientación de una madre hasta que él se casó por segunda vez, y que por ello la deja a cargo de una segunda madre en la que él confía plenamente: su amada esposa Lois.

«Estaba muy enamorado de ella, desde el primer día hasta el último», pensé, cuando oí que el notario leía estas palabras.

Me molestó mucho esta disposición, pero al principio no creí que fuese a cambiar mucho las cosas.

Ahora ya han empezado a ocurrir cosas. Esta casa ya no parece la mía. Hay en ella algo siniestro..., y yo sé lo que es.

Tres o cuatro semanas después del entierro, volvió a aparecer Desmond Featherstone.

Cuando llegó, yo me hallaba en el jardín en compañía de Freddy.

Cuando levanté la mirada y le vi, el temor hizo que me diese un vuelco el corazón, como me pasa siempre que le veo.

—Buenos días —dijo—. Vengo a visitarlas. Quisiera darles algún consuelo.

—Ya. Mi madrastra está dentro. Voy a decirle que ha llegado usted.

—También he venido a verla a usted, señorita Ann Alice.

—Gracias, pero sin duda mi madrastra querrá saber que ha venido.

Me volví, dispuesta a alejarme, pero él me sujetó por un brazo.

—No querrá usted seguir mostrándose hostil conmigo, ¿verdad?

—Freddy —dije yo—, vamos a decirle a tía Lois que tiene visita.

Freddy es muy listo, y en estos últimos tiempos se ha erigido en protector mío, cosa que resulta conmovedora. Y debió de percibir la súplica que había en mi voz.

—Sí, vamos —dijo.

Me tomó de una mano y me llevó a la casa. Dejamos a Desmond Featherstone mirándonos, chasqueado.

Aquello fue el principio.

El señor Featherstone se quedó a almorzar y a cenar.

Después, por la noche, dijo que era demasiado tarde para marcharse. Pasó la noche en casa, y al día siguiente no se marchó. Y sigue aquí con nosotros.

No estoy segura de lo que piensa mi madrastra de esa estancia. A veces creo que desearía verle marchar. Ignoro por qué no se lo pide.

Pero lo que me da miedo es su actitud hacia mí. Ha venido aquí para perseguirme.

Cuando estoy sola en una habitación, no tarda en presentarse él.

Como está en la casa, puede seguir mis movimientos. Si salgo a cabalgar, sale detrás de mí. Muchas veces llevo a Freddy conmigo, para que haga de carabina. Él desempeña muy bien este papel; creo que adivina que le llevo conmigo para que me proteja.

Voy mucho a la tienda a ver a Magnus. A veces salimos al campo, a caballo, y nos comemos allí el almuerzo que yo he traído. Un día, Desmond Featherstone tuvo la audacia de venir con nosotros.

Ese hombre ha creado una atmósfera nueva en la casa..., una inquietud..., más que eso..., una especie de terror para mí. Lo cierto es que le temo. Sí, le tengo verdadero miedo a Desmond Featherstone.

6 de noviembre. Estos días siento más la necesidad de escribir en mi diario. Me parece que es como un amigo al que le hago confidencias. Aún experimento la desagradable sensación de no poder fiarme de mi madrastra, a pesar de que es buena conmigo, y a pesar de que la veo dolorida por la muerte de papá. Muchas veces me pregunto por qué no le dice a Desmond Featherstone que se vaya, pues creo que a ella tampoco le gusta tenerle aquí. Ayer les vi juntos. Miré por la ventana, y estaban en el jardín. Ella llevaba una cesta al brazo e iba cortando, con desgana, los últimos crisantemos. Él le hablaba, y ella le replicaba con cierta vehemencia. Quisiera haber oído lo que decían.

Magnus me ha dado una copia del mapa. La guardo en el fondo del cajón, junto con el diario. Me gustaría tener una caja fuerte, algo que pudiese cerrar con llave, para guardar mis secretos. Pero quizás el fondo de un cajón sea el lugar más seguro. A nadie se le ocurriría revolver en mis guantes y chales; en cambio, si cerrase cosas con llave, pensarían que tengo algo que esconder. Hasta la muerte de mi padre, nunca había sentido esta obsesión por la seguridad.

A menudo saco el mapa y lo miro. Sueño con navegar por aquel mar, por entre aquellas islas. Cómo me gustaría visitar Hawai, Tahití y esas otras islas que se han descubierto después.

Magnus y yo encontraremos un día nuestra isla. Entonces pensaré en estos días y me reiré de mí misma. Estoy imaginando cosas, creando cosas que no existen. Atribuyo intenciones siniestras a Desmond Featherstone, lo mismo que hice, tiempo atrás, con mi madrastra.

El señor Featherstone estuvo ausente unos días, para gran alivio mío. De verdad, no puedo soportarle. Nos ha impuesto su presencia y se me ha hecho especialmente odioso. Pero no habría podido instalarse en nuestra casa si mi madrastra no se lo hubiese permitido. Si ella quisiese, podría decirle que se marchase, y yo la apoyaría. A veces tengo la impresión de que desearía hacerlo. Pero entonces, ¿por qué no lo hace?

El señor Featherstone regresó a los pocos días, naturalmente, y vuelve a estar con nosotras. Incluso come con nosotras; aprecia la comida que se sirve en casa, y sobre todo el vino de nuestra bodega. De vez en cuando estira las piernas y mira a su alrededor, satisfecho, casi con aire de propietario. Esto me irrita. ¿Por qué no le dice mi madrastra que se vaya?

Hoy he visto a Magnus y le he hablado de este asunto, cosa que no había hecho antes.

—No soporto a ese hombre —le he dicho—. Me da miedo. Se mueve sin hacer ruido, como un ladrón. A veces estoy en una habitación, levanto la vista y le veo allí, mirándome. Oh, Magnus, la casa ya no es la misma...

—Ya no puede ser la misma..., después de la muerte de

tu padre. Tú le querías... Quizá sería menos duro si viviese tu madre.

—Mi hermano ha desaparecido. Mi padre ha muerto. En cierto modo, estoy sola.

—¿Cómo puedes decir que estás sola si me tienes a mí? —ha preguntado él.

—Es maravilloso tenerte a ti, Magnus. Es algo que me hace muy feliz. Pero tengo la horrible sensación de que puede pasar algo antes de..., antes de que pueda estar contigo.

—¿Qué puede pasar?

—No lo sé... Algo. Me parece que el tiempo que hemos de esperar es muy largo.

—En abril iremos a mi casa. Pasaremos una temporada allí, y haremos nuestros planes. Viajaremos, exploraremos tierras desconocidas y estaremos juntos siempre.

—Y encontraremos tu isla.

—¿Qué te ha parecido el mapa?

—No me dice gran cosa. Sólo veo ese mar azul y la isla... y el continente y las otras islas. Me gustaría ver imágenes de tu isla.

—La encontraremos —ha dicho Magnus, convencido.

—¿Viviremos en ella?

—No, no creo que podamos hacerlo. Visitaremos a los isleños. Nos contagiaremos de la paz y de la satisfacción que reinan allí. Quizá les ayudaremos a vender su oro.

—Ya, pero... ¿y si eso les hace cambiar? Yo creo que su felicidad viene de la simplicidad con la que viven, y la idea de que prescindan de sus cacharros de oro para venderlos a ricos mercaderes me estropea esa ilusión.

—Pues ya averiguaremos entre los dos lo que hay que hacer. Yo, mientras esté contigo, seré feliz.

—Ojalá estuviésemos ya en abril...

—Quizá podríamos casarnos antes.

—¿De verdad?

—Ann Alice, ¿tan asustada estás?

—No, no... Es que tengo ganas de iniciar nuestra nueva vida.

Nos hemos echado a reír, y nos hemos besado. Los instantes que paso con Magnus son siempre de absoluta felicidad.

Mientras escribía esto he oído pisadas en la escalera. Después, han llamado suavemente a la puerta. A toda prisa, he guardado el diario en un cajón.

Era mi madrastra.

—Sabía que no estarías acostada —me ha dicho.

—Está usted pálida —le he dicho yo—. ¿Se encuentra mal?

Pero yo sé que esa palidez puede ser deliberada. Sé que se pone en la piel lociones y cremas de unos tarros de aspecto misterioso, y pienso que tal vez puede aparecer pálida o sonrosada a voluntad, según su estado de ánimo.

—Tengo dolores de cabeza —me ha contestado—. Desde que murió tu padre. Habría debido adivinar que no iba a vivir mucho, pero me parecía que había mejorado. Habría debido estar preparada, pero no lo estaba; su muerte me ha producido una gran impresión. A veces, creo que nunca lo superaré. Ésta es una casa triste. No es lugar para una muchacha joven.

—¿Para mí, quieres decir? Pero es mi casa, era la casa de mi padre.

—Ann Alice, yo sé que te disgustó mi llegada aquí. Tú querías mucho a la señorita Bray. Siempre es difícil competir en una situación como ésta.

No he dicho nada, y ella ha proseguido.

—Hice lo que pude. Creo que también te supo mal que me casase con tu padre. Es comprensible. Es muy difícil que una madrastra sea bien acogida. ¿Cómo se podría sustituir a una madre? Pero yo he hecho cuanto he podido. Tal vez no ha servido de nada...

—Usted hizo muy feliz a mi padre —he dicho yo, porque no se me ocurría nada más.

Lois ha sonreído, y me ha parecido que volvía a ser la de antes.

—Sí, es verdad que le hice feliz. Y él me encomendó tu custodia.

—Además de dejarle una buena renta.

Mi madrastra me ha mirado con expresión de reproche.

—Yo no pienso en eso —ha replicado—. Pienso en ti. Me tomo muy en serio esa responsabilidad.

—No es necesario que lo haga. No sé por qué decidió papá confiar mi custodia a nadie. Ya no soy una niña.

—Tienes dieciocho años; no son muchos. Además, has llevado una vida muy resguardada. Y tu padre creía que, a veces, eres demasiado impulsiva.

—¿Se lo dijo él?

—Sí. Le preocupaba un poco esa súbita amistad con Magnus Perrensen.

—No tenía por qué preocuparse —he replicado vivamente.

—Tenía miedo de que tomases alguna decisión precipitada. Al fin y al cabo, has conocido a muy pocos muchachos.

—Conozco a los muchachos de la vecindad y a los que han venido a casa.

—Un joven que ha navegado por los siete mares..., que incluso ha vivido un naufragio..., es un personaje romántico. Tu padre me hablaba mucho de él. Decía que los Perrensen son una buena familia, que son cartógrafos conocidos en toda Europa. Pero decía también que los dos érais muy jóvenes, y que, si llegabais a haceros novios, tenía que ser un noviazgo largo.

—Eso es absurdo. No somos tan jóvenes ni tan tontos como para no saber lo que sentimos.

—Mi querida Ann Alice, te digo todo esto por tu bien. Sois tan jóvenes...

—Pienso casarme con Magnus. Cuando se vaya, me iré con él.

Lois no ha dicho nada durante unos momentos, y después me ha preguntado:

—¿Estás completamente segura?

—Completamente.

—Preferiría verte casada con un hombre más maduro. Eres una muchacha fogosa, y necesitas a alguien que te guíe..., que te lleve con mano firme.

—No soy un caballo, Lois.

—Hija mía, no quería decir eso. Debes comprender que todo lo que te digo es sólo por tu bien, por lo que yo entiendo que es tu bien. Por eso tienes que perdonarme que te sea sincera. ¿Conoces bien a Magnus Perrensen?

—Lo suficiente.

—¿Sabes que se aloja en esa casa la sobrina de la señora Masters?

—¿La sobrina de la señora Masters? ¿Qué tiene que ver eso con nosotros?

—Es una mujer joven..., que vive bajo el mismo techo que Magnus. Deben de verse constantemente. Y... los hombres son como son.

—¿Insinúa usted que Magnus y la sobrina de la señora Masters...?

—Ann Alice, sólo te digo que deberías saber lo que murmura la gente.

Yo estaba asombrada, y no la he creído.

—Espero que no te disguste demasiado lo que te he dicho —ha continuado, encogiéndose de hombros—. Sólo he hecho lo que consideraba mi deber. Eres muy joven, mi querida Ann Alice. Yo conozco a un hombre que sí te quiere, que lleva mucho tiempo enamorado de ti. Es mayor que Magnus, y más..., ¿cómo te lo diría? Más constante.

—No sé de quién me habla.

—Me refiero al señor Featherstone.

—¡El señor Featherstone! ¿Bromea usted? No me gusta ese señor. Nunca me ha gustado.

—Hay grandes afectos que han empezado así.

—¿Ah, sí? Pero a mí nunca podría ocurrirme eso..., con ese hombre. Me desagrada profundamente. Y ya que ha sido usted sincera conmigo, voy a serlo yo con usted. ¿Qué está haciendo aquí el señor Featherstone? ¿Por qué vive en esta casa, que ahora es la mía?

—No vive aquí. Es un invitado. Tu padre fue siempre hospitalario, y me incitó a que lo fuera yo también. Me decía que todos mis amigos serían siempre bienvenidos en esta casa.

—Bien, pues si es amigo suyo quizá podría convencerle de que limitase sus atenciones a usted. Me molesta encontrarme con él por todas partes.

—Está enamorado de ti, Ann Alice.

—Por favor, no me lo diga. No lo creo. Y no quiero hablar más de ese hombre.

Lois se ha llevado la mano a los ojos y ha movido la cabeza.

—Tienes que perdonarme —ha dicho—. He hablado demasiado. Lo he hecho por tu bien.

—Recuerde que tengo dieciocho años. Soy lo bastante mayor para casarme y para elegir a mi marido. Pienso elegir al hombre que amo, y nadie, nadie, podrá obligarme a otra cosa. Ni siquiera a mi padre le habría permitido que hiciera eso, y no se lo permitiré a nadie más.

—Perdóname, Ann Alice. Ya veo que te he ofendido. Recuerda, recuerda siempre, que yo sólo deseo tu bien.

—Si es así, le ruego que no vuelva a hablarme de ese asunto. Me resulta muy desagradable.

—¿Me perdonas?

Se ha acercado a mí y me ha abrazado. Yo he apoyado mi mejilla en la suya, un instante nada más. Es extraño, pero nunca he podido abrazarla con verdadero cariño.

—Buenas noches, hija mía, buenas noches.

Cuando se ha ido, me he sentado junto a la cama. Las palabras de Lois me resonaban en los oídos. ¡La sobrina de la señora Masters!

—No es cierto —he dicho en voz alta.

«Quiere impedir que me case con Magnus —he pensado—. Quiere obligarme a casarme con Desmond Featherstone.»

Esta idea me habría hecho reír si hubiese podido olvidarme de la sobrina de la señora Masters.

Después, he tomado el diario y me he puesto a escribirlo todo.

7 de noviembre. Todo va bien. Vuelvo a estar contenta. Ya sabía yo que todo se arreglaría tan pronto como viese a Magnus y hablase con él.

Magnus se ha reído de mí cuando le he dicho lo que me contó ayer mi madrastra acerca de la sobrina de la señora Masters. Me ha dicho que esa sobrina existe y que se hospeda en la casa, y me ha invitado para que la conociera.

La sobrina en cuestión es una mujer regordeta y simpática, que debe de tener al menos treinta y cinco años. Es viuda y tiene un hijo que está interno en una escuela. Su aspecto es sencillo; no tiene nada de *femme fatale*. Aprecia a Magnus, como le aprecia toda la familia. Está claro que las insinuaciones de mi madrastra carecen de fundamento.

Cuando nos hemos quedado solos, nos hemos reído del asunto.

—Mi madrastra habló de un noviazgo largo —le he dicho—, y yo le contesté que de ninguna manera.

—Podríamos casarnos en marzo —ha dicho él—. ¿Qué te parece? Así tendrías tres meses para prepararte.

—No necesito preparativos —le he dicho—. Ya estoy preparada.

—A ver si te gusta mi país.

—Me encantará.

—¿Tomas siempre las decisiones con tanta rapidez?

—Sólo las que se refieren a ti.

Cuando estamos juntos, somos felices, y yo me percato de lo tonta que soy al tener dudas.

Pero, tan pronto como he entrado en casa, me he sentido mal. No me gusta noviembre. Es un mes triste. Me agrada la primavera y las primeras semanas del verano, no tanto por la temperatura como por la luz. En noviembre, anochece a las cuatro de la tarde. Es esto lo que no soporto, esas larguísimas noches.

Hoy eran las cuatro y media cuando he vuelto a casa, y he tenido que encender una vela. Las velas están en el vestíbulo y las tomamos al llegar. Durante el día, los sirvientes las recogen de allí donde las encuentran, y en el vestíbulo hay siempre una buena cantidad de ellas.

Cuando he entrado en el corredor que lleva a mi cuarto, me ha asaltado esa sensación de miedo. Al final del corredor estaba Desmond Featherstone.

Al verle avanzar hacia mí, he levantado la vela, y la luz ha arrojado a la pared su sombra alargada. Me han empezado a temblar las rodillas.

—Buenas tardes —le he dicho.

Me he acercado a mi puerta, pero, cuando ponía la mano en el tirador, le he visto detrás de mí. No he abierto la puerta, pues lo último que quería era que ese hombre entrase en mi habitación.

—Qué agradable verla a solas... —ha dicho suavemente.

—¿Qué quiere? —le he preguntado sin amabilidad.

—Sólo unas palabras.

—Que sean muy pocas. Tengo mucho que hacer.

—¿Por qué me maltrata usted así?

—No sabía que le estuviese maltratando. Goza usted de hospitalidad en mi casa.

—Es usted tan bella... y tan orgullosa. Ann Alice, ¿por qué no me da una oportunidad?

—¿Una oportunidad? ¿Para qué?

—Para hacer que me ame usted.

—Eso es imposible, por más oportunidades que le diese.

—Así pues, ¿está usted decidida a odiarme?

—No es una decisión.

—¿Por qué es tan dura conmigo?

—No lo soy. Es que tengo cosas que hacer.

Pero he seguido vacilando, pues temía que, si abría la puerta, él me seguiría.

—Ahora tengo que rogarle que me deje —he dicho.

—No la dejaré hasta que me haya escuchado.

—Le he pedido que me dijese en pocas palabras de qué se trata.

—Es usted muy joven, Ann Alice.

—Oh, por favor, no me repita eso. Ya sé la edad que tengo, y no soy tan joven.

—Y sabe poco de la vida. Yo le enseñaré, querida. La haré muy feliz.

—Gracias, pero ya soy feliz. No necesito lecciones. Ahora, si me hace el favor...

Me miraba irónicamente. Sabía que me daba miedo abrir la puerta, por si él entraba en la habitación detrás de mí.

—No tiene usted corazón —me ha dicho—. Sólo un momento, mi querida Ann Alice...

Ha extendido los brazos con intención de abrazarme, y yo

he sentido tanto horror que le he apartado violentamente de un empujón. Él estaba desprevenido, y ha caído contra la pared. Rápidamente, he abierto la puerta, he entrado y la he cerrado.

Me he quedado apoyada en la puerta, escuchando. Me parecía que me iba a estallar el corazón; respiraba entrecortadamente y temblaba como una hoja.

¡Qué atrevimiento el de aquel hombre! ¡Y en mi propia casa! Tenía que marcharse. He decidido decirle a mi madrastra que no le permitiría seguir bajo mi techo.

Me apoyaba en la puerta con todas mis fuerzas, pues temía que el hombre intentase entrar. ¡Qué vulnerable me sentía! La puerta no tiene llave. Nunca había sentido la necesidad de encerrarme con llave. Pero ahora he de mandar poner una cerradura. Si no, no volveré a dormir tranquila mientras ese hombre esté en la casa. Ahora le creo capaz de todo..., de cualquier cosa. Debo estar alerta.

He seguido escuchando detrás de la puerta, pero no he oído nada. Ese hombre se mueve sin hacer ruido. Como le dije un día a Magnus, «camina como los gatos».

En el corredor reinaba el silencio. No me atrevía a moverme. Temía que, si abría la puerta, le vería a él allí.

Al cabo de un rato me ha empezado a latir el corazón más normalmente, aunque seguía temblando. Con cuidado, he entreabierto la puerta y he mirado al pasillo. No había nadie.

He vuelto a entrar en el cuarto y he colocado una silla apoyada contra la puerta.

Era hora de vestirme para la cena. No tardaría en venir una de las doncellas con el agua caliente.

He quitado la silla de la puerta. No sabía qué pensaría la doncella si la encontraba allí, pero estaba segura de que lo comentaría en la cocina y de que allí harían sus conjeturas.

¡Qué lejano me parece el mes de abril! Aunque quizá podamos casarnos en marzo. Pero también me parece que falta mucho tiempo para marzo.

Ese hombre se ha portado normalmente durante la cena y, como era de esperar, no ha hecho ninguna alusión a la escena del corredor.

Esta noche, después de retirarme, he colocado mi barricada. Sabía que, si no lo hacía, no podría dormir.

Ahora voy a acostarme. Mañana mandaré colocar un cerrojo.

8 de noviembre. Estoy contenta. Aprieto la llave en mi mano: representa la seguridad.

Lo primero que he hecho esta mañana ha sido bajar a ver a Thomas Gow. Tiene una casita en el prado, y en ella tiene vivienda y taller. Se gana la vida a duras penas haciendo de carpintero y cerrajero, y trabajos diversos en Little Stanton. En Great Stanton hay unos carpinteros más importantes, y he oído decir que les encargan a ellos los mejores trabajos, mientras que a Thomas Gow le tocan los peores.

Le he explicado que necesitaba una cerradura, y le he preguntado si podría colocármela. Me ha respondido que sí. Le he preguntado si podría hacerlo para esta misma tarde, y me ha contestado que desde luego.

Ha venido a mi habitación a tomar medidas, y por la tarde ha vuelto y ha colocado mi preciosa cerradura. Luego hemos probado la llave, que entra perfectamente.

—¡Oh, muchas gracias! —le he dicho.

Le he pagado el doble de lo que me pedía. Él no puede imaginar lo que significa esa cerradura para mí.

Ahora me dispongo a acostarme, pero antes he querido escribir estas líneas en el diario. Desde la silla donde estoy sentada veo esa bendita llave en la cerradura. La puerta está bien cerrada.

Me siento tranquila y segura. Sé que esta noche dormiré bien, y me resarciré de mi sueño inquieto de ayer.

1 de diciembre. Pronto llegará Navidad. El tiempo pasa despacio. Lo que me alivia es que Desmond Featherstone no está aquí siempre, pues va a Londres con frecuencia. Pero, cuando vuelve, se instala en la casa como si ésta fuese su hogar. He hablado de esto varias veces con mi madrastra, pero ella se limita a decir, moviendo la cabeza:

—Ese caballero era un gran amigo de mi familia. Yo no puedo hacer nada.

Y añade invariablemente:

—Tu padre decía siempre que cualquier amigo mío era bienvenido aquí.

Me consuelo pensando que sólo faltan tres meses para marzo. Dice Magnus que deberíamos casarnos a principios de ese mes, de modo que la fecha me parece un poco más cercana. Esto me da ánimos.

En cierto modo, las ausencias de Desmond Featherstone —aunque me alivie tanto verme libre de él— me provocan una tensión. Nunca sé cuándo va a volver, y cada vez que subo a mi cuarto pienso que me lo voy a encontrar en el pasillo o en cualquier lugar inesperado. Experimento la sensación de que me acecha un fantasma, y esto es casi tan desagradable como la misma presencia de ese hombre.

A veces me despierto en mitad de la noche imaginando que gira lentamente el pomo de mi puerta. ¡Qué contenta estoy de tener mi cerradura! Le estoy muy agradecida a Thomas Gow, y le he proporcionado algunos trabajos. Asimismo, he decidido que, cuando necesitemos alguna reparación en casa, no recurriré a los carpinteros de Great Stanton, sino a Thomas Gow.

Creo que es un hombre ambicioso y que está dispuesto a trabajar con ahínco. A las personas así se les debería dar la oportunidad de prosperar.

Hoy he tenido una sorpresa desagradable.

Yo pensaba que celebraríamos la Navidad como todos los años. Pero, cuando le he dicho a mi madrastra que deberíamos empezar a hacer los preparativos habituales, me ha mirado escandalizada.

—Pero hija mía, estamos de luto. Pasaremos la Navidad en familia. No podemos hacer ninguna celebración.

—Yo no digo que demos una gran fiesta. Pero podríamos invitar a unos cuantos amigos.

—No debemos invitar a nadie. Hace muy poco tiempo que murió tu padre.

—Bueno..., pues invitemos sólo a Magnus Perrensen.

—Es que no deberíamos invitar a nadie.

—Pero papá decía que Magnus tenía que sentirse aquí como en su casa. Y recuerde que no tiene a ningún familiar con quien pasar estas fiestas. Le invitaremos a él, y a nadie más.

«Eso será lo mejor —he pensado, sonriendo—. Magnus y nadie más. Saldremos a cabalgar por la mañana y pasaremos un día tranquilo.»

—Ya he pensado en eso —ha dicho mi madrastra—. Ayer hablé de ello con la señora Masters. Me dijo que, naturalmente, el señor Perrensen pasaría la Navidad con ellos. Él llegó mientras hablábamos del asunto, y la señora Masters se lo dijo. Él aceptó encantado.

—Veo que se han hecho los planes sin consultarme —he hecho notar, irritada.

—Oh, lo siento. Pero no ha sido exactamente un plan. Parecía la única cosa posible, dadas las circunstancias.

No se puede negar que mi madrastra es una mujer hábil. En una situación como ésta, es capaz de hacer que la otra persona sienta que no tiene razón, que está dando importancia a una trivialidad. Lo hace tan bien que la otra persona casi queda convencida.

27 de diciembre. Ha pasado Navidad. Me alegro. Me alegra todo lo que me acerca al mes de marzo.

He pasado estos días razonablemente bien, aparte del hecho de que hemos tenido con nosotras al odioso Desmond Featherstone.

Por la mañana nos acompañó a la iglesia. De pie los tres, y yo entre ellos, cantamos el *Venid, fieles* con el resto de la congregación. El señor Featherstone tiene una voz grave y potente, que se oía por encima de todas las demás. Y mientras cantábamos, me parecía que se me acercaba un poco más.

Cruzamos el prado a pie y volvimos a casa.

Mi madrastra estaba un poco triste. Me dijo que no podía evitar pensar en la Navidad pasada, cuando mi padre aún vivía.

En la iglesia he visto a Magnus, que estaba con los Masters. Cuando me miraba, me sentía feliz. Sus ojos me decían claramente: «Ya no falta mucho». ¿Dónde estaremos el año que viene para estas fechas?

Llena de felicidad, pasé el resto del día pensando en el futuro.

Así pasó la Navidad.

Pronto llegará Año Nuevo.

2 de enero de 1973. Qué extraño principio del Año Nuevo...

He salido a cabalgar con Freddy. El pequeño empieza a montar muy bien, a pesar de que no sabía ni pizca cuando llegó aquí. Le llevo a menudo conmigo.

Cuando hemos vuelto a casa, me ha dicho una doncella que habían venido dos caballeros que preguntaban por la señorita Mallory.

—¿Quiénes son? —le he preguntado.

—No me han dado el nombre, señorita Ann Alice. Pero han dicho que se trata de un asunto importante.

—¿Dónde está la señora Mallory?

—Se halla ausente en este momento.

—Bien, pues les recibiré yo. ¿Están en el saloncito?

Me ha respondido que sí. Le he dicho a Freddy que subiese a su cuarto, y que nos veríamos después.

He entrado en el saloncito que está junto al vestíbulo.

Uno de los dos hombres me resultaba familiar, y le he reconocido en cuanto se ha puesto de pie. La última vez que estuvo en casa nos trajo una terrible noticia.

—Soy James Cardew, señorita Mallory —me ha dicho.

—Sí, sí, ya le recuerdo.

—Y éste es el señor Francis Graham.

Nos hemos saludado.

—El señor Graham acaba de llegar de Australia, y, en vista de lo que me ha dicho, he creído que debíamos venir a verla en el acto. Se trata de su hermano, señorita Mallory. Lamento muchísimo el disgusto que les causé en mi última visita, pues parece que su hermano sigue con vida.

—¡Oh! —he exclamado débilmente.

Me ha invadido una gran alegría. ¡Charles, vivo! ¡Qué extraordinaria noticia!

—El señor Graham se lo explicará —me ha comunicado James Cardew.

—Hagan el favor de tomar asiento —les he dicho con voz temblorosa.

Nos hemos sentado, y el señor Graham me ha contado la historia.

Después de pasar varios días en el agua, Charles fue recogido por un barco. Estaba más muerto que vivo. La nave que le recogió llevaba rumbo a Sidney, y Charles se hallaba en tal estado de angustia y agotamiento que no recordaba ni quién era.

—Había perdido completamente la memoria —ha explicado el señor Graham—. Estaba en los huesos, y parecía que no fuese a sobrevivir. Incluso cuando se recuperó un poco, siguió sin recordar nada, lo que explica que ustedes no hayan sabido nada de él en todo este tiempo. Yo iba en ese barco como pasajero; viajo, por mis negocios, entre Inglaterra y la nueva colonia. Cuando recogimos a su hermano, me interesé mucho por su caso, y, cuando llegamos a Sidney, dije que me ocuparía de él. Era evidente que aquel joven era inglés y de buena familia, y mientras estábamos en el barco yo había intentado ayudarle a recuperar la memoria. Él llegó a recordar lo suficiente como para darme algunos indicios de su origen y, cuando llegamos a Sidney, le llevé a casa de unos amigos y les pregunté si podrían tenerle con ellos, a lo cual accedieron. Cuando volví a Sidney, fui a visitarle. Resumiendo un poco mi narración, descubrí que se llamaba Charles, nombre relativamente común. Después, un día, mientras mirábamos unos mapas, alguien mencionó el nombre de Mallory, que pareció causarle impresión.

»Yo conocía los mapas de los Mallory, y tenía amistad con el señor Cardew. Tardé un tiempo en ponerme en contacto con él, pero por fin lo hice, y llegamos a la conclusión de que ese hombre es su hermano de usted. No he querido traerle a Inglaterra hasta haber hecho algunas comprobaciones, de modo que aún vive en Australia, con mis amigos. Pero ahora estamos seguros de su identidad. Saldrá de Australia dentro de poco, y llegará aquí el mes de marzo.

—¡Qué magnífica noticia! —he exclamado—. Sólo quisiera que papá hubiese vivido para ver este día.

—Su señor padre murió, ¿verdad? —ha preguntado James Cardew.

—Sí. Llevaba algún tiempo enfermo, de modo intermitente, pero la noticia de la muerte de mi hermano le debilitó mucho, y sucumbió a la enfermedad.

—Quisiera no haberles traído aquella noticia.

—No, usted lo hizo con buena intención. Y nosotros queríamos saber lo que ocurría. Estábamos angustiados por la falta de noticias.

—Yo creí que debía comunicarles la noticia lo antes posible. Esta visita mía de hoy es más grata que aquella.

En este punto ha entrado mi madrastra. Debe de haberle dicho una doncella que teníamos visita.

—Le presento al señor James Cardew y al señor Francis Graham —le he dicho—. Nos traen una noticia magnífica. ¡Charles vive!

—¿Charles?

—Mi hermano, el que creíamos que había muerto en el mar. Le recogió un barco.

—¿Qué le recogió un barco? ¡No es posible! Después de tanto tiempo...

Me ha parecido que iba a afirmar que el hombre que había recogido aquel barco no era mi hermano.

—En el mar ocurren cosas extrañas —ha dicho Francis Graham—. Yo ya tenía noticia de casos parecidos. Es indudable que el señor Charles Mallory naufragó y fue recogido por otro barco. Entre otras cosas, sufría amnesia, y ésta es la razón por la que no se comunicó con su familia.

—Pero eso es tan... increíble...

Estaba muy pálida. Claro que ella ni siquiera conocía a Charles; yo no podía esperar que compartiese mi alegría.

—¡Será maravilloso cuando Charles vuelva a casa! —he exclamado—. No saben cuánto les agradezco que nos hayan traído esta noticia. Ahora vamos a brindar a la salud de mi hermano, y por esas buenas personas que le han cuidado.

Mi madrastra se ha recuperado de su sorpresa y ha llamado

a un sirviente. Le ha mandado que nos trajese vino y que pusiese dos cubiertos más en la mesa.

¡Qué día tan feliz el de hoy!

Ahora me siento segura. Pronto estará Charles en casa.

Me doy cuenta, de pronto, de que esta casa ya no es mía. Me alegro. Así es como debe ser. Me habría sentido muy mal al marcharme y abandonarla. Porque, naturalmente, tendré que abandonar la casa cuando me case con Magnus.

Recordaré siempre este día. ¡Qué buen comienzo para el Año Nuevo!

4 de enero. Hoy ha llegado Desmond Featherstone. He vuelto a casa esta tarde y me he encontrado con él en la escalera.

Me he detenido y me he quedado mirándole.

—¿Ha vuelto usted? —le he preguntado.

—¡Qué encantadora bienvenida! Ya vuelvo a sentirme en casa.

—Parece que últimamente se siente usted en casa cuando está aquí…

—Porque ustedes son tan hospitalarias.

He empezado a experimentar aquella sensación de temor, como si alguien caminase sobre mi tumba, como decía la señorita Bray.

¿Por qué me sentía así? Era de día, un día claro y helado. Las jornadas empiezan a hacerse más largas. Aún anochece pronto, pero cada día hay un pequeño cambio. Y pronto estaremos en marzo.

¿De qué tengo miedo?

El señor Faetherstone está disgustado por algo. Lo he advertido a la hora de la cena. Está tan irritado por algo que no puede disimularlo. Yo sé por qué es, naturalmente. Es por Charles. ¡Está furioso porque mi hermano vive!

Él tenía ciertos planes para mí; creía que la casa era mía, lo mismo que el negocio. No es de extrañar que quisiera casarse conmigo.

Ahora todo ha cambiado. El auténtico heredero vive. Charles volverá, y cuando esté aquí, será el dueño de la casa. Y estoy segura de que entonces no habrá lugar en ella para el señor Desmond Featherstone.

Vuelve pronto a casa, Charles.

Hoy me siento feliz. Tengo mi cerradura, y puedo encerrarme en mi cuarto. Charles vuelve a casa. Y pronto llegará marzo.

1 de febrero. No puedo creer lo que cuentan. Es increíble. ¿Cómo puede haber peste en Great Stanton? Cuando pienso en la peste recuerdo las enseñanzas de la señorita Bray. Una cruz roja en la puerta. El carro de la muerte, y aquello de «Sacad a los muertos».

No puede ser que esto ocurra hoy en día.

Hoy he ido al taller. Me encanta ir allí. Siempre procuro ir a mediodía, cuando hacen una pausa para comer. Muchos días, la señora Masters envía el almuerzo a su marido en una bandeja. Viven al otro lado de la calle, pero el señor Masters dice que no siempre puede abandonar el taller para ir a comer, pues está muy ocupado.

Yo voy a menudo a esa hora, y comemos juntos. Son momentos felices.

En el transcurso de esta última semana, el tema principal de conversación ha sido la ejecución del rey de Francia. A todos nos ha impresionado mucho este suceso. Nos parece algo terrible, y hablamos largamente de las consecuencias que puede tener en Francia y en Inglaterra. A Magnus le interesa mucho el tema, y, como es del continente, tiene de las cosas una visión algo diferente de la nuestra. Le encanta hablar y discutir, y yo estoy descubriendo que a mí también me encanta hacerlo.

Pero ahora todo esto está olvidado, pues en el pueblo se han producido unos hechos muy graves.

Cierto señor Grant y su hijo Silas volvieron hace poco de Dalmacia, trayendo unos fardos de tela. Ambos eran sastres. Hace unos días, el padre cayó enfermo. Su enfermedad era extraña: padecía fiebre alta y vómitos, y deliraba. El doctor estaba desconcertado, y, cuando se disponía a pedir la opinión de otro médico, al señor Grant le aparecieron por todo el cuerpo unas manchas oscuras, que más adelante se convirtieron en horribles llagas. Parece ser que estos son los síntomas de la peste bubónica, que no se había dado en Inglaterra desde principios de siglo.

El señor Grant murió a los pocos días.

Es posible que este suceso se hubiese olvidado, pero ocurrió que, al poco tiempo de la muerte de su padre, Silas Grant empezó a mostrar los mismos síntomas.

Ahora, esa enfermedad se ha diagnosticado definitivamente: se trata de la peste. Todo el mundo está consternado, pues, cuando este tipo de enfermedad llega a un país, no se sabe cuánto se extenderá.

Así pues, hemos hablado de este extraño suceso mientras comíamos el excelente pollo de la señora Masters.

Magnus, como de costumbre, ha llevado el peso de la conversación. Ha hablado extensamente de la gran epidemia de peste que asoló Londres en 1665 y que se extendió por el resto del país. Ha explicado que, después de aquella epidemia, en Inglaterra se han dado pocos casos de peste, pues aquel desastre representó una gran lección: que una de las principales causas de la enfermedad es la falta de higiene y la ausencia de alcantarillado.

—Sólo dos veces en este siglo ha habido peste en la Europa occidental —ha dicho—. Se dio en Rusia y en Hungría, y llegó hasta Prusia y Suecia. Una vez aparece, es difícil de erradicar. Después hubo un brote en el sur de Francia, relativamente cerca de aquí. Hubo otro brote durante la guerra rusoturca, es decir, hace poco más de veinte años. Luego, la enfermedad ha vuelto a aparecer en Dalmacia.

—De allí es de donde venían los Grant —he hecho notar.

—La gente ha tomado esto muy en serio —ha dicho el señor Masters.

—No es para menos —ha comentado Magnus.

Mientras hablábamos ha entrado John Dent, uno de nuestros trabajadores, y nos ha dicho que se acababa de enterar de la muerte de Silas Grant.

—Dos muertes —ha dicho Masters—. Esto es grave.

—Dicen que quizás estén infectados los fardos de tela que trajeron —ha explicado John Dent.

—Es muy probable —ha asentido el señor Masters.

—Deberían quemarlos —ha dicho Magnus.

—Nadie quiere tocarlos —ha comunicado John Dent—. Están todos juntos en un cuarto del piso alto de la tienda. Van a quemar todas las ropas de cama, pero nadie quiere tocar los fardos. Van a tapiar el cuarto; les parece que es lo mejor.

—Es extraño —he dicho yo—. ¿No habría sido mejor quemar esos fardos?

—No, quizá sea mejor tapiar —ha contestado el señor Masters—. Es posible que todo ese cuarto esté contaminado.

—Si no cae enfermo nadie más, se demostrará que han hecho lo que había que hacer —ha dicho Magnus.

No he podido dejar de pensar en todo esto.

Mientras cenábamos, se lo he comentado a mi madrastra. Desmond Featherstone estaba con nosotras. Ninguno de los dos han mostrado gran interés por la noticia. Me ha parecido que estaban pensando en algo.

4 de febrero. Una excelente noticia. Hoy, cuando he ido al taller, he encontrado a Magnus deseoso de hablarme a solas. Me he dado cuenta de esto como me doy cuenta de todos sus estados de ánimo; entre nosotros hay una comunicación muy especial. Creo que cada uno sabe lo que está pensando el otro.

—Mañana me voy a Londres —me ha susurrado—. El señor Masters tiene que hacer unas visitas allí, y ha creído que me interesaría acompañarle. Y pienso aprovechar la oportunidad para informarme de todo lo referente a nuestro viaje y para comprar los pasajes. Así lo tendremos todo preparado.

—¡Oh, Magnus, qué ilusión! —he exclamado.

—Ya no falta mucho —ha dicho él.

Nos hemos besado. Después, mientras almorzábamos con el señor Masters, apenas he atendido a la conversación.

Cuando he vuelto a casa, he subido directamente a mi cuarto. Me he puesto a pensar en los días que aún debo esperar. Gracias al cielo, el mes de febrero es el más corto del año. Sólo tiene dos o tres días menos que los demás, es cierto, pero es que cada día me parece una eternidad.

Muy pronto ya...

Soy tan feliz, y estoy tan ilusionada... Hasta pienso si no lo notarán los demás. Parece que sí lo notan, porque Freddy me ha dicho:

—Tú estás contenta por algo, Ann Alice.

—¿Por qué lo dices? —le he preguntado.

—Se te nota en la cara.

Sin decir nada, le he apretado cariñosamente un brazo, y él me ha preguntado:

—¿Es un secreto?

—Sí —le he respondido—. Ya lo sabrás en su momento.

Se ha inclinado hacia delante y se ha echado a reír. Le encantan los secretos.

—¿Cuándo lo sabré?

—Pues..., pronto.

Entonces he recordado que cuando me vaya de aquí me alejaré de él, y me ha sabido mal.

Freddy no ha dicho nada más, pero durante el resto del día he visto que me observaba. Cuando nuestras miradas se encontraban, me sonreía, como si compartiésemos un secreto. Y en cierto modo es así: compartimos el conocimiento de que existe un secreto.

Pero he sido imprudente. No habría debido hablar con nadie, ni siquiera con Freddy.

Magnus se va a Londres mañana por la mañana, a primera hora.

Después de haber escrito lo anterior, he guardado el diario y me he acostado. No tenía sueño. Me he puesto a trazar planes y a pensar qué cosas me llevaría. Han dado las doce y seguía sin poder dormir. De pronto, he oído crujir una tabla del suelo, en el piso de abajo. Alguien caminaba por el pasillo. Debía de ser mi madrastra, pues allí está su habitación.

He escuchado con atención. Sí, eran unos pasos lentos. He echado una mirada a mi preciosa cerradura. Allí estaba, con la llave echada, prometiéndome seguridad.

Me he levantado y me he puesto a escuchar junto a la puerta. En efecto, alguien caminaba por el pasillo de abajo.

Sin hacer ruido, he abierto la puerta y he mirado al pasillo. De puntillas, me he acercado a la barandilla de la escalera. En la pared bailaba la luz de una vela; procedía de la vela que llevaba Desmond Featherstone. Iba descalzo, y llevaba un amplio camisón. Le he visto abrir la puerta del dormitorio de mi madrastra y entrar en él.

Me he echado atrás, percatándome de lo que significaba aquello. Mi madrastra y ese hombre son amantes.

Aferrándome a la barandilla, he pensado durante unos momentos en lo que había visto. He pensado que quizás él había entrado a decirle algo. Pero no, qué tontería... Ha entrado en la habitación con la actitud más natural, como si estuviese acostumbrado a ello. Ni siquiera ha llamado a la puerta. Además, ¿qué podía tener que decirle a las doce de la noche?

Me he quedado en el pasillo, temblando.

Me ha parecido que tenía que esperar a ver qué ocurría, para estar segura.

He esperado en el pasillo hasta las tres. Desmond Featherstone no ha salido de la habitación de mi madrastra.

Así pues, no cabe la menor duda.

He entrado en mi cuarto y he echado la llave.

Son amantes. ¿Desde cuándo? Está claro que ese hombre vino aquí para verla. ¿Eran amantes ya en vida de mi padre?

Esas visitas periódicas... ¿Venía a hacerle el amor a mi madrastra? ¡Y al mismo tiempo intentaba cortejarme a mí! Ella lo sabía, e intentaba ayudarle. Por esto inventó aquella mentira sobre Magnus y la sobrina de la señora Masters.

No puedo dormir. Pienso que habría debido adivinar lo que ocurre. Mi madrastra ha estado a punto de ganarse mi afecto. He creído en la sinceridad de su dolor, y casi he estado dispuesta a ser amiga suya.

Las ideas giran en mi mente formando un torbellino.

¿Y mi padre? Él la quiso tanto... Quizá no ocurrió nada hasta después de su muerte...

Mil posibilidades me vienen a la mente.

Por esto he tomado el diario y me he puesto a escribir. Ello me tranquiliza un poco.

He pensado en decirle a Magnus lo que he visto. Pero él no volverá hasta dentro de una semana. Me alegro de estar a punto de abandonar esta casa.

5 de febrero. He pasado todo el día en mi cuarto, pretextando dolor de cabeza. No puedo enfrentarme a ninguno de ambos. No estoy segura de lo que debo hacer.

En algunos momentos pienso que debería hablarles claramente, y en otros creo que es mejor callar.

Lo cierto es que les temo. Me da miedo esta casa. Esa inquietud que sentía, ese instinto que me hizo mandar colocar una cerradura y encerrarme con llave, eran avisos. Una parte de mi mente sabía cosas, sin que yo me diese cuenta de ello.

Desde que Lois Gilmour llegó a esta casa, todo cambió. Antes todo era claro, fácil. Ella trajo aquí esa atmósfera siniestra; ella era la causa.

A mediodía, ha venido a verme.

—Estás pálida, hija mía —me ha dicho.

—No es más que un dolor de cabeza. Pero me quedaré aquí todo el día.

—Sí, quizá sea lo mejor. Diré que te suban algo de comer.

—No tengo apetito.

—Bueno, pero puedes tomar un poco de sopa.

He asentido con un gesto y he cerrado los ojos. Lois ha salido en silencio.

Junto a la puerta estaba Freddy.

—No, pequeño —le ha dicho mi madrastra—. No puedes entrar. Hoy Ann Alice se encuentra mal. Hemos de dejarla descansar.

He mirado a Freddy y le he sonreído. Parecía muy preocupado por mí. Es un niño encantador.

Me he tomado la sopa, pero no he querido nada más. He seguido en la cama, pensando.

¿Cómo ha sucedido todo? Ellos eran amantes, pero, ¿desde cuándo? He pensado en la primera vez que vi a Desmond Featherstone con ella, en la posada. Desde entonces, supongo. Pero ella se casó con mi padre, y mi padre ha muerto. Y la ha dejado en una posición relativamente acomodada. Lois vino aquí como simple institutriz, y no creo que entonces tuviese mucho. Después, su amigo, su amante, ha pretendido casarse conmigo. Eso me ha disgustado profundamente.

La noticia de que Charles se había salvado fue un gran

golpe para ellos. ¿Por qué? Porque Charles es el heredero. Yo también heredaré algo, por supuesto, pero no seré la mujer rica que habría sido de haber muerto mi hermano.

Todo encajaba.

Luego he pensado que todo eso son sólo conjeturas. «Míralo de este modo, me he dicho a mí misma. Mi padre murió hace algún tiempo. Quizás ella es la clase de mujer que necesita un amante. Quizá la relación entre ellos ha comenzado hace poco. Quizás él ya no desea casarse conmigo. Quizás ahora se casará con ella.»

¿Cómo podía estar segura de que eran ciertas las cosas que había pensado de ellos? Pero, ¿y si lo fuesen? Aquellas enfermedades de mi padre... Él nunca había tenido aquel padecimiento antes de volver a casarse.

¿Y si ella fuese una asesina? ¿Y si él fuese su cómplice? ¿Qué podían estar tramando ahora? ¿Pensaría él casarse conmigo y matarme después, como ella había matado a...?

Me resulta útil escribir mis pensamientos de esa manera, a medida que surgen. Son un poco incoherentes, quizá, pero el ponerlos por escrito los aclara.

Esta casa se ha convertido en un lugar muy siniestro.

Tengo miedo. ¡Oh, Magnus, cómo desearía que estuvieses aquí! Te pediría que me sacases de esta casa esta misma noche. No quiero pasar una noche más en ella.

Esta casa me asusta. Está lleno de amenazas. Todo cuanto yo consideraba figuraciones pueriles está tomando una siniestra realidad.

Debo hacer un esfuerzo y decidir lo que voy a hacer.

Se me ha ocurrido una cosa. Lo intentaré esta noche. Cuando Desmond entre en la habitación de mi madrastra, iré a escuchar lo que dicen. Conozco bien la casa, como es lógico, y sé que junto a ese dormitorio hay otro cuya puerta da al pasillo. Como en la mayoría de las casas Tudor, algunas habitaciones comunican con otras. Esa habitación comunica con el dormitorio de mi madrastra mediante una puerta cerrada con llave. Si entrase en ese cuarto, quizá podría escucharles. He decidido que esta tarde, cuando ellos hayan salido, bajaré a ese cuarto y lo examinaré para ver si puedo esconderme en él y si es posible oír lo que se habla en el otro.

Ya he descubierto lo que quería. He estado en el piso de abajo.

La puerta que comunica las dos habitaciones está cerrada por dos cerrojos, uno a cada lado. La puerta encaja mal. Si me subo a un taburete puedo llegar a la rendija de la parte superior, y estoy segura de poder oír lo que hablen al otro lado.

Voy a intentarlo esta noche.

Es posible que no oiga nada, pero lo probaré. Ya sé con certeza que pasan las noches juntos, pero necesito saber de qué hablan.

Creo que a él le gusta mucho el oporto, y que suele beberlo después de cenar. Ése será el momento de ir a escucharles. Aunque es posible que tengan cuidado, pues los criados también escuchan.

Esta noche, pues.

Es la una de la madrugada. Tiemblo tanto que apenas puedo sostener la pluma. Pero tengo que escribirlo todo mientras está reciente en mi memoria. Les he oído subir al piso hacia las doce y media. Creo que él vacilaba un poco. Debe de haber bebido mucho; espero que no demasiado, pues eso le daría sueño y le quitaría las ganas de hablar.

He bajado sigilosamente y he entrado en la habitación contigua, dejando la puerta bien abierta para poder huir en caso necesario, y también abierta la puerta de mi cuarto, para poder entrar en él rápidamente.

Lo que estoy escribiendo es casi ilegible, por lo mucho que me tiembla la mano. Tengo mucho miedo.

Ha ido mejor de lo que yo creía. Él tenía ganas de discutir.

Subida en el taburete, pegando el oído a la rendija, le he oído claramente.

—¿Qué le pasa a ese demonio? —ha preguntado.

—Tiene dolor de cabeza —ha respondido mi madrastra.

—Ésa está tramando algo.

—Deberías dejarla estar. Déjala irse con su sueco, o lo que sea.

—Me sorprendes, Lois. Llegas muy lejos y entonces te desanimas. No querías librarte del viejo, ¿verdad? Tardaste mucho en hacerlo. Te acostumbraste a la vida tranquila. Hasta creo que te encariñaste con él.

—Era un buen hombre —ha dicho ella quedamente—. Yo no quería...

—Ya lo sé. Intentaste escurrir el bulto, ¿eh?

—Deja de discutir y ven a acostarte.

—Te habría gustado quedarte como estabas y abandonar el plan, ¿verdad? Trajiste al pequeño bastardo, eso sí. Ése sí fue un buen trabajo. Pero tampoco era tan difícil. Te falta audacia, Lois, esto es lo malo de ti. Llegas aquí, consigues una posición cómoda para ti y para el chico, y te olvidas de lo demás. ¿Qué habría hecho yo? ¿Me lo quieres decir?

—No grites —ha dicho Lois.

—No me oye nadie. Y ahora resulta que va a volver el joven, el heredero. ¿Qué vamos a hacer?

—Vete de aquí, Desmond. Deja las cosas como están.

—Eso te vendría bien a ti, ¿verdad? Pero yo no me iré con las manos vacías. Tengo que casarme con la chica. Tú te casaste con el viejo; es justo que la muchacha sea para mí. No es tan rica como creíamos que iba a ser, pero menos da una piedra.

—Ann Alice no te aceptará.

—La obligaremos a que me acepte.

—¿Cómo?

—Esto es lo que tenemos que pensar.

—¿Qué te propones? ¿Seducirla? ¿Forzarla? Serías muy capaz...

He sentido tanta rabia que no he podido evitar moverme, y he volcado el taburete. He saltado al suelo.

Deben de haber oído el ruido.

He venido corriendo a mi habitación, y me he encerrado en ella.

Estoy muy asustada. Mañana me iré de aquí. Hablaré con la señora Masters y le explicaré lo que ocurre. Esperaré en su casa el regreso de Magnus.

Otra vez me tiembla la mano, y apenas se entiende lo que

escribo. ¿Qué ha sido eso? Me ha parecido oír un ruido. Ahora oigo pisadas...

Oigo voces... Son ellos.

Vienen hacia aquí...

Raymond

Leyendo el diario de Ann Alice perdí la noción del tiempo y, cuando llegué al final, me di cuenta de que había amanecido.

Había estado con Ann Alice. Me parecía conocerla y conocer a su enamorado, a su madrastra y al siniestro Desmond Featherstone. Me había irritado mucho aquel brusco final, y sentía grandes deseos de saber qué había ocurrido aquella noche que yo sabía que era la noche de su muerte, por la fecha que figuraba en la tumba.

Podía sentir el temor de Ann Alice, podía oír los pasos en la escalera. Podía ver a Ann Alice echando apresuradamente el diario en el cajón, sin cerrarlo del todo, de modo que quedaba a la vista un chal.

¿Y qué habría ocurrido después? ¿Estaba echada la llave o se había olvidado ella de echarla? No, ella no se habría olvidado. Siempre pensaba en aquella cerradura. Pero, después de lo que acababa de oír, estaría en un estado de extremo terror.

¿Qué habría ocurrido?

Era extraño que yo fuese la primera en leer aquellas palabras, que habían sido escritas casi cien años atrás. Era casi como si Ann Alice las hubiese escrito para mí. Yo era la que había descubierto su tumba, la que había entrado antes que nadie en su dormitorio y la que había encontrado el diario.

Estaba impaciente por contarle a mi hermano Philip lo que había descubierto. Hasta pensé en ir a despertarle, pero decidí no hacerlo. Debía tener un poco de paciencia. Sabía que Philip se levantaba temprano, y que bajaría a desayunar a las siete y media.

Yo estaba en el comedor antes de esa hora.

—¡Philip! —exclamé—. Anoche me pasó una cosa extraordinaria.

Se lo conté todo, y la historia le pareció tan apasionante como a mí. Pero lo que más le interesó fue el mapa.

—Ve a buscarlo —me pidió.

Lo hice, y él se puso a estudiarlo atentamente.

—Conozco esa zona —dijo—. Estas islas... Sí, las conocemos. Pero esa Isla del Paraíso... Parece el fruto de la fantasía de alguien.

—Tenemos las islas de la Amistad y las islas de la Sociedad. ¿Por qué no la Isla del Paraíso?

—Se lo enseñaré a Benjamin. No me cabe la menor duda de que él sabrá algo.

Ninguno de los dos comimos mucho, debido a la excitación. Le dije a Philip que le explicásemos a la abuela mi descubrimiento, pues se ofendería mucho si no lo hacíamos en el acto.

Fuimos a su dormitorio, donde estaba tomando té con tostadas y mermelada, en la bandeja especial que usaba para desayunar en la cama, la única concesión que hacía a su avanzada edad.

La abuela me escuchó con atención, y lo primero que hizo fue reprenderme por haber entrado en aquella estancia, cosa que ella me había prohibido expresamente.

—No pude evitarlo, abuela —le dije—. La tentación fue irresistible.

—¡En plena noche! —exclamó Philip.

—Tomé la vela y subí.

—Has sido muy valiente —dijo mi hermano—. Si se piensa en todo lo que se ha contado sobre la presencia de fantasmas en esa habitación. ¿Qué habrías hecho si te hubieses encontrado con un espectro sin cabeza agitando cadenas?

—Cuando hayas leído el diario, no hablarás con tanta ligereza de los muertos —le dije con seriedad.

Fui a mi cuarto y bajé el diario para que lo viesen. Se quedaron asombrados.

—¡Y has pasado toda la noche leyendo esto! —exclamó Philip.

—¿No habrías hecho tú lo mismo? Además, una vez empecé ya no pude dejarlo.

—Yo habría esperado al día siguiente.

—¿Qué te ha parecido el mapa, Philip? —preguntó la abuela.

—No está hecho por un aficionado. Conozco esa zona. Pero nunca había oído hablar de esa Isla del Paraíso. Quiero enseñárselo a Benjamin; haremos algunas comparaciones.

—Será interesante oír lo que dice —dijo la abuela—. Déjame el diario, Annalice. Voy a leerlo.

Fue una mañana singular. Me sentía completamente despierta a pesar de que había pasado la noche en blanco. Volví a entrar en la habitación de Ann Alice. Me pareció diferente de como la había visto la noche anterior, supongo que debido a la presencia de los obreros. No pude concentrarme en nada. No dejaba de pensar en Ann Alice. Era casi como si estuviese viviendo su vida y esperase ver aparecer en cualquier momento al malvado Desmond Featherstone.

La lectura de aquel diario me había causado una profunda impresión.

Durante el almuerzo, la abuela no pudo hablar de otra cosa que del diario. Había pasado toda la mañana en la cama, leyéndolo.

—Es una historia terrible —comentó—. ¿Qué crees que le pasó a esa joven?

—Yo diría que entraron en su cuarto y la asesinaron. ¿No te parece?

—Sí, es lo más probable.

—Y después tapiaron la habitación.

—¿Qué necesidad tenían de hacer eso?

—No lo sé. Y la enterraron, eso sí lo sabemos. Yo misma encontré la tumba.

—Es un misterio que no podemos desentrañar. Veremos

lo que nos revelará ese mapa. Esa isla de la que habló aquel joven, Magnus, ¿dónde estará? Quizá no existe. No sabemos mucho de Magnus. Parece que Ann Alice estaba tan enamorada de él que no le veía con claridad.

—Yo estoy segura de que la quería. Y creía en la existencia de esa isla. Se proponían ir a buscarla. Me pregunto qué fue de Magnus.

—Sí, yo también. Quizá volvió a la isla solo.

—Me imagino su dolor cuando volvió y le dijeron que Ann Alice había muerto...

—Será interesante oír lo que dice Benjamin sobre el mapa.

Yo estaba tan impaciente por saberlo que aquella tarde fui al taller. Allí encontré a Philip y a Benjamin rodeados de antiguos mapas.

Al verme, mi hermano hizo un gesto negativo con la cabeza.

—No hay rastro de esa isla por ninguna parte —dijo.

—Si existiese, ya habría sido descubierta —explicó Benjamin—. Esa zona ha sido explorada.

—Pero existe la posibilidad de que se haya pasado por alto esa isla, ¿no? —pregunté.

—Supongo que existe la posibilidad —contestó Benjamin encogiéndose de hombros—. Este mapa es obra de un hombre que sabía lo que se hacía.

—Sí. Magnus era un profesional.

—El señor Mallory me estaba hablando del descubrimiento de ese diario. En mi opinión, ese joven se equivocó en lo referente a la situación de la isla.

—Pero si estuviese en algún lugar de esa zona...

—Esto es improbable. Ya habría sido descubierta. Ustedes dicen que este mapa fue hecho hace unos cien años. Desde entonces hemos avanzado mucho. Quizás ese joven se equivocó porque hizo el mapa de memoria.

—¡Cómo me gustaría encontrar esa isla! —exclamó Philip.

—Si existe —dijo Benjamin.

—Existe —replicó Philip—. Estoy convencido de ello.

Nos sentamos a hablar. Para mí, aquellas conversaciones con Philip y con el señor Darkin eran como viajes por el océano. Escuchaba con atención todo cuanto decían, y percibía el entusiasmo de Philip. Quería mucho a mi hermano. Tenía una vitalidad asombrosa, y, cuando se interesaba por algo, nunca lo hacía a medias.

Estaba tan obsesionado por aquella isla como yo lo estaba por Ann Alice. Su curiosidad era diferente de la mía. Yo ansiaba saber lo que había ocurrido aquella noche, y Philip sólo pensaba en la isla.

Más adelante había de pensar yo muchas veces en aquella tarde que pasamos en el taller, y había de desear muchas veces no haber encontrado aquel mapa.

Philip no podía hablar de otra cosa. Le encontraba a menudo repasando antiguos mapas.

—Esa isla podría estar en otro lugar del mundo —me dijo.

—Escucha —repliqué—, Magnus Perrensen era cartógrafo. No habría situado esa isla donde no estaba.

—Todo el mundo puede equivocarse.

Sus ojos intensamente azules miraban al vacío.

—Annalice —me dijo—, quiero encontrar esa isla.

No dejaba de pensar en ella. Era una obsesión. La abuela lo advirtió, y sintió preocupación.

El señor Gow y sus obreros habían acabado de reparar el tejado y trabajaban en la habitación de Ann Alice. Los cortinajes y las alfombras habían sido destruidos por el tiempo; estaban hechos harapos. Pero algunos de los muebles eran bastante buenos e iban a ser restaurados.

Examiné las ropas de Ann Alice. Los guantes, los chales, los sombreros y vestidos..., todas sus pertenencias personales. Ordené a las doncellas que lavasen algunos de los vestidos. Muchos estaban estropeados, pero los que no lo estaban los guardé en un baúl de la buhardilla, junto con los sombreros y los zapatos.

Traté con respeto todas aquellas cosas de mi antepasada. Me sentía muy próxima a ella, y a veces experimentaba la impresión de que me miraba y me daba las gracias, por extraño que esto pueda parecer.

Subí a su habitación antes de que empezasen a reparar las

maderas y a pintar las paredes. Encontré allí al señor Gow. Le pregunté por aquellas manchas en las paredes.

Me dijo que, después de tanto tiempo, era difícil precisar la causa, y que quizás eran debidas a la humedad.

—Parecen salpicaduras —le dije—. ¿Podría ser... sangre?

—¿Sangre, señorita Annalice? Bueno, sí, podría ser... Por el color... Sí, podría ser. Pero yo no habría pensado en eso. La humedad y el tiempo surten efectos extraños. ¿Por qué cree usted que es sangre, señorita Annalice?

—No lo sé, me ha pasado por la cabeza.

—Bueno, sea lo que sea, pronto dejaremos estas paredes como nuevas. La habitación quedará muy bonita una vez hayamos arreglado la ventana.

—¿Quedará exactamente donde estaba antes?

—Sí, desde luego. Puede usted verlo desde fuera, ahora que han cortado la enredadera. Creo que la ventana fue la razón de que la plantasen. Si va a mirar, verá que los ladrillos son diferentes. Sí, esta habitación quedará muy bien.

Restauraron los muebles y volvieron a colocarlos. La cama, la cómoda, las sillas. Pude ver la habitación tal como estaba cuando Ann Alice escribía en ella su diario.

Los criados seguían sin querer entrar en ella después del anochecer. Decían que les parecía inquietante.

Pero yo la visitaba a menudo, a primera hora de la tarde. Me sentaba y me ponía a pensar en Ann Alice. A veces le hablaba. «Ann Alice —le decía—, quisiera que volvieses y me contases cosas.»

En alguna ocasión me parecía sentir allí una presencia. Pero quizá fuese sólo mi imaginación.

La casa y todo lo demás me parecían diferentes desde la noche de la tormenta, desde que se produjeron aquellas revelaciones. El recuerdo de Ann Alice acudía a mi mente con tanta frecuencia que casi experimentaba la impresión de que se hallaba a mi lado. Entre nosotras existía un vínculo especial. Éramos de la misma sangre; llevábamos casi el mismo nombre, habíamos vivido en la misma casa. Sólo nos separaba el tiempo. A menudo me preguntaba: «¿Qué es el tiempo? ¿Es posible salvar ese abismo?».

De todo esto no le contaba nada a nadie. La abuela y Philip eran personas demasiado prácticas, y se habrían reído de mis fantasías. Pero mi hermano también tenía sus fantasías.

Hablaba constantemente de aquella isla. Yo me percataba de que en su mente se estaba fraguando un plan. La abuela se daba cuenta asimismo, y estaba inquieta.

Un día, mientras cenábamos, Philip nos dijo:

—Siempre he deseado explorar regiones desconocidas, hacer mapas sobre el terreno. Siempre me ha interesado el aspecto práctico de la profesión.

Yo le conocía tan bien que no me sorprendió cuando siguió diciendo que David Gutheridge, un botánico amigo suyo con el que había ido a la escuela y que venía de una familia de navegantes, pensaba unirse a una expedición a los Mares del Sur, y le había propuesto que fuese con él.

La abuela no dijo nada, pero tampoco mostró sorpresa.

—Es lo que he deseado hacer siempre —explicó Philip—. Hoy en día se usan instrumentos muy perfeccionados, algunos de los cuales no se habrían podido ni imaginar hace cien años. Me gustaría revisar algunos de nuestros mapas de esas regiones. Creo que podría haber pequeños errores aquí y allá, y Benjamin está de acuerdo conmigo.

Aquella noche, la abuela subió a mi cuarto a hablar conmigo.

—Está decidido a marcharse —me dijo.

La vi triste y abatida, como nunca habría creído que pudiese estar.

—Yo sabía que llegaría este momento —añadió—. Es lógico.

—¿No intentarás disuadirle?

Negó con la cabeza.

—No, no. No estaría bien. Es su vida..., su profesión. Es natural que quiera viajar, y necesario también. Benjamin habría debido hacerlo; si hubiese viajado, sería el mejor cartógrafo del mundo. Sí, Philip tiene que marcharse. Lo he sabido siempre.

—Pero abuela, le echaremos tanto de menos...

—Sólo estará ausente un año aproximadamente. Después

volverá, satisfecho, lleno de ideas nuevas. Sin duda, le echaré de menos. Pero te tengo a ti, querida. No sabes el consuelo que habéis representado los dos para mí.

Me sentí abatida, frustrada. ¡Cómo me habría gustado hacer aquel viaje con Philip!

¡Cuánta felicidad e ilusión me habría causado poder hacer planes con él!

Había estado a punto de proponérselo a Philip. Había pensado cómo reaccionaría él. Pero ahora me daba cuenta de que tendría que quedarme con la abuela.

Quizás en otro momento podría viajar por aquellos mares remotos. Yo también deseaba conocer la isla paradisíaca de Magnus.

Éste había sido el deseo de Ann Alice, y ahora era el mío.

Me invadió la melancolía.

Me sentí atada, frustrada.

Un día muy claro de principios de octubre, la abuela y yo fuimos a Southampton para despedirnos de Philip.

Mi hermano había ido a esa ciudad unos días antes, con su equipaje. Iba a dormir un par de noches en el barco, antes de que éste zarpase.

Yo estaba muy triste, y la abuela también. Pero ella estaba convencida de que Philip debía hacer aquel viaje. Era la primera vez que mi hermano se separaba de nosotras desde que volvió de la escuela. Recordé la desolación que yo sentía cada vez que Philip volvía a la escuela, al acabar el verano. Y lo de aquel día era mucho peor.

Le había ayudado a hacer los preparativos, y en el transcurso de aquellas semanas habíamos estado más próximos que nunca.

—Me gustaría que vinieses conmigo —me dijo un día—. ¡Qué bien lo pasaríamos!

—¡Oh, sí! Me voy a aburrir mortalmente cuando te vayas.

—Muchas veces he estado a punto de pedirte que vinieses. Pero no podemos dejar sola a la abuela, ¿verdad?

—No, claro que no.

—Es igual. Cuando encuentre la isla, iremos los tres a visitarla. A la abuela le encantaría eso.

—Vuelve pronto, Philip —le rogué.

Un día me sugirió que hiciese una copia del mapa.

—Es para que tú también tengas uno —me dijo—. Además, es mejor que no exista sólo uno.

—Me parece que casi podría hacerlo de memoria.

—No, quiero que sea exacto.

—Bueno, lo haré.

Copié el mapa, y me sentí bastante orgullosa de mi trabajo. Se lo mostré a Philip, que me dijo:

—Perfecto. Es exacto en cada detalle. Guárdalo en un lugar seguro.

Casi sin pensar, respondí:

—Lo esconderé en el fondo de un cajón.

Y tuve la extraña sensación de que aquello era lo que debía de haber dicho, o pensado, Ann Alice cuando Magnus le había dado el mapa.

Y ahora Philip se marchaba.

La abuela estaba pálida y triste. Permanecimos las dos en el muelle viendo cómo el barco se deslizaba lentamente por el agua, alejándose de nosotras, mientras Philip, en cubierta, nos miraba y agitaba una mano.

Nos quedamos en el muelle hasta que dejamos de verle.

La vida se había vuelto monótona. Los días me parecían largos, y, ahora que se iban haciendo más cortos, bastante deprimentes. Cuando estaba en el jardín, levantaba a menudo la mirada hacia la ventana nueva que se había colocado en el cuarto de Ann Alice, y a veces me parecía ver una cara allí. Es fácil imaginar cosas en las tardes oscuras, en una casa grande que se ha llenado de sombras.

Llegó Navidad, y yo deseé que pasase pronto. Sin Philip, las celebraciones no eran lo mismo. Y en unos días como aquellos nos dábamos más cuenta de lo mucho que le echábamos en falta.

Tanto la abuela como yo intentamos animarnos. Hablamos

de los regalos. Pero el único regalo de Navidad que yo habría deseado era ver volver a Philip.

Vinieron a visitarnos los Fenton, y nosotras visitamos a los Galton; cenamos con el vicario y con su insignificante esposa. Como todos los años, celebramos en la mansión la fiesta navideña de los niños del pueblo. Intentamos que fuese una Navidad normal.

—El tiempo pasa —dijo la abuela—. Philip volverá pronto a casa. Él sólo quería encontrar esa isla, asegurarse de que está allí. Después volverá.

Yo no estaba tan segura de ello. Philip había deseado siempre navegar. Le fascinaría el océano, la posibilidad de descubrir tierras nuevas, del mismo modo que me habría fascinado a mí si hubiese ido con él.

En febrero recibimos una carta suya. ¡Qué alegría tuvimos! La leímos ambas a la vez; después, la abuela la leyó en voz alta, y luego lo hice yo. Eso nos daba la impresión de tenerle con nosotras.

> Queridas abuela y Annalice:
>
> ¡Ya estoy aquí! Me cuesta creer que he llegado, que vosotras estáis al otro lado del mundo.
>
> Hemos tenido bastante buen viaje, o al menos así me lo han dicho mis compañeros, pues yo no lo habría definido así. He hecho bastantes amigos en el grupo de los botánicos. Están aquí, en Sidney, pero se marchan mañana. Entonces me quedaré solo.
>
> Mi plan es explorar las islas que hay a unos cientos de kilómetros de la costa de aquí. Sale un barco cada miércoles; es decir, que el próximo sale pasado mañana. Enviaré esta carta antes de marchar.
>
> Espero que la recibáis. Tiene que recorrer un largo camino, pero me han asegurado que las cartas a Inglaterra llegan bien. Parece que cada semana salen de Australia hacia Inglaterra cuatrocientas sacas de cartas.
>
> Quisiera que estuvieseis aquí; así, todo sería perfecto. He visto a varias personas en Sidney, pero hasta el momento ninguna de ellas me ha dado información alguna sobre la Isla del Paraíso. He consultado varios mapas, pero no figura en ninguno de ellos. Es bastante misterioso.

Os volveré a escribir en cuanto tenga alguna novedad. Yo me encuentro perfectamente; nunca me he encontrado mejor. Y estoy impaciente por ponerme en camino.

Quizá nos veamos pronto.

Vuestro nieto y hermano que os quiere,

PHILIP

—Parece que encuentra la vida entretenida e interesante —dijo la abuela.

—Philip siempre, o casi siempre, encuentra la vida entretenida e interesante.

—Continuamente ha sentido el deseo de viajar. Tal vez ahora que lo está haciendo echará de menos las comodidades del hogar.

Yo no lo creía así.

Se iban sucediendo los días, todos iguales. Cada día acechaba la llegada del cartero, por si nos llegaba una carta de Philip.

—No podemos confiar en que nos lleguen regularmente unas cartas que vienen de tan lejos —dijo la abuela—. Supongo que se perderán algunas.

Yo tenía en cuenta esto, pero aun así esperaba ansiosamente las noticias de Philip.

El taller había perdido su encanto para mí. Cada vez que entraba en él me acordaba de Philip. Cuando miraba los mapas de aquellos mares remotos, pensaba en las cosas terribles que podían ocurrir en ellos. Recordaba las referencias a naufragios del diario de Ann Alice. ¿Dónde estaría Philip? ¿Cómo le iría la navegación por aquellas aguas traicioneras? Nos había dicho que pensaba embarcar hacia las islas próximas a la costa de Sidney. ¿Estaría aún allí?

Hablar con Benjamin me proporcionaba poco consuelo. Él hacía un gran esfuerzo por mostrarse alegre y optimista, pero el pobre no lo conseguía, y su compañía me resultaba deprimente.

La abuela se dio cuenta de que teníamos que librarnos de la melancolía que nos embargaba, y, con su característico sentido común, decidió que debíamos dejar de torturarnos pensando dónde podía estar Philip. Me dijo que, naturalmente, sería maravilloso tener noticias de él, pero que, si no las teníamos, debíamos recordar las dificultades de comunicación y no pensar lo peor. Y añadió que debíamos seguir con nuestra vida.

Cuando se enteró de que en Londres iba a celebrarse una conferencia de cartografía, me anunció su intención de asistir, y su deseo de que asistiésemos también Benjamin y yo.

—Será muy interesante —declaró.

Mi primer pensamiento fue: «Qué ilusión me haría ir si viniese Philip con nosotras». Pero, luego, hice un esfuerzo por ser sensata y empecé a hacer preparativos.

La conferencia iba a durar tres días. La abuela encargó a Benjamin que nos reservase habitaciones en el Blake's Hotel, donde se alojaba siempre nuestra familia en sus visitas a Londres. Era éste un establecimiento de lo más respetable, chapado a la antigua, situado cerca de Piccadilly. Yo ya había estado en él, y me había impresionado la atmósfera de quietud que reinaba en él, atmósfera que creaban los pesados cortinajes y las gruesas alfombras, los porteros con sus libreas azul oscuro cuyo único adorno eran los relucientes botones de bronce, los silenciosos camareros y las discretas doncellas.

Iban a celebrarse diversas reuniones de trabajo y un baile en uno de los hoteles más suntuosos.

Nos entregamos, pues, a los preparativos. Teníamos que hacernos vestidos de baile nuevos. A mi pesar, aquella actividad me resultó agradable, y nos distrajo temporalmente de la inquietud que sentíamos por Philip.

Siempre era interesante estar en Londres, y habría sido imposible que no nos levantase el ánimo la contemplación de toda aquella agitación y vitalidad que no existía en nuestro pueblo. A mí me fascinaban los vendedores callejeros, las bandas de música alemanas y la gente que corría de una acera a otra en las calles, cosa que parecían hacer con tanta osadía que yo creí que iban a ser atropellados inmediatamente por los caballos que tiraban de los cabriolés, las berlinas y los landós que llenaban la calzada.

Era inevitable verse atrapado en aquella animación. También me atraían mucho las tiendas, y decidí que, antes de volver a casa, pasaría unas horas contemplando las cosas que en ellas se exhibían.

La conferencia resultó interesante. Se celebró en una gran sala de uno de los hoteles más hermosos. Hubo disertaciones sobre varios aspectos de la cartografía, y, como se estaba introduciendo la litografía en color, se habló extensamente de ella.

Un día, Benjamin acudió a la conferencia antes que nosotras, pues la abuela y yo querímos visitar una tienda. La abuela le dijo:

—No se preocupe por nosotras. Nos veremos después de la conferencia. No se moleste en guardarnos sitio; ya nos arreglaremos.

Nuestro cabriolé fue retenido por el tráfico, y, cuando llegamos al hotel, la conferencia estaba a punto de empezar.

Nos quedamos algo confusas al entrar en el salón y ver que estaba lleno, y que no parecía haber ninguna silla libre. Supongo que debía de notarse nuestro desconcierto, pues un joven que estaba sentado en la última fila se fijó en nosotras y se puso en pie en el acto para ofrecer su silla a la abuela.

Después de vacilar un momento, ella aceptó sentarse. Entonces acudió un empleado del hotel con dos sillas y las colocó detrás de las demás. El joven y yo nos sentamos detrás de la abuela.

—Muchas gracias —le dije—. Ha sido usted muy amable.

—Ha sido un placer —me respondió él, dirigiéndome una de las sonrisas más cautivadoras que yo había visto nunca.

La conferencia me pareció muy interesante. Él también estaba muy interesado, pero observé que de vez en cuando me dirigía una mirada de reojo. Y debo admitir que yo también le miré varias veces. El joven era de estatura media, un poco más alto que yo, pero es que soy alta. Tenía el pelo castaño claro y los ojos de un castaño algo oscuro; sus facciones, sin ser especialmente hermosas, eran correctas. Lo más agradable de su persona era su sonrisa franca y encantadora.

Acabada la conferencia, la abuela se volvió para darle las gracias otra vez, y él le repitió que había sido un placer. Añadió que le parecía que se iba a servir un refrigerio, y nos pidió si accederíamos a acompañarle, ya que estaba solo.

—Nosotras tenemos a un amigo aquí —explicó la abuela—. Él ha llegado antes. Sin duda está en las primeras filas.

—Podríamos reunirnos con él. Creo que hay mesas para cuatro.

Mientras hablábamos, apareció Benjamin.

—Le presento a Benjamin Darkin, director general de lo que denominamos nuestro taller, en Great Stanton.

—No me diga que son ustedes de Mapas Mallory.

—Sí, lo somos.

—Es un honor para mí conocerlas. Yo me llamo Raymond Billington.

—Encantado de conocerle, señor —dijo Benjamin.

—Lo agradable de las reuniones como ésta —dije— es que, aunque los asistentes no se conozcan, han oído hablar unos de otros.

—Y tienen la oportunidad de conocerse personalmente, lo que es mucho más agradable —dijo Raymond Billington.

Pasamos al salón donde se servía el refrigerio. La abuela y yo nos sentamos a una mesa de cuatro, mientras los caballeros iban a buscarnos el refrigerio.

Pasamos un rato agradabilísimo. Los cuatro estábamos vitalmente interesados en lo que se había dicho en la conferencia, y lo discutimos con animación, intercambiando opiniones, coincidiendo en algunas cosas, discrepando en otras, exponiendo ideas propias. Los dos hombres llevaron el peso de la conversación porque a ellos les interesaba el tema más directamente, pero la abuela y yo sabíamos lo suficiente para participar, y no quedamos en absoluto excluidas.

No queríamos despedirnos.

Raymond Billington dijo que deberíamos ir juntos a la próxima conferencia, para reunirnos después a conversar. Añadió que, al día siguiente, se celebraría un debate en el que él participaría, y que nos conseguiría plazas en primera fila.

El joven había venido en su propia berlina, pues los Billington tenían sus oficinas en Londres, y nos explicó que vivía cerca de Knightsbridge.

Nos acompañó, pues, al hotel, y nos separamos después de haber quedado para volver a encontrarnos.

La abuela quedó muy complacida con él.

—Qué joven tan agradable —comentó.

Estas palabras, en boca de la abuela, representaban un gran elogio, pues era muy crítica con las personas, sobre todo con los jóvenes.

Benjamin declaró que consideraba un honor haber conocido a un miembro de la familia Billington.

—Ya sabe usted el prestigio que tienen, señora Mallory.

—Desde luego, aunque su negocio no es tan antiguo como el de los Mallory.

—Claro que no, señora Mallory. Sólo se remonta a unos cien años.

—Menos que eso —le corrigió la abuela—. Unos setenta, como máximo. Pero es verdad que tienen un gran prestigio en el mundo de los mapas.

—Es simpático ese joven —repitió más tarde la abuela.

Yo también le encontraba simpático. Me había ayudado a olvidarme de Philip durante un rato.

En los tres días siguientes, el señor Raymond Billington nos acompañó a todas partes.

Nos llevó a la residencia de su familia, cerca del Strand, y pasamos una mañana interesante visitándola. Nos presentó a su padre y a su hermano menor, Basil, que acababa de incorporarse al negocio. Eran personas muy agradables, y, según la abuela, eran tal como se habría esperado que fuesen los familiares de Raymond Billington.

La abuela invitó a Raymond a venir a Great Stanton, donde le prometió que le mostraríamos nuestros métodos de trabajo.

A todos nos impresionó favorablemente su intervención en el debate, y las respuestas claras e inteligentes que dio a las preguntas que se formularon.

Cuando la conferencia se aproximaba a su fin, todos lo sentimos, pues habían sidos tres días llenos de interés.

Raymond Billington nos pidió si podía acompañarnos al

baile que se celebraría al final de la conferencia, y la abuela se lo concedió encantada.

Habría sido falsa modestia por mi parte no reconocer que la asidua atención que nos prestaba se debía en buena parte a su interés por mí. Y debía reconocer, asimismo, que ese interés me complacía.

Me agradaba Raymond Billington. Me parecía mucho más atractivo que Charles Fenton y Gerald Galton. Era interesante, seductor, sofisticado; era todo lo que debía ser un joven.

Bailaba bien, y sabía llevarme. Me sentía en total armonía con él.

—Esta conferencia ha sido apasionante —me dijo—. Ha resultado sin duda, la mejor de las que recuerdo.

—Se celebra una cada año, ¿verdad? Ésta es la primera a la que asisto. Quizá nos encontraremos el año que viene.

—Oh..., yo espero que nos encontremos antes.

Me eché a reír.

—Sí —dije—, un año es mucho tiempo.

—Su abuela me ha invitado a visitarlas en Great Stanton, y a conocer su taller.

—Está muy orgullosa de nuestro taller, aunque naturalmente el experto que lo dirige es el señor Darkin.

—Usted también entiende mucho de cartografía.

—Oh, no. Me interesa mucho el tema, pero todo el mundo me dice que lo veo desde un punto de vista romántico. Miro esos mares azules y veo palmeras y nativos en sus canoas.

—Eso forma parte asimismo de la cartografía.

—Pero usted, por ejemplo, se interesa por los astrolabios y los instrumentos que se usan para medir las distancias. Cosas que a mí me parecen demasiado prácticas. A mi hermano también le interesan...

Me interrumpí. Había recordado a Philip, y sentí tristeza.

—¿Su hermano? ¿Dónde está ahora?

—Pues no lo sabemos. Estamos muy preocupadas. Salió con una expedición en octubre.

—¿Y no han sabido nada de él desde entonces?

—Sólo hemos recibido una carta.

—Bueno, ya es algo. En distancias tan grandes, la comunicación es difícil, no lo olvide.

—Sí, desde luego.

Seguimos bailando, en silencio.

—Se ha puesto usted triste —me dijo, después de una larga pausa.

—Pienso en él.

—Hábleme de su hermano.

—Pues... hemos estado muy unidos desde niños. Somos casi huérfanos. Nuestra madre murió y mi padre marchó al extranjero y se volvió a casar. Ahora tiene otra familia en Holanda. Quedamos al cuidado de la abuela.

—Su abuela parece una dama encantadora, pero imagino que puede ser severa en ocasiones.

—Es verdad. Esto nos ha unido aún más a Philip y a mí.

—Tiene que hablarme de eso..., de su infancia. Quiero saberlo todo de usted.

—No es muy interesante. Se podría contar en muy poco tiempo.

—Creo que a mí me parecería interesantísimo —dijo, y su brazo me apretó la cintura con fuerza.

—Se está acabando la música —dije.

—Sí, por desgracia. El baile ha terminado.

Volvimos con la abuela y con Benjamin.

—¿Les parece que vayamos a cenar? —propuso Raymond.

Pasamos al comedor, donde el joven nos atendió cortésmente. Ocupamos una de las mejores mesas de la estancia, y Raymond y Benjamin fueron al bufé a buscar la comida.

—Qué días tan agradables he pasado —comentó la abuela—. Es la conferencia más interesante a la que he asistido nunca, y en parte se lo debo a ese joven tan encantador. ¿Has pensado alguna vez, Annalice, cómo los pequeños incidentes determinan nuestras vidas? Si aquel día no hubiésemos llegado tarde, quizá no le habríamos conocido.

—Abuela, ese joven te cedió su silla, nada más. No ha influido en nuestras vidas.

—Quién sabe, quién sabe... —dijo la anciana, con expresión satisfecha.

Yo sabía lo que estaba pensando. Había aparecido un joven que se sentía atraído por mí. A ella le preocupaba las pocas ocasiones que yo tenía de conocer a jóvenes, y creo que se percataba de que ni el joven Fenton ni el joven Galton eran para mí.

¿Y yo? ¿Qué sentía yo? A mí me agradaba Raymond. Me agradaba mucho. ¿Qué sentiría si me despedía de él para siempre? Tristeza, sin duda. ¿Y algo de nostalgia?

¿Era eso lo que la gente llamaba enamorarse? No tenía nada de violento. No era un sentimiento maravilloso, ni tenía la certeza absoluta de que Raymond fuese el hombre de mi vida. Era sólo una sensación agradable, muy agradable.

Volvieron los caballeros trayendo unos platos de salmón con patatas nuevas y guisantes. Un camarero nos trajo el champaña que había encargado Raymond. Cenamos y charlamos; recordamos las conferencias que habíamos escuchado, comentamos esto y aquello, bromeamos, reímos.

—Qué final tan agradable —dijo la buela—. Quiero darle las gracias, señor Billington, por acompañarnos y hacérnoslo todo tan fácil.

—Pero si no he hecho nada...

—Vamos, no diga eso. Usted es un hombre de mundo. Los tres le agradecemos muchísimo lo que ha hecho, ¿verdad, Annalice, Benjamin?

Asentimos.

—¿Vendrá usted a ver nuestro taller?

—Sí, tan pronto como me indique usted una fecha.

—Bueno, pues, ¿qué le parece dentro de dos semanas? ¿Le va bien a usted, Benjamin? ¿Tiene alguna cosa especial que hacer?

—No, en absoluto —respondió el interpelado.

—Quizá prefiera usted pensar si está libre esos días, señor Billington.

—No hay nada que pensar. Estaré encantado de visitarles dentro de dos semanas.

—De acuerdo, entonces. Great Stanton no está muy lejos de Londres. Se hospedará usted en nuestra casa, naturalmente. Vivimos en la mansión de Little Stanton, junto al prado.

—Su invitación me hace muy feliz —dijo, y me dirigió una mirada.

Mientras preparábamos la visita de Raymond Billington, nos olvidamos un poco de la inquietud que sentíamos por Philip.

—Hemos de procurar que el señor Billington se entretenga —le dije a la abuela—. Deberíamos organizar algunas cenas.

—No te preocupes —respondió ella—. Supongo que le interesará conocer un poco la comarca. Le dije que te gustaba mucho cabalgar. Quizá quiera dar algunos paseos contigo.

La abuela se mostraba del todo transparente. Estaba claro que consideraba a Raymond el prometido ideal para mí. Era un joven de familia acomodada, de físico agradable, simpático y educado, y además trabajaba en la fascinante profesión de la cartografía. Y creo que también le agradaba mucho a la abuela el hecho de que no viviese demasiado lejos.

Ya se imaginaba a su nieta visitándola en la mansión con sus hijos. Y se imaginaba a sí misma visitando a la familia feliz. Me parecía estar viendo todo lo que pensaba.

Pobre abuela, creo que la ausencia de Philip la hacía sufrir más de lo que quería reconocer. Siempre se mostraba optimista con respecto a él, y aseguraba que volvería pronto, pero yo me preguntaba qué era lo que pensaba en secreto.

Me dediqué con entusiasmo a los preparativos de la visita de Raymond, en parte porque simpatizaba mucho con él y deseaba volver a verle, pero sobre todo para dejar de pensar en Philip, en la medida de lo posible, pues cada día que pasaba sin noticias aumentaba mi ansiedad.

Raymond vino y se mostró más encantador que nunca. Le interesó mucho nuestra casa, y le fascinó el taller. Pasaba muchas horas en compañía de Benjamin, examinando las máquinas además de los mapas.

Salimos a cabalgar juntos, lo que creo que le agradaba mucho. Le llevé a ver varios paisajes de la vecindad, y nos paramos en algunas pequeñas posadas donde tomábamos sidra y comíamos pan caliente recién sacado del horno con queso o frutas, y a veces con tocino o carne.

Raymond me habló mucho de sí mismo. Me contaba cosas cuando estábamos sentados a la mesa de una posada, o a veces, si hacía buen tiempo, cuando nos sentábamos en un banco junto a la puerta.

Raymond se había criado entre mapas. Era el negocio familiar. No llevaban en él tanto tiempo como los Mallory, desde luego, pero su abuelo había fundado el negocio a principios de siglo, en 1820 exactamente. Parecía mucho tiempo, pero, en comparación con los Mallory, era muy poco.

Yo le hablé mucho de Philip, y, al hacerlo, recordé muchas cosas de mi hermano que había olvidado.

—Ya veo que le quiere usted mucho.

—Sí. Es una persona excepcional.

—Creo que a usted le habría gustado acompañarle en ese viaje.

—Sí. Ojalá lo hubiese hecho. Pero no podía dejar sola a la abuela.

—Habría sido una cosa fuera de lo corriente que una joven viajase por los Mares del Sur. Pero usted es una joven fuera de lo corriente.

—De no ser por la abuela, habría convencido a Philip de que me llevase consigo.

—Espero conocerle… algún día.

—Estaré encantada de presentárselo.

—Y deseo que conozca usted a mi familia.

—Con mucho gusto.

—Tenemos una casa en el campo, en Buckinghamshire. La casa de Londres no es nuestro verdadero hogar. Como es lógico, vivimos en ella para estar cerca del negocio. Yo voy al campo siempre que puedo. Tengo una abuela, como usted, una anciana encantadora. Me gustaría presentársela. Es bastante mayor que la señora Mallory, pero conserva su vitalidad y su vigor mental, aunque se ve un poco incapacitada por el reuma. ¿Vendrá usted a conocerla?

—Sí, estaré encantada.

—Antes de que acabe el verano. Yo suelo ir en el mes de agosto. Le pediré a su abuela que nos visite entonces, acompañada de usted, naturalmente. ¿Cree que accederá?

—Estoy segura de ello.

—Se lo diré esta noche.

—Sí, dígaselo. Sin duda aceptará.

Nos hallábamos en una posada. Por la pequeña ventana se filtraba un poco de luz que iluminaba el rostro de Raymond. Su expresión era vehemente, tierna, afectuosa. Me sentía atraída hacia él; él debió de sentir lo mismo hacia mí, pues extendió una mano por encima de la mesa y tomó la mía.

—Deseo que nos conozcamos... bien —me dijo.

—Sí —respondí—. Eso sería muy... interesante.

Cuando salimos al sol, tuve la impresión de que había una especie de acuerdo entre nosotros. Por alguna razón, me sentí algo insegura. Raymond me agradaba mucho. Su visita había sido un verdadero placer, y, cuando se marchase, le echaría en falta.

Pero quizá yo había tenido demasiados sueños románticos. La compañía de Raymond me parecía encantadora, pero lo que sentía no era la sensación maravillosa que yo creía que era el amor.

Nuestra amistad con Raymond Billington aumentó en el transcurso del verano. Pasó varios fines de semana con nosotras. Dábamos largos paseos a caballo por el campo, y él pasaba bastante tiempo en el taller con Benjamin.

Sus visitas nos ayudaban a dejar de atormentarnos por la ausencia de Philip.

Me daba cuenta de que me estaba aproximando insensiblemente a un compromiso con Raymond. Era una situación bastante agradable, como la de estar en una barca bajo un sol no demasiado ardiente y dejarse llevar río abajo por la corriente, al son de una mandolina. No era una experiencia mágica, pero sí agradable.

Un día oí charlar a dos de nuestras doncellas, y una se refirió a Raymond como «el novio de la señorita Annalice».

Yo tenía diecinueve años, uno más de los que tenía Ann Alice cuando murió. No podía evitar identificarme con ella, aunque, desde la aparición de Raymond, ya no la tenía tan presente. Estaba en trance de superar la impresión que me había causado el hallazgo del diario, y empezaba a pensar con añoranza en los días anteriores a aquel suceso, pues, si yo no hubiese encontrado aquel diario, Philip estaría aún con nosotras. No se habría marchado en busca de una isla misteriosa que, según los cartógrafos, no existía.

Era un consuelo para mí esperar la próxima visita de Raymond, y echar algunas discretas miradas al futuro.

Casarme con Raymond. Era posible, si yo lo deseaba. Pero ¿lo deseaba? Por una parte..., sí. Casi todo el mundo se casaba, y las personas que no lo hacían se sentían a menudo vagamente insatisfechas, y lamentaban sin cesar lo que se habían dejado perder. ¿Qué me había dicho la abuela un día? «Tienes que decidirte; si esperas demasiado a decidirte por un hombre, te quedarás sin ninguno.» O algo parecido.

Yo suponía que casi todo el mundo aceptaba un compromiso. Sabía que todas las muchachas soñaban con historias románticas..., sueños imposibles de caballeros sobre sus corceles, héroes resplandecientes que nada tenían que ver con la vida cotidiana. Y suponía que todas las muchachas acababan aceptando la realidad.

Raymond era lo que se suele llamar un buen partido. Me gustaba mucho. Me habría disgustado que dejase de visitarme, o que dedicase su atención a alguna otra joven. Su amistad nos había alegrado a la abuela y a mí, y, aunque seguíamos esperando con ansiedad noticias de Philip, estoy segura de que ni siquiera la abuela estaba tan triste ahora como antes de la conferencia. Yo le estaba infinitamente agradecida por esto. Cuando nos pidió que visitásemos a su familia en Buckinghamshire, me pareció que las cosas se decidían por sí solas.

—Toda la familia considera la casa de Buckinghamshire como el verdadero hogar —nos dijo.

Nos explicó que su abuelo había comprado aquella casa en 1820. Era entonces una antigua mansión que había sido dañada por un incendio, y que el abuelo de Raymond hubo de reconstruir en parte.

La familia había vivido allí desde entonces.

—Seguramente el edificio les parecerá una mezcolanza —dijo Raymond—. Parte de él es de puro estilo Tudor, y creo que los arquitectos cometieron un error al no restaurarlo en el mismo estilo. A partir de 1850, gran parte del edificio fue restaurado en el estilo de la época, ostentoso y recargado, que casa mal con el anterior. Pero, a pesar de sus defectos, le tenemos mucho afecto a la vieja casa familiar.

La abuela y yo fuimos en tren, y Raymond vino a buscarnos a la estación.

El joven se mostró encantado de vernos, y al cabo de unos minutos el cochecillo nos llevaba rápidamente por un camino que se extendía entre frondosos árboles. Entramos en un sendero, y, cuando hubimos recorrido unos cuatrocientos metros, éste formó una curva y vimos la casa.

Comprobé en seguida que correspondía a la descripción de Raymond. Era una construcción sólida y, a su manera, hermosa e imponente. Era de piedra gris y de estilo recargado; había curvas y espirales por doquier. Había un gran pórtico por el que trepaba una enredadera, y a un lado de la casa se levantaba un gran invernadero de vidrio.

—Siempre decimos que a esta casa le han puesto todo cuanto se le podía poner —dijo Raymond—. Según tengo entendido, es un ejemplo de arquitectura victoriana. Es una arquitectura extravagante, desde luego, pero hay que decir una cosa en su favor: es cómoda.

—Parece muy interesante —exclamé—. Ya estoy deseando verla.

—Y mi familia está deseando verla a usted, señorita Annalice.

La abuela estaba radiante de satisfacción. Me percaté de que cada vez apreciaba más a Raymond.

La familia nos estaba esperando. El padre de Raymond y el hermano menor de éste, Basil, a quienes ya conocíamos, nos recibieron como a antiguas amigas, y nos presentaron a la madre de Raymond, a su hermana Grace y a su hermano más joven, James.

La madre de Raymond era una señora de corta estatura, de mirada brillante y alegre.

—Me han hablado mucho de usted, señorita Annalice —me

dijo—, no sólo Raymond, sino mi esposo y Basil. Estábamos deseosos de verla.

Mirando las caras sonrientes que me rodeaban, me sentí muy feliz por el hecho de ser recibida con tanto afecto por una familia como aquella.

—Antes que nada, mamá, acompáñalas a sus habitaciones —dijo Raymond—. Después tomaremos el té y hablaremos.

—Ven conmigo, Grace —dijo la señora Billington—. Espero que se sientan a gusto en nuestra casa —dijo, dirigiéndose a nosotras.

—Estoy segura de que así será —respondí convencida.

—Han sido ustedes muy amables al invitarnos —dijo la abuela.

—Hacía tiempo que deseábamos conocerlas. Raymond nos ha contado cómo se conocieron en la conferencia. La cartografía... No piensan en otra cosa. Es el único tema de conversación en esta casa. Mapas, mapas y más mapas, ¿verdad, Grace?

La joven asintió.

—Primero eran Raymond y papá —dijo—. Y ahora James se está volviendo como ellos.

—Se ha convertido en una cosa hereditaria —afirmó la señora Billington, y se detuvo un momento en la escalera, adivinando que ésta le resultaba un poco empinada a la abuela—. Sus habitaciones están en el segundo piso, como todas las de invitados. Son muchas escaleras, pero gozarán de una hermosa vista. La casa es bastante grande, pero la distribución es confusa, según dicen. Es fácil perderse en ella si no se la conoce. Ya hemos llegado. Ésta es su habitación, señora Mallory, y la de Annalice... Oh, querida, espero que no le moleste que la llame por su nombre, pero entre nosotros siempre la llamamos así, y se me ha escapado.

—Al contrario —le dije—. Si me llaman así, me sentiré más a gusto entre ustedes.

—Esto es lo que deseamos. Éste es su cuarto, al lado del de su señora abuela.

Abrió un apuerta. Vi unas puertas-ventanas que daban a un balcón de piedra en el que había unas macetas con arbustos floridos. La habitación era clara y espaciosa comparada con las nuestras, de estilo Tudor. Proferí una exclamación de admiración, que, evidentemente, complació a nuestra anfitriona.

—¡Qué hermosura! —exclamé.

—Éstas son las habitaciones de delante. Son un poco más grandes que las de atrás.

—Queríamos causarles buena impresión —dijo Grace.

—¡Grace! —exclamó su madre, con fingido reproche.

—Mamá, nuestras invitadas querrán asearse y arreglarse antes de tomar el té —dijo la muchacha.

—Ya he pensado en eso. En seguida les traerán agua caliente. Ah, aquí está. Pase, Jane.

La doncella nos hizo una reverencia, y yo le sonreí.

—Deja el agua aquí, Jane —dijo la señora Billington—. ¿Les parece bien un cuarto de hora? ¿Tendrán bastante?

—Desde luego —dijo la abuela.

Yo asentí también.

Al cabo de diez minutos estaba lista para bajar, y fui a la habitación de la abuela. Ella también estaba arreglada.

—Son encantadores —me dijo—. Todos son simpatiquísimos. Estoy encantada. Desearía...

Yo sabía lo que deseaba la abuela, y le dije.

—Quizá no tardaremos mucho en recibir noticias suyas. Dice Raymond que las cartas de esos lugares tan lejanos suelen retrasarse.

Bajamos a tomar el té. En la mesa había bollos calientes y pasteles de varias clases.

La sala en la que estábamos era muy espaciosa. La chimenea era inmensa y estaba muy decorada; a sus dos lados, dos ángeles tallados en la piedra parecían sostenerla. En la repisa había un gran reloj de mármol, y en las paredes había retratos de caballeros vestidos a la moda victoriana.

—Son nuestros antepasados —explicó Grace, viendo que los miraba—. Como tenemos pocos, les sacamos el máximo partido. Según creo, no es éste el caso de los Mallory. Raymond me ha descrito con detalle su casa de usted.

—No me delates —suplicó Raymond.

—Raymond piensa que su casa es maravillosa —me dijo Grace.

—Espero que me invitarán ustedes a visitarla —dijo Basil.

—Está usted invitado —concedió la abuela.

—Oh, gracias, señora Mallory.

Hablamos del campo y de la diferencia entre nuestros respectivos pueblos, y lógicamente, al poco rato, la conversación pasó a girar en torno a la cartografía.

—Es curioso cómo esta afición se convierte en cosa de familia —dijo la señora Billington.

—Es lo que nos ha ocurrido a nosotros —dijo la abuela—. Mi nieto, Philip, fue educado para dedicarse a ella, y desde muy pequeño demostró que no le interesaba nada más.

—Tengo entendido que está realizando una expedición.

—Sí, se halla en algún lugar del Pacífico.

—Esto es lo que quisiera hacer yo —dijo James.

—¡Ah! —exclamó Basil—. Como todos los jóvenes, James quiere correr aventuras. Cree que una expedición de esa clase es un crucero de placer. Pero es muy diferente, se lo aseguro.

—¿Ha formado usted parte de alguna expedición? —le pregunté.

—Sí, cuando tenía dieciséis años.

—Me pareció que sería una buena experiencia para él —explicó el señor Billington—. James irá también, en su momento. Es una manera de que conozcan la realidad. No tardan en darse cuenta de que esos viajes no son cruceros de placer, como dice Basil, sino aventuras incómodas y peligrosas.

—Desde luego —corroboró Basil.

—Mi nieto está ausente desde octubre pasado —dijo la abuela.

—En un año no se puede hacer gran cosa —afirmó el señor Billington.

—Hace varios meses que no sabemos nada de él —dije, con voz temblorosa.

—No es extraño. Nosotros tampoco tuvimos noticias tuyas mientras estuviste ausente, Basil.

—No quería cansarme escribiendo unas cartas que podían no llegaros nunca.

—De lo cual se deduce que nuestro Basil es un perezoso —dijo Grace.

Mi mirada se cruzó con la de Raymond, que me sonrió. Fue una sonrisa afectuosa, alegre.

Después de tomar el té, él y yo fuimos a dar un paseo por los jardines, mientras la señora Billington y Grace acompañaban a la abuela a recorrer la casa.

Raymond me dijo que mi visita le encantaba.

—Me cuesta creer que sólo han pasado tres meses desde aquel día memorable de la conferencia —dijo.

—A mí me ha pasado muy deprisa este tiempo. ¿A usted se le ha hecho largo?

Me tomó de un brazo y contestó:

—Se me ha hecho largo y corto al mismo tiempo. No me ha parecido lo bastante largo, y al mismo tiempo me parece conocerla a usted desde hace años, y por esto me parece largo.

Se interrumpió para mirarme con seriedad, y luego siguió hablando.

—Estos jardines son la alegría de mi madre —dijo—. Trabaja mucho en ellos. Sin duda querrá mostrárselos a usted.

—Es una dama encantadora —dije.

—Estaba seguro de que simpatizaría usted con ella.

—Creo que sería difícil no simpatizar con su señora madre.

—O con usted.

—¡Ah, eso ya es otra cosa! —exclamé.

Raymond se echó a reír y me apretó el brazo.

Nos pusimos a hablar de las flores, pero no creo que ninguno de los dos pensara en ellas.

Aquella noche cenamos en el espacioso comedor, en el que había una enorme chimenea y que tenía el techo ornamentado. Las maderas talladas mostraban formas complejas, y se tenía la impresión de que nada se había dejado por decorar.

Todos estábamos muy alegres, y hasta los criados parecían participar de nuestra alegría mientras se movían a nuestro alrededor sirviendo la mesa, bajo la supervisión del mayordomo. Yo percibía el enorme interés que sentían todos por mí.

Recordé que unas doncellas de nuestra casa se habían referido a Raymond como «el novio de la señorita Annalice», y me pareció que en aquella otra casa se pensaba de la misma manera.

¡Cómo volvía la conversación, una y otra vez, al tema de la cartografía! Era lo mismo que ocurría en nuestra casa. Hablábamos constantemente del mismo tema y, cuando venía a cenar Benjamin Darkin, era nuestra única conversación.

Aquella familia era como la nuestra, sólo que más amplia. Tenía la impresión de que los Billington hacían en la vida exactamente lo que querían hacer, de que conseguían sus objetivos, y de que no olvidaban agradecer a la vida lo mucho que les daba.

Yo podía fácilmente entrar a formar parte de aquella familia. Podía convertirme en una Billington, y pasar el resto de mi vida en aquella casa victoriana, en aquella mole de piedra que los puristas denominarían una monstruosidad de la arquitectura. Desde luego, aquella mansión no tenía la fascinación de la antigüedad, la elegancia de una época pasada, pero a mí me gustaba, con sus tallas complicadas, sus curvas y espirales, sus leones y dragones de piedra, y sabía que los Billington no la habrían cambiado por la casa más bella del país. Y lo comprendía perfectamente.

Después de aquella visita, nuestra casa iba a parecernos algo triste. Pero íbamos a estar una semana, por lo menos, en casa de los Billington. Esto me llenaba de alegría. Aún no necesitaba pensar en la partida..., ni tomar ninguna decisión.

Nos sirvieron el café en la sala cuando los caballeros se unieron a nosotras después de tomar el oporto. La abuela, la señora Billington, Grace y yo habíamos estado charlando.

—Estoy encantada de haber conocido a toda su familia —dijo la abuela.

—Oh —dijo Grace, pero aún no nos conoce a todos...

—¿No? ¿No están todos ustedes aquí?

—Todos, excepto la abuela —respondió Grace.

—La abuela —explicó Raymond— cuenta ochenta años. Tiene muchas ganas de conocerlas, pero ayer se sintió un poco enferma y el doctor le ha aconsejado que descanse todo el día de hoy. Mañana, si se encuentra mejor, las llevaremos a conocerla.

—Magnífico.

—La abuela vive bastante en el pasado —dijo la señora Billington.

—Sí —confirmó Basil—, y a veces cuenta interesantes historias familiares.

Pasamos el resto de la velada conversando agradablemente. Antes de acostarnos, la abuela y yo charlamos un rato en la habitación de ella.

—¡Qué familia tan agradable! —exclamó—. Viéndoles, quisiera que la nuestra fuese más numerosa. He pensado en tu padre, allí en Holanda..., con esos niños. Deberíamos estar todos juntos.

—¿Por qué no le pide usted que vuelva?

—No lo sé... Nos hemos distanciado mucho. Él sabe que me disgustó mucho que se marchara y abandonase el negocio. Yo no sé qué habría hecho a no ser por Benjamin. Me da envidia esta familia. Son tres hijos y la muchacha también sabe algo de cartografía.

—La cartografía es un tema fascinante. Y nuestras vidas giran en torno a ella.

—Sí... De no ser por ella no estaríamos aquí. No habrías conocido a Raymond. Me gusta ese joven, Annalice. Yo sé juzgar a las personas, y ese joven me agrada. Como toda la familia. Me gustaría verles a menudo, relacionarme con ellos.

—Sé lo que quiere decir, abuela.

—Tú sientes afecto por ese muchacho. Y no hay duda de que él lo siente por ti.

—Sí, le tengo mucho afecto.

—Los sentimientos se fortalecen con el tiempo, ¿sabes? Se dicen muchas tonterías sobre el amor, sobre los enamoramientos a primera vista. No hagas demasiado caso de eso. A veces, lo mejor es que ambas personas pertenezcan al mismo ambiente. Así fue entre tu abuelo y yo. Teníamos muchas cosas en común... y yo le tenía afecto. Me fascinaba el entusiasmo que experimentaba por su profesión. Éste podría ser vuestro caso también. Cuando eras pequeña, yo deseaba que hubieses sido un chico, para que hubieses podido entrar en el negocio, dedicarte a él. Es un problema ser mujer. No se tienen muchas posibilidades; sólo el matrimonio. Y las muchachas muy jóvenes no piensan mucho en el matrimonio; no piensan en el futuro.

La rodeé con los brazos y le di un beso.

—No se esfuerce usted, abuelita —le dije—. Ya sé que Raymond es un excelente muchacho. Me gustó desde el primer instante, y le tengo más afecto cada día que pasa.

La abuela me sonrió y me devolvió el beso cariñosamente, cosa que no era frecuente en ella, pues no era una persona muy expresiva.

—Vosotros dos representáis mucho para mí —dijo—. Pienso en Philip a menudo, y me angustio. Annalice, si tu hermano no regresase...

—No diga usted eso, abuela. Ni lo piense siquiera.

—Hemos de ser sensatas, hija mía. Hemos de afrontar todas las posibilidades, por terribles que sean algunas. Así, si se convierten en realidad, seremos más fuertes ante ellas. Lo que iba a decirte es que, si tu hermano no volviese, tendría que heredar el negocio uno de esos niños de Holanda. Quién sabe, a uno de los dos podría interesarle dedicarse a la cartografía.

—Abuela, por favor, no quiero hablar de estas cosas. Por lo menos no esta noche, no mientras estamos aquí. Olvidémonos de esta preocupación por unos días.

—Tienes razón, querida. Nos preocupamos por algo que no ha sucedido. Pero quiero que te des cuenta de lo importante que es estar rodeado por una familia. La felicidad no es una cosa que nos viene, como piensan algunas jovencitas románticas, sino una cosa que debemos buscar.

—Usted cree que Raymond va a pedirme que me case con él, ¿verdad?

—Sí. A la menor señal tuya, lo hará.

—Sólo hace tres meses que le conozco, abuela.

—Pero en el transcurso de este tiempo os habéis visto mucho.

—Sí, es verdad.

—¿Y no le encuentras más atractivo cuanto más le conoces?

—Sí, sí.

La abuela asintió con la cabeza, satisfecha.

Al día siguiente conocí a la abuela de Raymond. Fue Grace quien me acompañó a sus aposentos.

—Es un poco sorda —me advirtió la joven—, pero se niega a reconocerlo, y a veces finge oír lo que no oye.

Asentí.

—Pero sabe que está usted aquí, y tiene grandes deseos de conocerla.

Permanecí de pie ante el sillón que ocupaba la anciana, mientras ella me examinaba con la mirada. Tenía las cejas grises y espesas, y los ojos, oscuros e inteligentes.

—Así que usted es la joven de la que tanto he oído hablar.

—¿Ha oído hablar de mí, señora Billington? Espero que hayan sido cosas agradables...

Soltó una risita.

—Sí, todas eran agradables —respondió—. ¿Está usted a gusto entre nosotros, querida?

—Sí, señora, muchas gracias.

—Siento haber estado recluida en mi habitación cuando usted llegó. Fue cosa de ese médico joven. Cuando uno se hace mayor, a veces ha de soportar que le den órdenes.

—Vamos, abuela —dijo Grace—. Tú no permitirías que nadie te las diese.

—Es verdad, no lo permitiría. Tengo voluntad propia. Ya se lo habrán dicho, señorita —añadió, dirigiéndose a mí—. Es bueno tener voluntad propia.

—Desde luego.

—Y yo creo que no sólo está de acuerdo conmigo, sino que asimismo tiene voluntad propia.

—Tal vez. No lo había pensado nunca.

—Eso demuestra que la tiene. Bueno, siéntese usted. Hábleme de esa mansión Tudor. Según tengo entendido, su familia vive allí desde hace muchos años.

—Sí, desde hace siglos. La casa pertenece a nuestra familia desde que fue construida.

—Muy interesante. Quisiera poder decir lo mismo.

—A la abuela siempre le interesa el pasado —dijo Grace—, ¿verdad abuela?

—Me gusta pensar en los que han vivido antes que nosotros. Espero que se quedará unos días con nosotros, señorita Annalice, y que volverá usted a visitarme.

—Nos quedaremos toda la semana, señora Billington, y estaré encantada de volver a visitarla.

—Hemos entrado un momento para saludarte, abuela —dijo Grace—. Annalice volverá mañana.

—¿Lo hará usted, querida? Me gustará verla.

Grace se puso en pie y yo la imité. Salimos de la habitación.

—Hoy se halla un poco cansada —dijo la muchacha—, y cuando está cansada se muestra distraída. Por esto he preferido hacerle una visita breve. Mañana por la tarde, si lo desea usted, puede volver.

Le dije que estaría encantada de hacerlo.

Aquella noche vinieron a cenar a la casa unos vecinos, y pasamos otra velada deliciosa. A la mañana siguiente, Raymond y yo salimos juntos. James dijo que nos acompañaría, y, cuando estábamos a punto de salir hacia las cuadras, su madre le llamó y le pidió que fuera al pueblo a hacer un recado. Ella explicó que iba a enseñarle a la abuela cómo preparaba cierta infusión de hierbas, y que irían al huerto a recoger los ingredientes.

Adiviné que la señora Billington había llamado a James con un pretexto para que Raymond y yo pudiésemos estar solos.

Hacía un día muy bueno para finales de agosto. En los campos brillaba y ondeaba el trigo.

—Este año tendremos una cosecha excelente —aseguró Raymond.

Las maduras espigas que se movían mecidas por el viento me recordaron el vaivén de las olas en una playa, y me sentí triste durante unos momentos, pensando en Philip.

Pero aquel no era un día para dedicarlo a la tristeza. Estaba casi decidida a decirle que sí a Raymond cuando me pidiese que me casase con él. No estaba locamente enamorada de él, pero le tenía un gran afecto. Habría querido que aquella visita se prolongase indefinidamente, y sabía que, cuando volviésemos a casa, le echaría de menos. Intenté imaginar cómo me sentiría si Raymond anunciara aquella noche que iba a casarse con alguna otra joven. La noche anterior habían cenado en la casa dos muchachas muy bonitas. ¿Qué había sentido yo al verle reír y charlar con ellas? Sí, había sentido celos.

La abuela tenía razón. Mi vida con Raymond podía ser muy agradable. Sería una tontería por mi parte no aprovechar la oportunidad que se me ofrecía. El amor profundo, duradero, podía nacer del afecto, y yo sentía afecto por él.

Imaginé lo contentos que estarían todos si anunciábamos nuestro compromiso. Era lo que deseaban, y yo tenía la impresión de que esperaban que lo anunciásemos, quizás en la última noche de nuestra visita. Así, estaría prometida con él cuando abandonase la casa.

Nos entregaríamos a los preparativos. Habría tanto que hacer que no nos quedaría tiempo para pensar dónde estaba Philip. Yo me había olvidado en algunos momentos de mi espera de una carta de mi hermano.

Sí, parecía muy probable que Raymond fuese a declarárseme, y que yo le dijese que sí.

Pero no lo hizo aquella mañana. Quizá le transmití la inseguridad que yo sentía.

Al día siguiente, la abuela de los Billington no se encontraba muy bien, de modo que no fui a verla como pensaba hacerlo.

—Espere un día o dos —me dijo Grace—. Se recupera pronto, y entonces está muy animada. Cuando usted la vio, no se hallaba en su estado normal. Suele estar muy despierta.

Le dije que a mí me parecía haberla encontrado muy contenta y despejada, pero Grace me dijo:

—Ah, usted no conoce a la abuela. Cuando se encuentra bien, está muy simpática, y no para de hablar.

Pasaron los días. Salí a pasear a caballo con Raymond, Basil y Grace. Pasaba unas veladas muy agradables, cuando cenábamos con la familia y a veces en compañía de algunos vecinos. Los Billington solían tener invitados a cenar. La conversación era siempre muy animada, y, cuando había invitados, no giraba en torno de la cartografía, sino de la política. Yo escuchaba con gran interés, y, como siempre me gustaba estar al corriente de los asuntos públicos, solía aportar mis opiniones.

Una de las cosas agradables de vivir con los Billington era que todos los temas de los que se hablaba eran tratados con entusiasmo e incluso con pasión, pero nunca con acritud. Más que de discusiones se trataba de debates.

Naturalmente, el problema irlandés estaba en boca de todos, y se hablaba mucho de la destitución de Charles Stewart Parnell. El divorcio en el cual el capitán O'Shea le había citado como cómplice de la demanda había destruido su carrera, y se discutía si era justo que un hombre que era sin duda un gran dirigente fuese condenado y destituido de su cargo por un asunto relativo a su vida privada.

Yo afirmaba con vehemencia que su trabajo y su vida privada eran dos cosas diferentes. Me replicaban la abuela y la señora Billington, que consideraban justo que el delito contra la moralidad que había cometido el señor Parnell le hubiese hecho caer en desgracia. Raymond estaba de mi parte. Grace vacilaba entre las dos posturas; Basil y James estaban más bien de acuerdo con él, y el señor Billington se inclinaba bastante por la posición de la abuela y de la señora Billington.

Pocas veces me había parecido tan agradable una cena familiar, y pensaba: «Así es como serán mis veladas cuando yo sea una Billington». Aquellas interesantes discusiones nos mantenían largo rato sentados a la mesa, y, cuando entraban los criados a encender el gas, pensaba que quería formar parte de aquella familia y vivir en aquella casa.

En efecto, estaba enamorada de toda la familia. Y aquella gran casa victoriana, a pesar de su posible fealdad, me parecía tan agradable y acogedora como sus habitantes.

Empezaba a creer que, si no accedía a casarme con Raymond, lo lamentaría durante el resto de mi vida.

Volví a salir a caballo con Raymond. Era uno de aquellos hermosos días de fines de agosto en que se percibe en el aire el primer aroma del otoño y se sabe que está a punto de llegar septiembre, trayendo con él un frescor en las mañanas y neblinas en los valles.

Nos detuvimos en una posada a tomar una sidra, y allí me dijo Raymond, sonriendo:

—Creo que se está usted encariñando con mi familia.

—¿Quién podría dejar de encariñarse con ella? —repliqué.

—Es verdad que son personas muy agradables.

—Ya lo creo.

—Cuanto más les conozca, más les querrá. Eso sí, tendrá que tolerar las salidas de Grace, la conviccion de Basil de que lo sabe todo, y la decisión de James de demostrar que él lo sabe todo también; la obsesión de mi padre por la cartografía y la de mi madre por su jardín, y la mía... Ah, pero no voy a confesarle mis defectos. Espero que no los descubrirá usted hasta dentro de mucho tiempo.

—Me niego a creer que tenga usted ningún defecto. Forman ustedes una familia perfecta. A la abuela y a mí nos dolerá dejarles.

Raymond alargó una mano por encima de la mesa y tomó la mía.

—Pero volverán... —dijo—. Volverán, y se quedarán mucho tiempo con nosotros.

—Sí, si nos invitan, nos encantará volver.

Creí que iba a pedirme entonces que me casara con él, pero en aquel instante entró en la sala de la posada un grupo bastante ruidoso. Hablaban en voz muy alta del tiempo y del baile que iba a celebrarse después de la cacería, y parecían querer incluirnos en la conversación.

Pero Raymond había estado a punto de declarárseme, y estaba segura de que lo haría antes de que nos marchásemos.

Y, en aquel momento, estaba segura de cuál sería mi respuesta. Iba a decirle que accedía a casarme con él.

Lo habría hecho, de no haberlo impedido una cosa que ocurrió.

Le había hecho dos visitas a la abuela Billington, y ella parecía contenta de verme. Se sentaba delante de mí y me miraba mientras me hablaba. Aquellos ojos tan vivarachos debajo de las espesas cejas no se apartaban de mi cara.

Me dijo que estaba muy orgullosa de su familia, y me contó las cosas importantes que habían hecho.

—Se han hecho un nombre entre los mejores cartógrafos del mundo —aseguró.

—Sí, es cierto —convine—. Por esto conocimos a Raymond. Fue en la conferencia... Pero usted ya debe de saberlo.

—Sí, lo sé. Los mapas, siempre los mapas. Son su pasión, y asimismo un buen medio de vida. Gracias a los mapas se levantó esta casa.

—Sí, la cartografía es también un negocio provechoso. Aunque las exploraciones conllevan grandes riesgos, y la elaboración de los mapas es un trabajo muy duro.

—Según tengo entendido, señorita Annalice, su familia se remonta a los tiempos de la gran reina Elizabeth.

—Así es. Mi abuela dice siempre que nuestros antepasados navegaron con Drake.

—A mí me gustaría saber algo de nuestros antepasados, pero en un momento dado, un momento no muy lejano, falta toda clase de información. Los Billington han ingresado hace poco tiempo en la familia. Esta casa fue construida por mi padre. Yo soy hija única y una mujer; esto representó el fin del apellido familiar. Me casé con Joseph Billington, y éste fue el principio de los Billington.

—Comprendo.

—Empecé a hacer un árbol genealógico, bordado. Pero me fallaba la vista y hube de abandonarlo. Por otra parte, no conguí saber nada de mis antepasados más allá de mi padre, de modo que habría sido un árbol genealógico muy reducido. El de ustedes, en cambio, debe de ser muy extenso.

—La verdad es que nunca lo he visto. Debe de estar en algún lugar de la casa. Cuando volvamos, me enteraré.

—Estas cosas siempre me han parecido muy interesantes. Me gustaría saber algo de mi abuelo paterno. Sé que la madre de ese abuelo se casó dos veces, la segunda cuando él ya había nacido, y lo ignoramos todo de lo que ocurrió antes de ese matrimonio. Si usted quiere, puedo enseñarle el bordado que empecé.

—Sí, me gustaría verlo.

—Alcánceme, por favor, esa caja, la que está en el estante. Lo guardo en ella, junto con las sedas de colores. Escribí los nombres a lápiz, y después los fui bordando cada uno de un color. Empecé por abajo, por las raíces. Me ilusionaba la tarea, aunque el árbol sólo habría abarcado unos cien años.

—No importa; le ruego que me lo enseñe.

Deposité la caja en la mesa, y ella, con gesto reverente, extrajo una tela de lino.

—Mire, señorita Annalice. Aquí está Frederick Gilmour, mi padre. Como ya le he dicho, no sé nada de mi abuelo paterno; sólo que debió de ser otro señor Gilmour. La segunda esposa de ese señor Gilmour fue Lois. Lois Gilmour por su primer matrimonio, y Lois Mallory por el segundo, con un tal George Mallory.

Aquellas palabras, naturalmente, me impresionaron.

—¡Oh! —exclamé débilmente—. Freddy Gilmour...

—Frederick Gilmour, querida. Era mi padre. De mi abuelo paterno no sé nada. Si supiese algo, podría remontarme más atrás.

—Lois Gilmour... —murmuré—. Casada en segundas nupcias con George Mallory...

Recordé palabras y frases del diario de Ann Alice; casi me parecía volver a tenerlo ante los ojos. Tenían que ser ellos. Los nombres coincidían. No podía tratarse de una casualidad. El bisabuelo de Raymond era el Freddy del diario. Hice unos rápidos cálculos. ¿Qué edad tenía Freddy cuando llegó a nuestra casa? Unos siete u ocho años. La abuela Billington tendría ahora unos ochenta, por lo que había nacido hacia 1810. Freddy debía de tener entonces veinticinco años. Sí, las fechas también coincidían.

—¿Qué le ocurre, hija mía? Calla usted como si la preocupase algo.

—Es que acabo de descubrir una cosa. Ese señor George Mallory que se casó con Lois Gilmour es un antepasado mío.

—¿Quiere decir que es usted una Mallory?

—Sí. ¿No lo sabía?

—Oh, no, creo que ni siquiera he oído su apellido. Mi familia siempre la llama a usted Annalice.

—Me llamo Annalice Mallory. Parece que nuestras familias están relacionadas. ¿Qué..., qué se sabe de la señora Lois Gilmour..., o Mallory?

—Nada. Las noticias que tenemos no van más allá de mi padre. Éste se dedicó a la producción de mapas y grabados. Alcanzó éxito en la profesión, y pudo levantar esta casa. En ella nací yo. Después, cuando me casé con Joseph Billington, él vino a vivir aquí, y a la muerte de mi padre, yo fui heredera universal. A partir de entonces, el apellido familiar es Billington.

—Qué coincidencia —exclamé—. Estoy sorprendida.

—Bueno, me imagino que, si pudiésemos remontarnos lo suficiente, descubriríamos que todos estamos emparentados. Piense en lo reducida que era la población del país en épocas antiguas. Y todos tenemos antepasados de los que no sabemos nada. Así pues, ¿en su familia de usted se tiene noticia de mi padre?

—Pues... sí. Yo sabía de ese segundo matrimonio de la señora Lois Gilmour, y sabía asimismo que Frederick Gilmour vivió en nuestra casa durante cierto tiempo. Ignoro qué ocurrió luego; no sé a dónde fue Frederick ni si su madre se quedó en la casa. En realidad no sabemos nada, excepto que vivió allí.

—Sí, parece evidente que existe una relación entre nuestras familias. Mire, aquí está Frederick Gilmour y aquí, Lois. Pero no he podido averiguar nada del primer esposo de esa señora, mi abuela. No incluí en el árbol su segundo matrimonio, pues me pareció que no tenía interés para nosotros. Y aquí estoy yo, que nací del matrimonio de Frederick con Ann Grey, mi madre. Después me casé con Joseph Billington, y aquí es donde la familia cambió de nombre.

Miré aquellas finas puntadas de colores. Me parecía que unas palabras del diario resonaban en mis oídos y bailaban ante mis ojos: «Trajiste aquí a nuestro pequeño bastardo. Eso fue muy hábil».

Habría podido decirle a la señora Billington quién fue su abuelo. Pero ella estaba absorta en el árbol genealógico, y me contaba cosas de sus antepasados, y no se percataba de que yo callaba algo.

Cuando la dejé, me dirigí a mi habitación.

«Existe una relación entre nuestras familias —pensaba—. La tatarabuela de Raymond se casó con un Mallory.»

No podía hablar de aquello con ningún miembro de la familia Billington. ¿Cómo habría podido hacerlo sin explicarles que había encontrado el diario de Ann Alice? No podía descubrir aquello a Raymond. No podía decirle: «Tu tatarabuelo fue un criminal, un asesino, y tu tatarabuela fue su cómplice». ¿Cómo podía revelarle semejante cosa? En todas las familias hay cosas que es mejor ocultar. Si nos pusiésemos a investigar en la vida de los antepasados, quién sabe lo que descubriríamos. Oh, sí; lo mejor era guardar el secreto.

No hablé del asunto con nadie.

Íbamos a marcharnos dentro de dos días. La señora Billington anunció que celebraríamos una reunión en la víspera de nuestra partida, una fiestecilla de despedida en la que sólo estaríamos nosotras y la familia. Explicó que sería mejor que no asistiesen invitados de fuera de la casa. Me di cuenta de que todos esperaban el anuncio de nuestro compromiso. Todos, incluyendo a los sirvientes, estaban expectantes.

Raymond y yo salimos a dar uno de nuestros paseos a caballo. Él estaba algo más silencioso que de costumbre.

Nos detuvimos en una posada a tomar el acostumbrado vaso de sidra, y, mientras lo bebíamos, me pidió que me casase con él.

Miré su bondadoso rostro, y me pareció ver otro rostro detrás de él, como la cara de un fantasma. Me había imaginado tan vívamente a Desmond Featherstone mientras leía el diario de Ann Alice que tenía de él una imagen clara en mi mente, y, mientras estaba sentada frente a Raymond, me parecía ver la expresión maligna del rostro de Desmond Featherstone junto al de Raymond.

Sentí un rechazo hacia Raymond. Yo había vivido con Ann Alice aquella noche, cuando leí su diario. Me había parecido estar con ella. Aun ahora, después del anochecer, me parecía percibir en nuestra casa la presencia de Desmond Featherstone, y, más vagamente, la de Lois. Y Raymond llevaba la sangre de aquellos dos seres; había nacido de su relación.

Era un sentimiento absurdo, naturalmente. ¿Somos acaso responsables de lo que hicieron nuestros antepasados? ¿Quién puede estar orgulloso de todas sus raíces? Pero no podía evitar sentir lo que sentía.

Tal vez si hubiese estado verdaderamente enamorada de Raymond no habría experimentado aquello. Me habría reído de aquella coincidencia, y habría pensado que el pasado no tenía nada que ver con el presente. ¿Por qué había de ser responsable una persona de los delitos de otra? Castigar a los hijos por los pecados de los padres me había parecido siempre una gran injusticia.

No obstante..., aquel hecho me impedía acceder a la petición de Raymond. Por el momento, al menos. Quizás en el futuro prevalecería mi sentido común.

—¿Qué me responde usted, Annalice? —me preguntó quedamente.

—No estoy segura... —dije—. El matrimonio es algo tan importante... Es para toda la vida. Hace muy poco que nos conocemos.

—Pero, ¿no cree que ya sabemos lo que necesitamos saber? Cuando estamos juntos somos felices, ¿no es así? Y nuestras familias simpatizan mucho.

—Es cierto pero no es suficiente.

—¿Quiere decir que no me ama usted?

—Le tengo un gran afecto, Raymond, y me siento bien en su compañía. Esta visita a su familia me ha parecido agradable, interesante, pero... aún no estoy segura.

—Quizá me he precipitado.

—Quizá.

—¿Necesita pensarlo durante más tiempo?

—Sí, eso creo.

Me sonrió afectuosamente.

—Lo comprendo —dijo—. Seguiremos viéndonos a menudo. Iré a visitarla, y usted volverá aquí con su señora abuela. Tendrá todo el tiempo que necesite, Annalice.

Pero había algo más. Si se me hubiese declarado unos días

antes, le habría dicho que sí. Era aquella revelación sobre sus antepasados lo que me hacía dudar. Habría deseado explicárselo, pero no podía contarle la historia de Ann Alice. Y aunque hubiese podido hacerlo, no le habría parecido lógico que me dejase impresionar tanto por unos hechos tan lejanos.

Ni yo misma comprendía mi reacción. Creo que, mientras leía el diario de Ann Alice me identifiqué con ella, y que por eso no podía olvidar que aquel agradabilísimo joven había nacido de la unión entre dos asesinos.

Pensé que, tarde o temprano, lo superaría. No deseaba perder la amistad de Raymond. Me gustaba mucho su compañía; con él había pasado los días más felices que había conocido desde la marcha de Philip. Sabía que sería absurdo apartarme de lo que podía convertirse en una gran felicidad.

Decidí esperar algún tiempo, hasta que se impusiese mi buen juicio. Por el momento, me sentía incapaz de hablar de aquello con nadie.

En la casa se produjo una decepción; pude notarlo en el ambiente. Por ello me alegré de que nos marcháramos al día siguiente.

Aquella noche, después de retirarnos, vino la abuela a mi habitación.

Cuando entró, yo estaba cepillándome el pelo y repasando en mi mente los acontecimientos del día. Me parecía verles a todos aún charlando y sonriendo durante la cena, disimulando su impaciencia.

Pero había acabado la cena y no habíamos anunciado nada. Todos estaban desilusionados.

La abuela se acomodó en una silla y, como era característico de ella, fue directamente al grano.

—Creía que Raymond te pediría que te casases con él —dijo.

—Lo ha hecho.

—¡Y le has rechazado!

—No exactamente. No he podido contestarle que sí. No sé si podré decírselo algún día.

—Tú has perdido el juicio, hija mía.

—Le he pedido... que me conceda algún tiempo para pensarlo.

—¿Algún tiempo? Ya no eres una niña.

—Soy consciente de mi avanzada edad.

—Déjate de tonterías y cuéntame lo que ha pasado.

—Raymond me ha pedido que me case con él, y le he dicho que no podía darle una respuesta. Abuela, quiero contarte una cosa. Se trata del diario.

—¿Cómo? ¿Te refieres al diario de Ann Alice?

—Sí. He descubierto algo inesperado. La abuela Billington me ha contado cosas de la familia, y entre ellas me ha dicho que se llamaba Gilmour de soltera, antes de casarse con un Billington. Fue ese matrimonio el que cambió el nombre de la familia.

—¿Que ella era una Gilmour?

—Sí. Ya recuerdas a la Lois Gilmour del diario. Pues bien, ella fue la tatarabuela de Raymond. El padre de la abuela Billington fue Freddy, el niño a quien Lois Gilmour trajo a la mansión.

—No puedo creerlo.

—Al principio, me ha parecido una coincidencia extraordinaria. Pero, si se piensa, no es tan extraño. Recuerda que Freddy se interesó por la cartografía; Ann Alice habla de ello. De mayor, debió de dedicarse a esta profesión, aunque imagino que debió de educarse lejos de los Mallory. He llegado a la conclusión de que debió de ser así. Charles Mallory volvió a su casa, pues no se había ahogado como se creía. Debió de instalarse en la mansión y asumir la dirección de la familia. ¿Qué fue de Lois? Lo ignoramos. Quizá abandonó la casa cuando regresó Charles. No sé si Freddy se quedó en ella o no, pero lo cierto es que se hizo cartógrafo, cosa lógica por las influencias que había recibido de los Mallory.

—¡Y ahora nos hemos conocido... así!

—También esto es lógico. Si lo piensas, verás que no tiene nada de extraño. Ellos y nosotros nos dedicamos a la misma profesión. A esas conferencias asisten cartógrafos de todo el país, y del extranjero. No es de extrañar que nos hayamos encontrado. Es una coincidencia, pero no tan grande como parece.

—Tienes razón. Pero esas cosas pasaron hace mucho tiempo.

—Sí, pero... yo me siento como vinculada a Ann Alice, desde el día en que descubrí su tumba. Me parece que yo estaba destinada a encontrarla, a leer su diario antes que nadie. A veces creo que formo parte de ella, que somos la misma persona.

—Nunca he oído tontería semejante —dijo la abuela—. En lo que sí estoy de acuerdo contigo es en lo que has dicho de las reuniones de cartógrafos; es completamente lógico que, si asistimos a ellas, conozcamos a personas de nuestra profesión. Así pues, crees que Raymond desciende de esa Lois Gilmour...

—No me cabe duda. Todo coincide. Los nombres, las fechas, y el hecho de que Lois Gilmour se convirtiese en la señora Mallory.

—¿Qué le has dicho a la abuela Billington?

—Que nosotros nos llamamos Mallory, y que Lois Gilmour se caso en segundas nupcias con un antepasado nuestro. No le he dicho que no hubo un primer marido, ni que el padre de Freddy fue un asesino.

—Pero no por esto es Raymond pariente carnal nuestro.

—No, claro que no. Pero la relación existe, y Desmond Featherstone..., aquel monstruo..., es su antepasado.

—¿Le has hablado a la señora Billington del diario?

—No, no...

—No le cuentes nada de todo aquello. Estoy segura de que también nosotros, si examinásemos nuestra historia, encontraríamos sinvergüenzas y villanos. Y es mejor no saber nada de ellos. Ese Featherstone parece un villano de la peor calaña..., a no ser que todo lo que cuenta Ann Alice sean fantasías suyas. ¿Cómo sabemos que no inventó esa historia?

—Pues... porque murió aquella noche. Y porque su habitación fue tapiada. Estoy segura de que decía la verdad. Sólo escribió lo que vivió; esto se nota claramente al leer el diario. No hay razón para creer que inventase nada.

—Está bien. Pero yo de ti no le revelaría a nadie el contenido de ese diario. No tiene que ser agradable enterarse de que los tatarabuelos de uno fueron unos asesinos. Además, eso no tiene nada que ver con el presente. Esto es lo que deberías recordar tú, hija mía.

—Ya lo sé, abuela. Pero no puedo evitar pensar en ese hombre, en Desmond Featherstone. Cuando miro a Raymond, le veo a él. Por esto no he podido aceptar su proposición de matrimonio. No puedo olvidar que sus tatarabuelos fueron aquellos dos asesinos.

La abuela meneó la cabeza.

—Eso se debe a la impresión, a la sorpresa —dijo—. Ha sido un descubrimiento inesperado. Pero lo superarás. Todos nos sentimos decepcionados, pero no pasará nada porque esperéis un poco. Dentro de algún tiempo verás las cosas con mayor claridad, Annalice. Me alegra de que me lo hayas dicho —dijo, y me dio un beso—. Ahora acuéstate y descansa. Nos vamos a primera hora de la mañana.

Pero casi no pude dormir. Me asaltaron extraños y agitados sueños. Estaba en aquella habitación..., que llevaba cerrada casi cien años. La puerta estaba cerrada con llave, con una llave enorme que sobresalía del cerrojo. Oía pisadas en la escalera. Alguien intentaba abrir la puerta. Yo no dejaba de mirar la llave; la puerta estaba bien cerrada. Pero la persona que estaba fuera le dio un fuerte golpe a la puerta, y ésta se abrió. Entró un hombre. Era Raymond. Lancé una exclamación de alegría y le tendí los brazos. Pero, cuando venía hacia mí, su cara cambiaba, y se convertía en la cara de Desmond Feathrstone. Seguía acercándose a mí, y yo gritaba.

Mi grito me despertó.

Me incorporé en la cama, con los ojos desorbitados en la oscuridad.

Si me casaba con Raymond tendría sueños como éste. Buscaría en mi esposo a aquel malvado.

Intenté permanecer despierta, por temor a que se repitiese el sueño. Pero al cabo de un rato me adormecí, y, cuando desperté, vi que la doncella estaba en el cuarto trayendo el agua caliente.

Era hora de levantarse.

¡Qué diferente era todo a la luz del día! Recordé dónde estaba, y recordé que aquella agradable visita había terminado.

Esto me entristeció. Mi estancia en aquella casa había podido acabar de modo muy diferente.

Echaría mucho de menos a Raymond.

Pensé que había sido tonta, y que, con el paso del tiempo, vería las cosas de otra manera. Entonces se arreglaría todo, y me libraría para siempre de aquellas absurdas figuraciones.

Amsterdam

Nuestra llegada a casa fue deprimente. No había noticias de Philip. Nos pareció que la mansión estaba muy silenciosa.

—Es que notamos la diferencia —explicó la abuela— con la casa de los Billington. Son tantos. Forman un grupo muy alegre. Es agradable vivir en el seno de una familia numerosa. Ojalá supiésemos algo de Philip, y ojalá volviese tu padre a casa.

Subí a mi cuarto y deshice el equipaje. Mientras iba colgando los vestidos, pensé en las ocasiones en que los había llevado, y sobre todo en aquellas animadas cenas.

Sí, nuestra casa estaba silenciosa. Sentí deseos de volver al hogar de los Billington. Nunca me había dado cuenta del silencio en el que vivíamos la abuela y yo. Cuando Philip estaba con nosotras, la mansión estaba más animada. Ahora volvíamos a entregarnos a nuestra preocupación por él, y nos dábamos cuenta claramente del vacío que había creado su ausencia en nuestras vidas.

Evocábamos constantemente nuestros recuerdos de él, y acechábamos cada día unas noticias que no llegaban.

Deseaba no haberme separado de los Billington. Pensaba que había sido tonta, que había debido acceder a casarme con Raymond. Pensaba que, si le echaba tanto de menos, lo que sentía por él debía de ser amor. Cuando me hallaba en su casa había dejado de pensar continuamente en Philip, y había podido olvidarme de él durante ciertos períodos de tiempo. Ahora, en cambio, la ansiedad que sentía por mi hermano era constante.

Pensaba que, si le hubiese dicho que sí a Raymond, ahora estaría preparando la boda. Y la abuela y yo estaríamos ocupadísimas haciendo planes.

¡Qué tonta había sido!

Subí a la habitación de Ann Alice y me senté allí.

—Si no hubiese encontrado tu diario, todo habría sido diferente —le dije a Ann Alice, como si ella hubiese estado en la habitación—. Philip no se habría obsesionado con la idea de encontrar la isla, y se hallaría aquí con nosotras. Y yo estaría preparando mi boda con Raymond. Has cambiado completamente mi vida, Ann Alice.

Qué silencio reinaba en aquel cuarto. No se oía nada, excepto el leve rumor del viento en la hiedra de la ventana; podía imaginar que traía unas voces, pero en aquella habitación me era siempre fácil imaginar lo que no existía.

A la abuela le asistía la razón. No había que remover el pasado. Era absurdo permitir que influyese en el presente. Me había causado una dolorosa impresión descubrir que los antepasados de Raymond estaban emparentados con los míos. Dos tatarabuelos suyos habían asesinado a Ann Alice, y Freddy, el pequeño Freddy, de quien Ann Alice no hablaba mucho, pero que parecía ser un niño encantador, era su bisabuelo. Raymond, de pequeño, debió de parecerse a Freddy. Y éste era hijo de unos asesinos.

Una y otra vez deseaba no haber encontrado el diario. Deseaba no haber descubierto nunca la relación que existía entre nuestras familias. Estaba de acuerdo con la abuela en que hay muchas cosas en la vida que es mejor no saber.

Me hallaba sentada en aquella habitación, cerca de la ventana, pensando en la última noche de la vida de Ann Alice, cuando oí unas pisadas en la escalera. Después, lentamente, las pisadas se acercaron por el corredor a la puerta del cuarto.

Me parecía haberme convertido en Ann Alice. Permanecí inmóvil, mirando fijamente la puerta. Vi que el pomo giraba lentamente. Estaba reviviendo aquella escena. Entre Ann Alice y yo existía sin duda una unión mística.

Muy despacio, la puerta se abrió. Yo esperaba ver a aquel hombre, a aquel malvado. Había forjado en mi mente una imagen suya: un individuo de apostura vulgar, de labios gruesos y sensuales, y ojos oscuros y de expresión fiera. Un rostro en el que se leía la codicia. Un ser que avanzaba para tomar lo que deseaba y que aplastaba con indiferencia a quien encontrase en su camino.

Era la abuela quien entraba en la habitación.

—¿Otra vez aquí? —exclamó—. ¡Oh, estás pálida como si hubieses visto algo terrible! Eres tan incorregible como los criados con sus historias de fantasmas, Annalice. Sólo que ellos tienen la sensatez suficiente para no venir por aquí.

Entró y se sentó en la cama. Inmediatamente, la habitación tomó un aire de normalidad.

—¿Qué haces en esta habitación? Siempre estás metida en ella. Me dan ganas de hacerla tapiar otra vez.

—Siento la necesidad de venir aquí —expliqué—. He oído sus pasos en la escalera, y me ha parecido por un momento...

—¡Te ha parecido que era alguien que volvía de entre los muertos! Annalice, tienes que dejar de pensar en todo eso. Estás alimentando unas fantasías absurdas. De no haber sido por aquella tormenta...

—Esto es lo que pienso a menudo. De no haber sido por la tormenta...

—Ahora no sirve de nada decir esto. La tormenta cayó, y tú encontraste ese diario. Lo que debes hacer ahora es no obsesionarte con las cosas que leíste en él. Y no venir aquí día tras día.

—Verá, abuela, es que fui yo quien encontró su tumba, y después su diario. Y ahora he descubierto que Freddy es el bisabuelo de Raymond. Tengo la impresión de que todas estas cosas quieren decir algo.

—Pero, hija mía, este último descubrimiento es algo lógico. Tú misma lo dijiste, y yo estuve de acuerdo. El pequeño Freddy, cuando se hizo mayor, decidió dedicarse a la cartografía..., cosa natural, pues en su infancia había aprendido algo de ella, y había experimentado la fascinación que nosotras comprendemos tan bien. Lo que hicieron sus padres no nos concierne a nosotras. Son cosas que ocurrieron hace cien años. En aquellos tiempos se hacían cosas que ahora no se harían.

Nosotras conocimos a Raymond porque es cartógrafo, y nos encontramos porque no hay muchos cartógrafos en el mundo. No hay nada de misterioso en esto. Quítatelo de la cabeza. Tienes mucha imaginación, y esto a veces es malo. Deja de pensar en lo que pasó. Olvida el pasado. Cuando pienso que rechazaste a Raymond por culpa de esas fantasías, me pregunto si te he educado correctamente. Sí, me lo pregunto. Y Philip, embarcado en esa empresa quimérica...

Se interrumpió. Nos miramos. Me puse en pie y fui a abrazarla.

Ella se separó casi en el acto. No era partidaria de abandonarse a las emociones.

—Hemos pasado unos días muy agradables en casa de los Billington —dijo—, y ahora hemos vuelto a casa y echamos de menos aquella alegría. Invitaré a Raymond a pasar el fin de semana. No vale la pena que invite a su hermano ni a su padre, pues supongo que ellos deberán ir a Buckinghamshire. Pero, sin duda, todos entenderán que invite a Raymond. A ti te gustaría, ¿verdad?

Asentí.

—Deberías verle más a menudo —añadió la abuela—. Debes librarte de esas fantasías morbosas. Cuando lo hagas, recuperarás la sensatez.

—Así lo espero, abuelita.

—Yo también, hija mía.

Raymond venía a menudo a nuestra casa. Convirtió en costumbre el pasar fines de semana con nosotras. Y nos decía que a su familia le encantaría que fuésemos a visitarles otra vez.

Aunque yo experimentaba deseos de hacerlo, no me decidía. No quería volver a enfrentarme a aquel ambiente de expectación hasta que pudiese darle una respuesta concreta a Raymond. Sentía que aquellas vacilaciones me hacían injusta con él, que se mostraba siempre amable y comprensivo. A veces estaba a punto de decirle: «Me casaré contigo cuando quieras».

Podía hablar con él de cualquier cosa, excepto de una: de mi conocimiento de la maldad de sus antepasados. De esto no podía hablarle, y, mientras no lo hiciese, se alzaría una barrera entre los dos. Había instantes, cuando pensaba en el asunto a la luz del día, en que mis temores me parecían completamente absurdos. Pero, en otros momentos, me horrorizaba la posibilidad de buscar en él rasgos de Desmond Featherstone... y de encontrarlos. Experimentaba la extraña sensación de que Ann Alice me estaba advirtiendo.

Esto carecía de sentido, naturalmente. Me había permitido obsesionarme con el descubrimiento de la tumba, de la habitación y del diario, que revelaba tantas cosas.

Cuando salía a cabalgar con Raymond, o cuando él venía a cenar con nosotras y con amigos nuestros, todo parecía diferente. Me gustaba verle brillar en las discusiones, oír cómo todos decían que era una persona encantadora, ver cómo hablaba con Benjamin Darkin y cómo éste le escuchaba con respeto. Esto tenía que ser amor.

Creo que la abuela estaba un poco exasperada conmigo. La perspectiva de una boda la habría ayudado a no pensar tanto en Philip. Una boda y, con el tiempo, unos bisnietos. Ésto es lo que a ella le habría gustado.

A veces me sentía capaz de aceptar a Raymond inmediatamente, pero entonces tenía uno de aquellos sueños que me dejaban tan asustada; sobre todo, el que había tenido la primera noche, que se repetía sin cesar: me hallaba en la habitación de Ann Alice, oía pisadas en la escalera, y veí entrar a Raymond, que se convertía en Desmond Featherstone.

Me parecía oír dentro de mí una voz que me decía: «Todavía no... Todavía no...». Y, en los instantes en que dejaba volar la imaginación, me parecía que era Ann Alice quien me hablaba.

Llegó octubre. Hacía un año que Philip se había ido. Tanto la abuela como yo temíamos el aniversario de su marcha, y ella se aseguró de que Raymond estuviese con nosotras aquel día. La presencia de mi amigo nos ayudó considerablemente.

Superamos aquellos días, y luego llegó noviembre, con sus días oscuros, tristes..., días propicios a los recuerdos.

Los Billington nos invitaron a pasar las Navidades con ellos, y sí aceptamos esta invitación.

No habríamos podido pasar una Navidad más grata, aunque fue inevitable el recuerdo de otras Navidades en que Philip se hallaba con nosotras. Ni la abuela ni yo pronunciamos su nombre, por una especie de pacto tácito que habíamos hecho.

Como era de esperar, en casa de los Billington se observaron todas las tradiciones navideñas. Se encendieron grandes hogueras en las chimeneas, y se sirvieron en abundancia las golosinas propias de la estación. Se celebraron muchas fiestas y reuniones en las que participó toda la vecindad.

Al día siguiente de Navidad, por la mañana, todos los miembros jóvenes de la familia salieron a cabalgar. Grace, Basil y James siguieron su costumbre de perderse, de modo que Raymond y yo nos quedamos solos.

Yo me sentía tan feliz como era posible, dada mi creciente ansiedad por Philip. Raymond lo comprendió, y me habló de mi hermano sin intentar consolarme. Creo que empezaba a pensar que le había ocurrido alguna desgracia, y quería que estuviese preparada para recibir una mala noticia.

Era un día claro, con escarcha; uno de esos días en que el aire frío y límpido colorea las mejillas. Los caballos se hallaban inquietos, y les dejamos galopar por un prado. Les pusimos al paso cuando llegamos al seto.

—¿Le apetece una sidra? —me preguntó Raymond.

Asentí. Por ser el día que era, estaríamos solos en la posada, casi en la intimidad. Quizá Raymond me reiteraría su petición de matrimonio. Esperé que no lo hiciese, pues aún estaba insegura sobre cuáles eran mis sentimientos.

En la chimenea de la posada ardía una gran hoguera. En la ventana había un árbol de Navidad, y los cuadros de las paredes estaban adornados con ramitas de acebo.

—No quieren que olvidemos que es Navidad —dijo Raymond.

Pidió la sidra. Efectivamente, estábamos solos en la sala. El posadero nos trajo la bebida, y comentó:

—Hoy no anda mucha gente por ahí. Es por la fiesta. Casi todo el mundo está junto a la chimenea de su casa.

Raymond levantó su vaso y brindó:

—A su salud, Annalice. Espero que reciba pronto buenas noticias.

Sentí tristeza, pues sabía que se refería a Philip.

—La espera se hace muy larga —dije.

Él asintió.

—En octubre hizo un año que se marchó —proseguí—. Y en todos estos meses sólo hemos recibido una carta. Tiene que haberle pasado algo. Si no, Philip nos habría escrito, pues él ya puede imaginar cuán preocupadas estamos.

Raymond no dijo nada. Tenía la mirada fija en su vaso.

—Quisiera ir allá —dije—, al Pacífico, para enterarme por mí misma...

—¿Ir allá? —exclamó Raymond—. ¿Quiere decir... ir al Pacífico sola?

—¿Por qué no? No soporto estúpidas convenciones según las cuales toda mujer es una retrasada mental...

—Comprendo. Pero es que ese viaje podría ser peligroso.

—Otras mujeres han ido. Recuerde a nuestras intrépidas exploradoras. Hay mujeres que han ido a los países más peligrosos.

—¿De verdad estaría dispuesta a ir allá?

—Hace algún tiempo que me ronda la idea por la cabeza.

—¿Es ésta la razón por la que se niega a casarse conmigo?

—No lo sé. No es que no le quiera, Raymond. Le quiero. Pero no estoy segura de estar enamorada de usted, que, según creo, es una cosa diferente. Aunque quizá es mejor querer que estar enamorado.

—El querer es más duradero. Y en muchos casos, el enamoramiento es pasajero. Si las personas se enamoran con tanta facilidad, quizá también se desenamoran del mismo modo.

—¿Usted me quiere o está enamorado de mí?

—Ambas cosas.

—Qué bueno es usted, Raymond, y qué tonta soy yo...

—No. Usted quiere estar segura. Lo comprendo.

—Es usted la persona más comprensiva que he conocido nunca. Usted entiende lo que siento respecto a Philip, ¿verdad?

—Creo que sí.

—Quiero saber con certeza qué le ha ocurrido. Mientras

no lo sepa, no podré pensar en nada más. Si le ha ocurrido algo horrible, quiero averiguarlo. Entonces podría aceptar la situación, y quizá, con el tiempo, superarla. Lo que no puedo soportar es esta incertidumbre.

—Sí, claro.

—¿Y, no cree usted que es una rareza por mi parte querer averiguar algo, no soportar esta inactividad?

—No. Me parece lógico. A mí me ocurriría lo mismo.

—Oh, Raymond, cuánto le quiero... Es usted tan sensato...

—Gracias.

—Creo que me casaré con usted... en su día. Es decir, si todavía me está usted esperando.

—La estaré esperando.

Conmovida, no supe qué decir. Raymond se inclinó hacia mí y dijo:

—Yo creo que lo que nos separa es este problema. Su temor a lo que le haya ocurrido a su hermano. Si él volviese, usted recobraría la tranquilidad; y si usted supiese con certeza que ha ocurrido lo peor, podría acudir a mí en busca de consuelo.

—Sí, puede ser. Pienso en él casi constantemente. A veces me parece que nunca sabré lo que ha ocurrido, por el tiempo que llevamos sin noticias. Y nunca podré ir al Pacífico a buscarle, porque no puedo dejar sola a la abuela.

—Es una pena que sólo sean dos hermanos. Si fuesen más...

—Lo cierto es que tenemos dos hermanos y una hermana; los hijos de nuestro padre y de su segunda esposa. Viven en Holanda.

—Sí, recuerdo que me lo contó usted.

—La abuela está muy disgustada con mi padre porque abandonó la cartografía para dedicarse a la exportación —dije, sin poder contener una sonrisa—. Al menos dice que está muy disgustada por esto, pero creo que lo que más le duele es tener en Holanda unos nietos a los que no conoce.

—Cuando se case conmigo, tendrá que dejarla sola.

—Sí, pero eso es distinto. Ella desea que me case con usted. Le tiene en gran estima a usted y a su familia, y sabe que, si yo viviese con ustedes, me tendría cerca. Y anhela tener bisnietos. Parece una persona muy severa, pero le encantan los niños.

—Es triste que no conozca usted siquiera a sus hermanastros.

—Están en Amsterdam. Recibimos noticias de ellos, pues mi padre escribe de vez en cuando, pero no nos han visitado nunca. Mi padre vive completamente dedicado a su nueva familia, lo cual no se le puede echar en cara. A nosotras nos tiene lejos. Además, mi madre murió a causa de mi nacimiento, y es posible que él me recuerde con dolor.

—No está bien que una familia se halle dividida, a no ser que sus miembros se lleven muy mal, desde luego. No hay razón para que exista este distanciamiento entre ustedes.

—Usted lo ha dicho. Entre nosotros no ha habido ninguna disputa ni nada parecido; sólo un distanciamiento.

—Pero, si su abuela tuviese a esos otros nietos con ella, quizá no fuese imposible que usted fuese al Pacífico.

—Es verdad. Ella se opondría, desde luego, pero, si yo supiese que quedaba alguien con ella para consolarla, podría convencerla.

—No lo dudo.

—Oh, si Philip volviese...

—Brindemos por eso —propuso Raymond.

Me miró a los ojos por encima de los vasos, y pensé: «Sí, le quiero. ¿Dónde encontraría a otro hombre que se mostrase tan bondadoso conmigo, tan tierno, tan amante, tan comprensivo? ¡Qué tonta soy!».

Pero volvieron a asaltarme aquellos crueles recuerdos. En una posada como aquella había conocido Ann Alice a Desmond Featherstone. Habían estado sentados a una mesa como aquella. Recordaba claramente la descripción.

Quizá, con el tiempo, acabaría por dominar aquellos recuerdos.

Quizá..., con el tiempo.

En febrero, Raymond nos dio la noticia.

Pasaba el fin de semana con nosotras, cosa que había convertido en costumbre, pues venía siempre, excepto cuando estaba en su hogar de Buckinghamshire. Acababa de llegar, y estábamos tomando el té en la salita de la abuela, cuando nos anunció:

—En marzo me voy al extranjero, con mi padre. Viajaremos por el continente: por Francia, Alemania y Holanda. Se trata de un viaje de negocios que hacemos periódicamente.

—Le echaremos de menos —dijo la abuela.

—¿Cuánto tiempo estará ausente?

—Alrededor de un mes.

«¡Un mes sin él! —pensé—. Levantarme cada mañana, esperar unas noticias que no llegan, preguntarnos, una vez y otra, y otra, y otra, por qué no sabemos nada de él.»

Empezábamos a aceptar el hecho de que le había ocurrido algo a Philip, pero esto no nos aliviaba en nada. «Si lo supiésemos con certeza —pensaba yo a menudo—, podríamos intentar superarlo.»

La perspectiva de pasar un mes sin la compañía de Raymond era deprimente.

—Grace quiere venir con nosotros —siguió diciendo Raymond.

—¿Grace? —exclamó la abuela.

—Nosotros..., la familia..., creemos que también es bueno que una muchacha conozca algo del mundo. Grace está intentando convencer a nuestro padre, que es bastante susceptible a sus ardides. Pero él cree que, si Grace viniese con nosotros, habríamos de dejarla sola en muchas ocasiones, cuando nosotros nos dedicásemos a nuestro trabajo, y ella se aburriría. Pero... si tuviese a alguien con ella..., una amiga... Bueno, hemos pensado que quizá a Annalice le gustaría acompañarnos.

Me quedé mirándole. De pronto, me sentía feliz. Dejar la mansión..., olvidarme de todo durante un tiempo..., viajar. Siempre había deseado ver mundo, visitar aquellos países que hasta el momento sólo eran una mancha verde o marrón en nuestros mapas.

Entonces pensé en la abuela. La miré. Su rostro no expresaba nada.

—A Grace le encantaría que usted nos acompañase, Annalice —continuó diciendo Raymond—, y también a mi padre y a mí, naturalmente. Creo que su respuesta influirá en la decisión de mi padre respecto a Grace. Mi hermana está impaciente. Usted, señora Mallory, echaría mucho de menos a Annalice, y por ello mi madre le ruega que pase estas semanas con ella. Dice que estaría encantada de recibirla a usted. Ya sabe cómo es ella, con su jardín y sus recetas culinarias; le gusta tener a alguien con quien hablar de ello. Dice que ninguno de nosotros le hacemos caso.

Se hizo un silencio. Yo no me atrevía a mirar a la abuela, por temor a revelar lo que sentía.

—No sé si podría ausentarme un mes entero —dijo por fin—. Debo pensar en el negocio.

—Nosotros dejaremos el nuestro en manos de los administradores —dijo Raymond—. Ustedes, con Benjamin Darkin, tienen una verdadera joya. Me gustaría que trabajase para nosotros. A veces siento el deseo de robárselo.

—Creo que a Annalice le vendría bien un viaje —dijo la abuela, lentamente.

Sin poder evitarlo, me levanté y fui a darle un beso.

—¡Abuelita, qué buena es usted! —exclamé.

—Vamos, vamos —dijo ella—. La verdad es que no sé si eso es muy correcto para una señorita... Corretear por el continente...

—Estaré en buenas manos —le recordé.

—Bueno, bueno, ve a sentarte —me ordenó—. ¿Qué pensará Raymond de nosotras?

Advertí que a la abuela le brillaban mucho los ojos. Se esforzaba por contener unas lágrimas. Yo habría deseado decirle: «Llore, abuela. Le agradezco que llore por mí».

Raymond conservaba siempre la calma. Jamás expresaba sorpresa ante ninguna situación.

—Mi padre ha viajado mucho —dijo, haciendo caso omiso de nuestra emotiva escena—. Siempre ha pensado que era una parte necesaria de nuestro trabajo. ¿Accede usted, señora Mallory? ¿Puedo darle la buena noticia a Grace? ¿Puedo decirle que puede contar con la compañía de Annalice?

—Sí, sí —respondió la abuela—. Aunque no hemos tenido tiempo de pensarlo. ¿Qué dices tú, Annalice?

—Si puede usted prescindir de mí durante un mes...

—¿Qué quiere decir si puedo prescindir de ti? Puedo arreglármelas sola, te lo aseguro.

—Ya lo sé, abuela. Pero yo estaré preocupada por usted.

—No hay razón para ello. Yo iré a Buckinghamshire, aceptando la amable invitación de la señora Billington. Allí estaré perfectamente.

—Mañana iré a casa —dijo Raymond—, y les daré la buena noticia. Le encantará el viaje, Annalice. Podrían venir las dos el fin de semana próximo para hacer planes.

Así lo convinimos.

Estaba tan ilusionada ante la perspectiva del viaje que mis temores por Philip se disiparon un poco. No desaparecieron por completo, pero la mejor manera de no caer en la obsesión era que ocurriese algo como aquello.

Nos marcharíamos a mediados de marzo y regresaríamos en abril. Se celebraron varias conferencias entre las dos familias, y llegué a la conclusión de que la abuela estaba tan ilusionada con el viaje como yo. Ella sabía también que aquella era la mejor manera de salir de nuestro abatimiento, y, con su habitual sentido común, sabía que de nada servía dejarnos vencer por la depresión.

Yo estaba convencida de que había que hacer algo para conseguir noticias de Philip. Seguía pensando en la posibilidad de ir a buscarle yo misma. Empezaría por Sidney. Alguien tenía que saber de él. Pero, ¿cómo podía ir allí? ¡Una mujer sola! Hasta aquel viaje al continente debía hacerlo en compañía de los Billington.

Una mañana Raymond y yo salimos a cabalgar. Desde que habíamos empezado a hacer planes para el viaje yo estaba mucho más animada, y ello debía de notarse.

Podía hablar con Raymond libremente de lo que pensaba, y le dije:

—No sé si podré ir algún día en busca de Philip...

—Me pregunto, a veces, si no se habrá quedado a vivir

con alguna tribu de indígenas. Quizá se ha casado con una joven nativa y ha decidido que no puede volver aquí.

—Usted no conoce a Philip. Es incapaz de olvidarse de nuestra angustia. Haya hecho lo que haya hecho, nos lo diría. A mí, por lo menos.

—Creo que sigue usted pensando en ir al Pacífico a buscarle.

—Sí. En su carta nos decía que quería dirigirse a unas islas próximas a la costa de Australia, y que salía un barco cada miércoles. Debió de tomar ese barco. Yo quisiera ir a Australia y después a esas mismas islas. Presiento que allí descubriría algo.

Raymond me observaba con atención.

—Usted cree que debo ir, ¿verdad? —le pregunté—. Ese plan no le parece un sueño imposible.

—No, no me lo parece. Y sé que usted no vivirá en paz hasta que haya descubierto dónde está su hermano y por qué se ha producido este largo silencio. Deseo que usted viva en paz, Annalice. Creo que no podrá ser feliz hasta que sepa lo que le ha sucedido a Philip. Y yo quiero que sea feliz. Quiero que se case conmigo.

—Oh, Raymond, ya me ha hecho usted muy feliz. Desde que le conozco, todo es diferente. Y ahora, este viaje. Me parece que se le ocurrió la idea de llevar a Grace para poder invitarme.

El joven sonrió.

—Usted necesita alejarse de aquí —dijo—, distraerse. Tiene que dejar de atormentarse. Eso no sirve de nada.

—De acuerdo, pero, ¿cómo puedo dejar de atormentarme?

—Rompiendo la rutina..., empezando una vida nueva. Con su angustia, no cambiará usted la situación de su hermano, sea ésta cual sea.

—Por esto no puedo soportar quedarme en casa pensando en él. Philip y yo éramos muy amigos; nos queríamos más que la mayoría de hermanos. Esto se debió, probablemente, a la muerte de nuestra madre. Yo no la conocí, y él sí. Él la recordaba, tenía cinco años cuando ella murió. Entonces se produjo la guerra de las abuelas. Ambas querían tenernos con ellas, ¿sabe usted? La abuela materna y la paterna. Durante cierto tiempo, Philip no supo qué iba a ser de nosotros. Esto le afectó mucho. Temía que le separasen de mí. Años después, cuando me lo contaba, yo sentía todo el horror de la situación, a pesar de que, cuando ocurrió, yo era demasiado pequeña para darme cuenta de nada. Entre nosotros se creó un vínculo especial. Estoy segura de que, si Philip estuviese vivo, encontraría el modo de comunicármelo. Sí, debo encontrarle. No viviré tranquila hasta que lo haga.

—Tiene que hacer ese viaje al Pacífico, ya lo veo.

—¿Pero, cómo?

—No es un imposible.

—Pero la abuela...

—Su abuela se está haciendo mayor, y se siente sola. Necesita a sus nietos junto a ella. Pero usted no es la única nieta.

—No. Está Philip.

—No me refería a él.

—¿Qué quiere usted decir, Raymond?

—El primer país que visitaremos es Holanda. Iremos a Amsterdam. Le sugiero que escriba a su padre y le anuncie esa visita. Dígale que pasará unos días en su casa, que desea conocer a sus otros hermanos. Quizá podría traerlos con usted a Inglaterra. Quizá uno de esos nietos podría llegar a ser la compensación que necesita su abuela. De este modo, usted quedaría libre para hacer su viaje. Además, si Philip no regresase, será uno de esos muchachos quien heredará la casa y el negocio, y sería bueno que los conociese un poco.

Me lo quedé mirando.

—¡Raymond, qué tortuoso es usted! —exclamé—. No le habría creído capaz de forjar un plan tan maquiavélico.

—Se hacen cosas increíbles cuando se está enamorado —dijo.

Escribí a mi padre, quien me contestó a vuelta de correo, asegurándome que le encantaría recibir mi visita, y que su esposa Margareta, sus hijos Jan y Charles y su pequeña Wilhelmina deseaban conocerme.

Le enseñé la carta a la abuela, que se limitó a proferir una exclamación de desdén. Pero creo que en el fondo estaba satisfecha.

Raymond se alegró muchísimo de ello.

—Creo que sería bueno que pasase usted un mes con ellos —dijo.

—¿Un mes? Pero yo tenía tantas ganas de visitar Francia y Alemania...

—Creí que tenía usted planes más ambiciosos, Annalice.

Le sonreí, y pensé: «Te quiero, Raymond Billington. ¿Por qué sigo dudando? Quizá en el transcurso del viaje...».

Poco después subí a la habitación de Ann Alice y me senté allí, sola. Reinaba en ella un gran silencio. Sólo se oía el rumor del viento en la hiedra de la ventana.

Miré la cama, la cómoda en la que había encontrado el diario... esperando, como lo hacía siempre que estaba allí, percibir alguna señal, oír quizá la voz de Ann Alice que me llegaba a través de los años.

Nada. Hasta me encontré pensando en las cosas que debía llevarme en el viaje. Y me percaté de que no había vuelto a tener aquella pesadilla desde que Raymond me había propuesto que les acompañase a él y a sus familiares en aquel viaje.

Amsterdam me encantó desde el primer momento. Estuve segura de que en todo el mundo no podía haber una ciudad como aquella. Lo pensé entonces, cuando conocía pocas ciudades, y lo sigo pensando ahora, que he viajado mucho más.

Amsterdam se levanta junto al dique de Amstel, en el brazo de Zuider Zee. El río y los canales la dividen en casi cien islitas que se comunican entre sí por trescientos puentes.

La casa de mi padre era grande e imponente, y se hallaba situada en Prinsengracht, donde, junto con Kaisergracht y Heerengracht, estaban la mayoría de las casas grandes. Reinaba en ella una atmósfera decididamente holandesa. Los escalones de la puerta principal tenían una barandilla de reluciente cobre. Los gabletes de la fachada eran muy decorativos. El interior de la casa parecía muy espacioso. Lo que más me llamó la atención fue cómo relucía todo de limpieza; todo estaba como una tacita de plata. Los pasillos eran de mármol, y las paredes, de azulejos delicadamente coloreados de azul y blanco; supuse que esto se debía a que estos materiales se pueden limpiar con facilidad. Las puertas eran de madera tallada; las ventanas eran grandes y junto a ellas había espejos, para que se pudiese observar fácilmente cuanto ocurría en las calles. Los muebles eran mucho más sencillos que los de Inglaterra.

Puede parecer, por lo que he dicho, que en una casa como aquella había de reinar un ambiente de frialdad o de austeridad. Pero no era así. La bienvenida que se me dio no podía ser más calurosa.

Mi padre me abrazó, y me percaté en el acto de que había hecho bien en ir a visitarle. Simpaticé en seguida con mi madrastra, que era una mujer regordeta, de cara redonda, piel blanca y diáfana, y ojos brillantes de color azul claro. Al principio estaba un poco nerviosa por mi presencia, como es natural. Yo le tomé las manos y le di un beso. Ella se ruborizó un poco y mostró una expresión tan complacida que se ganó mi simpatía en aquel mismo momento. Por unos instantes, pasó por mi mente una escena del diario de Ann Alice, cuando mi antepasada se entera de que Lois Gilmour va a convertirse en su madrastra. ¡Qué curioso que yo también tuviese madrastra! Pero el parecido entre Margareta y Lois Gilmour acababa aquí. Me reprendí diciéndome que no debía pensar continuamente en lo que le ocurrió a Ann Alice, comparando mi vida con la dc clla.

¡Qué alegría tuve al conocer a mi otra familia! Lo primero que pensé fue: «¡Qué tontos hemos sido por no tratarnos!». Y experimenté gratitud hacia Raymond por haberme sugerido que les visitase.

Los muchachos eran Jan, de quince años, y Charles, de doce. La niña Wilhelmina, tenía nueve.

Los tres se quedaron a mi alrededor, mirándome y hablándome, y Jan dijo que le parecía la cosa más maravillosa del mundo tener una hermana mayor a la que no conocía. Hablaban bien el inglés, aunque en la casa se hablaba asimismo holandés, de modo que los tres niños eran bilingües y no había problemas de idioma.

Les encontré muy simpáticos a los tres, y me emocionó ver cuánta ilusión les hacía conocerme. Me agradó especialmente el mayor, Jan, porque se parecía a Philip. Habría podido ser mi hermano a los quince años. Me dio un vuelco el corazón cuando se dirigió a mí llamándome «hermana».

Mi padre comprendió lo que yo sentía, y vi que también él lamentaba ahora amargamente que Philip y yo hubiésemos pasado nuestra infancia lejos de él.

Todos se mostraron muy amables con los Billington, y mi padre les expresó su gratitud por haberme invitado a hacer aquel viaje por el continente. Dijo que, naturalmente, yo me alojaría en la casa de Prinsengracht, e invitó a Grace a acompañarme. Los hombres se hospedarían en un hotel cercano.

Con asombrosa rapidez, todos entablamos amistad. Jan se convirtió en mi sombra. Quería enseñármelo todo. Nos acompañaba en nuestros paseos por la ciudad, y disfrutaba haciéndonos de guía. Nos mostraba con orgullo los lugares más interesantes de Amsterdam. Nos llevó a ver el alto puente que cruza el río Amstel a su entrada en la ciudad, nos enseñó hermosas casas, y nos acompañó a recorrer las murallas y a ver los molinos de viento, que ahora se usaban para moler trigo.

Los Billington sólo pensaban permanecer una semana en Holanda, y, aunque yo habría deseado ver otros países, no quería separarme tan pronto de mi recién encontrada familia. De esto hablé varias veces con Raymond.

—Con ellos se siente usted como en su casa —me dijo mi amigo—. Están creando lazos. Si se marcha ahora, volverán a distanciarse, más o menos como antes. Se escribirán, eso sí, pero no es esto lo que nosotros queríamos.

—Usted cree que debería quedarme todo el mes, ¿verdad?

Raymond asintió, con expresión triste.

—Sí, sintiéndolo mucho. Debe usted darles a entender que desea, por encima de todo, estar con ellos. Deben sentir que son su familia, de verdad. Jan y usted se llevan bien; creo que entre ustedes ha nacido un sentimiento muy especial. Pienso que sería una buena idea..., de ser posible..., que le llevase a Inglaterra con usted.

—¿Cree que se lo permitirían?

—Lo ignoro, pero no veo por qué no. Suponiendo que él quiera ir, ¿por qué no habrían de permitirle visitar a su abuela? Nuestro plan empieza a madurar, Annalice —dijo, tomándome las manos—. Usted quiere emprender una aventura que le interesa mucho. Cuando haya encontrado la respuesta que busca, nos casaremos. Pero la conozco lo bastante bien como para saber que usted no podrá estar tranquila ni ser feliz hasta que haya averiguado lo que le ha ocurrido a su hermano. Podría decirle: «Cásese conmigo, y yo la acompañaré al Pacífico». Pero eso sería como un soborno, y, por muy tentado que me sienta a hacerlo, no quiero que se case conmigo de ese modo. Además, me resultaría muy difícil dejar a mi padre durante tanto tiempo, y dejar, asimismo el negocio. Eso sería un gran perjuicio para mi familia. Pero supongo que podría hacerlo, como pueden hacerse muchas cosas cuando se quiere hacerlas. No, la razón es que quiero que se case conmigo por amor. ¿Me comprende?

—Sí, Raymond. Creo que es usted una persona excepcional.

—¿Quiere decir esto que me quiere un poco?

—No le quiero un poco; le quiero mucho. A veces, pienso que soy tonta por no haber aceptado inmediatamente su proposición de matrimonio. Gracias..., gracias por su ayuda. Usted cree que yo podría convencer a mi padre de que permitiese a Jan venir conmigo a Inglaterra. Y cree que la abuela se encariñaría con él. Estoy segura de que tiene razón. Y, en el fondo, usted cree que Philip no volverá, y que Jan deberá ocupar su lugar, no sólo en el corazón de la abuela y en el mío, sino en nuestra casa y en nuestro negocio.

—Temo haberlo planeado todo con demasiada precisión, y la vida suele ser imprevisible. Pero es verdad que es eso lo que pienso. Aun en el caso de que hubiese de abandonar usted su proyecto de ir en busca de su hermano (un proyecto algo alocado, y perdóneme), estoy seguro de que Jan podría ayudarla mucho, no a olvidar a su hermano, pero sí a llorarle menos.

—Grace no querrá quedarse en Amsterdam —dije.

—No lo sé.

—Cuando estén viajando por Europa pensaré en ustedes con envidia.

—Todavía no puede decidir nada. Espere unos días, a ver cómo se presenta todo.

A los pocos días hablé con mi padre. Me pareció que él había esperado esa conversación.

Fue una noche, después de cenar. Los niños habían ido a acostarse, y Margareta estaba ocupada con algo.

Me habló con mucha seriedad. Estaba deseoso de explicarme el abandono en que nos había tenido durante tantos años.

—Yo siempre quería veros a Philip y a ti. Pensaba mucho en vosotros. Pero tu abuela es una dama temible. Cuando se enteró de que pensaba volver a casarme y vivir en Holanda, se puso furiosa.

Sonreí.

—Eso se debe también, en buena parte, a que abandonase usted la cartografía por la exportación.

—Margareta quería vivir en su país nativo. Yo habría querido teneros a vosotros dos conmigo, pero tu abuela se opuso a ello con todas sus fuerzas. Declaró que no permitiría por nada del mundo que vinieseis aquí. Tuve que abandonar la idea. Me pareció que ya la había disgustado bastante sin exigirle que renunciase a vosotros.

—¿Es usted feliz, padre?

—Sí, puedo considerarme feliz. Os he echado de menos a Philip y a ti. Y ahora él está en peligro. ¿Por qué tuvo que irse a esas islas remotas?

—No podía dejar de ir, padre. Su deseo era tan grande que no pudo resistirse a él. Philip no es como usted. Él adora la cartografía; le parece algo romántico y apasionante. A mí me ocurre lo mismo, hasta cierto punto.

—Creo que es algo que se lleva en la sangre. En nuestra familia, algunos lo sienten y otros no. Yo, por ejemplo, no lo siento. En cambio, ¿quién dirías que ha heredado la vocación? Jan. Siempre está hablando de mapas y atosigándome con sus preguntas.

Me empezó a latir fuertemente el corazón. ¡Jan se interesaba por la cartografía! Me parecía demasiado bueno para ser verdad.

—Quiero mucho a Jan, padre.

—Sí, ya me he dado cuenta de que os tenéis un cariño especial. Me alegra mucho.

—Padre, ¿le gustaría que me quedase aquí todo el mes, con usted y con la familia?

—Mi querida Annalice, nada me gustaría más. Pero, ¿no sería esto un sacrificio para ti? Creía que te ilusionaba mucho este viaje por Europa.

—Sí, así es. Pero, ¿qué puede ser más interesante que el descubrimiento de la propia familia?

—Como quieras. A nosotros nos encanta tenerte aquí, ya lo sabes.

—Quiero conocer bien a Jan. Si la abuela le conociese, sentiría por él el mismo cariño. Y esa afición suya por los mapas... ¿Le permitirá usted dedicarse a la cartografía?

—Naturalmente, si su afición persiste.

—Aún le quedaría a usted Charles para sucederle en el negocio de exportación.

—Mis dos hijos elegirán su profesión. Yo no les obligaré a nada. Esta es una idea en la que no estamos de acuerdo tu abuela y yo.

—Lo sé. Por cierto, la abuela está muy afligida por la ausencia de Philip.

—Pero aún hay esperanzas...

—Sí, mas cada vez menos. He pensado una cosa... ¿Permitiría usted a Jan que viniese a visitarnos?

—¿Crees que a tu abuela le gustaría? Ella se opuso a mi segundo matrimonio.

—Estoy convencida de que le gustaría. Sería difícil hacérselo confesar, pero le gustaría. Y a mí también, por supuesto.

—Bueno, podemos preguntárselo a Jan.

—¿Cuento con su permiso para hacerlo?

—¿No deberíamos preguntar primero a tu abuela?

—No, no. Yo la conozco bien. Si vuelvo a Inglaterra con Jan, estará encantada. Se encariñará con él en seguida. Jan se parece tanto a Philip..., en sus entusiasmos..., en su interés por la cartografía. Su presencia le sería de gran ayuda a la abuela. A ella y a mí. Y a Jan le gustaría muchísimo pasar unos días en Inglaterra. Podría ir al taller y conocer a Benjamin Darkin. Philip estaba siempre en el taller, lo mismo que yo.

—Pues habla con él..., poco a poco. Asegúrate de que le gustaría hacer ese viaje.

Yo no creía que cupiese ninguna duda sobre ese extremo, pero decidí hablarle poco a poco, como me había pedido mi padre.

Cuando se lo conté a Raymond, se alegró muchísimo.

—El destino está de nuestra parte —dijo—. Oh, se me ocurre otra cosa. ¿Por qué no le proponemos a Jan que venga con nosotros en este viaje por Europa? De ese modo... no tendríamos que separarnos de usted.

—¡Raymond! —exclamé—. ¡Se le ocurren a usted unas ideas maravillosas!

El joven sonrió modestamente.

—¿Voy demasiado aprisa? —preguntó.

—No, no. Siempre es mejor ir aprisa.

—Casi siempre —me corrigió, sonriendo.

Cuando le pregunté a mi padre si Jan podía venir con nosotros, se mostró indeciso. Dijo que hablaría con su esposa.

Yo no sabía si Margareta dejaría marchar a su hijo, pues la consideraba lo bastante inteligente para ver el rumbo que tomaban los acontecimientos. Supongo que sabía que Jan desearía ir a Inglaterra. Me preocupaba la decisión que pudiera tomar Margareta. Yo comprendía a mi padre. Era un hombre que amaba a sus hijos, pero su afecto más profundo era el que sentía por su esposa. Así había sido en el caso de mi madre, y por ello había podido dejarnos a Philip y a mí con la abuela. Aunque quería a sus hijos y deseaba lo mejor para ellos, su amor más intenso era para Margareta. Y lo que ella decidiese pesaría mucho.

Había podido darme cuenta de que Margareta era una mujer muy hogareña, y no estaba segura de que permitiese a su hijo mayor abandonar la casa familiar, aunque fuese por poco tiempo.

Creo que Margareta luchó consigo misma y llegó a la conclusión de que, si Jan estaba decidido a dedicarse a la cartografía, sería bueno para él entrar en el negocio familiar, de ser ello posible. Y debió de decidir, además, que para él sería una excelente experiencia viajar un poco. Dio, pues, su permiso. Cuando le pregunté al muchacho si quería acompañarnos en nuestro viaje, éste aceptó con gran alegría.

Me dijo que estaba triste porque creía que yo iba a marcharme pronto y no sabía cuándo volvería a verme. Esto me produjo una gran satisfacción. Y la perspectiva de venir con nosotros, de ver los bosques de Alemania, los castillos del Rhin, los lagos de Suiza, y las grandes ciudades de otros países le llenó de entusiasmo.

El día de nuestra marcha, vino a despedirnos toda la familia. Nos dijimos «Hasta pronto», pues habíamos decidido que yo pasaría otros tres días con ellos antes de regresar a Inglaterra.

Fue magnífico ver la alegría de Jan, sostener largas charlas con él, pasear en barca por los lagos, recorrer las verdes laderas que rodeaban el chalé de la Selva Negra en el que pasamos dos días.

Una tarde, sentada en la hierba de una ladera, oyendo de vez en cuando el tintineo de un cencerro, percibiendo el intenso olor a resina de los pinos, me sentía casi feliz. «Si fuese Philip quien estuviese a mi lado...», pensé. Hice un esfuerzo por sobreponerme, y le pregunté a Jan:

—Oye, ¿qué te parecería hacer un viajecito a Inglaterra?

—¿A Inglaterra? ¿Lo dices en serio, Annalice?

—Sí. Podrías volver con nosotros, quedarte unos días y ver si te gusta. Yo te enseñaría el taller, que es como lo llamamos. Verías los mapas y las máquinas de imprimir. Te gustaría mucho. Nuestro gerente es un señor muy agradable llamado Benjamin Darkin. Se le considera uno de los mejores cartógrafos de Inglaterra. Él te enseñaría cómo se hacen los mapas; es algo fascinante.

Jan no decía nada, pero le brillaban los ojos.

—Mis padres no me dejarían ir —dijo.

—Yo creo que sí.

—Mi padre, quizá.

—Y tu madre también.

—Tú no la conoces, Annalice.

—Sí que la conozco. Lo cierto es que ya he hablado con ellos. Creí que debía hacerlo antes de decirte nada a ti. Ellos te dejan ir. Lo único que falta es tu decisión.

Jan volvió a quedar en silencio. Me di cuenta de que estaba completamente desconcertado por aquel regalo extraordinario que se le ofrecía.

Fueron días apasionantes. Nunca olvidaré la magnificencia de las montañas suizas y la belleza de los lagos, la emoción de navegar por el Rhin contemplando los castillos de cuento de hadas que se erguían en sus orillas. Nos alojamos en pueblecitos en los que habría podido aparecer en cualquier momento el flautista de Hamelín, y pasamos por bosques en los que habrían encajado perfectamente los personajes de los cuentos de los hermanos Grimm.

Raymond y su padre tenían negocios a los que atender, y Grace, Jan y yo hacíamos turismo juntos. Íbamos a ver catedrales, mercados, callejuelas empedradas y anchas carreteras. Al ver el entusiasmo que mostraba Jan por todo, me parecía casi haber vuelto a la infancia y estar al lado de Philip.

Un día, después de bajar corriendo juntos por la ladera de una colina, Jan me dijo:

—Lo mejor que puede pasarle a uno es encontrase con una hermana.

—No —repliqué—. Lo mejor que puede pasarle es encontrarse con un hermano.

Nos reímos el uno del otro, pero yo temí que se trasluciese mi emoción.

Jan significaba mucho para mí, pues había llegado a mi vida en un momento en que yo estaba obsesionada por la desaparición de Philip. Necesitaba ayuda, una ayuda que sólo él podía darme.

Volvimos a la casa de Prinsengracht, y nuestra llegada produjo gran regocijo.

Margareta preparó una cena espléndida, y pasamos la velada hablando de nuestras aventuras, hasta muy tarde. Creo que mi padre y Margareta estaban un poco tristes por la marcha de Jan.

—Les agradezco mucho que le dejen venir —les dije—. Recuerden que la distancia que nos separará no es muy grande. No nos vamos al otro lado del mundo.

—Nos entristece que se vaya —dijo Margareta—, pero, al igual que los pájaros, tienen que dejar el nido y aprender a volar. Y, cuando saben volar, es natural que a veces se vayan lejos.

—Siente pasión por la cartografía —dije.

—Es verdad —dijo mi padre—. Reconozco esa pasión.

—La abuela le querrá mucho. Le necesita, créanme. Yo también le necesito. Y él necesita estar donde pueda aprender lo que le interesa.

—Tienes razón, sin duda —dijo mi padre.

Miró a Margareta y ésta asintió con un gesto, sonriéndole con cierta tristeza.

—Qué afortunados son ustedes —les dije—. Estando aquí, me he percatado de la armonía, de la felicidad que reina en este hogar. Se tienen ustedes el uno al otro, y tienen, además, a Charles y a Wilhelmina. Y Jan no estará muy lejos, al otro lado de una pequeña extensión de agua.

—Es verdad —dijo mi padre—. Lo cierto es que empezábamos a pensar en el futuro de Jan. Ya tiene quince años.

—Y ahora que muestra esta vocación tan fuerte, no podemos oponernos a ella —añadió Margareta.

—Quieren lo mejor para él —dije.

—Sí. Hemos de dejar de lado el egoísmo —afirmó Margareta—. Yo quería conservar a mis hijos a mi lado, pero...

—Por desgracia, el tiempo pasa. Pero quizá podrían venir a vernos todos ustedes. La abuela estaría encantada. Sólo haría falta romper el hielo, olvidar esas viejas diferencias.

—Me alegra tanto de que tú las hayas olvidado, Annalice... —dijo mi padre.

—Tus amigos, los Billington, son personas encantadoras —me dijo Margareta.

Mi padre sonrió y la miró. Me di cuenta de lo que estaban pensando. Imaginaban que iba a casarme con Raymond.

No dije nada. Pero al verles tan felices juntos volvía a

pensar que me comportaba como una tonta al no aceptar a mi pretendiente.

Volví a recordar todo cuanto había hecho Raymond por mí. Hasta había forjado un plan que me permitiría hacer mi viaje al Pacífico. De no ser por él, aún estaría en Inglaterra, en casa, esperando unas noticias que no llegaban.

Todo el mundo me consideraba afortunada por ser la elegida de Raymond Billington. Y si todo el mundo lo pensaba, debía de ser verdad.

El experimento salió bien, tal como yo suponía. Cuando llegué a casa con Jan, la abuela se mostró asombrada y un poco molesta, creo, porque todo se había organizado sin su conocimiento; pero su alegría no tardó en superar a cualquier otro sentimiento.

En muy poco tiempo, Jan se ganó su corazón. Su parecido con Philip nos entristecía y nos alegraba al mismo tiempo.

—Es un Mallory de pies a cabeza —me dijo la abuela—. No veo que tenga nada de holandés.

—Le gustaría su madre, abuela. Es una mujer dulce, cariñosa y hogareña.

—Ya veo que todos te han conquistado.

Estaba muy conmovida y, aunque lo intentó, no pudo disimularlo.

—Eres muy atrevida, Annalice —me dijo, casi enfadada—. Has ido allí sin decirme nada y has preparado esto. Me parece que lo tenías pensado desde el principio.

—Es que la situación en que vivíamos siempre me había parecido un poco absurda. Las disputas familiares siempre lo son. Recuerde que también se trata de mi familia.

—Ya veo que tendré que estar alerta, o dentro de poco nos mandarás a todos.

Pero, en el fondo, estaba contenta; hasta creo que me admiraba por lo que había hecho.

—Déjeme que les invite a todos para Navidad. ¿No sería bonito?

—No estoy segura. Antes, veamos cómo se siente Jan aquí.

—Se siente muy bien. Benjamin siempre dice que le recuerda mucho a...

—Ya. Sí, Jan lleva en la sangre el amor a la profesión. Lástima que no le ocurriese lo mismo a su padre.

—Jan se pasa el día en el taller. Le interesa todo. Benjamin dice que no hace otra cosa que preguntar: «¿Qué es esto? ¿Qué es aquello?».

—Ya lo sé. Y te ha tomado mucho cariño. Y a mí también parece que me quiere un poco.

—A mí me dijo el otro día que siempre había tenido ganas de venir a Inglaterra, que su padre le hablaba de nosotras y de la mansión, y que consideraba que Inglaterra era su país.

—Es un muchacho sensato.

La presencia de Jan nos hizo mucho bien. Nos veíamos obligadas a ocultarle nuestro dolor, y no hablábamos de Philip delante de él.

A principios de mayo volvimos a visitar a los Billington. Jan nos acompañó. Se había adaptado de un modo sorprendente. De vez en cuando hablaba con nostalgia de su familia, pero, cuando yo le preguntaba si quería volver a su casa, él aseguraba, muy convencido, que quería quedarse.

Pasaba casi todas las tardes en el taller.

La abuela y mi padre se escribían ahora con regularidad. Él quería enterarse de los progresos de Jan, y ella estaba contenta de volver a estar en buenas relaciones con él. La educación de Jan había constituido un problema, pero la abuela se había puesto de acuerdo con el párroco, que era un hombre culto y que necesitaba ganar algún dinero suplementario, para que diese clase a Jan por las mañanas mientras no supiésemos cuánto tiempo iba a quedarse el muchacho con nosotras y no pudiésemos tomar una decisión definitiva. La abuela opinó que, si iba a dedicarse a la cartografía, debía empezar lo antes posible y aprenderla en el negocio familiar.

Mi padre se mostró de acuerdo con esto, pero se decidió que, por el momento, Jan estudiaría con el párroco.

—¿Ves lo que ocurre cuando se hacen planes tan aprisa? —me dijo la abuela—. Se olvidan los detalles prácticos.

—Detalles a los que se puede atender después —repliqué.

La anciana asintió de mala gana, mirándome con una mezcla de afecto y de involuntaria admiración.

Pero la abuela seguía considerándome muy tonta por seguir rechazando a Raymond Billington.

Yo seguía subiendo a la habitación de Ann Alice, y allí me ponía a pensar en ella. Contaba a la sazón diecinueve años, y seguía experimentando la extraña sensación de que nuestras vidas se hallaban relacionadas. No podía hablar con nadie de aquello. La abuela habría considerado ridícula aquella idea, y no habría vacilado en decírmelo. Raymond también, posiblemente; pero él habría intentado comprenderme.

Fue un gran placer llegar a la estación y encontrarnos allí con Raymond y Grace.

—Tenemos otros visitantes —anunció Raymond—. Unos antiguos amigos de la familia. La señorita Felicity Derring y su tía, la señorita Cartwright. Las dos son muy agradables.

Le preguntó a Jan cómo seguía, y el muchacho le contestó con entusiasmo.

—Jan está muy ocupado —dije—. Por las tardes, va al taller, y por las mañanas, da clase con el señor Gleeson, el párroco.

El muchacho hizo una mueca.

—Es un mal necesario —le recordé.

—A mí me gustaría estar todo el día en el taller —replicó.

—A esto se le llama vocación —comenté.

—Así que todo va bien —dijo Raymond—. Me alegro mucho.

Cuando me ayudaba a bajar del coche que nos había llevado a la casa, Raymond me susurró:

—Nuestro plan ha dado resultado.

—Hubiera debido ser usted general.

—Las guerras son mucho más difíciles de dirigir que las reconciliaciones familiares.

Entramos en la casa, fuimos recibidos por la familia y nos presentaron a la señorita Felicity Derring y a su tía.

Felicity era una bonita joven, aproximadamente de mi edad. Tenía el cabello castaño y fino, y grandes ojos pardos. Era esbelta y no muy alta, muy delicada y completamente femenina. A su lado, me sentía muy alta y algo torpe. La tía era asimismo de pequeña estatura, y parecía ser de carácter nervioso.

—La señorita Cartwright y Felicity son antiguas amigas de nuestra familia —explicó la señora Billington—. Ya me he enterado de sus aventuras en el continente, mi querida Annalice. Ah, éste es Jan. Encantada de conocerte. ¡Cuánto me alegro de verles a los tres, señora Mallory!

De nuevo reinaba aquel clima de afecto que me hacía sentir tranquila, satisfecha.

Pero esta vez había una diferencia, debido a las otras visitantes, de las que supe algo más en el transcurso de la cena.

—¿Hay alguna novedad sobre el viaje que piensa emprender para reunirse con su prometido? —le preguntó la señora Billington a Felicity.

—Pues sí —contestó la joven—. Pienso ir en septiembre. Si me voy a primeros de mes, llegaré a Sidney cuando allí sea verano.

—¡Qué ilusión! —exclamó Grace.

—Me encantaría ir a Australia —dijo Basil—. Tiene usted suerte, Felicity.

—Sí, la tengo —dijo la muchacha bajando los ojos.

—El prometido de Felicity está en Australia —me explicó Raymond—, y ella irá a reunirse con él.

—¡Qué emocionante! —exclamé.

—Tengo un poco de miedo —confesó Felicity—. Cuando pienso que debo cruzar tantos mares, y adaptarme a un país que no conozco...

—Pero yo te acompañaré, hija mía —dijo la señorita Cartwright.

Lo dijo como si su presencia fuese una garantía de que todo iría bien.

—Una muchacha tiene que ir siempre acompañada —dijo Grace—. ¿Por qué los hombres pueden viajar solos y las mujeres no?

—Los hombres pueden defenderse mejor que las mujeres, querida —le respondió su madre.

—Pues hay hombres que son bastante débiles —replicó

Grace—. Y mujeres que son muy fuertes —añadió, mirándonos a la señorita Cartwright y a mí.

—En nuestra sociedad, se trata a las mujeres como a personas de segunda categoría —afirmé.

—Oh, no —me contradijo Raymond—. Si somos solícitos con ustedes, es porque las valoramos tanto que queremos evitar que les ocurra nada malo.

—Yo creo, en cambio, que se nos niegan oportunidades.

Todos se interesaban, y advertí que aquello se convertiría en una discusión sobre la situación de los derechos de la mujer en la sociedad moderna, cosa muy propia de las cenas de los Billington.

No me equivoqué; se originó una animada y reñida discusión. La abuela intervino con entusiasmo, al igual que yo. Felicity no habló mucho. Llegué a la conclusión de que era una muchachita tímida.

Más tarde, le pedí a Raymond que me hablase de ella.

—Fue un noviazgo muy corto —me dijo—. William Granville vino hace unos meses, para buscar esposa según creo, y conoció a Felicity. Aunque ella no pertenece al tipo de mujer capaz de vivir en los desiertos del interior. Otra cosa sería que William residiese en Sidney o en Melbourne, o en alguna otra ciudad. Pero creo que no es así. No puedo imaginarme a Felicity en una inmensa hacienda, haciendo frente a las sequías, a los incendios forestales y a todos los desastres que allí se producen.

—No, no parece la persona adecuada para ello. ¿Así que se va en septiembre?

—Eso ha dicho. La acompañará la señorita Cartwright. Felicity es huérfana, y vive con su tía desde que perdió a su padre, hace unos años. Como usted ya habrá visto, la señorita Cartwright es una mujer de carácter. Es una suerte que Felicity la tenga a ella para acompañarla.

—Supongo que la señorita Cartwright aprueba ese matrimonio.

—William Granville es un hombre muy enérgico. Y ya no es tan joven. Creo que tiene unos quince años más que Felicity. Pero la conquistó en pocas semanas. Supongo que a todo el mundo le pareció algo muy romántico. Espero que a ella le guste Australia. Hablando de otra cosa, veo que Jan está haciendo un buen trabajo con su abuela de usted.

—Está muy orgullosa de él. Benjamin no deja de elogiarle, y ya puede usted imaginar cómo le agrada esto a ella. Hace unos días la oí hablar con una persona de «mi nieto», y tenía que haber oído usted el orgullo que había en su voz. Fue una idea excelente traer a Jan aquí.

—Así estará acompañada cuando usted se case conmigo. ¿Cuándo me dará usted el sí, Annalice? Mi familia desea saberlo. Ellos creen que es algo inevitable, y no comprenden por qué retrasamos el anuncio.

—¿Saben ellos... lo de Philip?

—Desde luego.

—¿Y no comprenden?

El joven negó con la cabeza.

—Lo que ellos creen es que yo debería estar a su lado para consolarla en caso de que...

—«En caso de que...», dice usted. Parece que ahora se trata ya de algo indudable. ¿Dónde puede encontrarse Philip? ¿Por qué no tenemos noticias?

—No lo sé.

—Me atormenta esta incertidumbre.

—Annalice..., cásese conmigo y yo la acompañaré al Pacífico. Lo dejaré todo e iremos allí juntos.

Por un instante, me sentí tentada. Aquello era lo que yo deseaba. Sentía la necesidad de ir allí, al lugar donde había ido Philip.

Ignoro por qué vacilé. Me parecía casi oír la voz de Ann Alice diciéndome: «No. De este modo, no. Cuando llegue el momento de casarte con Raymond, lo sabrás».

—¿Por qué no, Annalice?

Me rodeó con sus brazos y me apretó contra él. Aquel abrazo era tan consolador... Volví la cara y la apoyé en el pecho de Raymond.

—Esta noche se lo diremos a todos —dijo él.

Me aparté.

—No, Raymond. Creo que no debemos hacerlo así. Usted

no puede abandonar su trabajo. Es posible que mi estancia allí hubiese de ser larga. Y piense en la duración del viaje...

—Podría ser una luna de miel.

—Una luna de miel en la que podríamos descubrir una tragedia. No, no quiero hacerlo así.

—Piénselo.

—Lo pensaré.

No sé de dónde saqué la idea de que Felicity estaba enamorada de Raymond. ¿Era la forma en que le miraba? ¿O en el modo en que le cambiaba la voz cuando le hablaba?

Desde luego, Raymond era un joven poco corriente. Cualquier mujer habría estado orgullosa de él. Yo me daba cuenta cuán tonta era al no decidirme a casarme con él. No siempre estaba segura de por qué mantenía aquella actitud. Era algo que tenía que ver con el diario de Ann Alice. Seguía guardándolo en un cajón, detrás de los guantes y chales, tal como lo hacía mi antepasada. Mi negativa a Raymond se debía a un impulso, a un instinto; era casi como si Ann Alice me guiase.

En el transcurso de aquellos días, pensé mucho en Felicity, y busqué su compañía. No era fácil hablar con ella. Parecía haberse encerrado en sí misma, lo cual podía indicar que deseaba ocultar algo.

Me enteré de que su familia había sido amiga de los Billington durante muchos años. La madre de Felicity había muerto de unas fiebres cuando la pequeña tenía tres años, y la señorita Cartwright, hermana de la difunta, había ido a vivir con Felicity y su padre para llevar la casa. Desde entonces se ocupaba de Felicity, y a la muerte del padre de la muchacha, había asumido su custodia.

Tenía la impresión de que a Felicity le daba bastante miedo la perspectiva de aquel largo viaje por mar. Ella misma me lo confirmó.

—Pero es algo tan emocionante, tan romántico —le dije—. Un noviazgo tan corto, un compromiso, y ahora este viaje para reunirse con su esposo.

—Todavía no lo es —replicó la joven.

Y el tono en que lo dijo me proporcionó un indicio de sus sentimientos.

Le pregunté cuándo había conocido al señor Granville, y ella me respondió que un mes antes de prometerse con él.

—No es mucho —comenté.

—Todo ocurrió muy aprisa, y entonces nos pareció bien a todos.

—Ya verá como le gusta el viaje.

—No lo sé.

—Además, no irá sola. La acompañará la señorita Cartwright.

Asintió.

—Y usted... se casará con Raymond, ¿verdad?

—Oh, todavía no hay nada seguro.

—Pero él la quiere, y usted, sin duda...

—Yo creo que no hay que precipitarse en estas cosas.

Felicity se ruborizó un poco, y me percaté de la falta de tacto que había cometido.

—A menos que se esté muy seguro —añadí.

—Sí, claro —convino la muchacha—. A menos que se esté muy seguro.

Me habría gustado preguntarle muchas cosas a Felicity Derring, pero sus sentimientos estaban muy ocultos, como si ella temiese darlos a conocer.

—Tengo una idea —me dijo Raymond—. ¿Por qué no va usted a Australia con Felicity y la señorita Cartwrigt?

—¿Cómo? —exclamé.

—Es una solución. Su abuela nunca la dejará ir sola. Con la compañía de la señorita Cartwright puede usted ir a Australia y hacer allí investigaciones. Después, pueden volver juntas.

—¡Oh, Raymond! ¡Qué ideas tan magníficas se le ocurren a usted!

—Sé que no podrá usted vivir en paz hasta que sepa lo que le ha ocurrido a su hermano. Y es posible que en Australia pueda averiguar algo. Philip fue a Sidney; tal vez allí sepan algo de él. Podría usted intentar ponerse en contacto con ese joven con el que se marchó. Se llamaba David Gutheridge,

¿no? Si el se disponía a hacer una expedición por esas tierras, es posible que aún esté en ellas. Además, le sería usted útil a Felicity. Creo que está algo angustiada por la aventura que va a emprender, y le iría bien tener a una amiga con ella. No se sentiría tan desorientada en un país extraño.

—Es una idea excelente. Aunque no sé que dirá Felicity. Apenas me conoce.

—A ella le encantará hacer el viaje con una amiga. Y la señorita Cartwright preferirá, sin duda, hacer el viaje de regreso acompañada.

—Como ya le dije un día, Raymond, tiene usted una mente tortuosa.

—Yo también podría ir allá unas semanas y echarle una mano en las investigaciones.

—¿Lo haría usted?

—La única manera de marcharnos juntos sería que se casase usted conmigo. No podemos desafiar las convenciones hasta el punto de irnos a Australia sin estar casados.

—No sé qué haría sin usted, Raymond. Cuando pienso en cómo ha cambiado mi vida desde que le conocí en aquella conferencia, no puedo creerlo...

—Era el destino —dijo, y me dio un beso en la frente.

—¿Y qué me dice usted de la abuela? ¿Qué pensará ella de esta idea?

—Puede que no sea fácil convencerla.

—¡Seguro que no lo será! —exclamé, riendo.

—Dígaselo poco a poco, con diplomacia. Ella la conoce bien, y la quiere mucho. Quiere verla feliz, y sabe que la desaparición de su hermano la tiene afligida. Y la cree capaz de cuidarse sola. Insinúele la idea de ir a Australia..., haga que se acostumbre a ella. Que no le parezca una locura. Y, cuando la señorita Cartwright vea casada a su sobrina, ambas regresan juntas. Me parece muy plausible.

—Sí, es bastante razonable. Al principio, me ha parecido imposible.

—Lo prepararemos todo con cuidado, y saldrá bien.

—¡Oh, Raymond, cuánto le quiero!

—Si es así, cambiemos de plan. Hagamos el viaje juntos.

Negué con la cabeza.

—Cuando haya descubierto la causa de la desaparición de Philip —dije—, volveré y me casaré con usted.

—Le tomo la palabra, Annalice.

En alta mar

En un claro día de septiembre, en compañía de Felicity Derring y de la señorita Cartwright, embarqué en el *Southern Cross,* que se dirigía a Australia por la ruta del Cabo. Durante las semanas anteriores había estado tan ocupada que apenas había tenido tiempo de pensar en lo que me estaba ocurriendo. Me parecía increíble: la llegada de Jan y ahora mi marcha. Un año atrás, no habría creído que eso fuese posible.

Las emociones que me embargaban en aquellos momentos eran contradictorias. Estaba haciendo lo que me había propuesto, lo que necesitaba hacer para recuperar la tranquilidad; pero, por otra parte, me disponía a emprender una aventura que podía llevarme a un desengaño.

Me había costado mucho convencer a la abuela.

—Es una empresa quimérica —me había dicho—. ¿Qué harás cuando llegues allí?

—No lo sé exactamente. Esperar y ver si me entero de algo. Pero presiento que averiguaré la verdad.

—Me ha sorprendido la actitud de Raymond. Él te anima a marcharte. Yo habría pensado que haría todo lo posible para retenerte.

—Raymond me comprende. Sabe que no podré ser feliz hasta que conozca la verdad. Philip forma parte de mí. Debe usted comprender esto, abuela. Siempre estuvimos juntos. No puedo perderle sin saber por qué, sin saber qué ha pasado.

—¿No crees que yo siento lo mismo? ¿Eres tú la única que tiene sentimientos?

—No, abuela. Pero yo necesito saber lo que ha pasado. Después volveré y me casaré con Raymond. Él me comprende. Por esto está de acuerdo en que me marche.

—No quiero perderte a ti además de a Philip.

—No me perderá, abuela. Volveré. Y quizá traeré a Philip conmigo.

—¿Dónde crees que está, pues? ¿Crees que se esconde de nosotras?

—Lo ignoro, abuela. Pero lo averiguaré. Intenta comprender. Ahora tienes a Jan contigo...

—Hum... Cualquier día de estos, también él querrá marcharse a Australia... ¿Y, cómo tendré noticias tuyas?

—Abuela, sólo se trata de un viaje. Mucha gente viaja. Estaré con Felicity y con la señorita Cartwright, y volveré con esta última.

No puedo decir que la abuela se dejase convencer, pero se resignó a la idea.

Había visto algunas veces más a Felicity y a la señorita Cartwright, y me parecía conocer bien a esta última. Era una de esas mujeres sinceras y directas, muy seguras de su virtud, que son tan numerosas y que se han convertido en clichés. Yo incluso podía adivinar lo que iba a decir antes de que abriese la boca.

No me ocurría lo mismo con Felicity. Aparentemente, era una muchacha tranquila, bastante insulsa. Pero no estaba segura de que esa fuese la verdad. Me parecía que ocultaba secretos, no sabía de qué clase.

Pensé en lo que haría cuando llegase a Sidney. Supuse que tendría que ir con mis dos compañeras a la hacienda del señor Granville, la cual según sabía ahora, estaba en Nueva Gales del Sur, a unos kilómetros de Sidney. Supuse que tendría que permanecer allí unos días, hasta que la señorita Cartwright decidiese regresar. Pero, ¿qué averiguaria allí? Era muy improbable que el prometido de Felicity hubiese conocido a Philip; sería demasiada casualidad.

Pero había conseguido ponerme en marcha, y estaba convencida de que encontraría algo que me orientaría. Seguía recordando a Ann Alice, y experimentaba la misteriosa sensación de que me observaba, de que me ayudaba a recorrer el camino que ella quería que recorriese.

La abuela vino a Tilbury a despedirnos, en compañía de Raymond y de Jan. Era reconfortante ver cómo Jan apoyaba el brazo en los hombros de la abuela, como si quisiera consolarla. Ella apretaba fuertemente los labios, expresaba su desaprobación y contenía la emoción que sentía. Pero, en el fondo, yo sabía que me comprendía, y que, si ella hubiese tenido mi edad y se le hubiese presentado la ocasión, habría hecho exactamente lo mismo que yo.

No creo que la abuela pensase que yo iba a resolver el misterio de la desaparición de Philip, pero se daba cuenta de que tenía que hacer algo, de que no podía permanecer inactiva. Debía intentarlo, y, si fracasaba, volvería. Y aunque no podría olvidarme de Philip, podría al menos estar segura de que había hecho todo lo posible, y conseguiría resignarme.

Me alegré cuando hubimos pronunciado las últimas palabras de despedida. Estos instantes son siempre bastante angustiosos. Se percibe la atmósfera emocional que reina en el lugar: padres, hijos, hijas, enamorados, separándose. Se percibe la aprensión de quienes abandonan el hogar para dirigirse a lo desconocido, aunque lo hayan decidido libremente.

Oprimiéndome las manos con fuerza, Raymond me dijo:

—Cuando vuelva...

—Sí, cuando vuelva —repetí.

—No será mucho tiempo.

—Quizá no.

—Vendré a esperarla, a este mismo lugar.

—Sí, por favor. Venga usted. Y gracias, Raymond. Gracias por todo lo que ha hecho por mí.

Me aferré a sus manos un momento. Después abracé a la abuela y a Jan una vez más, y, sin volverme, subí al barco.

¡Cuánto ruido! ¡Qué agitación por doquier! Todo el mundo corría de aquí para allá. Se oían gritos, órdenes; sonaban las sirenas.

Felicity y la señorita Cartwright compartían un camarote. El mío era contiguo al de ellas, y lo compartía con una joven australiana que hacía el viaje en compañía de sus padres.

Recorrí con la mirada el pequeño espacio que iba a ser mi hogar en el transcurso de las próximas semanas, y pensé cómo me las arreglaría. Había dos literas, un tocador con cajones y un armario. Al poco rato, llegó mi compañera de viaje.

Era una joven alta que tendría aproximadamente mi edad. Su piel estaba tostada por el sol; tenía el pelo rubio y espeso. Parecía una persona sencilla y jovial.

—¡Hola! —me dijo—. Tenemos que compartir este camarote, ¿eh? Estaremos un poco apretadas, pero habrá que conformarse. ¿Te importaría que ocupase la litera de arriba? No me gusta tener a otra persona subiendo por encima de mí.

Le respondí que no me importaba en absoluto.

—Espero que no lleves mucho equipaje —dijo—. Como ves, no hay mucho espacio. Me llamo Maisie Winchell. Mis padres están en un camarote cerca de éste. Tenemos negocio de lana. ¿Por qué vas a Australia? A ver si lo adivino. Vas a casarte con un australiano, que vino aquí a buscar esposa y te conoció.

—Pues no —dije—. Lo que sí es verdad es que acompaño a una amiga que va a casarse allí. Me llamo Annalice Mallory.

—¡Oh, qué nombre tan bonito! Annalice. Llámame Maisie, como todo el mundo. En Australia gastamos menos cumplidos.

—De acuerdo, Maisie.

Pasamos a repartirnos el armario y los cajones.

Después, fui al camarote contiguo, para ver qué hacían Felicity y la señorita Cartwright.

Ésta se quejaba del poco espacio de que disponían, y Felicity dijo que era una suerte que sus baúles estuviesen en la bodega.

Nos dirigimos las tres al comedor.

Había allí poca gente. El capitán no estaba, naturalmente; supuse que se encontraba en el puente dirigiendo la salida del puerto. Estábamos demasiado nerviosas para comer, aunque la sopa que nos sirvieron era buena y apetitosa.

Me percaté de que un hombre que estaba sentado a una mesa cercana nos observaba con atención. Llamaba la atención debido a su aventajada estatura. Debía de medir más de un metro ochenta, y era además muy corpulento. Mostraba cierta audacia en sus modales, y ello me molestó, pues parecía especialmente interesado en nosotras. Era muy rubio, y su cabello se veía descolorido, como si pasase muchas horas al sol. Sus ojos, de un azul intenso, destacaban vivamente en su rostro bronceado. Cuando mi mirada se cruzó con la suya —lo que no pude evitar, pues cada vez que levantaba los ojos él me estaba mirando— me sonrió.

Bajé los ojos y aparté la mirada.

La señorita Cartwright declaró que la sopa no estaba lo bastante caliente, y expresó la esperanza de que el resto de la cena fuese mejor. Había oído decir que la comida de los barcos era muy mala.

Felicity habló poco. Estaba pálida. Sin duda la habían fatigado mucho los preparativos del viaje. Además, debía de darse cuenta de la importante decisión que tomaba al abandonar su hogar por un hombre al que sólo conocía desde un mes antes de decidir casarse con él.

Cuando nos levantamos de la mesa, el hombre alto seguía en su lugar. Hubimos de pasar por su lado.

—Buenas noches —nos saludó.

No había más remedio que responderle, y le dije a mi vez:

—Buenas noches.

—Creo que esta noche va a estar el mar agitado —añadió el hombre.

Asentí, y me alejé rápidamente.

—¡Qué impertinencia la de ese hombre! —exclamó la señorita Cartwright—. ¡Dirigirnos la palabra de ese modo! ¡Y decir que va a estar agitado el mar! Hasta parecía satisfecho de que fuese así.

—Quizá sólo quería ser amable —dije.

—No tiene por que serlo. No nos conocemos de nada. Sin duda el capitán o los oficiales nos presentarán a las personas que debamos conocer.

—No sé si las cosas serán tan formales aquí, señorita Cartwright —repliqué.

Les di las buenas noches, explicando que debía volver a mi camarote para deshacer el equipaje.

Así lo hice. Mientras estaba colocando mis pertenencias, entró Maisie.

La muchacha me confirmó la opinión de aquel desconocido, en el sentido de que el mar iba a encresparse.

—Ya verás cuando lleguemos a la Bahía —me dijo.

—Pareces una viajera experimentada, Maisie.

—Lo soy. Papá va a Inglaterra cada dos años, más o menos. Ya te he dicho que se dedica a la lana. Tenemos una hacienda en el norte de Melbourne. Mamá y yo le acompañamos siempre. Nos gusta hacer una visita a la patria. Pero también me gusta, después, volver a Australia. Allí me siento libre, cómoda.

—Nos encuentras demasiado convencionales, ¿verdad?

La joven me miró y se echó a reír.

—Bueno... ¿a ti qué te parece? —exclamó.

Entonces me habló de la hacienda en la que vivían, cerca de Melbourne.

—Tengo que presentarte a la señorita Derring. Es la joven con la que viajo, con ella y con su tía. Va a casarse con un hacendado, un hombre que está establecido cerca de Sidney.

—Ah, en Nueva Gales del Sur. Nosotros estamos en Victoria.

Nos sonreímos. Tenía el firme convencimiento de que nos llevaríamos muy bien.

Era verdad que el mar iba a estar agitado aquella noche. Me desperté cuando estaba a punto de caerme de la litera.

—Esto no es nada —me dijo Maisie desde arriba, casi con humor—. Pero es una pena que no haya tardado un poco más, para que los viajeros novatos tuviesen tiempo de acostumbrarse al balanceo.

—Ah..., ¿de modo que se acostumbra uno?

—Depende. Hay personas que sí, y las hay que no. Se es un buen marinero o no se es. Espero que tú lo seas. El secreto está en no pensar en ello. El aire fresco también ayuda. Bueno, tengo sueño. Que descanses.

Permanecí un rato despierta, oyendo los crujidos de la madera, el silbido del viento y los golpes de las olas en los costados del barco. Después, el balanceo me ayudó a dormirme.

A la mañana siguiente, cuando desperté, vi que el viento no había amainado. Era difícil mantenerse en pie, pero conseguí llegar al cuarto de baño, tambaleándome, y vestirme. Me encontraba bien, pero aquellas operaciones me llevaron bastante tiempo, debido al balanceo del barco.

Maisie me dijo desde su litera:

—Me levantaré cuando tú estés lista. Si te parece lo haremos así cada día. Aquí no hay sitio para que nos vistamos ambas al mismo tiempo. ¿Te apetece desayunar?

—Me tomaría una taza de café, y una rebanada de pan con mantequilla, quizá.

—Muy bien. Y después sal a tomar el aire. Lo principal es que puedas comer. Comida y aire fresco.

Me dirigí al camarote contiguo, para ver cómo estaban Felicity y la señorita Cartwright.

Ambas se encontraban mal, y sólo deseaban estar tranquilas. Me fui, pues, al comedor. Casi no había nadie. Tomé un café y pan con mantequilla, y después, siguiendo el consejo de Maisie, salí a cubierta.

Las olas mojaban las tablas de la cubierta, y apenas podía tenerme en pie. Encontré un lugar seco debajo de los botes salvavidas, y, después de envolverme en una manta que encontré en una cajonada, me senté y me puse a contemplar el furioso mar.

Pensé en la llegada a Sidney. Una empresa quimérica. Me parecía oír la voz de la abuela. ¿Era la mía una empresa quimérica?

Un hombre venía por la cubierta, tambaleándose. Vi en seguida que se trataba del hombre alto al que había visto en el comedor. Sentí cierta irritación, pero también curiosidad. No me habría sorprendido descubrir que me había seguido hasta allí. Tomó una silla y se sentó a mi lado.

—Buenos días —me dijo—. Es usted muy audaz al desafiar así los elementos.

—Me han dicho que es lo mejor contra el mareo.

—Siempre que se tenga el valor necesario. El noventa por ciento de los pasajeros están gimiendo en sus literas. ¿Lo sabía usted?

—No lo sabía, y no estoy segura de que ese porcentaje sea correcto.

—¿A cuántos ha visto usted en el comedor? ¿Cuántos están aquí? Sólo dos, por suerte, que es un número mucho más interesante que una multitud.

—¿Usted cree?

—Sí, desde luego. Pero estoy olvidando mis modales. Habría debido pedirle permiso para sentarme a su lado.

—¿No es un poco tarde ya?

—Es un hecho consumado, sí. ¿Me permite usted que me siente? No hay otro lugar donde hacerlo; todo está mojado.

—¿Qué haría usted si le negase el permiso?

—Me sentaría aquí igualmente.

—Así pues, es inútil que lo solicite, ¿no?

—Ya veo que tiene usted una mente lógica. Permita que me presente. Me llamo Milton Hemming. Un nombre noble, pensará usted. «Milton, deberíais vivir en este tiempo...» Le diré por qué me llamo así. Mi madre era una dama muy hermosa, como puede usted imaginar por los atractivos que he heredado de ella, y, antes de venir al mundo, hice que se encontrase muy mal. No pudo dedicarse a las actividades sociales que constituían el sentido de su vida. *El Paraíso perdido*, ¿comprende? Y tan pronto como me tuvo en sus brazos (el querubín más delicioso que imaginar se pueda), exclamó: «¡El Paraíso recuperado!». Después de esto, forzosamente había de llamarme Milton.

Yo reía. Me había olvidado de la incomodidad que me causaba el mal tiempo. Me había olvidado de la empresa quimérica en que me había metido. Me divertía aquel hombre, la seguridad que tenía en sí mismo, su decisión de trabar conocimiento conmigo.

—Y ahora le toca a usted —dijo.

—Me llamo Annalice Mallory —dije—. Ann y Alice eran dos nombres que se usaron mucho en nuestra familia durante varias generaciones. Mi abuela, a quien correspondió imponerme un nombre, decidió unirlos, y me llamó Annalice.

—Annalice —dijo el joven—. Es insólito. Como usted.

—Gracias por el cumplido..., si es que se trata de un

cumplido. Insólito podría significar asimismo insólitamente desagradable.

—En este caso, significa todo lo contrario.

—Siendo así, vuelvo a darle las gracias. ¿Cuánto durará este tiempo? ¿Viaja usted mucho?

—En cuanto al tiempo, es imposible de saber. Puede ser una travesía tranquila y puede no serlo. Está en el regazo de los dioses. La respuesta a su segunda pregunta es sí. Hago este viaje a menudo. Suelo visitar Inglaterra una vez al año. Poseo una plantación de azúcar. Voy a Londres periódicamente por razones de negocios. Y usted, ¿por qué va a Australia?

—Acompaño a una amiga mía y a su tía. Mi amiga va allí para casarse.

—Creo que aún no he hecho ninguna travesía en la que no hubiese, al menos, una señorita que se dirigía a Australia para casarse. Los hombres se sienten solos cuando están tan lejos de su país. Entonces van a buscar una esposa y la llevan con ellos para que comparta su soledad. Al principio, creí que también usted iba a reunirse con algún hombre solitario.

—Pues se ha equivocado.

—Me alegro.

—¿De verdad?

Se echó a reír.

—Sí, sí —respondió—. Lo digo en serio. No resistiría la idea de una joven como usted soportando todo lo que hay que soportar en una de esas haciendas del interior de Australia. Aquel sol implacable estropea la hermosa piel de las inglesas. No sabe usted la suerte que tiene por vivir en ese país lluvioso donde el sol no seca las cosechas ni mata el ganado, donde no hay huracanes que destrocen el trabajo de varios años, donde no hay plagas de langostas…

—Habla usted como si fuesen las plagas de Egipto…

—Son exactamente como las plagas de Egipto.

—Entonces, ¿por qué sigue la gente allí?

—Porque no es tan fácil hacer el equipaje y marcharse.

—¿Por esto sigue usted allí?

—Yo no vivo en el interior de Australia, sino en Cariba, una isla que está a más de ciento sesenta kilómetros de la costa australiana. Mi padre creó allí una plantación de azúcar, que yo heredé. El azúcar crece bien en Cariba. Pero un día venderé la plantación y volveré a Inglaterra. Compraré una mansión, con tierras, y me convertiré en el típico terrateniente inglés.

—Esos terratenientes suelen llevar varias generaciones en sus propiedades.

—Yo prescindiré de eso. Dígame, ¿qué va a hacer usted cuando llegue a Australia?

—Asistiré a la boda de mi amiga. Me quedaré allí algún tiempo, y después supongo que volveré a Inglaterra con su tía.

—Yo voy a Sidney muy a menudo. ¿Seremos amigos?

—¿Cómo puedo contestarle? La amistad no es algo que se decida en una breve entrevista. Es algo que se desarrolla poco a poco, algo que hay que cuidar.

—La cuidaremos, pues.

—Ésta es una decisión apresurada —le dije—. No hace ni veinticuatro horas que nos hemos visto por primera vez.

—Sí, y por cierto que me mostré bastante audaz. Descubrirá usted, cuando empecemos a cuidar nuestra amistad, que la audacia es un rasgo de mi carácter. ¿Le parece mal?

—Depende de cuándo se manifieste.

—Usted y yo nos llevaremos bien. Nos parecemos, ¿sabe?

—¿Ah, sí? ¿Le parece a usted que yo también soy audaz?

—Su audacia asoma detrás de los modales refinados de la perfecta señorita. Yo la percibo. Por ejemplo, ¿qué hace usted aquí, sentada en cubierta en compañía de un hombre que no le ha sido debidamente presentado?

—A este respecto, creo que hay unas circunstancias atenuantes. Ha sido el mal tiempo el que me ha obligado a sentarme aquí. Y como era el único lugar en el que puede sentarse un viajero, era inevitable que usted también viniese aquí. Y como el barco no es mío, no puedo ordenarle que se marche.

—Un razonamiento muy lógico. Pero sigo pensando que tenía razón en lo de la audacia. El tiempo dirá la última palabra.

—Me parece que amaina un poco el viento.

—Sí... Un poco, quizá.

—Voy a ver cómo están mis compañeras de viaje.

—¿Se han mareado?

—Sí.

—Pasará algún tiempo antes de que se repongan.

—Aún así, voy a verlas.

Me puse en pie, pero estuve a punto de caerme. Di varios tumbos apoyándome en la barandilla de la cubierta. Él vino a mi lado y me sujetó. Su cara estaba próxima a la mía. Era el hombre más inquietante que había conocido nunca.

—Tenga cuidado —me dijo—. Una ola grande podría hacerla caer al mar. No debe acercarse a esta barandilla. Permítame que la acompañe abajo.

Me rodeó con un brazo y me sujetó con decisión. Tambaleándonos, recorrimos la cubierta. Yo estaba sin aliento, y me alegraba de tener el apoyo de su fuerte brazo.

—Ayer, cuando abandonamos Inglaterra —dijo—, pensé: «Ah, el Paraíso perdido...». Ahora pienso: «El Paraíso recuperado». No en vano me llamo Milton.

Me eché a reír otra vez. Había sido un encuentro interesante.

Vacilando, bajé a los camarotes. La señorita Cartwright estaba pálida y abatida, y Felicity no se encontraba mucho mejor.

—Esto es horrible —dijo mi amiga—. ¿Cuánto va a durar este tiempo? Esta noche he creído morir.

—Me parece que el tiempo está mejorando.

—Gracias a Dios.

—¿Dónde estaba usted, Annalice? —me preguntó la señorita Cartwright.

—En cubierta. Mi compañera de camarote me ha dicho que era lo mejor contra el mareo.

—Tienes buenos clores —me dijo Felicity—. Casi parece que lo hayas pasado bien.

Sonriendo, pensé: «Sí, creo que lo he pasado bien».

Al cabo de dos días el tiempo mejoró. La señorita Cartwright se hallaba deprimida. Se había encontrado peor que Felicity, y yo estaba segura de que lamentaba haber emprendido un viaje como aquel. Sólo habían pasado tres días; aún le quedaba el resto del viaje. Esta perspectiva la angustiaba.

Yo había visto varias veces más a Milton Hemming, que aparecía, como el genio de la lámpara, allí donde yo me encontraba.

No voy a decir que no me halagaba su interés, sobre todo porque era un hombre a quien todo el mundo trataba con respeto. Parecía ser amigo del capitán y de otros miembros de la tripulación, y creo que se le concedían privilegios especiales.

Cuando llegamos a Madeira, nuestra primera escala, me preguntó si íbamos a bajar a tierra. Yo le respondí que sí. Pero la señorita Cartwright aseguró que no era correcto que tres señoritas paseasen solas por aquel lugar desconocido.

El señor Hamming la miró con gravedad y dijo:

—Tiene usted mucha razón, señorita Cartwright. Sería impropio que unas damas visitasen solas la isla, y por ello le ruego que me permita acompañarlas.

—Oh, señor Hemming, no puedo permitírselo. Apenas nos conocemos.

—Pero, señora, entre los dos podríamos asegurar que no les ocurriese nada a las señoritas.

Al decir esto me lanzó una mirada maliciosa, pues me conocía lo bastante para saber que conversaciones como aquella me ponían furiosa.

Pero, según observé con cierta sorpresa, la señorita Cartwright parecía fascinada por él. Yo habría pensado que aquella audacia, aquella arrogante virilidad no encontrarían favor en su corazón de solterona. Pero ocurrió todo lo contrario. La señorita Cartwright le consideraba lo que ella llamaba «un hombre de verdad», y le respetaba por ello. Así pues, aunque vaciló ante su propuesta, le resultó irresistible la perspectiva de hacer aquella visita en su compañía.

—Bueno —dijo—, tal vez si fuésemos ambos con ellas...

—Déjemelo todo de mi cuenta. Yo les mostraré la isla. Es un lugar maravilloso para hacer nuestra primera escala. Siempre ha sido uno de mis lugares preferidos. Ahora podré compartir con ustedes mi admiración.

Fue un día feliz. El señor Hemming se hizo cargo de todo, y se mostró tan cortés con la señorita Cartwright, atendiéndola siempre la primera, que ella se repuso completamente de su malestar. Hasta creo que pensó que aquellos días de postración habían valido la pena porque habían tenido aquel final agradabilísimo.

El señor Hemming alquiló uno de los carros tirados por bueyes que andaban por la ciudad, e hicimos un recorrido por ésta. Fuimos al mercado y admiramos las magníficas flores que en él se vendían; visitamos la catedral, que es de piedra rojiza; pasamos ante el palacio del gobernador, ante la antigua fortaleza de São Lourenço, y por el antiguo monasterio franciscano, donde había ahora unos hermosos jardines.

El señor Hemming quería ver las plantaciones de caña de azúcar, por lo que salimos de la ciudad.

Como experto que era, nos habló extensamente de la producción de caña de azúcar, y de cómo se destilaba el jugo de la planta en molinos y calderas. Y me hizo sentir deseos de visitar su isla.

—Las cañas fueron traídas aquí desde Sicilia, Chipre y Creta durante el siglo quince, y ya entonces el azúcar se convirtió en la primera industria de la isla. Hoy en día es famosa por su vino. ¿Quién no ha oído hablar del vino de Madeira? Voy a hacerle una propuesta, señorita Cartwright, una propuesta muy audaz. ¿Me lo permite?

—Oh, señor Hemming —exclamó la señorita Cartwright soltando una risita—, si se empeña, ¿cómo podría impedírselo?

—Podría impedírmelo con una palabra, mi estimada señorita. Lo que quiero decirle es que tengo aquí un buen amigo que posee una bodega. Si fuésemos a visitarle, estaría encantado de mostrarles a ustedes cómo se elabora el vino, y cómo se conserva. Hasta es posible que les ofreciese probarlo.

—Oh, señor Hemming, esto no me parece demasiado correcto.

—No olvide que van ustedes con su protector, señorita Cartwright. No hay nada que temer.

Bajamos, pues, del carro de bueyes delante de la bodega, y pasamos al interior, donde nos recibió un hombre de piel aceitunada que llevaba un delantal de cuero y hablaba portugués a gran velocidad. De vez en cuando, chapurreaba algunas frases en inglés. Parecía muy contento de ver a Milton Hemming.

Cuando hubimos visitado la bodega, el dueño nos invitó a sentarnos en unos taburetes que tenían forma de barriles, situados en torno a una mesa redonda, y nos sirvieron vasos de vino del lugar.

Los cuatro declaramos que era delicioso. Quizá por efecto del vino, Felicity se puso a charlar sin timidez. Era evidente que le encantaba la excursión. Aseguró que le había gustado mucho la isla, y que le agradaría pasar algún tiempo en ella.

—Ah, pero eso retrasaría su llegada a Australia, señorita Derring —señaló el señor Hemming—. Y usted está, sin duda, impaciente por llegar allí.

Felicity vaciló un momento, y aquel momento me hizo comprender muchas cosas. A mí y al señor Hemming, probablemente. Ya conocía el secreto de Felicity. Tenía miedo. Se estaba acercando a su nueva vida, y empezaba a pensar si no habría cometido un error.

—Sí, sí, claro —dijo.

Pero habló con demasiada vehemencia, y sus ojos habían mostrado ya una expresión afligida.

—¿Dónde está la hacienda? —le preguntó el señor Hemming.

—A unos pocos kilómetros de Sidney.

—¿Cómo se llama? Quizá la conozco.

—Granville. Éste es el apellido de mi prometido.

—¿William Granville? —preguntó el señor Hemming, sombrío.

—Sí.

—¿Le conoce usted? —me apresuré a preguntarle.

—Nos conocemos de vista. Yo voy a Sidney una vez al mes, aproximadamente. Allí, en el hotel, me encuentro con ganaderos y con gente de los alrededores. Sí, conozco a Granville.

—¡Qué casualidad! —exclamó la señorita Cartwright.

—No lo crea. Aquello no es como Londres, ¿sabe usted? De hecho, la población de Australia es muy inferior a la de Londres, a la de Birmingham o a la de Manchester, o a la de cualquiera de las grandes ciudades de Inglaterra. Cuando estas personas van a Sidney, se reúnen en unos pocos lugares. No es, pues, tan casual que lleguen a conocerse.

—No, claro —dije.

Pero estaba inquieta.

La señorita Cartwright se dejó convencer para tomar un segundo vaso de vino, que la hizo hablar y reír mucho.

Después, volvimos a subir al carro y nos dirigimos al barco.

Mi inquietud persistía. Estaba segura de que Milton Hemming sabía algo de William Granville, y de que en la bodega se había mostrado reticente porque lo que sabía era desagradable.

Decidí preguntárselo claramente cuando estuviese a solas con él. Era mejor conocer la verdad. Sentía el deseo de proteger a Felicity, pues la veía desorientada, indefensa, y pensaba que, si había algo que no era exactamente lo que imaginábamos, debíamos saberlo.

No era difícil abordarle, y lo hice.

—Quisiera hablar con usted —le dije—, en algún lugar donde podamos estar solos.

Él enarcó las cejas, sorprendido, y contestó:

—Por supuesto. Encantado.

Encontramos un lugar aislado, en cubierta, y nos sentamos.

—Se trata de algo que dijo usted ayer. No es tanto lo que dijo como el modo en que lo dijo. Me refiero a nuestra conversación en la bodega, cuando salió a colación el nombre de William Granville. Usted sabe algo de él, ¿verdad?

—Sí.

—¿Qué, exactamente?

—Que posee una hacienda cerca de Sidney.

—Esto lo sabemos todos. Pero yo creo que usted sabe algo especial.

—¿Qué le interesa? ¿Su estatura? ¿El color de sus ojos? ¿El de su cabello?

—Por favor, no bromee. La señorita Derring va a casarse con ese hombre. Si hay algo irregular, creo que debemos estar preparadas.

—¿Qué haría usted si supiese algo que considerase irregular?

—Podría decírselo a ella. Podríamos decidir...

—Es muy arriesgado aventurar una opinión sobre una persona. Puede uno equivocarse.

—¿Qué es lo que dijo usted ayer?

—Yo no dije nada, señorita Annalice.

—No, pero dio a entender algo. Usted le conoce, pero se calla algo.

—No le conozco muy bien personalmente. Sólo he oído comentarios, chismes. En las comunidades pequeñas, las personas hablan unas de otras, y no siempre de modo caritativo.

—¿Quiere, por favor, dejarse de rodeos y decirme francamente cuáles son esos rumores?

—No gran cosa. Es mucho mayor que la señorita Derring.

—Esto ya lo sabe ella. Pero algunos matrimonios resultan muy bien cuando hay una disparidad de edades. Hay algo más, ¿verdad?

—Qué tenaz es usted. He oído decir que Granville bebe demasiado. Pero esto es frecuente en esos lugares solitarios.

—Ya. ¿Y por eso adoptó usted aquella actitud?

—No recuerdo haber adoptado ninguna actitud.

—Sí, tenía usted una expresión extraña.

—Lamentaría haberle causado alguna inquietud a la señorita Derring.

—Felicity no se dio cuenta. Pero, aparte de la conversación de ayer, está inquieta, insegura. Si me hablase con franqueza, quizá podría ayudarla.

—Ella conoció al señor Granville en Inglaterra.

—Sí, cuando él fue allí en busca de esposa.

—La señorita Derring accedió a casarse con él. Nadie la obligó a ello.

—Aún así, estoy muy preocupada por ella.

—Es usted muy buena, señorita Annalice —dijo, tomándome una mano, que yo retiré en seguida.

—¿Qué más sabe usted del señor Granville? —insistí.

El señor Hemming se encogió de hombros y permaneció

en silencio. Seguía dándome la impresión de que sabía algo que no quería decir.

Me puse en pie, y él hizo lo mismo.

—¿Quiere usted dar un paseo por cubierta, o acompañarme a tomar un aperitivo?

—No, gracias. Vuelvo a mi camarote.

No había hecho nada para aliviar mi inquietud. Más bien la había agravado.

Cuando nos alejamos de Madeira, encontramos mal tiempo otra vez. Felicity se había adaptado al movimiento del barco, y casi no se mareó. Pero la señorita Cartwight se encontró muy mal. Tuvo que permanecer en cama durante dos días, y después, cuando el mar se calmó, siguió encontrándose enferma y débil.

Surcábamos ahora unas aguas templadas, próximas a la costa occidental de África, y era muy agradable sentarse en cubierta. La señorita Cartwright subió y se sentó con nosotras, pero estaba muy pálida y abatida. Felicity me dijo que estaba muy preocupada por ella.

—Estoy segura de que no se habría decidido a venir —me dijo Felicity—, ni siquiera por el afecto que me tiene, si hubiese sabido cómo la afectaría el estado del mar. Me preocupa mucho que vengan otros días de mal tiempo.

La señorita Cartwright se cansó pronto de estar en cubierta, y expresó su deseo de acostarse otra vez. Felicity y yo la acompañamos al camarote, y nos habríamos quedado a hacerle compañía si ella no hubiese dicho que intentaría dormir.

Cuando volvimos a cubierta, vino el señor Hemming y se sentó a nuestro lado.

—La señorita Cartwright parece encontrarse muy mal —dijo.

Felicity admitió que estaba preocupada por ella, y dijo que temía que se pusiese enferma de verdad.

—Pues cuando lleguemos al Cabo podemos volver a tener mal tiempo —dijo él—. Por eso se llama el Cabo de las Tormentas.

—Ay, Señor… —exclamó Felicity.

—Hay personas que no se acostumbran a navegar, y temo que la señorita Cartwright sea una de ellas. Y cuando llegue a Australia, aún le quedará el viaje de regreso.

—Ojalá pudiese volverse a Inglaterra —dijo Felicity.

—Eso no sería difícil —dije—. Podría quedarse en Ciudad del Cabo, y volver a embarcar allí.

—¿Sola?

—Podríamos volver con ella —dije—. Pero eso sí que sería difícil.

—Al verla tan desmejorada —dijo el señor Hemming—, yo también he pensado en esa solución. Yo conozco bien Ciudad del Cabo. Tengo amigos allí.

—Parece que tiene usted amigos en todas partes —comenté.

—Viajo mucho, y me detengo en muchos lugares y así se llega a conocer a mucha gente. Creo que podría ayudar a la señorita Cartwright.

Felicity miraba fijamente el mar. ¿Deseaba ella también volver a Inglaterra?

—Hablaré con la señorita Cartwright —dijo el señor Hemming.

—¿Usted? —exclamé.

—Sí, ¿por qué no? Estoy seguro de que me hará caso.

—No me cabe duda de que consideraría la opinión de un hombre mucho más valiosa que la de una mujer —convine.

—Sí —dijo el señor Hemming, mirándome y sonriendo—, siempre he tenido a la señorita Cartwright por una mujer sensata. Yo desearía que usted compartiese ese criterio, señorita Annalice.

—¿Podríamos hablar en serio?

—Desde luego. Creo que la señorita Cartwright debe volver a Inglaterra, y creo poder ayudarla. Podría conseguirle un pasaje en otro barco. Incluso podría conocer a alguien que hiciese el mismo viaje, y que se ocupase un poco de ella. Lo que me parece indiscutible es que, cuando una persona se siente tan mal, debe volver a su casa.

Miré a Felicity, que asintió con un gesto de la cabeza, pero dijo:

—Mi tía no nos permitirá seguir el viaje solas.

—Le diré que yo las acompañaré y las protegeré en todo momento —ofreció el señor Hemming.

—¿Usted? —exclamé—. Eso le parecería a ella de lo más incorrecto. Ni siquiera le conocíamos antes de subir a bordo.

—Cuando las personas viven en estrecha proximidad, las amistades maduran con rapidez. La señorita Cartwright habrá de soportar otro viaje, eso es inevitable, pero cada día estará más cerca de su hogar, y esto le dará fuerzas.

—Nuestras familias —expliqué— nos permitieron hacer este viaje porque ella nos acompañaba. Les habría parecido de lo más indecoroso que dos señoritas fuesen solas hasta el otro lado del mundo.

—Esto demuestra cuántos errores pueden cometerse. Ahora son ustedes dos las que tienen que cuidar de ella. Déjenlo de mi cuenta. La próxima vez que la vea, le insinuaré la cosa delicadamente.

Y así lo hizo.

Al día siguiente hizo buen tiempo, y la señorita Cartwright volvió a subir a cubierta. Felicity y yo nos sentamos a su lado. Seguía teniendo mal aspecto, y la intensa luz del sol revelaba el color amarillento de su piel.

No tardó en aparecer el señor Hemming. Venía paseando, y se acercó a nosotras.

—¡Señorita Cartwright, cuánto me alegro de verla! ¿Puedo sentarme con ustedes?

—Si lo desea —respondió la señorita Cartwright, complacida.

—He sentido que estuviese usted enferma —dijo él—. A veces, el mar surte estos efectos. Hay personas que no deberían embarcarse nunca.

—Y sin duda yo soy una de ellas —declaró la señorita Cartwright—. Le aseguro, señor Hemming, que nunca más haré un viaje por mar.

—No debe hacerlo. Es una pena que este viaje no haya acabado aún, y que después la espere otro largo viaje hasta Inglaterra.

—No me lo recuerde, se lo suplico. Tiemblo al pensarlo.

—Aunque, naturalmente, podría usted evitarse tanto sufrimiento.

—¿Evitármelo? ¿Cómo?

—Volviendo a Inglaterra desde Ciudad del Cabo.

A nuestra enferma le brillaron los ojos un instante, pero después se apagaron.

—Pero, señor Hemming, tengo que acompañar a mi sobrina a Sidney. Soy responsable de ella y de la señorita Mallory.

—Y hasta ahora ha cumplido usted perfectamente ese deber. Pero señorita Cartwright, ¿cómo podrá seguir haciéndolo si está usted enferma?

—Tengo que vencer esta debilidad.

—Ni siquiera una dama tan decidida y abnegada como usted puede vencer al mar.

—Debo intentarlo, al menos.

—Si decide usted regresar a Inglaterra desde Ciudad del Cabo, yo puedo ayudarla.

—¿Qué quiere usted decir?

—Que puedo encontrarle pasaje para un barco que vaya allí. Tengo amigos que hacen ese viaje a menudo; podría presentarle a uno de ellos para que no hiciese usted el viaje sola.

—Señor Hemming, es usted muy amable, pero yo estoy aquí para cuidar de mi sobrina.

—El prometido de la señorita Derring la esperará en Sidney. Una vez ella desembarque, él la cuidará.

La señorita Cartwright no dijo nada. Parecía encontrarse un poco mejor. Sus mejillas mostraban algo de color. Era el placer que le causaba la idea de verse pronto en tierra inglesa. Sonrió y le dijo al señor Hemming:

—Le agradezco su amabilidad, pero eso es del todo imposible.

—No, no lo es —replicó él—. Habría que organizarlo, desde luego, pero es una solución posible.

—Pero mi sobrina y la señorita Mallory...

—Son dos jóvenes sensatas e inteligentes. Y aquí estoy yo para asegurar que no les ocurra nada malo. Puede usted dejarlas a mi cargo con toda tranquilidad.

Me sorprendió la audacia de aquel hombre. Apremiaba a la

señorita Cartwright para que volviera a Inglaterra. ¿Por qué? Milton Hemming me daba mucho que pensar. Su manera de perseguirme, por ejemplo, era extraña. Percibía en él una fuerza, una vehemencia... Era muy diferente de Raymond. Me daba la impresión de que era capaz de todo. Cada día era más consciente de lo serio y formal que era Raymond.

—Pero señor Hemming... —murmuró la señorita Cartwright.

—Ya sé lo que va a decirme. Que nuestra amistad es muy reciente. Pero en este breve tiempo nos hemos visto a diario, tan a menudo como se ve a los antiguos amigos. Lo que importa no es el tiempo que hace que nos conocemos, sino las horas que hemos pasado en mutua compañía. Reflexione, señorita Carwright. Piense en los océanos que hemos de atravesar aún. Es verdad que, si desembarca usted en Ciudad del Cabo, le quedará el viaje de vuelta, pero estará en Inglaterra para cuando nosotros lleguemos a Australia. Y se recuperará usted rápidamente.

—Lo pinta usted todo muy fácil, señor Hemming.

—Podría serlo, estimada amiga, podría serlo.

Entonces el señor Hemming se puso a hablar de otras cosas, entre ellas los lugares que había visitado en el transcurso de sus viajes. Y volvió a mencionar su deseo de volver algún día a Inglaterra y establecerse allí.

No habló más de Ciudad del Cabo, pero ya había sembrado la idea en la mente de la señorita Cartwright.

Advertí que nuestra acompañante pensaba sin cesar en aquella sugerencia, y de que libraba una batalla interior. ¿Quedaría tranquila su conciencia si nos dejaba hacer el viaje solas? Suponía yo que la conciencia jugaba un papel importante en la vida de la señorita Cartwright. La perspectiva de volver a Inglaterra la tentaba. Yo sabía, porque se lo había oído decir, que echaba mucho de menos su casa y su jardín, y que le molestaba el calor casi tanto como los fuertes vientos. No estaba hecha para viajar por el mundo.

Transcurrieron unos días. De cuando en cuando, el señor Hemming, que ahora nos acompañaba constantemente, vertía en sus oídos tentadoras sugerencias. Yo estaba asombrada ante su habilidad. No volvió a intentar convencerla directamente, pero casi todo lo que decía apuntaba a la conveniencia de que regresara a Inglaterra. Nada podíamos hacer antes de llegar a Ciudad del Cabo, pero una vez atracásemos allí debíamos conocer su decisión. Sólo estaríamos allí tres días, y los necesitaríamos para organizarlo todo.

Yo pensaba mucho en Milton Hemming. Me parecía que era un hombre que no hacía las cosas sin un motivo, y el asedio de que me hacía objeto sólo podía significar una cosa. Yo no era tan ingenua como para no comprender esto. No sabía si él estaba casado o no. Daba una impresión de virilidad, y me parecía que era un hombre que no debía de considerar necesario privarse de nada que desease. Estaba segura de que debía de haber conocido a muchas mujeres. Parecía hombre avezado en las cosas del mundo. Me inspiraba mucha curiosidad, y me preguntaba hasta dónde habría llegado nuestra amistad si yo hubiese respondido a sus insinuaciones.

El señor Hemming volvía de Inglaterra, y había mencionado el hecho de que muchos colonos australianos iban allí en busca de esposa. ¿Quería decir que era esto lo que él había hecho? De ser así, parecía haber fracasado en su búsqueda, y yo no podía imaginar a Milton Hemming fracasando en nada, y menos aún en la búsqueda de una esposa.

Había muchas cosas que no sabía de él.

Por el momento, consideraba que debía mantenerle a cierta distancia, lo que no era fácil, pues estaba siempre con nosotras. Yo sabía que los demás pasajeros empezaban a hablar de nosotros. Y como se sabía que Felicity iba a reunirse en Sidney con su prometido, suponían que era yo quien interesaba al señor Hemming.

He de reconocer que me hacía gracia estar en el centro de aquella romántica intriga. Era algo que daba interés a los días.

Tal como había supuesto nuestro amigo, el mar volvió a agitarse cuando llegamos al Cabo, y la señorita Cartwright tomó su decisión. Volvería a Inglaterra.

Declaró estar preocupada por mí, pues, mientras Felicity quedaría al cuidado de su esposo, yo tendría que volver sola a Inglaterra. Milton Hemming le aseguró que, llegado el momento, él se ocuparía de sacar mi pasaje y de buscar, entre sus conocidos, alguna persona de confianza que regresase a Inglaterra y que pudiese acompañarme. Le repitió que no tenía nada que temer, y sus promesas, junto con el mal tiempo, la hicieron acabar de decidirse. Volvería a casa, pues, estando enferma, no podía cuidar de nosotras como era debido, y no quería convertirse en una carga.

Milton Hemming prometió que se ocuparía de todo en cuanto atracásemos.

Los días que pasamos en Ciudad del Cabo los dedicamos por entero a preparar la marcha de la señorita Cartwright. A cada momento teníamos que tranquilizarla repitiéndole que no nos ocurriría nada.

En Sidney vendría a recogernos William Granville. Yo estaría con Felicity hasta el día de la boda de ésta, y entonces el señor Hemming me ayudaría a sacar el pasaje para Inglaterra, y me presentaría al capitán del barco y alguno de sus numerosos conocidos que se dispusiese a hacer el mismo viaje.

El señor Hemming demostró una gran eficiencia. Se hizo cargo de todo. Le reservó a la señorita Cartwright una habitación en uno de los mejores hoteles de la ciudad, para una semana. Y le presentó a varias amistades suyas que iban a embarcar para Inglaterra. Estando con ellos, no tendría nada que temer. En cuanto a nosotras dos, le prometió atendernos tan bien como la estaba atendiendo a ella.

A mí me asombraba que la señorita Cartwright estuviese dispuesta a depositar tanta confianza en un hombre al que conocía desde hacía tan poco tiempo. Lo atribuí a la poderosa personalidad del señor Hemming. Poder era la palabra. Irradiaba poder, fuerza, una fuerza que resultaba reconfortante mientras era benévola, pero que debía de ser temible cuando se entraba en conflicto con ella.

Había en aquel hombre muchas cosas que yo no conocía aún.

Los días que pasamos en Ciudad del Cabo transcurrieron aprisa. Tuvimos poco tiempo para visitar la ciudad que, seguramente, era la más hermosa de cuantas veríamos a lo largo del viaje. Nunca olvidaré la imagen de la Table Mountain, cubierta por lo que allí llaman «el mantel». Aún me parece verla, tocando el cielo, y, por encima de la meseta, aquellas nubes blancas y espumosas que parecían un bello mantel en una mesa. El tiempo era cálido, pero no en exceso, y había flores por doquier.

La señorita Cartwright estaba nerviosísima. Yo temía que, en el último instante, cambiase de opinión y volviese a subir al barco. No dejaba de decir que había abandonado su deber, y yo sabía que en su interior se libraba una reñida batalla entre su conciencia y su temor al mar. Por fin, la conciencia resultó vencida, y, cuando salimos de Ciudad del Cabo, dejamos allí a la señorita Cartwright.

Experimentaba la impresión de que Milton Hemming se alegraba de aquello. A veces, me parecía incluso que la había incitado hábilmente a dejarnos. ¿Por qué?

Debía de tener sus razones. Era un hombre que no hacía nada sin un motivo. Y ocupaba demasiado mis pensamientos. «Es un poco insolente, pensaba; es bastante arrogante y muy audaz.»

A Felicity también le impresionaba; me percataba de que, en su presencia, estaba un poco azorada.

Ahora que la señorita Cartwright se había marchado, era lógico que yo me trasladase al camarote de Felicity y dejase a mi compañera australiana con el suyo para ella sola.

Así lo hice, y el hecho de compartir el mismo espacio nos hizo mantener una relación más estrecha.

Por las noches, nos echábamos en nuestras literas, ella arriba y yo abajo, y charlábamos hasta que nos quedábamos dormidas. El cansancio del día y el leve balanceo del barco parecían propiciar las confidencias, más que la luz del sol en cubierta.

Por fin, Felicity me habló de sus temores.

—Me gustaría que este viaje no acabase nunca —dijo.

—¿Tan agradable lo encuentras?

—Sí..., ahora que ya me he acostumbrado al movimiento

del barco. Los primeros días, cuando me mareé, fue horrible. Habría deseado morirme.

—Como la pobre señorita Cartwright.

—Sí. Me extrañó muchísimo que accediese a dejarnos. Era siempre tan escrupulosa en el cumplimiento de su deber hacia mí...

—Creo que el señor Hemming la convenció.

—Seguramente. Le hacía mucho caso. ¿Qué piensas de ese hombre, Annalice?

—Oh, no me gusta hacer juicios apresurados.

—Pero algo debes de pensar.

—Bueno, pues le encuentro interesante..., divertido en cierto modo. El tipo de persona que agrada conocer por un tiempo... en un barco. Cuando lleguemos a Sidney, nos despediremos de él, y al cabo de unos meses diremos: «¿Cómo se llamaba aquel hombre al que conocimos en el barco?».

—No es posible que pienses eso. Al fin y al cabo, le prometió a mi tía que se aseguraría de que llegases bien a Inglaterra.

—Bueno, digamos unos años, no unos meses.

—A mí me parece que no le olvidaré nunca. Por la manera en que se libró de mi tía.

—¿Qué se libró de ella, dices?

—Sí. Él quería que ella se marchase.

—¿Por qué habría de quererlo?

—Las acompañantes de las señoritas suelen ser un fastidio.

Me eché a reír.

—Tu pobre tía no era muy fastidiosa, Felicity, se pasó casi todo el tiempo enferma en su litera.

—Su misma presencia era un fastidio. Ahora somos dos muchachas solas.

—¿No tendrás miedo verdad, Felicity?

La joven no respondió, y yo insistí:

—Felicity, tú tienes miedo de algo. ¿Por qué no me lo cuentas?

—Me habría gustado volverme con mi tía.

—¿Qué dices? —exclamé—. ¡Si vas a reunirte con el hombre al que quieres!

Felicity volvió a callar, y yo proseguí:

—Ya había notado que estabas preocupada. ¿Quieres que hablemos de ello?

—Es que todo fue tan rápido...

—Fue un noviazgo muy corto, ¿verdad?

—Sí. Yo..., yo quería que ocurriese algo..., porque...

—¿Por qué?

—No, por nada. Conocí a William un día que fuimos a tomar el té a casa de unos vecinos. Me habló, y me di cuenta de que se interesaba por mí. A partir de aquel día nos vimos con frecuencia, y después me pidió que me casase con él. Me pareció lo mejor...

—Y ahora no estás segura.

—Pienso que no le conozco bien. Y voy a estar tan lejos de casa... Me parece que voy a encontrarme entre desconocidos.

Callé, intentando encontrar las palabras adecuadas para consolarla. Recordé lo que había dicho Milton Hemming sobre que el señor Granville bebía demasiado. ¡Pobre Felicity! Era una joven demasiado débil, demasiado inexperta para afrontar la situación en la que ella misma se había metido.

—Lo que me pasa es culpa mía —dijo—. Pero esto no me sirve de consuelo. Al contrario, es peor que le suceda a uno una cosa que habría podido evitar. Me está bien empleado...

—No —convine—, eso no es ningún consuelo. Pero creo que te imaginas lo peor. Probablemente, cuando llegues allí, te gustará mucho el país. El señor Granville debe de estar enamorado de ti; de lo contrario, no te habría pedido que te casases con él. Y tú también debiste de enamorarte...

—No fue así. Él fue a Inglaterra a buscar una esposa. Muchas jóvenes le habrían convenido. Por azar, me conoció a mí.

—Así es la vida. El azar interviene. Estamos en determinado lugar a una hora determinada, y así es como nos encontramos con nuestro destino.

—No, no lo entiendes. Lo que ocurrió fue que me halagaba la admiración de un hombre. Me ilusionaba que un hombre quisiese casarse conmigo. Ahora veo cuán estúpida fui. Hay otro muchacho, ¿sabes? Y le quiero. Le he querido siempre.

—¿Y él?

—Él está enamorado de otra.

—Oh, Felicity, cuánto lo siento...

—Mi tía pensaba que debía casarme con él. Todos lo pensaban. Pero, cuando él se enamoró de esa otra muchacha, todo terminó. Yo, desde los catorce años, creía... Éramos amigos, quiero decir que nuestras familias eran amigas. Nos veíamos a menudo. Y, cuando él se enamoró de otra muchacha..., todo el mundo se dio cuenta... Yo me sentí sola y desorientada. Y, cuando William me preguntó si quería casarme con él e ir a vivir a Australia, pensé que era una buena solución..., hasta que me di cuenta de lo que significaba.

—Ahora comprendo muchas cosas, Felicity. Ya sabía que te angustiaba algo.

—Y pronto estaré allí..., sola.

—Tendrás a tu marido.

—Esto es lo que me da miedo.

Intenté consolarla.

—Dicen que muchas novias sienten esto en vísperas de la boda.

—¿Eso dicen?

—Sí.

—Cuánto me alegro de que hayas venido conmigo, Annalice...

—Ya sabes por qué quise venir.

—Sí, por tu hermano.

Ambas callamos unos momentos. Después le pregunté:

—Felicity, ¿duermes?

—No.

—Todo saldrá bien —le dije.

La joven no respondió.

Tuvimos tiempo caluroso mientras cruzábamos el Índico. Milton Hemming seguía siendo nuestro asiduo acompañante.

—No olviden que le prometí a la señorita Cartwright que las vigilaría estrechamente —nos dijo un día—. Ahora estará a punto de llegar a Inglaterra, pobre señora. Me alegro de haber podido aliviar sus sufrimientos.

—Se preocupó usted mucho por ella —dije.

—Soy un hombre muy humano.

—Pero no es muy modesto.

—No me gusta la modestia. Casi siempre es falsa. Prefiero ser sincero. Si tuviese mala opinión de mí mismo, esperaría que los demás la tuviesen también.

—Porque usted cree que tiene razón siempre. Por tanto, si fuese modesto, lo que casi es imposible de imaginar, debería haber una razón para ello. Y, como esto también es imposible, usted no puede ser modesto de ninguna manera.

—Su razonamiento es un poco complicado, pero supongo que es correcto, señorita Annalice. Cuando lleguemos a Sidney, que será dentro de poco, le pediré que venga a Cariba a visitarme.

—O, pero yo voy a pasar unos días con Felicity.

—Ya sabe que le prometí a mi estimada señorita Cartwright que cuidaría de usted. Debo sacarle el pasaje para Inglaterra, y hacer que la acompañen personas de confianza.

—Pero no se habló de hacer un viaje a Cariba.

—Quiero enseñarle la plantación. ¿Por qué se muestra usted tan distante? Parece la reina de las nieves. Pero yo creo tener los medios de derretir su hielo, y, como las reinas son mujeres, cuando se las despoja de su realeza, resultan ser humanas.

—Me sorprende que me vea usted así. Yo creía haber sido amable con usted.

—Usted expresó gratitud por lo que hice por la señorita Cartwright, es cierto. A veces, cuando la encuentro en cubierta o en cualquier otro lugar, me parece ver en sus ojos un ligero destello de alegría.

—Le encuentro divertido.

—¿De verdad? ¿Puedo decirle cómo la encuentro yo a usted?

—Estoy segura de que me lo dirá, con mi permiso o sin él.

—Sí. La encuentro encantadora.

Yo no dije nada. Él se inclinó hacia mí y me besó la mano.

—Quiero que venga usted a Cariba y se quede allí unos

días —dijo—. No quiero perderla. Estoy decidido a retenerla a mi lado.

—¿Qué quiere decir?

—Quiero decir que usted me obsesiona. Me gusta todo de usted. Su aspecto, su modo de hablar…, hasta la frialdad que muestra hacia mí. Todo me encanta. Éste es el viaje más agradable y más excitante que he hecho nunca…, y he viajado mucho. ¿Por qué? La respuesta es clara. Por la presencia de la señorita Annalice Mallory.

—Creo que debo informarle de que pienso casarme cuando regrese a Inglaterra.

—Pues abandone usted esa idea.

No pude evitar echarme a reír.

—¡Es usted de una arrogancia increíble! —exclamé.

—Es lo que usted admira en mí.

—¿Cómo que yo le admiro?

—Me admira. De muchas maneras. No siempre son necesarias las palabras. Usted y yo tenemos que estar juntos. La llevaré a la plantación. Lo pasaremos maravillosamente juntos. Olvídese de ese hombre de Inglaterra. Él no la ama. Si la quisiera, no habría permitido que hiciese usted un viaje a los antípodas sin él. Yo no la habría perdido a usted de vista.

—Es usted muy vehemente, señor Hemming. Imagino que tiene usted a su esposa en esa isla, y que todo esto es el preludio de una seducción.

—No tengo esposa…, todavía. Y esto es algo a lo que pienso poner remedio.

—¿Me está haciendo una proposición de matrimonio?

—No creerá usted que le propondría otra cosa a una joven con su personalidad y distinción.

—Qué tonterías dice usted…

—No soporto estar en este barco; hay gente por todas partes. Quiero estar solo con usted, pero no podemos ir a ningún sitio. Quisiera mostrarle lo que es ser amada de verdad.

—Ya le he dicho que sé muy bien lo que es ser amada. He estado rodeada de amor durante toda mi vida. Y también le he dicho que estoy casi comprometida con un joven al que quiero mucho. Cuando vuelva, me casaré con él.

—No la creo.

Me encogí de hombros.

—El hecho de que me crea o no, no cambia nada —dije. —No pienso dejarla marchar. Ahora que he conocido a la única mujer del mundo con la que he deseado casarme, no la dejaré escapar.

—Usted es un hombre muy enérgico, y sin duda está acostumbrado a conseguir lo que desea. Pero en esta ocasión no lo conseguirá. Después de lo que acaba de decirme, sería mejor que nos viésemos menos.

Se echó a reír.

—A veces se comporta usted como la perfecta señorita inglesa —dijo—. Me encanta. Pero ésa no es usted.

Se acercó a mí, me tomó en sus brazos y me besó violentamente en los labios. Nunca me habían besado de aquel modo. Intenté rechazarle, e inmediatamente percibí su inmensa fuerza. Estaba sin aliento, enojada y al mismo tiempo excitada.

Por fin me soltó.

—Quisiera estar solo con usted —dijo.

—¿No puede usted comprender que haya alguna persona en este mundo que esté decidida a resistirse a lo que usted considera su irresistible encanto?

—Mi mente no alcanza a entender semejante cosa.

Me encontré riéndome con él. Sabía que habría debido estar enfadada, y traté de fingir que lo estaba.

Para ser sincera, debo admitir que la situación me gustaba. No podía evitar sentirme halagada porque aquel hombre me había elegido como objeto de sus atenciones. El instinto me decía que él había tenido muchas aventuras amorosas, y yo no podía engañarme pensando que me encontraba diferente de sus otras conquistas. Sin duda, todo cuanto hacía y decía formaba parte de su método de seducción.

Pero, aunque no creía en su sinceridad, Milton Hemming me atraía como nunca me había atraído nadie. Era una atracción puramente física, que jamás había sentido por Raymond. Aunque sabía que Raymond era mejor como persona.

—Espero que en adelante se comporte con más corrección —dije.

—Si espera esto, es que no me conoce usted muy bien. Pero usted no espera eso, desde luego. Quizá lo que desea es que no me comporte con corrección.

—Vuelvo a rogarle que se reporte usted, señor Hemming.

—Qué convencional se ha puesto... Pero reconozco que tiene su encanto. Cuando, por fin, reconozca los verdaderos sentimientos que experimenta hacia mí, la oiré decir: «Le quiero, señor Hemming».

—Esto es algo que no oirá usted jamás.

—Nunca diga «De esta agua no beberé». Muchas veces, quien dice esto debe retractarse. Que es lo que le ocurrirá a usted.

—Tiene que ser usted muy optimista para pensar esto.

—Es usted muy dura conmigo. Pero me gusta que lo sea.

—Tiene gustos extraños.

—Tengo el mejor gusto del mundo. He elegido a la reina de las mujeres, a la doncella cuyo hielo fundiré para descubrir a la perfecta mujer apasionada, la única en el mundo que es digna de ser mi compañera.

Yo me estaba riendo otra vez.

—Veo que me encuentra gracioso —dijo el señor Hemming—. Bueno, por algo se empieza.

—Si no fuese usted tan gracioso, su conducta me parecería muy desagradable.

—No, amor mío. Mi conducta le agrada mucho.

En aquel momento vi que Felicity venía hacia nosotros.

—Los momentos mágicos han acabado —dijo él—. No importa. Habrá otros.

Todo había cambiado. No podía evitar pensar en él. Había estado muy incorrecto, por supuesto. Una mujer sensata no hubiera creído una palabra de lo que había dicho. Aquello era lo que se denominaba un idilio de barco. No significaba nada.

¿Esperaba el señor Hemming que yo fuese la clase de mujer que se entregase a una apasionada aventura amorosa de unas semanas y que le dijese adiós, cuando llegásemos a puerto?

Pero me había hablado de matrimonio. Y no podía evitar

imaginarme a mí misma casándome con él y acompañándole a su plantación. Visitaríamos Inglaterra una vez al año. Iríamos a Sidney regularmente. Pero no era esto lo importante. Pensaba en él, en aquel hombre alto y robusto de irresistible personalidad; pensaba en su modo de hablar, en cómo había embrujado a la señorita Cartwright. No había otra palabra para expresarlo. La tía de Felicity se había dejado enviar a casa, dócilmente, y había dejado a su sobrina al cuidado de un desconocido. Sólo un embrujo habría podido dar aquel resultado.

Y ahora, en algunos instantes, yo pensaba que también me había embrujado a mí. Me echaba en la litera y fingía dormir, para que Felicity no interrumpiese mis ensueños. Y casi siempre soñaba con él. Recordaba cómo me había besado, cómo me había apretado contra su cuerpo; me preguntaba cómo sería hacer el amor con semejante hombre.

Intentaba pensar en Raymond, que era tan tranquilo, tan bondadoso, tan púdico. Milton Hemming no tenía nada de púdico. Era todo lo contrario de Raymond. Me sentía desleal hacia Raymond por pensar en aquel hombre. Pero no podía evitarlo. Aparecía constantemente en mis pensamientos.

Pronto llegaríamos a Sidney. ¿Debía despedirme de él para siempre? Aquel interludio en el barco no habría sido más que un breve incidente. Sólo habría podido ocurrir porque estábamos en un barco y la vida real parecía muy lejana. Milton Hemming tenía una fuerte personalidad, un aire de autoridad, y desde el primer día me había elegido como objeto de sus atenciones, lo cual me había halagado, pues yo no era insensible. Me agradaba que un hombre me prestase atención, me hiciese sentir atractiva. La cosa era perfectamente comprensible. Ahora..., debía dejar de pensar en él y recordar la finalidad del viaje, que Raymond tan generosamente me había ayudado a organizar.

¡Raymond! Debía recordarle. Yo debía hacer lo que había venido a hacer. Remover cielo y tierra hasta descubrir qué había sido de Philip. Y cuando conociese la respuesta, volvería al lado de Raymond.

El fin de nuestro viaje se acercaba rápidamente. Dentro de dos días estaríamos en Sidney.

Felicity se hallaba en un estado de extremo nerviosismo.

—Prométeme que te quedarás algún tiempo —me pidió.

Hubiera querido recordarle que el fin de mi viaje era averiguar qué le había sucedido a mi hermano, pero, en un momento de debilidad, me compadecí de ella y se lo prometí.

Lo que sí le recordé fue que, mientras permaneciese en Sidney, pensaba ponerme en contacto con el botánico en cuya expedición había marchado Philip, en caso de que pudiese localizarle. Quizás él me orientaría un poco sobre las actividades de Philip y me daría alguna pista. Pero le repetí a Felicity que me quedaría unos días con ella; le dije que, después de su boda, la acompañaría a su nuevo hogar, y me quedaría con ella una semana. Esto la tranquilizó.

Ahora, los días parecían largos. Todo el mundo estaba impaciente por desembarcar, y hacía sus preparativos.

La penúltima noche, me quedé sola con Milton Hemming. Era una noche templada, agradable, sin viento, y las estrellas, entre las que pude distinguir la Cruz del Sur, se destacaban claramente en el azul oscuro del cielo de medianoche.

—Ya falta muy poco —dijo él.

—Todos están deseosos de llegar.

—Yo, no. Yo quisiera navegar con usted eternamente.

—Éste es un sentimiento muy romántico, pero poco creíble.

—Usted me hace sentir romántico.

—Yo habría dicho que era imposible que usted se sintiese así.

—¿Me cree demasiado grosero para ello?

—Quizá.

—Le quedan muchas cosas por saber de mí.

—Siempre quedan muchas cosas por saber de todo el mundo.

—Y a veces se hace aburrido aprenderlas. Esto no nos pasaría a nosotros.

—¿Está usted listo para desembarcar? ¿Ha hecho el equipaje?

—No estoy listo para separarme de usted.

—¡Qué hermoso está el cielo! Las estrellas parecen muy cercanas.

—El cielo de Cariba es maravilloso. Le gustará. Muchas cosas de allí le gustarán.

—Debe de estar impaciente por volver a su paraíso.

—Ningún paraíso terrenal es perfecto. Siempre le falta algo para serlo. En el mío falta una mujer, y la he encontrado.

—¿Y ha accedido ella a ir con usted?

—No con estas palabras. Pero leo en su mente.

—Así que es usted clarividente. Otra de sus cualidades.

Me tomó una mano.

—Ella quiere estar conmigo tanto como yo quiero estar con ella..., o casi. A veces es muy recatada, debido a la educación que ha recibido. Esas antiguas familias inglesas... Pero a mí no puede engañarme.

—Quizá es usted quien se engaña a sí mismo. A no ser que esté hablando de una mujer a la que no conozco.

—Usted sabe de quien hablo. Sólo puede haber una como ella.

—Me sorprende que la considere digna de usted.

—Nunca pensé encontrar a una mujer que lo fuese.

—Y ahora no quiere aceptar su negativa.

—Exactamente. ¡Qué bien me comprende usted!

—Seamos sensatos.

—Yo siempre lo soy.

—Este acoso de que me ha hecho usted objeto... El viaje casi ha terminado. Esto tenía que ser una diversión pasajera, ¿verdad? Para ayudarle a pasar los monótonos días en el barco. Pero ahora esos días se acaban. No ha conseguido seducirme, cosa que, según creo, era su fin. Reconózcalo.

—Lo reconozco.

—¡Qué desvergüenza tiene usted!

—La seducción habría sido el preludio de un amor eterno.

—Sus palabras son tan extravagantes como sus ideas.

—¿Quiere que hablemos en serio durante un rato?

—Sí, lo preferiría.

—Entonces voy a hablarle con la máxima seriedad. No

puedo despedirme de usted en Sidney. Quiero que venga usted a visitar mi isla. Cariba es un lugar muy hermoso. Sin duda se la imagina usted como una isla desierta con palmeras, playas y nativos con sus canoas. Es todo esto, pero también es una comunidad floreciente. Esto lo hemos conseguido con la exportación de azúcar. Hemos aprovechado los recursos naturales de la isla, que es relativamente grande; es la mayor de un grupo de cuatro. Tenemos nuestros muelles y un hotel bastante bueno. Quiero que venga usted a visitarnos.

Vacilé.

—Tengo una casa muy grande cerca de la plantación —continuó—. Me gustaría que se alojase usted allí. Pero, si no está usted de acuerdo en esto, ya le he dicho que tenemos un hotel. Prométame que vendrá.

—No puedo prometerle nada.

—Qué obstinada es usted...

—Ya ve cuán desagradable soy en realidad.

—No. A mí me gusta incluso su obstinación. Estoy tan absolutamente enamorado de usted que la encuentro perfecta.

—Le he prometido a Felicity estar unos días a su lado.

Él hombre asintió.

—Pero no serán muchos días, ¿verdad? Quiero que me hable de usted, de su familia. Lo único que sé de usted es que acompaña a la señorita Felicity en este viaje.

—Tampoco usted me ha hablado mucho de sí mismo.

—Lo haré cuando vaya usted a Cariba. Sé que vive usted con su abuela, y supongo que sus padres han muerto.

—Mi madre murió. Mi padre volvió a casarse y se estableció en Holanda.

—Quiero saberlo todo de usted. En mis pensamientos la llamo a usted Annalice. Mi Annalice..., la joven poco corriente y de nombre poco corriente. Annalice Mallory. Hay unos conocidos cartógrafos que se llaman Mallory.

—Son mis familiares.

—Vaya, entonces usted debe de ser...

—¿Sí?

—Un joven de esa familia vino a Cariba... Acabo de acordarme. Hace unos dos años. ¿Cómo se llamaba? Estoy casi seguro de que se apellidaba Mallory y de que tenía algo que ver con la cartografía.

Mi corazón latía apresuradamente. Casi no podía hablar.

—Philip... ¿Se llamaba Philip?

—Philip Mallory... Sí, creo que sí.

—¿Y estuvo en Cariba?

—Sí. Creo que estuvo cierto tiempo allí.

Tenía la garganta seca. No sabía qué decir. El señor Hemming había visto a Philip más recientemente que yo. Durante todos aquellos días que nos habíamos entregado a conversaciones frívolas, él habría podido darme aquella importantísima información.

—¿Qué fue de él? —pregunté.

—Lo ignoro. Sólo sé que estuvo allí. Debió de marcharse.

—Era mi hermano.

—¿Su hermano? Ah, claro... Mallory... Me había olvidado de él hasta este instante.

—Por favor, dígame todo cuanto recuerde de él.

—Pero sin duda usted sabe más cosas que yo...

—No, porque no volvió a Inglaterra. ¿Qué le ocurrió? ¿Qué hizo en Cariba?

—Espere un momento. Déjeme hacer memoria... Creo que tenía un mapa e intentaba encontrar no sé qué lugar del que nadie sabía nada. Lo recuerdo vagamente. No me interesé mucho por él. A la isla llega mucha gente con planes de una u otra clase.

—Por favor, trate de recordar todo lo que pueda. Es muy importante para mí.

—Sólo le vi una vez. En el hotel. Supongo que se alojaba allí. No volví a verle. No sé nada más.

—Así pues, estuvo en Cariba...

Estaba asombrada. Inesperadamente, me encontraba con una pista. Milton Hemming, con quien había estado en contacto constantemente durante las últimas semanas, sabía algo sobre Philip, y yo no lo había descubierto hasta ahora.

Si Philip se había alojado en el hotel de Cariba, era posible que algún miembro del personal se acordase de él y pudiese decirme algo.

Experimenté una gran emoción. Aún no había llegado a Sidney y ya había descubierto aquello.

—¿Vendrá usted a Cariba? —me preguntó el señor Hemming.

—Sí, iré —le respondí, decidida.

Cuando entramos en el puerto de Sidney, yo estaba asomada a una de las barandillas del barco, en compañía de muchas otras personas. ¡Qué espléndida era aquella vista! Casi se podía creer que era lo que había dicho el primer gobernador de la colonia: «El puerto más hermoso del mundo». A un lado tenía a Felicity, y al otro, a Milton Hemming. Éste me había tomado por un brazo y lo retenía firmemente. Yo quería protestar, pero, al mismo tiempo, no quería llamar la atención en un momento en que estábamos rodeados de tanta gente. Estoy segura de que él se percataba de ello, y de que le hacía gracia.

Felicity parecía nerviosa, y yo tampoco estaba muy tranquila. No prestaba demasiada atención a las calas, las playas y el exuberante verdor que se extendía ante nosotros. Pensaba que Philip había llegado a aquel mismo lugar con la expedición de botanistas, y me preguntaba qué iba a descubrir en el transcurso de las próximas semanas.

Ya había llegado a la conclusión de que en el hotel de Cariba debía de haber personas que se acordasen de Philip. Tenía que encontrarlas y hablar con ellas. En cuanto Felicity estuviese casada y yo hubiera cumplido mi promesa de pasar una semana con ella, iría a Cariba.

Sabía que todos los miércoles salía un barco hacia aquella isla, y no dudaba de que, cuando llegase, él me acogería encantado. Desde luego no aceptaría su ofrecimiento de hospedarme en su casa, pero estaba el hotel; y era éste el que me interesaba porque Philip se había alojado en él.

Nos acercábamos al muelle. Pronto bajaríamos a tierra.

—¡Qué vista tan magnífica! —me susurró Milton—. ¿No está usted impresionada?

—Claro que sí.

—Cariba aún es más hermosa. La esperaré con impaciencia.

—Me dijo usted que había allí un hotel.

—Estará más cómoda en mi casa, en Hemming Hall. ¿Le gusta el nombre? Parece el de una antigua mansión rural inglesa, ¿verdad? Cuando volvamos a Inglaterra, en su día, y compremos nuestra propiedad, la llamaremos así.

En el muelle había un grupo de personas que esperaban a amigos y familiares que llegaban en el barco.

—¿Está William ahí? —le pregunté a Felicity.

Ésta miraba ansiosamente.

—Todavía no lo sé —respondió—. Están demasiado lejos.

—Habrá venido a esperarte, sin duda.

La joven se estremeció.

Ahora, todo el mundo volvía a los camarotes, disponiéndose a recoger los equipajes de mano y a bajar a tierra.

—¿Vamos? —dije.

Milton Hemming me soltó el brazo, y abandonamos los tres la cubierta.

Un hombre venía hacia nosotros, sonriendo, con el sombrero en la mano.

—Es William —dijo Felicity, con un hilo de voz.

—¡Felicity, por fin! —exclamó el hombre, abrazándola—. ¡Pensaba que no llegaría nunca!

—William —dijo Felicity—, le presento a la señorita Annalice Mallory.

Él me estrechó la mano con tanta fuerza que me hizo daño.

—Ya me han hablado de usted, señorita Mallory —me dijo—. Bienvenida a Sidney.

Tenía bolsas debajo de los ojos, que estaban levemente inyectados en sangre. Me miraba de arriba abajo y me hacía sentir incómoda. Estaba un poco grueso, pero era alto. Sospeché en él una tendencia al desenfreno.

—La tía Emily nos dejó en Ciudad del Cabo —explicó Felicity—. Hubo de volver a Inglaterra, pues se mareaba muchísimo.

—¡Pobre señora!

—Y éste es el señor Milton Hemming, que ha sido muy amable con nosotras y nos ha ayudado mucho.

—Ya nos conocemos —dijo Milton.

—Sí, claro. Nos hemos visto en el hotel. Usted es de una isla, ¿verdad? ¿Y tiene una plantación de azúcar?

—Sí. He estado en Inglaterra en viaje de negocios, y he tenido el placer de conocer a las señoritas a bordo. Ustedes dos se marcharán pronto de Sidney, supongo.

—Pasaremos unos días aquí. Nos casaremos aquí; es más sencillo. He reservado habitaciones en el Crown.

—¿Y nuestro equipaje? —preguntó Felicity.

—Supongo que trae usted varios baúles.

—Sí, naturalmente.

—Naturalmente. No se preocupe. Ordenaré que los envíen directamente a la hacienda una vez los hayan descargado. Mientras estemos en Sidney, se las arreglará usted con el equipaje de mano, y, cuando llegue a su nuevo hogar, encontrará los baúles esperándola. Supongo que usted —añadió, dirigiéndose a Milton—, tendrá que esperar aquí hasta el miércoles. Es el día en que sale el barco para Cariba, ¿no?

—En efecto. Pero quizá me quede un poco más en Sidney. Tengo cosas que hacer —explicó, sonriéndome.

—Tomaremos un coche para ir al hotel —dijo William Granville—. No está lejos.

No alcanzaba a imaginar cómo se le había ocurrido a Felicity comprometerse con aquel hombre tan vulgar. Era evidente que no estaba enamorada de él, ni mucho menos. Me sentía tan disgustada y sorprendida que apenas presté atención a la ciudad que veía por primera vez. Pero, si Felicity lo había decidido, no había nada que decir. Si se había prometido con aquel hombre, era que deseaba casarse con él, por alguna razón. Pensé luego que pronto tendría que despedirme de Milton Hemming, y ello me causó cierto pesar. Echaría de menos nuestras batallas verbales, que creo que eran un placer para los dos. Aquellos primeros días en Australia me sentiría un poco perdida.

Pero pronto volvería a Sidney y tomaría aquel barco de los miércoles hacia Cariba, y esperaba que, mientras hacía investigaciones sobre mi hermano, vería alguna vez a Milton Hemming. Me veía obligada a reconocer que deseaba volver a verle.

No podía olvidarme de mi inquietud por Felicity. Mi amiga estaba a punto de casarse con un hombre al que no quería, cosa esta última que no me sorprendía en absoluto. ¿Por qué habría accedido a casarse con él? ¿Por qué creía que, sólo porque había sido desdeñada por otro joven, debía aceptar al primero que se les declarase? ¿Temía convertirse en una solterona y ser como la señorita Cartwright? Había cometido una locura y ahora lo lamentaba. Pero aún no era demasiado tarde. Aún no estaba casada.

Recorrimos una serie de callejuelas tortuosas, y salimos a una avenida muy transitada. Al cabo de unos minutos, llegamos al hotel. Entramos en un vestíbulo muy grande, con cortinajes de terciopelo rojo, gruesas alfombras del mismo color y muchos ornamentos de bronce.

Observé que Milton Hemming era tratado con gran respeto por el personal del hotel, que parecía conocerlo bien.

—Soy un buen cliente —me susurró él—. Siempre que vengo a Sidney me hospedo aquí.

Y añadió, en voz más alta:

—¿Les parece bien que nos encontremos todos antes de la cena, para tomar un aperitivo?

William Granville respondió que le parecía una excelente idea.

Quedamos todos en una hora, y subimos a nuestras habitaciones. La de Felicity y la mía eran contiguas.

Entré en la habitación y miré a mi alrededor. Los muebles eran grandes, el cielo era alto, y había una ventana que daba a la calle. Los cortinajes eran similares a los del vestíbulo: eran de grueso terciopelo rojo y estaban recogidos por gruesas fajas de bronce. Todo respiraba una agradable limpieza.

Me sentí un poco desorientada. Me hallaba a miles de kilómetros de mi país, comenzando una aventura de la que no conocía el final.

Estaba, además, el problema de Felicity. Iba a casarse dentro de unos días, y yo no podía evitar sentir temor pensando en lo que la aguardaba. Yo había sentido una inmediata aversión hacia su prometido. Aquel hombre me inspiraba desconfianza. Parecía..., ¿cuál era la palabra? ¿Un libertino? No, la palabra era excesiva. Pero me había causado una pésima impresión. Me había mirado con ofensivo atrevimiento. Por otra parte, se había mostrado amable. Y parecía alegrarse de ver a Felicity. Me pregunté si le veía con claridad, y recordé que supone un gran error juzgar a las personas guiándonos por la primera impresión.

Y había el problema que me creaba Milton Hemming. Me hallaba molesta porque aquel hombre no dejaba de aparecer en mis pensamientos. Era el perfecto intruso: siempre estaba donde no se le llamaba. Pero, ¿era esto así? ¿No era yo la que evocaba su imagen? ¿Por qué me sentía levemente deprimida al pensar que él se marcharía el próximo miércoles?

Tenía que olvidarme de aquellos problemas secundarios y centrarme en mi misión: la búsqueda de Philip. Y cuando supiese lo que le había sucedido a mi hermano, podría volver a Inglaterra, casarme con Raymond y vivir en paz.

Deshice mi maletín, me lavé y me cambié. Entonces, Felicity llamó a la puerta.

—Hola, ¿estás lista?

—Sí, pasa. ¿Qué tal es tu habitación?

—Igual que ésta.

—Me parece que estaremos muy cómodas.

Hablábamos por hablar, pues teníamos miedo de decir lo que pensábamos.

—William parece muy contento de verte —comenté.

—Sí —respondió Felicity.

—Ya verás como te gustará tu nueva vida.

La muchacha asintió con la cabeza, sin ninguna convicción. Le pasé un brazo por los hombros y le di un beso. Ella se abrazó a mí un momento.

—Vendrás a la hacienda con nosotros, ¿verdad?

—Si tú lo deseas... Sí, iré unos días. Pero no sé si a William le gustará tener en casa a una intrusa durante vuestra luna de miel.

—Me prometiste que vendrías.

—Sí, y lo haré. Pasaré una semana contigo. En una semana, ya te habrás instalado.

Esto pareció consolarla.

Llamaron a la puerta. Era una doncella, que nos dijo que venía para acompañarnos abajo, donde estaban los caballeros.

A la mañana siguiente, cuando me desperté, los rayos de un brillante sol entraban en mi cuarto.

Permanecí echada unos instantes, recordando que me encontraba en Sidney y que iba a iniciar mi búsqueda. Aquella misma mañana intentaría localizar a David Gutheridge. Recordé haber oído hablar de una Asociación Botánica Australiana. Sin duda, David había estado en comunicación con ella. Quizá tendría la asombrosa buena suerte de encontrarle allí aquella mañana.

El caso era empezar.

A continuación, mis pensamientos giraron en torno a la noche pasada. Habíamos tomado el aperitivo, y después, para cenar, habíamos comido unos grandes filetes que gustaron mucho a los dos hombres, pero que a Felicity y a mí nos parecieron demasiado grandes.

—Los australianos tenemos mucho apetito —explicó William Granville—. Es porque pasamos muchas horas al aire libre.

Observé que bebía con placer, y que, cuando lo hacía, se producía un cambio en él. Le tomaba una mano a Felicity, le daba palmaditas y la apoyaba en su muslo. Felicity estaba muy incómoda.

Milton Hemming habló extensamente de Australia. En el curso de la conversación, me enteré de que William Granville llevaba veinte años allí. Calculé que tenía unos treinta y ocho, aunque parecía mucho mayor.

—Lo primero que deben hacer ustedes mañana, señoritas —dijo Milton—, es comprarse unos sombreros de alas anchas. Es algo importante, ¿verdad, Granville? No podemos permitir que el sol estropee su delicada piel. Les aseguro que el sol de Australia es terrible.

—Mañana iremos de compras, Annalice —dijo Felicity.

La velada me resultó desagradable, y Milton Hemming se dio cuenta de ello. Me alegré de volver a mi cuarto. Pensé que quizá Felicity vendría a hablar conmigo, pero no lo hizo.

También esto me produjo alivio. Deseaba consolar a Felicity, por supuesto, pero lo único que habría podido hacer era aconsejarle que regresase a Inglaterra conmigo. ¿Y cómo habría podido decirle semejante cosa? Era ella quien debía decidir.

A pesar de todo, me hallaba en Sidney, donde comenzaba mi misión. Me reprendí a mí misma por olvidar la razón de mi viaje, por pensar tanto en cuestiones secundarias.

Cuando me hube vestido, llamé a la puerta de Felicity. Mi amiga aún estaba acostada.

—Me duele la cabeza —explicó—. Me quedaré un rato más en cama.

—Pero podrían subirte el desayuno. Voy a pedirlo.

Me dirigió una mirada suplicante, y pensé que iba a decirme que había cambiado de idea. Pero no lo hizo, y no le pregunté nada. Pensé que debía dejarla libre para contarme las cosas cuando experimentase deseos de hacerlo.

Bajé al comedor y pedí que le subiesen café y pan con mantequilla. Después, me senté a una mesa y tomé lo mismo. El camarero pareció sorprendido de que no le pidiese un filete, como habían hecho varias de las personas que desayunaban a mi alrededor.

Cuando hube terminado, pregunté en recepción si podían darme la dirección de la Asociación Botánica Australiana, y me contestaron que estaba en George Street.

Pregunté cómo podía llegar allí, y si necesitaba un vehículo. Me dijeron que podía ir dando un paseo, en diez minutos, y me explicaron el camino.

Volví a mi habitación, esperando no encontrarme con William Granville ni con Milton Hemming. No quería contarles lo que iba a hacer. Y, ahora que había empezado, estaba ansiosa por continuar.

El aire de la mañana era estimulante, aunque me percaté de que más tarde haría calor. Recordé el consejo de Milton: debíamos comprarnos sombreros de ala ancha. Los que teníamos eran del todo inadecuados para el lugar.

Después, pensé. Antes que nada, tenía que encontrar a David Gutheridge.

Encontré fácilmente la Asociación Botánica. En la puerta

había una placa de bronce. Entré. Un joven que se hallaba sentado tras una escritorio me miró amablemente.

—Buenos días —dije—. Tal vez pueda usted ayudarme. Deseo ponerme en contacto con el señor David Gutheridge.

El joven se quedó desconcertado.

—No tenemos aquí a nadie que se llame así —dijo.

—No, claro. El señor Gutheridge vino de Inglaterra hace casi dos años. Es botanista, y creo que en algún momento hubo de tener contacto con esta asociación. Quizás ustedes podrían darme una idea de dónde podría encontrarle.

—Dice usted que vino de Inglaterra hace unos dos años. Espere un momento; voy a ver si alguien puede ayudarla. Siéntese, haga el favor.

Me senté y me dispuse a esperar; me sentía casi enferma de emoción, pensando que quizá estaba a punto de descubrir algo importante.

Al cabo de un rato, el joven volvió.

—¿Quiere pasar, por favor? —me dijo.

Me levanté y eché a andar tras él. Se detuvo ante una puerta de vidrio, la abrió y se apartó para dejarme pasar.

Un hombre que estaba sentado a un escritorio se puso en pie al verme.

—Buenos días —me saludó.

Nos estrechamos la mano.

—¿Pregunta usted por el señor David Gutheridge?

—Sí. Sé que vino aquí, con una expedición, hace algún tiempo.

—Hace unos dos años.

—Así es. He pensado que quizá podrían darme ustedes sus señas.

—El señor Gutheridge recibe aquí su correo, pero en este momento no se encuentra en Sidney.

—¿Saben ustedes dónde está? —le pregunté, nerviosa.

—Nosotros no sabemos nunca dónde están las personas cuando toman parte en esas expediciones. Se proponen ir a un lugar, se desvían y deciden seguir en otra dirección. Sé que, en un momento dado, el señor Gutheridge se dirigía a Queensland, y de allí, al arrecife de coral. En alguna de esas islas existe una flora que no se encuentra en ningún otro lugar del mundo.

—Oh... —exclamé, decepcionada.

—Hace unos seis meses que se marchó. Hace poco, oímos decir que estaba en Australia, de modo que es posible que esté aquí dentro de poco.

—¿Dentro de poco? ¿Quiere usted decir una semana..., dos semanas?

—Oh, no, algo más. Yo diría dentro de un mes, lo más pronto.

—¡Un mes!

¡Qué desengaño! Pero al menos le conocían. Era un pequeño progreso.

—Cuando venga, ¿podría usted decirle que he estado aquí? ¿Y podría pedirle que se pusiese en contacto conmigo? Seguramente estaré en esta hacienda... Si no, les notificaría mi cambio de dirección. La hacienda se halla a unos kilómetros de Sidney, y estaré allí con unos amigos.

—Se lo diré, desde luego.

—Me llamo Annalice Mallory.

—Ah... ¿es usted pariente de los cartógrafos?

—Sí.

—Vino aquí un Mallory procedente de Inglaterra... Sí... Vino con David Gutheridge, naturalmente.

—Era mi hermano. Es a él a quien estoy buscando. ¿Sabe usted si se quedó en Sidney algún tiempo, o cuándo se marchó? —pregunté con ansiedad.

—No, lo siento. Vino aquí una o dos veces en compañía del señor Gutheridge. Después, no volvimos a verle.

—Gracias —le dije—. Ha sido usted muy amable.

—Le aseguro que le daremos su recado al señor Gutheridge, tan pronto como regrese. Tomo nota de su dirección. No se preocupe. En cuanto llegue, recibirá su mensaje.

Nos despedimos, y salí al sol.

Era un comienzo. No muy favorable, pero un comienzo.

La primera persona con la que me encontré cuando volví al hotel, fue Milton Hemming.

—¡Ha salido usted! —exclamó—. Se nos ha adelantado.

—El aire es fresco y agradable, a esta hora. Más tarde hará calor.

El hombre me miró con atención.

—Usted está preocupada por algo —me dijo.

Me encogí de hombros.

—Dígamelo. Quizá pueda ayudarla.

Negué con la cabeza.

—No es nada. ¿Dónde están los demás?

—Al novio, según parece, se le han pegado las sábanas. A la novia, lo mismo. Esto nos deja libres. Le sugiero que demos un paseo por la ciudad. Estoy bastante orgulloso de ella. Ha crecido mucho desde que llegaron aquí los primeros barcos ingleses. Venga, tomaremos un coche.

Le seguí sin oponer resistencia. Todavía pensaba en David Gutheridge, que quizá poseía la clave del misterio.

Fueron unas horas felices. Milton me llevó a ver las calas del puerto; me mostró estrechas y sinuosas callejuelas que habían sido caminos de carro; y me contó cosas de la historia de la ciudad. Me pregunté qué habrían sentido aquellos hombres que llegaron allí con los primeros barcos cuando pisaron aquella tierra que iba a ser su hogar durante el resto de sus vidas.

Me olvidé de la decepción que había experimentado por no haber encontrado a David Gutheridge. Pensé que volvería, y que quizá podría decirme algo. Me di cuenta de que, cuando estaba con Milton Hemming, me convertía en una optimista. Parecía transmitirme su creencia de que todo era posible; se me contagiaba algo de su entusiasmo.

Nos detuvimos en una tienda y compramos un sombrero ancho para mí. Y escogí otro para Felicity, de un tono lavanda pálido que me pareció que le sentaría bien.

—Ahora ya estoy tranquilo —dijo Milton—. La hermosa piel de mis amigas está a salvo del enemigo.

—Qué modo tan extraño de hablar del sol, que nos da vida a todos los habitantes del planeta.

—Ah, sí, el sol es un buen amigo, pero también un mal

enemigo. Así es la vida. El mar..., el fuego... Grandes amigos, y a veces enemigos implacables.

—¿No ocurrirá lo mismo con la amistad? Sería una lástima.

—¿Por qué, señorita Annalice Mallory, cada vez que hablamos, convierte usted la charla más ligera en una discusión psicológica?

—Perdone —dije—. Quizá me pongo pedante a veces.

—Usted sólo puede ser fascinante. ¿Cuándo nos veremos en Cariba?

—No lo sé. Pero no me quedaré mucho tiempo en la hacienda del señor Granville.

—No. Estoy seguro de que no le apetecerá quedarse mucho tiempo allí.

—Estoy preocupada por Felicity. Si usted sabe algo en contra de ese hombre, creo que ella debería saberlo.

Milton calló un momento, como luchando consigo mismo, cosa inhabitual en él, que estaba tan seguro de todo.

—Ella misma le está viendo como es —dijo por fin.

—Ayer bebió mucho, pero no se emborrachó.

—Está acostumbrado a beber y, como dice la gente, sabe beber. Pero no creo que dejase de beber cuando nos separamos. Yo diría que siguió haciéndolo en su habitación.

—¿No cree que debe decírselo a Felicity?

—En circunstancias como estas, siempre es difícil saber si se debe decir una cosa o no. Creo que Felicity es capaz de verlo por si sola. Quizá está enamorada de ese hombre. El amor es ciego. Pero todos debemos hacernos responsables de nuestra vida.

—Cuando estén casados será tarde. No puedo evitar pensar que Felicity está a punto de destrozar su vida.

—Es ella quien debe tomar sus decisiones, Annalice.

—¿Usted no cree...?

—Lo que sí creo es que debe usted dejar de preocuparse. Deje que decida ella misma. Tiene derecho a decidir lo que hace, como todo el mundo. Vaya a la hacienda con ella y hágale compañía mientras se instala allí. Y piense un poco más en usted misma... y en nosotros. Venga a Cariba tan pronto como le sea posible. Todos los miércoles sale un barco. Yo la estaré esperando, e iré cada semana a esperar el barco.

Me reí de él. Pero, cosa curiosa, sus palabras me reconfortaron.

Interludio en una casa siniestra

Nos dirigíamos a la hacienda del señor Granville. Los acontecimientos se habían sucedido rápidamente, y ahora me encontraba yo sentada en uno de los famosos carruajes de Cobb and Company, que me alejaba de Sidney y me llevaba a las regiones desérticas del interior.

Felicity era ya la señora Granville. Desde el día de la boda, se había encerrado en sí misma; era difícil adivinar lo que sentía. Milton Hemming había regresado a su isla, dejando tras él un vacío. Mientras le había tenido cerca, mi inquietud se había calmado un poco. Y había vuelto a sentirme mal aquel miércoles, cuando él se hubo marchado.

La ceremonia de la boda había sido discreta y breve. Se celebraban muchas bodas así en Sidney; las de otras jóvenes llegadas de Inglaterra con sus prometidos australianos, para los cuales la ceremonia era un trámite a hacer lo más rápidamente posible. Esto se debía, entre otras cosas, a la ausencia de las familias; por lo general, sólo asistían unos amigos. La boda con hermososo trajes, flores de azahar y adornos en la iglesia habría estado fuera de lugar.

Allí estaba yo, pues, en aquel carruaje, en compañía del señor Granville, de su flamante esposa y de otros seis pasajeros, pues el coche tenía nueve plazas. El cochero era un hombrecillo jovial.

Habíamos dejado atrás la ciudad con su magnífico puerto, y estábamos ahora en pleno campo. Los caminos eran malos. Me llamaron la atención los altos eucaliptos, y me pregunté cuál sería su antigüedad. Quizá se hallaban allí desde antes de la llegada del capitán Cook. El carruaje se movía mucho, pero todos los pasajeros, a excepción de Felicity, lo tomaban como algo natural.

Mi amiga mostraba una expresión resignada, como si ya nada pudiese sorprenderla. Yo me preguntaba qué podría significar aquello. Habría deseado que Felicity me hablase, como lo había hecho antes de la boda, pues ello la habría aliviado.

La hacienda del señor Granville estaba a una jornada de carruaje de Sidney, y aún era de día cuando llegamos a Lalong Creek. Era este un pueblo formado por una calle sin pavimentar, una posada, unas pocas tiendas y unas cuantas casas dispersas. El coche se detuvo ante la posada, donde iban a cambiar los caballos. Habíamos llegado al término de nuestro viaje.

Se me cayó el alma a los pies. Aquel era el pueblo más cercano a la hacienda, y me resistí a imaginar que nadie desease visitarlo a menudo.

Cuando nuestro coche se acercaba a la posada, un hombre que llevaba sombrero de paja, pantalón de pana y camisa parda se levantó perezosamente del banco exterior de la posada y escupió una mascada de tabaco.

Eché una mirada a Felicity; estaba impasible, y tenía aquel aire de resignación que daba a entender que lo aceptaba todo, por desagradable que fuese.

—Ahí está Slim —dijo William Granville—. ¿Traes el coche, Slim?

—Sí, señor. Hace una hora que les espero.

—Muy bien. Nos iremos en seguida.

Bajamos del carruaje, con el cuerpo rígido por el largo viaje.

Slim se fue, y volvió a los pocos minutos conduciendo un coche ligero de cuatro ruedas tirado por un caballo gris.

—Ahora ya falta poco —nos dijo William Granville—. Sólo unos ocho kilómetros.

Nos ayudó a subir al vehículo y colocó nuestro equipaje de mano. Se sentó a un lado del coche, junto a Felicity, y yo lo hice frente a ellos. Aquello me resultó embarazoso, pues, cada vez que levantaba la mirada, veía sus ojos fijos en mí. Observé en ellos cierta expresión sardónica. Supuse que había adivinado mi desaprobación.

Salimos del pueblo y tomamos el camino de la hacienda Granville.

El paisaje me pareció desolado, muy diferente del nuestro. Comparados con aquello, nuestros árboles y prados parecían cuidados por jardineros. Algunos de los altos árboles tenían la corteza gris, lo que les daba un aspecto fantasmal.

—Esos árboles parecen fantasmas —dije, notando la necesidad de pronunciar algunas palabras.

—Son árboles gomíferos —dijo William Granville—. Los nativos evitan pasar junto a ellos, de noche. Creen que son los fantasmas de hombres que han muerto de muerte violenta y no pueden descansar. Piensa usted cuán diferente es esto de Inglaterra, ¿verdad?

Rodeó a Felicity con un brazo y la apretó contra él. Me pareció que ella se sobresaltaba.

—Supongo que ustedes dos montan bien —dijo el señor Granville.

—A mí me gusta montar —respondí—. Y supongo que a Felicity también.

Ésta asintió.

—En las cuadras encontrarán caballos. Deberán tener cuidado para no perderse. A veces, uno sale de un punto, cree que avanza en línea recta y lo que hace es dar vueltas. Es fácil perderse por aquí.

Volvimos a caer en el silencio. Yo miraba los árboles del camino, entre los que crecían mimosas en flor. Después de aquellos días, cada vez que he aspirado el olor de una mimosa he recordado aquel camino.

—Un poco más aprisa, Slim —ordenó William Granville—. Quiero llegar antes de que anochezca.

—Sí, señor —dijo Slim.

Y puso el caballo al trote rápido. Aquello fue tan súbito que me vi lanzada hacia adelante, y William Granville extendió los brazos para sujetarme. Durante unos segundos, mi cara estuvo cerca de la de él; sentí el olor del whisky, y aquel contacto me pareció de lo más repulsivo. Me apresuré a soltarme.

—El camino está muy mal —dijo él—. No tan aprisa, Slim. Estás molestando a las señoras.

Y diciendo esto me sonrió. Yo guardé silencio.

En este momento cruzábamos un arroyo. Los caballos chapoteaban en el agua fangosa, y unas gotas me salpicaron la blusa. Me limpié con el pañuelo.

—Cuidado, Slim... Ahora has salpicado a la señorita.

Noté que se estaba riendo de mí, que sentía aversión por mí y que le hacía gracia humillarme. Y pensé: «Me iré de aquí lo antes posible».

Pronto anochecería. Estaba a punto de ponerse el sol, y yo sabía que en aquel lugar del mundo no existía nuestro largo crepúsculo; la noche caía con rapidez.

El paisaje tenía una grandeza que, en circunstancias diferentes, me habría gustado. Pero, cuanto más me alejaba de Sidney, mayor inquietud sentía.

—Ya estamos en mis tierras —anunció William Granville—. Todo esto es mío. Poseo hectáreas y hectáreas de terreno. Una cosa que es barata aquí es la tierra..., bueno, la tierra y la mano de obra. A este país ha venido siempre la gente a hacer fortuna. Primero fue la fiebre del oro. Y está la lana, claro. Los hombres vienen dispuestos a enriquecerse, y no siempre lo consiguen. Y entonces tienen que ganarse la vida con algo. Ellos son nuestra mano de obra barata.

Al cabo de un rato, cuando ya era casi de noche, llegamos a la casa.

—Ya hemos llegado. Aquí tienes tu nuevo hogar, esposa mía. ¿Qué te parece? Es distinto de tu hogar en Inglaterra, ¿eh? No es una mansión lujosa con siglos de antigüedad. No tiene ventanas con parteluces ni columnas clásicas. Aquí se construyen las casas para vivir en ellas durante un tiempo, no para que duren quinientos años. Ya te acostumbrarás.

Nos detuvimos ante la puerta principal. El señor Granville nos ayudó a bajar, y contemplamos por un instante el nuevo hogar de Felicity.

La casa tenía dos pisos y varias dependencias anexas. Era

de madera, de un color gris sucio. La pintura de la puerta se desprendía, y en la madera había grandes manchas oscuras. Encima del porche había un balcón, y observé en seguida que algunas tablas de la barandilla estaban rotas. Unas puertas de vidrio daban a aquel balcón.

Se abrió la puerta y salió una mujer. Le eché unos treinta años. Tenía el cabello oscuro, muy espeso, y lo llevaba recogido en un moño complicado en lo alto de la cabeza. Tenía los ojos alargados y oblicuos, que le daban un aspecto casi oriental. Era alta; tenía mucho busto y caderas, y el talle fino. Era hermosa, pero me inspiró cierta repulsión. Me miraba, y, por intuición, vi que me tomaba por la señora Granville. Había cierta malevolencia en su mirada.

Experimenté la urgente necesidad de aclarar aquella confusión.

—Aquí estamos por fin, señora Maken —dijo William Granville—. Le presento a la señora Granville y a su amiga, la señorita Mallory. La señora Maken me ayuda a llevar las riendas de la casa. Y se ocupa de mí, ¿verdad Millie?

Noté que aquellas palabras tenían un doble significado, y, debido a lo que estaba descubriendo del marido de Felicity, su actitud hacia el ama de llaves me sugirió que tenía mucha intimidad con ella.

—Bueno, entremos —dijo.

—Bienvenidas a Granville —dijo la señora Maken.

—Gracias —respondí.

Felicity se limitó a sentir con la cabeza; parecía incapaz de hablar. En este instante era ella quien atraía la atención de la señora Maken, y comprobé que mi intuición había sido correcta.

Pasamos a un pequeño vestíbulo. Una puerta estaba abierta. Vi una espaciosa cocina en cuya chimenea ardía un buen fuego, a pesar del calor.

—La comida es la primera necesidad —declaró el señor Granville—. Estamos muertos de hambre. Hemos pasado todo el día en ese carruaje. Es un viaje muy pesado. Las señoras no están acostumbradas a la vida dura, ¿sabes, Millie? Acaban de llegar de Inglaterra.

—En el barco no lo pasamos muy bien, debido al mal tiempo —dije.

—Así se foguearon un poco —dijo el señor Granville—. Bueno, Millie, ¿cómo está la comida?

—Ya está lista.

—Quizá podríamos lavarnos antes —sugerí.

—Millie, las señoras quieren lavarse.

—Querrán agua caliente —dijo ella—. Le diré a Sal que se la suba. ¿Las acompaño arriba?

—Ya las acompaño yo. Tú atiende a la comida.

Entramos en una sala grande y en la que había pocos muebles. No era muy acogedora, quizá debido al suelo de madera y a las alfombras de junco. William Granville encendió una lámpara de petróleo, y la débil luz iluminó la sala, que ya empezaba a quedarse a oscuras.

—Estás viendo tu nuevo hogar por primera vez de noche, querida —dijo—. Estás muy callada, amor mío.

—Estoy cansada —dijo Felicity.

—Claro, claro. Pero ahora ya estás en casa.

Subimos por la escalera hasta el primer piso.

—Esta habitación es la cámara nupcial —dijo el señor Granville.

Vi las puertas-ventanas que daban al balcón.

—Por la noche, hay que tener las ventanas bien cerradas —explicó mi anfitrión—. Los mosquitos son una verdadera plaga. Los mosquitos... y otras cosas. Por aquí, hay muchas cosas a las que tendrás que acostumbrarte, querida. Ahora pasemos a ver la habitación de la señorita Annalice.

Mi cuarto estaba al final del pasillo. Me alegré de estar bastante lejos de ellos.

Era una habitación más bien pequeña, en la que había una cama de bronce. El suelo era de tablas de madera, y lo cubrían un par de alfombras de junco. Había una jofaina, un armario, una silla y poca cosa más.

—Aquí es donde dormirá usted mientras nos honre con su presencia —dijo.

—Gracias —repliqué, en el tono en que se le dice a un criado que puede marcharse.

Él vaciló, y volvió a mirarme de aquel modo que me inspiraba temor y odio.

Miré por el ventanuco. Estaba demasiado oscuro para que pudiera ver gran cosa, pero distinguí una o dos dependencias de la casa y, más allá, los arbustos.

Entró una muchachita trayendo el agua caliente. No tendría más de catorce años; era muy bajita y parecía asustada. Como no podía tener miedo de mí, supuse que lo tenía de William Granville, que seguía allí.

—Gracias —le dije a la niña.

Tomé el agua y le di la espalda a Granville. Cuando él salió del cuarto, experimenté alivio, y pensé: «¿Cuándo podré marcharme de aquí?».

Pero me causaba tristeza la idea de abandonar a Felicity. Me pregunté de nuevo cómo había consentido casarse con aquel hombre. No podía haber dejado de ver cómo era. Pero quizá en Inglaterra se había mostrado de otra manera. Tuve la impresión de que era un hombre astuto.

Cuando me hube lavado, salí al pasillo. Oí voces en la planta baja. Rápidamente, me dirigí a la habitación que él había denominado «la cámara nupcial», y llamé a la puerta.

—¿Quién es? —preguntó Felicity con voz aguda, nerviosa.

—Soy yo, Annalice.

—Ah, entra.

Entré. La joven me miró, y pensé que iba a echarse a llorar.

Se acercó a mí. Yo extendí los brazos y la abracé con fuerza.

—No te preocupes —le dije—. No te preocupes. Recuerda que es de noche. Las casas siempre son más inhóspitas en la oscuridad. Mañana lo verás todo de otra manera.

—Me alegro de tenerte aquí —dijo Felicity.

Yo habría querido decirle que me iba, que no soportaba aquella casa, que percibía algo extraño en ella.

Pero no dije nada. Pensé que la angustia de Felicity debía de ser mucho más grande que la mía. Ella estaba atrapada en aquel lugar.

Le di unas palmaditas en la espalda, y me alegré de ver

que no lloraba. Pensé cómo habría reaccionado Granville si la hubiese visto llorar. Felicity debía de recordar que tenía que enfrentarse a él y a aquella mujer.

Bajamos juntas.

La señora Maken se hallaba en el vestíbulo, y nos acompañó a la cocina.

—Casi siempre comemos aquí —nos explicó—. A veces lo hacemos fuera, y cocinamos allí también.

En el fuego había varias sartenes y una olla. William Granville ya se había sentado a una larga mesa de madera que estaba situada en un extremo de la estancia, lo más lejos posible del fuego.

La señora Maken sirvió la sopa. Estaba buena y sin duda la necesitábamos, pues me sentí más animada. A continuación comimos ternera fría. William Granville comía vorazmente. Desdeñaba lo que él llamaba nuestra «elegante inapetencia».

—Los aires de aquí te devolverán el apetito —le anunció a Felicity.

Sentí alivio cuando acabó aquella cena.

—Bueno, a la cama —dijo William Granville—. A todos nos vendrá bien.

Apoyó una mano en un hombro de Felicity y me sonrió.

—A dormir todos —repitió.

Desde la cama podía ver la ventana. Estaba oscuro, pero las estrellas brillaban y proyectaban un poco de luz en la habitación.

Pensé con añoranza en las comodidades de mi hogar en Inglaterra. No podía librarme de una creciente inquietud, ni podía dejar de pensar en Felicity. ¿Qué le ocurriría en aquellos mismos instantes? Me estremecí. Felicity había cambiado. La recordé como era cuando la había conocido, en casa de los Billington. Entonces, parecía deseosa de contraer matrimonio. Supuse que la perspectiva de trasladarse al otro lado del mundo la había atraído, le había parecido una aventura, como le habría ocurrido a cualquier muchacha. Y ahora tenía que enfrentarse a la realidad, y parecía haber perdido todo su valor. Quizá la única manera de soportar el tormento de estar casada con William Granville fuese embotar su sensibilidad. No me habría sorprendido que así fuese.

Pero, ¿qué hacía yo allí? Si al menos hubiese estado con nosotras la señorita Cartwright, habría traído con ella cierta normalidad. Me pregunté qué habría pensado de aquella casa, de la cena en la cocina, de la voluptuosa ama de llaves...

Tenía que marcharme. No me sería difícil. Podía ir a caballo hasta el pueblo y enterarme de la hora a la que salía el carruaje de Cobb para Sidney. Me iría a esa ciudad, me alojaría unos días en aquel hotel, y el miércoles...

¡Qué feliz me haría ver de nuevo a Milton Hemming! En aquel instante no había nada en el mundo que desease más.

Pensé que no conseguiría dormir, pero debía de estar muy cansada, pues lo conseguí.

Me desperté temprano, y, por unos momentos, no recordé dónde estaba. Al mirar la habitación, volvieron a mi mente los recuerdos, y con ellos aquel sentimiento de temor.

Pero a la luz del día todo parecía más fácil.

William Granville nos había dicho que podíamos montar a caballo. Podría explorar los alrededores. Todo el paisaje parecía igual, y era fácil ver que uno podía perderse. Pero se podían retener unos puntos de referencia. Experimenté deseos de volver a cabalgar.

Quizá podría hablar con Felicity. Quizá ella decidiría asimismo que quería marcharse de allí, y podríamos escapar juntas.

Vi que tenía aún, en la jarra, parte del agua que me habían traído la noche anterior, y me lavé con ella. Me percataba de que en aquel lugar tendría que prescindir de algunos refinamientos. Me vestí y bajé. En el piso bajo reinaba el silencio. Abrí la puerta y salí afuera. El frescor de la mañana era muy agradable. Eché a andar alrededor de la casa, mirándola. Mis ojos se posaron en el balcón de las tablas rotas, e intenté no pensar en lo que debía de ser estar casada con un hombre como aquel.

Entonces me di cuenta de que alguien estaba cerca de mí.

Me volví bruscamente. Era la señora Maken. Debía de haberme visto salir de la casa, y se me había acercado en silencio.

—¿Tomando el aire? —me preguntó.

—Sí. Hace una mañana muy hermosa.

—Mientras no empiece el calor —dijo ella.

Me observaba escrutadoramente. Después alzó la mirada hacia el balcón y me miró de reojo, enigmáticamente.

Entonces oí una risa, un sonido diferente a cuantos había oído antes. Era una risa burlona, extrañísima.

Sobresaltada, miré a mi alrededor.

La señora Maken sonrió y me explicó:

—Son martines cazadores, unas aves. Son dos. Suelen ir de dos en dos.

—Parece que se rían de nosotras.

—Quizá lo hacen. Entre, y le serviré el desayuno. Hay café, si le gusta. Y he preparado unas pastas.

Entré, y me senté a la mesa de la cocina.

—Cuando se enciende el fuego, esto parece un horno —dijo la señora Maken—. Pero hemos de cocinar; al señor Granville le gusta comer bien.

—El calor debe de ser insoportable.

—No hace mucho más que fuera. A veces cocinamos al aire libre, poco antes de la puesta del sol. Es la mejor hora, porque las moscas molestan menos. Pero la comida las atrae.

Se sentó frente a mí, y, apoyando los brazos en la mesa, siguió mirándome.

—La vida de aquí le parecerá un poco primitiva. Muy diferente de la de Inglaterra.

Me sonreía maliciosamente.

«Sí —pensé—. Iré a ese pueblo y averiguaré a qué hora sale el primer carruaje.»

En el transcurso del día me sentí un poco mejor. Después de desayunar salí a dar un paseo, y, cuando volví, unos tres cuartos de hora más tarde, Felicity se había levantado y William Granville se disponía a marcharse. Nos dijo que estaría ausente todo el día.

—Así tienen ustedes tiempo de instalarse —añadió—. Millie les enseñará todo cuanto deseen, ¿verdad, Millie?

La señora Maken respondió que lo haría encantada.

Tan pronto como William Granville se hubo alejado en su caballo, Felicity se animó un poco. La perspectiva de pasar un día entero sin él debía de representar un gran alivio para ella.

Le propuse que fuésemos a ver qué caballos podíamos montar, y que saliésemos a cabalgar un rato. Felicity aceptó sonriente.

Encontramos dos caballos, y no tardamos en alejarnos de la casa montadas en ellos. Pensé que, en otras circunstancias, me habría gustado recorrer aquellos parajes, que poseían una indudable grandeza. Me gustaban las mimosas, me fascinaban los grandes eucaliptus y me atraía el aspecto desértico de la región.

—Me gustaría cabalgar muchas horas así —le dije a Felicity.

—¿Quieres decir que te gustaría alejarte mucho de este lugar?

Le dirigí una mirada.

—Te acostumbrarás a todo esto, Felicity —le dije—. Te parece extraño porque acabas de llegar. ¿Quieres que intentemos encontrar aquel pueblo?

—¿Quieres decir en el que se hallaba la posada?

—Sí. No puede estar muy lejos.

—¿Recuerdas el camino?

—Me parece que sí. Hay una especie de carretera. Podríamos seguirla e intentar recordar por dónde vinimos ayer. Había un árbol mucho más alto que los demás. Y había unos árboles grises muy juntos. Intentémoslo. Espero que no nos perdamos.

A Felicity no parecía importarle esa posibilidad.

Yo había pensado comunicarle que quería marcharme, pero decidí esperar un poco.

—En esta hacienda debe de trabajar mucha gente —dije.

—Sí, creo que sí. Es muy grande. Algunos viven muy lejos de aquí. Se necesitan varios días para recorrerlo todo a caballo.

—Supongo que tu esposo tendrá que hacer ese recorrido, después de estar ausente tantos días.

La joven no dijo nada.

Lamenté que no lo hiciese, pues ello me impedía ayudarla.

Un hombre montado a caballo se aproximaba a nosotras.

—¡Hola! —nos saludó.

Le reconocí. Era Slim.

—Buenos días, Slim —le dije—. ¿Se va por aquí al pueblo?

—Sí. Sigan todo recto, hasta después de los gomíferos.

—Ah, ya recuerdo. Gracias.

Slim se alejó.

—Ha estado muy amable —dije—. Seguramente les encontrarás a todos agradables cuando les conozcas más.

Felicity ni chistó.

—¡Mira! —exclamé—. Allí está el pueblo.

—¿Qué vamos a hacer allí?

—Verlo todo.

Llegamos a la posada. Fuera había un poste para atar los caballos.

—¿Vas a entrar? —me preguntó Felicity.

—Sí.

—¿Quieres tomar un refresco?

—No. Quiero preguntar una cosa.

Abrí la puerta. Varios hombres estaban sentados bebiendo jarras de cerveza. Todos levantaron la mirada cuando entré, seguida de Felicity.

Sin hacerles caso, me dirigí al hombre que se encontraba tras el mostrador.

—¿Podría decirme a qué hora llega aquí el carruaje que va a Sidney? —le pregunté.

—La hora exacta no se sabe nunca, señorita.

Uno de los hombres me gritó:

—A las diez, como muy temprano..., y a veces a las once, o a las doce. Por estos caminos, nunca se sabe.

Los demás se echaron a reír.

—A veces pierden una rueda —dijo uno de ellos—. Y a veces se encuentran con el fantasma de Ned Kelly.

A todos les pareció que aquello era una broma muy graciosa, y volvieron a reírse.

—Pero, el domingo ese coche no pasa —añadió otro de los presentes—. Ni los martes tampoco. Sólo los lunes, los miércoles y los sábados.

—Gracias. Muchas gracias a todos.

Otra vez parecieron encontrar la situación muy divertida.

Salimos y volvimos a cabalgar. Felicity no dijo palabra durante un rato, y después me preguntó:

—Te marchas, ¿verdad?

—Ya sabías que iba a hacerlo, Felicity.

—No pensaba que te irías tan pronto.

—Aún no me he ido. Sólo quería saber el horario del coche.

—En la casa deben de saberlo.

—No sé, prefería informarme yo.

—¡Qué hombres tan horribles! —exclamó.

—No lo eran tanto. Nos han dicho lo que queríamos saber. Con el tiempo te acostumbrarás a ellos. Lo único que ocurre es que tienen modales diferentes de los nuestros.

—Nunca me acostumbraré a vivir aquí.

—Sí, claro que sí.

—Annalice, no te irás aún, ¿verdad?

Vacilé.

—Es que... ignoro si mi presencia le es grata a tu marido. Al fin y al cabo, sólo soy una visita.

—No, no. Yo creo que mi marido te tiene simpatía.

—No lo había advertido. Pero él no querrá que me quede demasiado tiempo...

—Prométeme que aún no te irás.

Por un momento callé.

—Felicity —dije—, ya sabes que he venido aquí porque quería averiguar lo que ha sido de mi hermano.

—Sí, claro.

—Estando aquí, no averiguaré nada.

—Quédate sólo unos días más... Y no te marches sin decírmelo, por favor. No podría soportar levantarme una mañana y descubrir que estoy sola.

—Te prometo que no me iré sin avisarte.

Quedamos así. Comprobé que Felicity tenía mucho miedo.

Transcurrieron unos días. Empezaba a saber algo del lugar en el que me encontraba, y cuantas más cosas sabía más ansiaba irme.

Muchas veces estaba a punto de decirle a Felicity que debía marcharme. Pero luego recordaba que me había venido muy bien utilizar su viaje como medio para llegar yo a Australia, y que no podía abandonarla ahora que me necesitaba. Aunque no sabía qué podía hacer para salvarla del hombre con el que se había casado. Lo único que hacía era hacerle compañía.

Me iba acostumbrando al cálido sol de mediodía, a los enjambres de moscas que salían de todas partes para atormentarnos; al olor de los filetes en el fuego. Aquella gente vivía de filetes. Formaban parte del entorno, junto con el calor del fuego, los bollos que cocían en la ceniza, los perros hambrientos que rondaban junto a la casa y que parecían tan feroces hasta que nos conocieron. Yo les llevaba siempre las sobras de las comidas, y al poco tiempo venían a hacerme fiestas. En la hacienda trabajaban muchos hombres; todos tenían la cara quemada por el sol y llevaban sombreros de paja; algunos ataban corchos a los sombreros para alejar a las omnipresentes moscas. A veces los hombres venían a la casa, o se sentaban fuera, o en la cocina, y jugaban a las cartas y bebían cerveza. En la casa había siempre mucho ir y venir. En la hacienda había muchísimas ovejas, pues William Granville se dedicaba a la venta de lana.

Como me había dicho la señora Maken, a menudo cocinaban al aire libre. Tomaban grandes baldes, los llenaban de papel y asaban la carne encima de ellos, en unas parrillas. La grasa de la carne hacía que al papel ardiese continuamente; y, aunque no hubiese sido así, no habría importado mucho, pues les gustaba la carne medio cruda. Cantaban muchas canciones, sobre todo una sobre una tal Matilda que bailaba el vals y otra sobre un canguro. Cuando nos veían a Felicity y a mí, adoptaban una actitud un tanto burlona que, según creo, era mitad resentimiento, mitad admiración.

William Granville pasaba mucho tiempo con ellos. Por las noches se sentaba fuera, y yo les oía desde mi cuarto. Hablaban y reían a gritos, cantaban a menudo y bebían mucho.

Yo les oía desde la cama, y decidía tomar el próximo carruaje hacia Sidney. Me alojaría en el hotel hasta el miércoles, y tomaría el barco para Cariba.

Pero, a la mañana siguiente, cuando veía a Felicity, comprendía que aún no podía dejarla.

Llevaba allí una semana, que me había parecido un mes. Daba largos paseos a caballo, en los que Felicity me acompañaba siempre. Muchas veces me parecía que mi amiga iba a hablarme en confianza de sus problemas, pero nunca se decidía a hacerlo. Yo tenía intención de decirle que debía marcharme, y de proponerle que, si tan mal se sentía en aquella casa, se viniese conmigo.

Pero no me atrevía a aconsejarle a una esposa que abandonase a su marido.

Me atraía mucho el paisaje, que estaba lleno de contrastes. Había en él muchas cosas hermosas. Me encantaban las flores rojas y brillantes que daban ciertos árboles, y las bandadas de cacatúas grises de cresta rosada. Había kilómetros y kilómetros de matorral. Los enjambres de insectos eran algo que en Inglaterra no habríamos podido imaginar, como unos pequeños ciempiés que se metían en la casa, y las sempiternas moscas.

Millie Maken iba de aquí para allá vigilante, silenciosa y hostil hacia nosotras. Pero lo que más me desagradaba era la presencia de William Granville.

Sucedió la noche en que se cumplía la semana de mi estancia. Los hombres estaban fuera, bebiendo y hablando. Yo oía sus risas desde mi cuarto. Era casi medianoche.

Siempre experimentaba cierto temor hasta que oía a William Granville entrar en el cuarto que compartía con Felicity, y no me dormía hasta un rato después de oírle cerrar aquella puerta. En mi habitación no había cerrojo, y temía que él entrase.

Aquella noche, William Granville subió pesadamente la escalera, murmurando incoherencias, y adiviné que había bebido más que de costumbre.

Le oí cerrar la puerta de su dormitorio. Seguí despierta un

rato, pensando que ya podía empezar a pensar en marcharme, y decidí hablar de ello con Felicity al día siguiente.

Mientras pensaba en lo que iba a decirle a mi amiga, oí que se abría una puerta. Me puse en guardia inmediatamente. Salté de la cama y esperé.

Las puertas de la casa encajaban mal, y al lado de la mía había una rendija por la que podía ver el pasillo. Me dio un vuelco el corazón. Por el pasillo se aproximaba William Granville, cubierto con una camisa de dormir que le llegaba a las rodillas. Me eché a temblar. Me dispuse a defenderme, y pensé: «Ahora sí que tengo que marcharme».

Se detuvo, y abrió una puerta que estaba a la mitad del pasillo. Era la puerta de la señora Maken.

Entró.

Me quedé apoyada en la puerta, respirando profundamente y sintiendo un gran alivio. Se confirmaba lo que yo ya había adivinado. Pero, al menos, no había intentado entrar en mi cuarto.

La señora Maken era su amante; de ahí el resentimiento que le producía la intrusión de Felicity. ¡Qué horror! ¡Bajo el mismo techo, en un cuarto cercano al que ocupaba su esposa!

«Ese hombres es un monstruo», pensé.

No tenía sueño. Me puse una bata y me senté junto a la ventana.

La viva luz de las estrellas le daba al campo un aspecto extraño. Veía, a lo lejos, los grises eucaliptos, como fantasmas que montaban guardia.

«Tengo que hacer algo —pensé—. Tengo que irme, pero no puedo dejar a Felicity sin protección.»

Entonces se me ocurrió una idea.

Tomé papel y pluma. La luz de las estrellas me bastaba para escribir.

Escribí la siguiente carta:

> Querido Raymond:
>
> Estoy muy angustiada. En esta casa suceden cosas muy graves. Este matrimonio ha sido una gran equivocación. Felicity se siente muy mal. No es sólo un problema de adap-

tarse a un país nuevo y a una vida nueva. Está asustada, y yo la comprendo.

La vida de aquí es bastante primitiva. A Felicity le costaría mucho acostumbrarse a ella aunque su esposo fuese un buen hombre. Pero William Granville es un monstruo. Sé que esto parece una exageración, pero lo pienso de verdad. Le es infiel a su esposa. Vive aquí un ama de llaves que ha sido su amante, y que aún lo es. Ahora mismo, mientras le escribo —aquí debe de ser la una de la madrugada—, están juntos. Y esa mujer se muestra hostil hacia Felicity. Yo deseo marcharme, pero Felicity me suplica que no lo haga. Veo que no puedo quedarme aquí mucho tiempo, pero, cuando se lo digo, ella se desespera. Ha cambiado mucho.

Creo que hay que hacer algo. Raymond, usted ha sido muy bueno conmigo. Me ha ayudado de muchas maneras. ¿Podría ayudarme otra vez? Por desgracia, la señorita Cartwright tuvo que volver a Inglaterra. Ya debe de saberlo usted. Y Felicity no tiene a nadie que la proteja de ese hombre con el que se ha casado. ¿Podría usted ayudarla? Necesita a alguien que la ampare.

Yo me quedaré aquí tanto tiempo como pueda, pero me siento muy mal en esta casa. El marido de Felicity se muestra grosero conmigo.

Raymond, le escribo esta carta siguiendo un impulso. Por favor, aconséjeme qué debo hacer. Yo aconsejaría a Felicity que se marchase de aquí conmigo, pero tiene un gran sentido del deber. No la creo capaz de abandonar a su esposo.

Le escribo esta carta en mi habitación, casi en la oscuridad. Las estrellas, cuya luz es aquí muy intensa, me permiten ver lo que escribo.

Estoy muy angustiada. Tal vez mañana por la mañana me sentiré mejor, pero enviaré esta carta de todos modos, pues sé que por la noche lamentaría no haberlo hecho. Quiero que conozca usted cuál es nuestra situación.

El escribirle me alivia mucho; es como hablar con usted.

He avanzado un poco en mi búsqueda. Creo que ya le dije, en la carta que le envié desde Sidney, que habíamos conocido a un caballero llamado Milton Hemming. Supongo que la señorita Cartwright le habrá hablado de él. La ayudó a sacar su pasaje desde Ciudad del Cabo. Pues bien, ese caballero recordaba que Philip se alojó en un hotel de la isla en la que él tiene su plantación. Es una isla llamada Cariba. Pienso ir allí cuando me marche de aquí, pero antes quiero hablar con David Gutheridge, si me es posible hacerlo. Es el botanista con quien se marchó Philip. Estuve en la sede de la Asociación Botánica, en Sidney, y ellos sabían aproximadamente dónde está y cuándo volverá, es decir, dentro de un mes. Me interesaría mucho hablar con él antes de ir a Cariba. Según el señor Hemming, Philip se alojó en un hotel de esa isla. Por tanto, alguien de allí debe de recordarle. Como ve, he averiguado algo, aunque muy poco.

Mi gran preocupación en este instante es Felicity. Ojalá estuviese usted aquí, con nosotras. Usted sabría lo que hay que hacer.

Sería maravilloso verle y hablar con usted. Todo volvería a ser normal y razonable.

Espero no darle la impresión de que me dejo llevar por el miedo. Pero estoy muy preocupada.

Le quiere,

ANNALICE

Doblé la carta y la sellé.

El día siguiente era miércoles, uno de los días en que pasaba por el pueblo el carruaje de Sidney. La carta saldría, pues, hacia allí, y llegaría a Inglaterra en un barco. Tardaría muchos días en llegar a manos de Raymond, pero yo debía llevarla al día siguiente sin falta a la posada, antes de las diez, para que saliese en el coche.

Un empleado de William Granville se encargaba de llevar las cartas al pueblo y de recoger allí las que pudiesen llegar, pero yo no pensaba confiarle aquella misiva. William Granville podía sentir curiosidad por su contenido. Le creía muy capaz de leer las cartas de los demás. Le consideraba un hombre sin escrúpulos.

Volví a acostarme. En el pasillo no se había oído ningún ruido mientras yo escribía. Estaba claro que Granville pasaba la noche con el ama de llaves.

Por fin me dormí.

Me desperté temprano, debido a la preocupación que experimentaba.

Bajé a la cocina. En contra de su costumbre, la señora

Maken no estaba allí. El fuego estaba apagado. Había un hornillo de alcohol, y lo encendí para hacer café. Tomé un bollo del día anterior y lo unté con mantequilla. No tenía mucho apetito.

Apareció Felicity. Me pareció que se sentía algo mejor. La noche anterior se había librado de las atenciones de su esposo, y debió experimentar un gran alivio. Supuse que ella debía estar encantada de que pasase algunas noches con el ama de llaves.

—Me apetece salir a cabalgar —le dije—. He escrito una carta, y quiero llevarla al pueblo. Es miércoles, de modo que se la llevará el coche.

—Te acompaño.

—Muy bien. Corre a cambiarte.

Cuando bajó, nos pusimos en marcha.

—¿Por qué no le das la carta a alguno de los hombres, para que la lleve él?

—Porque quiero que salga sin falta en el coche de hoy. Imagínate lo que tardará en llegar a Inglaterra.

—Si no saliera hoy, lo haría el sábado. No hay mucha diferencia.

—No, no. Quiero que salga en seguida.

Fuimos a la posada. En un extremo del mostrador se recogía y se distribuía el correo. Felicity echó una mirada a la carta cuando yo la entregaba. Se enteró, pues, de que iba dirigida a Raymond. No me importó; no tenía nada de extraño que le escribiese, pues estábamos prometidos, aunque no oficialmente. Lo que no sabía es lo que habría dicho mi amiga si hubiese leído aquella carta.

Me sentí mejor cuando la hube enviado. Disminuyó un poco la inquietud que sentía por Felicity, aunque sabía que pasarían unas semanas antes de que Raymond recibiese la carta, y que pasarían otras semanas antes de que yo recibiese la respuesta. Pero había hecho algo, y esto siempre me hacía sentirme mejor.

Aquel día, mi amiga y yo tuvimos un golpe de suerte. Uno

de los trabajadores vino a la casa al mediodía. Era uno de los jóvenes aprendices, y una de sus obligaciones era la de recorrer toda la propiedad para asegurarse de que las ovejas estaban bien. Éstas eran tan numerosas y los pastos, tan extensos que se hacían necesarios aquellos recorridos para supervisarlo todo.

El aprendiz en cuestión era un muchacho muy joven que había llegado hacía poco de Inglaterra y que mostraba gran interés por aprenderlo todo, supongo que con la esperanza de tener algún día su propia hacienda. Había salido, antes de que llegásemos nosotras, en compañía de Walloo, un aborígen cuya tarea era enseñárselo todo. Según oí decir más adelante, Walloo era uno de los trabajadores de mayor confianza, y llevaba en la hacienda tres años, tiempo que, para un aborígen, era mucho. Se decía que todos los aborígenes australianos tenían una íntima necesidad de vagabundear; sin previo aviso, dejaban lo que estuviesen haciendo, se iban y no se les volvía a ver en varios meses. A veces desaparecían para siempre.

Walloo se había marchado, pues, con aquel joven aprendiz, y de pronto decidió desaparecer. El muchacho hubo de arreglárselas solo en aquellas tierras desconocidas, y por esto tardó en regresar más de lo previsto.

Granville se quedó muy preocupado ante lo que le contó el joven. Éste no conocía el país, pero sí entendía de ovejas, y había descubierto que algunas de ellas morirían si no se les prestaban ciertos cuidados; además, hacía falta hacer reparaciones en algunas vallas.

Esto fue una suerte para nosotras, pues William Granville decidió marchar a poner las cosas en orden, junto con tres hombres y el joven aprendiz y nos anunció que estaría ausente por lo menos una semana.

¡Una semana sin él! Me animé. Podía aplazar unos días la angustiosa decisión de marcharme. Y mi carta se iba aproximando a Raymond.

William Granville se marchó aquel mismo día, y yo presencié, llena de alegría, la salida del pequeño grupo.

Felicity experimentó un cambio milagroso. Me pareció que volvía a la vida, y me di cuenta de cómo la atemorizaba la presencia de su marido. Yo no quería ni pensar en las cosas que tenía que soportar mi amiga.

Aquella noche dormí tranquilamente. No pensé en nada antes de acostarme, ni hube de esperar a que Granville hubiese entrado en su cuarto.

A la mañana siguiente, dimos un paseo a caballo. Hacía un día muy hermoso. Pasamos por las afueras del pueblo y nos dirigimos a un riachuelo que habíamos descubierto. Era un lugar muy hermoso, un oasis entre el matorral. El agua cristalina brillaba al sol como plata fundida, y a lo lejos se veía el grupo de árboles gomíferos, que tenían un aspecto extraño bajo la intensa luz.

—Qué bonito sería todo esto —dije— si...

Había hablado sin pensar. Felicity completó la frase.

—Si las cosas no fuesen lo que son.

Callé; pero seguí hablando al cabo de unos momentos.

—Me gustaría explorar la región. Me gustaría encontrar las Montañas Azules y hacer un recorrido por ellas. Al otro lado está Bathurst. He oído decir que, años atrás, se creía que en las montañas había espíritus malignos que no permitían que nadie las cruzara. Al otro lado hay unos magníficos pastos.

—Sí —dijo Felicity—. A mí también me gustaría ver las montañas.

Miraba tristemente el horizonte. Yo había decidido hablarle de mi partida cuando ella estuviese un poco más tranquila, pero no quise estropear aquel día tan hermoso, nuestro primer día de libertad. Disponíamos del resto de la semana.

—Algún día iremos —dije.

—Pero tú sigues pensando en marcharte, ¿verdad?

Como era Felicity la que sacaba el tema a colación, tuvimos que hablar de él.

—Algún día tendré que marcharme —respondí—. Esta no es mi casa.

—Volverás a Inglaterra y te casarás con Raymond. Eres la mujer más afortunada del mundo.

—Nunca se sabe cómo resultarán las cosas.

—Annalice, ¿qué puedo hacer yo?

—¿Respecto a qué?

—A todo. A mi vida. No puedo soportar la vida de aquí. No puedo soportarle a él. No sabía que la vida matrimonial fuese así. Las cosas que se hacen... Yo no sabía nada.

—¿Quieres que hablemos de ello? —le pregunté con afecto.

—No puedo hablar de esas cosas. Son demasiado horribles. Todas las noches...

—Anoche... —empecé a decir.

—¿Anoche? —preguntó ella vivamente.

—Estoy enterada —dije—. Ayer le oí salir de vuestra habitación, y le vi entrar en la de la señora Maken.

—Sí. Y me alegré de ello. Le di gracias a Dios. Annalice, tú no puedes imaginar...

—Me imagino algo.

—Yo nunca habría pensado...

—Que la realidad pudiese ser tan dura.

—Si lo hubiese sabido. Yo pensaba que era algo hermoso..., romántico... Claro que yo no amo a William.

—Lo sé. Me dijiste que estabas enamorada de un muchacho, en Inglaterra.

—Él nunca habría hecho esas cosas. A veces creo que voy a volverme loca. No puedo soportarlo.

—Trata de calmarte. Disponemos de una semana de tregua. Pensemos en lo que podemos hacer. Podríamos ir al pueblo mañana. Es el día en que sale el carruaje para Sidney. Podríamos tomarlo, y marcharnos de aquí.

—Pero, Annalice, William es mi marido. Desgraciadamente estoy casada con él.

—Esto no significa que tengas que soportar las humillaciones a las que te somete.

—Pero estoy casada con él...

—Muy bien, pues, ¿qué piensas hacer? ¿Quedarte aquí y aguantarlo todo?

—No me queda otro remedio. A veces pienso que acabaré por acostumbrarme. Además está la señora Maken.

—¿Estarías dispuesta a aceptar eso?

—Tengo que hacerlo.

—Yo no podría. Yo me marcharía; no me quedaría ni una noche más.

—William no me dejaría marchar.

—Yo no me atrevería a decir que esté perdidamente enamorado de ti, Felicity.

—No. Me desprecia. Creo que me ha despreciado siempre.

—Entonces, ¿por qué...?

—Él fue a Inglaterra a buscar una esposa. Quería una mujer débil y que tuviese dinero. Como yo, supongo.

—¡Dinero! —exclamé.

—Mi padre me dejó en bastante buena situación. Yo nunca había pensado mucho en ello. A William le interesa mi dinero, porque quiere hacer mejoras en la hacienda. Toda esta tierra es suya; no sé bien cuáles son los límites. Quiere limpiar el matorral. Cree que puede haber oro en algún lugar de la propiedad, y quiere buscarlo. Ya ves que, por una parte, le soy muy útil, aunque en otros aspectos sea una ignorante.

—Así que le interesa tu dinero. Mi pobre Felicity... Ahora estoy segura de que tienes que marcharte de aquí. Tienes que buscar ayuda.

Me alegré de haber enviado aquella carta a Raymond. Era un principio. Deseé haber sabido lo del dinero; habría podido decírselo a Raymond. Decidí escribirle otra carta, más urgente aún que la anterior.

—Oye —le dije—, tenemos que ir al pueblo ahora mismo y reservar dos plazas en ese coche.

—No puedo irme, Annalice. William me encontraría, y sería peor. Nunca me perdonaría que hubiese intentado huir. Se aseguraría de que no volvería a intentarlo. Me tendría como a una prisionera.

—No estás tan desamparada, Felicity. Cuentas con mi ayuda. Nos iremos juntas.

—Para ti, sería fácil. A ti, no puede hacerte daño. Oh, Annalice, tú no sabes... Cuando entra en ese dormitorio, rezo para que ocurra algo terrible. Un incendio, quizá. Cualquier cosa que me salvase de él.

—Esto es horrible, Felicity. Pero debes ser razonable. Yo te sacaré de aquí. Te alojarás en el hotel conmigo, y, cuando yo encuentre lo que busco, volveremos juntas a Inglaterra.

—Qué fácil lo pintas todo... La vida es fácil para ti. Tú tienes suerte. Raymond te quiere...

Pronunció su nombre de un modo que me hizo adivinar.

—El joven al que quieres es Raymond, ¿verdad?

Felicity calló por unos momentos, y después respondió:

—Sí. Lo dábamos más o menos por sabido. Todos decían que lo único que él esperaba era que yo me hiciese mayor. Siempre estábamos juntos. Entre nosotros había algo especial. Habríamos llegado a casarnos, pero... te conoció a ti. Y se enamoró de ti. Tú eres muy diferente de mí. Eres lista, y yo soy bastante tonta. Pero... a Raymond parecía gustarle yo tal como era. Se mostraba siempre tierno, protector. Todo iba bien hasta que te conoció a ti.

Yo la escuchaba, con la mirada perdida en el vacío. Sí, lo comprendía. Todo habría salido bien entre ellos; todo habría ido encajando de manera natural. ¡Pobre Felicity! Y yo era la responsable de su infelicidad.

—Oh, Felicity, cuánto lo siento... De veras lo siento muchísimo...

Vi que tenía lágrimas en las mejillas.

—No fue culpa tuya —dijo—. Supongo que sus sentimientos hacia mí no eran lo bastante fuertes. Yo debía de ser para él una especie de costumbre, y él se percató de ello cuando te conoció a ti. De no ser por esto, todo habría sido distinto. Pero, ahora..., ahora estoy casada con William.

—¿Te casaste con él porque Raymond se enamoró de mí? Oh, Felicity, ¿cómo pudiste hacer semejante cosa?

—Era un modo de marcharme de Inglaterra. Si me hubiese quedado, habría tenido que veros juntos de vez en cuando. Y no lo habría podido soportar.

—¡Oh, qué desastre!

—Tú has sido muy buena conmigo. Sin ti, no creo que hubiese podido soportar estos días. Habría salido a caballo y me habría perdido por el matorral... o me habría tirado a un río. Cualquier cosa con tal de escapar.

—Cada vez estoy más convencida de que tenemos que marcharnos.

—William me encontraría.

—No. El mundo es muy grande. Y cuando lleguemos a Inglaterra, todos nos ayudarán. Raymond, por ejemplo.

— No me encuentro con fuerzas para ver a Raymond.

—Vamos, no digas eso. Raymond es amigo tuyo. Te quiere mucho.

—Está enamorado de ti.

—Pero también te quiere a ti. Felicity, debes volver a Inglaterra y empezar una nueva vida. Has vivido una experiencia terrible, pero no es el fin del mundo. Tú eres joven, tienes toda la vida por delante.

—Quédate conmigo Annalice, te lo ruego. No podría soportar esto sin ti.

—No nos pongamos nerviosas. Disponemos de una semana para hacer planes. Vayamos ahora a la posada y reservemos plaza en el primer coche que salga. Desde Sidney iremos a Cariba en el primer barco. Estoy segura de que Milton Hemming nos ayudará. Él sabrá lo que tenemos que hacer.

—Otro que está enamorado de ti.

—Hablas de amor con mucha facilidad. Milton Hemming está enamorado de sí mismo..., y creo que ésta es una pasión intensa que no permitiría la presencia de otra persona. Pero es verdad que nos ha ayudado, y que estaría dispuesto a hacerlo otra vez. Él puede sugerirnos una solución para tu problema. De una cosa estoy segura: no tienes por que seguir soportando esta vida tan horrible.

—Es un consuelo hablar contigo.

—Sería mejor hacer algo práctico. Vamos a la posada.

—Hoy, no. Por favor, Annalice, hoy no. Tal vez mañana...

—Deberíamos reservar pronto nuestras plazas. Quizá no podremos salir en el primer coche. Recuerda que sólo tiene nueve plazas.

—No puedo tomar esa decisión ahora mismo. Por favor, Annalice, déjame pensarlo hasta mañana.

—Mañana, pues. Ven, vamos a dar un paseo. Tenemos una semana. Disfrutemos de nuestra libertad.

Yo habría debido saber que Felicity seguiría dudando. Una y otra vez me pidió que le diese tiempo para pensar. Era evidente que estaba aterrorizada por su marido; yo no comprendía cómo aceptaba resignadamente su brutalidad. Me imaginaba en su situación: yo no la habría soportado ni un día más. Claro que yo no me habría casado con él, pues me habría dado cuenta de su grosera sensualidad desde el primer momento de conocerle. Estaba segura de que, en Inglaterra, Granville había tenido un comportamiento perfecto. Probablemente había nacido y se había educado en un ambiente parecido al de Felicity, y sabía lo que se esperaba de él. Pero yo estaba segura de que a mí no me habría engañado.

Su ausencia había dado a Felicity una sensación de seguridad. Estaba tranquila. Dormía bien por las noches, y esto la hacía sentirse mejor. Ya no se acostaba temblando, esperando la llegada de su esposo. Pero estaba como adormecida; parecía incapaz de actuar.

Yo me daba cuenta de que Granville no se resignaría fácilmente a perderla. La había traído a su casa con un propósito: que le diese hijos y que le proporcionase los medios de mejorar sus tierras, y debía de estar decidido a realizar aquel propósito.

Quizá Felicity esperaba secretamente que, si quedaba embarazada, él la dejaría en paz durante unos meses. El ama de casa estaba dispuesta a atender a su comodidad, como él lo llamaba. Y otras mujeres también, probablemente. Yo había visto a dos jóvenes merodeando por la casa.

Era una situación insoportable, y Felicity era una tonta por aceptarla.

Le hablaba constantemente. Una y otra vez le explicaba lo sencillo que sería ir a Sidney, tomar el barco de Cariba y visitar a Milton Hemming para pedirle consejo. Él sabría ayudarnos. Le dije que, si lo deseaba, podía tomar el primer barco que saliese para Inglaterra; así estaría completamente segura. Yo me quedaría para continuar mi investigación sobre Philip, pero yo no tenía nada que temer de William Granville.

En algunos instantes, parecía que Felicity me hacía caso; pero, después, me salía otra vez con la excusa: «Él me encontraría».

Y así pasaron los días. Tres..., cuatro..., cinco..., y llegué a la conclusión de que la joven no se decidiría a venir conmigo. Me habría ido yo sola, pero ella me suplicaba que me quedase, y, en vista de lo que me había dicho sobre Raymond, accedí.

William Granville volvió una tarde, a última hora. Previendo su regreso la señora Maken había preparado una pata de cordero y varias tortas. El ambiente de la casa cambió; el temor volvió a ella.

Después de cenar, subí a mi habitación y me senté a esperar.

Ya era más de medianoche cuando William subió.

Le oí subir pesadamente la escalera, y abrir con brusquedad la puerta de su dormitorio.

No pude dormir, pensando en Felicity, que no había tenido el valor de huir cuando se le presentaba la oportunidad. ¿Qué sería de ella ahora?

Quizá algún día haría de verdad lo que había dicho: salir a caballo y perderse, o tirarse a un río.

Quizá. Pero lo más probable era que se resignase, que tuviese un hijo tras otro, que perdiese su belleza, que se convirtiese en una mujer gris, agotada, cobarde, que aceptaría como natural la vida cruel que le había caído en suerte.

Pasó otra semana. Yo llevaba ya tres en aquella casa. Me parecía increíble haber podido quedarme tanto tiempo. Pensaba que David Gutheridge quizá había regresado a Sidney. Fuese como fuese, quería irme pronto. Hablaría otra vez con Felicity; le diría que, si no quería venir conmigo, yo debía decirle adiós.

Un domingo por la tarde oí una gran conmoción abajo. Me asomé a la ventana y vi a un grupo de hombres que hablaban agitadamente.

William Granville salió a hablar con ellos. Oí retazos de lo que contaban.

—En casa de los Pickering... Salteadores... Sólo estaban las mujeres; los hombres estaban trabajando. La señora Pickering y sus dos hijas...

—Son niñas... Tienen trece y quince años.

—¡Criminales! —exclamó otro hombre.

—Dicen que eran cinco.

—Cinco y tres mujeres... ¡Dios mío!

—Les han robado todo... Hasta el último penique. La señora Pickering está muy mal; no saben si se salvará. Pobre mujer..., ver a sus hijas atacadas por esa chusma.

—¿Quiénes son? ¿Lo sabe alguien?

—Nadie. Es una banda que recorre el país. Ninguna mujer está a salvo. No se sabe nada más.

Me aparté de la ventana.

Qué historia tan horrible... Decidí decirle a Felicity que debíamos marcharnos sin más vacilaciones.

Todo el mundo hablaba del terrible suceso. William Granville tomó el caballo y se fue al pueblo. Cuando volvió, nos pidió a Felicity y a mí, a gritos, que bajásemos a la sala.

Ésta era la estancia contigua a la cocina en la que los hombres solían jugar a las cartas por las noches, cuando no lo hacían en la cocina.

En la mesa había varias pistolas.

Mi anfitrión me miró burlonamente.

—¿Qué tal dispara usted? —me preguntó.

—¿Yo? No he disparado nunca.

—Pues tiene que aprender.

Apoyó una mano en un hombro de Felicity. Vi cómo ella reprimía el deseo de apartarse. Él también debió de notarlo, pues le deslizó los dedos por dentro del cuello del vestido, como para castigarla. Ella permaneció impasible.

—Y tú, amor mío, ¿qué tal disparas?

—Tampoco sé.

—¡Te sorprenderá, pero ya me lo imaginaba! Bueno, pues van ustedes a aprender. Ya han oído lo que ha pasado en casa de los Pickering. Hombres malos merodean por ahí. Bandidos. Buscan todo lo que puedan robar, y tienen debilidad por las muchachas como ustedes. No les gustaría que les pasase eso, ¿verdad? No, no les gustaría nada. Así que van a aprender a disparar, y, si algún día se encuentran con ellos, podrán defenderse. No hay que andarse con remilgos en este asunto. Si viniesen esos bandidos, lo harían durante el día, pues por la noche están los hombres en sus casas. Ellos atacan cuando piensan que están las mujeres solas. Si vienen aquí, sacan ustedes las pistolas..., y disparan si es necesario. ¿Entendido?

—Sí —dije.

Asintió, y me sonrió.

—Así me gusta —dijo—. Ahora voy a enseñarles cómo se maneja una pistola. Sé que mi querida esposa no aprenderá nunca. Es más probable que la volviese contra ella misma. Esto, amor mío, es el cañón de la pistola..., por aquí salen las balas.

Felicity seguía impasible.

—Bueno, vamos a practicar —prosiguió Granville—. Vamos a empezar ahora mismo. Tomen una pistola cada una. Ahora son suyas. Tienen que llevarlas siempre. Tendrán que conseguir unos cinturones para llevarlas. No se separen de sus pistolas hasta que hayan detenido a esos sinvergüenzas. Y aun así, podrían venir otros. Tienen que estar preparadas. Bueno, vamos afuera. Vamos a dar la primera lección.

No lejos de la casa, alguien había colocado un pedazo de metal en un arbusto, que utilizamos como diana.

La señora Maken se reunió con nosotros, disparaba muy bien. Granville entregó pistolas a todas las mujeres de la casa.

Yo aprendí a disparar bastante aprisa. Aunque no era capaz de acertar el centro de un blanco, al menos mis disparos daban en el metal.

—No está mal —me dijo William Granville—. No está nada mal. Sujete la pistola así. Más fuerte.

Sus dedos se cerraron en torno a los míos. Él sabía que yo no soportaba su contacto, y ello le gustaba. Había en él una vena de sadismo.

Felicity no acertaba nunca el metal. Él comentó sarcásticamente:

—Todos deberemos de tener cuidado cuando mi querida esposa tenga un arma en las manos.

Después de la primera lección, yo sabía al menos cargar y manejar una pistola.

—Puede usted practicar todos los días —me dijo Granville—. Así llegará a disparar muy bien.

—Gracias —dije fríamente.

Volvimos a la casa. La pobre Felicity parecía humillada. William se complacía en humillarla siempre que podía. Yo estaba segura de que mi amiga le temía a él más que a los bandidos.

Me había gustado la lección de tiro, y seguí practicando. Dormía con la pistola cerca de la cama, de modo que, si la necesitaba, sólo tuviese que alargar una mano. Cuando salía a cabalgar, la llevaba en el cinturón. Era increíble la sensación de seguridad que me daba.

Cada día disparaba mejor. Era capaz de sacar la pistola del cinturón, de apuntar y de disparar en pocos segundos. Felicity, en cambio, no aprendía. Le daba miedo el arma, como le daba miedo todo en aquella casa.

Dos días después de la primera lección, estaba yo practicando. La casa se hallaba sumida en el silencio. Creo que Felicity dormía. Estaba cansada a menudo, probablemente más por culpa de William Granville que del calor.

Alguien se me acercó y se quedó a mi lado. Yo sabía que era Granville, y seguí tirando.

—Muy bien —me dijo—. Magnífico. Dispara usted muy bien. Yo ya lo sabía, claro.

Sin hacerle caso, me coloqué la pistola en el cinturón y me dispuse a alejarme.

—Es usted una gran mujer, señorita Annalice —dijo—. Usted sí que se adaptaría a vivir aquí.

—No lo creo —repliqué.

—Yo diría incluso que ya se ha adaptado estupendamente.

—Nada de eso. Me marcharé pronto.

—Mi amada esposa le suplica que se quede, ¿verdad?

—Ha sido muy hospitalaria.

—Espero haberlo sido yo también. Recuerde que estamos en mi hacienda. No deseo que se marche usted. Me gusta verla por aquí.

—Gracias —dije, y di un paso hacia la casa.

Granville se plantó frente a mí y me impidió el paso.

—Quisiera haberla conocido a usted primero —dijo.

Enarqué las cejas, fingiendo no comprenderle.

—Haberla conocido antes que a mi querida esposa —dijo él—. Le habría pedido a usted que se casase conmigo.

—Habría sido en vano.

—Ah, no lo sé. Tenemos muchas cosas en común.

—Yo no lo creo.

—Me gusta usted. Es valiente.

Di otro paso en dirección a la casa, pero Granville me tomó por un brazo y acercó su cara a la mía. El intenso olor a whisky me dio asco.

Él debió de notarlo, pues me oprimió el brazo con tanta fuerza que me hizo daño.

—Le ruego que me suelte —dije fríamente.

El hombre aflojó la mano, pero no me soltó.

—Usted y yo podríamos divertirnos mucho juntos —dijo.

—Es usted despreciable —repliqué—. Me iré de esta casa lo antes que pueda.

Granville se echó a reír.

—No, no se irá —aseguró—. Cuando la pequeña Felicity suelte unas lagrimitas, se quedará un día más..., y después otro... No me importa. Más bien me gusta. Pienso mucho en usted. Me gustaría enseñarle muchas cosas.

—Enséñeselas a sus amigos —repliqué.

Liberé mi brazo de un tirón y volví a la casa. A pesar de mi apariencia tranquila, estaba muy alterada.

«Mañana iré al pueblo y reservaré una plaza en el coche», me prometí a mí misma.

Me sentía muy incómoda. Sabía desde hacía días que William Granville me dirigía miradas lascivas, pero aquella era la primera vez que me decía algo.

Había llegado el momento de irme.

Aquella noche, como todas las noches, esperé en mi dormitorio a que él subiese. Tenía la pistola cerca. No pensaba separarme de ella.

Oí sus pisadas; después, la puerta de su cuarto se abrió y se cerró de golpe.

Exhalé un suspiro de alivio. Entonces, apoyé una silla en

la puerta, a fin de que el ruido me despertase en el acto si él intentaba entrar en mi cuarto. Tenía la pistola. Decidí que, si entraba, le dispararía a una pierna.

Oí que se abría una puerta. Tomé el arma, salté de la cama y me puse a mirar por la rendija de la puerta.

Alguien había salido al pasillo. No, no era William Granville. Era la señora Maken. Avanzó sigilosamente hacia el dormitorio de sus señores. Abrió la puerta y entró.

¿Qué significaba aquello?

Esperé. Pasaron cinco minutos, y después diez.

Entonces comprendí. Ella estaba allí dentro... con él y con Felicity. Aquello era monstruoso. Ni Felicity ni yo podíamos seguir tolerándolo. ¿Qué clase de orgías planeaba aquel hombre? Era un ser lascivo e insaciable, un degenerado sexual.

Tenía que irme. Y mi amiga tenía que venir conmigo.

Aquella noche apenas dormí. Pasase lo que pasase, al día siguiente iría a reservar mi plaza en el coche.

A la mañana siguiente, Felicity estaba distante, como si no perteneciese a este mundo. Creo que se hallaba aturdida. A mí me fallaba la imaginación: no podía adivinar lo que podía haber ocurrido en aquella habitación la noche anterior.

La joven no podía seguir viviendo con semejante hombre; tenía que darse cuenta de ello.

—Voy a dar un paseo a caballo —le dije—. ¿Vienes conmigo?

Asintió.

Cuando nos alejábamos de la casa, le dije:

—Felicity, ahora sí que tengo que marcharme. No puedo permanecer más tiempo aquí.

—Te comprendo.

—¿Vienes conmigo?

—No puedo, Annalice. No me atrevo.

—Ya sabes que tengo que irme. Pero no puedo dejarte aquí.

—Debo quedarme. Tomé una decisión y debo atenerme a ella.

—No tienes por qué hacerlo. Podrías divorciarte.

—No puedo. No puedo. Estoy atrapada.

—Siempre hay una salida. Ven conmigo. Iremos ahora mismo a reservar las plazas, y nos iremos en cuanto sea posible.

—Yo no puedo.

—Sé lo que te está pasando, Felicity. Seré sincera. No hay tiempo para fingir. He visto a tu marido entrar en la habitación de la señora Maken, y anoche...

—Oh, Annalice...

—Sí, anoche vi lo que ocurría. Ella vino a vuestra habitación y se quedó allí. Oh, Felicity, esto es horrible. Pero no tienes por qué aguantarlo. Puedes divorciarte. Le preguntaremos a Milton Hemming qué solución ve él. Ven conmigo.

—William nos seguiría.

—No lo creo.

—Sí, nos seguiría, para no perder mi dinero...

—Podríamos intentarlo. Vayamos a Sidney y después a Cariba. Estoy segura de que el señor Hemming nos ayudará. Es un hombre con mucha experiencia, y sabrá lo que tienes que hacer. No tienes por qué seguir viviendo con ese hombre. Nadie te aconsejaría que lo hicieses.

—No podría hablar con nadie de eso —dijo lastimeramente—. No puedo hablar de ello, ni siquiera contigo.

—Esto tiene que acabar —insistí—. Hasta yo le tengo miedo. No quiero permanecer bajo ese techo más noches de las necesarias. Voy a reservar mi plaza ahora mismo. Sé razonable, Felicity, y ven conmigo.

—No puedo. No me atrevo. Mi marido me mataría.

—No se atrevería a tanto.

—Sería capaz de muchas cosas con tal de conseguir el dinero.

—¿Te vas a condenar a vivir siempre como estas últimas semanas? El señor Hemming ya me había hablado mal de ese hombre. Tiene que tener muy mala reputación para que hayan oído hablar de él personas que viven tan lejos.

—Tengo muchísimo miedo, pero aún tendría más si él se enterase de que había reservado plaza en el coche.

—¿Y por qué habría de enterarse?

—Se lo podría decir alguien.

—Si quieres huir de aquí, has de correr ese riesgo.

—No puedo. No puedo.

—En ese caso, tendré que marcharme sin ti.

—Oh, Annalice, por favor...

—Ya me he quedado mucho tiempo. No puedo esperar más.

Felicity cerró los ojos. Vi que su rostro adoptaba su acostumbrada expresión de resignación. A mí me irritaba aquella actitud suya, supongo que porque era algo tan ajeno a mi modo de ser. Yo nunca habría aceptado algo que me era tan repugnante; habría luchado.

Pero Felicity no era una luchadora.

Yo no podía seguir en aquella casa. No dejaba de pensar en aquel hombre... en sus ojos inyectados en sangre, en su aliento que apestaba a whisky. Sabía que, tarde o temprano, pondría los ojos en mí. Yo era ágil y fuerte; era lista. Pero él era más fuerte que yo.

Decidida, llevé a mi caballo por el camino del pueblo.

No miré a Felicity, para que no me fallasen las fuerzas. Atamos los caballos y entramos en la posada.

Ante el mostrador, pregunté por el carruaje. El del sábado ya estaba completo. Había plazas en el del lunes.

—¿Dos plazas, señorita?

Miré a Felicity, pero ésta negó con la cabeza.

—Una —dije—. Una plaza para el coche del lunes.

Salí al sol de la calle experimentando una gran sensación de alivio. Pero también sentía tristeza y una gran ansiedad, pues, aunque iba a escapar muy pronto, dejaría sola a Felicity.

¡Dos días más y sería libre! Me quedaban el sábado y el domingo. El lunes iría al pueblo temprano, para tener tiempo de sobra.

Tendría que pedirle a Slim que me llevase en el cochecillo de la casa, por el equipaje. No podía negarse a ello.

Felicity parecía muy desgraciada. Intenté consolarla, pero ella no hacía más que decir:

—Tú te marchas. ¿Cómo voy a continuar aquí sin ti?

—Aún estás a tiempo —le decía yo—. Quizá queda sitio en ese coche.

Pero la joven se negaba.

Hice el equipaje. Le pregunté a Slim si querría acompañarme al pueblo a primera hora del lunes, y accedió.

La señora Maken me dijo:

—¿Así que se marcha usted?

Apenas había hablado con ella desde que la había visto entrar en el dormitorio de los Granville. No me pareció tan culpable cuando le vi a él entrar en su cuarto, pues me había percatado desde el principio de la relación que les unía. Lo que me repugnaba era que aquella mujer entrase en el dormitorio de él estando Felicity presente.

—Sí —dije fríamente—. No pensaba quedarme mucho tiempo.

—La señora Granville la ha convencido, sin duda.

—Sí, desde luego, me he quedado para estar con ella.

—Es una persona muy tímida.

—Todo aquí es muy distinto del ambiente en el que ella se educó.

—Sí, estos lugares no son para señoritas como ustedes.

Subí a mi habitación y seguí haciendo el equipaje. Me repetía a mí misma: «Después de esta noche, sólo me quedará pasar un noche en esta casa». Ansiaba llegar a Sidney. Llegaría al anochecer. El martes iría a la Asociación Botánica, y después sacaría pasaje para el barco de Cariba.

Debía admitir que me ilusionaba la idea de volver a ver a Milton Hemming. Podría contarle lo que le ocurría a Felicity. No tenía intención de abandonar a mi amiga. Debía ayudarla aunque ella se negase a ayudarse a sí misma, y me parecía que el señor Hemming podría sugerirme algo útil.

La velada de aquel día fue como cualquier otra velada de sábado, aunque la jarana de los hombres junto a la casa fue algo más ruidosa que de costumbre. Era medianoche cuando se separaron y se fueron a dormir a sus casas. Oí que William Granville subía a acostarse.

Me puse en guardia y esperé. Le oí entrar en su cuarto y cerrar la puerta.

Respiré. Decidí esperar un rato más y después acostarme, sin olvidar apoyar la silla en la puerta.

Pasaron diez minutos.

Me acosté.

Al cabo de unos quince minutos, oí unas pisadas furtivas en el pasillo. Me incorporé en la cama y busqué la pistola en la oscuridad. Con ella en las manos, esperé.

El corazón me martilleaba en el pecho. Las pisadas se detuvieron junto a mi puerta.

La silla se movió un poco. Luego se movió un poco más y se volcó.

Granville había entrado en mi cuarto. A la luz de las estrellas pude ver su cara: mostraba una horrible expresión lasciva y decidida.

Salté de la cama y me quedé al otro lado de la misma, apuntándole con la pistola.

—Si da un paso más, disparo —le advertí.

Él parecía asombrado y me miraba fijamente.

—¡Vaya! —exclamó—. Conque me estaba esperando...

—Le conozco bien —repliqué—. Salga de aquí o le disparo.

—Es usted una fiera.

—Sí. Si da otro paso, lo sentirá.

—No sería capaz de dispararme...

—Sí lo sería.

—¿Podría asesinarme en mi propia casa, a sangre fría?

—En su propia casa, sí, pero no a sangre fría. Estoy hirviendo de cólera contra usted. Es usted un ser despreciable, aborrecible. Usted no es un hombre, sino un animal repugnante. ¿Cree que no sé lo que ocurre en esta casa? Quería llevarme a Felicity conmigo, pero ella se niega. Por un absurdo sentido del deber. ¿Deber hacia quién? ¡Hacia usted! No se mueva. Le repito que dispararé.

Granville se recobraba del susto que había tenido al verme con el arma en la mano.

—Vamos, vamos... —dijo—. Sólo he entrado a ver si estaba usted bien. Me ha parecido oír ruidos... que alguien andaba en la oscuridad.

—Quizás era su amante que venía a visitarle.

—He creído que eran los bandidos...

—Pues no lo son. Salga de aquí. Y si vuelve a pisar esta habitación mientras estoy en ella, le dispararé sin avisar.

—¡Bruja! ¡Arpía! Es usted una fiera, una tigresa. Yo no le haría ningún daño a usted. Usted me gusta. Podría llegar a quererla mucho. Me gustan las mujeres un poco bravas. Si quisiese molestarse en conocerme...

—Ya sé de usted todo cuanto quiero saber. Y cuanto más sé, más le desprecio.

—Déme una oportunidad.

—Salga de aquí.

—No lo dice en serio, ¿verdad?

Intentaba avanzar de lado y dar la vuelta a la cama.

—Lo digo en serio. Si da un paso más, dispararé. Y no fallaré. Usted mismo me dijo que tiraba bien.

—Por si no lo sabe, eso sería un asesinato.

—Le dispararé a una pierna. Y será en legítima defensa. Diré a todo el mundo que entró usted en mi cuarto con intención de violarme. Les diré que se acuesta con su ama de llaves en presencia de su esposa. Si le cuento a la gente todo cuanto sé de usted, quedará muy desacreditado, incluso en este país salvaje.

Me di cuenta entonces de que estaba vencido. Me miró con algo parecido al odio.

—Está bien, bruja. Se cree muy inteligente, ¿verdad? Y cree que vale más que nosotros. Salga de mi casa. Márchese ahora mismo.

—Me marcharé mañana a primera hora.

—¿Y a dónde irá? ¿Dormirá al aire libre? ¿Una señorita tan elegante como usted?

—Iré a la posada. Me voy el lunes en el coche de Sidney. Si no tienen habitación, dormiré en cualquier lugar..., no me importa. Lo único que quiero es salir de esta casa.

—Váyase, pues. No la echaré de menos.

Y al decir esto salió de la habitación, dándole un puntapié a la silla y un portazo. Me dejé caer en la cama. Me flaqueaban las rodillas, y ahora que ya no tenía que hacerle frente, me temblaban tanto las manos que no podía sostener la pistola. Me castañeteaban los dientes. Y pensé: «Si vuelve, ¿tendré fuerzas para hacerle frente otra vez?».

Permanecí echada, inmóvil, en guardia. Le oí bajar la escalera. Esperé, acechando su regreso, intentando dominar el temblor de mis miembros. Tenía que partir al amanecer. Iría al pueblo a caballo, y preguntaría en la posada si podía pasar la noche allí. Sin duda alguien me daría hospitalidad por una noche. Y el lunes me iría. Dejaría atrás aquella pesadilla.

No oía nada. Me preguntaba qué estaría haciendo Granville.

Pasó una hora. Dejé de temblar. Pero seguía con el arma en la mano.

Entonces le oí. Subía la escalera. Miré por la rendija de la puerta. Le oí murmurar confusamente, y distinguí su alta figura. Se tambaleaba un poco. Debía de estar muy borracho.

Cuando llegó al pasillo, le vi vacilar. Después echó a andar y entró en su dormitorio.

Seguí esperando, con los nervios en tensión, y al cabo de unos cinco minutos oí el disparo.

Sabía dónde se había producido, y, llevando la pistola en la mano, avancé por el pasillo y entré en el dormitorio.

La puerta ventana que daba al balcón estaba abierta de par en par y Felicity estaba en el balcón, aferrada a la barandilla rota.

—¡Felicity! ¿Qué ha pasado?

La joven intentó hablar, sin conseguirlo. Movió la cabeza y señaló el balcón.

Vi que las tablas de la parte delantera estaban rotas, y se habían caído casi en su totalidad. Me adelanté y me asomé. Abajo se hallaba William Granville, tendido en el suelo. A cierta distancia de su cuerpo estaba la pistola.

Yacía inerte como un gran muñeco, y su posición no era natural.

Instintivamente, supe que estaba muerto.

Aquel lunes no salí para Sidney, sino que me quedé en la casa con Felicity. La saqué de aquella habitación de triste recuerdo y la hice acostarse en mi cama. En ella había espacio suficiente, y mi amiga no se encontraba en estado de quedarse sola.

Se hallaba completamente aturdida; miraba fijamente al vacío, y tenía los ojos vidriosos. Comencé a temer por su razón.

Las semanas siguientes aparecen ahora con vaguedad en mi memoria. Hubo mucho ir y venir. Se llevaron el cadáver de William Granville. Había muerto de un disparo en la cabeza.

Varios oficiales de la policía vinieron de Sidney, e hicieron muchas preguntas a todo el mundo. Quisieron saber, entre otras cosas, cómo había caído Granville, y llegaron a la conclusión de que se había apoyado en la barandilla del balcón y de que ésta había cedido.

Me sentía tranquila. Felicity no me contó lo que había sucedido, y yo tenía miedo de preguntárselo. Temía que perdiese el control de sus nervios y hablase demasiado. Me obsesionaba el temor de que hubiese sido ella quien disparó el tiro fatal, por haber llegado al límite de su resistencia. Lo habría comprendido perfectamente; yo misma había estado a punto de dispararle a Granville. Hasta la persona más paciente puede llegar a rebelarse en determinadas circunstancias.

Lo que yo deseaba por encima de todo era salir de aquella casa. Y, naturalmente, llevar a Felicity conmigo. Fuera lo que fuese lo que había ocurrido, pertenecía al pasado. Quería consolarla, tranquilizarla. Comprendía bien cuánto había sufrido.

La policía sospechaba que unos bandidos habían rondado cerca de la casa. Se habló mucho de lo ocurrido en casa de los Pickering.

Yo declaré que el fallecido señor Granville había venido a mi habitación poco antes de morir, y me había dicho que había oído ruidos y que sospechaba que podían ser los bandidos.

No era una mentira.

Se confirmó que el señor Granville estaba siempre alerta ante un posible ataque de los bandidos, después de lo que les había ocurrido a los Pickering.

Se supuso que había oído ruidos fuera de la casa, y que se

había asomado al balcón con la pistola en la mano. Todo el mundo sabía que el balcón estaba en mal estado, que a la barandilla le faltaban unas tablas desde hacía meses. Era fácil ver lo que había ocurrido. Había salido rápidamente con la pistola, sin recordar que la madera del balcón estaba podrida; se había apoyado en la barandilla y había caído; y al caer, se había disparado él mismo. Después, el arma se le había caído de la mano, y por ello fue encontrada a cierta distancia del cadáver.

Era otra tragedia de la dura vida australiana.

Me pareció que en Inglaterra el asunto habría sido objeto de una investigación más minuciosa. En Australia, la vida no tenía tanto valor. Los pobladores de Australia eran pioneros, hombres que construían un país nuevo, y corrían riesgos de todo tipo. La muerte accidental no era algo infrecuente.

La señora Maken explicó que el señor Granville había entregado pistolas a todas las mujeres de la hacienda. Después de la desgracia acaecida a los Pickering, no quería que las mujeres de su casa estuviesen indefensas.

—Esos bandidos son responsables de muchas cosas —dijo uno de los oficiales.

Pero yo no estaba segura de que lo fuesen de la muerte de William Granville.

Yo quería marcharme lo antes posible. Declaré que la señora Granville sufría una grave conmoción, y que yo temía que no se recuperase hasta que abandonásemos el lugar de la desgracia.

Pero, antes de irnos, tuvimos que afrontar el suplicio del entierro.

En las afueras del pueblo había un pequeño cementerio, y la tumba de Granville estaba cerca de la de la señora Pickering, que había muerto después de ser atacada por los bandidos.

Felicity, la señora Maken y yo, además de algunos de sus trabajadores, acompañamos a Granville a su última morada. Acudió bastante gente de los alrededores. Felicity recibió el pésame de muchas personas, y yo la observaba ansiosamente, temiendo que perdiese la calma y que mostrase sus verdaderos sentimientos.

El entierro fue muy diferente de los que celebrábamos en Inglaterra. No hubo ornamentos negros, ni enterradores vestidos de luto, ni caballos suntuosamente enjaezados. Habíamos intentado encontrar prendas negras, pero no hubo manera de comprar vestidos nuevos.

—Pobre señor... —dijo una de las mujeres presentes—. Me gustaría matar a esos bandidos con mis propias manos. Cuando los encuentren los lincharán, sin duda. Cuánto ha sufrido la pobre señora Pickering... Y ahora, el señor Granville.

El silencio de Felicity y el mío fueron interpretados como muestras de dolor. Por fin volvimos a casa en el cochecillo, acompañadas por Slim, como el día de nuestra llegada.

Se supo que William Granville había pedido prestadas grandes cantidades con la garantía de la fortuna de su esposa. Ahora se hacía necesario pagar aquellas deudas, lo que sólo era posible mediante la venta de la propiedad, después de lo cual quedaría muy poco. Felicity, abatida, lo escuchaba todo en silencio, y se alegraba de que otras personas pudiesen ocuparse de aquellos asuntos. Me dijo que no quería nada de los bienes de su difunto esposo. Lo único que deseaba era marcharse de allí y olvidar aquella etapa de su vida.

Llené los baúles y lo dispuse todo para la partida.

Felicity no quería quedarse sola en la casa, ni quería ir al pueblo. No soportaba las condolencias que se le ofrecían sin cesar. Estaba muy nerviosa.

Un miércoles, once días después de la muerte de William Granville, reservé dos plazas en un coche que salía para Sidney.

Felicity estaba agotada, y yo daba gracias al cielo porque así fuese, pues dormía muy bien. Yo me sentaba junto a la ventana observándola e intentando no pensar en lo que debía de haber sufrido en aquella habitación.

Habían arreglado el balcón. Yo entré una vez en el cuarto. Me pareció que flotaba en él una atmósfera maligna, porque sabía algo de lo que había ocurrido allí. Me estremecí al mirar las cortinas pardas de las puertas ventanas que daban al balcón, el gran armario, el tocador y las dos sillas. Miré la cama, y volví a estremecerme.

Salí al balcón y miré la barandilla. Las tablas nuevas, de madera limpia, contrastaban con las antiguas.

¿Cómo habría ocurrido? Quizá Felicity me lo diría algún día.

Yo nunca se lo preguntaría.

En aquella casa había una amenaza, que parecía centrarse en aquella habitación. Allí era donde Felicity había sufrido la máxima humillación.

Sentí frío y un cosquilleo en el cuero cabelludo. ¿Era aquello lo que se sentía cuando «se le ponían a uno los pelos de punta»?

No estaba sola.

Aferrándome a la barandilla, me volví, como debió de haberlo hecho Granville. Esperaba verle delante de mí, con aquella sonrisa lasciva.

Me encontré con la mirada enigmática de la señora Maken.

—¿Está echando una última mirada a la casa? —me preguntó.

—Este balcón parece muy sólido ahora —dije, con una voz que me salió aguda y poco natural.

—Es terrible lo que ha pasado. Esos individuos son unos criminales.

Asentí.

—Habrá muchos cambios por aquí —siguió diciendo la mujer.

—Sí, me lo imagino. ¿Qué planes tiene usted, señora Maken?

—Me quedaré en la casa hasta que se haya resuelto todo. Así me lo han pedido los abogados. Ha de haber alguien aquí, y estando la señora Granville como está...

—Me parece bien. Pero yo me refería a sus planes para el futuro.

—Ah. Tengo una oferta de un señor muy simpático de Sidney. Necesita un ama de llaves.

Me sonreía, satisfecha.

—Me alegro —dije.

—Y ustedes se irán. Eso será lo mejor para la señora Granville; nunca se ha adaptado a vivir aquí.

Paseaba la mirada por la habitación, como recordando cosas, pero advertí que ya estaba haciendo planes para su nueva vida en casa de aquel señor tan simpático de Sidney.

—A esos hombres los atraparán —dijo—. Todo el mundo está indignado con ellos. Imagínese usted, si el señor Granville no les hubiese oído merodeando por la casa, aún estaría vivo. Bueno, pronto se marcharán las dos. Usted ya iba a marcharse aquel lunes..., pero tuvo que quedarse cuando ocurrió la desgracia, naturalmente. De no haber sido por aquellos hombres...

—Sí, claro.

Yo había salido del balcón y había vuelto a entrar en el cuarto; ahora tenía que pasar junto a ella para llegar a la puerta. No dejaba de imaginármela en aquella habitación con Felicity y con William Granville.

Ella me miraba burlonamente, y me pregunté si adivinaría mis pensamientos.

Qué mujer tan desagradable... Pero el miércoles Felicity y yo nos iríamos de allí.

Nuestra última noche. Felicity estaba acostada, pero no dormía.

Yo estaba sentada en una silla, velando a mi amiga. A decir verdad, en la cama no había sitio para las dos, y yo solía echarme en el borde, para no molestarla.

Cuando yo me acostaba, Felicity estaba siempre profundamente dormida. Creo se hallaba agotada de verdad por el miedo y las emociones. A veces me sentaba junto a la ventana hasta después de medianoche, miraba al exterior y pensaba en el tiempo que había pasado en aquella casa. Desde la muerte de William Granville, todo parecía tocado por cierta irrealidad. Cuando por fin me marchase de allí, esperaba que todo se difuminase en mi memoria, como una pesadilla que había sido extravagante y terrorífica mientras duraba, pero que se había borrado de mi memoria con la luz del día.

Esto es lo que esperaba, al menos.

Los baúles de Felicity habían sido ya enviados a Sidney, donde quedarían guardados en el puerto hasta que ella saliese para Inglaterra. Mi equipaje y los bultos más ligeros de mi amiga ya estaban en el pueblo, y serían cargados en el coche cuando éste llegase. Lo único que nos quedaba por llevar era una bolsa grande cada una.

Me hallaba, pues, sentada junto a la ventana. No tenía ganas de dormir. Ya recuperaría el sueño perdido cuando hubiese salido de aquel lugar.

Felicity me preguntó:

—¿Por qué estás sentada ahí, Annalice?

—No tengo sueño. Hoy es la última noche que pasamos aquí. ¡Cuánto me alegro de que nos marchemos juntas!

—No sabes cómo me angustiaba pensar que te ibas sin mí.

—Ya. Pero tenía que hacerlo.

—Lo comprendo.

Callamos un rato, y después Felicity dijo:

—Ya ha pasado todo. Me cuesta creerlo.

—Sólo nos quedan unas horas mañana por la mañana. Nos iremos con tiempo.

—Y le diremos adiós a esta casa para siempre.

—Para siempre. Nos olvidaremos de que existe.

—¿Crees que podremos hacerlo?

—Yo lo intentaré, te lo aseguro.

—A ti te será fácil.

—Con el tiempo, tú también te olvidarás de todo esto.

—No, Annalice, yo no podré. Nunca.

—Supongo que los recuerdos te volverán a la mente. Pero se volverán más vagos..., más lejanos.

—No lo creo. No creo que se me borren nunca los recuerdos de aquella noche.

—Durante cierto tiempo, no... Pero más adelante, cuando estés lejos de aquí, se irán desvaneciendo. Ya lo verás.

—No, los de aquella noche, no. Aquella noche está grabada en mi mente para siempre. No la olvidaré nunca.

Callé, y ella continuó al cabo de un momento:

—Aquella noche no pasó lo que dijo la policía, ¿sabes?

—¿Ah, no?

—Lo que ellos imaginaron no es la verdad. Tengo que contárselo a alguien. No puedo callarlo más.

—Si tienes que contárselo a alguien, es mejor que me lo cuentes a mí.

—Aquella noche..., él subió..., se reía solo. Había bebido mucho whisky, pero no estaba borracho... Al menos, no tan borracho como lo estuvo después. Salió de la habitación... yo creía que iba a la de la señora Maken. Lo hacía a menudo.

—Sí, lo sé.

—Siempre me decía que ella era mucho mejor que yo..., pero no puedo hablar de esas cosas.

—Pues no me hables de ellas. Cuéntame lo demás.

—Sí, necesito hablar de ello. Creo que en cuanto te lo haya contado podré dejar de pensar en ello..., o al menos, no pensar tanto como ahora.

—Cuéntamelo, pues.

—William tardaba en volver. Yo pensaba que se quedaría allí toda la noche. Solía hacerlo. Yo me sentía feliz entonces. Le estaba agradecida a aquella mujer por ser mejor que yo... en aquellas cosas.

—¡Oh, Felicity! —exclamé—. ¡Sea lo que sea lo que te ha liberado, me alegro de que haya ocurrido!

—Yo también. Es una maldad por mi parte, pero me alegro de que haya muerto.

—El mundo está mejor sin él y sin personas como él. Alegrémonos de que ya no esté.

La joven se estremeció y se incorporó bruscamente en la cama, mirando la puerta.

—No puede entrar, Felicity —le dije—. Ha muerto. No tendrás miedo de un fantasma, ¿verdad?

—Si me quedase aquí, acabaría por tenerlo. Creo que un eucaliptos se volverá gris y su fantasma se albergará en él.

—No te preocupes por esto. Tú ya estarás lejos. Con el tiempo, te olvidarás de que existe este lugar.

—Estaré en Inglaterra —dijo—. Ahora me parece que aquello es otro mundo.

—Ya falta poco. Si embarcases en seguida, estarías pronto en casa. Yo no puedo irme aún; tengo cosas que hacer.

—Sí, y hasta ahora te he impedido hacerlas. No me iré en seguida; me quedaré contigo.

—Muy bien. Estaremos juntas. Será magnífico; iremos las dos a Cariba.

—Sí. Estando contigo, no tengo miedo. Y después volveremos a Inglaterra juntas.

Había vuelto a echarse, y sonreía, tranquila. Luego dijo:

—Pero quiero contarte lo que pasó aquella noche.

—Anda, cuéntamelo.

—No descansaré hasta que te lo haya confesado. Quiero que me digas que no soy mala.

—Claro que no lo eres. Lo que le haya ocurrido a ese hombre, lo tenía bien merecido. Anda, sigue.

—Bueno, pues, William volvió a la habitación. Yo estaba durmiendo. Estaba tan cansada, Annalice. Siempre tenía sueño. Aquellas terribles noches...

—No pienses más en eso. Sigue.

—William volvió. Había pasado mucho rato desde que... Creo que más de una hora. Estaba muy borracho. Tenía un aspecto horroroso. Me gritó: «¡Despierta! ¡Parece que debo conformarme contigo!». Sí..., eso me dijo. Pensé que quizá se había peleado con la señora Maken. Entonces, de pronto, algo se rompió dentro de mí. No podía soportar más humillaciones. Le rechacé de un empujón. Pude hacerlo porque él estaba tan borracho. Salté de la cama y tomé la pistola, la que él me había dado para protegerme, y le dije: «¡Si me toca usted, me mato!».

—¡Oh, no, Felicity!

—Sí, eso le dije. Él se rió de mí. Yo no estaba segura de lo que iba a hacer. Habría sido capaz de matarme de verdad. No podía soportarle más. Era demasiado humillante, demasiado degradante. Era todo lo que yo odio. Le odiaba, y eso me hacía odiarme a mí misma. Me sentía sucia, indigna de vivir. William intentó abalanzarse sobre mí, y yo salí corriendo al balcón. Me atrapó, e intentó quitarme la pistola. Se reía; estaba muy borracho. Entonces, de repente..., quizá le empujé, lo ignoro. Aquellos instantes no los recuerdo con claridad. El balcón se vino abajo..., se disparó la pistola..., se me cayó de las manos y cayó abajo, al suelo... y allí estaba él, caído en el suelo, ensangrentado. Me puse a gritar, y entraste tú.

—Ya comprendo —dije.

—Es que quizá fui yo quien disparó el tiro que le mató.

—Estabais forcejeando, y la pistola se disparó. Deja de pensar en eso. Ya ha pasado. Ocurriese lo que ocurriese, no fue culpa tuya.

—Tú crees que no fue culpa mía, ¿verdad?

—Claro que no lo fue. No te atormentes con eso.

—No. Me siento mucho mejor ahora que te lo he contado. Quizá habría debido decírselo a la policía, pero, ¿cómo podía hacerlo sin aludir a cosas de las que no quería hablar?

—Es mejor que no se lo hayas dicho. Ese hombre ha muerto, y tus sufrimientos han terminado. Eres libre, Felicity, libre como un pájaro. Esto es lo que tienes que pensar.

—Gracias, Annalice. ¡Cuánto me alegro de que estés conmigo!

—Pues estaremos juntas hasta que volvamos a Inglaterra.

—Oh, qué maravilla. Volver a Inglaterra... Ojalá no me hubiese marchado nunca de allí.

—Así, cuando vuelvas, te gustará mucho más. Ahora piensa solamente en que mañana saldremos de esta casa y nos alejaremos de ella para siempre.

—Oh, sí. Lo pensaré. Intentaré olvidar todo lo demás. Me ha ido bien hablar.

Calló, y al cabo de un rato se durmió.

Yo no me acosté. Me quedé sentada en la silla y dormité. Vi el amanecer, el amanecer espléndido del día de nuestra marcha.

Al día siguiente estábamos en el coche que nos conduciría a Sidney. A cada minuto que pasaba, me sentía mejor. «La pesadilla ha terminado —pensaba—. Ahora podemos seguir viviendo.»

Llegamos al anochecer, y descubrimos con alegría que en el Crown tenían una habitación libre. Cenamos y dormimos bien, y a la mañana siguiente nos sentíamos como nuevas.

Lo primero que pensaba hacer era visitar la Asociación Botánica. Dejé a Felicity en el hotel y me puse en marcha.

Me esperaba una buena noticia. David Gutheridge había regresado de la expedición y se hallaba en Sidney.

Le habían informado de mi visita, y él les había pedido que me diesen sus señas si yo volvía. Así lo hicieron. Este nuevo avance me llenó de optimismo.

Se hospedaba en un pequeño hotel cercano al Crown, y allí me dirigí inmediatamente. La suerte me acompañaba, sin duda, pues le encontré.

Me recibió con gran amabilidad. Habíamos sido presentados cuando Philip y él preparaban su marcha, por lo que no éramos desconocidos.

Me llevó a un saloncito y nos pusimos a hablar.

—Hace mucho tiempo que no sabemos nada de Philip —le dije.

—Es extraño. Yo tampoco sé nada de su hermano. Pregunté por él, entonces, pero nadie me aclaró nada.

—¿Dónde preguntó usted?

—En el hotel que hay en una de las islas. En Cariba, la mayor del grupo.

—Ah, sí. Yo también he oído decir que estuvo allí. ¿Qué más sabe usted?

—Tenía intención de encontrar una isla. Recuerdo que tenía un mapa, y lo misterioso del asunto era que la isla no estaba donde habría debido estar..., según el mapa. Tampoco aparecía en ningún otro mapa. Pero Philip estaba seguro de que aquella isla existía, y quería encontrarla.

—¿Qué fue lo último que supo usted de él?

—Fue en Cariba. Hay allí una plantación de azúcar, y en otra de las islas también, según creo. Sí, en Cariba me dijeron que se había marchado súbitamente.

—¿Qué se había marchado del hotel, quiere decir?

—Sí..., del hotel. Esto es lo único que puedo decirle. Pasó cierto tiempo en aquel hotel porque estaba seguro de que la isla que buscaba estaba cerca de Cariba. Parece ser que se marchó y que, después, nadie supo más de él.

—Comprendo.

Me miró con tristeza.

—Esto no le sirve a usted de gran cosa, ¿verdad? Pero es lo único que puedo decirle. ¿Cuánto tiempo hace que Philip desapareció?

—Más de dos años.

—¿Tanto?

—Sí. Recibimos una carta... y después nada más. Decidí venir aquí para averiguar lo que fuese.

—Y no ha averiguado mucho.

—No. Lo único que he descubierto es que estuvo en Cariba. Me lo dijo un caballero a quien conocí en el barco.

—Yo estuve unos días en Cariba. La isla es, prácticamente, propiedad del dueño de la plantación. Es una especie de gran jefe blanco.

—Debe de ser el caballero al que conocí. Milton Hemming.

—Sí, ése es.

—Se mostró muy amable conmigo y con las señoras que me acompañaban.

—Parece que Cariba fue el último lugar donde fue visto Philip.

—¿Y no tiene usted idea de a dónde pudo haber ido después?

—No, lo siento. Quizá salió en una barca hacia algún lugar. En estos mares, las tormentas se forman con rapidez, y las embarcaciones pequeñas... corren gran peligro.

—Pero es extraño que Philip no le dijese a nadie que se marchaba.

—Quizá se lo dijo a alguien.

—He pensado que algún empleado del hotel puede decirme algo.

—Es posible. Si me entero de algo, señorita Mallory, se lo comunicaré. Usted va a ir a Cariba, ¿verdad? Se alojará en el hotel, que es el único que hay. Si me enterase de algo, o si se me ocurriese algo, le escribiría.

—Le quedo muy agradecida.

—La espera una tarea dura.

—Ya lo sé. Pero estoy decidida a averiguar qué le ha pasado a mi hermano.

—Le deseo mucha suerte —me dijo afablemente.

Nos dimos la mano, y él dijo que me acompañaba al hotel.

El miércoles siguiente, Felicity y yo salimos para Cariba.

La isla de Cariba

El jueves, a primera hora, llegamos a la isla.

Felicity y yo habíamos pasado la noche en cubierta, dormitando. Yo no me había sentido tan bien desde hacía muchos días, desde que empezó la pesadilla, como yo la llamaba. El mar estaba en calma; de vez en cuando se veía en sus aguas un brillo fosforescente, de extraña belleza. En el cielo, la Cruz del Sur, con las miríadas de estrellas que la acompañaban, me hacía pensar en lo lejos que estábamos de casa. Pero nos dirigíamos a Cariba, donde yo esperaba descubrir algo sobre Philip, y... donde vería a Milton Hemming.

Mi vida se había convertido en una aventura. En una aventura con momentos de terror, sin duda, pero no creía que nada de lo que me esperaba fuese más temible que la horrible experiencia por la que acababa de pasar.

Miré a Felicity; tenía los ojos cerrados. Se había producido en ella un cambio desde que me había confesado lo que había ocurrido aquella noche. Parecía que su angustia hubiese menguado por el hecho de haberla compartido conmigo. ¡Pobre Felicity! Había sufrido lo indecible. Me alegraba que se hubiese liberado de aquel hombre, aun a costa de que éste muriese.

Y ahora, ante nosotras... Cariba y Milton Hemming.

En aquellos lugares, el sol sale con tanta rapidez como se pone, y así fue también aquel día. El agua del mar perdió su misteriosa oscuridad y se volvió opalescente bajo la luz de la mañana.

Entonces vi las islas. Distinguí cuatro y... sí, otra a cierta distancia, separada de las demás. El momento en que se avista tierra siempre es emocionante, y comprendí la ilusión que debieron de sentir los primeros exploradores cuando navegaban por aquellos mares desconocidos.

Cuando nos acercábamos más a tierra, desperté a mi amiga.

—Mira, Felicity. Ya llegamos.

Nos pusimos a mirar por la borda. Vi que Felicity sonreía. Apoyé mi mano en la suya, y le dije:

—Estás mucho mejor, ¿verdad?

—Estoy más tranquila. No he soñado en toda la noche. Me siento... en paz.

—Y así te sentirás de ahora en adelante.

—Gracias, Annalice. Nunca olvidaré lo que has hecho por mí.

Callé por unos instantes, y pensé: «De no ser por mí, no te habría sucedido nada de esto. No te habrías casado con Granville, sino con Raymond, y no habrías venido a Australia».

¡Qué diferente habría sido aquello para Felicity! Podía imaginármela casada con Raymond, convertida en una buena esposa y madre, viviendo plácidamente, sin pensar siquiera que en el mundo había hombres como William Granville.

Por primera vez se me ocurrió que Raymond y Felicity habrían hecho muy buena pareja, y que, de no ser por mí, habrían acabado por casarse. Raymond habría sido un marido perfecto para cualquier mujer.

Era extraño que fuese yo precisamente quien le imaginase casándose con otra muchacha, yo que había pensado en casarme con él.

Pero allí estaba Cariba. Empezaba una nueva aventura, y me prometí que ésa sería maravillosa. Conseguiría lo que buscaba.

Las islas estaban cubiertas de una vegetación verde y frondosa, y aparecían envueltas en una neblina de calor.

Con la mano a modo de visera, Felicity dijo:

—Hay una isla que está apartada de las demás.

—Sí. Las otras cuatro están muy juntas. ¿A qué distancia

crees que se hallan? A menos de un kilómetro, una de otra. Excepto aquella. Me pregunto cómo se llamará, y si estará habitada.

Nos acercábamos a la mayor de las islas, a Cariba. En el pequeño puerto había varias barcas, y los muelles rebosaban actividad. Echamos el ancla. Como yo esperaba, el agua no era lo bastante profunda para que el barco se acercase a los muelles, e íbamos a llegar a éstos en varias barcas de remos.

Vimos que éstas se acercaban ya a nosotros. Iban en ellas unos niños que nos sonreían y nos pedían, en un inglés muy gracioso, que les tirásemos monedas al agua, que ellos recogerían buceando. Lo hicimos. El agua estaba tan clara que se veía el fondo. Contemplamos, riendo, los cuerpos ágiles y morenos que se sumergían en el agua y se revolvían en ella como peces. Cuando encontraban una moneda, la levantaban en alto, nos la mostraban con expresión triunfante, la echaban en la barca y nos gritaban: «¡Más! ¡Más!».

Esto continuó durante algún tiempo, hasta que se nos pidió que nos reuniésemos abajo para subir a las barcas.

Bajamos, con precaución, por una escalera de cuerda, a una de las barcas, y unos nativos empezaron a remar hacia el puerto.

El sol iba ascendiendo en el cielo, y sus rayos se hacían más cálidos. Las blancas casitas brillaban. Me pareció que uno de los edificios grandes era el hotel.

No era la isla desierta que yo había imaginado. Allí debía de vivir una próspera comunidad. Los muelles estaban llenos de grandes cajas; esto era lógico, pues era el día en que llegaba el barco de Sidney, y aquellas cajas iban a ser cargadas para ser distribuidas, probablemente, por varios puertos del mundo. Vi cajas de plátanos verdes y de frutas cuyo nombre no conocía. Había gente de todos los colores: negros, mulatos y algunos blancos. Todos parecían correr de aquí para allá y hacer mucho ruido.

—Iremos directamente al hotel —le dije a Felicity—. Alguien nos indicará el camino.

Nuestra barca llegó al muelle. Uno de los dos robustos negros que nos habían llevado saltó al agua y la amarró.

Después nos levantó en vilo, para evitar que nos mojásemos, y nos depositó en el muelle.

Oí un grito, y vi a nuestro amigo, abriéndose paso entre el gentío. Vi el brillo de sus blancos dientes en su rostro bronceado.

—Ya pensaba que no iba usted a venir —me dijo.

Me sentí ridículamente emocionada, y se me ocurrió la absurda idea de que mis problemas se habían acabado.

El señor Hemming se puso a gritar órdenes a diestro y siniestro. Nos preguntó dónde estaba nuestro equipaje, y nos dijo que él se encargaba de su traslado. Todo el mundo le obedecía en el acto.

Yo me reía, sintiéndome maravillosamente feliz.

—En verdad que usted es el gran jefe blanco de la isla —le dije.

—He sabido hacerme obedecer.

Nos tomó de un brazo y nos dijo:

—Deben de estar agotadas, pobrecillas. Es un viaje agotador, y en el barco no se puede dormir.

—Pero hemos dormido un poco, ¿verdad, Felicity?

—Oh, sí. En cubierta se estaba muy tranquilo, y la noche ha sido hermosa.

—Han tenido suerte. A veces es todo lo contrario. Bueno, voy a ordenar que lleven su equipaje a la casa.

—¿A qué casa?

—A la mía, naturalmente. Son ustedes mis invitadas.

—Oh, no —repliqué—. Vamos a hospedarnos en el hotel.

—Nada de eso.

—Sí, sí. Le agradecemos su hospitalidad, pero debemos ir al hotel. Yo tengo cosas que hacer, y debo estar allí.

—Cada vez que ha venido el barco de Sidney, he estado aquí esperándola. Su habitación está preparada. No sabía que usted vendría también, señora Granville.

—Esto se lo explicaremos en otro momento, señor Hemming —dije—. Y ahora, ¿tiene la bondad de acompañarnos al hotel?

Me miró, sonriendo.

—Aparte de llevarlas a mi casa por la fuerza, veo que no puedo hacer otra cosa.

—No.

—Quizá tendrán la amabilidad de venir a visitarme, más adelante.

—Desde luego, con mucho gusto. Y le ruego que no me considere ingrata. Le agradezco mucho su amabilidad, y la ayuda que nos ha brindado siempre... Pero deseamos ir al hotel. No queremos estar en una casa por ahora. Al señor Granville le ha ocurrido una desgracia.

Por la expresión de sorpresa del señor Hemming, me percaté de que la noticia no había llegado aún a Cariba. Supuse que llegaría en su momento, pero aún no había habido tiempo suficiente para ello.

—Fue un accidente —expliqué, indicándole con una mirada que no preguntase nada en presencia de Felicity.

—Lo siento mucho —le dijo el señor Hemming a mi amiga.

—Le agradecería que nos acompañase al hotel —dije—. No me cabe la menor duda de que una palabra suya nos asegurará un trato excelente.

—Vengan conmigo —dijo—. ¿Es éste su equipaje de mano?

Dirigiéndose a un nativo, ordenó:

—Lleva esto al hotel.

—Sí, señor —dijo el hombre.

—Vengan, tengan la bondad. El hotel está aquí mismo, en el puerto.

—¿Es ese edificio blanco con balcones? —pregunté.

Me detuve y miré a Felicity, que había palidecido.

—Sí, ése es —respondió el señor Hemming—. Tiene bastantes comodidades. En el interior se está más fresco. Me ocuparé de que les den buenas habitaciones.

Nos tomó del brazo a las dos y avanzamos hacia el hotel, casi como tres personajes reales. Todo el mundo se apartaba para dejarnos pasar.

—Tengo la impresión de que es usted el rey de la isla —dije.

—Soy el monarca de todo lo que hay por aquí, y de todos.

Bueno, no de todos —añadió, mirándome de soslayo y haciendo una mueca.

Subimos los tres escalones que llevaban a la puerta. Un muchachito negro corrió a abrirla, y entramos en el vestíbulo.

Tras el mostrador estaba una mulata, casi blanca.

—Buenos días, señor —saludó a nuestro acompañante.

—Les traigo dos huéspedes, Rosa —dijo él—. Quiero que les des las mejores habitaciones... en la parte de delante, con balcones mirando al puerto. Les gustará el puerto —explicó, volviéndose hacia nosotras—. Hay en él una constante actividad.

—Sólo hay una habitación libre en este momento, señor.

—Pues denles esa y la contigua.

—Ésa no tiene balcón, señor.

—Tú la prefieres sin balcón, ¿verdad? —le pregunté a Felicity.

—Sí, sí —se apresuró a responder la joven.

—Les gustará tener balcón para tomar el fresco por la tarde —me dijo el señor Hemming—. Después de la puesta del sol, la temperatura es más baja.

—Felicity puede salir a mi balcón, si quiere. Nos quedaremos en esas dos habitaciones.

—De acuerdo, pues —dijo el señor Hemming—. Las espero esta noche a cenar en mi casa. Les doy el día entero para que descansen. Lo necesitarán, después del viaje. Vendré a recogerlas a las siete. Y ahora quiero ver las habitaciones, para asegurarme de que están bien.

—Sí, señor —dijo la joven mulata.

Y le hizo una seña a un hombre de librea.

—Buenos días, señor —saludó el hombre.

—Buenos días, Jacko.

Cuando subíamos la escalera, le dije:

—Parece que lo dirige usted todo en esta isla.

—En ocasiones tan importantes como ésta, sí, lo dirijo todo.

—Y todos le respetan.

—En efecto. Eso me hace feliz. Pero lo que me hace feliz hoy es que usted haya llegado por fin.

Examinamos las habitaciones. Eran grandes, con amplias camas de matrimonio, persianas para evitar los rayos del sol y esterillas de junco en los relucientes suelos. Sobre las camas había mosquiteras.

—Sobre todo, no se olviden de usar las mosquiteras —nos advirtió el señor Hemming—. Si una noche se olvidan, por la mañana se encontrarán devoradas por los insectos. La flora de la isla les encantará, pero la fauna es otra cosa. Y bajen las persianas durante las horas de más calor.

Abrió la puerta ventana que daba al balcón.

—Y aquí tienen la hermosa vista del puerto —dijo—. Es interesante contemplarlo por la tarde, cuando el sol baja. Es un espectáculo que les gustará.

Salí al balcón y miré al exterior. Felicity me siguió, vacilando. La tomé de un brazo y la hice colocarse a mi lado.

Apoyé una mano en la barandilla de hierro; era sólida y firme. Noté que mi amiga temblaba un poco, y volvimos a la habitación.

—Deberían comer algo —dijo el señor Hemming—. Ordenaré que les suban un refrigerio.

—Piensa usted en todo —le dije.

—Hace tanto tiempo que espero este día que he podido prepararlo bien. ¿Qué le ha impedido venir antes?

—Ya se lo explicaré en otro momento —le dije mirándole significativamente.

Él comprendió.

—Bueno, ahora las dejo. Vendré a buscarlas a las siete y las llevaré a mi casa. Si necesitan algo, no tienen más que pedirlo. He dado orden de que las atiendan en todo.

—Es agradable tener un amigo tan influyente.

—Quiero que disfruten ustedes de su estancia en mi isla.

—Gracias. Es usted muy amable.

Me tomó una mano y la estrechó afectuosamente. Le brillaban los ojos. No cabía duda de que mi llegada le había hecho feliz.

Cuando se hubo ido, miré a Felicity.

—Bueno, aquí estamos por fin —dije.

—¡Qué amable ha sido el señor Hemming!

—Ya nos ayudó mucho durante la travesía. ¿Recuerdas cómo lo organizó todo para que tu tía pudiese volver a Inglaterra?

Felicity asintió.

—Siempre he creído que quería librarse de ella —dijo.

—¿Por qué?

—Para poder verte más a menudo. La tía Emily nos acompañaba siempre. Era nuestra carabina.

—Pero ella deseaba volver...

—A veces pienso que él la ayudó a desearlo así.

—¡Es un hombre que sabe lo que quiere! —exclamé, riendo.

—Es bueno que sea amigo nuestro. No quisiera tenerle como enemigo.

En aquel instante entró en la habitación una mujer negra y alta, que traía una bandeja. En ella había panecillos y una bandeja de fruta: mangos, plátanos y piñas. Había asimismo una jarra de leche, que resultó ser de coco.

Todo era muy apetitoso, y era exactamente lo que necesitábamos.

Cuando hubimos comido, le propuse a Felicity que deshiciese el equipaje, que acababan de traer a la habitación.

—Y después podrías dormir un poco —le aconsejé.

La joven asintió, y pasamos ambas a su habitación. Las persianas de ésta estaban bajadas. Me alegré de que no hubiese allí un balcón que pudiese traerle malos recuerdos.

—Estoy cansadísima —dijo.

—Pues acuéstate ahora. Ya te ocuparás después del equipaje.

—¿Tú estarás en la otra habitación?

—Claro.

—¿No saldrás sin avisarme?

—No, te lo prometo. Si me necesitas, no tienes más que venir.

Le di un beso y la dejé sola.

Volví a mi cuarto y salí al balcón. Los muelles se hallaban llenos de gente. Allí estaba nuestro barco. Permanecería allí unos días, mientras lo cargaban, y saldría para Sidney antes del próximo miércoles.

Escuché el ruido y la animación, y me fijé en las mujeres, que llevaban amplias y largas túnicas de vivos colores. Muchas llevaban collares de flores, y casi todas tenían el cabello negro y largo. Eran hermosas y se movían con gracia extraordinaria. Los hombres eran menos guapos e iban muy ligeramente vestidos; algunos llevaban sólo un taparrabos. Descargaban cajas y hablaban a gritos.

Era una escena fascinante, llena de colorido.

Volví a la habitación, y saqué algunas cosas de las maletas. Pero me di cuenta de que yo también estaba muy cansada. Me eché en la cama y al poco rato me dormí.

Eran aproximadamente las cinco, cuando desperté, y recordé que Milton Hemming vendría a las siete a buscarnos.

Me levanté y llamé a la puerta de Felicity. Mi amiga dormía aún, y me llamó la atención la tranquilidad que se reflejaba en su rostro. De pronto, me sentí feliz. Me dije que Felicity empezaría a olvidar, que el lugar donde estábamos era el ideal para ello.

Me senté en la cama y la llamé en voz baja.

—Felicity..., soy Annalice. ¿Sabes la hora que es?

Ella abrió los ojos, y vi que aparecía en su cara una expresión de horror. Debió de pensar, por un instante, que había vuelto a aquel dormitorio que compartía con su marido.

—¡No tengas miedo! —me apresuré a decirle—. Estamos en Cariba. Has descansado bien, ¿verdad? Yo también. Lo necesitábamos.

Felicity se incorporó.

—¿Qué hora es? —preguntó.

—Más o menos, las cinco.

—El señor Hemming vendrá a las siete.

—Sí, tenemos que arreglarnos. ¿Has pensado en algún vestido?

—Sí. El azul. Nunca lo llevé... allí.

—Allí no habría sido adecuado. Pero ahora ya no estás allí.

—Dejé en aquella casa casi todo cuanto me ponía. No quiero verlo más.

—¿Dónde está el vestido azul? Ah, sí. Está muy bien para esta noche.

—El señor Hemming no se fijará en mí. Sólo te mirará a ti.

—Me parece que el señor Hemming se fija en todo.

—Tengo la impresión de que es un personaje muy importante, aquí.

—Se puede decir que la isla es suya. Es el dueño de la plantación, y supongo que el azúcar es la principal industria de la isla, de modo que todos dependen de él.

—¿Qué vas a llevar tú?

—El rojo.

—Me parece bien. Aquí, la gente lleva colores vivos.

—Irá bien con las flores, y con todo lo demás.

—¿Cuánto tiempo nos quedaremos aquí, Annalice?

—¿Tienes ganas de volver a Inglaterra?

—Creo que no me sentiré segura hasta que esté allí.

—Ya sabes por qué he venido aquí. Quiero averiguar todo cuanto pueda sobre mi hermano. Una vez lo haya hecho, podré marcharme. Pero, si quieres irte antes...

—No. No tengo ánimos para volver a Sidney, tomar un barco...

—Ya sabes cómo es el señor Hemming. Él podría ayudarte a preparar el viaje, facilitártelo todo.

—No, no. Prefiero estar contigo. Además, creo que me gustará esto. Antes de marcharme, quisiera disponer de un poco de tiempo para olvidarme de todo aquello..., para recuperarme un poco.

—Bueno, el viaje hasta Inglaterra ya es largo.

—Pero quiero que me acompañes. Me quedaré contigo, y esperaré que averigües pronto lo de tu hermano.

—De acuerdo. Ahora tengo que arreglarme, y tú también. Tendríamos que pedir que nos subiesen agua caliente.

—Annalice...

—¿Sí?

—Soy muy feliz por haber escapado de todo aquello.

—Me alegro mucho.

El señor Hemming vino a buscarnos a las siete y nos llevó a su casa en un cochecillo parecido a los que habíamos visto en Sidney, aunque más lujoso. Estaba pintado y reluciente, y dos caballos magníficos tiraban de él.

—Lo uso muy poco —nos explicó—. Es más fácil desplazarse a caballo. Ustedes también necesitarán dos caballos; mandaré que se los envíen al hotel.

—Nos abruma usted, señor Hemming —le dije.

—Me siento honrado de que visiten ustedes mi isla.

Se iba acabando el día, pues el sol se ponía a las siete y media. Por lo que yo sabía, era así todo el año. No había en aquel lugar las estaciones que nosotras conocíamos. No había invierno ni verano; sólo la estación seca y la de las lluvias. Y yo me alegraba de que no estuviésemos aún en esta última.

Llegamos a unas puertas de hierro que estaban abiertas de par en par, y entramos en una avenida a cuyos dos lados se extendía la plantación. Al cabo de unos momentos divisé la casa. Era grande, blanca e imponente, y en aquel instante se hallaba iluminada por los rojos rayos del sol poniente. Aparte de la casa, no se veía más que cañas de azúcar. El señor Hemming se percató de mi sorpresa.

—¿Le gusta mi casa? —me preguntó.

—Es... magnífica.

—¿Qué esperaba usted?

—Esperaba una casa hermosa, pero no tanto. No había visto nunca una mansión como ésta.

—Nunca había visto usted una plantación de azúcar. Me alegro de que no se vean desde aquí el molino y las calderas, que no son tan hermosos.

El carruaje se detuvo en un sendero de grava.

—Ya hemos llegado —dijo nuestro anfitrión.

Saltó del vehículo, y, como por arte de magia, apareció un hombre que se hizo cargo de los caballos. El señor Hemming nos tomó de un brazo a las dos y nos condujo a la casa.

Entramos en un espacioso salón construido al estilo de una casa de campo inglesa. Me recordó un poco el salón de nuestra mansión. En las ventanas había cortinas de seda clara; en aquel clima, nuestras pesadas cortinas de terciopelo habrían estado fuera de lugar. Había una larga mesa y elegantes sillas alrededor. Parecía una estancia del siglo dieciocho.

—Espero que les guste mi casa —dijo el señor Hemming—. ¿Les parece bien que nos sentemos aquí y tomemos una bebida refrescante antes de pasar a cenar?

—Tengo la impresión de que estamos en Inglaterra —dijo Felicity.

Él sonrió, complacido.

Nos trajo las bebidas una joven de andar silencioso que llevaba una larga y suelta túnica de algodón con dibujo de rosas rojas y blancas sobre fondo azul, y collar y pulseras de cuentas rojas.

—Es una bebida refrescante tradicional de la isla —explicó nuestro anfitrión—. Casi no contiene alcohol. Es adecuada para un clima cálido.

Estaba deliciosa.

El señor Hemming nos preguntó por el viaje, y después nos comunicó que ya se había enterado de la desgracia que le había ocurrido al señor Granville, pues la noticia había llegado en el barco.

—La llegada del barco significa la llegada de noticias del mundo exterior. Siempre hay muchas personas dispuestas a darlas, y otras muchas dispuestas a hacerlas circular. Debió de ser un disgusto terrible para ustedes. El peligro de los bandidos va en aumento, según creo. En Cariba no tienen ustedes nada que temer. Aquí se respeta mucho la ley. Las penas que se imponen por los delitos son tan severas que nadie se arriesga a cometerlos.

—Aquí debe de ser más fácil que en Australia detener a unos criminales —comenté.

—Es verdad. Pueden estar tranquilas.

Nuestro amigo nos habló extensamente de la isla, y de cómo se cultivaba y vendía el azúcar.

Luego nos llevó a un comedor muy agradable, muy parecido al de mi casa. Hasta había un gran tapiz en una pared. Las puertas ventanas daban al patio.

—Cuando acabemos de cenar podemos salir fuera —dijo

el señor Hemming—. Después de la puesta del sol se está muy bien. Les daré unos abanicos, para que puedan alejar los insectos.

Nos sirvieron unos platos que no habíamos probado nunca, entre ellos varios de pescado. Y comimos por primera vez el fruto del árbol del pan, al horno.

—Cuando se acostumbren a él, les gustará —aseguró el señor Hemming.

Se nos sirvió, asimismo, fruta de todas clases y la bebida especial de la isla.

Era, sin duda, la mejor comida que había tomado desde que salí de casa.

Cuando hubimos acabado de cenar, salimos al patio, donde una sirvienta nos trajo los abanicos. Eran hermosos, de marfil pintado de brillantes colores. El mío era azul y verde, y el de Felicity, rojo y blanco.

Recibimos el regalo con exclamaciones de placer.

—Así tendrán un recuerdo mío cuando el calor les parezca insoportable —dijo el señor Hemming.

Nos sentamos, pues, en el patio, en la noche perfumada. Había allí flores en abundancia: hibiscos rojos, jazmines rosados y gladiolos.

Me sentía embriagada por los perfumes, y por la bebida que habíamos tomado, que, a mi parecer, era más fuerte de lo que había dicho nuestro anfitrión.

Pero tal vez aquella lánguida satisfacción se debía a que había escapado de la pesadilla de la casa de William Granville, a que había iniciado mi búsqueda, porque todo en Cariba era tan extraño y hermoso, y porque me agradaba tanto la compañía de aquel hombre.

Aquella noche, estando ya acostada, repasé mentalmente todo lo ocurrido durante la velada. Me parecía aspirar aún el aroma de los franchipanieros, oír el súbito zumbido de un insecto que chocaba con una de las lámparas.

—Un escarabajo volador —había explicado nuestro amigo—. Entran mucho en las casas. Son inofensivos; se acostumbrarán a ellos. Como a muchas cosas nuevas que conocerán.

En aquella noche suave y perfumada, yo sólo había sentido una profunda satisfacción.

A las diez, había vuelto a acompañarnos al hotel, diciendo que necesitábamos acostarnos temprano.

Le dije que habíamos dormido casi toda la tarde.

—Necesitan acostarse temprano y dormir toda la noche —insistió el señor Hemming.

Nos acompañó, pues, al hotel, por el camino que atravesaba la plantación y por la calle del puerto. Aún me parecía oír el clop-clop de los cascos de los caballos mientras bajábamos por el camino, y me parecía ver las barcas meciéndose en el agua, y nuestro barco, que todavía estaba en la bahía.

Cuando me hube acostado, procuré no dormirme en seguida, para recordarlo todo otra vez.

Desperté sintiéndome muy descansada. Aparté la mosquitera, salté de la cama y subí la persiana. Salí al balcón. El puerto despertaba también. Llegaban carretas tiradas por bueyes, supuse que de las colinas próximas. La gente que vendía mercancías colocaban sus puestos.

En el mar había barcas de pesca.

Una doncella me trajo agua caliente; me lavé y me vestí. Después, llamé a la puerta de Felicity. Ésta no me contestó, y entré.

Estaba echada de espaldas, mirando fijamente al techo. Cuando me acerqué, vi que tenía lágrimas en las mejillas.

—¡Felicity! —exclamé, alarmada—. ¿Qué te pasa?

—Ha venido él... —respondió—. Ha venido esta noche..., ha vuelto... Ha estado aquí..., como estaba en aquella habitación horrible.

—Has tenido un sueño —le dije—. Sólo ha sido un sueño. Estás aquí, en Cariba. Ayer te mostrabas contenta. Mira, ahí abajo está el puerto. Ven a verlo...

La joven se echó a temblar.

—Nunca podré huir de él —murmuró.

—Escúchame, Felicity. Tu marido ha muerto. Ya no puede hacerte nada. Todo aquello ha pasado. Ahora empiezas a vivir de nuevo.

Ella negó con la cabeza. Le empezaron a castañetear los

dientes y su mirada perdió toda expresión. Advertí que no me escuchaba.

No sabía qué hacer. Estaba horrorizada y confundida.

Al principio, había creído que Felicity había tenido una pesadilla, cuyo recuerdo, aunque desagradable, se disiparía con los rayos del sol. Pero era algo más. Felicity seguía echada en la cama, inerte, y, cuando le hablaba, no parecía oírme.

Me sentía cada vez más angustiada. Me percaté de que había sido muy optimista al creer que Felicity empezaría a olvidar en cuanto se alejase del escenario de aquellos horrores. Mi amiga había sufrido varios tormentos, que culminaron en la muerte violenta de su marido. No se podía esperar que se recuperase con sólo alejarse de aquel lugar.

Entonces me acordé de Milton Hemming. Necesitábamos ayuda, y era lógico pedírsela a él.

Bajé a recepción, y hablé con la joven mulata del mostrador.

—Mi amiga está enferma —le dije—. Estoy muy preocupada por ella. ¿Podrían ustedes avisar al señor Hemming?

—Desde luego. Enviaré a un mozo ahora mismo.

—Muchas gracias.

Llamó a uno de los mozos, y éste se puso en camino en el acto.

—Así que la pobre señora está enferma —dijo la joven—. No parece muy fuerte.

—No lo está. Ha sufrido mucho últimamente.

—El doctor la curará pronto.

Los oscuros ojos me observaban con cierta curiosidad. Supuse que, por una parte, lo que nos hacía objeto de curiosidad era el interés de Milton Hemming por nosotras. Además, si estaban enterados de la muerte súbita de William Granville, sabían que Felicity era su viuda. Por ello, no debía de sorprenderles mucho que hubiese caído enferma.

Subí a su habitación. Felicity seguía echada en la cama, mirando fijamente el vacío.

Me senté junto a ella y le tomé una mano.

—Aquí estoy, Felicity —le dije—. No te preocupes, yo te cuidaré.

No dijo nada, pero la presión de sus dedos me indicó que se sentía más tranquila.

Milton no tardó en llegar.

Subió directamente a mi habitación. Le oí llegar, y salí a su encuentro.

—Se trata de Felicity —le dije—. Está muy rara, medio inconsciente... Ha pasado una mala noche; ha tenido pesadillas... Pero creo que hay algo más.

—¿Puedo pasar a verla? —preguntó.

Cuando él entró en la habitación, Felicity levantó la vista, atemorizada.

—No tengas miedo —le dije—. Es el señor Hemming. Ha venido a ayudarnos.

—William no murió... —susurró ella—. Está aquí...

Miré a Milton.

—Enviaré a buscar al doctor Norton —dijo—. Le conozco bien.

—Oh, gracias.

Salió de la habitación. Felicity seguía inmóvil, como si no se diese cuenta de nada.

Oí que el señor Hemming volvía, y salí al pasillo a reunirme con él.

—La señora Granville sufre la conmoción resultante de la muerte de su marido —explicó—, y los efectos de esa conmoción se manifiestan con retraso.

—Yo pensaba que se estaba recuperando.

—Abandonó Australia, vino aquí... Fue la tensión nerviosa lo que le dio fuerzas. Ahora está tranquila, y empiezan a manifestarse los efectos acumulados de esa tensión. Yo diría que lo único que necesita es descanso y afecto. Norton es un buen médico. Lleva varios años aquí. Vino hace cinco para adquirir experiencia, y se quedó. La cuidará bien.

—Estoy muy preocupada por Felicity.

El señor Hemming apoyó una mano en mi hombro.

—Cuente usted conmigo —dijo—. Estoy aquí para ayudarla, para ayudarlas a las dos.

No dije nada, estaba conmovida.

Llegó el médico, reconoció a mi amiga y le dio un somnífero. Milton y yo, junto con el doctor, bajamos y fuimos a sentarnos a una de las mesas que había delante del hotel.

—La señora está en un estado de grave nerviosismo —dijo el doctor Norton—. Deberemos tener cuidado con ella. Ha pasado por una experiencia terrible, ¿no es cierto?

—Sí —respondí—. Su esposo murió violentamente, y ella estaba con él cuando ocurrió.

—El caso Granville —explicó Milton.

—Ah, comprendo. Esto explica muchas cosas. Pobre señora, parece que tiene un carácter muy nervioso. Debe de haber sufrido un gran dolor, además de una tremenda impresión.

—No eran un matrimonio feliz —dije—. La señora Granville no pudo adaptarse a la nueva vida. En Inglaterra llevaba una vida tranquila, y no sabía nada de Australia.

—Ya. Bien, la curaremos, pero puede que nos lleve algún tiempo. Tomará tranquilizantes durante unos días. Luego, nos ocuparemos de que goce de la máxima tranquilidad. Su habitación está junto a la de ella, ¿no es así, señorita Mallory? Bien. Creo que usted puede serle de gran ayuda a su amiga.

—Estaré con ella siempre que me necesite.

—Con descanso y tranquilidad, se pondrá bien.

—Gracias, doctor —le dije.

—Acabo de darle un somnífero. Le enviaré unas píldoras al hotel, y mañana volveré a ver cómo sigue. Probablemente, comprobarán que lo que más necesita es descanso. El descanso le devolverá la tranquilidad. Hágase cargo de las píldoras que enviaré, señorita Mallory. La paciente debe tomar una cada noche, antes de acostarse. Si tomase dos, podrían hacerle daño, y una dosis mayor es mortal. Por ello, le ruego que tenga cuidado; que la enferma no tenga acceso a ellas. Por el momento, parece que no se interesa por nada. Déle una píldora esta noche; así descansará bien.

Cuando el doctor se hubo marchado, subí a ver a Felicity. Estaba echada, con los ojos cerrados, y parecía estar tranquila, por lo cual la dejé y volví abajo. El señor Hemming seguía allí.

—¿Y bien? —me preguntó.

—Ahora está tranquila. Pero sigo muy preocupada por ella. Parecía tan angustiada esta mañana...

—Sí. Me ha parecido que podía hundirse por completo. Pero no se preocupe. Norton sabe lo que se hace. Tenemos suerte de tenerle en la isla. Siempre habla de volver a Inglaterra, pero le convencemos de que se quede. Su trabajo es excelente. Hasta los nativos le consideran una especie de brujo dotado de poderes extraordinarios.

—Gracias por haber venido.

—Mi querida Annalice, yo estoy siempre a su disposición.

Le sonreí. Le vi diferente, bondadoso, casi tierno. Me sentí atraída por él, no con la atracción sensual que había experimentado antes, sino con un sentimiento más profundo.

—Siéntese un momento —me dijo—. No debe ponerse enferma usted también. Usted debe ser la mujer fuerte, la buena enfermera, la consoladora. Creo que sería conveniente que se trasladasen ustedes a mi casa.

—No. Yo debo estar aquí.

—Ambas estarían allí más cómodas.

—Yo tengo que estar aquí.

—Lo dice de un modo tan concluyente que ya veo que está decidida. Es usted una mujer obstinada.

—Sí, supongo que lo soy. Perdone mi descortesía.

—Nada de eso. Deberíamos permitirnos a nosotros mismos ser sinceros. Sé por qué no quiere usted hospedarse en mi casa. En primer lugar, quiere llevar a cabo su investigación, y en segundo lugar cree que venir a mi casa no sería *comme il faut*. Pero debe tener en cuenta que las convenciones sociales no son aquí tan rígidas como en nuestra querida Inglaterra. Usted piensa que no soy persona de confianza, y, ahora que estamos hablando con franqueza, le diré un secreto: no lo soy.

Me eché a reír, y me dí cuenta de que era la primera vez que lo hacía desde que había entrado en la habitación de Felicity y la había encontrado medio inconsciente.

—Siéntese aquí —me dijo el señor Hemming—. Mire el puerto. Toda esa agitación la hará sentirse tranquila.

Fue así, en efecto.

—Perdone que le haya llamado —le dije—. Habría podido enviar recado al doctor. Debo de haberle interrumpido en su trabajo.

—Siempre es agradable recibir una llamada suya.

Me encogí de hombros y no le contesté. Me parecía que no era el momento de flirtear. Él se puso serio en seguida.

—Cuente usted conmigo, en cualquier instante, si se le presenta algún problema.

—Oh, muchas gracias.

—Algún día le pediré algo más que su gratitud.

—Por favor..., ahora no...

—Me limitaba a constatar un hecho. Ya veo que está muy preocupada. Pase lo que pase, yo cuidaré de usted.

—Gracias otra vez —le dije.

—Lo que le ocurre a la señora Granville es comprensible. El hecho de ver cómo su esposo caía y se mataba...

—¡No! —exclamé, sin poder contenerme—. No fue sólo eso. Eso fue sólo el final. Está también todo lo anterior...

Él me miraba, sin decir nada.

Y, como estaba sobreexcitada, como necesitaba hacérselo entender, se lo conté todo. La llegada a la casa, la presencia de la señora Maken, las terribles noches que Felicity había tenido que soportar, la participación de la señora Maken, la impasible aceptación de Felicity, sus emociones contenidas por cosas de las que no podía hablar ni siquiera conmigo.

—Ese hombre tenía mala reputación. Se decía que era bebedor y mujeriego. Claro que no siempre se presta atención a las habladurías.

—En su caso, ninguna podía ser exagerada.

Le hablé de las pistolas, y le conté cómo, una noche, Granville había entrado en mi cuarto y yo le había amenazado con dispararle.

—¡Dios mío! —exclamó.

—Y estaba dispuesta a hacerlo —dije—. Nunca me habría creído capaz de matar a nadie, pero a él le habría matado. Le amenacé con dispararle a las piernas, con dejarle cojo, y se asustó. Comprendió que lo decía en serio, y no ignoraba que yo tengo buena puntería.

—Si yo lo hubiese sabido...

—¿Qué habría podido hacer usted?

—No la habría dejado ir a su casa.

—¿Y, cómo habría podido yo dejar a Felicity? Ella es débil, vulnerable. No podía dejarla sola con ese hombre.

—Aquella noche..., en el balcón... —dijo él.

—Dijeron que se disponía a disparar sobre unos bandidos.

—¿Y no había tales bandidos?

—No lo sé. Creo que Felicity había llegado al límite de sus fuerzas. Forcejearon, la pistola se disparó y él cayó.

—No es extraño que ahora esté enferma. Me alegro de que la haya traído usted aquí. La cuidaremos entre los dos.

Me temblaron un poco los labios.

—Yo también me alegro de que estemos aquí..., con usted. No sé cómo darle las gracias.

—Acaba de dármelas —dijo—, de un modo que, para mí, significa mucho.

Permanecimos en silencio durante unos minutos, mirando el puerto. Yo apenas lo veía. Estaba otra vez en aquella casa. Volvía a vivirlo todo. Nunca podría olvidarlo. ¿Cómo podría olvidarlo Felicity?

Vino el ayudante del doctor y trajo las píldoras. Las llevé a mi habitación y las escondí en el fondo de un cajón, junto al mapa.

Fui a ver a Felicity. Me senté a su lado un rato. Dormía apaciblemente.

Cuando bajé, Milton aún estaba allí.

—Felicity duerme —le dije.

—Muy bien. Es lo que le hace falta. Nosotros almorzaremos juntos, y después la enviaré a usted a descansar. Aquí, todo el mundo duerme la siesta. Por las tardes, hace demasiado calor par hacer nada que no sea dormir. De dos a cuatro, todo está silencioso. Y luego volveré para ver cómo están las dos.

—Gracias..., gracias otra vez.

Sólo pude comer un poco de fruta. Me hallaba muy angustiada por el estado de Felicity. Lo que me había preocupado más era aquella mirada inexpresiva.

Milton parecía comprender mi estado de ánimo. Intentó

distraerme contándome cosas de la isla, de la plantación, de las costumbres de la gente de allí. En algunos momentos, me hizo sonreír un poco, y durante todo el almuerzo me sentí abrumada de gratitud.

No dejaba de preguntarme qué habría hecho si el señor Hemming no hubiese estado allí.

Cuando se hubo marchado, subí a mi cuarto, no sin antes entrar a ver a Felicity. Mi amiga yacía de espaldas con los ojos cerrados, y su cara mostraba una expresión de tranquilidad.

No pude dormir. Me puse a examinar mentalmente toda clase de posibilidades. ¿Qué ocurriría si Felicity estaba enferma de gravedad? ¿O si perdía la razón? ¿Qué haría yo? Mientras estuviese enferma, la responsabilidad era mía. Y después pensé: «Milton está aquí. Él me ayudará».

Pensando en él, pude dormirme un rato.

Felicity durmió todo el día. Cuando ya se ponía el sol, entré en su cuarto y me senté a su lado. Ella abrió los ojos y me sonrió.

—Tenía mucho sueño... —me dijo.

—Necesitas descansar —le dije—. Duérmete otra vez.

La joven sonrió y cerró los ojos.

Bajé al vestíbulo. Allí estaba Milton. Me preguntó por mi amiga, y le respondí que apenas se había despertado.

—Es lo que necesita —dijo.

Cenamos juntos en el hotel. Yo estaba bastante callada, pero él no dejó de charlar animadamente, y así me ayudó a pasar la velada. Cuando se despedía de mí, me tomó las manos y me besó tiernamente en la mejilla.

—Si está asustada, sólo tiene que enviar a buscarme. No lo olvide.

Subí a mi habitación y, desde el balcón, le vi alejarse a caballo. Se volvió para hacerme un gesto de adiós con una mano; se llevó los dedos a los labios y me envió el beso.

Yo sonreí y agité una mano. Le miré hasta que desapareció. Fui al cuarto de Felicity.

—¿Es de noche? —me preguntó.

—Sí.

—Me da miedo la noche.

—Ahora ya no hay motivo para ello, querida. Estamos en Cariba.

—Es que... tengo pesadillas.

—Recuerda que estoy en la habitación contigua. Las paredes son delgadas. Si te despiertas, da unos golpes y entraré a verte.

—Oh, sí, lo haré. Qué buena eres conmigo, Annalice...

—No. Sólo te cuido, y lo hago tan bien como puedo.

Le arreglé la ropa de la cama y cerré la mosquitera.

—Me siento encerrada —dijo—. Es como si estuviese allí...

—No, Felicity. Estás a muchos kilómetros de tu casa. Todo aquello pertenece al pasado. Ésto es muy diferente. Y recuerda que yo estoy en la habitación contigua.

Le di un beso y me senté junto a la cama hasta que se durmió. Entonces volví a mi cuarto. Estaba cansada y soñolienta.

Debían de ser las dos de la madrugada cuando me despertaron los golpes en la pared. Me levanté a toda prisa, me puse la bata y fui al cuarto de Felicity.

Estaba sentada en la cama y miraba a su alrededor muy asustad.

—No..., no... —gemía.

—¡No pasa nada, Felicity! —exclamé—. Te he oído llamar. Aquí estoy. ¿Has tenido una pesadilla?

—Ha entrado... —balcuceó—. El whisky..., olía a whisky. Odio el whisky porque..., porque...

—Escúchame —le dije—. Aquello ya pasó. Debes olvidarlo. Tan pronto como lo consigas, te encontrarás bien. Aquí todo es bonito y agradable; hay muchas cosas de las que disfrutar. Milton está aquí, y nos ayudará en todo. Lo único que has de hacer es ponerte bien. Te daré una píldora para que duermas. El doctor ha dicho que podías tomar una cada noche. Quizá habría debido dártela antes de acostarte, pero dormías tan bien... Bueno, te la daré ahora. Te hará dormir, y te proporcionará sueños agradables.

Fui a mi cuarto a buscar la píldora, y Felicity se la tomó dócilmente.

—Estoy aquí..., en Cariba —murmuró—. Tú estás conmigo y él murió..., murió. Estaba en el suelo, en un charco de sangre...

—Está muerto y enterrado. No podrá volver a atormentarte. Él ha muerto y nosotras estamos aquí; esto es lo que importa.

—Sí.

—Ahora échate, y cierra los ojos. Me quedaré contigo hasta que te hayas dormido.

—¿Me lo prometes?

—Sí, claro. Y, si tienes una pesadilla, sólo tienes que decir: «Ésto es sólo un sueño». Y, si me necesitas, golpea la pared.

—Sí..., sí..., de acuerdo. Todo irá bien, ¿verdad? ¿Verdad que todo irá bien?

—Sí, todo irá bien.

—Todo irá bien... —murmuró Felicity, ya con los ojos cerrados.

La píldora no tardó en hacerle efecto, y empezó a respirar con tranquilidad. Pronto estaría dormida.

Entonces la oí decir algo.

—Raymond..., ¿por qué...? Si tú... Oh, Raymond...

«Si yo no hubiese ido a aquella conferencia —pensé—. Si no hubiese conocido a Raymond, no habría sucedido nada de esto.»

La joven se hallaba ahora profundamente dormida. Me levanté y volví a mi habitación.

No pude pegar ojo. Me puse a pensar en el lío en que nos encontrábamos. Felicity quería a Raymond. Lo que necesitaba, por encima de todo, era que éste viniese y le dijese que la quería.

Y yo deseaba fervientemente que Raymond lo hiciese, pues cada vez veía con mayor claridad que, si me despedía de Milton Hemming y me iba de aquella isla, no volvería a ser feliz del todo.

A la mañana siguiente, en cuanto me levanté, fui a ver a Felicity. La encontré inexpresiva, pero al menos estaba tranquila.

Bajé, y desayuné en el patio posterior del hotel. El desayuno consistía en ñames con pan tierno y leche de coco. Mientras lo tomaba, se me acercó la joven mulata y me preguntó por Felicity.

Le respondí que el doctor pasaría más tarde, y que mi amiga parecía estar algo mejor, aunque muy cansada.

—Si necesita usted algo, dígamelo —dijo la muchacha—. Yo me llamo Rosa. Conozco a mucha gente por aquí.

—Sí, es lógico. Por su trabajo, ve usted a todas las personas que vienen al hotel.

—Pobre señora Granville... Se vé que está muy enferma.

—Esperamos que mejore pronto.

—El señor Hemming está muy preocupado por ella... y por usted.

—Ha sido muy amable con nosotras, y nos ha ayudado mucho.

—Es un caballero muy importante. La isla depende de él. No lo olvidamos... y él tampoco.

¿Encerraban aquellas palabras una leve crítica?

Me limité a asentir con un gesto.

—La plantación es buena para la isla. Toda esta prosperidad... —dijo, moviendo una mano.

—Sí, claro.

—El azúcar se vende bien en todo el mundo. Nuestra plantación es más grande que la de la señora Manuel, de la Segunda Isla.

—Ésta es la isla que se halla más próxima a Cariba, ¿verdad?

—Sí, señorita. El señor Manuel murió hace poco tiempo. El señor Hemming se encontraba en Inglaterra. Ahora dirige la plantación la señora Magda. Es una señora muy inteligente.

—Qué interesante. Quiero visitar las demás islas mientras estoy aquí.

—Quizá el señor Hemming la llevará a la Segunda Isla, señorita. O quizá no...

Parecía encontrar divertida la situación. Después me dijo:

—Perdóneme. Tengo que hacer.

Me quedé pensando en la otra isla, y preguntándome qué tendría la señora Magda Manuel que había provocado una sonrisa en los labios de Rosa.

Acabé de desayunar y fui a echar otra mirada a Felicity. Ésta abrió los ojos al oírme entrar, y le pregunté si le gustaría tomar algo para desayunar. Para gran alegría mía me dijo que sí, y bajé a pedir leche, pan y fruta para ella.

Me senté a su lado mientras comía. Parecía encontrarse mucho mejor, y no aludió a la pesadilla que había tenido la noche anterior; se diría que la había olvidado. Me dijo que aún tenía sueño, y le respondí que ello se debía probablemente al medicamento, y que de todos modos necesitaba dormir mucho.

Me quedé con ella hasta que se durmió, y después bajé. Salí a la terraza del hotel y me quedé un momento mirando el puerto. En la terraza había varias personas sentadas. Encima de las mesas había sombrillas, que daban al lugar un aspecto de café europeo. Los presentes bebían un líquido en vasos; supuse que se trataba de la bebida fría típica de la isla. O quizá el hotel tenía otras bebidas que ofrecer. Me parecía extraño que se bebiese alcohol a aquella hora de la mañana, pero pensé que cada país tenía sus costumbres.

Me senté a una mesa, y se me acercó un camarero que me preguntó si deseaba tomar algo. Le respondí que no.

—Qué mañana tan hermosa... —le dije.

Él me respondió que más tarde haría mucho calor.

—Esa neblina encima de la isla anuncia calor —explicó. Era como la mayoría de los nativos, muy sensible a cualquier muestra de amabilidad. Parecía que les encantaba charlar y reír.

Le pregunté cómo se llamaba, y me respondió que su nombre era Obadiah.

—Un nombre bíblico —comenté.

—Sí, señorita. Somos cristianos. Fuimos a la escuela de la misión.

—¿Aquí, en la isla?

—Sí, señorita. A ella van todos los niños. Allí les hablan de Dios y les enseñan a sumar. Les dan una educación.

—¿Lleva usted tiempo en la isla, Obadiah?

Él se echó a reír, como si le hubiese gastado una broma.

—¡Ah, señorita, usted bromea! Yo nací aquí. La gente de nuestra clase no viene a Cariba... No somos como ustedes, que vienen por negocios o de vacaciones. Nosotros hemos nacido aquí.

—Y llevará tiempo trabajando en este hotel.

—Oh, sí, señorita. Trabajo aquí desde que era así —indicó con la mano la altura de un niño de diez años—. Empecé abriendo puertas, muy bien vestido. Estaba muy contento y orgulloso. El señor me decía: «Trabaja de firme, Obadiah, y llegarás lejos». No era el señor de ahora, sino el anterior.

—¿El anterior?

—El padre del señor Hemming. Un señor muy fuerte y muy bueno. Ahora le toca al señor Milton buscarse una esposa y tener uno o dos hijos, para que la plantación continúe.

—¿El señor Hemming aún no está casado?

—No, señorita. Cuando volvió de Inglaterra, pensábamos que traería consigo una esposa, como suelen hacerlo los de su clase; siempre les gusta que su esposa venga del otro lado del mar. Al señor Milton no le gustan las mujeres de aquí, para casarse quiero decir. Claro que está la señora Manuel. Pero ella no era libre cuando él salió para Inglaterra. Ahora sí lo es.

¡Otra vez la señora Manuel! Adiviné que era una buena amiga de Milton. Sentí una pequeña punzada de algo parecido a la preocupación. ¿Celos, quizá? Me estaba interesando mucho por aquel hombre.

—¿Quiere decir que la señora Manuel es libre para casarse con el señor Hemming?

—Al señor no le gusta hablar de sí mismo.

—A nadie le gusta.

Obadiah se apoyó un dedo en la nariz, queriendo significar, según me pareció, que se daba cuenta de que había sido algo indiscreto y que preferiría que yo no divulgase lo que acababa de decirme.

Asentí con un gesto, y seguí hablando, cambiando de tema.

—Obadiah, ¿se acuerda usted de las personas que se alojaron en este hotel hace unos dos años?

Él sonrió y se dio unos golpecitos en la frente.

—Todo está aquí, señorita. Me acuerdo de cosas que ocurrieron hace muchos años.

—¿Recuerda a un señor que se alojó aquí durante un tiempo, el señor Philip Mallory?

—El señor Philip Mallory... Me parece recordar el nombre.

—Se hospedó aquí hace unos dos años.

—¡Ah, sí! Ya me acuerdo. Era un caballero muy agradable.

—Era mi hermano.

—¿Su hermano, señorita?

—Debía de verle usted a menudo...

—Ah, sí. Le veía.

—¿Y, qué fue de él?

—Pues..., estuvo aquí, y un día se marchó.

—¿A dónde fue? ¿Tiene usted alguna idea?

Obadiah se rascó la cabeza, pensativo.

—¿Era de esos señores que hacen mapas? —preguntó.

—Sí respondí.

—Pues..., supongo que se fue a hacer sus mapas.

—Pero, ¿cómo se fue? ¿Y a dónde?

—No sé. Se marchó, eso es todo.

—¿Se fue con alguien?

No lo sé, señorita.

—Haga memoria, Obadiah. ¿Cuánto tiempo estuvo aquí?

—De esto no me acuerdo, señorita. Quizá una semana..., quizá tres o cuatro.

—Dice usted que se marchó, que no dijo a dónde iba. Pero no se iría así como así. Debió de pagar la cuenta.

—Oh, yo no sé nada de eso. Yo no tengo nada que ver con las cuentas.

Me percaté de que Obadiah no sabía nada más. Pero recordaba a Philip; aquello ya era un principio. Quizá otros empleados del hotel supiesen algo más.

Hablé con varios aquella misma mañana. La mayoría recordaban a Philip, pero no habían visto nada misterioso en su partida. Había venido y se había marchado, como los demás clientes del hotel, eso era todo.

Bajé al puerto. Pero allí no podía abordar a las personas y preguntarles si se acordaban de mi hermano. Me sentí frustrada y me pregunté si algún día averiguaría algo. Había puesto mis esperanzas en Cariba, y ahora que estaba allí parecía haber llegado a un callejón sin salida. Además, estaba el problema de Felicity.

Deprimida, volví al hotel. Cuando subía la escalera, me encontré con Milton Hemming.

—Le he traído una yegua —me anunció—. La tendrán en las cuadras de aquí. Venga a verla. ¿Cómo está Felicity?

—Creo que un poco mejor. Duerme casi todo el tiempo, y parece más tranquila.

—Muy bien.

Le acompañé a las cuadras, que estaban en la parte trasera del hotel, y me enseñó una bonita yegua castaña.

—Se llama *Excelsior* —me dijo—. Es simpática, ¿verdad?

—Mucho —dije.

—No salga con ella por las tardes —me aconsejó—. Hace demasiado calor para ella y para usted. Anda muy segura y conoce el terreno. Es dócil y cariñosa.

—Excelente carácter. No sé cómo darle las gracias, señor Hemming.

—Ya encontrará manera de expresarme su gratitud —dijo, mirándome a los ojos.

No dije nada y él prosiguió.

—De hecho, soy yo quien le debe agradecimiento a usted. Soy muy feliz desde que está aquí. Espero que se quede mucho tiempo.

—Pero llevo muy pocos días en Cariba. Quién sabe, si me quedo demasiado tiempo, quizá desee librarse de mí.

—Eso nunca. Quiero casarme con usted, y eso significaría que pasaríamos juntos el resto de nuestra vida.

—¿Casarse conmigo? —exclamé.

—¿Por qué se sorprende? Usted conocía mis intenciones.

—Conocía algunas, pero no estaba segura de que el matrimonio formase parte de ellas.

—¿Ha estado escuchando cuentos sobre mí?

—¿Existen cuentos?

—Existen siempre, creo yo. Nadie está a salvo de las murmuraciones.

—Y menos una persona de su importancia. Esta mañana, precisamente, me han hablado del poder que tiene usted aquí.

—¿Ah, sí?

—Un hombre llamado Obadiah, que parece sentir gran reverencia por usted.

—Éste no es el lugar apropiado para hablar de cosas serias —me dijo.

Volvimos al vestíbulo. Rosa estaba sentada tras el mostrador; levantó la mirada y nos sonrió.

—Pasamos al saloncito —dijo Milton—. Queremos hablar en privado. Ocúpese de que no entre nadie.

—Muy bien, señor Hemming.

Sonreía sutilmente, especulando sin duda sobre la situación.

Milton abrió la puerta de un saloncito que daba al puerto. Había un balcón, y varias sillas en él. Después cerró la puerta y salimos al balcón.

—Aquí estaremos tranquilos —dijo.

—Parece que todo el mundo le rinde obediencia absoluta.

—Naturalmente. Pero hablemos en serio. Quiero que se quede usted aquí..., conmigo..., para siempre. Quiero que se case conmigo.

—¿Fue usted a Inglaterra a buscar esposa?

—Supongo que todos los hombres buscan esposa, inconscientemente, desde que entienden lo que es la vida.

—¿Así que buscó usted en vano?

—Al contrario. Encontré a mi futura esposa en el barco, en mi viaje de regreso, de modo que mi búsqueda dio resultado.

—Eso será si ella le acepta. Parece que tiene usted algún problema en ese punto.

Se me acercó más y me pasó un brazo por los hombros.

—Yo nunca acepto la derrota —dijo.

—Eso es mucho decir. Hasta las personas más decididas sufren desengaños algunas veces.

—La conozco, mi querida Annalice. En el fondo, usted

me quiere, pero se resiste a admitirlo. La experiencia de Felicity la ha afectado a usted también. Pero la vida no es así. Eso no era un verdadero matrimonio.

—Yo no creo que todos los matrimonios sean como aquel..., de lo contrario viviríamos en un mundo de locos.

—Escúcheme —me dijo—. Las islas le parecerán interesantes durante cierto tiempo. Después, mi plan es vender la plantación y volver a Inglaterra. Deberemos pensar en la educación de nuestros hijos, y para eso necesitaremos estar allí. No nos gustaría que se separasen de nosotros para ir a estudiar al otro lado del mundo.

—Debo repetirle, por si lo había olvidado, que estoy comprometida..., en secreto..., con otro caballero.

—¡Con un caballero que la deja marchar a las antípodas!

—Había una razón.

—¿Cuál podía haber?

—Eso es un secreto entre mi prometido y yo.

—Yo no la habría dejado marchar bajo ningún pretexto.

—Tomo mis propias decisiones.

—Y decidió usted dejarle. Ese caballero debe de ser lo que llaman un perezoso en el amor. Yo soy muy diferente.

—Le he visto a usted aquí, en Sidney y en el barco —repliqué—. Aquí es usted como un pequeño dios. La gente le respeta, le reverencia. Pero, en algunos aspectos, se comporta como un joven inexperto.

—¿En el amor, quiere decir?

—Sí. Se imagina que sólo tiene que hablarme de matrimonio para que yo lo deje todo y le diga «Muchas gracias».

—Eso es el amor. Por favor, no me tenga en la ignorancia. ¿Por qué vino usted aquí? ¿Y por qué lo permitió su prometido?

—Él me ayudó a preparar el viaje.

—¿Por qué quería ese joven alejarla durante unos meses?

—Él me ayudó a venir porque sabía lo importante que era este viaje para mí. Se lo explicaré.

Le hablé del descubrimiento del mapa y de la obsesión de Philip con la isla.

—Vino aquí y desapareció. Yo quiero averiguar qué pasó,

y si sigue con vida. Philip es mi hermano, y teníamos una relación más estrecha que la mayoría de hermanos y hermanas. No podré vivir tranquila hasta que sepa qué le ocurrió.

—¿No escribió?

—Su última carta venía de Australia. En ella nos decía que pensaba ir a cierta isla, y ahora sé que esa isla era Cariba. Lo que tengo que averiguar es a dónde fue después y qué le ocurrió.

—¿Me ha dicho usted que tiene un mapa?

—Sí, una copia del que encontré en nuestra casa. La hice yo misma. Es una copia exacta.

—¿Tiene ese mapa aquí?

—Sí. ¿Quiere que vaya a buscarlo?

Milton asintió.

Subí a mi habitación, tomé el mapa y se lo enseñé.

—La Isla del Paraíso —murmuró—. Este mapa no es exacto. Esa isla no existe.

—Pero si está ahí, en el mapa...

—¿Quién hizo el original?

Le expliqué entonces la historia de la habitación tapiada, y cómo encontré el mapa y el diario.

—Usted está sugestionada porque esa muchacha llevaba un nombre parecido al suyo. Es usted una romántica, mi querida Annalice. Me alegro mucho de descubrir ese rasgo en usted. Yo creía que era usted puro sentido común.

—¿No le habría sugestionado a usted un descubrimiento como ese?

—Sí, desde luego. Bueno, me decía usted que su hermano vino por estos parajes a buscar esa isla, y desapareció misteriosamente. Se hospedó en este hotel durante cierto tiempo, como cualquier otro viajero. ¿A dónde fue después? Esto es lo que será difícil de averiguar. Pero esa isla, si existe, no debe de ser difícil de descubrir. Usted tiene el mapa. Mírelo. Nosotros estamos aquí. Aquí están Cariba y las demás islas; y aquí está la otra isla, la que queda un poco apartada de las demás. Y esa Isla del Paraíso..., ¿a qué distancia diría usted que está? A unos cincuenta kilómetros..., según este mapa. Pero he recorrido bastante estos mares, y creo que no hay tierra ninguna en unos ciento cincuenta kilómetros a la redonda.

—¿Qué quiere decir?

—Que la persona que hizo este mapa incluyó en él una isla que no existe.

—Yo creo que sí existe, aunque haya un error en cuanto a la situación. Este mapa fue hecho de memoria. El hombre que hizo el original estuvo en la isla después de un naufragio, y el mapa lo hizo más adelante de memoria.

—Perteneciendo como pertenece usted a una familia de cartógrafos, debe de saber que no se puede hacer mapas de memoria.

—Lo sé, lo sé. Pero esto tiene que tener una explicación.

—A no ser que aquel joven soñase que conocía aquella isla.

—Es posible. Después de estar en la isla, volvió a naufragar, y le recogieron en estado de agotamiento.

—Fue un sueño, quizá, o una alucinación.

—Sí, puede ser. Pero, ¿dónde está Philip?

—Pueden haberle ocurrido varias cosas. Quizá naufragó. Usted ha estado en el interior de Australia, y sabe que la vida humana tiene menos valor en unos lugares que en otros. Quizá le asaltaron unos ladrones. Las posibilidades son muchas.

—¿Qué puedo hacer?

—Pedir ayuda.

—¿A quién?

—A mí.

—¿Me ofrece usted su ayuda?

—¿No le dije que estaría a su disposición cuando me necesitase?

Sentí tanta alegría que no pude disimularla. Le miré, y noté que en mis ojos brillaba la gratitud. Hube de hacer un esfuerzo para no verter unas lágrimas. Milton lo advirtió, y me dijo:

—¡Cuánto la amo, Annalice! La amo en todos sus estados de ánimo. Cuando se siente fuerte y decidida, y cuando se muestra áspera. Y ahora que está dulce y trémula, y bastante desvalida, reconozcámoslo.

Me rodeó con los brazos y me atrajo hacia él.

—Reconozca asimismo —dijo—- que le gustaría que la ayudase en su empresa.

—Me imagino que usted tiene éxito en todo cuanto se propone.

—Así es, y hará bien en recordarlo.

—Me alegrará mucho que me ayude usted.

—De acuerdo. Lo primero que hemos de hacer es ver si podemos encontrar esa isla. Necesitaremos una barca bastante grande..., algo más que una barca de remos. Nos llevaremos el mapa e iremos a ver. Lo primero de todo es que usted se convenza de que esa isla no está donde indica el mapa.

—Gracias, muchas gracias.

—Dígame una cosa —continuó él—. Cuando haya resuelto usted este misterio, ¿volverá a Inglaterra?

—Sí, esto es lo que he pensado.

—¿Y se casará con ese joven a quien no le importa perderla durante unos meses, que incluso la ha ayudado a preparar el viaje?

—Es una persona muy comprensiva. Sabe que no podré vivir en paz hasta que sepa lo que le ocurrió a Philip.

—Y la dejó marchar...

—Le repito que él me comprende.

—Yo no la habría dejado marchar sola. La habría acompañado.

—¿Cuándo vamos a hacer ese recorrido en barca?

—Depende del tiempo. Déjelo de mi cuenta. Entretanto, intentaré averiguar todo cuanto pueda sobre la estancia de su hermano en Cariba. Y también quiero enseñarle algunas cosas de la isla. La recogeré esta tarde, a las cinco. A esa hora hará más fresco. Quiero enseñarle la plantación e invitarla a cenar. Le aconsejo que se quede en su cuarto durante estas horas de calor.

Se puso en pie, y yo le imité. Me tomó las manos.

—Si es posible averiguar dónde está su hermano, lo averiguaremos —dijo—. Venga conmigo.

Nos dirigimos al mostrador, donde estaba Rosa, sonriendo para sí.

Milton le dijo que deseaba hablar con el señor Selincourt,

y Rosa fue inmediatamente a buscar a dicho caballero. Luego, nos hizo pasar a un salón donde Milton fue saludado efusivamente por un señor de raza negra a quien después me presentó, y que resultó ser el señor Selincourt, el gerente del hotel.

Milton le pidió que nos dejase ver los registros de los últimos años, para ver en qué momento se había alojado allí Philip. Y, en efecto, allí constaba su nombre. Se había hospedado en el hotel durante tres semanas.

El señor Selincourt le recordaba; había sido un huésped muy agradable. Había pagado la cuenta, y en modo alguno podía decirse que hubiese desaparecido misteriosamente. Había pagado su cuenta como cualquier otro cliente, y se había marchado.

—¿Tomó el barco de Sidney? —pregunté.

El señor Selincourt respondió que eso era lo más probable. Pero pudimos comprobar en el registro que no había dejado el hotel el día que salía el barco, sino un domingo. Esto era extraño.

El señor Selincourt no le había visto marchar, pero nos prometió preguntar a sus empleados si ellos recordaban algo.

Mi investigación había avanzado otro paso, y se lo debía a Milton Hemming.

A pesar de mi inquietud por Felicity, me sentí contenta.

Mis esperanzas se mantuvieron durante los días siguientes, aunque las preguntas del señor Selincourt a sus empleados no dieron ningún resultado. Nadie había visto marchar a Philip. Mi hermano había estado allí y se había marchado, sin más. Pero, como se había marchado en domingo, no debía de haber tomado el barco de Sidney.

Esto era desconcertante, pero Milton estaba seguro de que encontraríamos pistas que nos llevarían a él, tarde o temprano. Y, por lo menos, yo me sentía mejor por el hecho de hacer algo.

Ya no estaba tan angustiada por Felicity. Mi amiga permanecía muy callada y retraída, pero estaba mejor. Se pasaba los días encerrada en su habitación, pero ya no tenía aquellas horribles pesadillas, aunque el médico me había advertido que podía volver a tenerlas en cualquier instante, y que era probable que así fuese, por lo que yo debía estar preparada. Y me aconsejó que la rodease constantemente de afecto y tranquilidad.

Felicity dormía mucho, y ello satisfacía al doctor; estaba agotada, física y mentalmente, y necesitaba sueño y un reposo absoluto.

Veía todos los días a Milton Hemming, que venía a preguntar por mi amiga y después me llevaba a alguna parte. Dábamos paseos a caballo por la isla, y yo me sentía cada día mejor.

Un día me llevó a la plantación, lo que constituyó una experiencia nueva para mí. Yo no tenía idea de cómo se producía el azúcar, y, debido al entusiasmo que ponía en todo, Milton me hizo de ello un relato interesantísimo.

Recorrimos a pie los senderos que había entre las cañas, algunas de las cuales tenían una altura imponente, pues medían al menos tres metros y medio y tenían casi cuatro centímetros de grosor. Mi amigo me explicó que el clima de Cariba era ideal para el azúcar, por ser cálido y húmedo, con brisas marinas y épocas de mucho calor. Me llevó a ver el molino, que me pareció impresionante, y la casa de calderas. Los trabajadores —en su mayoría nativos de la isla— dejaban su tarea para sonreírme. Uno de ellos me enseñó una mangosta, que estaba allí para combatir las ratas y las hormigas blancas que constituían la plaga de la plantación.

—Usted no podría dejar todo esto —le dije a Milton—. La plantación es su vida.

—No, no —replicó—. Es sólo un medio para un fin. Mi padre la creó y la convirtió en un negocio floreciente. Él convirtió esta isla en lo que es. Yo sólo he continuado su labor. Pero su intención era volver a Inglaterra algún día. Él no volvió, pero yo sí pienso hacerlo.

—Pero todas estas personas dependen de usted.

—Yo no me iré hasta que encuentre la persona adecuada para ocupar mi lugar. Y hay otra cosa, aún más importante, que he decidido hacer.

—¿Qué es?

—Casarme con usted.

—Eso no es fácil.

—No. Pero no es imposible.

—Ya sé que usted espera conseguir todo cuanto desea.

—Es una buena manera de vivir.

—Cuénteme más cosas de la plantación.

Animadamente, se puso a explicarme el proceso de concentración del azúcar.

Después de nuestro recorrido por la plantación, volvimos a cenar juntos.

—Cuando Felicity y usted se cansen del hotel, pueden aceptar mi invitación —me dijo Milton.

—El hotel es confortable —respondí—. Cuidan bien a Felicity, y parecen sinceramente preocupados por ella. Sólo tiene que tocar el timbre y acuden de inmediato. Y la vista del puerto es muy interesante; es un espectáculo que cambia sin cesar.

Llegó el día de nuestro viaje por mar. Yo sabía que podía dejar a Felicity al cuidado de los empleados del hotel, por lo cual me marché tranquila. Sentía gran ilusión por lo que pudiésemos descubrir.

La barca en la que salimos no era grande, pero la llevaban tres hombres. Yo llevaba conmigo el mapa. Pasamos por entre las islas y, por primera vez, pude ver mejor la que estaba más separada.

—Esa es la isla del León —explicó Milton—. Dentro de un momento verá por qué se llama así. Hay una pequeña bahía y un acantilado muy alto. Mirado desde cierto punto, parece un león recostado.

—Allí hay una barca. ¿Es aquello una casa?

—Sí. La isla es propiedad de una rica familia de mineros australianos. Es una especie de isla de vacaciones. Creo que no vienen mucho por aquí. Se relacionan poco. ¡Mire, ahora puede ver el león!

Contemplamos el león desde lejos, sin acercanos a la isla. Pronto dejamos atrás las cinco islas.

—Para venir por aquí se necesita una barca sólida —explicó Milton—. Puede estallar una tormenta en cualquier momento, y una barca ligera volcaría fácilmente. Quizá fue esto lo que le pasó a su hermano.

No dije nada. Era difícil creer aquello en aquellos instantes. El mar estaba completamente tranquilo. Vi unos peces voladores que se deslizaban por encima del agua y después se posaban suavemente en ella. A lo lejos, distinguí unos delfines que jugaban. Era una escena bella y pacífica.

Milton tenía el mapa en la mano.

—Aquí es donde debería estar la isla —dijo—. Pero no se ve nada en varios kilómetros a la redonda.

—No, en efecto.

—Daremos algunas vueltas por aquí, si usted quiere... Pero no hay nada..., nada en absoluto.

—Tendré que reconocer que esa isla no existe. Pero no lo entiendo. Ésta es una copia exacta del mapa que encontré.

—Supongo que su hermano tenía el original.

—Sí, se lo llevó.

—Bueno, pues aquí no hay nada. Lo siento. Volvamos a Cariba.

Miré la vasta extensión de agua y pensé en aquel joven náufrago que había estado allí, medio inconsciente, aferrado a una tabla. ¿Habría delirado? ¿Habría soñado con una isla en la que todo era perfecto? Quizá había muerto unos momentos y había estado en el Paraíso, y después había vuelto a la vida y había soñado con aquel lugar.

El mar estaba hermoso y tranquilo. Cuán diferente debió de estar el día del naufragio. En algunos puntos, el azul oscuro de las aguas se convertía en un verde claro. Mirando atrás, vi en la superficie del agua unas extensiones del mismo color.

Estaba a punto de indicárselo a Milton cuando él me dijo:

—Hemos tenido suerte con el tiempo. Mire, allá lejos se ve la isla del León.

Miré la isla, y me olvidé de los colores del agua.

Me sentía deprimida, pues ahora tenía que admitir que la Isla del Paraíso no existía. Sólo había sido un sueño en la mente de un náufrago.

Pasaban los días, días de indolencia llenos de vivos colores, de incesantes charlas y risas en el puerto, donde la gente corría por entre las carretas de bueyes. ¿Qué excusa tenía para quedarme allí? No había descubierto nada importante sobre Philip. Había comprobado que la isla no existía, o al menos que no se hallaba donde indicaba el mapa.

Naturalmente, debía ocuparme de Felicity. «No podemos marcharnos hasta que ella se haya repuesto», me decía.

Y yo deseaba quedarme, claro que lo deseaba. Quería seguir viendo a Milton Hemming todos los días. Quería seguir gozando de su admiración, de su apasionado interés por mí. Ésto era vanidad, por supuesto, pero no podía evitarlo.

Me gustaba mirarle desde mi balcón cuando se acercaba al hotel en su caballo. Me sentía orgullosa del respeto que inspiraba. Todo el mundo se apartaba para dejarle pasar. Era el hombre más poderoso de aquel lugar, su rey, el hombre de quien procedía el bienestar de la isla y su prosperidad, pues aquella prosperidad provenía de la plantación, y la plantación era él. La isla era él.

Entonces él me veía en el balcón, se detenía y me sonreía, y yo veía el brillo de sus ojos azules en su rostro bronceado. Yo no habría sido humana si no me hubiesen encantado las atenciones de un hombre como aquel.

¿A dónde me llevaba aquéllo? No estaba segura. Y esta misma incertidumbre hacía más interesante la situación. Algún día tendría que volver a casa, y dejaría atrás aquella vida exótica. Recordaría aquellas semanas durante toda mi vida, pero una vida de la que él no formase parte me parecía muy triste.

Por esto no quería pensar en el futuro. Sólo deseaba gozar del presente.

Felicity estaba un poco mejor. El día anterior a última hora de la tarde había bajado conmigo al patio cuando el sol había perdido algo de su fiereza. Se mostraba muy tímida cuando algún desconocido le dirigía la palabra, pero, al menos, había dejado su habitación durante un rato.

Aún tenía pesadillas de vez en cuando. Yo no dormía muy profundamente; creo que estaba alerta a la llamada de Felicity incluso mientras dormía. La llamada se producía de vez en cuando; yo saltaba de la cama e iba a su habitación. Me impresionaba la expresión horrorizada de sus ojos cuando despertaba de aquellas pesadillas, y sabía que tardaría mucho en recuperarse del todo.

Pero era un consuelo ver que se encontraba un poco mejor. Hablaba con la doncella que nos hacía las habitaciones, nos traía el agua caliente y le servía la comida a ella. Yo almorzaba con la joven a menudo. Por las mañanas, Felicity dormía hasta muy tarde, y yo desayunaba abajo; si salía, cosa que hacía a menudo en compañía de Milton, le pedía a María que no la perdiese de vista y que le dijese, si ella preguntaba por mí, que no tardaría en volver.

María era habladora y servicial. No era la persona más trabajadora del mundo, pero poseía una agradable personalidad. Era joven y esbelta, tenía el pelo negro y largo, los ojos oscuros y sonrientes y la piel morena clara. Sus collares y brazaletes de cuentas tintineaban cuando caminaba.

Cuando hablaba, hacía girar los ojos en las órbitas, y la vida le parecía divertidísima. Se reía incluso cuando relataba una desgracia. Le agradaba tenernos al corriente de cuanto sucedía en la isla. Nos explicó, por ejemplo, que un cierto Sam se había herido de gravedad al caer sobre unos tocones de caña cortada.

—¡Quedó todo lleno de cortes! —nos explicó, con una risita aguda—. Le sangraban la cara y las manos...

En otra ocasión nos contó, con la misma hilaridad, cómo la anciana señora Joppa había sido atropellada por un carro de bueyes.

Aquella risa acompañaba a todas las noticias que nos daba, ya fuesen buenas o malas. Yo suponía que se trataba de un hábito, y que no significaba nada.

María tenía novio. Nos lo comunicó un día que iba a reunirse con él en Brisbane, donde él trabajaba, en una hacienda. Nos dijo que, algún día, Sabrino tendría una hacienda propia, aunque pequeña al principio, y entonces vivirían juntos. Ambos ahorraban para hacer posible aquel sueño.

Yo la escuchaba con atención. Al parecer, Sabrino era el hombre más apuesto del mundo. Había nacido en Cariba, pero quería salir de allí y prosperar por su cuenta. María vivía pendiente del día en que podrían casarse.

Sólo se ponía seria cuando hablaba de Sabrino.

María solía entretenerse en mi habitación. Le interesaban mucho mis ropas. Un día la encontré revolviendo mi armario. Le expresé mi sorpresa, pero no pude enfadarme de verdad, pues era muy natural que sintiese curiosidad, y era una persona muy simpática.

Una mañana, me hallaba yo sentada en el balcón cuando vi entrar en el hotel a una mujer que me llamó mucho la atención. Era alta, llevaba el oscuro cabello recogido en un moño alto, y caminaba con la gracia exquisita que yo había observado en las mujeres de la isla. Pero ella era muy diferente de las demás. Me pareció que era persona de cierta importancia, y formé esta opinión con sólo verla andar por entre la gente. Llevaba un vestido blanco ajustado, y una cadena de oro al cuello.

Decidí que, la próxima vez que la viese, le preguntaría a María quién era. Ella lo sabría, sin duda.

Sorprendida, vi que María entraba en mi habitación. Aquella era otra costumbre suya: entrar sin llamar. Aunque yo le pedía que lo hiciese, lo olvidaba a menudo.

—Señorita Mallory —me dijo con voz aguda, riéndose tanto que apenas podía hablar—, abajo hay una señora que pregunta por usted. Viene a visitarla.

—Ah. ¿Y quién es?

La muchacha siguió riendo unos instantes sin poder hablar, y después respondió:

—Es la señora Manuel.

—¿Es la mujer que he visto hace un momento por el balcón? ¿Alta, morena y vestida de blanco?

María asintió.

—Ahora mismo bajo —dije.

La señora Manuel estaba sentada en recepción, y vi que tras el mostrador estaba Rosa, y que otros empleados estaban por allí, tensos, como si esperasen que ocurriese algo especial.

La señora Manuel se levantó al verme.

—Señorita Mallory —me dijo—, vengo a visitarla. Soy Magda Manuel.

—Encantada de conocerla. He oído hablar de usted.

—Todos oímos hablar de todos en estas islas.

—El señor Hemming me ha hablado de usted.

A nuestro alrededor se había creado un silencio. Todos nos escuchaban con atención, como si aquel encuentro fuese algo muy importante.

—Podríamos pasar al saloncito —dije.

Entonces, Rosa delató que estaba escuchando, pues dijo inocentemente:

—Sí, señorita Mallory. En el saloncito no hay nadie. Vengan por aquí.

Nos condujo a la estancia donde había estado hablando con Milton.

—¿Desea tomar un refresco? —pregunté.

—Sí, gracias.

Rosa dijo que nos traería *lalu*, que era el nombre de la bebida local hecha con fruta y un poco de alcohol, la bebida perfecta para los días calurosos, razón por la cual agradaba a todo el mundo.

Tomamos asiento en el balcón.

—Hacía días que quería visitarla —me dijo—, pero tenemos mucho trabajo en la plantación.

—¿En la plantación?

—¿No lo sabía usted? Yo soy de la Segunda Isla. Tenemos allí nuestra plantación. No es tan grande como la de aquí, pero también da mucho trabajo. Yo no sé dirigir a nuestros trabajadores tan bien como dirige Milton a los suyos. Me falta la habilidad necesaria, como le faltaba a mi marido. Milton nos ha enseñado unas cuantas cosas.

—Así que usted posee también una plantación de azúcar.

—Sí. Y es una carga muy grande para mí. He perdido a mi esposo recientemente. No sé cómo me las arreglaría sin la ayuda de Milton.

Nos trajo el refresco uno de los camareros, que no parecía tener ganas de alejarse. Adiviné que, cerca del saloncito, todos estaban hablando del encuentro entre Magda Manuel y yo.

—Milton me ha hablado mucho de usted —me dijo—, y decidí venir a verla. Usted también tiene que visitarme. Venga a cenar un día. Creo que está usted aquí con una amiga...

—Sí. Pero ha estado muy enferma, y aún lo está.

—Estoy enterada de esa desgracia que ocurrió en Australia. Aquí las noticias circulan deprisa —añadió, como excusándose.

—Aún no se encuentra lo bastante repuesta como para ver a nadie, pero va mejorando.

—Usted no ha estado aún en la Segunda Isla, ¿verdad? De ser así, me habría enterado.

—No he estado en ella, pero muchas veces la miro. Es verde y hermosa.

—El verde es la caña.

—¿Dirige usted la plantación personalmente?

—No. Tengo una buena ayuda en George Callerby, que era la mano derecha de mi marido. Hay muchas cosas que pueden ir mal en una plantación. Están las tormentas que derriban las cañas, y las ratas y las hormigas blancas que se las comen; a veces, las calderas fallan y el molino se para. Milton lo tiene todo controlado, y posee el mejor equipo. Y, sobre todo, sabe cómo tratar a la gente. Sabe dirigir con mano de hierro en guante de terciopelo. No sé cómo lo hace. Mi marido tampoco lo sabía; decía que Milton tenía un don para esas cosas. Esos hombres tienen que saber quién manda; tienen que respetarle, o de lo contrario se vuelven perezosos y se los encuentra uno medio dormidos con el machete en la mano. Pero la estoy aburriendo con estas cosas. Lo que quiero que me diga es si vendrá a cenar.

—Sí, lo haré encantada.

—Entonces fijaré una fecha. Milton la acompañará en barca. No está tan lejos como parece. Tenía muchas ganas de conocerla, pero he estado muy atareada. Sólo hace unos meses que murió mi marido. Fue cuando Milton se hallaba en Inglaterra.

—Lo siento mucho.

—Llevaba mucho tiempo enfermo, de modo que su muerte no fue inesperada. Ya le comunicaré la fecha de la cena. Seguramente será la semana que viene. Le irá bien, ¿verdad? ¿No pensará usted dejarnos todavía?

—Supongo que tendré que marcharme pronto. Pero quiero

estar segura de que la señora Granville se encuentra en condiciones de viajar.

—Naturalmente.

Se puso en pie. Era muy graciosa y elegante; el sol hacía brillar sus pendientes y su collar de oro. Y era también muy hermosa.

La acompañé hasta la puerta del hotel. Me daba perfecta cuenta de que nos seguían varios pares de ojos. Y estuve segura de que, tan pronto como nos perdiésemos de vista, empezarían los comentarios.

Subí a mi habitación.

Allí estaba María, con un plumero en las manos, pero sin hacer gran cosa.

Aquella noche, cuando vi a Milton, le hablé de Magda. Y me pregunté si habría pasado el día con ella.

Había venido a cenar conmigo, cosa que hacía habitualmente. A menudo me invitaba a cenar en su casa, pero a mí no me agradaba dejar sola a Felicity durante tanto rato; prefería estar cerca de ella por si me llamaba.

Antes de cenar nos sentamos en el patio, y le dije:

—Esta mañana me ha visitado una amiga suya.

—Magda.

—¿Se lo ha dicho?

—Sí.

—Supongo que le habrá visitado a usted después de dejarme a mí.

—Sí, en efecto.

—Me ha dicho que posee una plantación en la Segunda Isla, y que la dirige ella.

—Tiene una buena ayuda en George Callerby. José Manuel no era el hombre adecuado para ese trabajo. No habría debido meterse en él.

—Magda ha dicho que usted les había ayudado mucho.

—Les dí algunos consejos..., cuando vivía José.

—Creo que murió cuando usted estaba en Inglaterra.

—Veo que Magda la ha puesto al corriente de las noticias.

—Me parece que en el hotel les ha hecho mucha gracia que viniese a verme.

—A la gente de aquí les hace gracia casi todo.

—Pero mi entrevista con Magda ha causado sensación —insistí.

—Magda lleva bastante tiempo siendo casi viuda. Lo ha pasado muy mal. José se hirió en el molino. Algo fue mal, y él no tenía la suficiente experiencia para arreglarlo. Se hirió de gravedad, y estuvo inválido durante cuatro años.

—Y usted era un gran amigo de José, y le ayudó mucho.

—Yo conocía a George Callerby, y conseguí que fuese a ayudarles. Es un hombre que vale mucho.

Podía imaginarlo con toda claridad. El marido que no lo era; la mujer joven y hermosa, llena de vitalidad; y las visitas de Milton a la isla, para ayudarles... Milton el buen amigo, sobre todo de Magda.

Y, naturalmente, los nativos de las islas lo sabían, como lo sabían casi todo. Quizá pensaban que, ahora que José había muerto, Milton se casaría con su viuda. Y entonces había aparecido yo. Sí, todo estaba claro.

Tenía una rival. No podía dejar de pensar en su sinuosa belleza; a su lado me sentía casi desmañada. Magda tenía dignidad y belleza. Encajaba mucho mejor que yo en la vida de las islas. Me pregunté qué sentiría Milton por ella. Me pareció que su voz se había vuelto algo más suave cuando hablaba de ella, y sentí celos. Pero era absurdo. Me dije que en cuanto Felicity estuviese mejor, volvería a Inglaterra y me casaría con Raymond.

—Mañana vamos a bucear —me estaba diciendo Milton—. ¿Le gustaría verlo?

—¿Que van a bucear?

—Sí, mañana, al salir el sol. Al sur de la isla tenemos unos bancos de ostras, y a veces encontramos perlas muy hermosas. No hay las suficientes para crear una industria a partir de ellas, pero sí para divertirnos, para abrigar la ilusión de que algún día encontraremos una perla de gran valor.

—Sí me gustaría verlo. ¿Quién va a bucear?

—Disponemos de buceadores. Han de ser hombres muy expertos. Yo he bajado alguna vez, pero no suelo hacerlo. Es muy divertido examinar las ostras que se han sacado. Las hay de todas clases. Muchas son de un hermoso color, pero de forma irregular, y otras, llamadas *coq de perle*, que son huecas y abolladas. Imagínese nuestra alegría cuando encontramos una perla perfecta en color, textura y forma.

—¿Ha encontrado usted alguna?

—Una sola vez, en vida de mi padre. Era una verdadera joya. Nunca he encontrado otra parecida, pero sí algunas muy hermosas.

—Siempre he pensado en esta isla como productora de azúcar. Ignoraba lo de las perlas.

—Ah, hay muchas cosas que aún ignora de nosotros. Bueno, ¿quiere vernos bucear?

—Sí, me gustaría mucho.

—¿Podrá levantarse al amanecer? Las barcas se adentrarán un poco en el mar, hasta donde están los bancos, cuando salga el sol.

—Allí estaré.

—Al salir el sol —repitió.

A la mañana siguiente me levanté muy temprano y me dirigí a la costa sur de la isla. Vi a los hombres en la playa. Conocía a algunos, por haberlos visto en la plantación.

—¿Está aquí el señor Hemming? —pregunté.

Uno de los hombres, Jacob, me indicó con un gesto de la cabeza una barca que se mecía suavemente en el agua.

—El señor Hemming bajará hoy —me dijo.

—¿Cómo? ¿Va a bucear él?

—Sí, señorita.

Me puse a mirar. Vi varias figuras en la barca. Una era más alta que las demás, y supuse que era Milton.

—¿Cuánto tiempo están en el agua? —pregunté.

—No mucho, señorita. No se puede resistir mucho rato. Aproximadamente un minuto.

—Una vez, Gemel resistió seis minutos —dijo otro de los hombres.

—Gemel era un gran buceador. Pero un día estuvo demasiado tiempo. Quiso batir la marca.

—¿Qué le ocurrió?

—No se puede vivir mucho rato sin respirar, señorita...

—¿Quiere decir que murió?

—Bucear es un trabajo muy peligroso. Por esto se paga tan bien.

—Pero el señor Hemming se dispone a bajar...

—El señor Hemming sabe hacerlo todo mejor que nadie.

—¿Qué es ese ruido que oigo?

—Es el encantador de tiburones.

—¿Cómo? ¿Es que hay tiburones en estas aguas?

—A veces se acercan por estos parajes. Pero no vendrán mientras esté aquí el encantador.

Experimenté inquietud. No me fiaba en absoluto de que aquel sonsonete lastimero alejase a los tiburones.

—¿Ha sido atacado algún hombre por los tiburones, anteriormente?

—Sí, señorita.

—¿Y, dónde estaba ese día el encantador? ¿Qué estaba haciendo?

—Siempre puede ocurrir un accidente, señorita.

—¿Los buceadores bajan solos?

—Sí, pero les vigila otro hombre. ¿Ve usted el que está a un lado de la barca? Es el que vigila al que está abajo. Trabajan de dos en dos. Uno baja, con una cuerda atada al cuerpo, y el otro vigila la cuerda.

—Me parece muy peligroso.

De pronto, tuve miedo. Milton había bajado porque yo estaba allí. Había querido demostrar, otra vez, que podía hacer cualquier cosa mejor que nadie. Y pensé, enojada: «Debe de creer que encontrará una perla maravillosa».

Una serie de imágenes aparecieron en mi mente. Vi aparecer un monstruoso tiburón. Imaginé que se rompía la cuerda que llevaba Milton atada al cuerpo. Le vi abajo, en el fondo del mar, debatiéndose, tratando de respirar...

—Dios mío, que no le ocurra nada... —supliqué—. Que vuelva sano y salvo...

En aquel momento me percaté de cuánto le quería. Sólo deseaba que volviese sano y salvo. Nada más me importaba en aquel instante. Discutía conmigo misma. «Tengo que marcharme de aquí —me decía—. Tengo que volver a Inglaterra y casarme con Raymond, que me quiere, que tan bueno ha sido conmigo. Pero que no le ocurra nada a Milton, Dios mío...»

Habría debido saber que no le pasaría nada.

Algo irritada, le vi acercarse en la barca. Saltó a tierra y se acercó corriendo a mí. Estaba radiante de salud.

—¿Ha venido usted, pues? —me dijo.

—Esperaba encontrarle aquí, en la playa, y no en el fondo del mar.

—Ha sido magnífico —dijo.

—¿Ha encontrado alguna perla extraordinaria?

—Probablemente. Aún no las hemos visto. Parece usted inquieta...

—He estado hablando con estos hombres. Me han dicho que bucear es peligroso.

—Todas las actividades tienen sus riesgos.

—Y ésta, más que otras.

—Sí, puede ser. ¿Así que se alegra usted de verme otra vez en tierra firme?

—Naturalmente.

Me tomó una mano y la estrechó entre las suyas.

—No se preocupe. Yo siempre vuelvo. Siempre estaré con usted.

Milton sonreía con una expresión de triunfo. Mi angustia me había delatado.

Ecos del pasado

Transcurrieron dos días. Acababa de desayunar y me había sentado en la terraza, en mi lugar preferido, mirando al puerto. Acostumbraba hacerlo todos los días, y después subía a la habitación de Felicity para ver cómo se encontraba.

El espectáculo que ofrecía el puerto me interesaba siempre. Nunca era igual; cambiaba sin cesar.

Mientras estaba allí, se me acercó un caballero. Le había visto el día anterior, y había supuesto que era un huésped del hotel. Estaba claro que era inglés. Pasó junto a mi silla y me saludó.

—Buenos días.

—Buenos días —respondí.

Él vaciló, y me preguntó:

—¿Me permite que me siente aquí?

—Desde luego.

Se sentó a mi lado.

—La he visto por aquí —me dijo—. ¿Disfruta usted de su estancia en Cariba?

—Sí, mucho.

—¡Cuánto ruido hace esa gente! Parecen incapaces de hacer nada sin gritar y reír.

—Sí. Pero resulta divertido mirarles.

—Ha venido usted de Inglaterra, ¿verdad?

—Sí.

—Yo soy de Australia.

—No viene de muy lejos.

—No. Me resulta muy cómodo venir aquí.

Ambos callamos unos momentos. Después, el caballero dijo:

—Tengo entendido que ha estado usted preguntando por el señor Philip Mallory.

—Oh, sí —dije—. ¿Le conoció usted?

—No puedo decir que le conociese. Un día, hace unos dos años, visité este hotel. Hablé con él entonces..., como estoy hablando con usted ahora.

—Era mi hermano —dije.

—¿Su hermano?

—Sí. Me llamo Annalice Mallory. ¿Ha sabido usted algo más de él?

—¿Si he sabido algo más de él? No. Sólo le hablé una o dos veces. Después, regresé a Australia. Volví aquí al cabo de unos meses, y, una vez que me referí a él, me dijeron que se había ido.

—Parece que nadie sabe a dónde se marchó.

—Yo tuve un par de conversaciones con él. Me habló de una isla que deseaba visitar.

—Sí, esa era su intención.

—Parecía muy interesado por encontrarla. Me dijo que lo había intentado ya, pero sin conseguirlo.

Yo estaba cada vez más interesada. Aquel hombre me estaba diciendo más de lo que me había dicho nadie hasta el momento.

—No sabemos qué le ocurrió a mi hermano —le conté—. Hemos esperado noticias suyas durante estos dos años, y no hemos recibido ninguna.

—Debe de haber sido terrible para ustedes.

—Yo he venido aquí para averiguar qué fue de él. Si al menos pudiese encontrar esa isla...

—No tiene que ser difícil. Estos mares son bien conocidos.

—Parece ser que esa isla no se halla donde creíamos que estaba. He hablado con algunas personas que conocieron a mi hermano, pero no han podido decirme casi nada. Parece que habló más con usted que con ellos, ya que le habló de la isla.

—Esto es todo cuanto puedo decirle. Es natural que su hermano de usted hablase conmigo. Él acababa de llegar de Inglaterra y yo soy inglés también, aunque viva en Australia. Hablamos, y salió a relucir el tema de la isla.

—¿Y, no recuerda usted nada más?

—No hay nada más. Hablamos un par de veces, una media hora. Eso es todo.

Me sentí decepcionada. Era lo mismo que había oído una y otra vez.

—Me llamo John Everton —me dijo—. Espero que no le moleste que me haya dirigido a usted.

—En absoluto. Me interesa mucho oír todo lo que puedan decirme de mi hermano, por insignificante que parezca.

—Siento no haber podido ayudarla.

Hablamos un rato de Cariba, y luego le dejé.

A la mañana siguiente, el señor Everton habló de nuevo conmigo.

—He pensado mucho en lo que hablamos ayer —me dijo—. Esa isla... Es un asunto muy misterioso.

—Parece ser que no existe.

—¿Cómo puede estar segura de eso?

—Porque he estado en el lugar, buscándola, y allí no hay nada.

—¿Tenía usted un mapa, entonces?

—Sí, lo tenía.

—¿Y en ese mapa aparecía la isla?

—Sí.

—Pues entonces tiene que estar allí.

—Es un mapa muy antiguo. Mejor dicho, es la copia de un mapa muy antiguo.

—¿Dónde lo consiguió? Es muy extraño que esa isla aparezca en un mapa y no exista.

—Es la copia de un mapa que se encontró en mi casa.

—¿Que se encontró en su casa? ¿Cómo...? Oh, perdóneme. Soy demasiado curioso.

—No, no se preocupe. Encontramos ese mapa en nuestra casa. Llevaba allí unos cien años. Y en él aparecía la isla.

—¿Tiene usted ese mapa aquí?

—Tengo la copia que hice de él.

—¿Podría...? ¿Sería pedir demasiado que me permitiese verlo?

—No, no. Voy a buscarlo.

Cuando se lo enseñé, él lo observó atentamente.

—Y ésta es la isla —dijo, señalando la imagen con un dedo—. La Isla del Paraíso.

—Éste es el nombre que le dio el cartógrafo que hizo el mapa original.

El señor Everton me miró, desconcertado.

—Sería largo de explicar —dije—. Ese mapa se encontró en nuestra casa, a raíz de unas obras. Ése fue el origen de todo. Mi hermano quiso encontrar la isla.

—Y por eso vino aquí... Pero yo he navegado por esos mares y tengo la seguridad de que esa isla no existe. Este mapa no es correcto. ¿Está usted segura de que éste es el que se encontró en su casa?

—Es una copia exacta. La hice yo misma.

—¿Qué la hizo usted?

—Sí, del original.

—Es un trabajo excelente.

—Pertenezco a una familia de cartógrafos y aprendí a copiar mapas. Puedo asegurarle que la copia es exacta.

—¡Qué interesante!

Me devolvió el mapa.

—Este asunto me parece muy misterioso —dijo—. Lamento no haber podido ayudarla.

—Ha sido agradable conversar con usted.

Charlamos sobre algunas cosas más, y nos despedimos.

El señor Everton parecía querer convertir en un ritual aquellas conversaciones mañaneras, pues al día siguiente volvió a reunirse conmigo.

—¡He tenido una idea! —exclamó—. Me he despertado a las cinco de la mañana y se me ha ocurrido. Ésta es la hora en la que se me ocurren las mejores ideas. A ver qué le parece.

—Dígame.

—Se trata del mapa y de la isla. En el mapa hay un error. ¿Quién hizo el original?

Vacilé, y después le respondí.

—Un joven que naufragó y que llegó a la isla. Vivió en ella durante cierto tiempo, y un día, mientras pescaba, fue sorprendido por una tormenta y estuvo a punto de ahogarse. Le recogió un barco. Después, hizo el mapa.

—Ah, esto explica muchas cosas.

—¿Quiere decir que la isla no existía, que el joven sufrió algo parecido a una alucinación? Ya hemos pensado en ello.

—Es una posibilidad, desde luego, pero no es esto lo que yo creo. Ese joven hizo el mapa de memoria. Ésta podría ser la explicación. Quizá se encontraba a muchos kilómetros de la isla.

—Sí, es posible. Pero, más allá de estas islas, no hay otra en muchos kilómetros.

—¿Y si la Isla del Paraíso fuese una de éstas?

—¿Cómo podría ser eso? Estas islas aparecen claramente en el mapa.

—Una de ellas está algo separada de las otras cuatro, que están muy juntas.

—¿Se refiere a la isla del León? ¿La que pertenece a una familia de mineros?

—Sí, a esa me refiero.

—Pero ésa también figura en el mapa. Aquí están las cuatro, y aquí la quinta.

—Sí. Pero aquel joven, después de naufragar, pudo haber sido arrojado por el mar a esa isla, y pudo creer que estaba muy lejos de estas cuatro.

Vacilé, y él prosiguió:

—¿No cree que vale la pena investigar esa posibilidad?

—Esa isla pertenece a unas personas.

—Podría usted visitarles. Quizá saben algo de la historia de la isla.

—¿Cree usted que podría hacerlo?

—No veo por qué no. Mire usted, yo siento un gran interés por este asunto. Estoy pensando en él desde las cinco de la mañana. Hoy el mar está tranquilo. ¿Me permitiría usted que la acompañase? Alquilaría una barca, y podríamos salir ahora mismo.

Reflexioné unos momentos. ¿Por qué no? Aquella mañana no tenía nada que hacer. Milton vendría a verme por la tarde. Estaba segura de que a Felicity no le faltaría nada. No creía en absoluto que la isla del León pudiese ser la Isla del Paraíso. Y, aunque lo fuese, debía de haber cambiado completamente, y de ser así, ¿cómo podría yo demostrarlo? Pero me había propuesto seguir todas las pistas, por vagas que fuesen.

Le dije al señor Everton que estaba dispuesta a ir a la isla.

Fui a ver a Felicity, que aún estaba en cama. Me dijo que tenía ganas de descansar algo más, y que se levantaría tarde.

Voy a visitar la isla del León. Estaré fuera toda la mañana. No te preocupes si ves que tardo un poco.

—¿A la isla del León?

—Sí, sólo para verla. Me han invitado, y he dicho que sí.

Una característica de la enfermedad de Felicity era su indiferencia por lo que ocurría a su alrededor. Se limitó a asentir, y cerró los ojos.

No tardamos en embarcar hacia la isla del León. Soplaba una ligerísima brisa, y el viaje me resultaba agradable. Mirando al frente, veía el león recostado cada vez más cerca.

Casi sentí que llegásemos a nuestro destino.

—¿No estaremos en propiedad particular? —le pregunté a mi acompañante.

—No creo que eso importe mucho.

Miré atrás. Ya no se veía Cariba, ni las demás islas.

—Creía que estaban lo bastante cerca para poder verlas —comenté.

—Es que nos encontramos al otro lado de la isla.

Con la mano a modo de visera, miré a mi alrededor. Había una cala, y en ella dos barcas, una bastante grande.

—¿Y ahora qué hacemos? —pregunté.

—Explorar la isla.

—¿Cómo sabremos si nos hallamos en la Isla del Paraíso?

—No lo sé. Habremos de esperar y ver qué ocurre.

Algo ocurría ya. Un hombre se aproximaba a nosotros. Era de estatura media, rubio y tenía los ojos aules. ¿Me pareció en aquel momento que le había visto alguna vez, o lo imaginé después?

Tendiéndome una mano, dijo:

—Bienvenidos a mi isla.

Le di la mano.

—Permítanme que me presente. Soy Magnus Perrensen.

Caí en un estado de desconcierto e incredulidad; aún ahora me resulta imposible recordar aquel día con mucha claridad. Desde el momento en que aquel hombre me habló y me dio la mano, sentí que vivía en un sueño. Me quedé mirándole fijamente. En aquel instante yo no era yo; era Ann Alice que se había convertido en mí, del mismo modo que él, el novio de cien años atrás, se hallaba ante mí en la isla del León.

—Me llamo Annalice Mallory —dije.

—Por fin ha venido usted —dijo él.

—No..., no comprendo. ¿Qué significa esto?

—Usted sabe quién soy —afirmó él—. Tenemos mucho de que hablar.

Ambos parecíamos haber olvidado a John Everton, que nos miraba desconcertado, y con razón.

—Vengan a la casa —nos invitó el señor Perrensen.

Subimos por una pendiente. Yo me esforzaba por aferrarme al sentido común. «Estoy soñando —pensaba—. Es la única explicación.» ¿Cómo podía ser aquel hombre Magnus Perrensen? Éste había muerto, sin duda, hacía muchos años.

La casa era magnífica; era de un blanco deslumbrante bajo el brillante sol. En los jardines que la rodeaban había flores de vivos colores. Mi desconcierto lo cubría todo de un velo de irrealidad.

Cruzamos una puerta y entramos en un fresco vestíbulo.

—¡Qué casa tan espléndida! —exclamó, impresionado, John Everton, que hacía rato que no decía nada.

—Habría debido traer antes a la señorita Mallory —dijo Magnus Perrensen.

—La idea de acompañarme a visitar la isla no se le ha ocurrido al señor Everton hasta esta mañana —le dije.

Al decir aquello, me sentí más normal. El recuerdo de mis conversaciones con John Everton en la terraza del hotel me devolvía a la realidad.

Entramos en una sala con altas ventanas que daban al mar.

Magnus Perrensen se volvió hacia John Everton y le dijo:

—Por una extraña coincidencia, la familia de la señorita Mallory y la mía estuvieron en contacto hace muchos años. Tenemos muchas cosas de que hablar. Ha sido una suerte que la haya traído usted hoy, y se lo agradezco.

—Bien, me alegro —dijo el señor Everton, aún desconcertado.

—No recibimos a muchas personas, aquí. No invitamos a nadie. Esta isla es una especie de retiro para mi familia. Cuando estamos en ella, nos gusta la soledad.

—Tal vez no habríamos debido molestarle... —empecé a decir.

—No, no. Ustedes no molestan.

Apareció un criado, y nuestro anfitrión le ordenó que nos trajese unos refrescos. El hombre se apresuró a obedecer.

Yo no podía dejar de mirar al señor Perrensen. Me parecía haber vuelto a aquella noche en que leí el diario de Ann Alice. Algo me había ocurrido aquella noche..., y los días en que visité su habitación y su tumba... Y ahora estaba allí, en una isla remota, frente a Magnus Perrensen.

Me daba cuenta, naturalmente, de que aquél no era el joven que había trabajado en nuestro taller y que deseaba casarse con Ann Alice y emprender con ella la búsqueda de la isla, como tampoco era yo la muchacha que yacía en aquella tumba de Little Stanton. Pero una parte de aquellas personas vivía en nosotros, y me parecía estar a punto de hacer un gran descubrimiento.

—Señor Everton —dijo Magnus Perrensen—, usted deseará sin duda ver la isla. La señorita Mallory y yo tenemos mucho de que hablar, debido a la relación que existió entre nuestras familias. Necesitará usted un caballo. Ordenaré que alguien le acompañe. El almuerzo se servirá a la una.

—Debo volver pronto a Cariba —expliqué—. Estoy en el hotel con una amiga, que está enferma, y no quiero que se preocupe por mí.

—Si regresa usted inmediatamente después de almorzar, ello significará estar en el mar a la hora en que hace más calor.

—Entonces debo volver antes —insistí.

—Muy bien —accedió, sonriendo—. Quédese usted una hora. Ordenaré que le acompañen aquí dentro de una hora, señor Everton.

Nos quedamos solos.

—Veo que está usted desconcertada —me dijo.

—Así es, en efecto.

—¿Sabe usted algo de lo que ocurrió hace años?

Le hablé de la noche de la tormenta, y del descubrimiento del diario.

—Ese Magnus Perrensen era mi bisabuelo.

—¿Conoce usted toda la historia de lo que ocurrió?

—Esa historia se ha transmitido de padres a hijos en mi familia. Mi bisabuelo se la contó a mi abuelo, éste a mi padre, y mi padre a mí. Todos nos hemos llamado Magnus; eso crea una especie de continuidad. Y usted se llama Annalice, que es un poco diferente de Ann Alice, pero parecido.

—¿Ésta no es la isla...? —pregunté.

Magnus negó con la cabeza.

—Por favor —le rogué—, cuénteme todo cuanto sepa.

—Como le he dicho, mis antepasados se fueron transmitiendo la historia. Cuando mi bisabuelo regresó a Little Stanton, se encontró con que su prometida había muerto. Se le dijo que había muerto de peste, enfermedad que por entonces asolaba la región. Esto es lo que le dijeron, pero él no lo creyó. El asunto estaba rodeado de secreto, pero la gente hablaba mucho de la habitación que había sido tapiada por un carpintero y un albañil del pueblo. Este hombre prosperó a partir de entonces. Mi bisabuelo creyó que esto se debía a que el carpintero había visto en aquella habitación algo que debía ser silenciado, y que el precio de aquel silencio era lo que le había permitido prosperar en su negocio.

—¿Y qué vio en aquella habitación?

—Mi bisabuelo creyó que Ann Alice había sido asesinada por su madrastra y por el amante de ésta. Lo más probable es que la asesinaron de uno o varios tiros, por lo cual debía de haber manchas de sangre por toda la habitación. Naturalmente, tenían que evitar que alguien viese aquellas huellas de un crimen, y encontraron un pretexto en la epidemia de peste. En el pueblo se había dado el caso de un sastre que murió y cuyas mercancías fueron tapiadas por creerse que estaban infectadas. Se salieron con la suya, merced a este pretexto y a la venalidad del carpintero.

—Sí, es probable que fuese así.

—Creo que, cuando usted me ha visto, ha pensado por un momento que yo era aquel Magnus Perrensen. ¿Ha creído también haberse convertido en Ann Alice?

—Yo leí su diario, y me impresionó mucho. Me pareció que me había ocurrido algo extraño: me parecía ser parte de ella. Por un instante, cuando le he visto a usted en la playa y me ha dicho su nombre, he tenido una sensación muy extraña. Sí, por un momento me ha parecido que había retrocedido en el tiempo.

—Pues le aseguro que no ha sido así. Todo lo que ocurre en el mundo tiene una explicación lógica. Supongo que todos tenemos en nosotros algo de nuestros antepasados. Según creo, es algo que está demostrado. Los rasgos del carácter se transmiten de generación en generación. Yo debo de tener algo de Magnus, y usted de Ann Alice. Yo también he creído ver un milagro cuando la he visto a usted. Por un instante, me ha parecido que el presente se unía al pasado.

—Y me ha dicho: «Por fin ha venido usted».

—Ah, sí. Ha sido algo involuntario, como si otra persona hablase por mi boca. Y usted lo ha notado.

—Sí, ha sido un momento muy extraño.

—Bueno, ahora hemos recuperado la sensatez.

—Cuénteme todo cuanto ocurrió. La isla no existía, ¿verdad?

—Le contaré todo lo que sé —dijo—, y después usted hará lo mismo. Ésta es la historia que me ha transmitido mi familia. Mi bisabuelo, Magnus Perrensen, volvió a Great Stanton. Había estado en Londres preparando el viaje de regreso a su país. Pensaba llevar con él a Ann Alice.

Asentí. Esto era exactamente lo que yo había leído en el diario.

—Volvió, y se enteró de que ella había muerto. De peste,

según le dijeron. La habían enterrado rápidamente, como se solía hacer en aquellos casos. Habían tapiado su habitación por temor a que sus cosas estuviesen infectadas. Él no lo creyó. Sospechó de la madrastra y del hombre a quien creía su amante. Estaba destrozado. Quería saber la verdad, y pedía venganza. Sabía que no había epidemia de peste. Las supuestas víctimas de la enfermedad habían sido Ann Alice y otras dos personas, dos sastres que habían ido a comprar material a algún lugar de Oriente Medio. Magnus no podía descansar. Quería conocer la verdad. Interrogó al carpintero, y no quedó convencido. Pero no podía hacer nada más. Sólo era un joven extranjero, y los de la mansión eran ricos y poderosos. Con el tiempo abandonó el empeño, y volvió a su país. Pero no pudo olvidar la isla, y se propuso volver a buscarla.

—¿Y la encontró?

—No. En aquel lugar no había ninguna isla. Al principio, no quería creerlo, pero, al cabo del tiempo, hubo de aceptarlo. No quiso abandonar aquellas tierras, de modo que fue a Australia, donde se dedicó a buscar oro. Nunca dejó de creer en la existencia de la isla, y no dejó de buscarla, pero sin éxito.

—¿Cree usted que pudo sufrir una alucinación? Él naufragó y pasó un breve tiempo en esa isla. Es extraño que naufragase una segunda vez. ¿Es posible que imaginase la existencia de la isla? En tal caso, debió de pasar varios días en el mar, a la deriva.

—Ésta es la conclusión a la que hemos llegado sus descendientes, aunque él no quiso reconocerlo nunca. Esa isla era perfecta..., demasiado perfecta. Aquellos nativos encantadores..., el oro por doquier... Era un sueño, una utopía. Quizás él mismo se dio cuenta, en algún momento, aunque no lo sé. El caso es que encontró oro en Australia, y en gran cantidad. Le obsesionaba el oro porque en su isla lo había. Se hizo rico, y se casó con una muchacha de Melbourne. Tuvo un hijo, que después fue mi abuelo. Ésta es la historia. Fue mi padre quien compró esta isla. La utilizamos como una especie de refugio. A veces, pasamos aquí largas temporadas.

—¿Usted y el resto de la familia?

—Sobre todo, yo. No tengo hermanos ni hermanas, y mi padre ya no viene mucho por aquí.

—¿Y su familia? ¿Su esposa y sus hijos?

—No estoy casado aún.

—Ah. ¿Y piensa usted hacerlo?

Me miró fijamente y respondió:

—Supongo que casi todo el mundo piensa en casarse alguna vez. Yo he pensado en ello varias veces…, pero algo me ha hecho desistir siempre. ¿Y usted? Pero tal vez sea una pregunta demasiado personal…

—¿Como la que yo le he hecho a usted?

Se echó a reír y respondió:

—Es que no somos desconocidos, ¿verdad? No podemos tratarnos como desconocidos en estas circunstancias tan especiales.

—Es verdad. Me ha preguntado usted si pensaba casarme. Conozco a un joven en Inglaterra, y es posible que me case con él. Me lo ha pedido, pero yo no sé aún…

—Lo comprendo perfectamente. ¿Y ha venido aquí…?

—He venido con una amiga que venía a casarse. Quería encontrar a mi hermano.

—Su hermano… Así que tiene usted familia.

—Tenía un hermano. Estábamos muy unidos, supongo que debido a la situación familiar. Mi madre murió al nacer yo, y mi padre volvió a casarse, y vive fuera de Inglaterra. Mi abuela se hizo cargo de mi hermano y de mí. Cuando éramos pequeños se habló de separarnos, y esto, naturalmente, nos unió mucho. Él vino aquí en busca de esa mítica isla…, y no volvimos a saber de él.

—¿Cuánto tiempo hace de eso?

—Dos años.

—Oh… Es mucho tiempo.

—Voy a intentar dar con él.

—¿Qué piensa hacer?

—No lo sé exactamente. Creía que encontraría varias pistas que me llevarían a la solución del misterio.

—¿Y ha encontrado alguna?

—En realidad, no. He encontrado a personas que le conocieron..., que le recuerdan... Estuvo en Cariba. Después se fue de allí, y nadie sabe a dónde.

—¿No ha encontrado a nadie que tenga idea de a dónde fue?

—No. Estoy muy decepcionada. No sé qué hacer. Fui en busca de la isla. En Cariba vive un caballero. Usted le conocerá, probablemente. Se llama Milton Hemming.

—¿Quién no conoce a Milton Hemming? Es una gran personalidad. Según creo, es, prácticamente, el dueño de la isla.

—Lo es de la plantación.

—¿Y él la acompañó a donde usted creía que se hallaba la isla?

—Sí. Había un mapa, el que encontramos en la habitación tapiada, después de la tormenta. Mi hermano se lo llevó. Yo hice una copia. Por esto sabíamos dónde habría debido estar la isla. Pero no está.

—¿No hay ninguna isla en ese lugar?

—No, ninguna. El señor Hemming me dijo que no hay ninguna isla en ciento cincuenta kilómetros a la redonda, por lo menos.

—¿Y tiene usted consigo la copia de ese mapa? ¿Está segura de que es un buen mapa?

—Es una copia exacta del que se encontró en la habitación de Ann Alice. La hice yo misma.

—¿Usted?

—Usted ya sabe que mi familia se dedica a la cartografía. Su bisabuelo de usted se dedicaba también a ella cuando vino a Inglaterra. Supongo que la abandonó cuando se dedicó a buscar oro.

—Ah, sí, claro. Todo el mundo conoce los mapas de los Mallory.

—Yo trabajaba en el taller de vez en cuando. Sabía lo suficiente para hacer una buena copia de un mapa.

—Comprendo. Quisiera poder ayudarla en lo referente a su hermano. Me habría gustado mucho conocerle. Todo cuanto me ha contado usted ha sido enormemente interesante.

—Lo mismo digo. No sabe usted cómo me ha sorprendido oír su nombre.

—Ahora ya sabe que no he vuelto del pasado, que no soy un fantasma.

—Todo es perfectamente normal. Usted me lo ha explicado muy bien. ¡Qué casualidad que nos hayamos encontrado!

—Parece un milagro. Y la causa de nuestro encuentro es esa isla, esa isla inexistente. Usted ha venido a buscarla como vino mi bisabuelo hace muchos años. La isla le atrajo a Australia, y allí fundó nuestra familia. Usted encontró el diario y el mapa, y ha venido aquí también. Parecen dos historias paralelas.

—Sí, así es.

—Se está terminando la hora que me ha concedido usted. ¿Es imprescindible que regrese usted a Cariba?

—Sí. Mi amiga, la señora Granville, estará preocupada. Se encuentra en un estado de gran nerviosismo. Sufrió una terrible experiencia en Australia. Su esposo murió violentamente.

—Oh..., el caso Granville..., ya recuerdo. La causa fueron unos bandidos, ¿no es así? Cuando iba tras ellos se cayó de un balcón, y se le disparó el arma.

—Sí, así fue.

—Los periódicos hablaron mucho de ello. Pobre señora, comprendo que se encuentre mal.

—Yo estaba en la casa cuando ocurrió la desgracia. La he traído conmigo a Cariba. En su momento, volveremos juntas a Inglaterra.

—Espero que no sea pronto.

—Creo que nos quedaremos aún algún tiempo, aunque me doy cuenta de que mi empresa se está convirtiendo en algo imposible.

—Así lo temo yo también.

—Comprenderá usted que no quiera causar preocupación alguna a mi amiga.

—Desde luego. Su acompañante pronto volverá. ¿Me visitará usted algún otro día?

—Sí, con mucho gusto. Estoy segura de que, cuando me haya ido, recordaré muchas cosas que quería decirle.

—Y yo, si puedo, iré a verla a Cariba.

—Muy bien.

—Debemos continuar esta amistad que ha empezado de un modo tan extraordinario. Ah, aquí llega el señor Everton.

—Adiós, pues, señor Perrensen.

—Hasta la vista —me corrigió él.

Sudoroso y sonriente, el señor Everton apareció en la estancia.

—La isla es muy hermosa —me dijo—. Es una lástima que no pueda quedarse a verla.

—La señorita Mallory me ha prometido volver —dijo Magnus Perrensen.

Nos acompañó a la playa. Muy serio, me besó la mano. Yo estaba aturdida.

—Qué mañana tan extraña —comentó John Everton mientras navegábamos por el agua transparente—. ¡Quién habría pensado que nos recibirían con tanta amabilidad! Y qué coincidencia tan grande que el señor Perrensen tuviese noticia de su familia de usted. Supongo que han aclarado ustedes esa relación.

—Sí. Es una verdadera casualidad que nuestros antepasados se conociesen hace cien años.

—Me alegra mucho que a través de mí se hayan encontrado ustedes.

—Gracias. Ha sido un encuentro interesantísimo.

Sentada en la barca, mirando el león reclinado que se hacía cada vez más pequeño, me parecía aún estar soñando.

Estaba sentada con Milton Hemming en el patio de la casa de éste, y le contaba mi aventura en la isla del León. Le había pedido a María que entrase de vez en cuando a ver a Felicity y que me avisase si la enferma me necesitaba. María había asentido, sonriendo. Mis visitas a la casa de Milton debían de ser objeto de muchos comentarios.

Mi amigo escuchó el relato que le hice, y no pareció muy complacido. Supuse que estaba un poco molesto porque había un hombre tan influyente en la vecindad, en su terreno, como lo era él en el suyo.

—¡Así que ha ido usted en barca con ese hombre!

—Ya en otra ocasión fui en barca con un hombre. ¿Era

más correcto aquel día porque el hombre se llamase Milton Hemming?

—Por supuesto que sí.

—Era una posibilidad de encontrar una pista que me aproximase a mi hermano, y he creído que debía ir.

—Así que ha ido usted y ha conocido al misterioso dueño de unas minas de oro.

—Ha sido algo extraordinario; lo más extraordinario que me ha ocurrido en la vida. Cuando me ha dicho que se llamaba Magnus Perrensen, como el joven con quien iba a casarse mi antepasada, según ya le conté a usted, me pareció que estaba soñando..., o que había sido transportada al pasado. Luego, me explicó que desciende de aquel joven, y que sabe todo lo que pasó..., lo mismo que relataba mi antepasada en su diario.

—¿Y qué ha sucedido después?

—Nada. Hemos hablado durante una hora. El señor Perrensen quería que nos quedásemos a almorzar, pero yo pensaba en Felicity. No quería que se preocupase por mí. ¿No le parece a usted increíble que nos hayamos encontrado así?

—No sé, me parece demasiado increíble —respondió—. No me hace mucha gracia.

—No se la hace porque no ha estado usted allí, y porque es algo que no se relaciona con usted.

—Si se relaciona con usted se relaciona conmigo. Quiero saber algo más de ese visitante del pasado.

—No es un visitante del pasado. Oh, qué cosa tan extraña... Nunca creí que pudiese ocurrir semejante cosa.

—Está usted completamente aturdida, y lo ha estado toda la tarde.

—No puedo dejar de pensar en ese asunto.

—Ese señor Perrensen se ha vuelto muy afable, de repente. Siempre he oído decir que no le gusta que vaya gente a su isla.

—Ha sido una visita excepcional.

—Averiguaré lo que pueda sobre él.

—¿Qué quiere usted decir?

—No me gustan los hombres misteriosos. Ese caballero viene por aquí de vez en cuando... Se dice que es fabulosamente rico; es propietario de las únicas minas de oro que no están extinguidas ya. Debe de ser un personaje extraordinario.

—Y tratándose de personajes extraordinarios, usted quiere ser el único.

—Naturalmente. Espero que no tome usted por costumbre salir con desconocidos. Prométame que consultará conmigo antes de cometer otra imprudencia como ésta.

—Es muy posible que sea usted quien me sugiera que cometa la próxima imprudencia.

—Eso sería diferente.

—Claro —le dije, sonriendo.

Me alegraba estar con él en aquel tranquilo lugar. Aún recordaba la ansiedad que había pasado cuando me enteré de que estaba buceando en una zona frecuentada por tiburones.

—Por cierto —continuó mi amigo—, Magda Manuel la invita a usted a cenar con ella, y sugiere que yo la acompañe.

—Estaré encantada.

—Pasado mañana, si le parece bien. Felicity está invitada, si le apetece ir.

—No lo creo. Sigue sin querer ver a nadie. ¿Usted cree que mejora un poco?

—Yo creo que se necesita mucho tiempo para recuperarse de una experiencia como aquella.

—Se lo diré. Yo, desde luego, estaré encantada de cenar con la señora Manuel.

Milton me acompañó al hotel en su carruaje.

Cuando nos despedíamos, me dijo:

—Por cierto, quisiera volver a ver ese mapa.

—¿Para qué? Si ya hemos estado en aquel lugar... Allí no hay nada.

—Aun así, me interesaría volver a verlo.

—Como quiera. Se lo traeré la próxima vez que nos veamos.

Subí a mi habitación. Decidí sacar el mapa del cajón para acordarme de él a la mañana siguiente. Lo guardaba en el fondo de un cajón, supongo que imitando a Ann Alice.

Abrí el cajón y busqué el mapa; pero no estaba allí.

No podía comprenderlo. No había sacado el mapa de allí, ni lo había guardado en ningún otro lugar.

Aquello era muy extraño. Estaba realmente perpleja.

Vacié el cajón, sin conseguir ningún resultado. Pensé que debía de haber guardado el mapa en algún otro lugar, pero, ¿dónde? Decidí seguir buscándolo por la mañana.

Me costó conciliar el sueño. No dejaba de pensar en el momento en que había visto a Magnus Perrensen, en el momento en que había oído su nombre.

Sabía que todo tenía una explicación lógica, pero algo me impedía aceptar aquella explicación. Me parecía que me habían llevado a aquella isla con una finalidad: la de que conociese a Magnus Perrensen.

Me parecía casi que yo era Ann Alice, que ella me había conducido allí porque quería que conociese a su prometido, que viviese la vida que ella habría vivido si no hubiese muerto de forma trágica y violenta aquella noche en que había escrito en su diario por última vez.

Ann Alice nos había reunido con un propósito. ¿Cuál podía ser? Yo estaba ahora bastante segura de estar físicamente enamorada de Milton Hemming. Me gustaba estar con él, discutir con él; y me había sentido morir de miedo cuando pensé que podía ser atacado por un tiburón. ¿Era esto amor? Habría estado segura de que lo era si no hubiese existido Raymond. A Raymond también le quería, y confiaba en él. ¿Confiaba en Milton? No del todo. Pero incluso aquella ligera desconfianza tenía su interés. Raymond sería un marido fiel. ¿Lo sería Milton? Existía ya Magda Manuel dándome que pensar. Estaba segura de que entre ellos había habido algún tipo de íntima relación. La vida con Milton sería tempestuosa. Con Raymond, en cambio, sería tranquila; viviría en paz. ¿Qué prefería? No estaba segura de ello.

Y ahora aparecía Magnus Perrensen. Sólo le había visto una vez, pero había pensado otras muchas en aquel otro Magnus. Me parecía conocerle. Había leído aquel diario como si viviese un episodio de mi propia vida. Hasta cierto punto, yo era Ann Alice.

Mi vida se complicaba.

Aquella noche, inevitablemente, tuve una pesadilla. Estaba

en la habitación de mi antepasada, sentada ante el tocador, escribiendo en el diario lo que me había ocurrido en el transcurso del día. Yo era Ann Alice y estaba al acecho por si oía pisadas en la escalera.

«Oigo voces... Algo ocurre en el piso de abajo... Ya vienen.»

Entonces oí los pasos en la escalera. Miré la llave de la puerta, y de pronto ésta cayó de la cerradura. Oí una respiración detrás de la puerta, que alguien estaba forzando.

Di un grito, y desperté, empapada de sudor, debajo de mi mosquitera. Yo era una joven que había muerto cien años atrás y que había vuelto a nacer. Era Ann Alice además de Annalice. Ella me había hecho venir aquí..., y aquí estaba.

Miré la puerta. Alguien la abría lentamente.

Por un instante pensé que aún estaba soñando. Esperaba ver allí a la malvada madrastra y a su amante, y éste llevaría una pistola en una mano.

—¡Felicity! —exclamé.

Con el camisón blanco y con la melena suelta, mi amiga parecía un fantasma.

—Te he oído gritar —me dijo, acercándose a la cama.

—He tenido una pesadilla... —murmuró.

—Así que tú también las tienes...

—Supongo que todos las tenemos en algún momento.

La joven se rió.

—La situación ha cambiado —dijo—. Esta noche soy yo quien viene a consolarte.

Experimenté un enorme alivio. Felicity estaba mejor de lo que yo la había visto en mucho tiempo.

La acompañé a su habitación y me senté junto a su cama. Hablamos un rato, y después ella se durmió.

Volví a acostarme.

Estaba completamente despierta. Las fantasías se habían esfumado. Todo tenía una explicación lógica.

Una noche en una isla desierta

Milton me acompañó, en una barca, a la isla en la que Magda tenía su plantación. Felicity había dicho que nos acompañaría, lo cual demostraba que se sentía mejor, pero en el último instante no se había visto con ánimos de conocer a nadie. No intenté convencerla, pues me parecía mejor dejar que se recuperase tranquilamente. Estaba bastante mejor, y yo no quería que empeorase.

Allí estaba yo, pues, sola con Milton, mirándole mover los remos con tanta facilidad que parecía no hacer esfuerzo alguno.

No soplaba el viento, pero nos envolvía una neblina. Sólo rompía el silencio el ruido de los remos en el agua.

Me llenaba de curiosidad la perspectiva de ver a Magda Manuel en su casa. Debo confesar que sentía punzadas de celos. Cuando ella me había visitado en el hotel la había encontrado muy hermosa, llena de aplomo.

Mientras nos dirigíamos allí en la barca, le pregunté a Milton:

—Magda es una gran amiga suya, ¿verdad?

—Una excelente amiga —respondió él, enigmáticamente.

La distancia entre las dos islas no era grande, y tardamos poco en llegar. Milton desarmó los remos, saltó al suelo y me ayudó a saltar.

Yo llevaba un holgado vestido de color lavanda pálido, que había comprado en Sidney para asistir a la boda de Felicity. Era fresco, adecuado a aquel clima. Llevaba un collar que me había regalado la abuela el día que cumplí diecisiete años, de amatistas montadas en oro, que iba perfectamente con el vestido. Me había arreglado con el máximo cuidado.

La casa se hallaba situada cerca de la playa, y, al igual que la de Milton, estaba rodeada por cañas de azúcar. Era una construcción blanca, más pequeña que la de Milton, pero parecida.

Tres escalones llevaban al porche, y en él nos esperaba nuestra anfitriona. Estaba elegantísima, y vestía otra vez de blanco. Pensé que quizás esto se debía a que llevaba luto por su esposo, que había muerto hacía poco tiempo. Sabía que, para algunas personas, el color del luto no era el negro, como en Inglaterra, sino el blanco.

El vestido blanco de Magda era escotado, y realzaba su fina cintura y su silueta perfecta. Llevaba una gruesa gargantilla de oro y dos gruesas ajorcas, de oro también.

Junto a ella estaba un hombre alto y de aspecto agradable, aunque no guapo desde el punto de vista convencional.

Magda me dio una cálida bienvenida.

—¡Cómo me alegro de verla aquí por fin! —exclamó—. Quería invitarla antes, pero he estado en Sidney por cuestiones de negocios. Es un viaje que hemos de hacer de vez en cuando. Les presento a George..., el señor Callerby.

—¿Cómo están? —nos dijo él, haciendo una inclinación.

—Temía que la niebla se hiciese más densa y les impidiese llegar —dijo Magda.

—Hay una ligera niebla —replicó Milton—, pero habría tenido que ser muy densa para detenernos.

Magda se rió y nos hizo pasar a un salón. Era una estancia elegantemente decorada, como yo suponía que sería todo cuanto rodeaba a aquella mujer. Las puertas ventanas daban a una extensión de hierba que descendía hasta la playa, la cual, a aquella hora, estaba bañada por la roja luz del sol poniente, que en este instante era como un gran disco rojo suspendido en el horizonte. No tardaría en ocultarse, y las sombras llegarían con rapidez.

Magda nos sirvió la bebida refrescante que ya me era familiar, y me preguntó qué me parecían las islas.

Le respondí que me gustaban muchísimo.

—¿Qué le ha parecido más interesante? —me preguntó George Callerby.

—La gente —contesté—. La gente, sin ninguna duda. Parecen felices, satisfechos.

—No siempre lo están —dijo Magda—. ¿No es así, Milton?

—Tenemos nuestros problemas..., de vez en cuando.

—Es el sol. Ese sol de justicia que cae día tras día. No se tienen ganas de trabajar bajo ese sol.

—Pero si siempre se están riendo —apunté.

—La risa no significa siempre buen humor —explicó Magda.

—Así es —convino Milton—. No hay modo de conocer a esa gente, aunque se lleve aquí toda una vida.

—Pero usted los maneja muy bien, Milton —dijo George Callerby.

—He encontrado la fórmula. Tienen que estar un poco inseguros de mí, tienen que temerme un poco y, al mismo tiempo, tienen que sentir que somos amigos. Se trata de mezclar correctamente estos tres elementos. Cuesta un poco aprenderlo. Yo lo aprendí de mi padre.

—La señorita Mallory es una recién llegada a las islas —explicó Magda.

—¿Cuánto tiempo piensa quedarse, señorita Mallory? —me preguntó George Callerby.

Vacilé. Me percaté de que Milton me miraba con ironía. Y respondí:

—Mi compañera de viaje ha estado enferma. Quiero esperar a que se encuentre mejor antes de emprender un viaje tan pesado.

—Sí, ya lo sabía. Nuestros criados lo averiguan todo y nos lo cuentan. Van a Cariba, al mercado, y allí se enteran de todo. Por esto tenemos noticia de la enfermedad de su amiga, y también de la desgracia de su marido.

Me daba cuenta de que Magda me observaba con atención, al igual que Milton. Me pregunté qué estaría pensando mi anfitriona detrás de la mirada de aquellos ojos rasgados y lánguidos.

—¿Pasamos a cenar? —preguntó Magda—. En la cocina ha habido un gran revuelo con motivo de esta cena. Han pasado el día entero hablando de ella. Les he dejado hacer lo que quisieran, por supuesto. Cualquier intromisión habría sido fatal. Si les hubiese hecho alguna sugerencia, se habrían reído, y, si hubiese insistido, habrían estropeado la cena... para darme una lección. Así pues, les he dejado hacer lo que quisieran.

Pasamos a otra estancia. Ya había anochecido, y se habían encendido grandes lámparas de aceite. Delante de las ventanas colgaba una mosquitera, y vino una sirvienta a correr las cortinas. Esto nos ocultó la hermosa vista, pero yo llevaba en las islas el tiempo suficiente para saber que valía más olvidarse del paisaje que soportar la intrusión de ciertos insectos.

Nos sirvieron sopa de tortuga, que estaba deliciosa, y luego pescado. Me estaba acostumbrando a los muchos tipos de pescado que se consumía en las islas, que eran muy diferentes de los que teníamos en Inglaterra. Después tomamos filetes de caimán, que eran muy buenos y que sin duda debían mucho a las especias con que venían condimentados.

Pero a mí me interesaban mucho más mis compañeros de cena.

A la cabecera de la mesa estaba Magda, a quien la luz de las lámparas daba un aspecto misterioso. Cada vez que levantaba los ojos me miraba con interés. Supuse que se preguntaba cuál sería mi relación con Milton, como yo también me lo preguntaba sobre ella. No me cabía la menor duda de que Magda sentía por él algo especial, y de que albergaba una gran curiosidad por mí.

Me hicieron muchas preguntas sobre Inglaterra. George Callerby había venido a Australia unos ocho años atrás, y había trabajado en una dehesa de ovejas cerca de Sidney. Allí había conocido a Milton, y éste le había propuesto que fuese a dirigir la plantación de los Manuel.

—George fue una gran ayuda para nosotros —dijo Magda—. Le quedamos muy agradecidos a Milton por haberle traído.

Les dirigió su seductora sonrisa, primero a Milton y después al señor Callerby.

—Su llegada fue providencial —añadió.

—Yo también me alegro mucho de estar aquí —dijo George Callerby.

—Mi esposo había tenido un accidente, ¿sabe usted, señorita Mallory?

—Usted, Annalice —dijo Milton—, hablaba hace unos momentos de lo satisfechos que parecen las gentes de aquí. Pues bien, los trabajadores de esta isla no estaban tan satisfechos. ¿Le molesta que se lo cuente a Annalice, Magda?

—No, no. Cuénteselo usted a la señorita Mallory, si es que a ella le interesa.

—Sí, me interesa mucho.

—Y, si me permiten la sugerencia —añadió Milton—, podríamos apearnos el tratamiento y llamarnos por el nombre, como amigos que somos.

Magda me miró.

—¿Le parece a usted bien? —me preguntó.

—Sí, sí, por supuesto.

—Muy bien. Pues cuéntele eso a Annalice, Milton.

Éste se volvió hacia mí y me contó la historia.

—Uno de los trabajadores puso una piedra en el molino. José no sabía lo que andaba mal, y trató de arreglarlo. El molino explotó, y José quedó lisiado.

—¡Qué horror!

—No sé cómo habría soportado aquellos meses de no ser por Milton —dijo Magda.

—Hice lo que habría hecho cualquier vecino. Vine aquí, averigüé qué les ocurría a los hombres y les metí el miedo en el cuerpo.

—Les hizo ver —continuó Magda— que al perjudicarnos a nosotros se perjudicaban a sí mismos.

—Les hice creer que, si nos creaban más problemas, abandonaríamos las plantaciones —dijo Milton—. Y a ellos no les interesaba esto. Son lo bastante sensatos como para ver que su prosperidad actual viene del azúcar, y que necesitan mantener en marcha las plantaciones para conservar su nivel de vida.

—Sí, Milton salvó nuestra plantación. Y siempre le estaré agradecida por ello.

Le miró con expresión de ternura, y pensé: «Le quiere.

Ambos se parecen. Ambos tienen la misma rebeldía. Ella debe de tener sus mismas ideas, su misma moral, menos rígida que la que se me ha inculcado a mí». Experimenté la impresión de que Magda, al igual que él, no se detendría ante nada para conseguir lo que deseaba.

—Y entonces Milton encontró a George y le propuso que trabajase para nosotros —iba diciendo ella, sonriéndole ahora al señor Callerby.

—El día que acepté esa propuesta fue el más afortunado de mi vida —dijo George.

—George es la persona ideal para esa clase de trabajo —afirmó Milton—. Estuve seguro de ello tan pronto como le conocí.

Milton les miraba bondadosamente, y me pareció percibir una profunda emoción en la estancia. Y pensé: «Magda me ha invitado para verme bien. Está irritada porque ha oído hablar de las atenciones de Milton hacia mí. Es muy hermosa; es el tipo de mujer capaz de atraerle».

Yo sabía que Milton se sentía atraído por mí, pero me sabía muy distinta de Magda. Yo era muy diferente de ella. Magda hablaba con suavidad, y sabía conversar con los hombres; sabía atraerles con aquella adulación sutil que a ellos les resultaba irresistible y que yo habría desdeñado, aun en el caso de haberla dominado. Yo era más seria, estaba muy insegura de mí misma y carecía de experiencia.

Pasamos a hablar de las aficiones de cada uno.

—¿Sabían que George es astrónomo?

—Oh, sólo soy un aficionado... —dijo George, riendo modestamente.

—Vino a Australia porque estaba cansado del cielo nocturno del otro lado del mundo —explicó Milton.

—Eso no es exacto —dijo George, sonriéndome.

—Siempre me ha gustado oír hablar de las estrellas —dije—. Es maravilloso pensar que están a tantos años luz de nosotros. Es algo que siempre me ha fascinado. Pensar que, cuando se mira una estrella, se está mirando algo que quizá no existe ya, porque está tan lejos que acaba de llegarnos su luz...

—Son unos temas muy científicos —dijo Magda—. Y no son sólo las estrellas lo que le interesa, ¿verdad, George?, sino también la Tierra, sus edades y su evolución. ¿Qué era lo que me contaba usted el otro día sobre los climas y la fusión de los hielos polares?

—¿De verdad le interesan estos temas, Annalice? —me preguntó George.

—Sí, sí. De verdad.

—Pues bien, lo que decía era que las condiciones climáticas pueden determinar grandes cambios en la Tierra. Mientras todo siga bien equilibrado, la vida seguirá como hasta ahora. Pero, un cambio súbito, aunque no fuese muy grande, podría dar lugar a un caos. Una época glaciar nos haría morir a todos de frío. O bien, si el clima se volviese más cálido, los hielos de los polos se fundirían. Imagínense la influencia de esas aguas en todo el planeta. Subirían las aguas de los mares, y los continentes quedarían sumergidos.

—Esperemos que eso no ocurra —dijo Magda—. Aquí nos quejamos del calor, pero una época de frío sería terrible. Y aun sería peor las islas sumergidas en el mar.

—Creo que en estos últimos cien años se han producido ciertos cambios —siguió explicando George—. Según he leído, hubo unos años de calor excesivo, en el transcurso de los cuales se fundió parte del hielo de los polos y se elevó un poco el nivel de los mares. Aquí no fue un fenómeno muy perceptible, dado los lejos que estamos de los polos, pero es algo que, según los geólogos, ocurrió.

—Espero que, si vuelve a suceder, se produzca algún aviso —dijo Milton.

—Probablemente sería algo gradual —dijo George.

Habíamos acabado el pastel helado, y Magda propuso que volviésemos al salón.

La felicité por la excelente cena, y ella me preguntó si me agradaría ver la casa. Asentí.

—Entonces dejaremos aquí a los hombres —dijo—. Conocen la casa muy bien, y no tendrán ganar de volver a verla.

Tomó una vela y me invitó a seguirla por una escalera de madera. Me pareció que el estilo de las tallas era español, lo que me pareció lógico. Por su nombre, había adivinado que José debía de ser español, y probablemente Magda lo era también.

—Mi marido construyó esta casa cuando llegamos aquí —explicó—. Creo que intentó reproducir un rincón de nuestro país. Pero eso nunca es posible en un país extranjero.

Me enseñó su dormitorio. La cama era grande, y estaba rodeada por delicadas cortinas blancas. Pensé que tal vez Milton la habría visitado en aquella estancia, y no quise entretenerme en ella. Magda me llevó a ver las demás habitaciones. Yo no prestaba mucha atención a la casa; no hacía más que pensar en Milton y en ella.

—Tiene usted una casa muy hermosa —le dije.

—Quizá... Pero estamos tan lejos de todo... Yo me crié en una ciudad grande, y aquí todo es muy diferente. En esta isla no hay nada; para cualquier cosa hemos de ir a Cariba. Es agradable tener amigos allí. Después del accidente de José, yo no habría podido resistir la vida aquí, de no ser por la ayuda de Milton.

—Me lo imagino.

—Él se ocupó de todo mientras yo fui incapaz de hacerlo. Es un amigo excelente. José también le apreciaba mucho. Nos fue de gran ayuda.

—Y ahora tiene usted al señor Callerby, que sin duda es un hombre muy capaz.

—George..., oh, sí. Y no me olvido de que fue Milton quien le trajo aquí. Milton es mi benefactor. Es una bellísima persona, aunque la gente no siempre se da cuenta de ello, porque... bueno, porque dirige Cariba con mano de hierro. Eso sí, todos le admiran y le respetan. Debe de ser magnífico inspirar semejantes sentimientos.

Asentí.

—Nuestros hombres saben que, si hay algún problema, vendrá Milton a solucionarlo —prosiguió Magda—. Esto es una gran tranquilidad para nosotros. Y también la prosperidad de Cariba depende de él. Bueno, creo que debemos reunirnos con los caballeros, o se extrañarán de que pasemos tanto rato charlando.

Bajamos al salón.

—Pensábamos que habían decidido ustedes abandonarnos —dijo Milton.

—Estábamos conversando —explicó Magda.

—Espero que no hayan hablado de mí.

—¡Vaya! —exclamó Magda—. Mire cuán importante se cree nuestro amigo, Annalice. Cree que hablamos de él aunque no esté presente.

Milton miraba fijamente a Magda, y adiviné que se estaba preguntando qué me habría dicho ella.

—La verdad es que hemos hablado de usted —le dije.

—No ponga esa cara de susto —exclamó Magda, riendo—. Sólo le he contado cosas buenas de usted.

—¿Qué otras cosas podría haber? —preguntó Milton—. Lo lamento, pero hemos de marcharnos.

—¿De verdad? Aún no son las once.

—Mi querida Magda, después de volver a Cariba en la barca debo acompañar a esta señorita al hotel.

—Bueno, tendré que dejarles marchar.

—Quedan ustedes invitados a cenar en mi casa un día de éstos. Nos reuniremos otra vez los cuatro.

Trajeron mi abrigo. Era una prenda delgada de cachemir que me había llevado porque temía que la noche fuese fresca.

Cuando salíamos de la casa, Magda exclamó:

—¡Oh, todavía hay niebla!

—Es más densa que antes —señaló George.

—Milton, ¿cree usted que podrán volver? Pueden quedarse a dormir aquí.

—No es necesario —contestó Milton—. Es una distancia muy corta, y, si alguien conoce ese camino, soy yo. Lo he recorrido muchas veces.

Se cruzaron una rápida mirada. ¿Tenía un sentido aquella mirada o me lo imaginaba yo? Imaginé a Milton yendo a la isla de noche, entrando sigilosamente en la casa. El esposo inválido estaría durmiendo. Magda saldría a recibirle. Se abrazarían apasionadamente y entrarían en la casa juntos.

—Vamos, Annalice. ¿En qué está pensando?

«Estoy pensando en Magda y en usted —le respondí interiormente—. Les imagino a ustedes juntos, y siento rencor por ello. Me desprecio a mí misma por sentir eso. ¿Qué derecho tengo a echarle en cara su pasado?»

Pero aquel pasado influía en el presente.

Milton tomó mi abrigo y me cubrió bien con él.

—Hace fresco —dijo—. A veces, cuando hay niebla, puede hacer verdadero frío.

Me ayudó a subir a la barca, la empujó y subió a ella de un salto. Magda y George estaban en la playa, agitando la mano para despedirnos.

—¿Está seguro de que se quiere marchar? —le preguntó Magda.

—Sí, no se preocupe.

Empezó a remar, y nos alejamos de la playa.

—¿Y bien? —me preguntó Milton.

—Ha sido una velada muy agradable.

—Sí, ya he visto que se sentía usted bien.

—Magda es una mujer encantadora.

—Estoy de acuerdo con usted.

—¿Así que dirige la plantación con ayuda de George Callerby? Es una ocupación insólita para una mujer.

Milton me miró casi con malicia.

—Tiene buenos amigos —dijo.

—Usted, por ejemplo.

—Tengo el honor de contarme entre ellos.

—Me ha parecido que era usted un amigo muy especial de Magda.

—Sí, se podría llamar así.

Callé.

—¿Tiene frío? —me preguntó.

—Sí, un poco.

—Esta niebla es un fastidio.

—¿La tienen a menudo?

—No, no mucho. Pero, cuando la hay, dura varias noches.

—Me parece que se está haciendo más densa.

—Creo que se halla usted algo inquieta. ¿No sabe aún que puede tener confianza en mí?

—No estoy del todo segura.

—No se preocupe. Aunque nos perdamos en la niebla y nos encontremos a la deriva en el mar, puede estar tranquila conmigo.

Siguió remando, en silencio, durante un rato. Después recogió los remos y miró a su alrededor.

—¿Dónde está Cariba? —preguntó—. Ya deberíamos estar allí.

—Así que nos hemos perdido...

Sin decir nada, se puso a remar de nuevo. Al cabo de unos instantes, apareció una costa por entre la niebla.

—Esta costa me resulta conocida —dije—. Pero no es el puerto.

—No es Cariba —dijo él—. Pero vamos a quedarnos aquí. De nada sirve seguir navegando con esta niebla.

—¿Que no es Cariba? ¿Pues qué es?

—Es la isla pequeña. Estamos a cierta distancia de Cariba. Sería absurdo intentar llegar allí con esta niebla. Aunque no durará mucho; casi nunca lo hace. Temo que va usted a naufragar conmigo.

—¡Oh, no!

—Oh, sí. En lugar de avanzar hacia Cariba, hemos descrito un círculo. Ahora sé exactamente dónde estamos. Tendremos que quedarnos aquí hasta que se levante la niebla.

—Pero eso podría tardar... toda la noche.

Milton me miraba con cierta ironía.

—Es posible —dijo.

Entonces pensé: «Me parece que ha preparado esto. Creo que sí sabía dónde estábamos». La emoción y la cólera luchaban dentro de mí. Aquello era típico de Milton; no era hombre digno de confianza.

La barca arañó la arena y se detuvo. Milton saltó al agua, me tomó en brazos y me llevó a la playa.

—Voy a amarrar la barca —dijo—. No quiero que se la lleve el agua. Después iremos a buscar un refugio.

—¿Vive alguien en esta isla?

Milton me sonrió y negó con la cabeza.

—Esta isla tiene menos de un kilómetro de longitud —explicó—, y menos aún de ancho. En realidad, no es más que una roca que sobresale del mar. Era mucho mayor, pero el mar la inundó.

—¿Dónde podemos refugiarnos, pues?

—Si no recuerdo mal, hay una vieja caseta de botes. Espero que exista aún. Yo venía por aquí cuando era muy joven. Veremos en qué estado se encuentra, y si podemos pasar la noche en ella. Venga por aquí; déme la mano.

Lo hice, y él me guió. De pronto, me pasó el brazo por la cintura.

—Vacila usted —me dijo—. Parece disgustada.

—Ha sido un viaje incómodo.

—Le prometo que tendrá comodidad dentro de un rato. Venga.

Subimos algo más por la roca.

—Esto es un poco escarpado —comentó Milton—. Por suerte para nosotros. Si esta parte de la isla hubiese sido llana, el mar se la habría tragado por completo. Ah, allí está la caseta.

—¿Para qué sirve una caseta de botes en un isla deshabitada?

—Es una reliquia del pasado, de los días en que vivía gente aquí. Esto es lo que he oído decir siempre.

Se me metía arena en los zapatos y me costaba caminar. Milton me levantó con un brazo, como si yo fuese un paquete, y me llevó en volandas.

—Déjeme en el suelo —le dije—. Peso demasiado.

—Es ligera como una pluma —replicó Milton, sin hacer caso de mi petición—. Ah, ya hemos llegado. La caseta está algo más destartalada que la última vez que la vi, pero eso era de esperar.

Me depositó en el suelo y abrió la puerta de la caseta, puerta que estaba casi fuera de los goznes.

En el interior había un objeto oscuro y largo. Lo miré de más cerca. Era una canoa.

—¡Aún está ahí la canoa! —exclamó Milton—. Deje la puerta abierta, o no veremos nada. Cuando era un muchacho, me tumbaba en el fondo de esa canoa y me imaginaba que navegaba por alta mar. Es un refugio muy cómodo. Tiene más de cincuenta años. En aquellos tiempos sabían hacer las cosas. No parecían sólidas, pero lo eran.

Volvió a rodearme con un brazo y me dijo:

—Aquí estaremos cómodos.

Me aparté de él.

—No salga, tendrá frío. Aquí estaremos abrigados y cómodos. Descansaremos en la canoa hasta que se levante la niebla.

—Todos se preguntarán dónde estoy.

—No se preguntarán nada hasta que amanezca.

—Habría debido darle las buenas noches a Felicity. Estará muy preocupada.

—Felicity sabe que está usted conmigo.

—Esta será, precisamente, la causa de su inquietud.

Él se echó a reír, y luego dijo:

—Pensarán que nos hemos quedado a dormir en casa de Magda. Verán la niebla, y se darán cuenta de que la travesía era imposible.

—Pero usted ha intentado hacerla.

—Bueno, yo intento muchas cosas. Venga, vamos a arreglar esto. Nos prepararemos una cama en la canoa.

—Oh, no...

—¿No cree que ya es hora de que durmamos un poco? ¿Cuánto tiempo piensa mantener esta desconfianza?

—Es que creo que usted ha preparado esto.

—Me atribuye más poder del que tengo. Aunque soy un genio, no puedo controlar los cambios de tiempo.

—Creo que habríamos podido regresar a Cariba.

—¿De verdad lo cree?

—Sí, pero usted ha venido aquí deliberadamente.

—¿Y a usted le agradaba esta perspectiva?

—¡Que si me agradaba! Yo quería volver al hotel.

—Nuestra canoa le parecerá algo más interesante que su virginal lecho.

—Usted... ha planeado esto.

—Como ya le he dicho, no podía prever la niebla.

—Pero ha aprovechado la oportunidad.

—Yo siempre aprovecho las oportunidades.

Me tomó en sus brazos y me besó. Con cierta alarma, comprobé que respondía a su caricia antes de separarme de él con gesto indignado. No podía dejar de pensar en Magda Manuel, y me daba cuenta de que no podía confiar en mí misma más de lo que confiaba en él. Me sería tan fácil olvidarme de todo excepto de que estaba sola con él. Lo cierto era que quería estar... sola con él, pero tenía miedo. Me retenían, en parte, mis obligaciones hacia Raymond, pero aún más, creo, mi experiencia en la isla del León. Era casi como si Ann Alice me pidiese que fuese fuerte, que no cediese a mis impulsos. Me decía que no se había introducido en mi mente, que no me había empujado a hacer aquel viaje para aquello; que había conocido a Magnus Perrensen y que debía volver a verle. En aquella breve hora que habíamos pasado juntos, algo me había ocurrido. Y tenía la absoluta certeza de que volvería a verle.

No estaba sola en aquella isla desierta con Milton Hemming; Ann Alice estaba conmigo.

Milton siguió besándome. Me decía:

—No tengas miedo. Esto era inevitable... desde el momento en que nos conocimos. Me percaté entonces de que estábamos hechos el uno para el otro, y tú te diste cuenta también, ¿verdad? A veces, ocurre así.

Por unos instantes, seguí apoyada en su pecho. «Vete, Ann Alice —pensé—. Yo no soy tú, soy yo misma. Tu vida acabó en aquella habitación que fue tapiada, y yo estoy viva y quiero estar con este hombre, pues es verdad que le quiero, si querer es desear estar con él, cerca de él, compartir su vida.»

Milton advirtió en el acto mi cambio de actitud. Me tomó en brazos y me depositó en la canoa.

Me quitó las horquillas del pelo y se las guardó en el bolsillo, gesto que me pareció muy práctico. Antes de volver a Cariba, tendría que volver a recogerme el pelo. Cruzó por mi mente la idea de que Milton había hecho aquello antes.

—Estás muy hermosa —me dijo.

—¿A cuántas mujeres ha traído usted a esta isla..., a esta canoa?

—Tú tienes el honor de ser la primera, y juro que nunca habrá ninguna otra. Quizá tú y yo haremos una peregrinación aquí antes de volver a Inglaterra. Recordaremos esta noche..., el verdadero principio.

—¿El principio de qué?

—De nuestro amor compartido.

—¿Así que cree usted que completará la seducción esta noche?

—Es un lugar ideal. Es muy romántico si no te importa mucho la falta de espacio. Y quizás a esta canoa le falta la limpieza y la pulcritud que tenía cuando era nueva. Pero tenemos, ahí fuera, el suave murmullo de las olas, y encima de nosotros, el manto blanco de esa niebla que nos ha enviado el cielo.

—No —dije.

—¿No?

—No quiero.

—Mi querida Annalice, ¿crees que no te conozco? Me quieres. Me quieres y me deseas..., como yo te deseo a ti. Y eso, desde hace mucho tiempo.

—Ya le expliqué que estoy casi prometida con otra persona.

—Después de esta noche, te darás cuenta de que eso no tiene sentido.

Sin hacerle caso, observé:

—Todo esto huele a mar.

—¿A qué esperabas que oliese? ¿A perfumes de Arabia?

Volvió a rodearme con sus brazos.

—Quiero que me escuche usted —le dije.

—Te escucho.

—Me doy cuenta de que estoy a su merced. Usted es más fuerte que yo. Si me resisto, usted puede forzarme. ¿Es esto lo que piensa hacer?

—Cederás por tu propia voluntad.

—Puede ser que sí —dije—, y puede ser que no.

—Pero, si reconoces mi fuerza, ¿cómo podría fallar en mi empeño?

—Si me forzase, podría tener un éxito temporal. Eso sería una violación.

—Ésta es la definición oficial.

—Yo nunca olvidaría eso, y nunca se lo perdonaría. Usted

obtendría una satisfacción temporal, pero yo sabría lo que hace tiempo me interesa descubrir.

—No lo dices en serio.

—Lo juro. Me marcharía inmediatamente de Cariba, en compañía de Felicity. Le contaría lo ocurrido. Creo que, si ella creyese que debía consolarme, recuperaría sus fuerzas. Ella comprendería; a ella le ocurrieron cosas parecidas. Y ella no podía huir de su situación, pues estaba casada con aquel bruto. Pero yo soy libre y quiero venir a usted voluntariamente..., no en una cama improvisada porque se presentó la oportunidad, sino porque deseo hacerlo, porque es mi libre voluntad.

Me besó suavemente.

—Continúa —dijo.

—Esta noche nos decimos las verdades, ¿eh?

—Sí.

—Se lo explicaré. Creo que estoy enamorada de usted. Quiero estar con usted. Creo que soy más feliz con usted que con cualquier otra persona. Pero también quería a Raymond Billington. Él es muy diferente de usted. Es una persona desinteresada, casi en exceso. Usted no es así.

—Yo soy más humano —replicó.

—Sí, desde luego. Usted avanza y toma lo que quiere. Y ahora puede tomarme a mí, pero eso significaría que me perdería para siempre.

—No sería así. Yo te enseñaría el placer que podemos darnos mutuamente. Te demostraría que estamos hechos el uno para el otro, que podemos vivir juntos una vida de felicidad.

—¿Cree usted conocerme bien?

—Sí, Annalice. Te conozco muy bien. Por esto te quiero, porque te conozco bien y sé que eres la mujer ideal para mí.

—Pues si me conoce bien debe de conocer mi orgullo. Yo no me sometería a usted por la fuerza. Cederé voluntariamente o no cederé. Yo estuve con Felicity en aquella horrible casa en la que ella sufría un tormento cada noche. No fue ella la única que quedó afectada por aquello; a mí me afectó también. Decidí que, cuando me casase o cuando amase a un hombre, no me sometería a él, sino que sería su igual. Decidí que no sería forzada como lo era Felicity. ¿Me comprende?

—Sí. Continúa.

—En este momento, creo que quiero estar con usted más que con ningún otro hombre. Pero existe Raymond. Le conozco bien. Es amable y bondadoso. Creo que podría ser feliz con él. Sé bien que con él no viviría las emociones que viviría con usted. Nuestra relación sería tranquila, sin altibajos...

—Lo cual te parecería excesivamente aburrido.

—No, me parecería agradable. Como una travesía por un mar tranquilo.

—En los mares más tranquilos hay tempestades, nieblas...

—Lo sé. Pero tengo confianza en Raymond.

—Y no la tendrías en mí.

—Con usted nunca sabría a qué atenerme. No me cabe duda de que usted ha conocido a muchas mujeres.

—Y Raymond se ha mantenido totalmente casto, ¿verdad? El perfecto caballero medieval. Un verdadero Galahad; se llamaba así, ¿no? Debe de estar en su casa tranquilamente limpiando el santo grial, sin preocuparse por ti.

No pude evitar echarme a reír.

—¡Qué tontería! —exclamé.

—Es culpa tuya, por haber mencionado a ese dechado de virtudes en una noche como ésta.

—Y no olvide que yo he venido a estas tierras con un objetivo —le recordé—. Quiero encontrar a mi hermano. No sé por qué, tengo la sensación de que voy a resolver el misterio.

—Sigues pensando en ese hombre de la isla del León.

—Sí. Es verdad.

—¿Por qué?

—Es extraño. A veces me parece que soy Ann Alice, que ella forma parte de mí. Que ha vuelto a vivir a través de mí.

—Estás obsesionada por ese hombre. ¿Sabes? Me parece que es más peligroso para ti que el virtuoso Raymond.

Callé. ¿Tendría razón Milton? Allí estaba yo, echada en una canoa con aquel hombre cuya sola presencia me excitaba, y tenía la impresión de que Ann Alice estaba conmigo, poniendo palabras en mis labios..., diciéndome que debía permanecer casta como ella..., para que, cuando llegase el instante de casarse con Magnus Perrensen, pudiese ir a él como debía ir una novia. Ella había muerto, pero parecía que me hubiese elegido para vivir la vida que a ella le había sido negada.

—Tienes unas ideas muy extrañas —me dijo Milton, dándome un beso en la frente.

—Yo le he hablado con sinceridad. Ahora, dígame usted: Magda Manuel y usted han sido amantes, ¿no es verdad?

Milton vaciló, y después respondió:

—Ella se encontraba allí, solitaria..., su esposo estaba inválido. Yo iba a visitarla a menudo. Nos hicimos muy amigos.

—¿Y el esposo?

—Creo que lo sabía.

—Ya lo comprendo... Un arreglo muy cómodo para todos.

—No pensábamos seguir unidos siempre. Yo esperaba que llegases tú. Es una pena que hayas tardado tanto.

—Creo que Magda está resentida conmigo.

—Ah, no. Es una mujer de mundo. Lo ha comprendido. Ella y yo nunca habíamos hablado de casarnos.

—¿Pero estaban enamorados?

—Depende de a qué llames estar enamorado. Nos gustábamos y nos entendíamos bien. Somos excelentes amigos. Yo haría mucho por ella.

—Pero a mí me molesta esa relación...

—Porque te dejas influir por las convenciones. En estos parajes, las cosas no son como en Inglaterra. Quizá debido al clima. Con el tiempo, llegarás a entenderlo.

—Y ahora... ¿han terminado?

—Sí.

—No sé si ella ha terminado con usted...

—Sí. Yo la conozco bien.

—La encuentro misteriosa, reservada...

—Es porque la miras con reparos. Te molesta que haya querido a otra mujer..., aun antes de conocerte. Eso me gusta. Me reconforta.

No dije nada. Milton me atrajo hacia él, y me besó la cara suavemente. «Me quiere de verdad», pensé, y sentí deseos de decirle que quería ser todo para él..., quedarme con él para siempre. Estuve a punto de hacerlo... pero me retuvieron unas fuerzas que no acababa de comprender.

Permanecimos mucho tiempo, abrazados.

Nunca olvidaré aquellas horas. El chapoteo suave de las olas..., el silencio..., la comodidad de aquel refugio..., la certeza de que Milton me quería lo bastante como para contener aquella pasión que percibía en él, la certeza de que respetaba mi voluntad.

Nuestro amor tenía que ser perfecto. No podía ser una relación furtiva en una vieja canoa porque la niebla nos había obligado a refugiarnos allí. Y yo le quería aún más por entenderlo de esa manera.

No tenía idea de la hora que era, pero recuerdo que amanecía ya cuando se disipó la niebla. Tenía los músculos entumecidos. Milton me ayudó a salir de la canoa.

—La atmósfera está completamente despejada —dijo—. Se puede ver Cariba.

—Estamos muy cerca —observé.

Levanté la cara para mirarle, y él me besó.

—Gracias —le dije—. Nunca olvidaré esta noche. Será uno de mis recuerdos más preciosos.

—Volveremos a este lugar cada año mientras vivamos en Cariba. Y volveremos también de vez en cuando cuando nos hayamos instalado en Inglaterra.

—Quizá.

—Nada de quizá. Está decidido.

—¿Quién sabe lo que ocurrirá en el futuro?

—Yo lo sé —aseguró Milton.

—¿Y usted no se equivoca nunca?

Milton volvía a ser el mismo de antes, pero a mí me parecía haber visto en el transcurso de aquella noche un aspecto desconocido de su manera de ser. Y le quería mucho más por ello.

Me acomodé en la barca. Él me sonreía. Introdujo una mano en un bolsillo y sacó mis horquillas.

—Me gusta tu pelo suelto —me dijo—, pero será más correcto que te lo recojas otra vez.

Tomé las horquillas. Milton empezó a remar hacia Cariba.

Incendio en Cariba

Todos creyeron que nos habíamos quedado a pasar la noche en casa de Magda, debido a la poderosa razón que representaba la niebla. En un principio, Felicity había sentido inquietud, pero todos la tranquilizaron. A mí me alivió comprobar que nuestra ausencia no había causado mucho revuelo. Quizás hubo algunas risitas subrepticias, algunas más de lo habitual, pero no quise darme cuenta de ello.

Felicity parecía encontrarse un poco mejor. Desayunamos juntas. Le conté cosas de la plantación de Magda, y ella mostró cierto interés, cosa que no hacía a menudo. Me alegró verla salir un poco de su apatía.

Me gustaba contemplar la llegada del barco de Sidney, para lo cual me sentaba en la terraza. El acontecimiento daba lugar siempre a mucho bullicio y agitación, a pesar de tratarse de algo rutinario. Había en el puerto más alboroto que nunca, y se aglomeraban en él los carros de bueyes y las personas que acudían para vender sus mercancías.

Aquellas escenas me resultaban ya familiares. Me parecía formar parte de la isla. Seguían presentes en mi mente los recuerdos de la noche anterior; seguía viéndome echada en aquella canoa junto a Milton. Me parecía un recuerdo maravilloso, pues aquella noche, Milton me había demostrado que me quería de verdad. No le habría sido imposible vencer mi resistencia, pero no había querido hacerlo.

Después me puse a pensar en Raymond, y asimismo en Magnus Perrensen. Éste suscitaba extrañas emociones en mí.

Le veía distante, remoto; hasta su modo de hablar era algo arcaico. Si me hubiese dicho que era aquel mismo Magnus Perrensen que había vuelto a nacer, habría estado dispuesta a creerle.

Había llegado el barco. Los pasajeros bajaban a tierra. Yo les miraba sin prestarles atención, pensando en otras cosas.

Entonces me sobresalté. No podía ser verdad lo que estaba viendo. Tenía que estar soñando, o se trataba de una alucinación. ¡Pero, no, era verdad! Era Raymond quien venia en una de las barcas que traían a los pasajeros al muelle. Le miré fijamente. Debía de ser un joven que se le parecía mucho, un doble suyo quizá. Sin duda yo me confundía debido a la distancia que nos separaba.

Salí del hotel y corrí al muelle, esperando que, al acercarme, el joven que me había parecido ser Raymond se convertiría en otra persona.

Pero, cuanto más me acercaba a él, más segura estaba de no haberme equivocado.

—¡Raymond! —le llamé.

Él dejó en el suelo la maleta que llevaba y me miró.

—¡Annalice!

—¡Raymond! ¿De veras es usted?

—Vengo a verla..., a usted y a Felicity.

—¡Oh, Raymond, qué sorpresa! ¿Por qué no nos ha avisado? No le esperábamos.

—Ya había decidido venir cuando se marcharon —explicó—. Pero tenía que arreglar algunas cosas. Además, se supone que estoy en viaje de negocios, y he tenido que ver a unas personas en Sidney.

—¿Por qué no nos ha escrito?

—Las cartas tardan mucho. Pero les escribí.

—¿A dónde?

—A Australia.

—Ya. Pero nos fuimos de allí hace algún tiempo. Así que usted ignora lo que ha pasado. ¿Recibió mis cartas?

—Recibí una poco antes de marcharme. Me decía usted que algo iba mal, que Felicity era desgraciada en su matrimonio. Fui a aquel lugar, a la hacienda Granville. Estaba en venta. Me dijeron que Felicity y usted se habían marchado a Sidney, y en esta ciudad me enteré de que habían tomado el barco de Cariba.

—Oh, Raymond, tengo tantas cosas que contarle... ¿Se alojará usted en este hotel, ¿verdad? Es el único que hay.

—¿Dónde está Felicity?

—Está aquí, conmigo. Ha estado enferma..., muy enferma.

—¿Enferma? —preguntó el joven, alarmado.

—Ahora creo que ya está mejor. Raymond, antes de que la vea usted tengo que contárselo todo. Felicity está muy alterada. Estuvo a punto de hundirse del todo, debido a lo mucho que sufrió en Australia. ¿No le han dicho a usted que su esposo murió? No, claro, la noticia no debió de llegar a Inglaterra. Salió en los periódicos de Sidney.

—Ya me lo contará en otro momento, mi querida Annalice. Ahora quiero decirle que me alegro muchísimo de verla. La he echado mucho de menos.

—Así que usted ya pensaba venir aquí cuando yo me marché...

—No estaba seguro de poder hacerlo. Dependía de mi trabajo. Por eso no quise decirle nada.

—¿Dónde está su equipaje?

—Ahora lo traen.

—Mientras usted se ocupa de él, yo iré a reservarle una habitación. Pero quiero volver a hablar con usted antes de que vea a Felicity.

—¿Tan grave ha sido?

—Sí. Pero ya se está recuperando. Voy a ocuparme de la habitación. Ordene que lleven su equipaje al hotel, y entonces hablaremos.

—Me tiene usted intrigado.

—Raymond, qué sorpresa me ha dado usted... Y qué contenta estoy de verle.

Me besó una mano. Le dejé y corrí al hotel. Soltando una risita ilusionada. Rosa le reservó una habitación. Le parecía interesantísimo que hubiese llegado un caballero amigo mío y de la señora Granville, y me percaté de que estaba impaciente por comunicar la novedad a los demás empleados del hotel.

Cuando hubieron traído el equipaje de Raymond y él se hubo instalado en la habitación, le llevé a la terraza y pedí que nos trajesen un refresco.

Entonces se lo conté todo. La boda de Felicity, el modo de ser de William Granville, que no había tardado en ponerse de manifiesto, el calvario al que se había visto sometido mi amiga, y aquella terrible noche del disparo en el balcón.

—¡Pobre muchacha! —exclamó Raymond—. ¡Cómo debe de haber sufrido!

—No es de extrañar que esté un poco... desequilibrada.

—Felicity es una muchacha tan sensible... Con su refinada educación, casarse con semejante degenerado...

—No habría debido aceptarle.

—Supongo que le ilusionaba el viaje, vivir en un país remoto.

—Creo que eso no era todo.

—¿Cuándo podré verla?

—Ahora mismo, si lo desea. Vamos a su habitación.

Raymond se puso en pie, impaciente, y subimos al cuarto de Felicity.

Le pedí al joven que esperase un momento fuera, y entré en la habitación. Mi amiga estaba sentada junto a la ventana, contemplando sin gran interés la animación del puerto.

—Felicity —le dije—, tienes visita.

La joven se sobresaltó. No sé qué se imaginaría. ¿El fantasma de William Granville? ¿La señora Maken? Me apresuré a tranquilizarla.

—No te inquietes, querida. Es Raymond Billington.

—¿Raymond? ¡No puede ser!

Le hice pasar. Ella le miró, asombrada, y su rostro expresó una alegría que me conmovió profundamente.

—¡Raymond! —exclamó, mientras corría hacia él.

El joven la tomó en sus brazos, sin decir nada.

—¡Raymond, no es usted! ¡Estoy soñando!

—Sí soy yo, Felicity. He venido a ayudarlas, a usted y a Annalice.

—¡Oh, Raymond!

Felicity lloraba; hacía mucho tiempo que no la veía hacerlo.

Alzó las manos y tocó la cara del muchacho, como para asegurarse de que estaba allí.

Él volvió a abrazarla, y la meció como si fuese una niña.

—Ahora todo irá bien —le dijo—. Yo estoy aquí. He venido a buscarla para llevarla a casa.

Felicity le apoyó una mano en el pecho, mientras las lágrimas seguían rodando por sus mejillas.

Cerré la puerta y les dejé juntos.

Fui a mi cuarto, y me puse a pensar: «Ella le quiere, y él la quiere también. Oh, cómo lo hemos enredado todo... ¿Qué ocurrirá ahora?»

No me sorprendió ver a Milton. Se había enterado de la llegada de Raymond, y se había apresurado a venir al hotel. Estábamos sentados en la terraza, Raymond, Felicity y yo, cuando le vi. Subió las escaleras en dos zancadas, y yo me levanté para ir a su encuentro.

—Ha llegado Raymond Billington —le anuncié.

Pero Milton no parecía nada contento.

—Venga, les presentaré —dije—. Raymond..., le presento a Milton Hemming. Ya le he hablado de él. Nos ha ayudado mucho.

Raymond extendió una mano. Vi que Milton le observaba, pero no pude adivinar lo que pensaba de él.

—Estábamos aquí mirando el puerto —dije.

—Me parece que se encuentra usted mucho mejor, Felicity —dijo Milton.

—Lo estoy —le confirmó ella.

Milton se sentó con nosotros.

—Qué sorpresa les ha dado el señor Billington, ¿verdad? —dijo Milton—. ¿O le esperaban ustedes? —añadió, mirándome.

—No, ha sido una gran sorpresa —respondí.

—Las cartas tardan mucho en llegar aquí —dijo Raymond—. Es muy difícil comunicarse con estas tierras. Desembarqué en Sidney y me enteré de que mis dos amigas estaban aquí, y vine en el acto.

—¿Se quedará usted mucho tiempo?

—No. Me es imposible. Debo regresar pronto a Inglaterra. Tengo entendido que el barco sólo sale una vez a la semana.

—¿Quiere decir que piensa irse la semana que viene?

Raymond me sonrió, y respondió:

—No sé, ya veremos. Acabo de llegar. No hemos tenido tiempo de hablar de nada. Me ha dolido muchísimo saber que Felicity ha estado tan enferma.

La muchacha bajó los ojos y se ruborizó un poco.

—Tiene usted que venir a la plantación y cenar conmigo —le invitó Milton.

—Y esta noche, yo espero que venga usted a cenar con nosotros aquí, en el hotel —le dije.

—Gracias, vendré encantado. Si les parece bien vendré a las siete. Ahora debo volver a la plantación.

Le acompañé a las cuadras, donde había dejado el caballo, y dejé a Raymond y a Felicity juntos.

—¿Piensa usted regresar a Inglaterra con él? —me preguntó.

—No lo sé. Su llegada ha sido tan inesperada... Cuando le he visto en el muelle, no podía creerlo.

—¿Y, no sabía usted que iba a venir?

—No, en absoluto.

—Es Felicity quien debería regresar con él. Está mucho mejor; parece otra persona.

—Sí, así es —convine.

—Y ese cambio se debe a él, ¿verdad?

—Creo que sí.

—Déjeles marchar juntos, Annalice. Y usted quédese aquí conmigo.

—No lo sé, Milton. Tengo que pensarlo.

—Yo lo haré por usted.

—No. Debo pensar por mí misma.

—A veces me pregunto —dijo, mirándome con tristeza— qué esperanzas puedo albergar, teniendo como tengo por rivales a un santo y a un fantasma.

—No creo que a usted le dé miedo ninguno de los dos.

Se volvió hacia mí y me abrazó. Sentí el deseo de eliminar con un ademán los obstáculos que se erigían en mi camino.

—Nos veremos esta noche, a la hora de la cena —le dije.

—Vendré a las siete, y quizá llegaré a conocer a ese hombre ejemplar a ese dechado de virtudes. Y también intentaré saber algo más del fantasma, que me parece un personaje sospechoso. Después, la reclamaré a usted como mía. Usted se quedará aquí, Annalice, y se casará conmigo.

Le sonreí y pensé: «Esto es lo que deseo».

Milton montó su caballo y se alejó.

Había tensión en el aire, debido a la llegada de Raymond. Pasados los primeros momentos de euforia, Felicity se daba cuenta de lo que sentía Raymond por mí, y sentía celos. Yo veía que estaba profundamente enamorada de él, y de que era un amor que no superaría nunca, pues le quería desde que era niña y había soñado con él durante muchos años. La misma Felicity me había dado a entender que su familia y la de Raymond daban por hecho su casamiento. Y entonces había aparecido yo. No era de extrañar que la joven estuviese resentida conmigo.

Deseaba decirle a Raymond que no podía casarme con él. Deseaba que se llevase a Felicity consigo y que me dejase en Cariba. Pero no había tenido ocasión de hablar con él largamente, pues Felicity estaba casi siempre con nosotros.

Deseaba explicarle que no podía volver a Inglaterra. Quizá no encontraría a mi hermano. Quizá, de un modo subconsciente, había aceptado el hecho de que mi hermano había desaparecido para siempre, de que se había ahogado, como lo suponían todos. En realidad, no había descubierto nada sobre su paradero. Lo que sí había descubierto era que estaba insegura de mí misma. Sabía que amaba a Milton Hemming de un modo diferente a como había amado a Raymond, y si me casaba con éste nunca tendría un instante de verdadera felicidad, pues mi corazón habría quedado en Cariba. Pero, si me quedaba en la isla, podía llegar a olvidarme de todo cuanto no fuese el presente.

Esto es lo que quería explicarle a Raymond, pero debía esperar el momento adecuado.

La noche anterior, Milton había cenado con nosotros en

el hotel, según lo convenido. Fueron unas horas de tensión. Milton se mostró algo agresivo, y monopolizó la conversación; habló de la plantación y de la isla. Raymond, naturalmente, le permitió aquella actitud y le trató con gran cortesía; cualquier otra manera de comportarse habría sido impensable en una persona como él.

Cuando acabó la cena y Milton se marchó, experimenté una sensación de alivio.

—Es un hombre muy interesante —comentó Raymond.

Creo que Milton no le habría hecho ningún elogio a Raymond. Ésto es un indicio de cuán diferentes eran.

Yo no había podido dormir. Había buscado otra vez el mapa, mirando en todos los rincones de mi habitación, sin resultado.

Se me ocurrió la idea de que podía habérmelo robado alguien. ¿Por qué? ¿Quién podía desear tenerlo? ¿De qué podía servirle a nadie?

Era muy extraño. Buscando el mapa, me encontré con las píldoras de Felicity. Llevaba algún tiempo sin necesitarlas, y yo casi las había olvidado. Ésto me pareció un indicio de mejoría. Pero quise asegurarme de que quedaban algunas, por si las necesitaba, y vi que aún había diez.

Por la tarde, mientras Felicity dormía la siesta, tuve una conversación con Raymond. Nos sentamos en el patio, debajo de una gran sombrilla. El calor era intenso, y el canto de las cigarras sonaba con fuerza.

—¿Así que no ha descubierto usted casi nada sobre la desaparición de su hermano? —me preguntó Raymond.

—No. Hay algunas personas que le recuerdan. Vino a Cariba y se alojó unos días en este hotel. Después se fue. Esto es lo único que he averiguado.

—Ha sido un viaje muy largo para obtener un resultado tan pobre...

Asentí con un gesto.

—La encuentro cambiada, Annalice. Y también a Felicity. ¿Cree usted que nuestra amiga volverá a ser la de antes?

—Creo que sí, en determinadas circunstancias.

—¿Si vuelve a Inglaterra, quiere decir?

—Quiero decir que volvería a ser la de antes si tuviese a alguien que la cuidase..., alguien que le diese amor y ternura..., que le demostrase que el matrimonio no es lo que vivió con aquel hombre.

—Me alegro mucho de que haya estado usted con ella. Me ha dicho que no sabía lo que habría hecho sin usted.

—Fue una experiencia terrible para las dos.

—Sí. A usted también la ha cambiado. ¿No desea volver a Inglaterra?

Vacilé.

—No —dijo Raymond—. Ya veo que no. En cierto modo, la vida de aquí la fascina. Creo que lo comprendo.

—Raymond —le dije—, es usted la persona más comprensiva del mundo.

—¿Y, ha pensado usted en... nosotros?

—Sí, mucho.

—¿Sigue indecisa?

Guardé silencio de nuevo.

—Comprendo —dijo él—. Ese hombre está enamorado de usted, ¿no es verdad?

—Pues..., sí, eso me ha dicho.

—¿Y usted?

—No lo sé. Usted se portó tan bien conmigo, Raymond. Fue maravilloso conocerle cuando la abuela y yo estábamos tan afligidas por Philip. Y después..., usted pensó la manera de que yo pudiese hacer este viaje, de que pudiese hacer lo que deseaba. Nadie se habría portado tan bien.

—Ya comprendo.

—¿De veras lo comprende usted, Raymond?

—Sí. Pero dejémoslo por ahora, si le parece. Esperemos unos días. Mi llegada ha sido inesperada. Me habría gustado poder avisarla de que me hallaba en camino.

—He estado muy preocupada por Felicity. Su llegada la ha hecho mejorar muchísimo.

—La conozco desde que era una niña.

—Sí, me lo contó. Casi ha vuelto a ser la de antes. Parece un milagro lo que ha conseguido usted.

—Y haré cuanto sea posible para que se recupere del todo.

—¿Cuándo piensa usted regresar?

—Muy pronto.

Asentí. Después le conté mi encuentro con Magnus Perrensen.

—¿Recuerda al joven de quien hablaba mi antepasada en su diario? Pues ese hombre es su bisnieto.

—¡Qué increíble casualidad!

—Bien mirado, no es tan increíble. Su familia conocía la historia de Ann Alice y de la isla. Aquel Magnus vino a estas tierras buscando la isla, y después se estableció en Australia y encontró una mina de oro. Luego, sus descendientes compraron la isla del León, que era la más próxima a aquélla que no habían podido encontrar. De modo que su presencia aquí es bastante lógica.

—Pero es curioso que se haya encontrado usted con él.

—Sí, desde luego. Eso se debió a la casualidad. Puede usted imaginarse mi sorpresa cuando le conocí. Y todavía estoy desconcertada por ese encuentro, la verdad.

—¿No ha vuelto a verle?

—Lo cierto es que hace pocos días que nos conocimos. Me dijo que me invitaría un día, o que vendría a visitarme aquí. Y creo que lo hará.

—Comprendo. Annalice, respecto a nosotros dos, le sugiero que esperemos unos días. Tal vez estará usted segura de sus sentimientos para cuando salga el próximo barco.

—¿Va a marcharse dentro de una semana?

—¿Quizá podría esperar una semana más, pero eso sería el máximo. Tengo asuntos que resolver en Sidney. En teoría, éste era el motivo de mi viaje.

—¿En teoría?

—Sí, claro. Lo que verdaderamente me interesaba era verlas a ustedes. Cuando recibí su carta, me quedé muy preocupado por Felicity. Ya desde el principio me pareció que no estaba muy entusiasmada por su compromiso.

—No lo estaba. Se precipitó.

—¿Por qué lo haría?

Mirándole a los ojos, le dije:

—Estaba enamorada de otro hombre.

Raymond frunció el ceño y no contestó. ¿Era posible que él, tan comprensivo para las cosas de los demás, fuese tan obtuso en algo que le afectaba directamente?

Callamos durante unos momentos, y luego él dijo:

—Bueno, lo único que podemos hacer es esperar. Dentro de unos días..., quizá...

Yo no dije nada. Después de otro silencio, comenté:

—¡Qué ruido hacen esas cigarras!

Ahora era yo quien me preguntaba qué sentía Raymond. Después de vivir sumida en la tórrida atmósfera de las emociones de Milton, encontraba a Raymond tranquilo y práctico. Su beso había sido suave y rápido. Él sabía que Milton estaba enamorado de mí, y debía percatarse de que Milton no era hombre que se contuviese demasiado. ¿Cuánto había adivinado de mis sentimientos hacia Milton? ¿Eran éstos muy evidentes? ¿Hasta qué punto le dolería que yo decidiese casarme con Milton y quedarme en Cariba? Su calma y su serenidad, que me habían parecido tan consoladoras, indicaban quizá que sus sentimientos no eran tan profundos como los de otras personas..., como los de Milton, por ejemplo. No estaba segura de ello.

¡Qué extraño era que mi gran desconcierto me llevase incluso a dudar de Raymond!

Había momentos en que me parecía que había soñado aquella visita a la isla del León. No había sabido nada más de Magnus Perrensen. Pensaba que vendría a Cariba a verme. Sólo hacía unos días que nos conocíamos, pero a mí me parecía que hacía más.

En cuanto a John Everton, tampoco había vuelto a verle desde el día que me acompañó a la isla del León. Pensaba que tal vez se había marchado, pero me parecía que habría debido despedirse de mí después de nuestra breve relación.

Volví a verle a la mañana siguiente. Estaba sentado en la terraza hablando con María, la doncella. Ésta charlaba con todo el mundo en cuanto se le presentaba la oportunidad; aún era más charlatana que el resto del personal.

Así pues, el señor John Everton no se había marchado. Se me ocurrió que podía pedirle que me llevase otra vez a la isla del León. Pero no me pareció correcto ir sin haber sido invitada, y decidí esperar. Pero estaba impaciente.

Milton no me había hablado de venir a cenar al hotel aquella noche, ni nos había invitado a la plantación. Me di cuenta de que esto se debía a la presencia de Raymond.

Le echaba de menos. Estaba inquieta. Pronto habría de tomar una decisión. Había vivido unos días en un agradable estado de tranquilidad, de euforia. Sólo deseaba seguir gozando de mi relación con Milton, sin decidir nada. Pero ahora habría de enfrentarme a la realidad.

Tenía que elegir. ¿Me embarcaría con Raymond y con Felicity o me quedaría con Milton?

Sabía lo que quería hacer. Mis sentimientos por Raymond habían cambiado, debido a Felicity. Si yo no me hubiese interpuesto entre ellos, ella no habría sufrido lo que sufrió. Y ahora, de no ser por mí, quizá se casarían, y ella sería feliz. ¿Y él? Yo había llegado al convencimiento de que sus sentimientos no eran tan profundos como los de otras personas, y de que por esto afrontaba la vida con tanta serenidad.

Pronto se pondría el sol, y lo iluminaría todo aquella hermosa luz roja. El mar se volvería de color rosa pálido, y el cielo, de rojo sangre. Aquellas puestas de sol eran espectaculares y siempre distintas.

Estaba inquieta y decidí dar un paseo por el puerto.

Mientras contemplaba los maravillosos colores del cielo y del mar, vi humo a cierta distancia, tierra adentro.

Me detuve a mirarlo, y vi que ascendía hacia el cielo. Después vi una gran llama y más humo. Se había producido un incendio en algún lugar. Mi corazón empezó a latir más aprisa cuando me percaté de que aquel lugar era la plantación.

—¡Había fuego en la plantación!

Me asaltó un temor espantoso. Milton estaba allí. Pensé que tenía que encontrarle, que debía asegurarme de que estaba a salvo.

Fui a las cuadras, monté mi caballo a pelo, y, con mi ligero vestido, me dirigí a la plantación.

No me había equivocado. Las cañas ardían. Oí gritar a los hombres y presencié un espectáculo insólito: una enorme torre de fuego, y otras llamas más bajas que se extendían por las cañas. Los hombres estaban al borde de ellas y les arrojaban cubos de agua. Varias ratas y una mangosta huían desesperadamente de la masa de fuego.

Intenté abrime paso y dirigirme a la casa.

—¡Apártese! —me gritó uno de los peones.

—¡El señor Hemming! —grité—. ¿Dónde está? ¡Tengo que encontrarle! ¿Dónde...?

Entonces le vi. Venia hacia mí. Salté al suelo y corrí hacia él. Milton me tomó en sus brazos y me apretó con fuerza.

—¡Está usted bien! —exclamé, aliviada—. ¡Gracias a Dios! ¡Qué miedo he pasado! Si le hubiese sucedido algo, yo... no habría podido soportarlo.

—¿Tanto te habría importado?

—Ya sabe que sí.

Se echó a reír, con una expresión de triunfo, sin soltarme.

—Querida Annalice —me dijo—, ahora sí que te has traicionado. Por fin me has revelado lo que sientes.

Le miré, asombrada.

—La plantación está en llamas —dije—, y usted está aquí riéndose tranquilamente...

—Este es el momento más feliz de mi vida —dijo él, sin hacerme caso—. Estás llorosa, aterrorizada..., porque temías haberme perdido. Que esto te sirva de lección.

—¿Cómo puede usted..., en un momento como éste...?

—Es gracioso... Es lo más gracioso y lo más hermoso que me ha ocurrido nunca.

—¿Se ha vuelto loco?

—Sí, de alegría. Mi amada me quiere. Lo abandona todo..., hasta al santo..., para venir a mí..., porque cree que estoy en peligro. Vamos a la casa. Quiero decirte una cosa.

—¡La plantación está ardiendo!

—Quiero decirte lo mucho que te quiero.

—No le comprendo. ¿Es que no le importa el incendio? Lo perderá usted todo...

—¿Qué importaría eso si ganase el amor..., como lo he

ganado. Ahora ya no puedes echarte atrás. Te has delatado. Reconócelo.

—Milton...

—Está bien, te lo explicaré. No se trata de un verdadero incendio. Quemamos las cañas para poder cortarlas con mayor facilidad.

—¿Quiere decir que este incendio es deliberado?

—Sí. Se hace periódicamente. Se queman las cañas verdes para limpiarlas, para poder cortarlas mejor al día siguiente.

—Así que esto estaba preparado...

—Sí, y con mucho cuidado por cierto. Hay que esperar que el viento sople en determinada dirección, y abrir cortafuegos alrededor de los campos. Hay que vigilarlo todo con atención, pues si el fuego escapase a nuestro control podría dar lugar a un desastre. Hasta podría llegar a destruir toda la isla.

Experimenté tal alivio que no pude por menos de echarme a reír.

—Y tú has venido aquí a galope tendido para salvarme —añadió—. Oh, Annalice, mi querida Annalice, este es sin duda el momento más feliz de mi vida.

—Eso ya lo ha dicho antes...

—Pues vale la pena repetirlo. Siempre lo recordaré. El día que Annalice vino a mí... Si hubieses visto el temor que expresaba tu cara..., y era por mí.

Me aferré a él, y me eché a reír histéricamente.

—Sí, estaba muerta de miedo...

Milton me besó.

—Y ahora ya no tienes dudas —dijo.

Negué con la cabeza.

—Vas a quedarte conmigo. Y se lo dirás a Raymond.

—Creo que ya lo sabe.

—Voy a darte un refresco, y después te acompañaré al hotel.

—Estarán pensando dónde me he metido. Pero es mejor que vuelva sola, y que usted se quede aquí para vigilar el fuego.

Milton echó una mirada a las llamas.

—No, no es necesario que me quede. Ahora ya falta poco. Los hombres están aquí, y ellos saben lo que hay que hacer. Mañana será fácil cortar las cañas. La operación ha sido un éxito..., el mayor éxito que he tenido nunca. Ven, voy a llevarte en el coche. Mañana te enviaré el caballo. No puedes cabalgar así, sin silla. Has cometido un atentado al decoro, ¿sabes? Y lo has hecho por mí. ¡Qué feliz soy! Dime otra vez que has temido por mi vida...

—Ya lo sabe usted. No hace falta que se lo repita.

—Lo llevabas escrito en la cara. Como aquella otra vez, ¿recuerdas? Cuando bajé con los demás a buscar perlas.

—Sí, lo recuerdo muy bien.

—No te hizo gracia que bucease por aquellas aguas, ¿verdad?

—Pensaba en los tiburones.

—Te prometo que, cuando estemos casados, no bucearé más.

Le acaricié una mejilla con los dedos.

—Es usted un hombre muy enérgico —le dije.

—Tú tampoco eres ninguna ovejita mansa. Por eso me enamoré de ti, y tú de mí. Nos queremos tal como somos. Yo no quisiera cambiar nada de ti, nada.

—Yo tampoco de usted.

—Toma, bébete esto. Te sentará bien. Te he visto muy asustada.

Me tomé el refresco a pequeños sorbos. Milton se sentó a mi lado y me rodeó con un brazo. Me sentí feliz: me percaté de que, aquella tarde, se había resuelto todo.

Milton me acompañó al hotel en el coche.

Todos se preguntaban qué me habría ocurrido.

Expliqué el motivo de mi desaparición, y Milton expuso con cierto detalle la quema de las cañas que realizaban periódicamente para que después fuese más fácil cortarlas.

—Le señorita Annalice estaba preocupada por mí. Pensaba que se trataba de un verdadero incendio, y que podía ocurrirme algo. Por ello ha montado su caballo sin ensillarlo siquiera, tal como iba vestida y ha venido a salvarme de las llamas.

—¿Quiere usted quedarse a cenar con nosotros? —le preguntó Raymond.

—No, gracias. Tengo que regresar a la plantación para asegurarme de que todo va bien. Mis hombres están allí, pero el fuego siempre es peligroso.

—Naturalmente.

—Usted debería retirarse pronto hoy, señorita Annalice —me dijo Milton—. Tómese una vaso de leche de coco antes de acostarse. Tiene un efecto calmante. Le diré a María que se la suba.

Adoptaba ya aires de propietario, y me pregunté si los demás también se daban cuenta, aunque lo cierto es que eso no me importaba; estaba exultante de felicidad. Decidí que hablaría con Raymond a la mañana siguiente. Se lo explicaría todo, y tenía la completa seguridad de que él lo comprendería.

Milton se marchó.

—Nos veremos mañana por la tarde —me dijo—. Así tendrá todo el día para arreglar las cosas.

Se refería, por supuesto, a mi conversación con Raymond.

Yo también deseaba mantenerla cuanto antes. Hasta pensé en hablar con Raymond aquella misma noche, pero no podía hacerlo delante de Felicity; y ahora que él se hallaba allí, mi amiga no se retiraba tan pronto como solía hacerlo antes. Quería estar con él en todo momento.

Yo estaba contenta. Me parecía que todo podía salir bien. Raymond volvería a Inglaterra y se llevaría consigo a Felicity. Y, con el tiempo, quizá no tardando mucho, se casarían. Me parecía que se entenderían bien. Raymond necesitaba a una mujer que se apoyase en él, a una mujer a quien cuidar. Y Felicity necesitaba a Raymond porque era el único hombre en el mundo capaz de borrar los recuerdos de aquella terrible experiencia.

Creo que aquella noche me sentí más feliz de lo que me había sentido nunca.

En el transcurso de la cena estuve distraída, y me retiré pronto. Lo primero que vi al abrir la puerta de mi habitación fue el vaso de leche de coco en la mesa.

Sonreí. Milton se había acordado de encargárselo a María.

No me apetecía especialmente la leche de coco en aquel instante, pero decidí tomarla porque él me lo había aconsejado.

Me miré al espejo. Vi que tenía una mancha de hollín en el cuerpo del vestido, de la que nadie me había dicho nada. Y estaba un poco despeinada. Pero me brillaban los ojos, y tenía una expresión de felicidad.

Me desvestí, pensando en el día siguiente. Hablaría con Raymond en cuanto me quedase sola con él. Le haría ver que lo que había sucedido era inevitable. Él lo entendería, y hallaría consuelo en Felicity. Creo que ya entonces la quería más de lo que él mismo creía, pues se mostraba preocupado por ella, deseoso de ayudarla.

Sí, todo salía bien.

Me puse el camisón y me cepillé el pelo.

Vi el vaso de leche de coco en la mesilla, y recordé el rostro de Milton, el brillo de sus ojos que destacaban, tan azules, en su cara bronceada, su triunfante alegría porque yo había desvelado mis verdaderos sentimientos.

Tomé el vaso y bebí un sorbo.

Algunas veces, el sabor de la leche de coco tenía algo de desagradable. Dejé el vaso donde estaba.

Permanecí un rato recostada en las almohadas, pensando en el incendio y en el momento en que había visto a Milton avanzar hacia mí.

Tomé de nuevo el vaso y bebí unos sorbos. Otra vez el sabor me pareció extraño. Lo dejé en la mesilla, y, al hacerlo, derramé parte de su contenido. Me levanté de la cama para ir a buscar un trapo, y, cuando me acerqué otra vez a la mesa, vi que en la leche derramada había un poso.

Nunca había advertido que la leche de coco dejase poso.

Limpié la mesilla. Empecé a sentir una gran somnolencia. Me acosté. La habitación parecía alejarse de mi vista. Casi inmediatamente, caí en un profundo sueño.

El descubrimiento

Acostumbraba despertarme temprano, pero a la mañana siguiente no salí de mi pesado sueño hasta que oí a María moverse por la habitación. Me alarmé un poco. Algo me había pasado. Los brazos y las piernas me pesaban como el plomo, y tuve que hacer un gran esfuerzo para despejarme.

María se hallaba de pie junto a mi cama, y me miraba consternada.

—¿Se encuentra bien, señorita? —me preguntó.

—Sí, creo que sí. He dormido muy profundamente.

Me incorporé en el lecho y me llevé una mano a la cabeza. Acudieron a mi mente recuerdos del día anterior. El incendio..., Milton..., mi regreso al hotel.

—Me siento rara —dije.

Recordé que Milton me había prometido decirle a María que me subiese un vaso de leche de coco. Volví la cabeza. En la mesilla de noche no había nada, y la madera brillaba como si acabasen de limpiarla.

—La señorita no se bebió la leche —me dijo María.

—Bebí una poca.

—Se derramó un poco en la mesa. La he limpiado.

—Gracias, María.

—¿Desea el agua caliente ahora, señorita?

—Sí, por favor.

Cuando la joven hubo salido, me levanté. Me daba vueltas la cabeza. Algo me había sucedido la noche anterior; sin duda, la impresión que sufrí había sido más fuerte de lo que creía.

Nunca olvidaré el momento en que vi aquellas enormes llamas, y mi carrera a caballo por entre el humo acre y el crujido de las cañas. Aún me parecía ver a las ratas huyendo aterrorizadas del fuego.

Al parecer, el suceso me había impresionado más de lo que creía. Sobre todo, el horror de pensar que a Milton le había ocurrido algo horrible..., y el maravilloso descubrimiento de que no había sido así.

Y la leche. ¡Qué cosa tan extraña! Naturalmente, María se había llevado el vaso y había limpiado la mesa. Era su obligación mantener ordenada la habitación.

Me senté en la cama y me puse a pensar..., y seguía pensando cuando volvió la muchacha con el agua caliente.

Me lavé y me vestí.

Llamaron a mi puerta.

Era Felicity, que me miró algo sorprendida.

—Oh... ¿Acabas de levantarte?

—He dormido mucho.

—Esto no es propio de ti. Raymond y yo hemos desayunado abajo, en la terraza. Quiero enseñarle la isla. ¿Vienes con nosotros?

—No, esta mañana no me apetece salir. Me duele un poco la cabeza. Id vosotros solos.

La joven no pudo disimular su alegría.

—Debe de haber sido la impresión que sufriste anoche —dijo—. El incendio y tu carrera hasta allí...

—Sí, eso habrá sido.

Felicity me dirigió una sonrisa y se marchó. ¡Qué diferente estaba! Había cambiado por completo. Si en el mundo había una joven enamorada, era Felicity. Era algo tan evidente que Raymond no podía dejar de verlo. Y él también la quería, estaba segura de ello.

Me senté e intenté librarme de aquel aturdimiento que aún sentía. ¿Qué me ocurría? Nunca me había sentido de aquel modo.

Debía de haber estado muy aturdida cuando me levanté, pues no sospeché inmediatamente de la leche de coco. Sólo pensé en ella cuando hube acabado de desayunar, en la terraza.

¡Aquel vaso de leche de coco! Sólo había tomado unos sorbos..., y además había observado en ella un poso...

No pude seguir en la terraza, y volví a mi cuarto.

Seguí pensando en el poso de la leche. ¿Era posible que alguien hubiese echado algo en ella?

¿Para qué? ¿Para hacerme dormir profundamente? ¿Con qué fin? Pero sólo había tomado una pequeña parte del contenido del vaso. Si una cantidad tan pequeña me había hecho tanto efecto, ¿qué habría ocurrido si la hubiese bebido toda?

Tenía la costumbre de disolver en leche de coco las píldoras de Felicity. El doctor me había dicho que aquella era la mejor manera de tomarlas.

Se me ocurrió una idea alarmante. Fui a abrir el cajón donde guardaba las píldoras. Allí estaba el frasco. Con dedos temblorosos, quité el tapón. Sólo quedaban seis píldoras.

¡Pero yo había mirado hacía pocos días, y quedaban diez!

Sentí miedo. ¿Dónde estaban aquellas cuatro píldoras que faltaban? Vi mi imagen en el espejo. Estaba pálida, y tenía los ojos dilatados por la angustia.

Alguien había echado aquellas píldoras en mi vaso de leche. Si me lo hubiese bebido todo, ¿dónde estaría ahora? Alguien había intentado envenenarme.

Recordé lo que me había explicado el doctor. Una píldora era suficiente para que Felicity durmiese bien durante toda una noche. Y había añadido que no debía tomar más de una al día. No era aconsejable que tomase dos, y más de dos podían tener graves consecuencias.

¡Y alguien había echado cuatro en mi vaso!

Traté de hacer memoria. Milton le había ordenado a María que me subiese el vaso de leche. Yo lo había encontrado en mi mesilla de noche cuando subí a acostarme. ¿María? Pero, ¿por qué había de querer María hacerme ningún daño? Siempre era muy amable conmigo. Yo la recompensaba generosamente por sus servicios, y ella parecía contenta y agradecida. Mostraba interés y afecto por mí. Es verdad que era curiosa, pero no me parecía que hubiese nada malo en ello.

No podía ser María. No tenía ningún motivo evidente.

¿Felicity? Oh, no. La delicada Felicity, tan asustadiza. Ella nunca se atrevería a perpetrar un asesinato. ¿Un asesinato? Pero era imposible que nadie quisiera asesinarme. Pero si hubiese ingerido aquellas cuatro píldoras habría muerto. ¿Y si las hubiese tomado? Habría podido hacerlo, fácilmente. Si no me hubiera entrado tanto sueño, era muy posible que me hubiese bebido el resto de la leche. Ya me había parecido que tenía un sabor raro, pero muchos alimentos de la isla me parecían tener sabores extraños. En aquel mismo instante, habría podido estar muerta.

No, era imposible que hubiese sido Felicity. Pero ella debía de saber que, de no ser por mí, Raymond se volvería hacia ella. La joven le quería. Él lo representaba todo para ella. La prueba de esto era el cambio milagroso que se había operado en la muchacha. Y yo me interponía entre los dos..., o así lo creía Felicity. ¿Sería mi amiga capaz de llegar a aquellos extremos? ¡Qué fácil le habría resultado! Ella conocía la existencia de las píldoras. Ignoraba dónde las guardaba yo, pero sabía que tenían que estar en algún lugar de mi habitación, y le sobraba tiempo para buscarlas. Yo salía del hotel todos los días, y ella se quedaba en su cuarto. Le habría sido muy fácil descubrir el escondite.

Pero no, no podía creer a Felicity capaz de semejante cosa.

Entonces pensé en otra persona.

En Magda Manuel. A ella sí podía imaginarla planeando un asesinato, más que a Felicity. Ella asimismo tenía una razón para desear que yo desapareciese, y también en su caso la razón era un hombre. ¿Hasta dónde había llegado su relación con Milton? ¿Abrigaba esperanzas de casarse con él? ¿Habían llegado a algún acuerdo en este sentido antes de que yo apareciese en escena? Pero, ¿cómo podía Magda haber entrado en mi habitación? No había estado en el hotel la noche anterior, cuando fueron echadas las píldoras en mi vaso. Claro que habría podido sobornar a alguna de las doncellas... Cuanto más lo pensaba, más posible me parecía. Magda conocía la isla, el modo de ser de los nativos.

Estaba desconcertada. No sabía qué hacer ni qué pensar.

Lo cierto es que estaba viva y que me encontraba bien, y que los efectos de lo que hubiese tomado se iban disipando. Tenía un ligero dolor de cabeza, pero nada más.

Traté de pensar: «Ayer viviste unas horas de gran emoción. Tuviste un gran susto: pensaste que se había incendiado la plantación. Corriste allí en un estado de gran angustia. Cuando viste que Milton estaba sano y salvo, experimentaste una violenta reacción de alivio. Te diste cuenta de que le querías, y lo reconociste por fin. Te comprometiste con él, cosa que llevabas posponiendo desde hacía semanas. Después de todo esto, quedaste emocionalmente agotada. Esta noche has dormido profundamente. ¿La leche de coco? Figuraciones tuyas. Quizá aquel poso que viste no era sino trocitos de coco».

Todo había sido fruto de mi imaginación.

Pero, ¿y las píldoras que faltaban? De aquello no me cabía la menor duda.

Pensé que las habría contado mal.

Pero, aquel día, había contado diez píldoras, y aquella mañana sólo seis. Si hubiese faltado una, o incluso dos, habría podido atribuirlo a un error mío. ¡Pero faltaban cuatro!

No, lo de las píldoras carecía de explicación.

Mandé llamar a María.

—María —le dije—, tú me trajiste ayer un vaso de leche de coco.

—Sí, señorita —respondió la muchacha—. Se lo dejé en la mesilla de noche. El señor Hemming me dijo que tenía usted que tomarlo para dormir bien.

—¿Lo subiste directamente de la cocina?

—Sí, claro —contestó María, algo sorprendida.

La miré a los ojos, y ella me miró también, sonriente, sin apartar la mirada.

Tuve la certeza de que María era inocente de cualquier delito.

—Y esta mañana te has llevado el vaso y has limpiado la mesilla.

—Sí, señorita. No podía quedarse allí un vaso de leche de la noche de ayer.

—Se había derramado un poco.

—No era nada..., sólo un poco. Lo he limpiado.

—Comprendo.

¿Qué podía decirle? ¿Cómo podía preguntarle si había echado unas píldoras en mi vaso de leche? Bajaría a la cocina y se lo contaría a todos. Y creerían que me había vuelto loca.

—Nada más, María. Gracias.

Traté de apartar el asunto de mi mente, pero no pude olvidar aquellas cuatro píldoras que faltaban en el frasco. Volví a sacar éste del cajón y volví a contar las píldoras. Sólo había seis.

Volví a colocar el frasco en el cajón, y al hacerlo pensé: «El mapa estaba en este cajón, y desapareció. Alguien debió de llevárselo. Y ese alguien, quienquiera que fuese, debió de ver aquí el frasco que contiene las píldoras, pues ambos objetos estaban juntos».

Me puse a buscar el mapa de nuevo.

Vino María para hacer la cama y arreglar la habitación, y me encontró sentada, esperándola.

—María —le dije—, ¿has visto un mapa que yo tenía?

—¿Un mapa, señorita?

—Sí. Un mapa pequeño. De un tamaño así —dije, indicando el tamaño con las manos—. Lo he perdido.

—Un día la vi a usted en la terraza enseñándoselo a un señor. Pero de eso hace muchos días.

«Nos vigilan constantemente», pensé.

—No, no lo perdí entonces —dije—. Pensaba que lo tenía en la habitación, y ahora no lo encuentro.

—¿Quiere que lo busque?

—Ya lo he buscado yo por todas partes.

—Yo se lo encontraré. La señora Granville perdió un chal. Decía que no lo encontraba, que no estaba en su habitación. Yo lo encontré..., debajo de la cama.

Se echó a reír, como si se tratase de algo graciosísimo, y repitió:

—Yo se lo encontraré.

No, no podía sospechar de María.

La dejé y bajé a la terraza. Estuve allí sentada un rato,

pensando si debía o no ir a ver a Milton para confiarle mis temores.

Milton pensaría inmediatamente que yo había hablado con Raymond y que le había comunicado mi decisión. Si le decía a Milton lo que me había ocurrido, se empeñaría en que abandonase el hotel y me instalase en su casa. Sonreí. En su casa me sentiría segura, desde luego.

Entonces apareció por allí el señor Everton.

—Buenos días —me dijo—. ¿Cómo está usted?

—Muy bien, gracias. ¿Y usted?

—Muy bien.

No se detuvo.

Yo me quedé donde estaba, dándole vueltas al asunto. ¿Y si las píldoras se hubiesen caído casualmente del frasco? Yo las había sacado de él para contarlas, y quizá se cayeron cuatro. No era muy probable, pero sí posible. Aquellas cuatro píldoras podían estar tranquilamente en el fondo del cajón. Qué ridículo haría yo si afirmaba que alguien me había echado un somnífero en la leche y después aparecían las píldoras en mi propio cajón. ¿Y el mapa? ¿Lo habría guardado yo en algún lugar?

Lo cierto era que, desde mi estancia en la hacienda de Granville, no tenía la calma de antes. Aquellos hechos extraños que tanto me intrigaban podían deberse a otros tantos descuidos míos. Quizá, después de haber casi presenciado la muerte violenta de William Granville, mi imaginación volaba y me hacía pensar que alguien quería matarme.

Entonces vi a Magda, que venía del puerto y se dirigía hacia mí.

Lo primero que pensé fue: «Ha venido para ver si he muerto».

Pero no mostró sorpresa alguna al verme. Claro que, si era lo bastante inteligente como para haber preparado mi muerte, sería capaz, sin duda, de dominar sus emociones.

—Buenos días, Annalice —me dijo—. ¡Cuánto me alegro de verla!

—Ha madrugado usted mucho...

—He venido a comprar con el cocinero. Él está en el mercado, y yo he pensado venir a verla.

—¡Qué amable!

—¿Está usted bien?

Me miraba atentamente, y mis sospechas aumentaron.

—Sí, muy bien, gracias.

—Mañana por la noche doy una cena, y me gustaría que viniese usted. Milton también está invitado, por supuesto, lo mismo que su amiga Felicity, si se siente con ánimos. Tengo entendido que se aloja en este hotel un caballero amigo de ustedes; quizá a él también le gustaría venir.

—Ahora no está aquí, y la señora Granville tampoco. Les transmitiré su invitación en cuanto lleguen.

—En realidad, la cena es una celebración.

—¿Ah, sí?

—Sí. George y yo nos hemos prometido.

—Ah... —exclamé.

Me sentí desconcertada. Si Magda pensaba casarse con George, ¿por qué había de querer librarse de mí?

—Sí, es lo más sensato —prosiguió diciendo ella—. Habríamos debido decidirnos antes.

—George es un caballero muy agradable —dije.

—Yo también lo creo así.

—Estoy segura de que serán ustedes muy felices.

—¿Vendrá usted a la cena, pues?

—Sí, iré encantada.

—Y sus amigos también están invitados. Cuando hayamos acabado de comprar, iré a la plantación para invitar a Milton. Ahora tengo que marcharme. Tengo mucho que hacer. Me alegro de haberla visto, Annalice. *Au revoir.*

Subí a mi habitación. María había acabado de arreglarla y se había ido.

Así pues, Magda iba a casarse con George. Me di cuenta de cuán tonta había sido al sospechar de ella. Además, ¿cómo habría podido echar las píldoras en mi vaso? Sólo quedaban dos personas que habrían podido hacerlo: María y Felicity.

Me puse a pensar en Felicity. Siempre la había considerado como un muchacha bastante débil. Pero, ¿era así de verdad?

¿Qué había sucedido realmente aquella noche en aquel dormitorio? William Granville había salido de mi cuarto y había bajado a la cocina, para beber. Luego volvió a su dormitorio. Según Felicity, ella, habiendo llegado al límite de sus resistencia, había tomado la pistola y le había amenazado con suicidarse. ¿Había sido así o le había amenazado con matarle?

Felicity no había logrado aprender a disparar bien. Pero tal vez... Mi imaginación me presentaba claramente lo que habría podido ocurrir. Ella, llena de temor, de odio... Él, borracho, avanzando hacia ella, tambaleándose. Podía imaginarla corriendo hacia el balcón. ¿Fue ella quien disparó? ¿Lo hizo deliberadamente? Si lo hizo, yo no podía culparla por ello. Pero, ¿lo hizo?

Fuese cual fuese la razón, un asesinato era un asesinato, y yo imaginaba que una persona que lo hubiese cometido, por grande que fuese la provocación que había sufrido, no podía volver a ser la misma de antes.

¿Era esto lo que había ocurrido?

Aquel disparo la había salvado de una vida de sufrimiento y degradación. Un disparo, nada más. Ahora..., cuatro píldoras podían salvarla de una vida de frustración; podían proporcionarle una vida con Raymond.

Yo sabía que Raymond la quería, a su manera tranquila. Todo encajaba.

Deseaba ir a ver a Milton, pero algo me retenía. No quería comunicarle a nadie mis sospechas sobre Felicity. Mi sentido común me hacía rechazarlas como si fueran una fantasía ridícula. Pero era cierto que Felicity tenía un motivo para desear mi desaparición..., como en el caso de William Granville.

No, no era lo mismo. Granville la había tratado con brutalidad; yo en cambio, era su amiga. ¿Cuántas veces me había dicho que no sabía lo que habría hecho sin mí? Pero yo me interponía entre ella y lo que más deseaba en la vida.

Era imposible pensar que Felicity, aquella joven tranquila y amable fuese una criminal. Pero, ¿qué sabemos acerca de las zonas ocultas de la mente de las personas? ¿Hasta qué punto nos conocemos unos a otros?

Volví a mi habitación. Vacié encima de la cama el contenido del cajón, y examiné a fondo cada objeto. Quizá aquellas píldoras se habían escondido entre un par de guantes, en un chal. Pero no aparecieron. Ni las píldoras ni, desde luego, el mapa.

¿Por qué había desaparecido el mapa? De esto no podía acusar a Felicity.

Todo aquello era un misterio. Decidí ir a ver a Milton, pero no en seguida, para no encontrarme con Magda. Ésta le invitaría a cenar y le comunicaría el motivo de la celebración. ¿Qué sentiría un hombre cuando una mujer con la que había mantenido una relación muy íntima le anunciaba que había decidido casarse con otro.

Me sentí tonta, ignorante de las cuestiones mundanas. Me quedaba mucho por aprender. Lo único que había aprendido desde que salí de Inglaterra era que casi no sabía nada.

«Iré a verle esta tarde, cuando refresque un poco», pensé.

Volví a bajar a la terraza. Los ruidos del puerto me parecían algo lejanos. Me senté, y volvía a darle vueltas y más vueltas al asunto.

Vi a Magda entre los puestos del mercado. La acompañaba su cocinero, un hombre muy alto que vestía pantalón azul y camisa blanca, junto a la cual su piel brillaba como el ébano. Estaban regateando con el vendedor, según la costumbre del lugar.

Les observé durante unos momentos, y después vi a Milton.

Magda se volvió hacia él y le tendió una mano. Él se la estrechó, y les vi reír juntos.

Luego, Milton se despidió y vino hacia el hotel.

Me puse en pie y corrí hacia él, experimentando un gran alivio.

—¡Milton! —exclamé—. ¡Cuánto me alegro de verte!

—¡Oh, qué bienvenida tan agradable! ¿Has hablado con Raymond?

Negué con la cabeza.

—No he tenido ocasión. Felicity estaba siempre con nosotros. Ahora mismo están juntos, visitando la isla. Pero creo que todo saldrá bien. Ella está enamorada de Raymond, y él la quiere también, a su manera.

—Annalice, ¿te encuentras bien?

—¿Por qué me lo preguntas?

—Estás pálida... y pareces nerviosa.

—Quiero hablar contigo —dije—. Ha sucedido algo extraño. ¿Nos sentamos en la terraza?

Cuando nos hubimos acomodado, le conté lo del vaso de leche. Milton se quedó estupefacto. Nunca le había visto mudo de asombro, incapaz de encontrar palabras. Cuando pudo hacerlo, me preguntó:

—¿Estás segura... de que faltan esas píldoras?

—Las he buscado por todas partes. Estoy segura de no haberme equivocado. Si sólo faltase una... o incluso dos, podría pensar que me equivoqué al contarlas, pero cuatro...

—¡Cuatro! ¡Eso habría podido ser fatal!

Se había puesto muy pálido, y me miraba con una emoción tan profunda que pensé que, para verle de aquel modo, valía la pena haber pasado aquellas horas de angustia.

—Parece que alguien quería hacerme dormir profundamente —dije.

—¿Pero, por qué?

—Por una cosa que había en mi habitación. Alguien que conocía el peligro que encierran esas píldoras.

—¿Qué podía buscar nadie en tu cuarto? Además, habrían podido entrar en él con bastante facilidad, sin necesidad de llegar a esos extremos.

—Me han robado el mapa.

—¿El mapa de la isla? ¿Te lo han robado esta noche?

—No, no. Ya hace días. Estaba en el fondo de un cajón; el mismo lugar donde guardaba las píldoras.

—El mapa... —repitió Milton—. Es extraño. Bueno, el caso es que no pasarás otra noche en este hotel.

—Pero, ¿a dónde...?

—A mi casa, naturalmente.

—Pero..., ¿qué harán Felicity y Raymond?

—Pueden quedarse aquí o venir también a mi casa, si quieren. Hay lugar para ellos. Pero tú vendrás conmigo.

—Oh, Milton, cuánto me alegro de habértelo contado. No

sabía si venir a verte. He pensado tantas tonterías... Y quiero tener cuidado con todo lo que digo.

—¿Por qué has de tener cuidado?

—Porque he pensado que puede haber sido Felicity. Existe una razón. Ella cree aún que voy a casarme con Raymond, y ella le quiere, desde siempre. Ya sabes que pasó por esa experiencia terrible, y que vio morir a su marido. No sé exactamente qué ocurrió aquella noche, pero Felicity quedó con los nervios alterados. En un momento dado, temí que hubiese perdido la razón. De no ser por esto, jamás la habría creído capaz de hacer una cosa así.

—Felicity... —dijo él, lentamente—. Y el mapa... ¿Crees que pudo haberlo robado ella?

—Oh, no. Ese mapa no le interesaría para nada.

Milton calló, y yo seguí explicando:

—No estoy segura de nada. Pienso que todo puede ser producto de mi imaginación. Vi en la leche una especie de poso..., pero luego pensé que podían ser trocitos de coco. Por culpa del incendio, había pasado unas horas de mucha emoción. Estaba agotada, física y emocionalmente. Es posible que haya dormido muy profundamente debido a esto.

—¿Y cómo se explica la desaparición de las píldoras?

—Quizá cayeron del frasco la última vez que lo destapé. Es opaco, y las había sacado para contarlas. Quizá se me cayeron al suelo y las barrió la doncella.

—Si se te hubiesen caído al suelo, ¿no lo habrías advertido?

—Supongo que sí. Pero intento examinar todas las posibilidades.

—¿Y el mapa?

—Puedo haberlo perdido de muchas maneras. Hace ya bastantes días que lo eché en falta. Quizá no tenga nada que ver con lo de esta noche.

—No estaré tranquilo hasta que estés instalada en mi casa. Recoge tus cosas y ven ahora mismo.

—Debo esperar a Felicity, para explicárselo. Quiero actuar con mucho tacto. Si ha sido ella, habrá que tratarla con gran cuidado. Yo la conozco bien. Puede que haya fallado algo en su mente.

—Muy bien. Pero no pasarás otra noche aquí.

—No se puede negar que me cuidas bien —dije, y le dirigí una leve sonrisa.

—Claro que sí. ¿No es eso lo que voy a hacer de ahora en adelante? Comprendo lo que quieres decir con respecto a Felicity. Procederemos con la máxima delicadeza. Pero, cuando vuelvan, les dirás inmediatamente que esta tarde te trasladas a la plantación. Si ellos prefieren quedarse aquí, que se queden. Pero tú vienes; esto es un hecho.

—De acuerdo. Me daría miedo volver a dormir en esa habitación.

—¿Por qué no te vienes conmigo ahora mismo?

—No, tengo que darles una explicación. No quiero que mi decisión parezca demasiado extraña, ni dar a entender que tengo miedo. Buscaré un pretexto, algo plausible. E intentaré que Felicity venga conmigo, por lo menos. Así podré observarla.

—¿La has visto esta mañana? ¿Te ha parecido que se comportaba de modo extraño?

—No. Sólo se ha sorprendido de que yo no estuviese vestida. Me siento muy preocupada por ella. Quisiera que ya estuviese todo arreglado; que se hallara con Raymond en Inglaterra y que se casasen. Estoy segura de que serían felices.

—No se puede dirigir la vida de los demás, cariño. Cada cual ha de encontrar su propio camino. Bien, ahora me voy. Tengo que hacer un par de cosas. Te espero antes de la puesta del sol. Si no estás allí, vendré a buscarte.

—Oh, Milton, qué tranquila me siento ahora que te lo he contado todo...

Él me apretó las manos con fuerza y me besó.

—Siempre cuidaré de ti —me prometió—, hasta el fin de nuestras vidas.

Le seguí con la mirada hasta que desapareció. Volví a divisar a Magda, que seguía moviéndose por entre los puestos del mercado acompañada del alto cocinero.

—¡Señorita Mallory!

Era John Everton.

—Ah..., buenos días —le saludé.

—Me alegra haberla encontrado. Tengo un recado para usted de parte del señor Perrensen.

—¡Oh! —exclamé, prestándole gran atención.

—El hombre que traía el recado no la ha encontrado a usted.

—Pues estaba aquí.

El señor Everton se encogió de hombros.

—El caso es que ese hombre me ha visto y me ha reconocido, y me ha dicho de qué se trataba para que se lo transmitiese a usted. El señor Perrensen le ruega que acuda usted a la isla del León tan pronto como le sea posible, pues tiene que decirle algo de la máxima importancia. El mensajero ha tenido que regresar allí, pero le he dicho que, si la encontraba a usted, la acompañaría en cuanto usted lo desease. La llevaré ahora, si quiere. Puedo conseguir una barca en unos minutos.

—Pero eso sería una molestia para usted...

—No, no. No tengo nada que hacer. Estoy de vacaciones, pero me molesta estar sin hacer nada. Acompañarla a usted será un placer y un agradable paseo para mí.

—Si lo dice usted de verdad...

—Claro que sí. ¿Le parece, pues, que salgamos ahora?

—Sí. Espéreme usted aquí, mientras voy a buscar el sombrero.

—Lo necesitará usted. La espero. No se entretenga, por favor. Deberíamos volver antes de que apriete el sol.

Subí a mi habitación y recogí el sombrero. Esperaba aquella invitación desde que había conocido a Magnus Perrensen. Salí de mi letargo. El señor Perrensen tenía algo importante que decirme. Quizás estaba a punto de descubrir algo importante sobre Philip. Con todas las cosas que me habían pasado, me había olvidado un poco de la verdadera finalidad de mi viaje.

El señor Everton y yo nos dirigimos al muelle. Magda aún estaba en el mercado. Me vio y agitó una mano para saludarme.

El señor Everton me ayudó a subir a la barca, y nos pusimos en marcha.

—Hoy no está el día tan claro como la otra vez —dijo mi

acompañante—. Y tampoco sopla el viento en la dirección adecuada, de modo que tardaremos un poco más que el otro día.

—Esperemos, al menos, no tener niebla...

—No, el viento la disiparía en seguida.

Nos fuimos acercando al león recostado, hasta que divisamos la arena de la playa.

—Ya hemos llegado —dijo John Everton—. No hemos tardado tanto como yo creía.

Saltó de la barca y me ayudó a bajar.

Subimos por la playa y nos dirigimos a la casa. Magnus Perrensen nos esperaba en el umbral.

Me tomó las manos y me sonrió afectuosamente.

—Gracias por haber venido tan pronto.

—¿Tiene usted alguna noticia que comunicarme?

—Sí, señorita Mallory. Pase usted, estaremos más cómodos.

Me asaltaba otra vez aquella sensación inexplicable. La proximidad de Magnus me hacía volver al diario de mi antepasada. Acudían a mi mente frases que había escrito Ann Alice.

—Nos servirán un refresco —dijo mi anfitrión.

Me hizo pasar a la sala cuyas puertas ventanas daban al mar.

—Muchas veces he pensado ir a Cariba a verla —me dijo—. Y deseaba invitarla aquí. Pero, antes, quería asegurarme de una cosa. Quería esperar a poder hablarle de mi descubrimiento.

—Estoy impaciente por oírle.

—El refresco antes que nada... Se trata de una mezcla muy especial que hace un sirviente mío. Es un hombre muy hábil para estas cosas. Le gustará, es una bebida muy refrescante.

La probé, y en seguida le pedí:

—Dígame usted...

—Sí, señorita Mallory. Esa isla existe.

—¡La ha encontrado usted! ¿Dónde está? ¿Cerca del lugar que indicaba el mapa?

—El mapa era correcto.

—Pero, entonces...

—Sí, sé que fue usted allí con ese caballero de Cariba, y

que no encontraron nada. Pero es que no buscaron ustedes bien. Es comprensible. Yo se lo explicaré todo, absolutamente todo. La admiro mucho, señorita Mallory. Tiene usted tanta vitalidad... Mucha más que la mayoría de las mujeres. Ha sido capaz de emprender una aventura como ésta. Ha hecho un viaje al otro lado del mundo para encontrar a su hermano desaparecido. Y es una romántica, además. El diario de su antepasada la conmovió profundamente, ¿verdad? Creo que hubo momentos en que se creía usted Ann Alice. Y, cuando me conoció..., reconózcalo..., pensó por un instante que había vuelto al pasado. Creyó que yo era el joven enamorado que le había prometido sacarla de aquella casa siniestra. Fue así, ¿verdad? Confiéselo.

—Nunca he perdido de vista mi identidad.

—Ah, pero yo diría que en algunos momentos le parecía ser la reencarnación de Ann Alice. Aquel instante en que le tomé la mano y le dije... ¿Qué le dije? «Por fin ha venido usted.» En aquel momento se estremeció. No lo niegue; me di perfecta cuenta de ello.

—Sí, puede ser. Pero hábleme de la isla, se lo ruego. Ha dicho que el mapa era correcto.

—Termine su bebida. Es muy refrescante.

Tomé otro sorbo. Empezaba a sentirme algo incómoda. El señor Perrensen adoptaba una extraña actitud. Parecía que, en cierto modo, se estuviese riendo de mí. Era diferente del caballero al que había conocido la otra vez.

—Dígame dónde está la isla.

—En el fondo del mar.

Proferí una exclamación de asombro. Y recordé de pronto que, estando en la barca en compañía de Milton, había mirado el agua de color verde claro, una extensión de un color diferente en medio del mar azul. ¿Significaba aquello que una extensión de tierra estaba más cerca de la superficie del agua? ¿Podía ser esto lo que significaba aquel cambio de color?

—La explicación es sencilla —decía el señor Perrensen—. Hace unos ochenta años, aproximadamente, se produjo un cambio en el clima de la Tierra, cambio que sólo duró un año. En la mayoría de las regiones se dio un calor excesivo, poco habitual. Cierta cantidad de hielo de los polos se fundió e hizo elevarse el nivel de los océanos. Varios países sufrieron inundaciones. Esto se hizo sentir incluso en esta zona, más próxima al ecuador, aunque con menor intensidad; algunas islas se convirtieron en simples rocas que emergen de la superficie del océano, y otras quedaron totalmente sumergidas. Esto fue lo que ocurrió a nuestra isla.

—Oh... Ahora lo entiendo todo. Ya sabía que esto era posible... Alguien me habló de ello, no hace mucho.

—¿En relación con la isla? —se apresuró a preguntar él.

—No. Hablaba en general.

Vi entonces por la ventana que el señor Everton paseaba por delante de la casa, y me pareció extraño que no hubiese entrado en ella conmigo.

—¿El señor Everton es amigo de usted? —le pregunté a mi anfitrión.

—Trabaja para mí.

—Pero..., yo ignoraba que él le conociese. Yo creía que habíamos venido aquí por casualidad...

—Él la trajo a usted aquí... por orden mía.

—¿Se refiere usted al primer día que vinimos a verle?

—Sí.

—Pero entonces, ¿por qué fingió no conocerle a usted?

—Ya se lo explicaré todo, con calma. Ahora bébase el refresco.

—Es que no tengo mucha sed.

—¿No le disgustará su sabor?

—No, no, está muy bueno.

—Entonces, tómeselo, le quitará el calor.

—Al principio pensé que quizá sabía usted algo de mi hermano.

—Ah, claro, su hermano...

—¿Tiene noticias de él?

—Vino aquí. Era un joven muy curioso, y asimismo muy observador. Se parecía mucho a su hermana. Y sabía mucho de mapas y del mar. Adivinó que la isla estaba sumergida.

—¿Así pues, le conoció usted?

—Se fijó en el color del mar, y esto le permitió adivinar

la verdad. El agua no tiene siempre ese color, sino sólo cuando se dan ciertas condiciones climáticas. A veces, no hay rastro alguno de la isla.

—Así que Philip la descubrió...

—Ya había sido descubierta hace muchos años.

—Pero la última vez que le vi a usted...

Magnus alzó su copa y me indicó que hiciera lo mismo.

Vacilé. ¿Por qué tanto empeño en que me tomase aquel refresco? Yo había aprendido una lección la noche anterior. Tardaría mucho tiempo en ingerir tranquilamente cualquier bebida.

Había algo muy extraño en aquella situación. La manera en que me miraba, la manera en que hablaba, sin responder con claridad a mis preguntas. Mi inquietud iba en aumento. Se me ocurrió que tal vez el señor Magnus Perrensen no estaba del todo cuerdo.

Me miraba fríamente. Tenía los ojos azules, como Milton, pero ¡qué diferente era su expresión! Eché de menos la protectora presencia de Milton, y sentí algo parecido al terror porque nos separaba una extensión de agua.

—Creo que tiene usted algo que decirme sobre mi hermano.

—Conozco su paradero.

Me puse en pie.

—Lléveme a su lado —supliqué.

—Todo a su debido tiempo.

—¿Por qué no ahora? ¿Por qué todo este misterio? ¿Por qué no me lo cuenta todo?

—Por favor, cálmese y acábese el refresco. Después hablaremos.

—No —repliqué—. No quiero acabarme eso. No tengo sed. Lo único que quiero es escuchar las noticias sobre mi hermano.

—Bueno, le diré dónde está su hermano. Está en la isla.

—Pero la isla...

—Sí, su hermano está en el fondo del mar.

—¿Quiere decir que Philip...?

—Sí. Está allá abajo. Lo que los peces hayan dejado de él.

—Quiero marcharme de aquí. No sé lo que piensa usted hacer, pero no quiero quedarme aquí ni un momento más.

—No es usted muy cortés. ¿Qué diría Ann Alice?

—Usted me ha hecho venir a esta isla con un fin. ¿De qué se trata?

—Se lo diré. Siento que no se haya tomado el refresco. Todo le habría resultado más fácil. Me gusta usted. Es muy atractiva. No creo que Ann Alice lo fuese tanto como usted. No era apasionada como usted, que es una persona de mucho carácter. Quiero que todo se haga según su deseo. Creo que posee usted un gran mérito por el hecho de haber emprendido esta búsqueda. Por esto he decidido que descubra usted lo que ha venido a descubrir..., antes de reunirse con su hermano.

—¿Cómo?

Magnus asintió con la cabeza.

—No, aún no. Usted sabe que el amor entre Magnus y Ann Alice no llegó a consumarse. ¿Lo sabía? Ann Alice era una muchacha inocente. Mi bisabuelo era un joven respetable, idealista en aquella época, aunque después cambió. Y supongo que Ann Alice habría cambiado también. Las personas cambian. Las obligan a ello las circunstancias. ¿No le parece a usted?

—Dígale al señor Everton que me acompañe inmediatamente a Cariba.

—Estamos en mi isla. No me he tomado tantas molestias en hacerla venir para dejarla marchar cuando se le antoje. Me gusta la idea de volver al pasado. Me gusta imaginar que soy el joven cartógrafo que llega a Inglaterra y se enamora de una hermosa joven. Usted tiene que marcharse, pero antes quiero que hagamos una pequeña comedia. Representaremos los papeles de aquellos amantes..., y gozaremos de lo que ellos no gozaron, por falta de ocasión, o quizá por falta de valor. En aquellos tiempos, las convenciones eran muy severas. Todavía lo son, pero en esta isla las normas las impongo yo.

—Usted está loco.

—No, estoy perfectamente cuerdo. Ya le he dicho que la admiro desde el día en que la conocí. Usted avanzó derecha hacia la boca del lobo. Es usted bastante imprudente, como su hermano. Y él era, además, muy crédulo. Se empeñó en enviar buceadores a la isla, y quiso bajar él también. Yo tenía el equipo aquí. Le acompañé... y volví sin él. Tal como yo temía, su hermano sabía demasiado..., descubrió demasiadas cosas.

Le contemplé horrorizada, y luego miré a mi alrededor. Él siguió la dirección de mi mirada.

—No hay escapatoria —dijo—. Estamos rodeados por el mar. Si se hubiese bebido usted el refresco, estaría agradablemente adormecida..., tal como yo lo había planeado. Le habría hecho el amor suavemente..., tiernamente, como lo habría hecho mi bisabuelo con Ann Alice. Pero es una mujer obstinada, y se ha negado a beber.

—¿Intentó usted matarme anoche?

—No se halla usted en situación de hacer preguntas. Le aconsejo que se beba el refresco. Será mejor para usted. Y yo quiero una amante dulce y sumisa. Quiero que sea usted como habría sido Ann Alice. Usted se resistirá, ya lo veo. Ann Alice no se habría resistido a su amante.

—Yo tenía razón. Usted está loco.

—No, nada de eso. Todo cuanto hago se basa en la lógica. Usted es un peligro para mí, como lo era su hermano. Usted ha venido para encontrarle. Pues bien, ya le ha encontrado. Y dentro de poco se reunirá con él.

—¿Se imagina que puede matarme como mató a mi hermano? Él era un desconocido aquí, pero yo no lo soy. Hay personas que se preguntarán qué me ha ocurrido.

—¿Se refiere al gran hombre de Cariba? Ya me he ocupado de eso. Se encontrará la barca en que ha venido usted..., rota. Everton desaparecerá, y usted también. Las pruebas serán irrefutables. Alguien debe de haberla visto marchar con Everton.

—Ese alguien sabrá que él iba a traerme aquí.

—No, ¿por qué habría de saberlo? Nadie conoce la relación de Everton conmigo.

—He hablado a varias personas de que, hace unos días, me acompañó aquí.

—Eso no significa que hoy lo haya hecho por segunda vez.

—Sabrán que ésta es la única razón por la que saldría en una barca con él.

—No se esfuerce. Nadie sabe que ha venido usted aquí.

Estaba atrapada. «Este hombre habla en serio —pensé—. Piensa matarme de verdad. Es frío y calculador. En mala hora encontré el diario de Ann Alice... Si no lo hubiese encontrado, Philip estaría ahora en casa..., y yo no habría conocido a Milton.»

«Milton..., Milton...» Repetí el nombre una y otra vez, interiormente, en un esfuerzo por hacerle llegar mi llamada de auxilio.

Traté de pensar con claridad. En el transcurso de unas horas, nadie me echaría en falta. Felicity y Raymond volverían de su excursión y se preguntarían dónde estaba yo. ¿Se preocuparían? Quizá pensarían que había ido a almorzar con Milton. ¿Me habría visto alguien salir en la barca acompañada por John Everton? Magda me había visto y me había dirigido un saludo cuando yo me dirigía al muelle, pero, ¿lo recordaría a tiempo?

No se percatarían de mi desaparición hasta la noche. Si pudiese correr hasta la playa..., subir a la barca..., volver a Cariba remando. ¿Cómo podía escapar de aquel hombre?

«Está loco —pensé—. Está obsesionado por el pasado, como lo estaba yo. La personalidad de su bisabuelo se ha impuesto a la de él, como a mí me ha influido la de Ann Alice.»

Cuando miraba sus fríos ojos azules, me parecía mirar a la muerte.

¡Y cómo ansiaba vivir! Quería estar con Milton para siempre. Quería gozar de aquella vida de la que me había hablado..., volver a Inglaterra, tener hijos. Hacía mucho tiempo que deseaba todo aquello; desde que me había dado cuenta de que le quería. Pero nunca lo había visto con tanta claridad como ahora.

Intenté de nuevo llamarle mentalmente. Todo mi ser se esforzaba por ponerse en contacto con él. Milton tenía que intuir que yo estaba en peligro. Milton, Milton, ¿dónde estás ahora? Debía de estar en la plantación, vigilando la recogida de las cañas quemadas. Milton... Seguí llamándole en silencio.

Me aferraba a la vida. Cada momento era muy importante.

Advertí que aquel hombre disfrutaba demasiado con aquella escena para querer terminarla rápidamente. No había en él calor ni pasión, ni un intenso deseo sexual; lo que pensaba hacer sería una especie de ritual, la culminación de la historia de Ann Alice y su prometido.

Si conseguía que siguiese hablando...

—Usted me ha prometido que me lo explicaría todo —le recordé—. Me ha dicho que merecía saberlo.

—¿Qué quiere saber?

—¿Cuál es el secreto de la isla? ¿Por qué no quiere usted que se sepa que está sumergida?

—Se lo diré. Mi bisabuelo, el novio de Ann Alice, vino aquí en busca de la isla. No la encontró, pero siguió presa de la fiebre del oro. Porque el oro es la clave de todo. En la isla había oro, y en gran cantidad. El oro le obsesionaba, y lo encontró en Australia. Se hizo rico. Se casó allí y tuvo un hijo, mi abuelo, que continuó la labor de su padre. Pero una mina de oro no es un pozo sin fondo. Llega un instante en que el oro se acaba. Mi abuelo ya no era joven cuando fue en busca de la isla. Encontrarla ha sido una obsesión en mi familia..., como les ha ocurrido a su hermano y a usted.

—¿Qué más?

Mientras Magnus hablaba, yo pensaba en cómo podría escapar. ¿Podía salir de aquella habitación? ¿Dónde podía esconderme? Supongo que en los momentos de gran peligro los sentidos de una persona se agudizan. Me esforzaba por analizar todos los sonidos que percibía. ¿Era mi imaginación o se había producido algún movimiento cerca de la casa?

Magnus Perrensen proseguía su narración.

—Mi abuelo compró esta isla para estar más cerca del lugar donde creía que podía encontrarse la otra. Hizo de ésta el objetivo de su vida, y la encontró. Envió buceadores a buscar el oro, del que parecía haber una cantidad inagotable. Llevamos cincuenta años explotando esas minas.

—Por eso es usted uno de los pocos australianos que sigue encontrando oro.

Asintió.

—Pero ese oro no le pertenece...

Se encogió de hombros.

—No queremos que nadie se meta en nuestros asuntos —dijo.

—¿Quiere decir que alguien podría intentar conseguir parte de ese oro? Según la ley no creo que su familia tenga derecho exclusivo a él.

—Ese oro pertenece a mi familia —afirmó—, y seguirá perteneciéndole. Por esto no podemos tolerar la presencia de espías aficionados por estos alrededores.

—Empiezo a comprender.

—Está muy claro. Y es muy lógico, reconózcalo usted.

En aquel instante, vi que un barco se acercaba a la isla. Disimulé mi alegría, para que Magnus no se diese cuenta de nada. Desde el lugar donde él se encontraba, no podía ver el mar. Me esforcé por seguir hablando como si no hubiese visto nada. Debía mantener su atención centrada en mí. El alivio que experimentaba era casi insoportable. Alguien venía.

Pero alguno de sus hombres debía de haber visto el barco. ¿Cuántos hombres había en la isla, además de él y de John Everton? Supuse que los buceadores, los encargados de extraer el oro. Y los criados. Eran bastantes hombres.

—¿Y si le propusiera marcharme y no hablar a nadie de esa isla? —le dije.

—¿Cómo sabría que puedo fiarme de usted?

—Le daría mi palabra.

—¿Y su hermano?

—Mi hermano murió. Haga lo que haga, no podré devolverle la vida.

—No me gusta la violencia —dijo.

—¿De verdad? Me sorprende usted.

—La muerte de su hermano no tuvo nada de violento. Él quiso bajar con los buceadores. Lo hizo, y yo me limité a cortar las cuerdas. Le dejamos abajo. Fue muy sencillo.

—¿Es esto lo que piensa hacer conmigo?

—Yo quería que se tomase usted esa bebida. Eso habría facilitado las cosas.

—Me habría dormido, y usted me habría arrojado al mar, sencillamente. Sí, habría sido fácil y rápido.

—¿Por qué no se la bebe ahora?

—No es fácil brindar por la propia muerte.

—No le queda otro remedio.

Me pareció oír el ruido de una barca que llegaba a la playa.

—No estoy de acuerdo con usted.

—Usted tiene que morir. Lo decidí cuando vino aquí por primera vez. Quizás habría debido matarla entonces. Pero usted me dijo que tenía aquel mapa, y yo debía procurar que nadie lo encontrase.

—¿Así que fue usted quien me lo quitó? ¿Cómo lo hizo?

—Eso no importa. Lo cierto es que el mapa ya no existe. Y pronto no existirá nadie que se interese por la Isla del Paraíso.

Oí un grito, fuera de la casa.

Me puse en pie y corrí hacia la puerta. La abrí de un tirón y salí antes de que Magnus pudiese detenerme.

Sentí una inmensa alegría. Milton subía por la playa, y no venía solo. Varios hombres saltaban de la barca.

—¡Milton! —grité—. ¡Milton!

Corrí hacia él, y nos abrazamos. Él se reía, pero percibí que aquella risa se debía al inmenso alivio que experimentaba.

Estaba a salvo..., como lo estaría siempre a su lado.

Me llevó con él a la plantación. Allí estaban Raymond, Felicity, Magda y George.

Ahora yo conocía toda la historia, y cómo había llegado Milton a tiempo.

Aquella mañana, tan pronto como se había separado de mí, Milton había ido a hablar con María. Suponía que era ella quien había robado el mapa y quien había echado las píldoras en mi vaso.

Con gritos y amenazas, la redujo a un estado de terror tal que confesó la verdad.

Era ella quien había robado el mapa; creía que se trataba

de un papel sin importancia. No creía que fuese lo mismo que robar una joya... o dinero. En cuanto a las píldoras, las había echado en mi vaso de leche de coco para que yo durmiese bien aquella noche.

¿Por qué había hecho todo aquello? Porque el señor Everton le había prometido dinero a cambio, y ella ansiaba tenerlo para poder reunirse con su Sabrino, en Australia. Cuanto antes tuviese dinero, antes podría marcharse, y el señor Everton le había prometido una cantidad suficiente para que pudiesen establecerse.

Pero, como yo no me había bebido la leche, Everton sólo le había pagado una cantidad de dinero a cambio del mapa.

Magda se había encontrado con Milton cuando éste salía del hotel, después de interrogar a María, y le había dicho que me había visto subir a una barca en compañía de Everton.

Esto bastó para que Milton adivinase que yo coría peligro. Sabía que la noche anterior habían intentado matarme. Salió inmediatamente hacia la isla, acompañado por un grupo de hombres cuya misión era mantener la ley y el orden en las islas.

Mientras se llevaba a cabo la investigación, no se permitió a nadie abandonar la isla del León. Aquel mismo día, Milton envió a sus buceadores al lugar donde debía estar la Isla del Paraíso. Y allí la encontraron, en efecto, bajo las aguas.

Yo ignoraba qué leyes regían la explotación del oro, pero sin duda Magnus Perrensen debería responder de la muerte de mi hermano.

Entretanto, dijo Milton, yo necesitaba descansar y cuidados, y él prometió asegurarse de que los tuviese. Y declaró que la mejor manera de hacerlo era casándose conmigo inmediatamente.

Yo ya había hablado con Raymond.

Éste me comprendió. ¿Había algo que Raymond no comprendiese?

—Tan pronto como llegué —dijo—, advertí que estaban ustedes enamorados.

—Lo siento mucho, Raymond. Usted ha sido muy bueno conmigo.

—Lo que yo deseo es que usted sea feliz. Esto es lo más importante.

—No. También es importante que usted sea feliz. Nadie se lo merece tanto.

—Bueno, lo intentaré. Me doy cuenta de que Milton es el hombre ideal para usted, Annalice. Yo era un poco lento, ¿verdad? No soy tan audaz como él, ni tan enérgico.

—Le quiero —dije con sinceridad—. No podría ser feliz sin él.

—Lo sé. Y le deseo que sea feliz con él.

—¿Y qué hará usted?

—Volveré a Inglaterra con Felicity.

—Cuídela mucho —le rogué—. Lo necesita.

—La cuidaré bien, se lo prometo.

Y yo sabía que cumpliría su promesa.

Queda poco que contar. Había recorrido un largo camino desde que salí de Inglaterra, y no sólo en kilómetros. Había roto con el pasado. Hasta cierto punto, me parecía haber llegado a comprender la vida. A menudo pensaba que, si no hubiese emprendido aquel viaje, habría vivido tranquilamente en Inglaterra, me habría casado, habría tenido hijos. Habría vivido tranquila, quizá feliz. Pero me había ido. Había visto la muerte en más de una ocasión. Había bajado a los abismos y había volado por las alturas. Habría podido morir violentamente, como Ann Alice. Pero, por duras que fuesen las pruebas por las que había pasado, siempre recordaría que a través de ellas había conseguido a Milton. La vida es así. No es tranquila ni fácil, y nunca lo será. A menudo hay que correr riesgos para alcanzar las grandes satisfacciones.

Estoy casada con Milton Hamming. Raymond y Felicity se han embarcado para Inglaterra. Estoy convencida de que no tardarán en descubrir su amor, y de que se casarán. Ella se recuperó mucho, y se sentía feliz por la compañía de Raymond. Me avergüenza recordar que un día sospeché que había intentado matarme. Magda se ha casado con George Callerby, y somos excelentes amigos.

Algún día volveremos a Inglaterra. Será maravilloso ver a la abuela y a Jan, y volver a estar en nuestro país.

Hace unos días, Milton me recordó cuán fría y convencional me había mostrado con él durante los primeros días.

—Recuerdo haberte augurado que algún día me dirías: «Le quiero, señor Hemming». Y nunca me lo has dicho con estas palabras.

—Es verdad.

—Pronto nos iremos de aquí y volveremos a Inglaterra. Creo que este es tu objetivo inmediato, ahora que me tienes seguro a mí.

—Me encantará volver a ver Inglaterra, y estar allí. Pero para mí, señor Hemming, mi país y mi hogar es el lugar donde esté usted.

Y él pareció muy satisfecho por esa declaración.

Índice